ହେଡ୍ ଅଫିସ୍

ହେଡ୍ ଅଫିସ୍

ସହଦେବ ସାହୁ

BLACK EAGLE BOOKS

2021

BLACK EAGLE BOOKS

USA address:
7464 Wisdom Lane
Dublin, OH 43016

India address:
E/312, Trident Galaxy, Kalinga Nagar,
Bhubaneswar-751003, Odisha, India

E-mail: info@blackeaglebooks.org
Website: www.blackeaglebooks.org

First International Edition Published by
BLACK EAGLE BOOKS, 2021

HEAD OFFICE
by **Sahadev Sahoo**

Copyright © **Sahadev Sahoo**

Cover & Interior Design: Ezy's Publication

ISBN- 978-1-64560-191-3 (Paperback)

Printed in the United States of America

ଏକ

ଆଠ ଫୁଟ୍‌ରେ ଛଅ ଫୁଟ୍‌ର ରୁମ୍ । ଅଢ଼େଇ ଫୁଟ୍ କିମ୍ବା ତିନି ଫୁଟ୍‌ର ଖଟ । ଡାକ୍ତରଖାନାରେ ରୋଗୀଙ୍କ କେବିନରେ ରୋଗୀଙ୍କୁ ଜଗିବାକୁ ଯାଉଥିବା ଲୋକ ବିଶ୍ରାମ ନେବାକୁ ପଡ଼ିଥିବା ଖଟ ଠାରୁ ଟିକେ ଓସାରିଆ । ଗୋଟିଏ ଛୋଟ ଟେବୁଲ, ଚେୟାରଟିଏ । ହୋଟେଲର ଛାତରେ ଏମିତି ଆଠଟି ରୁମ୍, ଛାତର ପଛପଟକୁ ଦୁଇଧାଡ଼ିରେ ସାମ୍ନାସାମ୍ନି ଛଅଟି ଗାଧୁଆଘର, ପାଇଖାନା । ରାଉରକେଲାରୁ ବସ୍‌ରେ ସକାଳୁ ସକାଳୁ ପହଞ୍ଚି ହୋଟେଲରେ ଏମିତି ଏକ ରୁମ୍‌ରେ ଗୌରାଙ୍ଗ ରହିଲା । ସେ ହେଡ୍ ଅଫିସ୍‌ରେ ଯୋଗଦେବ । କେତେଦିନ ତାକୁ ଏହି ରୁମ୍‌ରେ ରହିବାକୁ ପଡ଼ିବ ସେ ଜାଣିନି । ସେ ବେଶି ଟଙ୍କା ଦେଇ ଭଲ ରୁମ୍‌ରେ ରହିପାରିବ ନାହିଁ । ଏହି ହୋଟେଲରେ ଏପରି ଶସ୍ତାରେ ଛୋଟରୁମ୍ ମିଳୁଥିବା ସେ ଜଣେ ବନ୍ଧୁଙ୍କ ଠାରୁ ବୁଝିଥିଲା । କିଛିଦିନ ଏହି ରୁମ୍‌ରେ ସେ ଚଳେଇଦେବ । ଗୋଟିଏ ଘର ଭଡ଼ାରେ ନେଲା ପର୍ଯ୍ୟନ୍ତ ତାକୁ ଏହି ରୁମ୍‌ରେ ରହିବାକୁ ପଡିବ ।

ରାସ୍ତା ଆଡକୁ ଝରକା । ସେ ଝରକା ଖୋଲିଲା । ସହର ଏପର୍ଯ୍ୟନ୍ତ ନିଦରୁ ଉଠିନି, ରାସ୍ତାରେ ଚଳପ୍ରଚଳ ଆରମ୍ଭ ହୋଇନି । ମ୍ୟୁନିସିପାଲିଟି କର୍ମଚାରୀ ଏବେ ଏବେ ରାସ୍ତା ସଫା ଆରମ୍ଭ କରିଛନ୍ତି । ହୋଟେଲକୁ ମୁହଁକରି ରାସ୍ତା ସେପଟେ ଗୋଟିଏ ବଡ଼ କୋଠାଘର । ଘର ସାମନାରେ ପ୍ରଶସ୍ତ ଅଗଣା, ଅଗଣାରେ ଦୁଇଟି ମୋଟରଗାଡ଼ି ଛିଡ଼ା ହୋଇଛି । ଘରରୁ ଜଣାପଡୁଛି, ଜଣେ ଧନୀ, ସମ୍ଭ୍ରାନ୍ତ ଲୋକର ଘର ହୋଇଥିବ । ତା'ର ବାମପଟେ ରାସ୍ତା ଉପରେ ଦୁଇଟି ଗାଈ ଓ ଗୋଟିଏ ଷଣ୍ଢ ଶୋଇଛନ୍ତି । କିଛିଦିନ ତଳେ ସବୁ

ଓଡ଼ିଆ ଖବରକାଗଜରେ ବାହାରିଥିଲା, ଦୁଇଟା ଷଣ୍ଢ ଲଢ଼େଇବେଳେ ଷଣ୍ଢଟିଏ ଗୋଟିଏ ପିଲାଟି ଉପରେ ଚଢ଼ିଯିବାରୁ ପିଲାଟିର ମୃତ୍ୟୁ ଘଟିଥିଲା । ମ୍ୟୁନିସିପାଲିଟିର ଅବହେଳା, ନାଗରିକ ସଚେତନତାର ଅଭାବ ଇତ୍ୟାଦି ଉପରେ ଆଲୋଚନା ପ୍ରକାଶ ପାଇଥିଲା । ଗୌରାଙ୍ଗ କଟକରେ ପଢୁଥିଲା, ଚଉଦବର୍ଷ ହେଲା ପଢ଼ାସାରି ସାରି ଚାକିରି କଲାଣି । ତିନିବର୍ଷ ଗୋଟିଏ ଘରୋଇ ମହାବିଦ୍ୟାଳୟରେ ଅଧ୍ୟାପନା, ପରେ ଅଫିସର ଏଗାର ବର୍ଷ । କୋଡ଼ିଏ ବର୍ଷ ହେଲା, ମେଟ୍ରିକ ପରେ କଲେଜରେ ପଢ଼ିବାକୁ ଆସିଲା ଦିନରୁ ସେ କଟକକୁ ଦେଖୁଛି । ସହରରେ ବହୁତ କିଛି ପରିବର୍ତ୍ତନ ଘଟୁଛି । କିନ୍ତୁ କଟକର ରାସ୍ତାରେ ଗାଈ, ଷଣ୍ଢ ଯେମିତି ଦେଖିବାକୁ ମିଳୁଥିଲେ, ଏବେ ବି ଅଛନ୍ତି । ପର୍ଯ୍ୟଟନ ବିଭାଗ କଟକ ସହରକୁ ବିଜ୍ଞାପିତ କରିବାକୁ ବାରବାଟୀ ଦୁର୍ଗର ପ୍ରବେଶ ଦ୍ୱାର ଏବଂ ଦ୍ୱାର ଦେଇ ଯାଉଥିବା କିଛି ରାସ୍ତାର ଫଟୋ ଦିଏ । ସେ ଭାବୁଥିଲା, ସେହି ରାସ୍ତାରେ ଶୋଇଥିବା ଷଣ୍ଢର ଛବିଟିଏ ଦେଲେ ବି ଚଳିବ, ବରଂ କଟକ ସହରକୁ ବୁଝିହେବ, କଟକକୁ ଜାଣିଥିବା, କଟକକୁ ଭଲପାଉଥିବା ଲୋକଟିକୁ ଫଟୋଟି ଅନ୍ତରଙ୍ଗ ଲାଗିବ ।

ଗୌରାଙ୍ଗ ହେଡ ଅଫିସ୍‌ରେ ଯୋଗଦେବ । ସେ ଟ୍ରେନିଂ ପରେ ଦଶବର୍ଷ ହେଲା ଚାକିରି କଲାଣି, କିନ୍ତୁ କେବେ ହେଡ୍ ଅଫିସ୍‌କୁ ଆସିନଥିଲା । କେବେ ହେଡ୍ ଅଫିସ୍‌ରେ ତା'ର କାମ ପଡ଼ିନାହିଁ । କାମ ନଥିଲେ ବି ଅନେକ ଅଫିସର ଆସନ୍ତି, ବଡ଼ ଅଫିସରଙ୍କ ସହିତ ସମ୍ପର୍କ ରଖିବାକୁ, ଭଲମନ୍ଦରେ ସାହାଯ୍ୟ ପାଇବାକୁ । ଏବେ ଯୋଉମାନେ ହେଡ୍ ଅଫିସ୍‌ରେ ଅଛନ୍ତି ସେ ଜଣକୁ ମାତ୍ର ଜାଣିଛି । ସେ ପି. କେ. ପାତ୍ର ।

ସରକାରୀ ଦପ୍ତରରେ ଅଫିସରମାନେ ତାଙ୍କର ସଂକ୍ଷେପିତ ନାମରେ ପରିଚିତ, ସେମାନେ ତାଙ୍କର ପୂରାନାମ ପରିଚୟ ଦେଲାବେଳେ କୁହନ୍ତି ନାହିଁ କିମ୍ବା କେହି ଜାଣିବାକୁ ବି ଚାହାନ୍ତି ନାହିଁ । ତାଙ୍କ ପ୍ରକୋଷ୍ଠ ସାମ୍ନାରେ ନାମଫଳକରେ ବି ତାଙ୍କର ସଂକ୍ଷେପିତ ନାମ ଲେଖାହୋଇଥାଏ । ଜଣଙ୍କର ନାମ ଥିଲା ଚମାର ଚନ୍ଦ୍ର ଜେନା । ତାଙ୍କୁ ନାମ ପଚାରିଲେ ସେ କୁହନ୍ତି ସି. ସି. ଜେନା । ଜଣେ ବରିଷ୍ଠ ଅଫିସର ଚିଡ଼ିଯାଇ କହିଲେ ସି.ସି. ଜେନା କ'ଣ ? ସେ ତାଙ୍କର ପୂରା ନାମ କହିଲେ । ବରିଷ୍ଠ ଅଫିସର ଜଣକ କହିଲେ ଚମାର ଜେନା କହିବାକୁ କ'ଣ ଲାଜ ଲାଗୁଛି ? ସାଧାରଣତଃ ବିଶ୍ୱାସ ଥିଲା, ଯମ ପିଲାଙ୍କୁ ନେଇଯିବ, ସେଥିପାଇଁ ମା'ମାନେ ପିଲାଙ୍କ ନାମ ହାଡ଼ି, ପାଣ, ଚମାର ରଖୁଥିଲେ । ଯମ ଇତର ନାମକୁ ନାପସନ୍ଦ କରି ପିଲାଙ୍କୁ ନେବାକୁ ଆସିବ ନାହିଁ ।

ପି.କେ. ପାତ୍ର, ପୂରାନାମ ପ୍ରସନ୍ନ କୁମାର ପାତ୍ର । ସେ ଶୁଣିଛି କେବେ ଦେଖିନାହିଁ । ପ୍ରସନ୍ନ ପାତ୍ର ସୁପ୍ରଭା ସାମଲର ସ୍ୱାମୀ । ସୁପ୍ରଭା ତା'ସାଙ୍ଗରେ ପଢୁଥିଲା,

ଦୁହେଁ କିଛିମାସ ଗୌରାଙ୍ଗର ବଡ଼ବାପା ପାଖରେ ପଢୁଥିଲେ । ସେ ସ୍ଥିରକଲା, ସେ ହେଡ୍ ଅଫିସରେ ପହଞ୍ଚି ପ୍ରଥମେ ପି.କେ ପାତ୍ରଙ୍କୁ ଦେଖାକରିବ ।

ଗୌରାଙ୍ଗର ବଡ଼ବାପା ପ୍ରବୀର ବାହୁବଳେନ୍ଦ୍ର ଶିକ୍ଷକ ନଥିଲେ । ସେ ପୁଲିସ ଚାକିରି କରିଥିଲେ, ପୁଲିସ ସବ୍‌ଇନ୍ସପେକ୍ଟର ଥିଲେ । ପ୍ରବୀର ବାହୁବଳେନ୍ଦ୍ର ସବୁବେଳେ କୁହନ୍ତି, ସେମାନେ ପାଇକ । ସେମାନଙ୍କର ପୂର୍ବ ପୁରୁଷ ରାଜାଙ୍କର ସେନାପତି ଥିଲେ । ତାଙ୍କ ପୂର୍ବପୁରୁଷ ବକ୍ସି ଜଗବନ୍ଧୁ ବିଦ୍ୟାଧରଙ୍କ ସହିତ ମିଶି ପାଇକ ବିଦ୍ରୋହରେ ସାମିଲ ହୋଇଥିଲେ, ଇଂରେଜଙ୍କ ବିରୋଧରେ ଲଢ଼ିଥିଲେ । ବଡ଼ବାପା ଚାକିରି କରୁଥିଲାବେଳେ ଗୋଟିଏ ଥାନାର ଭାରପ୍ରାପ୍ତ ଅଫିସର ଥିଲେ । ସ୍ଥାନୀୟ ବିଧାୟକଙ୍କ ସହିତ କୌଣସି କାରଣରୁ ତାଙ୍କର ବଚସା ହେଲା, ବିଧାୟକ ତାଙ୍କୁ ଖରାପ ବ୍ୟବହାର କରିଥିଲେ, ପ୍ରବୀର ରାଗିଯାଇ ତାଙ୍କର ପୁଲିସ ବାଡ଼ିରେ ବିଧାୟକଙ୍କୁ ନିର୍ଘାତ ପିଟିଥିଲେ । ପ୍ରଥମେ ଚାକିରିରୁ ନିଲମ୍ବନ ଏବଂ ପରେ ବହିଷ୍କୃତ ହୋଇଥିଲେ । ସେ ଚାକିରିରେ ପୁନଃନିଯୁକ୍ତି ପାଇଁ କିମ୍ବା ନିଲମ୍ବନ ଓ ବହିଷ୍କାର ବିରୋଧରେ ଅପିଲ ମଧ୍ୟ କରିନଥିଲେ । ଗାଁକୁ ଫେରିଆସି ଚାଷ କରୁଥିଲେ । ତାଙ୍କର ଚାରି ଏକରର ପୈତୃକ ଜମି ଖଣ୍ଡେ ଥିଲା । ପଖାପାଖି ଆଉ ଅଢ଼େଇ ଏକର ଜମି ସେ କିଣିଥିଲେ । ସେହି ଜମି ଖଣ୍ଡରେ ସେ ଫାର୍ମ କଲେ । ଫାର୍ମରେ ସେ ସବୁବେଳେ ଥାଆନ୍ତି, କେବଳ ରାତିରେ ଘରକୁ ଶୋଇବାକୁ ଯାଆନ୍ତି। ଦିନେ ଦିନେ ରାତିରେ ବି ଫାର୍ମରେ ରହିଯାଆନ୍ତି ।

ଗୌରାଙ୍ଗର ବଡ଼ବାପା ଇଂରେଜୀ, ସାହିତ୍ୟ ଓ ଇତିହାସ ଭଲ ପଢ଼ଉଥିଲେ । ଚାଷ କରିବା ସହିତ ତାଙ୍କର ଗୋଟିଏ ଅଭ୍ୟାସ ଥିଲା ପଢ଼ିବା ଓ ପଢ଼େଇବା । ସ୍କୁଲର ପିଲାମାନେ ତାଙ୍କ ପାଖକୁ ଇଂରେଜୀ ପଢ଼ିବାକୁ ଯାଉଥିଲେ । ସେ କାହାଠାରୁ ପଇସା ନେଉନଥିଲେ, ମାଗଣାରେ ପଢ଼ଉଥିଲେ । ପାଖରେ ଗୋଟିଏ ଡବାରେ ଲଜେନ୍ସ ରଖିଥିଲେ, ପିଲାଙ୍କୁ ଦଉଥିଲେ । ଗୌରାଙ୍ଗ ସବୁଦିନ ବଡ଼ବାପାଙ୍କ ପାଖକୁ ପଢ଼ିବାକୁ ଯାଉଥିଲା । ଦଶମ ଶ୍ରେଣୀରେ ସୁପ୍ରଭା ଇଂରେଜୀ ପଢ଼ିବାକୁ ବଡ଼ବାପାଙ୍କ ପାଖକୁ ଆସୁଥିଲା ।

ସକାଳ ନଅଟା ସୁଦ୍ଧା ଗୌରାଙ୍ଗ ନିତ୍ୟକର୍ମ ସାରିଦେଲା । ଅଫିସ ଦଶଟାରେ ଖୋଲିବ, କିନ୍ତୁ ଅଫିସର ଓ କର୍ମଚାରୀ ଆସୁ ଆସୁ ସାଢ଼େଦଶ, ଏଗାରଟା ହେବ । ଜଳଖିଆ ଖାଇବାକୁ ତାକୁ ପାଖାପାଖି ଚା, ଜଳଖିଆ ହୋଟେଲକୁ ଯିବାକୁ ହେବ । ଜଳଖିଆ ଖାଇ ପୁଣି ଛାତ ଉପରକୁ ତା' ରୁମ୍‌କୁ ଆସିବାକୁ ତା'ର ଇଚ୍ଛା ହେଉନଥିଲା । ବରଂ ସେ ଜଳଖିଆ ଖାଇସାରି ଅଫିସ୍‌କୁ ଚାଲିଯିବ । ରିକ୍ସାରେ ଗଲେ ଅଫିସରେ ପହଞ୍ଚିବାକୁ ପନ୍ଦର ମିନିଟ୍ ଲାଗିବ । ଏତେ ଜଲ୍‌ଦି ସେ ଅଫିସ୍‌କୁ ଯାଇ କ'ଣ କରିବ ?

ଅଫିସ୍‌କୁ ଚାଲିଚାଲି ଯାଇହେବ । କଲେଜ ଛକ, ରାଣୀହାଟ, ମଙ୍ଗଳାବାଗ, ସର୍କିଟ୍ ହାଉସ୍, ସର୍କିଟ୍ ହାଉସ୍ ପାଖରେ ତାଙ୍କର ଅଫିସ୍ । ସେ ପାଠପଢ଼ିଲାବେଳେ ପୂରା କଟକ ସହରଟାକୁ ଚାଲିଚାଲି ବୁଲିଛି । ଅଫିସ୍‌କୁ ଚାଲିଚାଲି ଗଲେ ଚାଳିଶ ପଇଁଚାଳିଶ ମିନିଟ୍ ଲାଗିବ । ସେମିତି ଭଲ ହେବ । ନିଜ ରୁମ୍‌ରେ ତାଲା ପକେଇ ରିସେପ୍‌ସନ୍‌ରେ ଚାବିକାଠି ଦେଇ ସେ ପାଖ ଜଳଖିଆ ଦୋକାନକୁ ଖାଇବାକୁ ଗଲା ।

ଗୌରାଙ୍ଗ କଲେଜ ଛକରେ ପହଞ୍ଚିଲା । ବିପ୍ର ପାନ ଦୋକାନ ଉପରେ ତା'ର ଆଖି ପଡ଼ିଗଲା । ଦୋକାନରେ ବିପ୍ର ବସିଥିଲା । ସେ ସିଗାରେଟ୍ ଟାଣିବାକୁ ବିପ୍ର ଦୋକାନକୁ ଗଲା । ଦୁଇଜଣ ଗ୍ରାହକ ଛିଡ଼ା ହୋଇଥିଲେ, ବିପ୍ର ପାନ ଭାଙ୍ଗୁଥିଲା । ସିଗାରେଟ୍ ବଢ଼େଇଦେଇ ବିପ୍ର ପଚାରିଲା, ଆପଣ ଗୌରାଙ୍ଗବାବୁ ନା ?

ଗୌରାଙ୍ଗ ହସିଲା । କହିଲା- ଚିହ୍ନିପାରୁଚ !

ବିପ୍ର କହିଲା, ଚିହ୍ନି ପାରିବି ନାହିଁ କେମିତି ? ଆପଣଙ୍କ ସାଙ୍ଗମାନେ କଟକ ଆସିଲେ ଏଠିକୁ ଆସନ୍ତି । ମୁଁ ଆପଣଙ୍କ ବିଷୟରେ ଶୁଣିଛି, ଆପଣଙ୍କର ବିଭାଗର ଲୋକଙ୍କ ସହିତ ଦେଖାହେଲେ, ଆପଣଙ୍କ ବିଷୟରେ ପଚାରେ । ସେମାନେ ଆପଣଙ୍କର ପ୍ରଶଂସା କରନ୍ତି, ମତେ ଭଲ ଲାଗେ ।

ପାଠ ପଢ଼ିଲାବେଳେ ବିପ୍ର ଦୋକାନ ଆଗରେ ସବୁଦିନ ପାଞ୍ଚଟା ବେଳକୁ ତା' ସାଙ୍ଗମାନେ ପହଞ୍ଚିଯାଆନ୍ତି । ପାଖ ଚା' ଦୋକାନରୁ ଚା' ପିଆଯାଏ, ବିପ୍ର ଠାରୁ ସିଗାରେଟ୍, ପାନ । ବିପ୍ର କହିଲା-ଆପଣଙ୍କ ସାଙ୍ଗ ଯିଏ ମୁମ୍ବାଇରେ ଅଛନ୍ତି, ଶୈଳେନ୍ଦ୍ରବାବୁ ଏହି ଅଳ୍ପଦିନ ତଳେ ଆସିଥିଲେ, ସମସ୍ତଙ୍କ କଥା ପଚାରୁଥିଲେ । ଆପଣଙ୍କର କ'ଣ କଟକ ବଦଳି ହୋଇଛି ?

ଗୌରାଙ୍ଗ କହିଲା- ହଁ, ଆଜି ଯୋଗ ଦେବି ।

ବିପ୍ର କହିଲା- ସାର୍, ଭଲ ହେଲା । ଆଉ ପିଲାପିଲି ?

ଗୌରାଙ୍ଗ କହିଲା- ମୁଁ ବାହା ହୋଇନି ।

ବିପ୍ର ଆଶ୍ଚର୍ଯ୍ୟ ହେଲା । ବୋଧହୁଏ ଏଇଥିପାଇଁ ଯେ ସେ ଏତେଗୁଡ଼ିଏ ଖବର ରଖିଥିଲାବେଳେ ଗୌରାଙ୍ଗ ଅବିବାହିତ, ସେହି ଖବର ସେ ରଖିପାରିନି । ସେ ଦୁଇଜଣ ଗ୍ରାହକ ଚାଲିଯାଇଥିଲେ, ଆଉ ତିନିଜଣ ପହଞ୍ଚି ସାରିଥିଲେ । ଏମାନେ ସବୁ ତା'ର ଲାଗୁଆ ଗ୍ରାହକ । ଏବେ ଅଫିସ୍ ଯିବା ସମୟ । ସେମାନେ ବିପ୍ରଠାରୁ ପାନ ନେଇ ଅଫିସ୍ ଚାଲିଯିବେ । ବିପ୍ର ପାନ ଭାଙ୍ଗି ଜରିମୁଣାରେ ଆଗରୁ ରଖିଛି । ଜଣ ଜଣଙ୍କୁ ଧରାଇ ଦେଉଛି, ପଇସା ରଖୁଛି । ବିପ୍ର ଗୌରାଙ୍ଗଙ୍କୁ ଟିକେ ଚାହିଁଲା, ପଚାରିଲା- ସେହି ଝିଅ ?

ଗୌରାଙ୍ଗ ହସିଲା, ପଚାରିଲା- କୋଉ ଝିଅ ?

ବିପ୍ର ସନ୍ଦେହରେ ପଡ଼ିଗଲା । ସେ ଯୋଉ ଝିଅ କଥା ଭାବୁଛି, ତା' ସହିତ ସମ୍ପର୍କ ଗୌରାଙ୍ଗର ଥିଲା ନା ଶୈଳେନ୍ଦ୍ର ନା ଅଶୋକର ? ସେ ମନେପକେଇ ପାରୁନଥିଲା । ବୋଧହୁଏ ଭୁଲ ଭାବି ଦେଇଛି । ତା' ଦୋକାନ ସାମ୍ନାରେ ବସି ସେମାନେ ଆଲୋଚନା କରନ୍ତି, ସେ ଶୁଣେ । ଏତେଦିନ ବିତିଗଲାଣି, ସେ ଠିକ୍ ମନେପକେଇ ପାରୁନି । ବିପ୍ର କିଛି କହିଲା ନାହିଁ । ଗୌରାଙ୍ଗ ତାକୁ ସିଗାରେଟ୍ ପଇସା ଦେଲା । ବିପ୍ର ନେବାକୁ ମନାକଲା । କହିଲା- ଆପଣ ପଇସା ଦେଲେ ମତେ କ'ଣ ଭଲ ଲାଗିବ ? ଏତେ ବର୍ଷ ପରେ ଦେଖା । ଆପଣଙ୍କର ସାଙ୍ଗମାନେ ଆସିଛନ୍ତି, କିନ୍ତୁ ଆପଣ କଲେଜ ଛାଡ଼ିଲା ପରେ ପ୍ରଥମ ଥର ଆସୁଛନ୍ତି । ଏବେ ତ ଆପଣ କଟକକୁ ଆସିଗଲେ । ଆପଣ ମଝିରେ ମଝିରେ ଆସିବେ, ସଞ୍ଜବେଳକୁ । ଭଲ ଲାଗିବ ।

ଗୌରାଙ୍ଗ ପଇସା ପକେଟରେ ପୂରେଇ ଚାଲିଆସିଲା । କଟକରେ ପଢ଼ା ସାରିବା ପରେ ସେ ବହୁତ ସହର ବୁଲିଛି । ଅନେକ ଲୋକଙ୍କ ସହିତ ମିଶିଛି, କିନ୍ତୁ କଟକିଆଙ୍କ ପରି ସହୃଦୟତା, ଆନ୍ତରିକତା କୋଉଠି ପାଇନି । ବଡ଼ବାପା କୁହନ୍ତି, ସବୁ ସହରର ଗୋଟିଏ ଆତ୍ମା ଅଛି, ଗୋଟିଏ ସହରଠାରୁ ଅନ୍ୟ ସହରରେ ଭିନ୍ନ ଅନୁଭୂତି ଆସିବ । କଟକ ହଜାର ବର୍ଷର ସହର । କଟକ ସହରରେ ପାଦ ପଡ଼ିଥିଲା ଗୁରୁ ନାନକଙ୍କର, ଚୈତନ୍ୟଦେବଙ୍କର, ପୁଣି କେତେ ରାଜା ମହାରାଜାଙ୍କର । କେତେ ମୁନିଋଷିଙ୍କର ନିଃଶ୍ୱାସପ୍ରଶ୍ୱାସ ଏହି କଟକର ବାୟୁମଣ୍ଡଳରେ ମିଶିଛି, ଗଛପତ୍ରରେ ବାଜିଛି । କେତେ ମହାତ୍ମାଙ୍କର ଆତ୍ମା କଟକର ଆକାଶରେ ରହିଛି । କଟକରେ ପାଦ ପଡ଼ିଲେ, କଟକ ତାକୁ ନିଜର ଲାଗେ, ଆପଣାର ମନେହୁଏ । କଟକରେ ବିପ୍ରକୁ ଭେଟି ଗୌରାଙ୍ଗକୁ ଭଲ ଲାଗିଲା । ବିପ୍ର ଯୋଉ ଝିଅ କଥା କହୁଥିଲା, ସେ ସୁପ୍ରଭା ସାମଲ ନୁହେଁ, ଯଦିଓ ବିପ୍ରର ଦୋକାନ ସାମ୍ନାରେ ବସି ଖଟିକରୁଥିଲାବେଳେ ସେ ମଧ୍ୟ ତା'ର ସାଙ୍ଗମାନଙ୍କ ସହିତ ତା'ର ପ୍ରଥମପ୍ରେମ ଓ ଦୁର୍ଘଟଣା, ସୁପ୍ରଭା ବିଷୟରେ ଗପିଛି ।

ଗାଁ ମୁଣ୍ଡରେ ସ୍କୁଲ । ସ୍କୁଲର ବାମପଟକୁ ସାମଲ ସାହି । ସ୍କୁଲ ଆଗକୁ କିଛିଦୂରରେ ବଡ଼ବାପାଙ୍କର ଫାର୍ମ । ଫାର୍ମରେ ଧାନ ଚାଷ କରିବା ସହିତ ବିଭିନ୍ନ ପରିବା ଚାଷ କରନ୍ତି । ଧାନ ଦୁଇ ଅଢ଼େଇ ଏକର ଜମିରେ କରନ୍ତି, ଅବଶିଷ୍ଟ ପରିବା । ଫାର୍ମ ଭିତରେ ପୋଖରୀଟିଏ ବି ଖୋଳିଛନ୍ତି । ପୋଖରୀରେ ମାଛ ଛାଡନ୍ତି, ସବୁ ପ୍ରକାର ପରିବା ଚାଷ, ଅମୃତଭଣ୍ଡା, କଦଳୀ, ଭେଣ୍ଡି, ଜହ୍ନି, ବାଇଗଣ, କାକୁଡ଼ି,

ଟମାଟର ଇତ୍ୟାଦି । ଗୋଟିଏ କଡ଼କୁ ବି କିଛି ସଜନାଗଛ । ପାଣି ଦେବାକୁ ବୋରୱେଲ୍‌ଟିଏ କରିଛନ୍ତି । ସବୁଦିନ ସକାଳୁ ବେପାରୀ ଆସନ୍ତି, ଫାର୍ମରୁ ପରିବା ନେଇଯାଆନ୍ତି । ସେହି ଫାର୍ମ ଭିତରେ ବଡ଼ବାପା ତିନିବଖରା ଘର କରିଛନ୍ତି । ଗୋଟିଏ ବଖରା ନିଜ ପାଇଁ, ଗୋଟିଏ ବଖରାରେ ଜଣେ ହଳିଆ ରୁହେ, ତୃତୀୟ ବଖରାରେ ଚାଷ ଉପକରଣ କିମ୍ବା ଧାନ ଅମଳ ହେଲେ ଧାନ ରୁହେ । ଷ୍ଟୋର ରୁମ୍ । ବଡ଼ବାପା ଦିନ ସାରା ତାଙ୍କ ଫାର୍ମ ଘରେ ରୁହନ୍ତି, ରାତିରେ ଘରକୁ ଆସନ୍ତି । ଦିନେ ଦିନେ ରାତିରେ ବି ରହିଯାଆନ୍ତି । ହଳିଆଟି ସେହି ଫାର୍ମରେ ରୁହେ, ରାତିରେ ଶୁଏ ।

ବଡ଼ବାପାଙ୍କ କୋଠରିରେ ଗୋଟିଏ ଖଟ ପଡ଼ିଛି, ଖଟର ଗୋଟିଏ କଡ଼କୁ କିଛି ବହି ଥୁଆ ହୋଇଛି । ବିଶ୍ରାମ ନେଲାବେଳେ ସେ ପଢ଼ନ୍ତି । ତଳେ ସପ ପକେଇ ସପ ଉପରେ ଗୌରାଙ୍ଗ ଓ ସୁପ୍ରଭା ପଢ଼ନ୍ତି । ସୂର୍ଯ୍ୟ ଅସ୍ତ ହୋଇଆସୁଥିଲା, ବଡ଼ବାପା ପରିବା କ୍ଷେତ ଆଡ଼େ ଚାଲିଯାଇଥିଲେ, କିଏ ଜଣେ ପରିବା ନେବାକୁ ଆସିଥିଲା । ଗୌରାଙ୍ଗ ଓ ସୁପ୍ରଭା ବାହାରୁଥିଲେ ଆସିବାକୁ । ଗୌରାଙ୍ଗ କହିଲା, କାଲି ରାତିରେ ମୁଁ ଗୋଟେ ସ୍ୱପ୍ନ ଦେଖିଥିଲି, ସୁନ୍ଦର ସ୍ୱପ୍ନଟିଏ ।

କି ସ୍ୱପ୍ନ ? ପଚାରିଲା ସୁପ୍ରଭା ।

ଗୌରାଙ୍ଗ କହିଲା- କାଲି ମୁଁ ସ୍ୱପ୍ନ ଦେଖୁଥିଲି ଗୋଟିଏ ଯୁଦ୍ଧ ହେଉଛି, ଘୋଡ଼ାରେ ବସି ଖଣ୍ଡା ତରବାରୀରେ ଯୁଦ୍ଧ ଚାଲିଛି, ଗୋଟେ ନଈକୂଳରେ । ଝିଅଟିଏ ଘୋଡ଼ାରେ ବସି ତରବାରୀ ଧରି ଯୁଦ୍ଧ କରୁଛି । ଗୋଟେ ଲାଲ୍ ଉତ୍ତରୀ ତା' ଛାତିରେ ପଡ଼ିଛି, ଉତ୍ତରୀର ଦୁଇମୁଣ୍ଡକୁ ତା' ପିଠିପଟେ ବାନ୍ଧିଦେଇଛି...

କିଏ ସେହି ଝିଅ ?

ଗୌରାଙ୍ଗ କହିଲା- ତୁ ନୁହେଁ ମ ! ସେ ଝିଅଟି ବହୁତ ସୁନ୍ଦର ଲାଗୁଥିଲା, ତା' ମୁହଁ ଆଖିରୁ ତେଜ ଆସୁଥିଲା । କିନ୍ତୁ କିଏ ମୁଁ ଚିହ୍ନିପାରୁନଥିଲି ।

ମୁଁ କ'ଣ କହୁଛି ସେ ଝିଅଟି ମୁଁ ?

ସୁପ୍ରଭା ଚିଡ଼ିଯାଇ କହିଲା । ମୁହଁ ମୋଡ଼ିଦେଲା । ଗୌରାଙ୍ଗକୁ ସୁପ୍ରଭା ବହୁତ ସୁନ୍ଦର ଲାଗିଲା, ତା'ର ଲାଜ ଓ ରାଗ ମିଶା ମୁହଁ । ସେ ତା' ଆଡକୁ ଚାଲିଯାଇ ତାକୁ କୁଣ୍ଢେଇପକେଇ ତା' ମୁହଁରେ ଚୁମା ଦେଲା । ଗୌରାଙ୍ଗ ନିଜ ନିୟନ୍ତ୍ରଣରେ ନଥିଲା, ସବୁ କେମିତି ହଠାତ୍ ହୋଇଗଲା । ସୁପ୍ରଭା ଚିଡ଼ିଯାଇ ତାକୁ ଠେଲିଦେଲା । କହିଲା- ବଜାରୀ, ଛତରା । ଯେ କ'ଣ କରୁଛୁ ?

ସୁପ୍ରଭାର ଧକ୍କାରେ ଗୌରାଙ୍ଗ ପଡ଼ିଗଲା । ସୁପ୍ରଭା ତା' ଆଡକୁ ନଅନେଇ ତା'ବହିଖାତା ଧରି ଘରୁ ବାହାରି ଚାଲିଗଲା । ଗୌରାଙ୍ଗ ଉଠି ଦ୍ୱାର ପାଖକୁ ଆସି

ଦେଖିଲା, ସୁପ୍ରଭା ଖୁବ୍ ଜୋରରେ ପାଦ ପକେଇ ଚାଲିଯାଉଛି । ଗୌରାଙ୍ଗ ତାକୁ ପଛରୁ ଡାକିଲା ନାହିଁ, ସେ ଡରିଗଲା । ଚାରିଆଡ଼କୁ ଚାହିଁଲା, ପାଖରେ କେହି ନଥିଲେ । ଟିକେ ଦୂରରେ ବଡ଼ବାପା ଓ ପରିବା ନେବାକୁ ଆସିଥିବା ଲୋକଟି କ୍ଷେତ ଭିତରେ ଥିଲେ, ଶାଗ ପଟାଳି ପାଖରେ ।

ଗୌରାଙ୍ଗକୁ ଭୟ ଲାଗୁଥିଲା । ସେ ଭାବୁଥିଲା, ସୁପ୍ରଭା ତାଙ୍କ ଘରେ କହିଦେବ । ସୁପ୍ରଭାର ବାପା ତା' ବାପାଙ୍କୁ କହିବେ । ଗୌରାଙ୍ଗ ଉପରେ ମାଡ଼ ହେବ । ଗାଁ ସାରା ହାଲ୍ଲା ହେବ, ସମସ୍ତେ ତାକୁ ଛି'ଛାକର କରିବେ । ସ୍କୁଲର ଶିକ୍ଷକମାନେ ଜାଣିଯିବେ । ସେ ମୁହଁ ଟେକି ଚାଲିପାରିବ ନାହିଁ । ସେ ଭଲ ପାଠପଢ଼େ, ତାକୁ ସମସ୍ତେ ଭଲ ପାଆନ୍ତି । ଏବେ ସମସ୍ତେ ଖରାପ ଭାବିବେ । ସେ ଚାହୁଁଥିଲା ସୁପ୍ରଭାକୁ ଭୁଲ ମାଗିବ, ତା' ପାଖରେ ନେହୁରା ହେବ, ସେ ଯେମିତି କାହାକୁ କହିବ ନାହିଁ । କିନ୍ତୁ ସୁପ୍ରଭା ନଥିଲା, ସେ ଚାଲିଯାଇଥିଲା । ତାଙ୍କ ଘରକୁ ଯିବାକୁ ଗୌରାଙ୍ଗର ସାହସ ହେଲାନି, ହୁଏତ ତାଙ୍କ ଘରେ ପହଞ୍ଚିଲା ବେଳକୁ ସୁପ୍ରଭା ଘରେ କହିସାରିଥିବ ।

ଗୌରାଙ୍ଗ ଡରି ଡରି ଘରକୁ ଆସିଲା । ତା' ବାପା ଶିକ୍ଷକତା କରନ୍ତି । ପ୍ରାଥମିକ ବିଦ୍ୟାଳୟର ଶିକ୍ଷକ । ସେ ସେପର୍ଯ୍ୟନ୍ତ ଘରକୁ ଫେରିନଥିଲେ । ବାପାଙ୍କର ସ୍କୁଲ ଗାଁ ଠାରୁ ପାଞ୍ଚ କିଲୋମିଟର ଦୂର ହେବ । ଆସିଲା ବାଟରେ କାହା ସହିତ ଦେଖା ହୋଇଗଲେ ସେ ଗପସପ କରନ୍ତି । ଗପୁଡ଼ି ଲୋକ । ଘରେ ପହଞ୍ଚୁପହଞ୍ଚୁ ସଞ୍ଜ ହୋଇଯାଏ । ଗୌରାଙ୍ଗ ଭାବିଲା ହୁଏତ ସେଆଡୁ ଶୁଣି ସେ ଆସିଥିବେ । ଗୌରାଙ୍ଗ ଗୋଡହାତ ଧୋଇ ନିଜ ରୁମ୍‌ରେ ବସିଲା । ବହି ଖଣ୍ଡେ ବାହାରକରି ପଢ଼ିବାକୁ ଚେଷ୍ଟା କଲା, କିନ୍ତୁ ପାଠରେ ମନ ରହୁନଥିଲା ।

ବାପା ଘରକୁ ଫେରିଲେ । ବୋଉ ସହିତ ବାପା କ'ଣ କଥାବାର୍ତ୍ତା କରୁଛନ୍ତି । ସେ କାନଡେରି ଶୁଣୁଥିଲା । ନା, ସୁପ୍ରଭା ବିଷୟରେ କିଛି କହୁନଥିଲେ । ବୋଧହୁଏ ସେ ଶୁଣିନାହାନ୍ତି । ସୁପ୍ରଭାର ବାପା ବୋଧହୁଏ ଘରକୁ ଆସିବେ । ସେ ଜାଣନ୍ତି, ବାପା ସଞ୍ଜବେଳକୁ ଫେରନ୍ତି । ରାତିରେ ଆସି ଅଭିଯୋଗ କରିବେ ।

କେହି ଆସିନଥିଲେ । ଗୌରାଙ୍ଗ ଖାଇଦେଇ ଶୀଘ୍ର ଶୋଇପଡିଲା । ସେ ଚିନ୍ତାକଲା, ପରଦିନ ବଡ଼ବାପାଙ୍କ ପାଖକୁ ସୁପ୍ରଭା ପଢ଼ିବାକୁ ଆସିଲେ, ସେ ପ୍ରଥମେ ଭୁଲ୍ ମାଗିଦେବ । କିନ୍ତୁ ସୁପ୍ରଭା ସେଦିନ ପଢ଼ିବାକୁ ଆସିଲା ନାହିଁ । ପରଦିନ ବି ନୁହେଁ । ପରୀକ୍ଷା ପାଖେଇ ଆସୁଥିଲା, ତାଙ୍କ ସ୍କୁଲରେ କ୍ଲାସ ବନ୍ଦ ହୋଇସାରିଥିଲା । ସେମାନେ ପରୀକ୍ଷା ଦେଲେ ।

ଗୌରାଙ୍ଗ ଭଲ ନମ୍ବର ରଖି ଫାଷ୍ଟ ଡିଭିଜନ୍‌ରେ ପାସ୍ କରିଥିଲା ଏବଂ ସେ

ରେଭେନ୍ସା କଲେଜରେ ପଢ଼ିଲା । ସୁପ୍ରଭାର ସେକେଣ୍ଡ ଡିଭିଜନ୍ ହୋଇଥିଲା, ସେ ତା' ମାମୁଘରେ ରହି ମାମୁଘର ଗାଁ ପାଖ କଲେଜରେ ପଢୁଥିଲା । ସୁପ୍ରଭା ଯୁକ୍ତ ତିନି ପରେପରେ ବାହାହୋଇ ଯାଇଥିଲା, ଗୌରାଙ୍ଗ ଏମ୍.ଏ ପରେ ତିନିବର୍ଷ ଗୋଟିଏ ଘରୋଇ ମହାବିଦ୍ୟାଳୟରେ ଅଧ୍ୟାପନା କରିଥିଲା, ପରେ ସେ ଲୋକସେବା ଆୟୋଗ ଦ୍ୱାରା ମନୋନୀତ ହୋଇ ଅଫିସର ଚାକିରିରେ ଯୋଗଦେଇଥିଲା । ପି.କେ. ପାତ୍ର ସେକ୍ରେଟୋରିଏଟ୍‌ରେ କିରାଣି ଥିଲା, ପରେ ସେ ଲୋକସେବା ଆୟୋଗ ଦ୍ୱାରା ମନୋନୀତ ହୋଇ ଅଫିସର ହୋଇଥିଲା । ଅବଶ୍ୟ ସୁପ୍ରଭା ବାହାହେଲା ବେଳକୁ ପି.କେ. ପାତ୍ର ଅଫିସର ହୋଇସାରିଥିଲା ।

ସୁପ୍ରଭା କଟକରେ ରହୁଥିବ । ସୁପ୍ରଭାର ସ୍ୱାମୀ ପି.କେ. ପାତ୍ର ଏବେ ତା'ର ଉପରିସ୍ଥ ହାକିମ । ତା'ର ସହକର୍ମୀଙ୍କ ଠାରୁ ସେ ଶୁଣିଛି, ପାତ୍ର ଏବେ କମିଶନରଙ୍କର ପାଖଲୋକ, ପାୱାରଫୁଲ୍ ।

ଗୌରାଙ୍ଗ ସାଢ଼େ ଦଶଟା ବେଳକୁ ଅଫିସରେ ପହଞ୍ଚିଲା । ତଥାପି ଅଫିସ୍‌ର ସବୁ କର୍ମଚାରୀ ଆସିନଥିଲ । ଜଣେ ଜଣେ ଆସୁଥିଲେ । ଅଫିସ୍‌ଟି ଚାଲିଥିଲା ଗୋଟିଏ ପୁରୁଣା କୋଠାଘରେ । ମଝିରେ କରିଡର୍, ଦୁଇପଟରେ କୋଠରୀ, ଏପରି ଘରର ପ୍ଲାନ୍ କିଏ ଦେଇଥିଲା କେଜାଣି, କରେଣ୍ଟ ଚାଲିଗଲେ ଅନ୍ଧାର ହୋଇଯିବ । ଦିନଟାରେ ବି କୋଠରୀଗୁଡ଼ିକ ଆଗରେ ଥିବା ନାମଫଳକ ପଢ଼ିହେବନି । ଚାଲିଚାଲି ଯାଇ ଅଫିସ୍ ଭିତରେ ପଶିଲା ପରେ ପ୍ରଥମେ ପ୍ରଥମେ ଗୌରାଙ୍ଗକୁ ଅନ୍ଧାରୁଆ ଲାଗୁଥିଲା । ସେ ନାମଫଳକ ପଢ଼ିପଢ଼ି ପି.କେ. ପାତ୍ରର ରୁମ୍ ପାଇଗଲା । ପାତ୍ର ଅଫିସକୁ ଆସିସାରିଥିଲା ।

ରୁମ୍‌ରେ ପଶି ଗୌରାଙ୍ଗ ନମସ୍କାର କଲା ଏବଂ କହିଲା- ମୁଁ ଗୌରାଙ୍ଗ ବାହୁବଳେନ୍ଦ୍ର । ମୋର ଏଠିକୁ ବଦଳି ହୋଇଛି । ଆଜି ଯୋଗଦେବି ।

ପି.କେ. ପାତ୍ର ପାନ ଚୋବଉଥିଲା ଏବଂ ଗୋଟିଏ ଫାଇଲ ଖୋଲି ପଢୁଥିଲା । କହିଲା-ମୁଁ ଜାଣିଛି ତୁମର ଏଠିକୁ ବଦଳି ହୋଇଛି । ସୁପ୍ରଭା ତୁମ ବିଷୟରେ କୁହେ । ମୁଁ ତୁମ ଗାଁକୁ ଯାଇଛି, ଅନେକଥର, ଯେହେତୁ ମୋ ଶଶୁରଘର ତୁମ ଗାଁରେ । କିନ୍ତୁ ତୁମ ସହିତ କେବେ ଦେଖା ହୋଇନି ।

ଗୌରାଙ୍ଗ କହିଲା-ଗୋଟିଏ ଗାଁ ହେଲେ ବି ଆପଣଙ୍କର ଶଶୁର ଘର ଅନ୍ୟ ସାହିରେ । ତାଙ୍କ ସାହିଟା ଯେହେତୁ ଗୋଟିଏ କଡ଼କୁ ରହିଯାଉଛି, ସେପଟକୁ ଆମ ସାହି ଲୋକଙ୍କର ଚଳପ୍ରଚଳ ବେଶି ନୁହେଁ । ଗାଁ ଛାଡି କଲେଜକୁ ଆସିଲା ପରେ ମୁଁ ଛୁଟିଦିନମାନଙ୍କରେ ଗାଁକୁ ଯାଏ, ଚାକିରି କଲାପରେ ଗାଁକୁ ଗଲେ ବେଶିଦିନ

ରହିହୁଏନି । ହୁଏତ କେବେ କେବେ ଆପଣ ଗାଁକୁ ଯାଇଥିଲାବେଳେ ମୁଁ ଗାଁରେ ଥିବି, କିନ୍ତୁ ଦେଖା ହୋଇପାରିନି। ଗାଁରେ ସାଙ୍ଗମାନେ କୁହନ୍ତି, ଆପଣଙ୍କ ଶଳା ଗାଁରେ ଦେଖାହେଲେ ଆପଣଙ୍କ ବିଷୟରେ ପଚାରନ୍ତି ।

ଗୌରାଙ୍ଗ ପଚାରିଲା ନାହିଁ ସୁପ୍ରଭା ତା' ବିଷୟରେ କ'ଣ କହେ । ଅବଶ୍ୟ ଏପରି ପ୍ରଶ୍ନ ପଚରାଯାଏନି । ତା'ର ଆଗ୍ରହ ଆସୁଥିଲା ଜାଣିବାକୁ, ସୁପ୍ରଭାକୁ ଭେଟିବାକୁ । ଷୋହଳ ସତର ବର୍ଷ ହେଲା ସୁପ୍ରଭା ସହିତ ଦେଖା ହୋଇନି । ସୁପ୍ରଭା କେମିତି ଦିଶୁଥିବ । ପି.କେ. ପାତ୍ର ତା'କଡ଼ରେ ଥିବା ଡଷ୍ଟବିନ୍‌ରେ ପାନଛିପ ପକାଇଲା, କଲିଂ ବେଲ୍ ଚିପିଲା । ପିଅନ ଆସିଲା । ସେ ପିଅନକୁ ଚା' ଆଣିବାକୁ କହି ପକେଟରୁ ଟଙ୍କା ବାହାର କରି ଦେଲା ଏବଂ ଗୌରାଙ୍ଗକୁ କହିଲା ସୁପ୍ରଭା କୁହେ, ତୁମେ ବହୁତ ଟାଲେନଟେଡ୍, ତୁମେ ବଡ଼ କିଛି କରିବା କଥା । ମୁଁ ତାକୁ କୁହେ, ସେ ତ ଅଫିସର ହୋଇଛି, ଇଏ କ'ଣ ଛୋଟ ? ଏହା ଉପରକୁ କେବଳ ଆଇଏଏସ୍ । ଆଇଏଏସ୍ ପାଇବାଟା ଚାନ୍‌ସ କଥା । ଏହି ଚାକିରିରେ ତ ପ୍ରମୋସନ୍ ଅଛି, କ୍ଷମତା ଅଛି, ସମ୍ମାନ ଅଛି, ରୋଜଗାର ବି ଅଛି...

ରୋଜଗାର କହିଦେଇ ପି.କେ. ପାତ୍ର ଅଟକିଗଲା । ସେ ବୋଧହୁଏ ଶୁଣିଥିବ ଗୌରାଙ୍ଗର ରୋଜଗାର ନାହିଁ, ତା'ର କେବଳ ଦରମା । ଯେଉଁ ବିଭାଗରେ ରୋଜଗାର ସାଧାରଣ କଥା, କର୍ମଚାରୀ ନିଜ ପରିଚୟ ଦେଲେ ଲୋକେ ମନେକରନ୍ତି, ତା'ର ରୋଜଗାର ଥିବ, ସେହି ବିଭାଗରେ ଯୋଉ କେତେଜଣ ସଚ୍ଚୋଟ ଅଫିସର ଥାଆନ୍ତି ସେମାନେ ଜଣାପଡ଼ି ଯାଆନ୍ତି। ନିଜ ସ୍ୱାମୀଙ୍କୁ ଗୌରାଙ୍ଗ ଟାଲେନ୍‌ଟେଡ୍ କହିବା ଅର୍ଥ କ'ଣ ? ସୁପ୍ରଭା କ'ଣ ତା'ର ସ୍ୱାମୀକୁ ଗୌଣ ମନେକରେ । ପ୍ରସନ୍ନ ପାତ୍ର କିରାଣୀ ଥିଲା, ଅବଶ୍ୟ ସୁପ୍ରଭାକୁ ବାହାହେଲା ବେଳକୁ ସେ ଅଫିସର ହୋଇସାରିଥିଲା । ସେ ଅଫିସର ଥିଲେ ବି, ତା' ପାଖରେ କ'ଣ କିଛି ଊଣା ଦେଖେ ? କିମ୍ବା ସୁପ୍ରଭା ପାଖରେ ତା' ସ୍ୱାମୀ କ'ଣ ନିଜକୁ ନ୍ୟୁନ ଭାବୁଛି ?

ପି.କେ. ପାତ୍ରର ଷ୍ଟେନୋ ଆସି ପହଞ୍ଚିଲା, ପ୍ରସନ୍ନ ପାତ୍ରକୁ ନମସ୍କାର କଲା । ଗୌରାଙ୍ଗ ଆଖି ଆପେ ଆପେ ଚାଲିଗଲା କାନ୍ଥଘଣ୍ଟା ଆଡକୁ । ଏଗାରଟା ବାଜିବାକୁ ପାଞ୍ଚ ମିନିଟ୍ ଥିଲା । ଷ୍ଟେନୋର ବୋଧହୁଏ ଏଇଟା ଆସିବା ସମୟ । ଯଦିଓ ହାକିମ ଆଗରୁ ଅଫିସରେ ପହଞ୍ଚୁଛନ୍ତି । ପି.କେ. ପାତ୍ର କହିଲା, ଇଏ ଗୌରାଙ୍ଗ ବାହୁବଳେନ୍ଦ୍ର, ଆଜି ଯୋଗଦେବେ । ଦେଖ, ଆଡମିନ୍‌ଷ୍ଟ୍ରେସନ୍ ସେକ୍‌ସନ୍‌ର ଲୋକେ ଆଣିଲେନି ନା ନାହିଁ । ଏଗାରଟା ହେଲାଣି, ଆସି ସାରିଥିବେ । ଗୌରାଙ୍ଗ ବାବୁଙ୍କର କାଗଜପତ୍ର ପ୍ରସ୍ତୁତ କରି ଆଣ ।

କ୍ଷେନୋ ଗୌରାଙ୍ଗଙ୍କୁ ନମସ୍କାର କରି ଚାଲିଗଲା । ପିଅନ ଚା' ନେଇ ଆସିଲା ଏବଂ ଦୁଇଟି କପ୍‌ରେ ଚା' ଢ଼ାଳି ପି.କେ. ପାତ୍ର ଓ ଗୌରାଙ୍ଗଙ୍କୁ ଦେଲା । ପି. କେ. ପାତ୍ର ପାନସିଠା ପାଟିରୁ ତା' କଡ଼ରେ ଥିବା ଡଷ୍ଟବିନ୍‌ରେ ପକେଇଦେଲା, ବୋତଲରୁ ପାଣି ନେଇ କୁଲୁକୁଲୁ କରି ପାଟି ସଫା କଲା ଏବଂ ସେହି କୁଲୁକୁଞ୍ଚା ପାଣି ଡଷ୍ଟବିନ୍‌ରେ ପକାଇଲା । ତା'ର ଧୈର୍ଯ୍ୟ ନଥିଲା ରୁମ୍‌ରୁ ଉଠି ୱାସ୍‌ବେସିନ୍ ପାଖକୁ ଯିବାକୁ । କିମ୍ବା, ଏଇଟା ତା'ର ହାକିମୀ କାଇଦା, ହାକିମ ହୋଇ ଏସବୁ ଟିକେଟିକେ କାମ ପାଇଁ ଉଠିବ କ'ଣ ? ପିଅନ ଅଛି, ପୋଛାପୋଛି କରିବାକୁ ଲୋକ ଅଛନ୍ତି, ସେମାନେ ସଫା କରିବେ । ଯଦି ଜଣେ ତା'ର କ୍ଷମତା ଅନୁଭବ ନକରିବ, ତେବେ ହାକିମ କିପାଇଁ ହେବ ? ପାତ୍ର ଚା' ଢ଼ୋକେ ନେଇ ଗୌରାଙ୍ଗଙ୍କୁ ପଚାରିଲେ, ତୁମର ଚାକିରି ଦଶ, ଏଗାର ବର୍ଷ ହେବ । କେତେଥର ତୁମର ବଦଳି ହେଲାଣି ?

ଗୌରାଙ୍ଗ ଚା' ପିଉପିଉ କହିଲା, ସାତଥର, ଏଇଟା ମୋର ସପ୍ତମ ବଦଳି ।

ପି.କେ. ପାତ୍ର ଚା' ପିଇ ସାରିଥିଲା । ପାନ ଖଣ୍ଡେ ପାଟିରେ ପୂରେଇ କହିଲା, ତୁମେ ଜଣେ କନିଷ୍ଠ ଅଫିସର, ଚାକିରି ବେଶିଦିନ ହୋଇନି । ସେହି ତୁଳନାରେ ତୁମେ ବହୁ ଚର୍ଚ୍ଚିତ । ବୋଧହୁଏ କାରଣ ତୁମେ ଜାଣିଥିବ । ତୁମକୁ କେବେ ଭେଟିନଥିବା ଲୋକ ତୁମକୁ ଜାଣନ୍ତି । ଦେଉଳ ତୋଳିଲେ ନାଁ ପଡ଼େ, ବାଟରେ ହଗିଲେ ନାଁ ପଡେ । ତୁମେ ଜାଣୁଥିବ, କ'ଣ ପାଇଁ ତୁମ ନାମ ପଡୁଛି । ସରକାରୀ ଚାକିରି କରିଥିଲେ, ଏପରିକି ସଂସାରରେ ରହିବାକୁ ହେଲେ, ଗୋଟେ ଶୃଙ୍ଖଳା ଭିତରେ ରହିବାକୁ ପଡ଼େ । ଜଣେ ଯାହା ଚାହିଁବ କରିପାରିବ ନାହିଁ । ବ୍ୟକ୍ତିର ସମ୍ପୂର୍ଣ୍ଣ ସ୍ୱାଧୀନତା ନାହିଁ, ତାକୁ ସାଲିସ କରିବାକୁ ପଡ଼େ । ଯଦି ତୁମେ ସମ୍ପୂର୍ଣ୍ଣ ସ୍ୱାଧୀନତା ଚାହିଁବ, ତେବେ ଚାକିରି କାହିଁକି କରିବ ? ତୁମ ବ୍ୟକ୍ତିତ୍ୱରେ ନିଶ୍ଚିତ କିଛି ଅଭାବ ଅଛି, ଆତ୍ମସମୀକ୍ଷା କରିବା ଉଚିତ୍, ତୁମର ବହୁତ ଦିନ ଚାକିରି ଅଛି ।

ପି.କେ. ପାତ୍ର ଭାଷଣ ଦେବା ଆରମ୍ଭ କରିଦେଲା । ସେ ଜଣେ ବରିଷ୍ଠ ଅଫିସର, ସେଥିପାଇଁ ସେ ଭାବେ ସେ ଯାହା କୁହେ ତାହା ଠିକ୍ । ସେ ମଧ୍ୟ ଶୁଣିଥିଲା ପାତ୍ର ଭାଷଣ ଦେବାକୁ ଭଲପାଏ । ସରକାରୀ ସଂସ୍ଥା ଏହିପରି ବହୁତ ଅଫିସର ଥାଆନ୍ତି । ସେମାନେ ଯେହେତୁ ବରିଷ୍ଠ ସେମାନେ ଭାବନ୍ତି କନିଷ୍ଠଙ୍କ ଠାରୁ ସେମାନେ ଅଧିକ ଜ୍ଞାନୀ, ଅଧିକ ଗୁଣୀ, ସବୁ ବିଷୟରେ । ସେମାନେ ଭାଷଣ ଦେବେ, ନୀତିବାକ୍ୟ କହିବେ, ଉପଦେଶ ଶୁଣେଇବେ । ସେମାନଙ୍କ ଚିନ୍ତାଧାରା ସବୁବେଳେ ଠିକ୍ । ତୁମେ କନିଷ୍ଠ, ତୁମେ ଶୁଣିବାକୁ ବାଧ୍ୟ ।

ଗୌରାଙ୍ଗ କହିଲା, ନିୟମ ମାନି ଚଳିବା, ନିୟମ ଭିତରେ କାମ କରିବା

ଗୋଟେ ଶୃଙ୍ଖଳା । ନିୟମ ଭିତରେ କାମ କଲେ, ସେମିତି ଶୃଙ୍ଖଳା ରଖିଲେ, କିଛି ଲୋକଙ୍କର ଅସୁବିଧା ହୁଏ । ଆବଶ୍ୟକ ସ୍ଥଳେ ନିୟମ ବର୍ହିଭୂତ କାମ କରି ସମସ୍ତଙ୍କୁ ସନ୍ତୁଷ୍ଟ କରିବା ମଧ୍ୟ ଗୋଟେ ଶୃଙ୍ଖଳା । ସେମିତି ସନ୍ତୁଷ୍ଟ କରି ଶୃଙ୍ଖଳା ରଖିହେବ, କିନ୍ତୁ ବେନିୟମ ବାଟରେ । ମୁଁ ଏତେବର୍ଷ ଚାକିରି ଭିତରେ ଆମ ବିଭାଗରେ କାମ କରୁଥିବା ଅଫିସରମାନଙ୍କ ଶୃଙ୍ଖଳା ସଂଜ୍ଞା ନିରୂପଣ କରିପାରୁନି, ପ୍ରକୃତ ଶୃଙ୍ଖଳା କ'ଣ ବୁଝିପାରୁନି । ମୁଁ କିନ୍ତୁ ନିୟମ ବର୍ହିଭୂତ କାମ କିଛି କରିନି ।

ପି.କେ. ପାତ୍ର ଯୁକ୍ତି କଲାନାହିଁ । ଜାଣିପାରିଲା, ଗୌରାଙ୍ଗ ସହଜ ଜନ୍ତୁ ନୁହେଁ । ପଚାରିଲା- ତୁମେ ରାଉରକେଲାରେ କେତେଦିନ ରହିପାରିଲ ? ସେଠି ତୁମର କ'ଣ ହେଲା, ବର୍ଷେ ଭିତରେ ତୁମର ବଦଳି ହୋଇଗଲା ?

ପି.କେ. ପାତ୍ର ହେଡ୍ ଅଫିସ୍‌ରେ ଜଣେ ବରିଷ୍ଠ ଅଫିସର । ରାଉରକେଲା ଘଟଣା ସେ ଶୁଣିଥିବ, ସେ ଗୌରାଙ୍ଗ ମୁହଁରୁ ଶୁଣିବାକୁ ଚାହୁଁଥିଲା ।

■

ଦୁଇ

ରାଉରକେଲାରେ ଗୌରାଙ୍ଗ ଥିଲା ଏଗାର ମାସ ସତର ଦିନ । ବର୍ଷେ ପୂରିନଥିଲା, ତଥାପି ତେରଦିନ ବାକି ଥିଲା । ଯେବେ ସେ ରାଉରକେଲା ଅଫିସ୍‌ରେ ଯୋଗ ଦେଇଥିଲା, ପ୍ରଥମେ ପ୍ରଥମେ ରାଉରକେଲା ତାକୁ ଓଡ଼ିଶାର ଗୋଟେ ଅଂଶ ପରି ଲାଗିନଥିଲା, ଲାଗୁଥିଲା ସତେଯେମିତି ବିହାର କିମ୍ବା ଉତ୍ତରପ୍ରଦେଶର ଏକ ସହର । ଉପକୂଳ ଜିଲ୍ଲାରେ ଗୌରାଙ୍ଗର ଜନ୍ମ । ତା'ର ପାଠପଢ଼ା ଏବଂ ପ୍ରଥମେ ପ୍ରଥମେ ଚାକିରୀ ଉତ୍ତର ଓ ଦକ୍ଷିଣ ଓଡ଼ିଶାରେ ଥିଲା । ରାଉରକେଲା ତାକୁ ଭିନ୍ନ ଲାଗୁଥିଲା । ଦୋକାନ ବଜାରରେ ନାମଫଳକ ହିନ୍ଦୀ କିମ୍ବା ଇଂରେଜୀରେ ଲେଖା ହୋଇଥିଲା । ସାଧାରଣ ଲୋକେ ହିନ୍ଦୀରେ କଥାବାର୍ତ୍ତା କରୁଥିବାର ସେ ଶୁଣୁଥିଲା । ସେ ଗୋଟିଏ ପତ୍ରିକା ଦୋକାନକୁ ଯାଇଥିଲା, ସେହି ଦୋକାନରେ ହିନ୍ଦୀ, ଇଂରେଜୀ ପତ୍ରିକା ବେଶି ଥିଲା, ଗୋଟିଏ ଦୁଇଟି ଓଡ଼ିଆ ପତ୍ରିକା କୋଉଠି ଲୁଚି ହୋଇ ପଡ଼ିଥିଲା । ଦୋକାନୀଙ୍କୁ ଓଡ଼ିଆ ପତ୍ରିକା ଖୋଜି ବାହାର କରି ଦେବାକୁ ପଡ଼ିଥିଲା ।

କୌଣସି ସହର ଜଣକୁ ଆପଣେଇ ନେବାକୁ କିଛି ସମୟ ନିଏ। ଗୌରାଙ୍ଗ ନିଜକୁ ରାଉରକେଲାରେ ଖାପଖୋଇବାକୁ ବେଶି ସମୟ ନେଇନଥିଲା । ଦୁଇତିନି ମାସ ପରେ ବରଂ ତା'ର ମତିଗତିକୁ ରାଉରକେଲା ବେଶ୍ ସୁହାଇଲା । ସେ ଦେଖୁଥିଲା ସମସ୍ତେ ନିଜ ନିଜ କାମରେ ବ୍ୟସ୍ତ । କେହି କାହା ପ୍ରତି ଅନିସନ୍ଧିତ୍ସୁ ନଥିଲେ । ସେ ଯୋଉ ଘରେ ଭଡ଼ାରେ ରହୁଥିଲା, ଘରମାଲିକ ତଳ ତାଲାରେ ରହୁଥିଲେ, ଉପର ତାଲାରେ ସେ ରହୁଥିଲା । ଗେଟ୍‌ରେ ଦୁଇଟି ଚାବି

ଥିଲା । ଗୋଟିଏ ଚାବି ତା'ପାଖରେ ରହୁଥିଲା । ମାସ ଶେଷରେ ଘରଭଡ଼ା ଦେଇଦେଲେ ଘରମାଲିକ ଖୁସି । ସେ କ'ଣ କଲା, କେତେବେଳେ ଆସିଲା, କେତେବେଳେ ଗଲା, ସେଥିପ୍ରତି ଘରମାଲିକ ମୁଣ୍ଡ ଖେଳଉନଥିଲେ । ରାଉରକେଲାରେ ରହିବାର ମାସେ ଦୁଇମାସ ଭିତରେ ଆଡଭୋକେଟ୍ ଖାନ୍ ପରି କିଛି ବନ୍ଧୁ ମିଳିଯାଇଥିଲେ । ସେ ଅଫିସ୍ କାମ ଅଫିସ୍‌ରେ କରୁଥିଲା, ଅଫିସ୍ ଦିନ ପାଞ୍ଚଟା ଛଅଟା ବେଳକୁ ଛାଡ଼ିଆସିଲା ପରେ, ଅଫିସ୍ ସେ ଭୁଲିଯାଉଥିଲା ଏବଂ ନିଜ ଦୁନିଆରେ ହଜିଯାଉଥିଲା ।

ଗୌରାଙ୍ଗ ଆଡଭୋକେଟ୍ ଖାନ୍‌ର ଘର ଉପର ଟେରାସ୍‌ରେ ବସିଥିଲା । ଜହ୍ନରାତି, ତୋଫା ଜହ୍ନ କିରଣ, ସୁଲୁସୁଲୁ ପବନ । ଟେରାସ୍‌ରୁ ଛେଣ୍ଡ ବାଟ ଦେଇ ସେକ୍ଟରକୁ ଯାଇଥିବା ରାସ୍ତା ଦିଶୁଥିଲା । ରାସ୍ତାରେ ଗାଡ଼ି ଚଳପ୍ରଚଳ କମିଯାଇଥିଲା । ଗୌରାଙ୍ଗ ଖାନ୍‌କୁ ପଚାରିଲା, ତୁମେ ସଞ୍ଜୀବ ସିଂକୁ ଜାଣିଛ ?

ଖାନ୍ କହିଲା- ହଁ, କାହିଁକି ପଚାରୁଛ ?

ସେଦିନ ଅଫିସ୍ ଛାଡ଼ିଲା ବେଳକୁ ସାଢ଼େ ପାଞ୍ଚଟା ବେଳକୁ ଗୌରାଙ୍ଗ କମିଶନରଙ୍କ ଠାରୁ ଫୋନ୍ ପାଇଥିଲା । କମିଶନର କହିଥିଲେ, ସଞ୍ଜୀବ ସିଂର ଫ୍ୟାକ୍ଟ୍ରିକୁ ଚଢ଼ଉ କର, ଦୁଇ ସପ୍ତାହ ଭିତରେ । ସେ କଥା ଗୌରାଙ୍ଗ ଖାନ୍‌କୁ କହିଲା ନାହିଁ । କହିଲା, ଏମିତି ପଚାରୁଥିଲି ।

ଖାନ୍ କହିଲା- ସେ ଖଣି ମାଲିକ । ତା'ର ଗୋଟିଏ ଫ୍ୟାକ୍ଟ୍ରି ବେଲଡିହିରେ ଅଛି । ସେହି ୟୁନିଟ୍‌କୁ ତା' ସ୍ତ୍ରୀ ଚଳଉଛି ।

ଚିକେନ ପକୋଡ଼ା ଖଣ୍ଡେ ପୂରଉପୂରଉ ଗୌରାଙ୍ଗ ପଚାରିଲା- ସେ କେମିତିକା ଲୋକ ?

ଖାନ୍ କହିଲା- ପ୍ରତିପତି ସମ୍ପନ୍ନ । ଶିଳ୍ପମନ୍ତ୍ରୀଙ୍କ ସହିତ ତା'ର ଘନିଷ୍ଠ ସମ୍ପର୍କ । ମୁଖ୍ୟମନ୍ତ୍ରୀଙ୍କ ପାଖକୁ ତା'ର ସିଧା ଯିବାଆସିବା । ପଚାରିଲା- ତୁମେ ତାଙ୍କୁ ରେଡ୍ କରିବାକୁ ଚିନ୍ତା କରୁଛ କି ?

ଖାନ୍ ଓକିଲ, ପୁଣି ତା'ର ଟାକ୍ସ ପ୍ରାକ୍ଟିସ୍ । ସେ ବ୍ୟବସାୟୀମାନଙ୍କୁ ଜାଣେ । ସବୁ ବିଭାଗର ଅଧିକାଂଶ ଅଫିସର, ଏସ୍‌ପି, କଲେକ୍ଟରଙ୍କ ଠାରୁ ଆରମ୍ଭ କରି ସେଲ୍‌ସ ଟ୍ୟାକ୍ସ, ଇନ୍‌କମ୍ ଟ୍ୟାକ୍ସ, ଇନ୍ସପେକ୍ଟର ଠାରୁ କମିଶନର ପର୍ଯ୍ୟନ୍ତ ସମସ୍ତଙ୍କୁ ସେ ଜାଣେ । ସମସ୍ତଙ୍କ ସହିତ ତା'ର ସମ୍ପର୍କ । ମେଳାପୀ ଲୋକ, ପୁଣି ମଦ୍ୟପାନ କରେ । ସେ କୁହେ, ମଦର ସମ୍ପର୍କ ରକ୍ତର ସମ୍ପର୍କ ଠାରୁ ବି ଘନିଷ୍ଠ । ସେ ଭାବୁଥିଲା ଗୌରାଙ୍ଗର ମତିଗତି ଯାହା, ସଞ୍ଜୀବ ସିଂକୁ ରେଡ୍ କରିବାକୁ ଯୋଜନା କରୁଥିବା ଅସମ୍ଭବ ନୁହେଁ । ଗୌରାଙ୍ଗ ପଚାରିଲା- ଯଦି ରେଡ କରାଯାଏ, ତେବେ ଅସୁବିଧା କ'ଣ ?

ଖାନ୍ କହିଲା- ମୋର ରାଉରକେଲାରେ କୋଡ଼ିଏ ବର୍ଷର ଓକିଲାତି । ଏହି କୋଡିଏ ବର୍ଷରେ, କୌଣସି ବିଭାଗର ଅଫିସର ତାକୁ ରେଡ କରିବା ମୁଁ ଦେଖିନି । ସେଲ୍ସ ଟ୍ୟାକ୍ସ, ଇନ୍‌କମ୍ ଟ୍ୟାକ୍ସ, ଏକସାଇଜ, କୌଣସି ଅଫିସର ତା'ର ୟୁନିଟ୍‌କୁ ଯାଇଥିବା ମୁଁ ଶୁଣିନି । ଦୁଇବର୍ଷ ତଳେ ଏମ୍.ଭି.ଆଇ ତା' ସ୍ତ୍ରୀର ଗାଡ଼ିକୁ ଅଟକେଇଥିଲା, କ'ଣ ଯୁକ୍ତିତର୍କ ହୋଇଥିଲା । ସେହି ଏମ୍‌ଭିଆଇକୁ ସଞ୍ଜୀବ ସିଂର ଲୋକେ ଟେକି ନେଇ ଫ୍ୟାକ୍ଟ୍ରି ଭିତରେ ନିର୍ଦ୍ଧୁମ ପିଟିଥିଲେ । ସେଠୁ ମୁକୁଳିଲା ପରେ ଏମ୍‌ଭିଆଇ ପନ୍ଦରଦିନ ଘରୁ ବାହାରିନଥିଲା । ତା'ପରେ ସେ ନିଜେ ଧରାଧରିକରି ବଦଳିହୋଇ ଚାଲିଗଲା ।

ଖାନ୍ ଗୋଟିଏ ସିଗାରେଟ୍ ଲୁଗେଇଲା, ଧୂଆଁ ଛାଡ଼ି ସେ ଜହ୍ନ ଆଡକୁ ଚାହିଁ କହିଲା, ତା' ସ୍ତ୍ରୀ ରୋଶନୀ ସିଂ ବହୁତ ସୁନ୍ଦର । ଦୁହିଁଙ୍କର ଲଭ୍ ମ୍ୟାରେଜ୍ । ଦୁହେଁ କଲିକତାର ପ୍ରେସିଡେନ୍‌ସି କଲେଜରେ ପଢୁଥିଲେ ।

ଖାନ୍ ଦ୍ୱିତୀୟ ପେଗ୍ ସାରି ତୃତୀୟ ପେଗ୍ ଧରିଲା । ହଜ୍ନରାତି, ସେ ରୋମାଣ୍ଟିକ୍ ହୋଇଯାଇଥିଲା । କହିଲା- ଡିସେମ୍ବର ୩୧ ତାରିଖରେ ଇଣ୍ଡୋ-ଜର୍ମାନ କ୍ଲବରେ ନ୍ୟୁଇୟର ସେଲିବ୍ରେସନ୍ ହୁଏ । ମୋର କିଛି ବନ୍ଧୁ କେବଳ ତା'କୁ ଦେଖିବାକୁ ଯାଆନ୍ତି । ମୁଁ ମଧ୍ୟ ଯାଏ । ସେ ସମସ୍ତ ମହିଳାଙ୍କ ଭିତରେ ବାରିହୋଇ ପଡ଼େ । ନାଚଗୀତ ହୁଏ, ସେ ମଧ୍ୟ ନାଚେ, ତା' ସ୍ୱାମୀ ସହିତ ।

ଗୌରାଙ୍ଗ କାମରେ ଯଦି କିଛି ବାଧା ଉପୁଜିବାର ଆଶଙ୍କା ଆସେ, କିମ୍ବା ପ୍ରତିବନ୍ଧକ ଆସେ, ଗୌରାଙ୍ଗ ସେହି କାମ କରିବାକୁ ବେଶୀ ଆଗ୍ରହୀ ହୋଇପଡ଼େ । ପିଲାଦିନରୁ ଅଭ୍ୟାସ । କଷ୍ଟ ଗଣିତକୁ ସେ ଆଗ ସମାଧାନ କରେ, ସମାଧାନ କଲା ପର୍ଯ୍ୟନ୍ତ ଲାଗିଥାଏ । ତା'ର ଜିଦି ବଢ଼େ । ଇନ୍ସପେକ୍ଟର ମହାନ୍ତି ଓ ପ୍ରଧାନ ତା'ର ଦୁଇ ସହଯୋଗୀ । ଦୁହେଁ କେହି କାହାକୁ କମ୍ ନୁହଁନ୍ତି । ରାଉରକେଲାର ଟିକିନିକି ଖବର ତାଙ୍କ ପାଖରେ ଥାଏ । ବିଳମ୍ବ ନକରି ପରଦିନ ସକାଳେ ଅଫିସ୍‌ରେ ପହଞ୍ଚି ଗୌରାଙ୍ଗ କହିଲା, ଆମେ ସଞ୍ଜୀବ ସିଂର ବେଲ୍‌ଡିହି ଫ୍ୟାକ୍ଟ୍ରି ଆଦି ଚଢ଼ଉ କରିବା ।

ସକାଳେ ଅଫିସ୍‌ରେ ପହଞ୍ଚିଲା ପରେପରେ ପିଅନ ଚା' ଦେଇଯାଇଥିଲା । ଗୌରାଙ୍ଗ ଓ ପ୍ରଧାନ ଚା' ପିଉଥିଲେ, ମହାନ୍ତି ଚା' ପିଏନି । ଏହି ସମୟରେ ସେମାନେ ସେଦିନର କାର୍ଯ୍ୟକ୍ରମ ଠିକ୍ କରନ୍ତି । ସଞ୍ଜୀବ ସିଂର ନାମ ଶୁଣି ଦୁହେଁ ଚମକି ପଡ଼ିଲେ, ଯେମିତିକି ଘର ଖୋଲୁଖୋଲୁ ଗୋଟେ ଗୋଖର ସାପ ଦ୍ୱାର ପାଖରେ ଫଣାଟେକି ତାଙ୍କୁ ଚାହୁଁଛି । ଦୁହେଁ ଜାଣିସାରିଥିଲେ, ଗୌରାଙ୍ଗ ଯାହା ନିଷ୍ପତ୍ତି ନେବ ସେ ବଦଳେଇବ ନାହିଁ । ସେ ମାଡ଼ିଯିବ, ଯାହା ହେବ ଦେଖାଯିବ, ଏମିତି ତା'ର ପ୍ରକୃତି, ଫଳାଫଳ

ପ୍ରତି ଚିନ୍ତା, କିମ୍ବା ଭାବନା ନାହିଁ । ମହାନ୍ତି ତଥାପି କହିଲା, ସଞ୍ଜୀବ ସିଂକୁ କାହିଁକି ଚଢ଼ଉ କରିବା ?

ମହାନ୍ତି ଓ ପ୍ରଧାନ ସିଧା ତାଙ୍କୁ ଚାହିଁଥିଲେ । ପ୍ରଧାନ ଭାବୁଥିଲା, ଗୌରାଙ୍ଗର ବୋଧହୁଏ ଓଲଟା ପ୍ରଶ୍ନ ହେବ, କାହିଁକି ସିଂକୁ ଚଢ଼ଉ କରିବା ନାହିଁ । ମହାନ୍ତି ବୁଝେଇବାକୁ କହିଲା- ସାର୍, ସେ ବହୁତ ପାୱାରଫୁଲ୍ ଲୋକ, ଶିକ୍ଷମନ୍ତ୍ରୀଙ୍କର ବନ୍ଧୁ, ମୁଖ୍ୟମନ୍ତ୍ରୀଙ୍କ ପାଖକୁ ତା'ର ସିଧା ଯିବାଆସିବା । ଆମେ ଜାଣିବାରେ ତାକୁ କେହି କେବେ ଚଢ଼ଉ କରିନାହାନ୍ତି । ଅସୁବିଧା ହୋଇପାରେ ।

ଗୌରାଙ୍ଗ କହିଲା- ମୁଁ ଜାଣେ । ଗତକାଲି କମିଶନର ଫୋନ୍ କରିଥିଲେ। କହିଛନ୍ତି- ଦୁଇ ସପ୍ତାହ ଭିତରେ ତାକୁ ଚଢ଼ଉକର । ମୁଁ ଭାବୁଛି, ଆଜି ତା'ର ୟୁନିଟ୍‌କୁ ଯାଇ ଦେଖାଦେଖି କରିବା, ଦୁଇ ସପ୍ତାହ ଭିତରେ ରିପୋର୍ଟ ଦେଇଦେବା ।

ପ୍ରଧାନ ଓ ମହାନ୍ତି ଦେଖୁଥିଲେ, ଗୌରାଙ୍ଗ ନିଷ୍ପତ୍ତି ନେଇସାରିଛି, ସେ ତାଙ୍କର ପରାମର୍ଶ କିମ୍ବା ମତାମତ ଲୋଡୁନି। ନିର୍ଦ୍ଦେଶ ଦଉଛି । ମହାନ୍ତି କହିଲା- ସାର୍, ଅର୍ଥମନ୍ତ୍ରୀ ଓ ଶିକ୍ଷମନ୍ତ୍ରୀଙ୍କ ଭିତରେ ପଡୁନାହିଁ । ଦୁହିଁଙ୍କ ଭିତରେ ଟକ୍କର ଚାଲିଛି । ସଞ୍ଜୀବ ସିଂ ଶିକ୍ଷମନ୍ତ୍ରୀଙ୍କର ଘନିଷ୍ଠ । ବୋଧହୁଏ ସେଥିପାଇଁ ତାକୁ ରେଡ୍ କରିବାକୁ ସେ କମିଶନରଙ୍କୁ କହିଥିବେ । ସାର୍, ବଡ଼ ବଡ଼ିଆଙ୍କର ଲଢ଼େଇ, ଦୁଇ ଷଣ୍ଢ ଲଢ଼େଇରେ ଆମପରି ଘାସ, ଗୁଳ୍ମ ଯାହା ମାଡ଼ିମକଚିହେବା ସାର୍...

ମହାନ୍ତିର ରାଉରକେଲାରେ ତିନିବର୍ଷ ପୂରି ଯାଇଥିଲା, ତା'ର ବଦଳିହେବା କଥା । କିନ୍ତୁ ସେ ଉପର ମହଲାରେ କିଛିଟଙ୍କା ଖର୍ଚ୍ଚ କରି ନିଜର ବଦଳି ରୋକି ଦେଇଛି । ସେ ରାଉରକେଲାରେ ଅନ୍ତତଃ ବର୍ଷଟିଏ ରହିବ, ବର୍ଷଟିଏ ନରହିଲେ ତା'ର ଲାଭ ନାହିଁ । ସେ ଆଶଙ୍କା କରୁଥିଲା, କିଛି ବି ହୋଇପାରେ, ବେଶୀ ସମ୍ଭାବନା ବଦଳି ଏବଂ ଏବେ ବଦଳି ହୋଇଲେ ତା'ର ଖର୍ଚ୍ଚ ବି ଉଠିବନି । ତା'ର ଟଙ୍କା ବୁଡ଼ିବ । ଗୌରାଙ୍ଗ ଦେଖୁଥିଲା, ଏମାନଙ୍କର ଭୟ ସମସ୍ତଙ୍କୁ । ସେମାନେ କେବଳ ଚାକିରି କରିନାହାନ୍ତି, ବେପାର କରୁଛନ୍ତି । ଟଙ୍କା ଦେଇ ନିଯୁକ୍ତି ପାଉଛନ୍ତି, ଟଙ୍କା ଦେଇ ବଦଳି ରୋକୁଛନ୍ତି । ଲାଭ ଓ କ୍ଷତିର ହିସାବ । ତାକୁ ବିରକ୍ତ ଲାଗୁଥିଲା, ସେ କହିଲା ଆମେ ଅର୍ଥମନ୍ତ୍ରୀଙ୍କ ଅଧୀନରେ ଚାକିରି କରିଛେ, କମିଶନର ନିଜେ ଫୋନ୍ କରିଛନ୍ତି । କମିଶନରଙ୍କ ନିର୍ଦ୍ଦେଶକୁ ଆମେ କ'ଣ ଏଡେଇ ଦେଇପାରିବା ?

ଗୌରାଙ୍ଗ ଓ ପ୍ରଧାନ ଚା' ପିଇସାରିଥିଲେ । ଗୌରାଙ୍ଗ କଲିଂବେଲ୍ ଚିପିଲା, ପିଅନ ଆସିଲା । ପିଅନକୁ କହିଲା, ଡ୍ରାଇଭରକୁ ଗାଡ଼ି ଲଗେଇବାକୁ କହ ।

ସେମାନେ ପହଞ୍ଚିଲା ବେଳକୁ ରୋଶନୀ ସିଂ ଅଫିସରେ ଥିଲା । ଗେଟ୍ ପାଖରେ

ଜିପ୍ ରଖି ସେମାନେ ରୋଶନୀ ସିଂ ଅଫିସ୍‌କୁ ଗଲେ । ଗୌରାଙ୍ଗ କହିଲା- ଆମେ ଏନ୍‌ଫୋର୍ସମେଣ୍ଟରୁ ଆସିଛୁ । ସେ ତା'ର ପରିଚୟପତ୍ର ଦେଖେଇଲା ।

ଖାନ୍ ଯାହା କହୁଥିଲା ସେୟା, କିଛି ଅତିରଞ୍ଜିତ କରି କହୁନଥିଲା, ରୋଶନୀ ସିଂ ସୁନ୍ଦର । ସାଲୱାର, କୁର୍ତ୍ତା ପିନ୍ଧିଥିଲା, ତା'ର ଅଲମ୍ବ ଘଞ୍ଚ କେଶ ତା'ର କାନ୍ଧରେ ବାଜୁଥିଲା । ଗୌରାଙ୍ଗର ପରିଚୟପତ୍ର ସେ ଦେଖିଲା । ଚଢ଼ଉ କରିବାକୁ ଆସିଥିବା ଅଫିସରଙ୍କୁ ଦେଖି ବ୍ୟବସାୟୀମାନେ ହଡବଡ଼େଇ ଯାଆନ୍ତି, ଡରି ଯାଆନ୍ତି, ସେମିତି କିଛି ପ୍ରତିକ୍ରିୟା ରୋଶନୀ ସିଂର ମୁହଁରେ କିମ୍ବା ବ୍ୟବହାରରେ ନଥିଲା । ନିଜ ଉପରେ ଗଭୀର ଆତ୍ମବିଶ୍ୱାସ ଥିଲା ପରି ମନେ ହେଉଥିଲା, ଯେମିତିକି ଏକ ଐତିହାସିକ ବିଷୟ ଉପରେ ନିର୍ମିତ ସିନେମାର ରାଣୀ କିମ୍ବା ରାଜକୁମାରୀ । ମନ ଭିତରେ ଆଶଙ୍କା ଥିଲେ ବି ବାହାରକୁ ଜଣାପଡିବ ନାହିଁ। ରାଣୀର ସମ୍ମାନ, ଆତ୍ମ ମର୍ଯ୍ୟାଦା, ବିଚଳିତ ହେବା, ଶୋଭାପାଇବନି । ସେ କହିଲା, ମିଷ୍ଟର ସିଂ ନାହାନ୍ତି, ବାହାରକୁ ଯାଇଛନ୍ତି ।

ଗୌରାଙ୍ଗ ଭଦ୍ରତାର ସହିତ କହିଲା- ଆପଣ ମାନେଜିଂ ଡିରେକ୍ଟର, ମିଷ୍ଟର ସିଂ ରହିବାର ଆବଶ୍ୟକତା ନାହିଁ । ଆପଣ ମଧ୍ୟ ନରହିଲେ ଚଳିବ । ଆପଣଙ୍କର ମ୍ୟାନେଜର, ଏକାଉଣ୍ଟାଣ୍ଟ ରହିଲେ ଯଥେଷ୍ଟ । ସେମାନେ ଆମକୁ ଖାତାପତ୍ର ଯୋଗେଇଦେବେ । ଆମେ ଯାହା ଦେଖିବା କଥା ଦେଖିବୁ । ପରେ ଆପଣ କିମ୍ବା ଆପଣଙ୍କର ଓକିଲ ଆମ ଅଫିସ୍‌ରେ ବୁଝେଇଦେବେ ।

ରୋଶନୀ ସିଂ କହିଲା, ବସନ୍ତୁ । ସେ ତା'ର ପିଅନକୁ କହିଲା- ସାରଙ୍କୁ ପାଣି ଦିଅ । ତା'ର ପିଅନ ଟ୍ରେ ଉପରେ ତିନି ଗ୍ଲାସ ପାଣି ନେଇଆସିଲା । ଗୌରାଙ୍ଗ ଆଗ ପାଣି ନେଇ ପିଇଲା ଏବଂ କହିଲା, ମାଡାମ୍ ବ୍ୟସ୍ତ ହେବାର କିଛି ନାହିଁ । ଏଇଟା ଆମର ଗୋଟେ ପ୍ରକାର ରୁଟିନ୍ କାମ । ଆପଣଙ୍କର ଏକାଉଣ୍ଟାଣ୍ଟ, ମ୍ୟାନେଜରକୁ କୁହନ୍ତୁ, ସେ ଆମକୁ ଖାତାପତ୍ର ଦେଖେଇବ । ଆପଣଙ୍କର ଖାତାପତ୍ର କୋଉଠି ଅଛି, ପିଅନକୁ କୁହନ୍ତୁ ଆମକୁ ଦେଖେଇଦେବ ।

ମହାନ୍ତି ଓ ପ୍ରଧାନ ନିରବରେ ବସିଥିଲେ, ଯାହାକୁ ଚଢ଼ଉ କରାଯାଏ ସିଏ ଡରେ, କିନ୍ତୁ ମହାନ୍ତି ଓ ପ୍ରଧାନ ଭୟଭୀତ ହୋଇପଡ଼ିଥିଲେ । ଏପଟସେପଟ ଚାହୁଁଥିଲେ । ବୋଧହୁଏ ଭାବୁଥିଲେ, କିଏ କୋଉଠି ଲୁଚିଥିବ, ହଠାତ୍ ଝାମେଲା ଆରମ୍ଭ କରିଦେବ, ହୁଏତ ଠେଙ୍ଗାରେ ପଟିପକେଇବ । ମହାନ୍ତି କହିଲା, ମାଡାମ୍ ଆପଣଙ୍କ ଇଣ୍ଡଷ୍ଟ୍ରିକୁ ଆସିବାକୁ ଆମର ଯୋଜନା ନଥିଲା । ଉପରୁ ଫୋନ୍ ଆସିଲା, ଆମେ କ'ଣ କରିପାରିବୁ ? ଆସିବାକୁ ବାଧ୍ୟ ହେଲୁ ।

ମହାନ୍ତି ଭାବୁଥିଲା, ଏଠିକୁ ଆସି ସେମାନେ ଦୋଷ କରିଛନ୍ତି, ଅନ୍ତତଃ ତା'

କଥାରୁ ସେ ଜଣେଇଦଉଥିଲା ଏବଂ ଦୋଷ ଛଡ଼େଇ ଦଉଥିଲା । ଗୌରାଙ୍ଗଙ୍କୁ ବିରକ୍ତ ଲାଗିଲା । ସେ ମହାନ୍ତି ଆଡକୁ ଚାହିଁଲା, ତା' ଚାହିଁବାରେ ନିଜର ଅସନ୍ତୋଷ ଜଣେଇ ଦଉଥିଲା । ମହାନ୍ତି ଚୁପ ରହିଲା ।

ମାନେଜର ଓ ଏକାଉଣ୍ଟାଣ୍ଟ ଆସିଲେ । ଆସୁଆସୁ ମ୍ୟାନେଜର କହିଲା, ଓଡ଼ିଶାରେ ସେଥିପାଇଁ ଇଣ୍ଡଷ୍ଟ୍ରି ହେଉନି। ଶାନ୍ତିରେ ଏଠି ବିଜିନେସ୍ କରିହେବନି ।

ଶିବଙ୍କ ବଳରେ ଷଣ୍ଢ ଖୁରି ଖାଉଛି । ମ୍ୟାନେଜରର ଉଚ୍ଚତା ପାଞ୍ଚଫୁଟ ଦୁଇତିନି ଇଞ୍ଚ ହେବ, ହୃଷ୍ଟପୁଷ୍ଟ ଚେହେରା, ଡିମାଡିମା ଆଖି । ଟାଉଟରଟିଏ ପରି ଦିଶୁଥିଲା । ଗୌରାଙ୍ଗ ଭାବୁଥିଲା, ତା' ମାଲିକର କ୍ଷମତା ଏବଂ ଏପରି ମାଲିକ ପାଖରେ କାମ କରିବାର ସୁଯୋଗ ପାଇଥିବାରୁ ସେ ମାଲିକଙ୍କ ସ୍ତ୍ରୀ ଆଗରେ ତାଉ ଖାଉଥିବ । ତା'ର ବିଶ୍ୱସ୍ତତାର ପ୍ରମାଣ ଦେଉଛି । ଗୌରାଙ୍ଗ ଚିଡିଗଲା । ସେ ମାନେଜରକୁ କହିଲା ସେପରି ତାତ୍ତ୍ୱିକ ଆଲୋଚନାର କିଛି ଅର୍ଥ ନାହିଁ । ମୋ ଜାଣିବାରେ ଆପଣଙ୍କ ୟୁନିଟ୍‌କୁ ଅନ୍ତତଃ କୋଡ଼ିଏ ବର୍ଷ ହେଲା କେହି ଆସିନଥିଲେ କିମ୍ବା ଆପଣଙ୍କର ଶାନ୍ତି ଭଙ୍ଗ କରିନଥିଲେ । ବର୍ତ୍ତମାନ ଆପଣ ଖାତାପତ୍ର ଦେଖାନ୍ତୁ, ଶୀଘ୍ର ସରିଗଲେ, ଆମେ ଶୀଘ୍ର ଚାଲିଯିବୁ । ଆପଣ ଶାନ୍ତିରେ କାମ କରିବେ । ତାତ୍ତ୍ୱିକ ଆଲୋଚନା କରି ଅଯଥାରେ ବିଳମ୍ବ କରାନ୍ତୁ ନାହିଁ ।

ରୋଶନୀ ସିଂ ମାନେଜରକୁ କହିଲା- ସାରଙ୍କୁ ଏକାଉଣ୍ଟସ୍ ସେକ୍ସନକୁ ନେଇଯାଆନ୍ତୁ, ସେଠି ବସିବାର ବ୍ୟବସ୍ଥା କରିଦିଅନ୍ତୁ ।

ସେମାନେ ରୋଶନୀ ସିଂର ରୁମ୍‌ରୁ ଚାଲିଆସିଲେ । ଖାତାପତ୍ର, ଫାଇଲ ସବୁ ଦେଖୁଥିଲେ । ଏକାଉଣ୍ଟାଣ୍ଟ ସହଯୋଗ କରୁଥିଲା । ଜଣେ ତିନି କପ୍ ଚା' ନେଇ ଆସିଲା । ମହାନ୍ତି ଚା' ପିଏନା, ଗୌରାଙ୍ଗର ଚା' ପିଇବାକୁ ଇଚ୍ଛା ହେଉନଥିଲା, ପ୍ରଧାନ ମଧ ମନା କରିଦେଲା । ସେହି ଲୋକଟି ଚା' ଫେରେଇ ନେଲା ନାହିଁ, ଗୋଟିଏ ଷ୍ଟୁଲ ଉପରେ ରଖି ଚାଲିଗଲା । କିଛି ସମୟ ପରେ ଆସି କହିଲା, ଆପଣଙ୍କର ଫୋନ୍ ଆସିଛି, ଏମ୍‌ଡିଙ୍କ ରୁମ୍‌ରେ ।

ଏମ୍.ଡି, ମାନେଜିଂ ଡାଇରେକ୍ଟର ରୋଶନୀ ସିଂ । ଗୌରାଙ୍ଗ, ରୋଶନୀ ସିଂର ରୁମ୍‌କୁ ଗଲା । ରୋଶନୀ ବସିଥିଲା, ରିସିଭର କ୍ରେଡଲ ଉପରୁ ଉଠାଯାଇ ଟେବୁଲ ଉପରେ ଥିଲା । ସେ ଫୋନ୍ ଧରିଲା । ସେପଟୁ ଜଣେ କହିଲା, ମୁଁ ଇଣ୍ଡଷ୍ଟ୍ରି ମିନିଷ୍ଟରଙ୍କର ପ୍ରାଇଭେଟ୍ ସେକ୍ରେଟାରୀ କହୁଛି । ଆପଣଙ୍କୁ ସେଠିକୁ ଯିବାକୁ କିଏ କହିଲା ?

ଗୌରାଙ୍ଗ କାନ ପାଖରେ ଧରିଥିଲା ରିସିଭର, ଚାହିଁଥିଲା ରୋଶନୀ ସିଂକୁ । ରୋଶନୀ ସିଂ ଅପେକ୍ଷା କରିଥିଲା ଗୌରାଙ୍ଗର ପ୍ରତିକ୍ରିୟା ଦେଖିବାକୁ । ସେ ହଠାତ୍

ରାଗିଗଲା, ଇଂରେଜିରେ କହିଲା, ମୋର ଆସିବାର କ୍ଷମତା ଅଛି, ଆଇନ ମତେ କ୍ଷମତା ଦେଇଛି । ମତେ କେହି କହିବାର ଆବଶ୍ୟକତା ନାହିଁ ।

ସେହି ଏକାକଥା, ଶିବଙ୍କର ଷଣ୍ଢ । ଭୁରୁଡ଼ି ଖାଉଛି । ସଞ୍ଜୀବ ସିଂର ଶିକ୍ଷମନ୍ତ୍ରୀଙ୍କ ସହିତ ସମ୍ପର୍କ ବ୍ୟାବସାୟିକ । ଶିକ୍ଷମନ୍ତ୍ରୀଙ୍କ ପାଖକୁ ସଞ୍ଜୀବ ସିଂ ଗଲାବେଳେ ପ୍ରାଇଭେଟ ସେକ୍ରେଟାରୀକୁ ଭେଟୁଥିବ । ଶିବଙ୍କୁ ଦର୍ଶନ କରିବା ପୂର୍ବରୁ ଷଣ୍ଢକୁ ଭେଟିବ, ସିଂ ଷଣ୍ଢ ପାଖରେ ବି କିଛି କିଛି ଭୋଗ ଲଗାଉଥିବ, ମଝିରେମଝିରେ ଟଙ୍କା ନଉଥିବ, କିମ୍ବା କେବେ କେମିତି ମଦମାଂସରେ ଆପ୍ୟାୟିତ ହେଉଥିବ । ତେଣୁ ଏହି ସମୟରେ ତା'ର ସିଂକୁ ସାହାଯ୍ୟ କରିବା ଉଚିତ୍ ଭାବି ସେ କହୁଛି । ଭାବୁଥିଲା, ମନ୍ତ୍ରୀ ନାମ ଶୁଣି ଗୌରାଙ୍ଗ ଡରିଯିବ, ଆଜ୍ଞା ଆଜ୍ଞା ହେବ । କିନ୍ତୁ ସେ ଭାବି ନଥିଲା ତା'ର ପ୍ରତିକ୍ରିୟା ଏପରି ଦୃଢ଼ ହେବ । ତା'ର ତେଜ କମିଗଲା । ପଚାରିଲା, ଆପଣଙ୍କର ନାମ କ'ଣ ?

ଗୌରାଙ୍ଗ ବହୁବଳେନ୍ଦ୍ର...

ପ୍ରାଇଭେଟ୍ ସେକ୍ରେଟାରୀ କହିଲା- ହଉ, ଠିକ୍ ଅଛି । ସଞ୍ଜୀବ ସିଂ ହେଉଛନ୍ତି ମିନିଷ୍ଟରଙ୍କର ବନ୍ଧୁ ।

ଗୌରାଙ୍ଗ କହିଲା- ମୁଁ ଜାଣେ ଏବଂ ଫୋନ୍ ରଖିଦେଲା ।

ଦୁଇଟା ସୁଦ୍ଧା ସେମାନେ ଯାହା ଖାତାପତ୍ର ଦେଖିବା କଥା ଦେଖିଦେଲେ ଏବଂ କିଛି କାଗଜପତ୍ର ଜବତ କରି ନେଇଆସିଲେ । ତାଙ୍କ ମ୍ୟାନେଜର ଷ୍ଟେଟମେଣ୍ଟ ଦେଲା ଏବଂ ଦୁଇଦିନ ପରେ ଖାତାପତ୍ର ଧରି ବୁଝେଇବାକୁ ଅଫିସ ଆସିବାକୁ ନୋଟିସ୍ ଦେଇ ସେମାନେ ଚାଲିଆସିଲେ ।

ପରଦିନ ଅଫିସ୍‌ରେ ପହଞ୍ଚୁ ପହଞ୍ଚୁ ପ୍ରଥମେ ଫୋନ୍ ଆସିଥିଲା ଆଡଭୋକେଟ ଖାନ୍ ପାଖରୁ । ଖାନ୍ କହିଲା- ମୁଁ ଦେଖୁଛି ତୁମେ ବଡ଼ ବିପଜ୍ଜନକ ଲୋକ । ରାତିରେ ପଚାରୁଥିଲ, ସକାଳେ ପଶିଗଲ ।

ତୁମେ କେମିତି ଜାଣିଲ ? ପଚାରିଲା ଗୌରାଙ୍ଗ ।

ରାଉରକେଲାରେ ସମସ୍ତେ ଜାଣିଛନ୍ତି । ସଞ୍ଜୀବ ସିଂର ସ୍ମାର୍ଟ ଓ ସୁନ୍ଦରୀ ସ୍ତ୍ରୀ ରୋଶନୀ ସିଂର ବ୍ୟବସାୟ ପ୍ରତିଷ୍ଠାନ ଚଢ଼ଉ ହେବ, ସେହି ଖବର କ'ଣ କେବେ ରାଉରକେଲାରେ ଲୁଚି ରହିପାରିବ ?

ଗୌରାଙ୍ଗ କହିଲା, ସଞ୍ଜବେଳେ ଭେଟିବା, କଥାହେବା ।

କିଛି ସମୟ ପରେ ସ୍ଥାନୀୟ ବିଧାୟକ ଫୋନ୍ କଲେ । କହିଲେ ବାହୁବଳେନ୍ଦ୍ର ବାବୁ ମୁଁ ଜାଣିଛି ଆପଣ ସିଂକୁ ଚଢ଼ଉ କରିବାକୁ ଉପରୁ ଫୋନ୍ ପାଇଥିବେ, ନହେଲେ

ଆପଣ ଯାଇନଥାନ୍ତେ । କିନ୍ତୁ ଆପଣ ତ ରିପୋର୍ଟ କରିବେ । ଟିକେ ଦେଖି ଚାହିଁ ରିପୋର୍ଟ କରିବେ । ସିଂ ମୋର ବନ୍ଧୁ, ମତେ କହୁଥିଲା । ମୁଁ ତାକୁ କହିଲି- ମୁଁ ଅଫିସରଙ୍କୁ କହିଦେଉଛି । ଆପଣ ତ ବ୍ୟସ୍ତ ରହୁଥିବେ । କେତେବେଳେ ଆସିବେ, ବସିବା ।

ଗୌରାଙ୍ଗ କିଛି ମନ୍ତବ୍ୟ ଦେଲାନି । ଶୁଣିଲା ଏବଂ କହିଲା- ହଉ ।

ଦୁଇଦିନ ପରେ ଅପରାହ୍ନରେ ନିଜ ରୁମ୍‌ରେ ବସିଥିଲା ଗୌରାଙ୍ଗ । ପାଖରେ ଥିଲେ ମହାନ୍ତି ଓ ପ୍ରଧାନ । ସେମାନେ ସଞ୍ଜୀବ ସିଂର ଅଫିସରୁ ଜବତ କରିଥିବା କାଗଜପତ୍ର ପରଖୁଥିଲେ । ସଞ୍ଜୀବ ସିଂ ପହଞ୍ଚିଗଲା । ଉଚ୍ଚତା ଛଅଫୁଟ୍ ପାଖାପାଖି, ଗୋଟିଏ ଡେନିମ୍ ଜିନ୍ ପ୍ୟାଣ୍ଟ ସହିତ ଧଳା ସାର୍ଟ ପିନ୍ଧିଥିଲା। ଦେଖିବାକୁ ସୁନ୍ଦର । ହସ ହସ ମୁହଁ । କହିଲା, ମୁଁ ନଥିଲି, ଗତକାଲି ରାତିରେ ଫେରିଲି ।

ଗୌରାଙ୍ଗ ଜାଣିଥିଲା ସେଦିନ ସଞ୍ଜୀବ ସିଂ ନଥିଲା, ତା' ସ୍ତ୍ରୀ କହିଥିଲା । ପିଅନ ଚା' ଆଣିଦେଲା, ଗୌରାଙ୍ଗ ଓ ପ୍ରଧାନଙ୍କୁ । ଗୌରାଙ୍ଗ ନିଜ ଚା'କୁ ସଞ୍ଜୀବ ସିଂ ଆଡକୁ ବଢ଼େଇ ଆଉ ଗୋଟେ କପ୍ ଆଣିବାକୁ ପିଅନକୁ କହିଲା । ସଞ୍ଜୀବ ସିଂ କହିଲା, ଆପଣ ତ ଆମ ଅଫିସ୍‌ରେ ଚା' ପିଇଲେ ନାହିଁ, ମୁଁ କାହିଁକି ଆପଣଙ୍କ ଠାରୁ ଚା' ପିଇବି ?

ଗୌରାଙ୍ଗ ହସିଲା । କହିଲା, ସେଦିନ ମୋର ଏସିଡିଟି ହୋଇଥିଲା, ମୁଁ ମଧ୍ୟ ଅଫିସ୍‌ରୁ ଚା' ପିଇ ଯାଇଥିଲି । ଚା' ନପିଇବାର ଅନ୍ୟ କିଛି କାରଣ ନାହିଁ। କିନ୍ତୁ ଯଦି ମତେ ଲଞ୍ଚ ପାଇଁ କହିଥାନ୍ତେ, ତେବେ ଆମେ ଖାଇଦେଇ ଆସିଥାନ୍ତୁ । ଆମେ ଦୁଇଟା ବେଳକୁ ଆସିଲୁ ।

ସଞ୍ଜୀବ ସିଂ କହିଲା, ଆମେ ନିଶ୍ଚିତ ବସିବା, ଲଞ୍ଚ ହେଉ କିମ୍ବା ଡିନର ।

ସଞ୍ଜୀବ ସିଂର କଥାବାର୍ତ୍ତା ତାକୁ ଭଲ ଲାଗୁଥିଲା । ଗୌରାଙ୍ଗ ତା'ବିଷୟରେ ଯାହା ଶୁଣିଥିଲା, ସେ ଭାବୁଥିଲା, ଲୋକଟା ବୋଧହୁଏ ଦୁର୍ଦ୍ଦାନ୍ତ ହୋଇଥିବ, ରାଗୀ ଓ ବଦମାସ୍ । କିନ୍ତୁ ସେ ବହୁତ ଭଦ୍ର ଓ ମେଳାପି ମନେହେଉଥିଲା । ନମିଶି, ନଜାଣି ଅନ୍ୟମାନଙ୍କ ଠାରୁ ଶୁଣି ଜଣେ ଲୋକ ଉପରେ ଧାରଣା କରିନିଆଯାଏ । କିନ୍ତୁ ଅନେକ ସମୟରେ ସେହି ଧାରଣା ଭୁଲ୍ ହୋଇଯାଏ । ସଞ୍ଜୀବ ସିଂକୁ ଦେଖି, ତା' ସହିତ ମିଶି ଗୌରାଙ୍ଗର ସେମିତି ମନେ ହେଉଥିଲା । ଗୌରାଙ୍ଗ କହିଲା- ଆପଣ କୋଟି କୋଟି ଟଙ୍କାର ବିଜିନେସ୍ କରୁଛନ୍ତି । ମୁଁ ଯୋଉ ରିପୋର୍ଟ ଦେବି, କେତେ ଟଙ୍କା ଦେବାକୁ ହେବ ଯେ ଆପଣ ଏତେ ବ୍ୟସ୍ତ ହେଉଛନ୍ତି ?

ଗୌରାଙ୍ଗ ପରୋକ୍ଷରେ ସୂଚେଇ ଦଉଥିଲା, ମନ୍ତ୍ରୀଙ୍କର ପ୍ରାଇଭେଟ୍

ସେକ୍ରେଟାରୀ ଠାରୁ ଫୋନ୍, ଏମ୍‌ଏଲ୍‌ଏ ଠାରୁ ଫୋନ୍, ଯାହା ତାକୁ ଭଲ ଲାଗିଲା । ସଞ୍ଜୀବ ସିଂ ପଚାରିଲା, ଆନୁମାନିକ କେତେ ଟଙ୍କା ହେବ ?

ସଞ୍ଜୀବ ସିଂର ବ୍ୟବସାୟ ପ୍ରତିଷ୍ଠାନର ଚଢ଼ଉ ଓ ପରବର୍ତ୍ତୀ ପ୍ରାଥମିକ ଯାଞ୍ଚରୁ ଗୌରାଙ୍ଗ ଯାହା ଦେଖୁଥିଲା, ଟିକସ ଫାଙ୍କିର ସେମିତି କିଛି ବଡ଼ ଧରଣର କେସ୍ ନାହିଁ । ଲକ୍ଷେ ଦୁଇଲକ୍ଷ ଟଙ୍କାର ଠକେଇ ଅଭିଯୋଗ ହେବ । ପ୍ରାଥମିକ କାଗଜପତ୍ର ଦେଖି ଗୌରାଙ୍ଗର ମନେ ହେଉଥିଲା, ମହାନ୍ତି ଓ ପ୍ରଧାନ ଯାହା ଭାବୁଥିଲେ, ବୋଧହୁଏ ତାହା ସତ ହୋଇଥିବ । ରାଜନୈତିକ କାରଣରୁ ଚଢ଼ଉ କରିବାକୁ ନିର୍ଦ୍ଦେଶ ଆସିଥିବ । ସିଂର ଟିକସ ଫାଙ୍କି ପରିମାଣ ତା'ର ବ୍ୟବସାୟ ତୁଳନାରେ ବେଶି କିଛି ନୁହେଁ, ଯାହା କିଛି ବାହାରୁଛି, ତାହା ଅନିଚ୍ଛାକୃତ, ହୁଏତ ଉପର କୋର୍ଟରେ ଖଲାସ ହୋଇଯାଇପାରେ । ଗୌରାଙ୍ଗ କହିଲା, ମୁଁ ଠିକ୍ ଆକଳନ କରିନି, ଆନୁମାନିକ ଦୁଇତିନି ଲକ୍ଷ ହୋଇଯାଇପାରେ ।

ସଞ୍ଜୀବ ସିଂ କହିଲା- ମୁଁ ଆପଣଙ୍କୁ ସେତିକି ଦେଇଦେବି, ଆପଣ କେସ୍ ଏଇଠି ଡ୍ରପ୍ କରିଦେବ ?

ଗୌରାଙ୍ଗ ହସି ହସି କହିଲା- ଆପଣ ସରକାରୀ ଟ୍ରେଜେରୀରେ ଚାଲାଣ ଡିପୋଜିଟ୍ କରିଦିଅନ୍ତୁ, ମୁଁ କେସ୍ ଡ୍ରପ୍ କରିଦେବି ।

ସଞ୍ଜୀବ ସିଂ ହସିଲା । କହିଲା- ଠିକ୍ ଅଛି । ଆପଣ ସେମିତିକା ଲୋକ ନୁହଁନ୍ତି । କିନ୍ତୁ ଆପଣ ନକଲେ କ'ଣ ହେବ, ଅପିଲ ଅଛି, ଟ୍ରିବ୍ୟୁନାଲ ଅଛି । ତା'ଉପରେ ହାଇକୋର୍ଟ ସୁପ୍ରିମକୋର୍ଟ। ସେଠି ଯୋଉମାନେ ବସିଛନ୍ତି, ସେମାନେ ତ ଆପଣଙ୍କ ପରି ନୁହନ୍ତି । ଆମର ଦେଖାହେବ, ମୋ ଉପରେ ଆପଣଙ୍କର ଗୋଟିଏ ଲଞ୍ଚ୍ ବାକି ରହିଲା ।

ଗୌରାଙ୍ଗ ପନ୍ଦର ଦିନ ଭିତରେ ରିପୋର୍ଟ ଦାଖଲ କରିଥିଲା ଏବଂ କମିଶନରଙ୍କୁ ଜଣାଇ ସାରିଥିଲା । ମାସେ ପୂରିନି ତା'ର ବଦଳି ଆଦେଶ ଆସିଲା । ବଦଳି ହୋଇଗଲା କଟକ, ହେଡ ଅଫିସ୍‌କୁ । ବଦଳି ପାଇଁ ସେ ବିବ୍ରତ ନଥିଲା, କିନ୍ତୁ ଏହି ବଦଳିରେ ସେ ଆଶ୍ଚର୍ଯ୍ୟ ହେଉଥିଲା । କ'ଣ ପାଇଁ ତା'ର ବଦଳି ହେଲା ସେ ବୁଝିପାରୁନଥିଲା । ସଞ୍ଜୀବ ସିଂ ଯେପରି କଥାବାର୍ତ୍ତା କରୁଥିଲା, ସେ ଭାବୁନଥିଲା, ସେ ତାକୁ ବଦଳି କରେଇଥିବ ।

ବେଦବ୍ୟାସର ଗୋଟିଏ ଢ଼ାବାରେ ସେମାନେ ବସିଥିଲେ, ଖାନ୍ ଓ ଆଡଭୋକେଟ୍ ପଟ୍ଟନାୟକ । ଖାନ୍ ବିଦାୟ ଭୋଜି ଦେଉଥିଲା । ଆଡଭୋକେଟ ପଟ୍ଟନାୟକ ଖାନ୍‌ର ସାଙ୍ଗ, ଅବଶ୍ୟ ଏହା ଭିତରେ ପଟ୍ଟନାୟକ ସହିତ ତା'ର ବନ୍ଧୁତା

ହୋଇଯାଇଥିଲା । ବେଶୀ ମିଶିଥିଲା ସିଂର କେସ୍ ଚାଲିଥିଲା ବେଳେ, ପଟ୍ଟନାୟକ ସିଂର ଓକିଲ, ଖାତାପତ୍ର ଯାଞ୍ଚବେଳେ ସେ ନିୟମିତ ଆସୁଥିଲା । ଖାନ୍ କହିଲା, ତୁମକୁ ଟ୍ରାନ୍ସଫର କରିଛି ସଞ୍ଜୀବ ସିଂ, କିନ୍ତୁ ତୁମର ବଦଳି କରେଇବାକୁ ତା' ଉପରେ ଚାପ ପକେଇଛନ୍ତି ତୁମର ସହକର୍ମୀ ଓ ଉପରିସ୍ଥ ହାକିମ ।

ଗୌରାଙ୍ଗ ପଟ୍ଟନାୟକ ଆଡକୁ ଚାହିଁଲା । ଖାନ୍ ଜାଣିଥିବ ପଟ୍ଟନାୟକ ଠାରୁ କିମ୍ବା ପଟ୍ଟନାୟକର ଜାଣିବାରେ ହୋଇଥାଇପାରେ । ସେ ଖାନ୍ ଠାରୁ ଶୁଣିଥିଲା ଏବଂ ନିଜେ ମଧ୍ୟ ସିଂର କେସ୍ ଚାଲିଥିଲାବେଳେ ଦେଖୁଥିଲା, ସଞ୍ଜୀବ ସିଂ ଅନେକ କଥାରେ ପଟ୍ଟନାୟକବାବୁଙ୍କୁ ବିଶ୍ୱାସକୁ ନିଏ । ପଟ୍ଟନାୟକ କହିଲା, ଆପଣଙ୍କର ଉପରିସ୍ଥ ହାକିମ ଓ ସହକର୍ମୀ ଆପଣଙ୍କ ଉପରେ ଅସନ୍ତୁଷ୍ଟ, କମିଶନର କିମ୍ବା ଅର୍ଥମନ୍ତ୍ରୀଙ୍କୁ ସନ୍ତୁଷ୍ଟ କରିବା ଯଥେଷ୍ଟ ନୁହଁ । ରାଜନୀତି କରୁଥିବା ଲୋକ କାହାର ନୁହଁନ୍ତି ଏବଂ ରାଜନୀତିଆ ଲୋକଙ୍କ ବୋଲ ମାନୁଥିବା କମିଶନରଙ୍କ ଉପରେ ମଧ୍ୟ ଭରସା ରଖାଯାଇପାରିବ ନାହିଁ ।

ଗୌରାଙ୍ଗ ଅର୍ଥମନ୍ତ୍ରୀ କିମ୍ବା କମିଶନରଙ୍କୁ ସନ୍ତୁଷ୍ଟ କରିବାକୁ ଚାହିଁନଥିଲା । ନିର୍ଦ୍ଦେଶ ଆସିଲା, ସେ ନିର୍ଦ୍ଦେଶ ପାଳନ କରିଥିଲା । ଖାନ୍ ଯୋଗକଲା, ମେସିନ୍‌ର ଗୋଟିଏ ପାର୍ଟ ଖରାପ ହେଲେ କ'ଣ କରାଯିବ ? ସେହି ପାର୍ଟକୁ ବଦଳି କରାଯିବ । ତୁମେ ତୁମ ବ୍ୟବସ୍ଥାରେ ଗୋଟିଏ ଖରାପ ପାର୍ଟ । ମେସିନ୍‌ରେ ମଝିରେମଝିରେ ତେଲ ଦେବାକୁ ପଡ଼େ, ନହେଲେ ମେସିନ୍ ଖରାପ ହୋଇଯିବ । ଅଚଳ ହୋଇଯିବ । ତୁମେ ତେଲ ଦେବନି । ତୁମ ଅଧୀନରେ ତୁମେ ଭାବୁଛ ତୁମର ଇନ୍ସପେକ୍ଟର ତୁମ ପ୍ରତି ବିଶ୍ୱସ୍ତ । ତାଙ୍କର ତୁମର ଉପର ଅଫିସରଙ୍କ ସହିତ ଦିଆନିଆ ସମ୍ପର୍କ, ତୁଆ ଦିଆନିଆ ସମ୍ପର୍କ ଠାରୁ ବି ଅଧିକ ଘନିଷ୍ଠ । ତୁମେ ସବୁ ଟାଇଟ କରିଦେବ, ତୁମ ଇନ୍ସପେକ୍ଟର କ'ଣ ପାଇବେ, ତୁମର ବଡ଼ ହାକିମଙ୍କ କେମିତି ସେମାନେ ସନ୍ତୁଷ୍ଟ କରିବେ ? କିନ୍ତୁ ତୁମର ବଦଳିରେ ଆମେ ଦୁଃଖିତ, ଅଳ୍ପଦିନ ଭିତରେ ତୁମ ସହିତ ଆମେ ଘନିଷ୍ଠ ହୋଇଯାଇଥିଲୁ ।

ଗୌରାଙ୍ଗ କାର୍ଯ୍ୟଭାର ହସ୍ତାନ୍ତର କଲା । ସେଦିନ ରାତିରେ ଗୋଟିଏ ପଞ୍ଚତାରକା ହୋଟେଲରେ ନୂଆ ଅଫିସର ଏବଂ ମହାନ୍ତି ଓ ପ୍ରଧାନ ତାକୁ ବିଦାୟକାଳୀନ ଭୋଜି ଦେବାକୁ ଡାକିଲେ । ସେ ରେସ୍ତୋରାଁକୁ ପଶିଲାବେଳେ ଦେଖିଲା, ଗୋଟିଏ ଟେବୁଲରେ ବସିଛନ୍ତି ସଞ୍ଜୀବ ଓ ରୋଶନୀ ସିଂ । ସଞ୍ଜୀବ ସିଂ ହଠାତ୍ ଛିଡ଼ା ହୋଇପଡ଼ି ଗୌରାଙ୍ଗ ସହିତ ହାତ ମିଳେଇଲା ଏବଂ ଇଂରେଜୀରେ କହିଲା, ଆସନ୍ତୁ ପିଇବା, ଗୋଟିଏ ପେଗ୍ ହୋଇଯାଉ ।

ଗୌରାଙ୍ଗ କହିଲା, ଧନ୍ୟବାଦ, ମୁଁ ଏବେ ତୁମ ସହିତ ପିଇପାରିବି ନାହିଁ ।

ରୋଶନୀ ସିଂ କହିଲା, ଗୋଟିଏ ପେଗ୍ ମଦ ଦେଇ ଆମେ ଆପଣଙ୍କୁ ଦୁର୍ନୀତିଗ୍ରସ୍ତ କରିଦେବୁନି ।

ଗୌରାଙ୍ଗ ହସିଲା । ରୋଶନୀ ସିଂ ଜିନ୍ ପେଣ୍ଟ ସହିତ କଳାରଙ୍ଗର ଟପ୍ ପିନ୍ଧିଥିଲା । ବେଶ୍ ଲୋଭନୀୟ ଦିଶୁଥିଲା । ଏପରି ଏକ ସୁନ୍ଦରୀ ମହିଳା ସହିତ ସଞ୍ଜରେ ମଦ ପିଇବାକୁ ଅବଶ୍ୟ ତାକୁ ଭଲ ଲାଗିଥାନ୍ତା । କିନ୍ତୁ ଗୌରାଙ୍ଗ କହିଲା- ଆଜି ମତେ ଫେୟାରୱେଲ୍ ଦଉଛନ୍ତି । ସେପାଖ ଟେବୁଲରେ ମୋ ଅଫିସ ଲୋକେ ମୋତେ ଅପେକ୍ଷା କରିଛନ୍ତି ।

ସଞ୍ଜୀବ ଓ ରୋଶନୀ ସିଂ ସେପଟ ଟେବୁଲକୁ ଚାହିଁଲେ । ମହାନ୍ତି ଓ ପ୍ରଧାନ ନୂଆ ଅଫିସର ସହିତ ଅପେକ୍ଷା କରିଥିଲେ । ସଞ୍ଜୀବ ସିଂ କହିଲା, ଠିକ୍ ଅଛି, ଆଉ କେବେ ଦେଖାହେବ । ମୋର ସବୁବେଳେ ଆପଣଙ୍କ ପ୍ରତି ସମ୍ମାନ ରହିବ । କିଛି ମନେକରିବେ ନାହିଁ । ଏଇଟା ଗୋଟିଏ ଖେଳ, କେତେବେଳେ ଆପଣ ଜିତିବେ, କେବେ ଆମେ ।

ଗୌରାଙ୍ଗ କହିଲା, ମୁଁ କିନ୍ତୁ ଖେଳ ଖେଳୁନାହିଁ । ଆପଣଙ୍କ ସହିତ ନୁହେଁ କିମ୍ବା କାହା ସହିତ ନୁହେଁ । ମୁଁ ଚାକିରି କରିଛି, ମୋର କର୍ତ୍ତବ୍ୟ କରୁଛି, କରୁଥିବି ।

ପି.କେ ପାତ୍ର କହିଲା, ତୁମ ସହିତ ମୋର କେବେ ଦେଖା ହୋଇନଥିଲା, କିନ୍ତୁ ତୁମଘର ମୋ ଶାଶୁଘର ଗାଁରେ, ତୁମେ ମଧ୍ୟ ସୁପ୍ରଭା ସାଙ୍ଗରେ ପଢୁଥିଲ । ଘରଆଡ଼େ ବୁଲିଆସିବ।

ଗୌରାଙ୍ଗ କହିଲା- ହଁ ଯିବି । ଆପଣ ତ ଏଠି ପାଞ୍ଚବର୍ଷରୁ ଅଧିକ ରହିଲେଣି । କାହାକୁ କହି ମୋ ପାଇଁ ଭଡ଼ାଘରଟିଏ ଯୋଗାଡ଼ କରିଦିଅନ୍ତୁ ।

ପି.କେ ପାତ୍ର କହିଲା, ଠିକ୍ ଅଛି । ମୁଁ ମୋ ଷ୍ଟେନୋକୁ କହୁଛି, ସେ କଟକିଆ । ତା'ର ବହୁତ ଚିହ୍ନା ପରିଚିତ । ତୁମେ ଏବେ କୋଉଠି ରହୁଛ, ହୋଟେଲରେ ? ଭଡ଼ାଘର ପାଇବା ପର୍ଯ୍ୟନ୍ତ ତୁମେ ଆମଘରେ ରହିପାରିବ, ଆମଘରେ ରହିବାକୁ କିଛି ଅସୁବିଧା ନାହିଁ । କାହିଁକି ହୋଟେଲରେ ଟଙ୍କା ଗଣିବ। ଆସ, ଆମ ଘରେ ରହିବ ।

■

ତିନି

ଗୌରାଙ୍ଗ ପରିବାର ସହିତ ରହୁଥିବା କୌଣସି ଲୋକର ଘରେ ରହିପାରେ ନାହିଁ । ତା'ର କେତୋଟି ଅଭ୍ୟାସ ସେ ସାମୟିକ ଭାବେ ମଧ୍ୟ ଛାଡ଼ିପାରେ ନାହିଁ । ସେ ରାତି ଦୁଇଟା ତିନିଟା ପର୍ଯ୍ୟନ୍ତ ନିଜ ରୁମ୍‌ରେ ଆଲୁଅ ଜଳେଇ ପଢୁଥାଏ ଏବଂ ସକାଳ ଆଠଟା ପୂର୍ବରୁ ଶେଯ ଛାଡ଼େ ନାହିଁ । ସକାଳୁ ଉଠି ଚା' ପିଏ ଏବଂ ସିଗାରେଟ ନପିଇଲେ ସେ ପାଇଖାନା ଯାଏନି, ତା' ପେଟ ସଫା ହୁଏନି । କଥାବାର୍ତ୍ତା କଲାବେଳେ ବି ଯାହା ତାକୁ ଭଲ ଲାଗିଲା କିମ୍ବା ଯାହା ତା' ମନକୁ ଆସିଲା ସେ ରାକ୍‌ଠୋକ୍ କହିଦିଏ । ବୁଲେଇବଙ୍କେଇ ସ୍ଥାନ କାଳ ପାତ୍ର ଦେଖି କହିବା ତା'ଦ୍ୱାରା କେବେ ହୁଏନି । ସ୍ତ୍ରୀ, ପିଲାଛୁଆ, ବାପା ମା' ସହିତ ରହୁଥିବା ପରିବାରରେ ସେ ନିଜକୁ ସହଜ ମନେକରେ ନାହିଁ । ପ୍ରସନ୍ନ ପାତ୍ର ସମେତ ଆଉ ଦୁଇତିନି ଜଣଙ୍କୁ ଭଡ଼ାରେ ରହିବାକୁ ତା' ପାଇଁ ଘରଟିଏ ବୁଝିବାକୁ ସେ କହିଲା ଏବଂ ସଞ୍ଜବେଳକୁ ତା'ର ସେହି ଆଠଫୁଟ୍‌ରେ ଛଅଫୁଟ୍ କୋଠରିକୁ ଫେରିଆସିଲା ।

ଆଠଫୁଟ୍‌ରେ ଛଅଫୁଟ୍‌ର କୋଠରୀରେ ରହୁଥିବା ଲୋକଙ୍କୁ ହୋଟେଲ କର୍ତ୍ତୃପକ୍ଷଙ୍କର ଖାତିର ନଥାଏ । ସେହି ଛୋଟ ଛୋଟ ରୁମ୍‌ରେ ଗୌରାଙ୍ଗ ଦେଖୁଥିଲା, ମୁଖ୍ୟତଃ ଗାଁ ଗହଳିରୁ ଆସିଥିବା ଛୋଟ ବ୍ୟବସାୟୀ, ଡାକ୍ତରଖାନାରେ ଚିକିତ୍ସିତ ହେଉଥିବା ରୋଗୀଙ୍କର ସମ୍ପର୍କୀୟ ରହୁଛନ୍ତି । ବ୍ୟବସାୟୀ କଟକରେ ତା' କାମ ସାରି ସକାଳୁ ଚାଲିଯାଆନ୍ତି, ରୋଗୀଙ୍କର ସମ୍ପର୍କୀୟ କିଛିଦିନ ରୁହନ୍ତି । ମୁଖ୍ୟତଃ ମଳିମୁଣ୍ଡିଆ ଲୋକ । ତେଣୁ କର୍ତ୍ତୃପକ୍ଷଙ୍କ ଏପରି ଲୋକଙ୍କ

ପ୍ରତି ଆଦର ନଥାଏ । କିଛି ଦରକାର ପଡ଼ିଲେ ରିସେପସନ୍ କିମ୍ବା ଡାଇନିଂକୁ ଜଣାଇବାକୁ ଇଣ୍ଟରକମ୍ କିମ୍ବା କଲିଂବେଲ୍ ସେହିସବୁ ରୁମ୍‌ରେ ନଥାଏ । ହୋଟେଲ ବୟ ମଧ୍ୟ ଛାତ ଉପରେ ଥିବା ଏହିସବୁ କୋଠରୀ ଆଡକୁ କ'ଣ ଦରକାର ବୁଝିବାକୁ ଆସନ୍ତି ନାହିଁ । ଚା' କପଟିଏ ପିଇବାକୁ ଇଚ୍ଛା ହେଲେ ତଳକୁ ଆସି ରିସେପସନ୍‌ରେ କହିବାକୁ ହେବ ଏବଂ ହୋଟେଲ ବୟ ନିଜ ଇଚ୍ଛାରେ ଯେତେବେଳେ ଆଣିବ । ସେମାନେ ପ୍ରଥମେ ବଡ଼ ବଡ଼ ରୁମ୍‌ରେ ବେଶୀ ଟଙ୍କା ଦେଇ ରହୁଥିବା ଅନ୍ତେବାସୀଙ୍କ କଥା ବୁଝିବେ, ସମୟ ମିଳିଲେ ଉପରକୁ ଆସିବେ । ଚା' କପଟିଏ ପାଇଁ ବି ଅଧଘଣ୍ଟାଏ ଅପେକ୍ଷା କରିବାକୁ ହେବ ଏବଂ ଚା' ଆଣି ହୋଟେଲ ବୟ ପହଞ୍ଚିଲାବେଳକୁ ଚା' ପିଇବା ଇଚ୍ଛା ମରିସାରିଥିବ ।

ଭଡ଼ାଘର ପାଇବା ପର୍ଯ୍ୟନ୍ତ ତାକୁ ଏହି କୋଠରୀରେ ରହିବାକୁ ପଡ଼ିବ । ସେ ସକାଳୁ ଉଠି ସ୍ଥିରକଲା ରେଲଷ୍ଟେସନ୍ ଆଡ଼େ ବୁଲିଯିବ । ଷ୍ଟେସନ୍ ଏଠୁ ପାଖ । ଷ୍ଟେସନ ପାଖ ଚା' ଦୋକାନରୁ ଚା' ପିଇବ, ସିଗାରେଟ୍ ଟାଣିବ ଏବଂ ଖବରକାଗଜ ନେଇ ସେ ରୁମ୍‌କୁ ଫେରିବ। ଗୌରାଙ୍ଗ ପେଣ୍ଟ ପିନ୍ଧିଲାବେଳକୁ ପେଣ୍ଟ ପକେଟ୍‌ରେ ଥିବା ଚିଠିଟିରେ ତା'ର ହାତ ବାଜିଲା । ପୂର୍ବଦିନ ପି.କେ. ପାତ୍ର ପାଖରେ ବସିଥିଲାବେଳେ ଅଫିସ୍ ପିଅନ ଚିଠିଟିଏ ଦେଲା । ତା'ର ବଦଳି ହୋଇଥିବା ଖବର ଶୁଣି, ଅଫିସ୍ ଠିକଣାରେ ତା' ବଡ଼ବାପା ଚିଠିଟିଏ ଲେଖିଥିଲେ । ସେ ରାଉରକେଲାରୁ କାର୍ଯ୍ୟଭାର ହସ୍ତାନ୍ତର କରି ଏଠି ଯୋଗଦେଲା ବେଳକୁ ପାଞ୍ଚସାତ ଦିନ ହୋଇଯାଇଥିଲା ଏବଂ ସେ ଯେଉଁଦିନ ଯୋଗଦେଲା, ସେହିଦିନ ଚିଠିଟିଏ ହେଡ ଅଫିସ୍‌ରେ ପହଞ୍ଚିଥିଲା । ଠିକଣାରୁ ଦେଖିଥିଲା ଚିଠିଟି ବଡ଼ବାପା ଲେଖିଛନ୍ତି, ସେମିତି କିଛି ଗୁରୁତ୍ୱପୂର୍ଣ୍ଣ ନଥିବ । ତେଣୁ ସେ ଚିଠିଟି ସଙ୍ଗେସଙ୍ଗେ ନପଢ଼ି ପକେଟ୍‌ରେ ରଖିଦେଲା ଏବଂ ପୂର୍ବଦିନ ପଢ଼ିବାକୁ ଭୁଲିଯାଇଥିଲା । ଏବେ ଚିଠିଟି ଖୋଲି ପଢ଼ିଲା ।

ବଡ଼ବାପା ଲେଖିଥିଲେ ସେ କଟକକୁ ବଦଳିହୋଇ ଆସୁଥିବାରୁ ବହୁତ ଖୁସି। ରାଉରକେଲା ଦୂର ହେଉଥିଲା, ସେ ଗାଁକୁ ବେଶୀ ଆସିପାରୁ ନଥିଲା । ଏବେ ଘରକୁ ମାସରେ ଅନ୍ତତଃ ଦୁଇଥର ଯାଇପାରିବ ଏବଂ ଲେଖିଥିଲେ, ସେ ଖୋରଦା ଇତିହାସ ଉପରେ ବହିଟିଏ ପଢୁଛନ୍ତି । କିଛି ଅନାଲୋଚିତ ବିଷୟ ସେଥିରେ ଅଛି । ପରାମର୍ଶ ଦେଇଥିଲେ ଗୌରାଙ୍ଗ ସେ ବହିଟି ପଢ଼ିବ, ସେ ଗଲେ ବହିଟି ତାକୁ ଦେବେ ।

ବଡ଼ବାପାଙ୍କର ପୁଅ ନାହିଁ, ଦୁଇଟି ଝିଅ । ଝିଅ ଦୁଇଜଣଙ୍କୁ ସେ ବାହାକରି ସାରିଛନ୍ତି । ପିଲାଦିନୁ ବଡ଼ବାପା ଗୌରାଙ୍ଗକୁ ଭଲପାଆନ୍ତି । ବଡ଼ବାପାଙ୍କ ଠାରୁ ତା'ର ବହିପଢ଼ାର ଆଗ୍ରହ ଆସିଥିଲା । ବଡ଼ବାପା ପଢ଼ନ୍ତି ଏବଂ ବହି ଉପରେ ଆଲୋଚନ

କରିବାକୁ ମଧ୍ୟ ଭଲପାଆନ୍ତି, ବହି ଖଣ୍ଡେ ପାଇଲେ ସେ ଖୁସି ହୁଅନ୍ତି । ସମୟ ସମୟରେ ଚାକିରି କଲାପରେ ଗୌରାଙ୍ଗ ବଡ଼ବାପା ପାଇଁ ନୂଆ ପ୍ରକାଶ ପାଇଥିବା ବହିଖଣ୍ଡେ ନେଇଯାଏ ।

ବହୁ ସମୟରେ ବଡ଼ବାପା କୁହନ୍ତି, ତାଙ୍କର ପୂର୍ବପୁରୁଷ ବାହୁବଳେନ୍ଦ୍ର ପାଇକଙ୍କର ଦଳପତି ଥିଲେ ଏବଂ ପାଇକ ବିଦ୍ରୋହ ବେଳେ ବକ୍ସି ଜଗବନ୍ଧୁଙ୍କର ସହଯୋଗୀ ଥିଲେ । ପାଇକ ବିଦ୍ରୋହକୁ ଇଂରେଜୀମାନେ କଳେବଳେ କୌଶଳେ ଦମନ କରିଥିଲେ। କେତେଜଣ ଦଳପତି ଯୁଦ୍ଧରେ ହାରିଯାଇଥିଲେ ଏବଂ ତାଙ୍କର ମୃତ୍ୟୁ ଘଟିଥିଲା, କେତେଜଣ ଆତ୍ମସମର୍ପଣ କରିଥିଲେ, ତାଙ୍କ ପୂର୍ବ ପୁରୁଷ ବାହୁବଳେନ୍ଦ୍ର ସଦାସର୍ବଦା ବକ୍ସିଙ୍କ ପାଇଁ ଲଢୁଥିଲେ । ଇଂରେଜମାନେ ତାଙ୍କୁ କୌଣସି ଉପାୟରେ ଧରିବାକୁ ଚେଷ୍ଟା କରୁଥିଲେ । ଜଣେ ପାଇକ ସର୍ଦ୍ଦାର ସହିତ ସେମାନେ ସଲାସୁତୁରା କରିଥିଲେ । ସେହି ସର୍ଦ୍ଦାର ବହୁବଳେନ୍ଦ୍ରଙ୍କୁ ରାତିଖିଆ ପାଇଁ ନିମନ୍ତ୍ରଣ କରିଥିଲା । ବାହୁବଳେନ୍ଦ୍ର ତାଙ୍କ ସହଯୋଗୀଙ୍କ ସହିତ ସେହି ସର୍ଦ୍ଦାରଙ୍କ ଘରକୁ ରାତିରେ ଖାଇବାକୁ ଯାଇଥିଲେ । ସେହି ସର୍ଦ୍ଦାର ଭାଙ୍ଗରେ ଦୁଦୁରା ମଞ୍ଜି ବାଟି ପିଇବାକୁ ଦେଇଥିଲା । ବାହୁବଳେନ୍ଦ୍ର ଓ ତାଙ୍କର ସହଯୋଗୀ ସେହି ଭାଙ୍ଗ ପିଇ ରାତିଖିଆ ସାରି ଗଭୀର ନିଦରେ ଶୋଇପଡ଼ିଥିଲେ । ସେହି ହାରାମୀ ସର୍ଦ୍ଦାର ଇଂରେଜମାନଙ୍କୁ ଖବର ଦେଇଦେଲା । ବାହୁବଳେନ୍ଦ୍ର ଏବଂ ତାଙ୍କର ସହଯୋଗୀ ଇଂରେଜମାନଙ୍କ ହାତରେ ଧରାପଡ଼ିଥିଲେ ଏବଂ ଇଂରେଜମାନେ ତାଙ୍କୁ ହତ୍ୟା କରିଥିଲେ । ସେହି ବାହୁବଳେନ୍ଦ୍ର ବଂଶର ସେମାନେ ଦାୟାଦ । ସେମାନଙ୍କ ଧମନୀରେ ସାହସୀ, ବୀର ପାଇକ ରକ୍ତ ପ୍ରବାହିତ ହେଉଛି ।

ବଡ଼ବାପାଙ୍କର ପ୍ରିୟ ବିଷୟ ଇତିହାସ । ସେ ଇତିହାସ ପଢ଼ି ଏବଂ ପିଲାଦିନରୁ ଗୌରାଙ୍ଗଙ୍କୁ ପାଇକଙ୍କର ବୀରତ୍ୱ କାହାଣୀ ଶୁଣାନ୍ତି । ପିଲାଦିନରୁ ସେ ତାଙ୍କୁ ସଚେତନ କରେଇ ଦେଇଛନ୍ତି ଯେ ସେ ସାଧାରଣ ବଂଶର ନୁହେଁ, ସେ ପାଇକ ବଂଶର । ଗୌରାଙ୍ଗର ବାପା ପ୍ରାଥମିକ ସ୍କୁଲ ଶିକ୍ଷକ । ଶିକ୍ଷକତା ସହିତ ସେ ତାଙ୍କର ଜମିବାଡ଼ି ବୁଝାବୁଝି କରନ୍ତି । ସେ ତାଙ୍କର ବଡ଼ଭାଇଙ୍କୁ ବହୁତ ସମ୍ମାନ କରନ୍ତି । ବଡ଼ଭାଇ ଜଣେ ବିଧାୟକଙ୍କୁ ପିଟି ଚାକିରି ଛାଡ଼ି ଚାଲିଆସିଛନ୍ତି । ତାଙ୍କ ମନରେ ସବୁବେଳେ ଆଶଙ୍କା ରହେ ଗୌରାଙ୍ଗ ଭାଇଙ୍କ ପରି ଉଗ୍ର ସ୍ୱଭାବର ହୋଇଯାଉଛି, ବର୍ତ୍ତମାନର ଦୁନିଆ ସହିତ ଖାପଖୁଆଇ ଚଳିପାରିବ ନାହିଁ । କିନ୍ତୁ ସେ ବାରଣ କହିପାରନ୍ତି ନାହିଁ । ଗୌରାଙ୍ଗ ଭଲ ପାଠପଢୁଥିଲା, ଅଫିସ୍‌ର ହେଲାଣି । ସେ କିନ୍ତୁ କେବେ ଗୌରାଙ୍ଗଙ୍କୁ ଆକଟ କରିନାହାନ୍ତି ।

ବଡ଼ବାପାଙ୍କ ଠାରୁ ଐତିହାସିକ ଯୁଦ୍ଧର କାହାଣୀ ଶୁଣି ଶୁଣି ଗୌରାଙ୍ଗ ପିଲାଦିନେ ଯୁଦ୍ଧର ସ୍ୱପ୍ନ ଦେଖୁଥିଲା । କେତେବେଳେ ସ୍ୱପ୍ନ ଦେଖୁଥିଲା, ନଦୀ କିମ୍ବା ସମୁଦ୍ର କୂଳରେ ଯୁଦ୍ଧର ଦୃଶ୍ୟ ଏବଂ ଯୁଦ୍ଧଟା ହେଉଛି ଜାହାଜରେ କିମ୍ବା କେତେବେଳେ ଦେଖୁଥିଲା ଘୋଡ଼ା ଉପରେ, ଢ଼ାଲ ଓ ତରବାରୀ ଧରି ସୈନିକ ଯୁଦ୍ଧ କରୁଛନ୍ତି । ଅଧିକାଂଶ ସ୍ୱପ୍ନରେ ଦେଖୁଥିଲା ଗୋଟିଏ ଝିଅ ତରବାରୀ ଧରି ଯୁଦ୍ଧ କରୁଛି ଏବଂ ଝିଅଟି ମୁଣ୍ଡରେ ଲାଲ ଓଢ଼ଣିଟିଏ ପଗଡ଼ି କରି ବାନ୍ଧିଛି କିମ୍ବା ଲାଲ ଓରନିରେ ଛାତିକୁ ଆବୃତ କରିଛି । ମୁହଁ ଓ ଆଖିରୁ ଆସୁଛି ଏକ ଅସମ୍ଭବ ତେଜ ।

ସେହି ସ୍ୱପ୍ନକୁ ମନେପକେଇ ଗୌରାଙ୍ଗ ମନେମନେ ହସୁଥିଲା । ସେ ରେଳଷ୍ଟେସନ୍ ପାଖରେ ପହଞ୍ଚି ସାରିଥିଲା । ଷ୍ଟେସନ୍ ପାଖ ଚା'ଦୋକାନରୁ ସେ ଚା' ବରାଦ କରି କହିଲା, ଚା' ତିଆରିକରି ଦିଅ ।

ଏହି ଚା'ଦୋକାନକୁ ସେ ରେଭେନ୍ସା କଲେଜରେ ପଢ଼ିଲାବେଳେ ଆସୁଥିଲା । ତା'ପରି କିଛି ସାଙ୍ଗ ବେଶି ରାତି ପର୍ଯ୍ୟନ୍ତ ପଢୁଥିଲେ । ସେମାନେ ଅଧିକାଂଶ ଦିନ ରାତି ବାରଟା ଗୋଟାଏ ବେଳକୁ ଚା' ପିଇବାକୁ ଷ୍ଟେସନ ଆସୁଥିଲେ । ସେତେବେଳକୁ ସହରର ଦୋକାନ ବଜାର ବନ୍ଦ ହୋଇଯାଇଥିଲା, କିନ୍ତୁ ଷ୍ଟେସନ ପାଖରେ ଏହି ଚା' ଦୋକାନ, ପାଖ ସିଗାରେଟ୍ ଦୋକାନ ଏବଂ ଆଉ କେତୋଟି ଚା' ପାନ ସିଗାରେଟ୍ ଦୋକାନ ରାତି ସାରା ଖୋଲା ରହୁଥିଲା । ରେଳରେ ଯାଉଥିବା କିମ୍ବା ରେଳରେ ଆସୁଥିବା ଯାତ୍ରୀମାନଙ୍କ ପାଇଁ । ଗୌରାଙ୍ଗ ଓ ତା'ର ସାଙ୍ଗମାନେ ଚା' ପିଉଥିଲେ, ଗପସପ କରୁଥିଲେ ଏବଂ ହଷ୍ଟେଲ୍‌କୁ ଫେରିଯାଉଥିଲେ । ଚା' ଦୋକାନୀ କହିଲା, ଏବେ ଚା'ହୋଇଛି, ନିଅନ୍ତୁ ।

ସେ କେଟଲି୍‌ରୁ ଚା' ଗ୍ଲାସ୍‌କପ୍‌ରେ ଢ଼ାଳୁଥିଲା । ଏବେ ଆଉଥରେ ଜଣେ ଗ୍ରାହକ ପାଇଁ ଚା' ବସେଇବାକୁ ଚାହୁଁନଥିଲା । ଗୌରାଙ୍ଗ ଚା' ଦୋକାନର ସେହି ପିଲାଟିକୁ ଚାହିଁଲା, ଦୋକାନର ଭିତର, ବାହାରକୁ ଦେଖିଲା ଏବଂ ପଚାରିଲା, ତୁମଘର ପାରେଶ୍ୱର ସାହିରେ ନା ?

ପିଲାଟି ତା' ଆଡ଼କୁ ଚାହିଁଲା, ସେ କେବେ ତାକୁ ଦେଖିଥିବାର ତା'ର ମନେପଡୁନଥିଲା । ସେ ଗୌରାଙ୍ଗକୁ ଦେଖି ଜାଣୁଥିଲା, ଇଏ ରେଳରେ ଯିବାକୁ ଆସିନାହିଁ କିମ୍ବା ରେଳରୁ ଓହ୍ଲାଇନାହିଁ । ହାତରେ ବେଗପତ୍ର ନାହିଁ । ଯାତ୍ରାଜନିତ କ୍ଲାନ୍ତି, ଅବଶତା ମୁହଁ କିମ୍ବା ଦେହରେ ନାହିଁ । ଏବେଏବେ ନିଦ ଭାଙ୍ଗିଛି ଏବଂ ତନ୍ଦ୍ରା କାଟିବାକୁ ଚା' ପିଇବାକୁ ଆସିଛି । ବଡ଼ଲୋକ ଜଣେ, ପିଲାଟିର ବାପା, ଚା' ଦୋକାନର ପଛପଟେ କ'ଣ କରୁଥିଲା । ସେ ଗୌରାଙ୍ଗର ପ୍ରଶ୍ନ ଶୁଣିପାରିଥିଲା । ବଡ଼ଲୋକ ଜଣକ ଭିତରୁ

ଆସି ଗୌରାଙ୍ଗଙ୍କୁ ନିରେଖି ଚାହିଁଲା ଏବଂ ଟିକେ ହସିଦେଇ କହିଲା, ବାବୁ, ଆପଣ ରେଭେନ୍ସା କଲେଜରେ ପଢୁଥିଲେ ନା ? ରାତିରେ ସାଙ୍ଗମାନଙ୍କ ସହିତ ଚା' ପିଇବାକୁ ଆସୁଥିଲେ ।

ଗୌରାଙ୍ଗ ହସିଲା । କହିଲା- ହଁ ।

ବଡ଼ଲୋକଟି କହିଲା- ପୁଅ କାହିଁକି ଆପଣଙ୍କୁ ଜାଣିବ ? ସେ ତ ଚାରିପାଞ୍ଚବର୍ଷ ହେଲା ଦୋକାନରେ ବସୁଛି । ଆପଣ ତ ପନ୍ଦର କି ଷୋହଳ ବର୍ଷ ତଳେ ଆସୁଥିଲେ । ସେ ତା' ପୁଅକୁ ନିର୍ଦ୍ଦେଶ ଦେଲା, ବାବୁଙ୍କୁ ସ୍ପେଶାଲ ଚା' ବନେଇ ଦେ ।

ରାତିରେ ସେମାନେ ଯେତେବେଳେ ଆସୁଥିଲେ, କହୁଥିଲେ, ସ୍ପେଶାଲ ଚା' କର । ଦୋକାନୀ ତାଙ୍କ ପାଇଁ ସ୍ପେଶାଲ ଚା' କରି ଦଉଥିଲା ।

ଗୌରାଙ୍ଗର ସାଙ୍ଗମାନଙ୍କର ତା' ପ୍ରତି ଅଭିଯୋଗ କିମ୍ବା ସ୍ୱୀକାରୋକ୍ତି ଯେ ସେମାନେ ଯୁଆଡ଼େ ସାଙ୍ଗହୋଇ ଯାଆନ୍ତି କିମ୍ବା ଯାହାକୁ ଭେଟନ୍ତି, ଅନ୍ୟମାନେ ଭାବିନିଅନ୍ତି, ଗୌରାଙ୍ଗ ସେମାନଙ୍କର ନେତା । ଥରେ, ଦୁଇଥର ତାକୁ ଦେଖିଦେଲେ ଜଣେ ତାକୁ ମନେରଖିଦିଏ, ଅଥଚ ତା ସାଙ୍ଗରେ ଥିବା ବନ୍ଧୁମାନଙ୍କୁ ଭୁଲିଯାଆନ୍ତି । ଗୌରାଙ୍ଗର ଉଚ୍ଚତା ପାଞ୍ଚଫୁଟ ଦଶଇଞ୍ଚ, ସୁଗଠିତ ଅଙ୍ଗସୌଠବ, ଜଣେ ଖେଳାଳିର ଚେହେରା । ପାଠପଢ଼ିଲାବେଳେ ସେ ପ୍ରାୟ ସବୁଦିନ ଅପରାହ୍ଣ ସାଢ଼େ ଚାରିଟା ପାଞ୍ଚଟା ବେଳକୁ ଖେଳିବାକୁ ପଡ଼ିଆକୁ ଯାଉଥିଲା । ଭଲିବଲ୍, ଫୁଟବଲ୍, ବ୍ୟାଡମିଣ୍ଟନ ଯେତେବେଳେ ଯାହା । ଅବଶ୍ୟ କୌଣସି ଗୋଟିଏ ଖେଳରେ ତା'ର ଉତ୍କର୍ଷତା ନଥିଲା, କିନ୍ତୁ ସବୁଦିନ ଅପରାହ୍ଣରେ ଖେଳପଡ଼ିଆରେ ହାଜର ହୋଇଯାଉଥିଲା । ଝିଅଙ୍କୁ ଆକର୍ଷିତ କଲା ପରି ଚେହେରା, କିନ୍ତୁ ତା'ର କେମିତି ଗୋଟେ ଝିଅଙ୍କ ଆଡ଼କୁ ବେପରୁଆ ଭାବ । ଦୋକାନୀ ବା ଦୋକାନ ଚଳଉଥିବା, ଚା' କରୁଥିବା ପିଲାଟିର ବାପା କହିଚାଲିଥିଲା, ଆଜ୍ଞା, ଆମସାହିର ରାସ୍ତା ଏପଟରେ ରେଭେନ୍ସା କଲେଜ, କେତେ ଆଡୁ ପିଲା ଆସି କେଡେକେଡେ ବଡ଼ଲୋକ ହୋଇଛନ୍ତି, କିନ୍ତୁ ଦେଖୁନାହାନ୍ତି ମୋ ପୁଅକୁ । ମେଟ୍ରିକ୍‌ଟା ବି ଡେଇଁପାରିଲା ନାହିଁ । ଖାଲି କ'ଣ ମୋ ପୁଅ, ଆଜ୍ଞା ଆମ ସାହିର ପିଲାମାନେ । ସବୁବେଳେ ତ ମହାନଦୀ କୂଳରେ ବୁଲିଲେ, ମାଛ ଧରିଲେ, ଯେତେପ୍ରକାର ଦୁଷ୍ଟାମୀ କଲେ । ପାଠ କିପରି ହେବ ? ମୁଁ ଆପଣଙ୍କୁ ଚା' ଦଉଥିଲି, ଏବେ ଦେଖନ୍ତୁ ମୋ ପୁଅ ଆପଣଙ୍କୁ ଚା' ଦଉଛି ।

ଆଜି କ'ଣ ହେଡ ଅଫିସ୍‌ରେ ଯୋଗଦେବ ? ପିଠିରେ ହାତପକେଇ କହିଲା ଯମେଶ୍ୱର ଜେନା ।

ଯମେଶ୍ୱର କେତେବେଳେ ଆସି ପହଞ୍ଚିଗଲା ସେ ଲକ୍ଷ୍ୟ କରିନଥିଲା । ଗୌରାଙ୍ଗ ଦୋକାନୀ ସହିତ ଗପୁଥିଲା, ତା' କଥା ଶୁଣୁଥିଲା । ଯମେଶ୍ୱର ତା' ସାଙ୍ଗରେ ଚାକିରି ପାଇଥିଲା, ସାଙ୍ଗହୋଇ ଟ୍ରେନିଂ ନଉଥିଲେ । କିନ୍ତୁ ଟ୍ରେନିଂ ପରେ ନିଯୁକ୍ତି ପାଇଲା ପରେ କେବେ ଦେଖା ହୋଇନଥିଲା । ଆଉ ଗୋଟିଏ କପ୍ ଚା' ଯମେଶ୍ୱରଙ୍କୁ ଦେବାକୁ ଦୋକାନୀଙ୍କୁ କହି ଗୌରାଙ୍ଗ କହିଲା, ଗତକାଲି ମୁଁ ଯୋଗଦେଲି ।

ଯମେଶ୍ୱର କଲେଜଛକ ପାଖରେ ରୁହେ । ତା'ର ଏବେ ଭୁବନେଶ୍ୱରରେ ନିଯୁକ୍ତି । ତା' ପିଲାମାନେ ରୁହନ୍ତି କଟକରେ, ପୁଅଟି ପଢୁଛି କଟକରେ । ସେ ଭୁବନେଶ୍ୱର ସବୁଦିନ ଯିବାଆସିବା କରେ । ସବୁଦିନ ସକାଳେ ସେ ଚାଲିଚାଲି ରେଳଷ୍ଟେସନ ଆଡେ ଆସେ, ଚା'ପିଏ, ଖବରକାଗଜ ନେଇ ଘରକୁ ଫେରେ । ଆଉ କେତେଜଣ ବି ଦିନେଦିନେ ଜୁଟିଯାଆନ୍ତି, ଖଟି କରନ୍ତି। ଯମେଶ୍ୱର କହିଲା- ଆମ ସଂସ୍ଥାର ତୁମେ ଏକ ଚର୍ଚ୍ଚିତ ଅଫିସର ।

ତାଙ୍କ ସଂସ୍ଥାରେ ଯେକୌଣସି ଅଫିସରେ ଯେତେବେଳେ ଦୁଇତିନି ଜଣ ଅଫିସର ଜୁଟିଯାଆନ୍ତି, ସେମାନେ ଆରମ୍ଭ କରିଦିଅନ୍ତି ଅଫିସ ଓ ଅଫିସରଙ୍କ ସମ୍ବନ୍ଧରେ ଚର୍ଚ୍ଚା । ମଧ୍ୟାହ୍ନ ଭୋଜନ ସମୟରେ କୌଣସି ଜଣେ ଅଫିସରଙ୍କ ପ୍ରକୋଷ୍ଠରେ ହେଉ କିମ୍ବା କ୍ୟାଣ୍ଟିନରେ, ଚା' ଦୋକାନ ସାମ୍ନାରେ ହେଉ କିମ୍ବା କୌଣସି ଭୋଜିରେ । କୌଣସି ନିର୍ଦ୍ଦିଷ୍ଟ ସମୟ ନଥାଏ କିମ୍ବା ସ୍ଥାନ, ଯେକୌଣସି ସ୍ଥାନ ବା ସମୟ ହୋଇପାରେ । ଗୌରାଙ୍ଗ କୁହେ ପରଚର୍ଚ୍ଚା କ୍ଲବ । ଏହି ପରଚର୍ଚ୍ଚା କ୍ଲବରେ ଯାହାସବୁ ଆଲୋଚନା ହୁଏ ସବୁ ସତ୍ୟ ନୁହେଁ, ସଂପୂର୍ଣ୍ଣ ଅସତ୍ୟ ମଧ୍ୟ ନୁହେଁ । ଅତିରଞ୍ଜିତ କରି ବର୍ଣ୍ଣନା କରାଯାଏ । ଏମିତି କାହା ସହିତ ସାକ୍ଷାତ ହେଲେ ସେ ଶୁଣେ । ଏମିତିକା କ୍ଲବରେ ସେ ଭାଗନେବାକୁ ଚାହେଁନି, କିନ୍ତୁ ଏଡ଼େଇପାରେନି । ଗୋଟିଏ ବିଭାଗର କର୍ମଚାରୀ, ଦିନରେ ଆଠଦଶ ଘଣ୍ଟା ଦେଖାସାକ୍ଷାତ, ଏଡେଇଦେବା ସମ୍ଭବ ନୁହେଁ । ଚା' ଢ଼ୋକେ ନେଇ ଯମେଶ୍ୱର କହିଲା, ହେଡ ଅଫିସ୍‌ରେ ପରମାନନ୍ଦ ଶତପଥୀ ଅଛି । ତାକୁ ଜଗିରଖି ଚଳିବ । ସେ'ଟା ଗୋଟେ ବିପଜ୍ଜନକ ଲୋକ । କେତେବେଳେ ହଇରାଣରେ ପକେଇଦେବ, ତୁମେ ଜାଣିପାରିବ ନାହିଁ। ସେ'ଟା ଘାସ ତଳର ସାପଟିଏ ।

ପରମାନନ୍ଦ ପ୍ରଶାସନର ଦାୟିତ୍ୱରେ ଅଛି, ପୂର୍ବଦିନ ସେ ଅଫିସ୍‌ରେ ନଥିଲା । କମିଶନରଙ୍କ ସହିତ ସେକ୍ରେଟୋରିଏଟ୍‌କୁ ଗୋଟିଏ ମିଟିଂକୁ ଯାଇଥିଲା । ସେ ଭୁବନେଶ୍ୱର ଯିବା ଆସିବା କରେ । ତେଣୁ ମିଟିଂ ସରିବା ପରେ ସେ କଟକକୁ ଫେରିଲା ନାହିଁ । ଭୁବନେଶ୍ୱରରେ ରହିଯାଇଥିଲା । ଗୌରାଙ୍ଗ ତାକୁ ଭେଟି ପାରିନଥିଲା । ଗୌରାଙ୍ଗ ପଚାରିଲା- କିପରି ବିପଜ୍ଜନକ ?

ଯମେଶ୍ୱର କହିଲା- ତୁମେ କ'ଣ ତା' ବିଷୟରେ କିଛି ଶୁଣିନ ? ସେ'ଟା ଗୋଟେ ଲମ୍ପଟ, ମଦ୍ୟପ, ମିଛୁଆ, ଖଚୁଆ । ଯାହାସବୁ ଖରାପ ବିଶେଷଣ ଅଛି ସେସବୁ ତାହା ପାଇଁ ପ୍ରଯୁଜ୍ୟ । କିନ୍ତୁ ସେ କମିଶନରଙ୍କ ସହିତ ଘନିଷ୍ଠ, କମିଶନରଙ୍କ ପାଖଲୋକ, କମିଶନରଙ୍କୁ ମିଛସତ କହି, ଅନ୍ୟକୁ ହଇରାଣରେ ପକେଇବା ଏବଂ ଫାଇଦା ନେବା ତା'ର କାମ ।

ଦୁହେଁ ଚା' ପିଇସାରିଥିଲେ, ଖବରକାଗଜ ବିକୁଥିବା ଲୋକଟି ପାଖକୁ ଗଲେ। ଯମେଶ୍ୱର ତାଙ୍କ ସଂସ୍ଥା ବିଷୟରେ ଗପୁଥିଲା, ମୁଖ୍ୟତଃ ହେଡ ଅଫିସ୍ ସମ୍ବନ୍ଧରେ । ତା'ର କ୍ରୋଧର ମୁଖ୍ୟବିନ୍ଦୁ ଥିଲା ପରମାନନ୍ଦ । ସବୁ ମଣିଷର କିଛି ନା କିଛି ଦୁର୍ବଳତା ଥାଏ, କମିଶନର ମଧ୍ୟ ଜଣେ ମଣିଷ । ପରମାନନ୍ଦ ଆଗେ କମିଶନରଙ୍କ ଦୁର୍ବଳତାକୁ ଠାବ କରିଦିଏ ଏବଂ ତା'ର ସୁଯୋଗ ଦିଏ । ସେ ଏବେକାର କମିଶନରଙ୍କ ଘରକୁ ମାସିକିଆ ସଉଦା ପଠଉଥିଲା । ମଝିରେ ମଝିରେ କମିଶନରଙ୍କ ସ୍ୱତନ୍ତ୍ର କିଛି ଖାଇବାକୁ ଇଚ୍ଛା ହେଉଥିଲା ଏବଂ ପରମାନନ୍ଦ ପଞ୍ଚତାରକା ହୋଟେଲରୁ ତାହା ପଠେଇବା ବ୍ୟବସ୍ଥା କରୁଥିଲା । କମିଶନରଙ୍କ ବେଳେବେଳେ ଇଚ୍ଛାହୁଏ ହୋଟେଲରେ ବନ୍ଧୁଚର୍ଚ୍ଚା କରିବାକୁ, ପରମାନନ୍ଦ ମଧ୍ୟ ହୋଟେଲରେ କମିଶନରଙ୍କ ବନ୍ଧୁଚର୍ଚ୍ଚା ବାବଦରେ ଖର୍ଚ୍ଚ ବହନ କରୁଥିଲା । ସେହିସବୁ ବାବଦକୁ ଖର୍ଚ୍ଚ ସେ ତା'ର ଅଧସ୍ତନ କର୍ମଚାରୀ, କ୍ଷେତ୍ରାଧିକାରୀଙ୍କ ଠାରୁ ଉଠଉଥିଲା । ଅବଶ୍ୟ, କମିଶନରଙ୍କ ନାମରେ ସେ ଯାହା ଉଠଉଥିଲା, ତା'ର ବହୁତ କମ୍ ଖର୍ଚ୍ଚ ହେଉଥିଲା । ବଦଳିରେ ତା'ର ବଡ଼ ଭୂମିକା ରହୁଥିଲା । କ୍ଷେତ୍ରାଧିକାରୀ ଓ କର୍ମଚାରୀମାନେ ମଦ ବୋତଲ ନେଇ ତା' ଘରେ ପହଞ୍ଚୁଥିଲେ । ଯିଏ ତା' ବାଟରେ ପଡିଲା ଭଲ, ନହେଲେ ସେ ତାକୁ ଅସୁବିଧାରେ ପକଉଥିଲା । ଗୌରାଙ୍ଗ ପଚାରିଲା- ତୁମେ ତା' ସହିତ କୋଉଠି କାମ କରିଛ ?

ପରଚର୍ଚ୍ଚା କ୍ଲବରେ ବହୁତ କଥା ଅତିରଞ୍ଜିତ ହୋଇଥାଏ । ସେଥିପାଇଁ ସେ ଯମେଶ୍ୱରଙ୍କୁ ପଚାରୁଥିଲା, ସେ ନିଜେ ପ୍ରତ୍ୟକ୍ଷ କରିଛି ନା ଶୁଣିକରି କହୁଛି । ସେ ଜାଣିଥିଲା, ଯମେଶ୍ୱର ପରଚର୍ଚ୍ଚା କରିବାକୁ ଭଲପାଏ । ଅବଶ୍ୟ ସେମିତିକା ଅଫିସରଙ୍କ ସଂଖ୍ୟା ତାଙ୍କ ସଂସ୍ଥାରେ କମ୍ ନୁହେଁ । ଯମେଶ୍ୱର କହିଲା- ହିଁ, ମୋର ପ୍ରଥମ ନିଯୁକ୍ତି ହୋଇଥିଲା ସମ୍ବଲପୁରରେ । ପରମାନନ୍ଦ ବି ସେତେବେଳେ ସମ୍ବଲପୁରରେ ଥିଲା । ମୁଁ ନୂଆନୂଆ ବାହାହୋଇଥାଏ । ମୋର ଓ ମୋ' ସ୍ତ୍ରୀର ଜନ୍ମ, ପାଠପଢ଼ା ସବୁ ଉତ୍ତର ଓଡ଼ିଶା ଏବଂ କଟକ, ଭୁବନେଶ୍ୱରରେ । ସମ୍ବଲପୁରରେ ଆମର ସାଙ୍ଗସାଥି କେହି ନଥାନ୍ତି । ସେତେବେଳେ ପରମାନନ୍ଦ ସେଠି ଥିଲା । ଯେହେତୁ ସେ ବିଭାଗୀୟ ସହକର୍ମୀ ଏବଂ ଆମେ ଗୋଟିଏ ଅଫିସରେ କାମ କରୁଥିଲୁ, ଦିନେ ଆମେ ତା' ଘରକୁ ରବିବାର ଦିନ ସଞ୍ଜବେଳେ ବୁଲିଯାଇଥିଲୁ । ଚା' ପିଇ ଗପସପ କରି ଫେରିଲୁ । ପରଦିନ ସେ ଆମ

ଅଫିସ୍‌ର ଅନ୍ୟ ଅଫିସରଙ୍କ ସହିତ ଗପୁଥିବାର ମୁଁ ଶୁଣିଲି । ସେ କହୁଥିଲା ଯମେଶ୍ୱରର ସ୍ତ୍ରୀର ବ୍ରେଷ୍ଟ ବହୁତ ବଡ଼ ବଡ଼ ଏବଂ ମୁଦ୍ରଣ ଅଯୋଗ୍ୟ ଶବ୍ଦରେ ରୂପ ବର୍ଣ୍ଣନା କରୁଥିଲା । ଅବଶ୍ୟ ଜଣଙ୍କର ସୌନ୍ଦର୍ଯ୍ୟରେ ପ୍ରଭାବିତ ହେବା ଅସ୍ୱାଭାବିକ ନୁହେଁ, କିନ୍ତୁ ଏପରି ମୁଦ୍ରଣ ଅଯୋଗ୍ୟ ଶବ୍ଦ କ'ଣ ଜଣେ ଭଦ୍ରଲୋକର ପାଟିକୁ ଆସିବ । ନିହାତି ଅସଭ୍ୟ, ଅମାର୍ଜିତ, ଅପରିଚ୍ଛନ୍ନ ଲୋକଟିଏ ।

ଗୌରାଙ୍ଗ ଓ ଯମେଶ୍ୱର ଖବରକାଗଜ କିଣି ସାରିଥିଲେ । ଦୁହେଁ ଫେରୁଥିଲେ, ଯମେଶ୍ୱର ଯିବ ତା' ଘରକୁ, ଗୌରାଙ୍ଗ ଫେରିବ ହୋଟେଲକୁ । ହୋଟେଲରେ ନିତ୍ୟକର୍ମ ସାରି ସେ ଅଫିସ୍ ବାହାରିବ । ଯମେଶ୍ୱର କହିଲା-ମୁଁ କଟକରେ ଥିଲି, ମତେ ପରମାନନ୍ଦ ବଦଳି କରିଦେଲା । କମିଶନରଙ୍କୁ କହି ମତେ ଭୁବନେଶ୍ୱର ପଠେଇଦେଲା । କଟକରେ ମୋର କିଛି ବ୍ୟକ୍ତିଗତ କାମ ଥିଲା, ଅଫିସ୍ କାମ ବି କିଛି ବାକିଥିଲା । ମୁଁ କମିଶନରଙ୍କୁ ସାକ୍ଷାତ କରି କହିଲି- ସାର୍, ମୁଁ ଚାଲିଯିବି, କିନ୍ତୁ ମତେ ମାର୍ଚ୍ଚ ମାସ ପର୍ଯ୍ୟନ୍ତ ସମୟ ଦିଅନ୍ତୁ । ମୋ ଜାଗାକୁ ଯେହେତୁ କାହାକୁ ନିଯୁକ୍ତି ସେତେବେଳେ ଦିଆଯାଇନଥିଲା । ମାର୍ଚ୍ଚମାସ ପର୍ଯ୍ୟନ୍ତ ରହିବାକୁ ସଂସ୍ଥାର କିଛି ଅସୁବିଧା ନଥିଲା । କିନ୍ତୁ ପନ୍ଦରଦିନ ପରେ ଗୋଟେ ଚିଠି ପହଞ୍ଚିଲା, ଡିସେମ୍ବର ୩୧ ତାରିଖ ସୁଦ୍ଧା କାର୍ଯ୍ୟଭାର ହସ୍ତାନ୍ତର କରି କମିଶନରଙ୍କୁ ଜଣାନ୍ତୁ, ମୁଁ ଆଶ୍ଚର୍ଯ୍ୟ ହେଲି । କମିଶନରଙ୍କୁ ସାକ୍ଷାତ କରି ପଚାରିଲି । କମିଶନର କହିଲେ ମୁଁ ତ ଏପରି ନିର୍ଦ୍ଦେଶ ଦେଇନି । ମୁଁ ମୋ ପାଖକୁ ଆସିଥିବା ନିର୍ଦ୍ଦେଶ ଚିଠି ଦେଖେଇଲି । ଚିଠିଟି ଡେପୁଟି କମିଶନରଙ୍କ ଦସ୍ତଖତରେ ଯାଇଥିଲା । କମିଶନର ଫାଇଲ ମଗେଇ ଦେଖିଲେ । ଫାଇଲ ତାଙ୍କ ପାଖକୁ ଯାଇନଥିଲା । ପରମାନନ୍ଦ ଫାଇଲ୍‌ରେ ଲେଖିଥିଲା, କମିଶନରଙ୍କ ସହିତ ଆଲୋଚନା କଲି, ଡିସେମ୍ବର ୩୧ ତାରିଖ ସୁଦ୍ଧା କାର୍ଯ୍ୟଭାର ଦେବାକୁ ଯମେଶ୍ୱର ଜେନାଙ୍କୁ ନିର୍ଦ୍ଦେଶ ପଠାଅ । କମିଶନର ପରମାନନ୍ଦଙ୍କୁ ଡକେଇ ପଠେଇଲେ । ପରମାନନ୍ଦ କହିଲା- ସାର୍, ଆପଣଙ୍କୁ ପଚାରିଥିଲି, ଆପଣ କହିଥିଲେ, ତା' ପାଖକୁ ଚିଠି ଦିଅ ।

ପରମାନନ୍ଦ ଭାବିନଥିଲା, ମୁଁ କମିଶନରଙ୍କୁ ପଚାରିବି । ସେ ମଧ୍ୟ ଜାଣିନଥିଲା, ମୁଁ କମିଶନରଙ୍କୁ ଦେଖା କରିଥିଲି । କମିଶନର ଠିକ୍ ଜାଣିଥିଲେ, ସେ କହିନଥିଲେ କିମ୍ବା ପରମାନନ୍ଦ ତାଙ୍କୁ ପଚାରିନଥିଲା, କିନ୍ତୁ ସେ ମତେ କହିଲେ- ମୁଁ ହୁଏତ କେତେବେଳେ ଅନ୍ୟମନସ୍କ ଥାଇ କହିଦେଇଥିବି, ମୋର ମନେ ନାହିଁ । କିନ୍ତୁ ସେ ସେହି ନିର୍ଦ୍ଦେଶକୁ ବାତିଲ କଲେ ନାହିଁ । କରିବେ କେମିତି ? ପରମାନନ୍ଦ ତାଙ୍କର ମାସିକିଆ ସଉଦା, ଭଲମନ୍ଦ ବୁଝେ । ବଦଳିବେଳେ ସେ ଇନ୍‌ସପେକ୍ଟର, ଅଫିସରଙ୍କ ଠାରୁ ଟଙ୍କା ଆଦାୟ କରି, ଗୋଟିଏ ଭାଗ କମିଶନରଙ୍କୁ ମଧ୍ୟ ଦିଏ ।

ଗୌରାଙ୍ଗ କହିଲା- ହଉ ଦେଖାହେବ । ସେ ହୋଟେଲ ଚାଲିଆସିଲା । ଯମେଶ୍ୱର ଚାଲିଗଲା ତା'ଘରକୁ । ସେ ନିତ୍ୟକର୍ମ ସାରି ଯିବ ଭୁବନେଶ୍ୱର, ତା' ଅଫିସ୍‌କୁ ।

ଏମିତି ଚରିତ୍ର ସବୁ କାଳରେ, ସବୁ ଯୁଗରେ ଅଛନ୍ତି । ସଂସ୍ଥାରେ ନିଯୁକ୍ତି ଅଫିସର ବା ସରକାରୀ ଅଫିସରଙ୍କ ଭିତରୁ ଅଧିକାଂଶ ନିମ୍ନ ମଧ୍ୟବିତ୍ତ, ନିମ୍ନ ସାମାଜିକ ଓ ଅର୍ଥନୈତିକ ସ୍ତରରୁ ଆସିଛନ୍ତି । ସେମାନେ ନିଜକୁ ଭିନ୍ନ ଓ ସ୍ୱତନ୍ତ୍ର ମନେକରନ୍ତି । ପଦବୀ ତାଙ୍କର ପରିଚୟ, ଅର୍ଥ ଓ କ୍ଷମତା ପ୍ରତି ସେମାନେ ଆସକ୍ତ । ସେମାନେ ନିଜର ଅତୀତ, ପୃଷ୍ଠଭୂମିକୁ ମନେପକାନ୍ତି ନାହିଁ । ସଂସ୍ଥାରେ ନିଜର ଦୁନିଆ ଗଢ଼ନ୍ତି, ସେହି ଦୁନିଆରେ ନିଜର ଆଧିପତ୍ୟ ବିସ୍ତାର କରନ୍ତି । ନିଜର ସ୍ଥିତି ଦୃଢ଼ କରନ୍ତି, କାଳେ ସ୍ଥିତି ଦୋହଲିଯିବ, ମନ ଭିତରେ ସେହି ଆଶଙ୍କା, ଅବଚେତନ ମନରେ ଭୟ । ସେଥିପାଇଁ ମିଛ, ଖଚ, ଚୁଗୁଲି, ପ୍ରତିଯୋଗିତା । ବଡ଼ବାପା କୁହନ୍ତି ପାଇକ ସର୍ଦ୍ଦାର ବାହୁବଳେନ୍ଦ୍ରକୁ ଘରକୁ ରାତିଖିଆ ପାଇଁ ନିମନ୍ତ୍ରଣ କରି ବିଶ୍ୱାସଘାତକତା କରିଥିଲା, ସେପରି ସର୍ଦ୍ଦାର ଦୁନିଆରୁ ଉଭେଇଯିବେନି, ନୂଆ ନୂଆ ରୂପରେ ଜନ୍ମହେବେ, ଦେଖାଦେବେ । ସେମାନଙ୍କ ସହିତ ବାସ୍ତବରେ ସଂଗ୍ରାମ କରିବାକୁ ହୁଏ, ବଞ୍ଚିବାକୁ, ସମାଜରେ ତିଷ୍ଠି ରହିବାକୁ, ନିଜର ଆତ୍ମସମ୍ମାନ ବଜାୟ ରଖିବାକୁ । ଗୌରାଙ୍ଗ ତା' ସଂସ୍ଥାରେ ଏହିପରି ଚରିତ୍ରଙ୍କୁ ଦେଖୁଛି, ଭେଟୁଛି । ସେମାନଙ୍କୁ ଏଡେଇଦେଇ ହେବନି, ସେମାନଙ୍କ ସହିତ ରହିବାକୁ ପଡ଼ିବ, ଅବଶ୍ୟ ନିଜ ବାଗରେ, ନିଜ ବାଟରେ ।

ପରମାନନ୍ଦ ପ୍ରଶାସନ ଦାୟିତ୍ୱରେ ଅଛି, ଗୌରାଙ୍ଗର ଉପରିସ୍ଥ ହାକିମ, ସେ ତାକୁ ଏଡେଇଦେଇ ରହିପାରିବନି ।

ଗୌରାଙ୍ଗ ପରମାନନ୍ଦଙ୍କୁ ସୌଜନ୍ୟମୂଳକ ସାକ୍ଷାତ କରିବାକୁ ତାଙ୍କ ପ୍ରକୋଷ୍ଠକୁ ଗଲା ଏବଂ ନିଜର ପରିଚୟ ଦେଲା। ପରମାନନ୍ଦ କହିଲା-ହଁ, ତୁମେ କାଲି ଜଏନ୍ କଲ, ମୁଁ ନଥିଲି । କାଲି ଗୋଟିଏ ମିଟିଂ ଫାଇନାନ୍ସରେ ଥିଲା, କମିଶନରଙ୍କ ସହିତ ଯାଇଥିଲି । ବସନ୍ତୁ ।

ଗୌରାଙ୍ଗ ତା' ସାମ୍‌ନା ଚୌକିରେ ବସିଲା । ପରମାନନ୍ଦ ଗୋଟିଏ ଫାଇଲ ଦେଖୁଥିଲା, ଗୌରାଙ୍ଗକୁ ବସେଇଦେଇ ସେ ସେହି ଫାଇଲ୍‌ରେ ମନୋନିବେଶ କଲା । ପରମାନନ୍ଦ, ତା' ସହିତ ଦୁଇପଦ ଭଲମନ୍ଦ କଥା ହୋଇ ଫାଇଲ୍ ପରେ ଦେଖି ପାରିଥାନ୍ତା । ସେମିତି କରିଥିଲେ ତା'ର କ୍ଷମତାକୁ ଗୌରାଙ୍ଗ ଉପଲବ୍ଧ କରିପାରିନଥାନ୍ତା । ସେ ବସିବାକୁ କହିଲା, ଗୌରାଙ୍ଗ ବସିବ, ଅପେକ୍ଷା କରିବ,

ଗୋଟେ ଅଫିସରକୁ ଅପେକ୍ଷା କରେଇ ପାରୁଥିବାରୁ ପରମାନନ୍ଦ ନିଜର କ୍ଷମତାକୁ ଉପଭୋଗ କରିପାରିବ । ସେ ପ୍ରଥମରୁ କହିସାରିଥିଲା, କମିଶନରଙ୍କ ସହିତ ସେ ମିଟିଂକୁ ଯାଇଥିଲା । ସୂଚେଇ ଦେଇଥିଲା କମିଶନରଙ୍କ ସହିତ ତା'ର ସମ୍ପର୍କ । ତାଙ୍କ ସଂସ୍ଥାର ମୁଖ୍ୟ କମିଶନର, କମିଶନର ହେଉଛନ୍ତି ଆଇଏଏସ୍, ସର୍ବଭାରତୀୟ ପ୍ରଶାସନ ସେବାର ଜଣେ ବରିଷ୍ଠ ଅଧିକାରୀ । ସଂସ୍ଥାର ଅନ୍ୟ ସମସ୍ତେ ରାଜ୍ୟ ଶ୍ରେଣୀୟ ଅଫିସର । କମିଶନରଙ୍କ ସହିତ ଘନିଷ୍ଠତା ଅର୍ଥ ନିଜର ସମ୍ମାନ ଓ ଶ୍ରୋତା ପାଇଁ ଭୟ କିମ୍ବା ଭକ୍ତି ।

ଗୌରାଙ୍ଗ ବସିଥିଲା, ପରମାନନ୍ଦ ଫାଇଲ୍ ଦେଖୁଥିଲା । ପରମାନନ୍ଦର ପତଳା ଶରୀର । ସେ ଗୋଟେ ଢ଼ିଲା ହାଫ୍ ସାର୍ଟ ପିନ୍ଧିଥିଲା । ଛୋଟ ମୁହଁ, କିନ୍ତୁ ଆଖି ଯୋଡ଼ିକ ଉଜ୍ଜ୍ୱଳ ଓ ମୁହଁ ତୁଳନାରେ ବଡ଼ ବଡ଼ ଫାଙ୍କାଫାଙ୍କା ଦାନ୍ତ, ଦାନ୍ତ ଫାଙ୍କରେ ପାନଖିଆ ପିକ ଚିହ୍ନ । ଭୋକିଲା କୁକୁର ମାଂସ ଖଣ୍ଡିକୁ ଚାହିଁ ରହିଥିଲା ପରି ତା'ର ଚାହାଣୀ । ସେ କଲିଂବେଲ୍ ଚିପିଲା । ପିଅନ ଆସିଲାରୁ କହିଲା, ଶ୍ରାବଣୀ ମାଡାମଙ୍କୁ ଡାକି ଦେ' ।

ଝିଅଟିଏ ଆସିଲା, ବୋଧହୁଏ ଶ୍ରାବଣୀ । ସେ ପରମାନନ୍ଦ ସାମ୍ନାରେ ଛିଡ଼ା ହେଲା, ଗୌରାଙ୍ଗକୁ ଚାହିଁଲା । ଗୌରାଙ୍ଗ ସହିତ ତା'ର ପରିଚୟ ହୋଇନଥିଲା । ଉଚ୍ଚତା ପାଞ୍ଚଫୁଟ ପାଞ୍ଚ କିମ୍ବା ଛଅ ଇଞ୍ଚ ହେବ, ସାଧାରଣ ଓଡ଼ିଆ ଝିଅଙ୍କ ଠାରୁ ଉଚ୍ଚ । ସୁନ୍ଦର ସ୍ୱାସ୍ଥ୍ୟ । ଧଳା ରଙ୍ଗର କୁର୍ତ୍ତା, କିନ୍ତୁ ଲାଲ ରଙ୍ଗର ଓଢ଼ଣି। ଗୌରାଙ୍ଗ ତାକୁ ଚାହିଁଥିଲା । ଶ୍ରାବଣୀ ପରମାନନ୍ଦଙ୍କୁ କହିଲା- ସାର୍, ମତେ ଡାକିଥିଲେ ।

ପରମାନନ୍ଦ ଫାଇଲ୍‌ରୁ ମୁଣ୍ଡ ଟେକି କହିଲା, କ'ଣ ଫାଇଲ୍‌ରେ ଯାହା ନାହିଁ ତାହା ଲେଖିଦେଉଛ ?

ଶ୍ରାବଣୀ ପଚାରିଲା- କୋଉ ଫାଇଲ୍ ?

ପରମାନନ୍ଦ ଚିଡ଼ିଚିଡ଼ି ହୋଇ କହୁଥିଲା, ସୁଜାତା ପରମାଣିକର ଫାଇଲ୍ । ଜାଣିପାରୁନ ଆମେ କ'ଣ ଚାହୁଁଛୁ, କମିଶନର କ'ଣ ଚାହୁଁଛନ୍ତି ? ଫାଇଲ୍‌ରେ ଲେଖିଲା ପୂର୍ବରୁ ପଚାରୁନ, ଥରେ ଲେଖିଦେଲା ଅର୍ଥ ରେକର୍ଡ ରହିଗଲା, ଏତିକି ବୁଝିପାରୁନ ?

ଶ୍ରାବଣୀ ଚିଡ଼ିଗଲା । କହିଲା- ଫାଇଲରେ ଯାହା ଅଛି ସେହି ବିଷୟବସ୍ତୁ ଉପରେ ମୁଁ ଲେଖିବି । ସେଇଟା ମୋର ମତ । ମୁଁ ଆପଣଙ୍କୁ ପଚାରି କାହିଁକି ଲେଖିବି ? ଆପଣ କିମ୍ବା କମିଶନର କ'ଣ ଚାହାନ୍ତି, ମୁଁ କାହିଁକି ଜାଣିବାକୁ ଚାହିଁବି ? ଆପଣ ତ ମତେ କହିନାହାନ୍ତି ?

ପରମାନନ୍ଦ ରାଗିଗଲା । କହିଲା- କ'ଣ ଭଡ଼ ଭଡ଼ ହେଉଛ ? ତୁମେ କିପରି ଅଫିସର ହେଲ, କିଏ ତୁମକୁ ଅଫିସର କଲା, ମୁଁ ବୁଝିପାରୁନି ।

ପରମାନନ୍ଦ ବେଶି ରାଗିଯିବାର କାରଣ ଗୌରାଙ୍ଗ । ଗୌରାଙ୍ଗ ଗୋଟେ ନୂଆ ଅଫିସର, ହେଡ ଅଫିସ୍‌ରେ ନୂଆ ଜଏନ୍ କରିଛି । ତା' ସାମ୍‌ନାରେ ଜଣେ ଅଧସ୍ତନ ଅଫିସର ଏପରି କହିବ, ସେ ବେଶି ଅପମାନିତ ମନେ କରୁଥିଲା । ପରମାନନ୍ଦ ରାଗରେ ଫାଇଲ୍‌ଟିକୁ ଜୋର୍‌ରେ ଠେଲିଦେଲା, ଫାଇଲ୍‌ଟା ଖସି ଟେବୁଲ ତଳେ ପଡିଗଲା ।

ଶ୍ରାବଣୀ ଚିହିଁକି ଉଠିଲା । କହିଲା– ଆପଣ କ'ଣ ଏମିତି ବ୍ୟବହାର କରୁଛନ୍ତି ? ମୁଁ କାହାର ଦୟାରେ ଅଫିସର ହୋଇନି । ଓପିଏସ୍‌ସି ପରୀକ୍ଷା ଦେଇ ଅଫିସର ହୋଇଛି, ଯେମିତି ଆପଣ ହୋଇଛନ୍ତି । ଯାହା ଲେଖିବା କଥା ଫାଇଲ୍‌ରେ ଲେଖି ପଠେଇ ଦିଅନ୍ତୁ । ମୁଁ ଉତ୍ତର ଦେବି ।

ଶ୍ରାବଣୀ କହିଲା ଏବଂ ଝଡ଼ରେ ଦଲକାଏ ପବନ ବାଜିଗଲା ପରି ପରମାନନ୍ଦର ଗାଲରେ ପୁଳାଏ ଅସନ୍ତୋଷ ବଜେଇଦେଇ ସେ କବାଟ ଖୋଲି ଚାଲିଗଲା । ଫାଇଲ୍‌ଟା ତଳେ ପଡ଼ିରହିଥିଲା । ପରମାନନ୍ଦ ସ୍ତବ୍ଧ ହୋଇଯାଇଥିଲା । ପିଅନ ଚା' ଆଣି ଫ୍ଲାସ୍କରୁ କପ୍‌ରେ ଢାଳୁଥିଲା, ସେ ଚା' କପ୍ ନବଢ଼େଇ ଛିଡ଼ା ହୋଇ ଚାହିଁଥିଲା । ପରମାନନ୍ଦର ଷ୍ଟେନୋ ପରମାନନ୍ଦଙ୍କୁ ଏବଂ ଗୌରାଙ୍ଗଙ୍କୁ ଚାହିଁ ରହିଥିଲା । ଗୌରାଙ୍ଗ ଭାବୁଥିଲା ସେ ଯେପରି ସ୍ୱପ୍ନ ଦେଖୁଛି । ସ୍ୱପ୍ନରେ ଦେଖୁଛି, ଯୁଦ୍ଧ ଚାଲିଛି, ଘୋଡ଼ାରେ ବସି ଝିଅଟି ହାତରେ ତରବାରୀ ଧରି ଯୁଦ୍ଧ କରୁଛି । ଛାତିରେ ପଡ଼ିଛି ଲାଲ ଓଢ଼ଣି, ଓଢ଼ଣି ଦୁଇମୁଣ୍ଡ ପିଠିରେ ବନ୍ଧା ହୋଇଛି । ଆଖି ଦୁଇଟା ଜଳିଲା ପରି ଦିଶୁଛି ।

ସେହି ସ୍ୱପ୍ନର ଝିଅଟି ପରି ଶ୍ରାବଣୀ ଦଶୁଛି ।

■

ଚାରି

ମୁଁ ଆଜି ତାଙ୍କୁ ଭେଟିଲି । ମତେ ଲାଗୁଥିଲା ତାଙ୍କ ସହିତ ମୋର ଏହା ପ୍ରଥମ ସାକ୍ଷାତ ନୁହେଁ । ମୁଁ ତାଙ୍କୁ ଭେଟୁଥିଲି ସ୍ୱପ୍ନରେ, ଏକ ଦୁଃସ୍ୱପ୍ନ ଦେଖି ନିଦ ଭାଙ୍ଗିଗଲେ ରାତିର ଅନ୍ଧାରରେ ଦିଶିଯାଉଥିଲା ତାଙ୍କ ମୁହଁ । ଈଶ୍ୱରଙ୍କ ଅସ୍ତିତ୍ୱ ଉପରେ ମୁଁ ନିଶ୍ଚିତ ନୁହେଁ । ମୋର ପୁନର୍ଜନ୍ମରେ ବିଶ୍ୱାସ ନାହିଁ, ଆଜି କିନ୍ତୁ ତାଙ୍କୁ ଦେଖିଲାବେଳେ ମତେ ଲାଗୁଥିଲା ବୋଧହୁଏ ତାଙ୍କୁ ମୁଁ ପୂର୍ବଜନ୍ମରୁ ଜାଣିଛି । ଗୌରାଙ୍ଗ ଡାଏରୀରେ ଲେଖୁଥିଲା ।

ଶ୍ରାବଣୀକୁ ଦେଖିଲା ପରେ, ପରମାନନ୍ଦକୁ ତା'ର ଜବାବ ଦେବା ଦେଖି ଗୌରାଙ୍ଗକୁ ଅସ୍ଥିର ଲାଗୁଥିଲା । ଶ୍ରାବଣୀର ମୁହଁ, ଆଖି, ତା'ର ଉଗ୍ରରୂପ ତା'ମନରେ ଛାପିହୋଇ ରହିଯାଇଥିଲା । ସେ ଗୋଟିଏ ବାହାର ହୋଟେଲରୁ ରାତିଖିଆ ସାରି ହୋଟେଲର ତା'ର ରୁମ୍‌କୁ ଆସିଥିଲା । ପଢ଼ିବାକୁ ବହିଖଣ୍ଡେ ଧରିଲା, କିନ୍ତୁ ପଢ଼ିବାରେ ଏକାଗ୍ରତା ଆସୁନଥିଲା । ଶୋଇବାକୁ ନିଦ ହେଉନଥିଲା । ଶ୍ରାବଣୀ ତା' ଚିନ୍ତାରେ ଥିଲା, ତା' ବିଷୟରେ ବେଶିକିଛି ଜାଣିବାକୁ ତାକୁ ଭେଟିବାକୁ ସେ ଅସ୍ଥିର ହେଉଥିଲା । ଏତକ ଲେଖିସାରିଲା ପରେ ତାକୁ ନିଦ ଆସିଥିଲା, ସକାଳୁ ଉଠି ଡାଏରୀ ଖୋଲି ସେ ପଢୁଥିଲା ।

ସୁଜାତା ପରମାଣିକ ତୃତୀୟ ମହଲାର ତା' ପ୍ରକୋଷ୍ଠକୁ ଯିବାକୁ ଲିଫ୍ଟ ଆଡ଼କୁ ଗଲାବେଳକୁ କମିଶନରଙ୍କ ଗାଡ଼ି ପୋର୍ଟିକୋରେ ପହଞ୍ଚିଲା । ସୁଜାତା ଅଟକିଗଲା । କମିଶନର ଗାଡ଼ିରୁ ଓହ୍ଲାଇଲାବେଳେ ସୁଜାତା ପାଖକୁ ଯାଇ ନମସ୍କାର କଲା । ପୂର୍ବତନ କମିଶନର ବଦଳି

ହୋଇଗଲା ପରେ ନୂଆ କମିଶନର ଗୌରାଙ୍ଗ ଅଫିସ୍‌ରେ ଯୋଗଦେବାର ପନ୍ଦରଦିନ ପୂର୍ବରୁ ଯୋଗଦେଇଥିଲେ । ନୂଆ କମିଶନର ଯୋଗଦେବାର ଚତୁର୍ଥ ଦିନ ସୁଜାତା ତାଙ୍କୁ ପୋର୍ଟିକୋରେ ଭେଟିଥିଲା । କମିଶନର ସୁଜାତାକୁ ପଚାରିଲେ, ତୁମେ କ'ଣ କରୁଛ ?

ସୁଜାତା କହିଲା, ରିସର୍ଚ୍ଚ ସେଲ୍‌ରେ ମୁଁ ଇକୋନୋମିଷ୍ଟ ଅଛି ।

ଏଠି ଗୋଟିଏ ରିସର୍ଚ୍ଚ ସେଲ୍ ଅଛି ? ମତେ କେହି କହିନାହାନ୍ତି । କମିଶନର କହିଲେ ।

ସୁଜାତା କହିଲା, ପୂର୍ବତନ କମିଶନର ରିସର୍ଚ୍ଚ ସେଲ୍‌କୁ ଉଠେଇ ଦେବାକୁ ସରକାରଙ୍କୁ ପ୍ରସ୍ତାବ ଦେଇଛନ୍ତି ।

କମିଶନର ଯୋଉ ଲିଫ୍ଟରେ ଯିବାକୁ ଉଠନ୍ତି, ତାଙ୍କ ସହିତ ଲିଫ୍ଟରେ ଅନ୍ୟ ଅଫିସର କିମ୍ବା କେହି କର୍ମଚାରୀ ଯାଆନ୍ତି ନାହିଁ । କମିଶନର ଲିଫ୍ଟ ଭିତରକୁ ଯାଇ ସୁଜାତାଙ୍କୁ ତାଙ୍କ ସାଙ୍ଗରେ ଆସିବାକୁ କହିଲେ ଏବଂ ପଚାରିଲେ କାହିଁକି ?

କମିଶନରଙ୍କ ସହିତ ଲିଫ୍ଟରେ ଯିବାକୁ ସୁଜାତା ତାଙ୍କ ପାଖରେ ଛିଡ଼ା ହେଲା ରିସର୍ଚ୍ଚ ସେଲ୍ ଉଚ୍ଛେଦ ପ୍ରସ୍ତାବର କାରଣ ବା କାହିଁକିର ଉତ୍ତର ଦେବା ପୂର୍ବରୁ କମିଶନର ପଚାରିଲେ, ତୁମର ଶିକ୍ଷାଗତ ଯୋଗ୍ୟତା କ'ଣ ?

କମିଶନରଙ୍କ ରିସର୍ଚ୍ଚ ସମ୍ବନ୍ଧରେ ଜାଣିବାକୁ ଆଗ୍ରହ ନଥିଲା, ସେ ଚାହିଁ ରହିଥିଲେ ସୁଜାତାକୁ । ସୁଜାତା କହିଲା, ଇକୋନୋମିକ୍ସରେ ଏମ୍.ଏ,ଏମ୍‌ଫିଲ୍ କରିଛି । ଏବେ ପିଏଚ୍‌ଡି କରୁଛି ।

କମିଶନରଙ୍କ ଅଫିସ୍ ଦ୍ୱିତୀୟ ମହଲାରେ, ଦ୍ୱିତୀୟ ମହଲାରେ ଲିଫ୍ଟ ପହଞ୍ଚିଯାଇଥିଲା । କମିଶନର ସୁଜାତାକୁ କହିଲେ, ମୋ ସହିତ ଆସ ।

ସୁଜାତା ଯାଇଥାନ୍ତା ତୃତୀୟ ମହଲାକୁ, ରିସର୍ଚ୍ଚ ସେଲ୍‌କୁ । ସେ କମିଶନରଙ୍କ ସହିତ ତାଙ୍କ ରୁମ୍‌କୁ ଗଲା । କିଛି ସମୟ ପରେ କମିଶନର ଆଡିସନାଲ୍ କମିଶନର ପରମାନନ୍ଦକୁ ଡକେଇପଠେଇଲେ । ପରମାନନ୍ଦ ପହଞ୍ଚିଲା । କମିଶନର କହିଲେ, ସୁଜାତାର ବ୍ରିଲିୟାଣ୍ଟ ଏକାଡେମିକ୍ ରେକର୍ଡ, ତା'ର କ'ଣ ଅସୁବିଧା ହୋଇଛି । ରେଗୁଲାରାଇଜ୍ କରିଦିଅ । ଏପରି ଟାଲେଣ୍ଟେଡ୍ ପିଲା ଆମ ସଂସ୍ଥାରେ ରହିବା ଆବଶ୍ୟକ ।

ପରମାନନ୍ଦ କହିଲା- ହଁ, ସାର୍ କରିଦେବା । ସୁଜାତାକୁ ଚାହିଁ କହିଲା, ଲେଖିକରି ଦିଅ ।

ସୁଜାତା ଚାହିଁଲା ପରମାନନ୍ଦକୁ, ସେ ବୋଧହୁଏ ଜାଣିପାରୁନଥିଲା, କ'ଣ

ଲେଖିକରି ଦେବ । ପରମାନନ୍ଦ ବୁଝିଗଲା ଏବଂ କହିଲା, ମୋ ରୁମ୍‌କୁ ଆସ, ମୁଁ ବତେଇଦେବି କ'ଣ ଲେଖିକରି ଦେବ ।

ଭାରତୀୟ ପ୍ରଶାସନିକ ଅଧିକାରୀଙ୍କ ନବାବୀ ମିଜାଜ୍ । ସେମାନେ ଯାହା ଚାହାନ୍ତି ତାହା ହେବା ଆବଶ୍ୟକ । ନିୟମ ନଥିଲେ ନିୟମ ଗଢ଼ । ନିୟମ ଭିତରେ ହୋଇପାରୁନଥିଲେ ନିୟମକୁ ଭାଙ୍ଗିମୋଡି ସେ ଚାହୁଁଛନ୍ତି ସେହି ବାଟକୁ ନେଇଯାଅ । ଅନେକ ଅଧସ୍ତନ କର୍ମଚାରୀ, ଅଫିସର୍ ଥା'ନ୍ତି ନବାବଙ୍କୁ ଖୁସ୍ ରଖିବାକୁ, ସେମାନେ ଯାହା ଚାହୁଁଛନ୍ତି କରିଦେବାକୁ । ନବାବଙ୍କୁ ଖୁସ୍ ରଖ, ନିଜେ ଖୁସ୍ ରୁହ । ଫାଇଦା ଅଛି । ପରମାନନ୍ଦ ପ୍ରଶ୍ନ ଉଠେଇଲା ନାହିଁ, ଗୁଁ ପୁଁ ବି ହେଲାନାହିଁ । କିଛି ବି ଚିନ୍ତା କଲାନି, କହିଦେଲା, ହଁ, କରିଦେବା । କମିଶନର ଚାହୁଁଛନ୍ତି, ହେବ ।

ପରଚର୍ଚ୍ଚା କ୍ଲବର ଆଲୋଚନା କରିବାକୁ ଖୋରାକ ମିଳିଯାଇଥିଲା । ଆଲୋଚନା ଚାଲିଥିଲା, କମିଶନରଙ୍କର ମହିଳାଙ୍କ ପ୍ରତି ମାତ୍ରାଧିକ ଆସକ୍ତି । ଯୋଗଦାନ ପରଦିନ ଏବଂ ତା' ପରଦିନ କମିଶନର ବିଭିନ୍ନ ସେକ୍ସନ ବୁଲୁଥିଲେ । ସେକ୍ସନକୁ ଅଫିସର, କର୍ମଚାରୀ ଆସୁଛନ୍ତି କି ନାହିଁ, କାମ କରୁଛନ୍ତି ନା ଗପୁଛନ୍ତି, ପରିଦର୍ଶନ ବାହାନାରେ ସେକ୍ସନ କାମ କରୁଥିବା ମହିଳା କର୍ମଚାରୀ କିମ୍ବା ମହିଳା ଅଫିସରଙ୍କ ସହିତ ଗପୁଥିଲେ ଏବଂ ବୟସ୍କା ଅପେକ୍ଷା ଯୁବତୀଙ୍କ ସହିତ ବେଶ୍ ଗପୁଥିଲେ । ସେ ଯୋଗଦେବାର ଚତୁର୍ଥ ଦିନ ସୁଜାତା ସହିତ ଦେଖାହେଲା ପରେ ତାଙ୍କର ସେକ୍ସନ ବୁଲିବା ବନ୍ଦ ହୋଇଯାଇଥିଲା । ଏବେ କମିଶନରଙ୍କ ରୁମ୍‌ରେ ଅଧିକାଂଶ ସମୟ ସୁଜାତା ବସୁଥିଲା, କମିଶନର ସୁବିଦିନେ ସୁଜାତାକୁ ତାଙ୍କ ଗାଡିରେ ନେଇ ଆସୁଥିଲେ ଏବଂ ତାଙ୍କୁ ସାଙ୍ଗରେ ଧରି ଅଫିସ୍‌ରୁ ଫେରୁଥିଲେ । ମଧ୍ୟାହ୍ନ ଭୋଜନ ବିରତି ସମୟରେ କମିଶନରଙ୍କ ପ୍ରକୋଷ୍ଠରେ ସୁଜାତା ମଧ୍ୟ ତାଙ୍କ ସହିତ ଖାଉଥିଲା । ସେହି ସମୟରେ କମିଶନରଙ୍କ ପ୍ରକୋଷ୍ଠ ସାମ୍‌ନାରେ ନାଲିବତି ଜଳୁଥିଲା, ସେତେବେଳେ ତାଙ୍କର ବ୍ୟକ୍ତିଗତ ପିଅନ ମଧ୍ୟ ତାଙ୍କ ରୁମ୍‌କୁ ଯାଉନଥିଲା ।

ଗୌରାଙ୍ଗ ଅଫିସରେ ପହଞ୍ଚି ଦେଖିଲା, ଟେବୁଲ ଉପରେ ଗୋଟିଏ ଫାଇଲ୍ ରଖାଯାଇଛି । ଫାଇଲ୍‌ଟି ସୁଜାତା ପରମାଣିକର । ପୂର୍ବଦିନ ଗୌରାଙ୍ଗ ପାଞ୍ଚଟା ବେଳକୁ ଅଫିସ୍ ଛାଡିଦେଇଥିଲା । ପାଞ୍ଚଟା ପରେ ତା' ଟେବୁଲ ଉପରକୁ ଫାଇଲ ଆସିଛି । ସେ ଫାଇଲ ଖୋଲି ପଢ଼ିଲା ବେଳକୁ ତାଙ୍କ ଉପବିଭାଗର ବଡ଼ବାବୁ ସୁରେନ୍ଦ୍ର ଜେନା ପହଞ୍ଚିଲା ଏବଂ କହିଲା, ସାର୍ ଆପଣ ଅଫିସ୍ ଛାଡିଦେଲା ପରେ ଗତକାଲି ଆମେ ଏହି ଫାଇଲ୍‌କୁ ସଞ୍ଜବେଳେ ଦେଇଛୁ । ଫାଇଲ୍‌ଟା ଦେଖିଦିଅନ୍ତୁ । ଆଜି ପିଏଫ୍‌ସିରେ ଆଲୋଚନା ହୋଇପାରେ ।

ପିଏଫ୍‌ସି, ପଲିସି ଫ୍ରେମିଂ କମିଟି ବା ନୀତି ନିର୍ଦ୍ଧାରଣ କମିଟି । ଗୌରାଙ୍ଗ ବଡ଼ବାବୁଙ୍କୁ ବସିବାକୁ କହିଲା । ପଚାରିଲା, ମତେ କାହିଁକି ଯେ' ଫାଇଲ ଦେଇଛ ? ଗତକାଲି ଏହି ଫାଇଲ୍ ସମ୍ବନ୍ଧରେ ଅତିରିକ୍ତ କମିଶନରଙ୍କ ସହିତ ଶ୍ରାବଣୀର ଯୁକ୍ତିତର୍କ ହୋଇଥିଲା । ମୁଁ ସେତେବେଳେ ବସିଥିଲି ।

ବଡ଼ବାବୁ କହିଲା ସାର୍, ଏହି ପୋଷ୍ଟ ଖାଲିଥିଲା । ସେଥିପାଇଁ ଶ୍ରାବଣୀ ମାଡାମ୍ ସିଧା ଫାଇଲ୍‌କୁ ଆଡିସନାଲ୍ କମିଶନରଙ୍କୁ ଦଉଥିଲେ । ଏବେ ଆପଣ ଯୋଗଦେଲେ, ତେଣୁ ଫାଇଲ୍ ଆପଣଙ୍କ ବାଟଦେଇ ଯିବ । ଗତକାଲି ତ ଆପଣ ଟିକେ ଆଭାସ ପାଇଛନ୍ତି, ଫାଇଲ୍ ପଢ଼ିଲେ ସବୁ ଜାଣିଯିବେ ।

ବଡବାବୁ ସୁରେନ୍ଦ୍ର ଜେନା ଜଣେ ନେତା, ତାଙ୍କ କର୍ମଚାରୀ ସଂଘର ସଭାପତି । ସେ ମଧ୍ୟ ରାଜ୍ୟ କର୍ମଚାରୀ ସଂଘର କାର୍ଯ୍ୟକାରୀ କମିଟିର ସଦସ୍ୟ । ସେ ଟିକେ ବଡ଼ପାଟିରେ କଥା କୁହନ୍ତି, ସତେ ଯେମିତି ସେ ଭାଷଣ ଦେଉଥାଆନ୍ତି । ଅବଶ୍ୟ ସେ ଭାଷଣ ଦେବାକୁ ଭଲ ପାଆନ୍ତି, କେବଳ ମଞ୍ଚ ଖୋଜୁଥାନ୍ତି । ରୋକଠୋକ୍ କଥା । ଗୌରାଙ୍ଗ ଜାଣେ, ସେ ନପଚାରିଲେ ବି ସୁରେନ୍ଦ୍ର ଜେନା କହିବ । ସୁରେନ୍ଦ୍ର ଜେନା କହିଚାଲିଲା- ସାର୍, ଶାସନ ତ ରହୁଛି ଆଇଏଏସ୍ ଅଫିସର ଓ ଆପଣଙ୍କ କାଡରର ବଡ଼ବଡ଼ିଆ ହାକିମଙ୍କ ହାତରେ । ସେମାନେ ଚାହିଁଲେ ନିୟମ ଗଢ଼ିବେ, ଚାହିଁଲେ ଭାଙ୍ଗିବେ । ରିସର୍ଚ୍ଚ ସେଲ୍‌ଟିଏ ପ୍ରତିଷ୍ଠା କରିବାକୁ ବହୁବର୍ଷରୁ ଗୋଟିଏ ପ୍ରସ୍ତାବ ଥିଲା, କିନ୍ତୁ କେହି ଆଗ୍ରହ ଦେଖଉନଥିଲେ । ଜଣେ କମିଶନର ଚାହିଁଲେ କରିବାକୁ, ଅର୍ଥବିଭାଗକୁ ଲେଖିଲେ, ଅର୍ଥ ବିଭାଗର ଅନୁମତି ହାସଲ କରିଆଣିଲେ ଏବଂ ତାଙ୍କ ସମ୍ପର୍କୀୟାଙ୍କୁ ଇକୋନୋମିଷ୍ଟ ରଖିଲେ । ରିସର୍ଚ୍ଚ ସେଲ୍ ଗଢ଼ିବାକୁ ତାଙ୍କ ଆଗ୍ରହ ଆସିଥିଲା ତାଙ୍କ ସମ୍ପର୍କୀୟାଙ୍କ ପାଇଁ । ସେଥିପାଇଁ ତତ୍ପରତା । ଆଉଜଣେ କମିଶନର ଆସିଲେ, ସେ ରିସର୍ଚ୍ଚ ସେଲ୍‌ର କାର୍ଯ୍ୟ ସମୀକ୍ଷା କଲେ, ଦେଖିଲେ କିଛି କାମ ହେଉନି । ଯାହା କିଛି କାମ ହେଉଛି ନିହାତି ନିକୃଷ୍ଟ, ନିମ୍ନମାନର, କେବଳ ଲୋକଦେଖାଣିଆ। ସେ କହିଲେ ଏପରି ରିସର୍ଚ୍ଚ ସେଲ୍‌ର ଆବଶ୍ୟକତା ନାହିଁ । ସେ ରିସର୍ଚ୍ଚ ସେଲ୍ ଉଚ୍ଛେଦ କରିବାକୁ ପ୍ରସ୍ତାବ ଦେଲେ । ସୁଜାତା ପରମାଣିକ ହାଇକୋର୍ଟକୁ ଗଲା, ରହିତାଦେଶ ଆଣିଛି । ଏବେ ଆଉ ଜଣେ କମିଶନର ପହଞ୍ଚିଲେ, କହିଲେ, ନା ସୁଜାତା ପରମାଣିକ ରହିବ। କେବଳ ଅର୍ଥ ବରବାଦ, ସମୟ ଅପଚୟ । କିନ୍ତୁ ଆମକୁ କିଏ ପଚାରୁଛି ? ଆମେ ତ ତଳତଳିଆ କର୍ମଚାରୀ ।

ଅଫିସ୍‌ରେ ପହଞ୍ଚିଲା ପରେ ପରେ ଗୌରାଙ୍ଗ ଚା' ପିଏ । ପିଅନ ଚା' ପାଇଁ ଯାଇଥିଲା । ଚା' ନେଇ ଆସିଥିଲା ଏବଂ ଚା' ଦେବାକୁ କପ୍‌ରେ ଢ଼ାଳୁଥିଲା ।

ଗୌରାଙ୍ଗ ଦେଖୁଥିଲା, ଚା' କପ୍‌ରେ ଢାଳୁଥିବା ପିଅନ ତାଙ୍କ କଥାବାର୍ତ୍ତା ଶୁଣିବାକୁ କାନେଇଥିଲା । ସେ ଜାଣିପାରୁଥିଲା, ସୁଜାତା ପରମାଣିକର ଫାଇଲ ଉପରେ ପରମାନନ୍ଦ ଓ ଶ୍ରାବଣୀର ଯୁକ୍ତିତର୍କ ଅଫିସସାରା ଜାଣିଯାଇଥିବେ। ପରଚର୍ଚ୍ଚା କ୍ଲବରେ ବିଭିନ୍ନ ଦିଗ ଉପରେ ବହୁ ସମୟ ଆଲୋଚିତ ହୋଇଥିବ । ପିଅନ ଗୌରାଙ୍ଗଙ୍କୁ ଓ ବଡ଼ବାବୁଙ୍କୁ ଚା' ଦେଲା । ଚା' ପିଉପିଉ ସୁରେନ୍ଦ୍ର ଜେନା କହିଲା, ସାର୍ ସୁଜାତା ପରମାଣିକ କଥା କୁହନ୍ତୁ ନାହିଁ । ତା'ର କାହାକୁ ଖାତିର ନାହିଁ । ତା'ର କଥାବାର୍ତ୍ତା କେବଳ କମିଶନର କିମ୍ବା ବରିଷ୍ଠ ଅଫିସରଙ୍କ ସହିତ । ତା'ର ଅସ୍ଥାୟୀ ଠିକା ଚାକିରି, କିନ୍ତୁ ଅହଂକାର କାହିଁରେ କ'ଣ । ଏହି କମିଶନର ତାକୁ ରଖିବାକୁ କହିଛନ୍ତି । କିଛି କୁଆଡୁ ହୋଇନି, ଫାଇଲରେ ଅନୁମୋଦିତ ହୋଇନି । କିନ୍ତୁ ପରଦିନ ତା'ର ଦରମା କାହିଁକି ହେଉନି ପଚାରୁଥିଲା, ପୁଣି ସେ ଏକାଉଣ୍ଟସ୍ ସେକ୍ସନ୍‌କୁ ଆସିପାରିବ ନାହିଁ । ଏକାଉଣ୍ଟସ୍ ସେକ୍ସନ୍‌ରୁ ଜଣକୁ ଡକେଇ ତା' ରୁମ୍‌ରେ ପଚାରୁଥିଲା ।

ଗୌରାଙ୍ଗ ଓ ସୁରେନ୍ଦ୍ର ଜେନା ଚା' ପିଇସାରିଥିଲେ । ଗୌରାଙ୍ଗ କହିଲା- ହଉ ଠିକ୍ ଅଛି । ମୁଁ ଫାଇଲଟା ପଢୁଛି । ଦରକାର ପଡିଲେ, କିଛି ବୁଝି ନପାରିଲେ ଆପଣଙ୍କୁ ଡାକିବି ।

ସୁରେନ୍ଦ୍ର ଜେନା ଚାଲିଗଲା, ଗୌରାଙ୍ଗ ଫାଇଲ୍ ଖୋଲିଲା । ଗୌରାଙ୍ଗ ଦେଖୁଥିଲା, ଫାଇଲ୍‌ଟି ଏହା ଭିତରେ ଦୁଇଥର ତଳଉପର ହୋଇଛି। ତଳେ ହେଡ କ୍ଲର୍କ, ସେକ୍ସନ ଅଫିସର, ଡେପୁଟି କମିଶନର ଯାହା ମତ ଦେଉଛନ୍ତି, ତା' ଉପରେ ପ୍ରଶ୍ନ କରି ଆଡିସନାଲ୍ କମିଶନର ଫେରଉଛନ୍ତି ଏବଂ ପୁଣି ଉପରକୁ ଯାଉଛି। ଗୌରାଙ୍ଗ ଭାବୁଥିଲା, ସୁରେନ୍ଦ୍ର ଜେନାର ଅସନ୍ତୋଷ ବେଶି କମିଶନର ଓ ବରିଷ୍ଠ ଅଫିସରଙ୍କ ମନମାନୀ କାରବାର ଓ ଅର୍ଥଶ୍ରାଦ୍ଧ ପାଇଁ ନା ସୁଜାତା ପରମାଣିକର ଅହଂକାର ପାଇଁ ? ସୁଜାତା ଯଦି ବିନୟୀ ହୋଇଥାନ୍ତା, ସୁରେନ୍ଦ୍ର ଜେନାକୁ ଦେଖିଲେ ବଡ଼ବାବୁ ହିସାବରେ ନମସ୍କାରଟିଏ କରୁଥାନ୍ତା, ତେବେ କ'ଣ ସୁରେନ୍ଦ୍ର ଜେନା ଏତେ ଅସନ୍ତୁଷ୍ଟ ହୋଇଥାନ୍ତା ? ବୋଧହୁଏ ନୁହେଁ ।

ପୂର୍ବତନ କମିଶନର ଲେଖିଛନ୍ତି, ରିସର୍ଚ୍ଚ ସେଲ୍ ସଂସ୍ଥାକୁ ଉପକୃତ କଲାପରି କିଛି କାମ କରୁନି, ଯାହା କିଛି ସେମାନେ କରିଛନ୍ତି, ସେସବୁ ନିକୃଷ୍ଟ ଓ ନିମ୍ନମାନର ଏବଂ ସେସବୁ କାମ ସଂସ୍ଥାର ନିଜସ୍ୱ ଅଫିସରମାନେ କରିପାରିବେ । ବର୍ତ୍ତମାନ ଅର୍ଥଶାସ୍ତ୍ରୀଙ୍କୁ ପଚିଶ ହଜାର ଟଙ୍କା ମାସକୁ ଦିଆଯାଉଛି । ସୁଜାତା ପରମାଣିକର ଅଭିଜ୍ଞତା ନାହିଁ । ଏତିକି କମ୍ ଟଙ୍କାରେ ଅଭିଜ୍ଞ ଅର୍ଥଶାସ୍ତ୍ରୀ ମିଳିବେ ନାହିଁ । ଯଦି ଅର୍ଥଶାସ୍ତ୍ରୀ ପାଇଁ ମାସକୁ ସତୁରି କିମ୍ବା ଅଶୀ ହଜାର ଟଙ୍କା ଦିଆଯାଇପାରିବ, ତେବେ ଅଭିଜ୍ଞ

ଅର୍ଥଶାସ୍ତ୍ରୀ ଯଥା ଅବସରପ୍ରାପ୍ତ ପ୍ରଫେସର ମିଳିପାରିବ । କିନ୍ତୁ ବର୍ତ୍ତମାନ ପାଇଁ ଆବଶ୍ୟକ ନାହିଁ । ଭବିଷ୍ୟତରେ ଆବଶ୍ୟକ ପଡ଼ିଲେ ଏହା ବିଚାରକୁ ନିଆଯାଇପାରେ । ତେଣୁ ରିସର୍ଚ୍ଚ ସେଲ୍‌କୁ ଉଚ୍ଛେଦ କରାଯାଉ ।

ପୂର୍ବତନ କମିଶନର ତାଙ୍କର ମତାମତ ଲେଖି ରିସର୍ଚ୍ଚ ସେଲ୍‌କୁ ଉଚ୍ଛେଦ କରିବାକୁ ଅର୍ଥ ବିଭାଗକୁ ପ୍ରସ୍ତାବ ଦେଇଥିଲେ ଏବଂ ଅର୍ଥବିଭାଗ ମଧ୍ୟ ଅନୁମୋଦନ କରିଦେଲେ । ସୁଜାତା ପରମାଣିକର ଚାକିରି ଚାଲିଗଲା । ସେ ହାଇକୋର୍ଟରେ କେସ୍ କରିଥିଲା । ହାଇକୋର୍ଟ ସ୍ଥିତାବସ୍ଥା ବା ଷ୍ଟାଟସ୍ କୋ ବଜାୟ ରଖିବାକୁ ନିର୍ଦ୍ଦେଶ ଦେଇ ସୁଜାତାର ଆବେଦନ ଗ୍ରହଣ କରିଥିଲା ଏବଂ ତା'ର ଆବେଦନ ବିଚାରାଧୀନ ଥିଲା । କିନ୍ତୁ ସ୍ଥିତାବସ୍ଥା ବଜାୟ ରଖିବାକୁ ନିର୍ଦ୍ଦେଶ ପହଞ୍ଚିଲା ବେଳକୁ ଅର୍ଥ ବିଭାଗ ରିସର୍ଚ୍ଚ ସେଲ୍ ଉଚ୍ଛେଦର ଅନୁମୋଦନ ଚିଠି ହେଡ ଅଫିସ୍‌ରେ ପହଞ୍ଚିସାରିଥିଲା ।

ସୁଜାତାର ଓକିଲ ହାଇକୋର୍ଟର ଅନ୍ତରୀଣ ନିର୍ଦ୍ଦେଶକୁ ତର୍ଜମା କରି କହିଲେ, ସ୍ଥିତାବସ୍ଥା ଅର୍ଥ ରିସର୍ଚ୍ଚ ସେଲ୍ ରହିଛି ଏବଂ ତା'ର ଚାକିରି ଅଛି, ହାଇକୋର୍ଟର ଶେଷ ନିଷ୍ପତ୍ତି ପର୍ଯ୍ୟନ୍ତ । ପୂର୍ବତନ କମିଶନର ତର୍ଜମା କଲେ, ଯେହେତୁ ହାଇକୋର୍ଟର ଅନ୍ତରୀଣ ନିର୍ଦ୍ଦେଶ ମିଳିଲା ବେଳକୁ ରିସର୍ଚ୍ଚ ସେଲ୍‌ର ଉଚ୍ଛେଦକୁ ଅର୍ଥବିଭାଗ ଅନୁମୋଦନ କରିସାରିଥିଲା, ସ୍ଥିତାବସ୍ଥା ଅର୍ଥ ରିସର୍ଚ୍ଚ ସେଲ୍ ନାହିଁ କିମ୍ବା ସୁଜାତା ପରମାଣିକର ଚାକିରି ନାହିଁ । ସୁଜାତାକୁ ଦରମା ମିଳୁନଥିଲା, କିନ୍ତୁ ସୁଜାତା ସବୁଦିନ ଅଫିସ୍ ଆସୁଥିଲା । ସେ ହାଇକୋର୍ଟର ଶେଷ ନିଷ୍ପତ୍ତି ଉପରେ ଭରସା ରଖିଥିଲା ଏବଂ ବିଜୟୀ ହେବ ବୋଲି ଆଶା ରଖିଥିଲା । ହାଇକୋର୍ଟରେ ବିଜୟୀ ହେଲେ ସମସ୍ତ ବକେୟା ଦରମା ସେ ପାଇବ। ହାଇକୋର୍ଟରେ କେସ୍ ଚାଲିଥିଲା । ଅଫିସ୍‌ରେ ସେ ଆସିବା ନ ଆସିବା ପ୍ରତି କେହି ଗୁରୁତ୍ୱ ଦେଉନଥିଲେ । ଏମିତି ଦେଢ଼ବର୍ଷ କଟିଯାଇଥିଲା, ପୋର୍ଟିକୋରେ ସୁଜାତା ପରମାଣିକର କମିଶନରଙ୍କ ସହିତ ଅକସ୍ମାତ ଭେଟ ହେଲା ପର୍ଯ୍ୟନ୍ତ । ଏବେ ନୂଆ କମିଶନର ତା'ର ପୁନଃନିଯୁକ୍ତି ପାଇଁ ନିର୍ଦ୍ଦେଶ ଦେଲା ପରେ ତା'ର ଦରମା କାହିଁକି ହେଉନି, ସେ ପଚାରୁଥିଲା ।

କମିଶନରଙ୍କ ବ୍ୟକ୍ତିଗତ ସହାୟକ ଇଣ୍ଟରକମ୍‌ରେ ଜଣାଇଲେ ପିଏଫ୍‌ସିର ମିଟିଂ ସାଢ଼େ ତିନିଟା ବଦଳରେ ସାଢ଼େ ଦୁଇଟାରେ ହେବ । କମିଶନର ଚାରିଟା ବେଳକୁ ଅଫିସ୍ ଛାଡିଦେବେ, ତେଣୁ ଚାରିଟା ସୁଦ୍ଧା ମିଟିଂ ସରିବ ।

ନୀତି ନିର୍ଦ୍ଧାରଣ କମିଟି କମିଶନରଙ୍କ ଅଧ୍ୟକ୍ଷତାରେ ବସେ, ପ୍ରତି ସପ୍ତାହର ଶୁକ୍ରବାର ସାଢ଼େ ତିନିଟାରେ । ହେଡ ଅଫିସ୍‌ର ବରିଷ୍ଠ ଅଫିସରମାନେ ଏହାର ସଦସ୍ୟ, କିନ୍ତୁ ସବୁ ଅଫିସର ବସନ୍ତି । କାମ ହେଲା ବିଭିନ୍ନ ପ୍ରସଙ୍ଗରେ ଆଲୋଚନା ମାଧ୍ୟମରେ

ନୀତି ନିର୍ଦ୍ଧାରଣ କରିବା । ମୁଖ୍ୟତଃ ଏହି କମିଟିର ବୈଠକ ମାଧ୍ୟମରେ କମିଶନର କିମ୍ବା ବରିଷ୍ଠ ଅଫିସର ଯାହା ଚାହାନ୍ତି କରେଇ ନିଅନ୍ତି । ଅବଶ୍ୟ ନିଷ୍ପତ୍ତି ତାଙ୍କର, କିନ୍ତୁ କମିଟିର ଆଲୋଚନା ମାଧ୍ୟମରେ ହୋଇଗଲେ, କିଛି ନିୟମ ବହିର୍ଭୂତ ହୋଇଥିଲେ ବି ବୈଧତାର ମୋହର ଲାଗିଯାଏ। କମିଟିରେ ଆଲୋଚନା ହୋଇଥିଲା, କମିଟିରେ ଆଲୋଚିତ ହୋଇ ନିଷ୍ପତ୍ତି ନିଆଯାଇଛି । କମିଶନରଙ୍କୁ ଦସ୍ତଖତ କରିବାକୁ ସହଜ ହୁଏ । ପରେ କେହି କହିପାରିବେ ନାହିଁ, ଯେ ଏହା ତାଙ୍କର ନିଜସ୍ୱ ନିଷ୍ପତ୍ତି ।

କମିଶନରଙ୍କ ପ୍ରକୋଷ୍ଠକୁ ଲାଗି ମିନି କନଫରେନ୍ସ ହଲ୍‌ରେ ନୀତି ନିର୍ଦ୍ଧାରଣ କମିଟିର ମିଟିଂ ହେଉଥିଲା, ସେଇଠି ମିଟିଂ ହୁଏ । କମିଶନରଙ୍କ ପ୍ରକୋଷ୍ଠକୁ କନଫରେନ୍ସ ହଲ୍‌କୁ ଦ୍ୱାର ଅଛି, କମିଶନର ସେହି ଦ୍ୱାର ଦେଇ ଆସିଲେ ଏବଂ ତାଙ୍କ ସାଙ୍ଗରେ ଆସିଲା ସୁଜାତା ପରମାଣିକ । ଅଣ୍ଡାକୃତି ଟେବୁଲର କମିଶନରଙ୍କ ଡାହାଣ ପଟକୁ ପ୍ରଥମ ସିଟ୍‌ରେ ବସିଥିଲେ ପି.କେ ପାତ୍ର, ସେ କମିଶନରଙ୍କ ତଳକୁ ସବୁଠୁ ବରିଷ୍ଠ ଅଫିସର, ତା' ପାଖକୁ ପରମାନନ୍ଦ ଶତପଥୀ, ତା'ପରେ ବରିଷ୍ଠତା ଭିତ୍ତିରେ ଅନ୍ୟ ଅଫିସର । ଗୌରାଙ୍ଗ ଆଗରୁ ସୁଜାତାକୁ ଦେଖିଥିଲା, କିନ୍ତୁ ଏତେ ନିକଟରୁ ପ୍ରଥମଥର ପାଇଁ ଦେଖୁଥିଲା । ଅଲମ୍ବ ଗହଳ କେଶକୁ ସେ ମୁକ୍ତ ଛାଡ଼ି ଦେଇଥିଲା । କେଶ ତା'ର କାନ୍ଧକୁ ସ୍ପର୍ଶ କରୁଥିଲା । ଶ୍ୟାମଳ ବର୍ଣ୍ଣ । ଆଖି ଯୋଡିକ ବଡ଼ ବଡ଼ ଉଜ୍ଜ୍ୱଳ । ସତେ ଯେପରି ଥରେ ଦେଖିଦେଲେ ମନରେ ଦୃଶ୍ୟର ଛାପ ରହିଯିବ । ପତଳା ଶରୀର, ଉଚ୍ଚତା ପାଞ୍ଚଫୁଟ୍ ପାଞ୍ଚ ଇଞ୍ଚ ହେବ । ଅହଂକାରୀ, ବେଖାତିର ଭାବ । ଉପସ୍ଥିତ ଅଫିସରମାନେ କମିଶନରଙ୍କୁ ନୁହେଁ, ବେଶୀ ତାକୁ ଚାହୁଁଥିଲେ ଏବଂ ସେ ମଧ୍ୟ ସେଥିପ୍ରତି ସଚେତନ ଥିଲା । କନିଷ୍ଠ ଅଫିସରମାନେ ପଛଧାଡ଼ିରେ ବସିଥିଲେ । ଗୌରାଙ୍ଗ ସାମ୍ନାରେ ପରମାନନ୍ଦ ଏବଂ ପରମାନନ୍ଦର ପଛ ଧାଡ଼ିରେ ଶ୍ରାବଣୀ । ସୋରିଷ ପଡ଼ିଲେ ଶବ୍ଦ ହେଲା ପରି ନିରବତା । ସମସ୍ତେ ନିଜ ନିଜ ଚିନ୍ତାରେ ମଗ୍ନ । କମିଶନର ପ୍ରଥମେ ସମସ୍ତଙ୍କ ଆଡ଼େ ଆଖି ବୁଲେଇ ଆଣିଲେ । ଯେମିତି ଫୁଟବଲ୍ ଖେଳରେ ପେନାଲ୍‌ଟି କର୍ଣ୍ଣର ମାରିଲା ପୂର୍ବରୁ ଖେଳାଳି ସମସ୍ତଙ୍କ ଆଡ଼େ ଦୃଷ୍ଟି ବୁଲେଇଆଣେ । ପଚାରିଲେ, ସୁଜାତାର ଫାଇଲ୍ କେତେଦୂର ଗଲା, ଏପର୍ଯ୍ୟନ୍ତ କାହିଁକି ହୋଇନି ?

ଏହି ପ୍ରଶ୍ନ କମିଶନର ପଚାରିବେ ବୋଲି ଗୌରାଙ୍ଗ ଆଶଙ୍କା କରୁଥିଲା, ସୁରେନ୍ଦ୍ର ଜେନା ତାଙ୍କୁ ସକାଳେ ସୂଚେଇ ଦେଇଥିଲା । ତାକୁ ଲାଗିଲା ବୋଧହୁଏ ସମସ୍ତେ ସେହି ପ୍ରଶ୍ନକୁ ଆଶଙ୍କା କରୁଥିଲେ ଏବଂ ଉତ୍ତର ଦେବାକୁ ପ୍ରସ୍ତୁତ ହୋଇ ଆସିଥିଲେ । ପରମାନନ୍ଦ କହିଲା- ସାର, ଫାଇଲଟା ଶ୍ରାବଣୀ ସାମନ୍ତରାୟ ପାଖରେ ଅଛି।

ପରମାନନ୍ଦର ଉତ୍ତରରେ ଆକ୍ରମଣାତ୍ମକ ସ୍ୱର ଥିଲା । କମିଶନର ଚାହିଁଲେ ଶ୍ରାବଣୀ ଆଡେ । ଶ୍ରାବଣୀ କିଛି କହିଲା ପୂର୍ବରୁ ଗୌରାଙ୍ଗ କହିଲା, ଫାଇଲ୍‌ଟା ମୋ ପାଖରେ ଅଛି । ମୋର ଅନୁରୋଧ ଯେହେତୁ ସୁଜାତା ଉପରେ ଆଲୋଚନା ହେଉଛି, ଏହି ମିଟିଂରେ ସେ ଉପସ୍ଥିତ ରହିବା ଉଚିତ୍ ହେବନାହିଁ ।

ସତେଯେମିତି ଗୋଟିଏ ପ୍ରାର୍ଥନା ସଭାରେ କେହି ଜଣେ ତାଳଫୋଟକାଟିଏ ଫୁଟେଇଦେଲା, ସମସ୍ତେ ଚମକି ପଡ଼ିଲା ପରି ଗୌରାଙ୍ଗକୁ ଚାହିଁଲେ । ସୁଜାତା ଅଫିସର ନୁହେଁ, ସେ ଜଣେ ଅସ୍ଥାୟୀ ଠିକା କର୍ମଚାରୀ ଏବଂ ସେହି ସମୟକୁ ତା'ର ମଧ୍ୟ ଚାକିରି ନଥିଲା । ସେ ନୀତି ନିର୍ଦ୍ଧାରଣ କମିଟିରେ ବସିବା କଥା ନୁହେଁ, କିନ୍ତୁ କମିଶନରଙ୍କ ସାଙ୍ଗରେ ସେ ଆସୁଥିଲା, ସମସ୍ତେ ତାକୁ ଗ୍ରହଣ କରିନେଇଥିଲେ । ପି.କେ. ପାତ୍ର କହିଲା- ସୁଜାତା ବସୁ, ଅସୁବିଧା କ'ଣ ଅଛି ? ଆମେ କିଛି ଗୋପନୀୟ କଥା ତ ଆଲୋଚନା କରୁନାହାନ୍ତି ।

କମିଶନର କିଛି କହୁନଥିଲେ । ଗୌରାଙ୍ଗ କମିଶନରଙ୍କ ଆଡକୁ ଏବଂ ପରେ ସୁଜାତା ଆଡ଼କୁ ଚାହିଁଲା । ସୁଜାତା ତା'ର ନୋଟବୁକ୍ ଧରି ବାହାରକୁ ଚାଲିଗଲା ।

ଗୌରାଙ୍ଗ କହିଲା- ସାର୍, ସେ ଫାଇଲ୍‌ଟା ଆଜି ସକାଳେ ମୋ ଟେବୁଲ୍‌କୁ ଆସିଛି । ମୁଁ ପଢୁଥିଲି । ସୁଜାତାକୁ ପୁନଃନିଯୁକ୍ତି ଦେବାରେ ଅସୁବିଧା ଅଛି ?

ଅଫିସରେ ଗୌରାଙ୍ଗର ତୃତୀୟ ଦିନ । ସେ ଯୋଗଦେବା ଦିନ କମିଶନରଙ୍କୁ ସାକ୍ଷାତ କରିଥିଲା, ପାଞ୍ଚମିନିଟ୍ ପାଇଁ ସୌଜନ୍ୟମୂଳକ ସାକ୍ଷାତ । ସେ ନୂଆ ଅଫିସର । କମିଶନର ନିଜେ ଯୋଗଦେବାର ଚତୁର୍ଥ ଦିନ ସୁଜାତାର ପୁନଃନିଯୁକ୍ତି ପାଇଁ କହିଥିଲେ । ପୂର୍ବ ନିର୍ଦ୍ଧାରଣ କମିଟି ବୈଠକରେ ମଧ୍ୟ ଏହି ବିଷୟରେ ଆଲୋଚନା ହୋଇଥିଲା । ଅବଶ୍ୟ ସେତେବେଳକୁ ଗୌରାଙ୍ଗ ହେଡ ଅଫିସରେ ଯୋଗ ଦେଇନଥିଲା । କମିଶନର ପଚାରିଲେ ଅସୁବିଧା କ'ଣ ?

ଗୌରାଙ୍ଗ କହିଲା, ସୁଜାତା ହାଇକୋର୍ଟରେ କେସ୍ କରିଛି, ସେଥିରେ ଅର୍ଥ ବିଭାଗ ମଧ୍ୟ ପକ୍ଷଭୁକ୍ତ, ତେଣୁ ଆମେ ଅର୍ଥ ବିଭାଗର ବିନାନୁମତିରେ କିଛି କରିପାରିବା ନାହିଁ ।

ପରମାନନ୍ଦର ଧୈର୍ଯ୍ୟଚ୍ୟୁତି ଘଟିଲା । ତା'ର ଶୀଘ୍ର ଧୈର୍ଯ୍ୟଚ୍ୟୁତି ଘଟେ । କାରଣ ସେ ଭାବେ ସେ ଯାହା କହୁଛି ବା କରୁଛି ସବୁ ଠିକ୍, ଅନ୍ୟ କେହି ପ୍ରଶ୍ନ କରିବା ସେ ସହିପାରେ ନାହିଁ । ତା'ର ହାକିମାତିକୁ ପ୍ରଶ୍ନ । ସେ କହିଲା, ସେସବୁ ଆମକୁ ଜଣା । ସୁଜାତା ହାଇକୋର୍ଟରୁ କେସ୍ ପ୍ରତ୍ୟାହାର କରିଦେବ...

ପରମାନନ୍ଦର ଆଖି ଦୁଇଟି ଡିମାଡିମା ହୋଇଗଲା, ସେ ଚିଡି କଥାକହିଲେ

ତା'ର ପାନଖିଆ ଦାନ୍ତ ଦିଶେ । ଧଳା ଧଳା ଦାନ୍ତମୂଳରେ କଳାକଳା ପାନପିକ ଚିହ୍ନ । ଯେମିତିକି ଗୋଟିଏ କୁକୁର ମାଂସଖଣ୍ଡେ ଖାଉଛି, ଆଉ ଗୋଟେ କୁକୁର କୁଆଡ଼େ ଥିଲା, ମାଂସ ଖଣ୍ଡିକ ଛଡ଼େଇ ନେବାକୁ ଚେଷ୍ଟା କରୁଛି। ସେମିତି ମାଂସ ଖାଉଥିବା ଭୋକିଲା କୁକୁର ପରି ପରମାନନ୍ଦ ଚିହ୍ନିକି ଉଠିଲା । ଗୌରାଙ୍ଗ ନିଜକୁ ନିୟନ୍ତ୍ରଣରେ ରଖି କହିଲା- ସାର୍, ଆପଣ ଜାଣିଛନ୍ତି, ଜାଣିଥିବେ । ମୁଁ ଜାଣିନି । ଆପଣ ଯାହା କହିଲେ ସେସବୁ ଫାଇଲରେ ଲେଖାଯାଇନି । ଯେହେତୁ ଫାଇଲଟା ମୋ ପାଖକୁ ଆସିଛି, ମୋର ଯାହା ସନ୍ଦେହ ହେଲା କହୁଛି । ନିଷ୍ପତ୍ତି ଆପଣଙ୍କର । ମତେ ତ ପୁଣି ଫାଇଲ୍‌ରେ ମୋର ମତାମତ ଲେଖିବାକୁ ପଡ଼ିବ । ପ୍ରଥମେ ଶୁଣନ୍ତୁ, ମୁଁ କ'ଣ କହୁଛି ।

କମିଶନର କହିଲେ- ତାଙ୍କୁ କହିବାକୁ ଦିଅ ।

ପରମାନନ୍ଦ ମୁହଁ ବୁଲେଇଦେଲା, ତା'ର ଦୁଇପଟକୁ ଚାହିଁଲା । ଗୌରାଙ୍ଗ କହିଲା- ପୂର୍ବତନ କମିଶନର ଲେଖି ଅର୍ଥବିଭାଗକୁ ଜଣାଇଛନ୍ତି, ସୁଜାତା ପରମାଣିକର କାମ ନିମ୍ନମାନର ଏବଂ ଅର୍ଥବିଭାଗ ପୂର୍ବତନ କମିଶନରଙ୍କ ମତାମତକୁ ଅନୁମୋଦନ କରି ରିସର୍ଚ୍ଚ ସେଲ୍ ଉଚ୍ଛେଦ କରିଛନ୍ତି । ଏବେ ଆମେ ଯଦି ତାକୁ ପୁନଃନିଯୁକ୍ତି ଦେବା, ତେବେ ନିମ୍ନମାନକୁ ଉଚ୍ଚମାନ କିପରି ଦର୍ଶାଇବା ? ବ୍ୟକ୍ତି ତ ସମାନ, ସେହି ବ୍ୟକ୍ତିର ନିମ୍ନମାନର କାମ କିପରି ଉଚ୍ଚମାନର ହୋଇଯିବ ?

ଦ୍ୱିତୀୟରେ ହାଇକୋର୍ଟର ନିର୍ଦ୍ଦେଶ ସ୍ଥିତାବସ୍ଥା ବଜାୟ ରଖିବାକୁ । ଆମେ ତର୍ଜମା କରିଛୁ, ସ୍ଥିତାବସ୍ଥା ଅର୍ଥ ରିସର୍ଚ୍ଚ ସେଲ୍ ଉଚ୍ଛେଦ ହୋଇସାରିଛି, ତା'ର ଚାକିରି ନାହିଁ, ସେ ଦରମା ପାଇନାହିଁ । ଯଦି ଆମେ ଏବେ ତାକୁ ପୁନଃନିଯୁକ୍ତି ଦେବା, ତେବେ ଏହି ଦେଢ଼ବର୍ଷକୁ କିପରି ବିଚାର କରିବା, ଏହି ଦେଢ଼ବର୍ଷର ଦରମା ତାକୁ ଦେବା ନା ନାହିଁ ? ଅଡିଟ୍ ଅବଜେକସନ୍ କରିପାରେ ।

ତୃତୀୟରେ, ଆମର ପ୍ରସ୍ତାବରେ ରିସର୍ଚ୍ଚ ସେଲ୍‌କୁ ଅର୍ଥ ବିଭାଗ ମଞ୍ଜୁରୀ ଦେଇଥିଲା । ଆମରି ପ୍ରସ୍ତାବରେ ରିସର୍ଚ୍ଚ ସେଲ୍‌ର ଉଚ୍ଛେଦକୁ ଅନୁମୋଦନ କଲା । ମାମଲା ଏବେ ହାଇକୋର୍ଟରେ । ଏବେ ପୁଣି ସୁଜତାକୁ ପୁନଃନିଯୁକ୍ତି ଦେବା, ରିସର୍ଚ୍ଚ ସେଲ୍‌କୁ ପୁନଃସ୍ଥାପନା କରିବାକୁ ଅର୍ଥ ବିଭାଗକୁ ଲେଖିବା କେତେଟା ଯୁକ୍ତିଯୁକ୍ତ ହେବ ?

ଗୌରାଙ୍ଗର କଥା ସରିନଥିଲା । ଏଥର ପି.କେ. ପାତ୍ରର ଧୈର୍ଯ୍ୟଚ୍ୟୁତି ଘଟିଲା । ସେ କହିଲା, ବୁଝିଲେ ଗୌରାଙ୍ଗବାବୁ ସରକାରୀ ଚାକିରିରେ ଏତେସବୁ ଚିନ୍ତା କରାଯାଏନା, ଏତେ ତର୍ଜମାର ଆବଶ୍ୟକତା ନାହିଁ । ଆପଣ ହେଡ ଅଫିସ୍‌ରେ, ସେକ୍ରେଟାରିଏଟ୍‌ରେ କୌଣସି ସରକାରୀ ବିଭାଗରେ କାମ କରିନାହାନ୍ତି । ଆପଣ

ଜାଣନ୍ତି ନାହିଁ । ତେଣୁ କହି ଚାଲିଛନ୍ତି । କମିଶନର ଚାହୁଁଛନ୍ତି, ହେବ । କେମିତି ହେବ, ଆପଣ ଚିନ୍ତା କରନ୍ତୁ, ତର୍ଜମା କରନ୍ତୁ । ଆପଣ ଜାଣନ୍ତି, ସରକାରଙ୍କର ସମ୍ପୂର୍ଣ୍ଣ ରାଜସ୍ୱରୁ ଅଧାରୁ ଅଧିକ ଆମ ସଂସ୍ଥା ଦିଏ । ସଂସ୍ଥାର ମୁଖ୍ୟ ଗୋଟିଏ କଥା ଚାହିଁବେ, କେମିତି ହେବ ଆପଣ ଦେଖିବେ । ବେଶି ଗୁଡ଼ାଏ ତର୍ଜମା କରନ୍ତୁ ନାହିଁ ।

ଗୌରାଙ୍ଗ ରାଗିଗଲା, କିନ୍ତୁ ନିଜକୁ ନିୟନ୍ତ୍ରଣରେ ରଖିବାକୁ ଚେଷ୍ଟା କଲା । କିଛି କହୁନଥିଲା, କିନ୍ତୁ ପି.କେ ପାତ୍ରକୁ ସିଧା ଚାହିଁ ରହିଲା । ପି.କେ ପାତ୍ର ଜାଣିପାରୁଥିଲା ଗୌରାଙ୍ଗର ତା'ପ୍ରତି କ୍ରୋଧ, ସେ ମୁହଁ ବୁଲେଇଦେଲା । ଗୌରାଙ୍ଗ ଦେଖୁଥିଲା, କମିଶନର ତା' କଥା ଗ୍ରହଣ କରୁନାହାନ୍ତି, ତାଙ୍କ ମୁହଁର ଭାବ ପରିବର୍ତ୍ତନ ହେଉଛି । ସେ ଚାହୁଁଥିଲେ ପି.କେ. ପାତ୍ର ଓ ପରମାନନ୍ଦକୁ । ବୋଧହୁଏ ସେ ଫାଇଲ୍‌ରେ ଏତେ କଥା ଅଛି ସେ ଜାଣିନାହାନ୍ତି। କିମ୍ବା ତାଙ୍କୁ କେହି ଜଣେଇନାହାନ୍ତି । ସେଥିପାଇଁ ବୋଧହୁଏ ବିରକ୍ତିମିଶା ଦୃଷ୍ଟିରେ ସେ ଚାହୁଁଥିଲେ। କିମ୍ବା ହୋଇପାରେ, ସେ ଭାବୁଥାଇପାରନ୍ତି, ଏତେଦିନ ହେଲା ସେ କହିଲେଣି, ସୁଜାତାର ପୁନଃନିଯୁକ୍ତି ହୋଇନି, ପୁଣି ଗୋଟେ ଆର୍ବାଚୀନ ଭାଷଣ ମାରୁଛି । ଯାହା କିଛି ଅର୍ଥ ବାହାର କରାଯାଇପାରେ ତାଙ୍କ ବିରକ୍ତିମିଶା ଦୃଷ୍ଟିରୁ । ଗୌରାଙ୍ଗ ଠିକ୍ ବୁଝିପାରୁନଥିଲା । ସେ ନିରବ ରହିଲା, ତା' ସାମ୍‌ନାରେ ଥୁଆଯାଇଥିବା ପାଣି ଗ୍ଲାସରୁ ଅଧଗ୍ଲାସ ପାଣି ପିଇଲା ଏବଂ ଅନ୍ୟମାନଙ୍କ ପ୍ରତିକ୍ରିୟାକୁ ସେ ଅପେକ୍ଷା କରୁଥିଲା ।

ପରମାନନ୍ଦ କହିଲା- ସାର୍, ଆମେ ଦେଖୁଛୁ... ଏବଂ କିଛି ମୁହୂର୍ତ୍ତ ପରେ କହିଲା, ଆମେ କରୁଛୁ ।

କମିଶନର କହିଲେ- ମୋର ଗୋଟିଏ ମିଟିଂ ଅଛି ଭୁବନେଶ୍ୱରରେ, ମୁଁ ଆସୁଛି। ଆପଣମାନେ ଆଲୋଚନା କରୁଥାନ୍ତୁ ।

କମିଶନରଙ୍କର ବ୍ୟକ୍ତିଗତ ସହାୟକ କହିଥିଲା, ଚାରିଟା ପର୍ଯ୍ୟନ୍ତ ମିଟିଂ ଚାଲିବ, ଚାରିଟା ବେଳକୁ କମିଶନର ଅଫିସ୍ ଛାଡିବେ, କିନ୍ତୁ ତିନିଟା ପନ୍ଦର ହୋଇଥିଲା, କମିଶନର ଉଠି ଚାଲିଗଲେ । କିଛି ସମୟ ପରେ ସେ ଅଫିସ୍ ଛାଡିଦେଲେ ଏବଂ ତାଙ୍କ ସାଙ୍ଗରେ ସୁଜାତା ପରମାଣିକ ବି ଗଲା। କମିଶନର ଚାଲିଗଲା ପରେ ନୀତି ନିର୍ଦ୍ଧାରଣ କମିଟିରେ ଆଉ କିଛି ଆଲୋଚନା ହେଲା ନାହିଁ । ସମସ୍ତେ ଉଠୁଥିଲେ ଯିବାକୁ । ଗୌରାଙ୍ଗର କ୍ରୋଧ ଛାତି ଭିତରେ ଥିଲା, ଉଦ୍‌ଗିରଣ ହେଲା । ପି.କେ. ପାତ୍ର ଉଦ୍ଦେଶ୍ୟରେ କହିଲା, ଆମେ ତ ହେଡ ଅଫିସରେ ନୂଆ, ତେବେ ଆମକୁ ଫାଇଲ୍ କାହିଁକି ଦଉଛନ୍ତି ? ନିଜେ କରିଦେଉନାହାନ୍ତି ।

ପି.କେ. ପାତ୍ର ଛିଡା ହୋଇ ମୁହଁ ତଳକୁ କରି ତା'ର ନୋଟବୁକ୍ ଓ ପେନ୍‌କୁ

ଉଠଉଥିଲା । ସେ ଶୁଣି ନଶୁଣିଲା ପରି ପକେଟ୍‌ରେ ପେନ୍‌କୁ ରଖି, ହାତରେ ନୋଟବୁକ୍ ଧରି ଚାଲିଗଲା । ପରମାନନ୍ଦ ତାକୁ ଟିକେ ଚାହିଁ ବାହାରିଗଲା । ଗୌରାଙ୍ଗ ନିଜ ପ୍ରକୋଷ୍ଠକୁ ଆସି ନିଜର ମତାମତ, ସେ ନୀତି ନିର୍ଦ୍ଧାରଣ କମିଟିରେ ଯେଉଁସବୁ ପ୍ରଶ୍ନ ଉଠେଇଥିଲା ଲେଖି ପ୍ରସ୍ତାବ ଦେଲା, ସୁଜାତା ପରମାଣିକକୁ ପୁନଃନିଯୁକ୍ତି ଦେଲା ପୂର୍ବରୁ ଅର୍ଥ ବିଭାଗର ଅନୁମୋଦନ ନିଆଯାଉ । ଫାଇଲ୍‌ରେ ମତାମତ ଲେଖିସାରି ସେ ପିଅନକୁ ଡାକିଦେଲା, ଏହି ଫାଇଲ୍ ଆଡିସନାଲ୍ କମିଶନର ପରମାନନ୍ଦ ଶତପଥୀଙ୍କୁ ଦେଇଦେବୁ ଏବଂ ଦେଇସାରି, ଚା' ଆଣିବୁ ।

ଶ୍ରାବଣୀ ସାମନ୍ତରାୟ ତା'ରୁମ୍‌କୁ ପଶିଆସିଲା ଏବଂ ମୁହଁରେ ହସ ଖେଳେଇ କହିଲା, ସାର୍, ମୁଁ ଆପଣଙ୍କୁ ଅଭିନନ୍ଦନ ଓ ଧନ୍ୟବାଦ ଜଣେଇବାକୁ ଆସିଛି ।

ଗୌରାଙ୍ଗ କହିଲା- ଚା' ପିଇବ ?

ଶ୍ରାବଣୀ କହିଲା- ନିଶ୍ଚିତ ।

ଶ୍ରାବଣୀ ତା' ସାମ୍‌ନାରେ ବସିଲା । ଗୌରାଙ୍ଗ ଭାବୁଥିଲା ସୁପ୍ରଭା ସାମଲର ସ୍ୱାମୀ ପ୍ରସନ୍ନ ପାତ୍ର । ଚାଟୁକଳାରେ ଓସ୍ତାଦ । ଶ୍ରାବଣୀଙ୍କୁ ପଚାରିଲା, ଗୋଟେ ଚାଟୁକାର ସ୍ୱାମୀଙ୍କୁ ନେଇ ଜଣେ ସ୍ତ୍ରୀ କ'ଣ ଗର୍ବ କରିପାରୁଥିବ ?

ପିଅନକୁ ଚା' ପାଇଁ କହିଲେ ସେ ସବୁବେଳେ ଅଧିକ ଚା' ନେଇ ଆସେ । କାଳେ କିଏ ପହଞ୍ଚିଯିବ । ପିଅନ ଗୌରାଙ୍ଗ ଓ ଶ୍ରାବଣୀଙ୍କୁ ଚା' କପ୍‌ରେ ଦଉଥିଲା । ଶ୍ରାବଣୀ ହସିଦେଇ କହିଲା- ସ୍ତ୍ରୀ କେମିତି, ତାଙ୍କର ବ୍ୟକ୍ତିତ୍ୱ ଉପରେ ନିର୍ଭର କଲେ । ସମସ୍ତଙ୍କୁ ଗୋଟିଏ ମାପକାଠିରେ ବିଚାର କରାଯାଇପାରିବ ନାହିଁ ।

■

ପାଞ୍ଚ

ଚଢ଼େଇ ରାବରେ ଗୌରାଙ୍ଗର ନିଦ ଭାଙ୍ଗିଗଲା । ଛାତ ଉପରେ ଏକ ବଖୁରିଆ ଗାଧୁଆଘର ଓ ପାଇଖାନା ସଂଯୁକ୍ତ ଘର । କଲୋନୀର କିଛି ଅଂଶକୁ ରୋଷେଇ ଘର କରାଯାଇଛି । ଛୋଟ ରୋଷେଇ ଘରଟିଏ । ଘରମାଲିକ ଛାତ ଉପରେ ଏହି ବଖୁରିଆ ଘରଟିକୁ ଗେଷ୍ଟରୁମ୍ କରିଥିଲେ । ପରେ ଅବିବାହିତ କିମ୍ବା ପିଲାପିଲି ହୋଇନଥିବା ସଦ୍ୟ ବିବାହିତ ଲୋକଙ୍କୁ ଭଡ଼ାଦେବା ଉଦ୍ଦେଶ୍ୟରେ ଛୋଟ ରୋଷେଇ ଘରଟିଏ କରିଛନ୍ତି । ବାଲକୋନି ସାମ୍‌ନାରେ କିମ୍ବା ସେହି ଘରର ପଛରେ ଗୋଟେ ପୁରୁଣା କୋଠା ଏବଂ କୋଠାକୁ ଲାଗି ଚଉଠେ ଏକର ପରିମିତ ଏକ ପଡ଼ିଆ ବା ବାଡ଼ି । ସେହି ବାଡିରେ ତିନୋଟି ଆମ୍ବଗଛ, ଗୋଟିଏ ଜାମୁଗଛ, ଗୋଟେ ଶିମିଳି ଗଛ ଓ ଦୁଇଟି ପିଜୁଳି ଗଛ । ପୁରୁଣା କୋଠାରେ ଅଛି ଗୋଟେ ବାରଣ୍ଡା ଏବଂ ଘରର ଦ୍ୱାରର ଉପର ଅର୍ଦ୍ଧବୃତ୍ତାକାର । ପୁରୁଣା କୋଠାଟି ସମ୍ଭ୍ରାନ୍ତ ଦିଶୁଥିଲା । କୋଠାଟି ସତୁରି କିମ୍ବା ଅଶୀ ବର୍ଷର ହୋଇଥିବ । ଘରେ ବହୁବର୍ଷ ହେଲା ରଙ୍ଗ ଦିଆଯାଇନି । ବାଡିରେ ଆମ୍ବ, ଜାମୁ, ଶିମୁଳି କିମ୍ବା ପିଜୁଳି ଗଛ ଛାଡ଼ିଦେଲେ ଅନାବନା ଗଛରେ ଭର୍ତ୍ତି । ସେହି ପୁରୁଣା କୋଠା ଏବଂ ବାଡ଼ିର ମାଲିକ କଟକରେ ରହୁନାହାନ୍ତି । ମାଲିକ ବହୁବର୍ଷ ପୂର୍ବରୁ ଆମେରିକା ଚାଲିଯାଇଥିଲେ, ତାଙ୍କର ପୁଅଝିଅ ବି ଆମେରିକାରେ ଜନ୍ମ, ସେମାନେ ସେଠି ରୁହନ୍ତି । ଜଣେ ଦୂର ସମ୍ପର୍କୀୟଙ୍କ ଜିମାରେ ଏହି ଘର, ସେ ଘରକଥା ବୁଝାବୁଝି କରନ୍ତି । ସେହି ପୁରୁଣା କୋଠାରେ ଜିଲ୍ଲାପାଳଙ୍କ ଅଫିସରେ କାମ କରୁଥିବା ଜଣେ କିରାଣି ରୁହେ ।

ଘର ମାଲିକର ପୁଅ କୁହେ ଏ ସେହି କିରାଣୀ କୋଡ଼ିଏ ବର୍ଷରୁ ଊର୍ଦ୍ଧ୍ୱ ସେହି ଘରେ ରହିଲାଣି ।

ବାଡ଼ିରେ ଥିବା ଗଛରେ ମହାନଦୀ ପଠାରୁ ଚଢ଼େଇ ଆସି ବସନ୍ତି । ଯେଉଁଦିନ ସେ ଏହି ଘରକୁ ପ୍ରଥମେ ଆସିଥିଲା, ବାଡ଼ିର ଗଛଗୁଡ଼ିକରେ ପଞ୍ଝାଏ ଶୁଆଙ୍କୁ ଦେଖି ସେ ଉଲ୍ଲସିତ ହୋଇଥିଲା । ସକାଳେ ଓ ଛୁଟିଦିନମାନଙ୍କରେ ବାଲ୍‌କୋନିରେ ବସି ସେ ବାଡ଼ିକୁ ଦେଖୁଥାଏ । ଗଛର ଛାଇ ବାଲ୍‌କୋନୀରେ ପଡ଼େ । ଗଛମୂଳରେ ଗୁଣ୍ଡୁଚି ମୂଷା, ଗଛ ଉପରେ ଚଢ଼େଇ, ବେଳେବେଳେ ନେଉଳଟିଏ ବାଡ଼ିରେ ଦୌଡ଼ି ଚାଲିଯାଉଥିବାର ସେ ଦେଖେ । ବଡ଼ବାପା କୁହନ୍ତି, ସଭ୍ୟତା ମଣିଷକୁ ଦୌଡ଼ାଏ, ଦୌଡ଼ିଦୌଡ଼ି ମଣିଷ ଧଇଁସଇଁ ହୋଇଯାଏ । ପ୍ରକୃତି ମଣିଷକୁ ବିଶ୍ରାମ ଦିଏ, ଶାନ୍ତି ଆଣେ, ଆଖିରେ ନିଦ ଭରିଦିଏ ।

ଚଢ଼େଇ କିଚିରିମିଚିରି ଶବ୍ଦରେ ତା' ନିଦ ଭାଙ୍ଗିଗଲା, ସେ ବାଲ୍‌କୋନୀକୁ ଗଲା । ଫର୍ଚ୍ଚା ହୋଇଆସୁଥିଲା । ଦେହରେ ଥଣ୍ଡା ପବନ ବାଜୁଥିଲା । ଆଉ ଶୋଇବାକୁ ଇଚ୍ଛା ହେଲାନି । ସେ ମୁହଁ ଧୋଇଲା, ଦାନ୍ତ ଘସିଲା । ତା'ର ଏବେ ରୋଷେଇଘରକୁ ଯାଇ ଚା' ତିଆରି କରିବାକୁ ଇଚ୍ଛା ହେଲାନି । କିଛିଦିନ ହେଲା ସେ ଷ୍ଟେସନ ଆଡେ ବୁଲିଯାଇନି । ଏବେ ହକର ତାକୁ ଖବରକାଗଜ ଦେଇଦଉଛି, ଷ୍ଟେସନକୁ ଯାଇ ସେଠି ଚା' ପିଇ ଖବରକାଗଜ କିଣିବାକୁ ପଡୁନି । ସେ ଏଠି ନିଜେ ଚା' ତିଆରି କରୁଛି। ଆଜି ରବିବାର, ଅଫିସ୍ ଯିବାର ନାହିଁ, ଷ୍ଟେସନ୍ ଆଡେ ବୁଲିଆସିଲେ ଭଲ ଲାଗିବ, ସେଠି ସେ ଚା' ପିଇଦେବ ।

ସେ ପେଣ୍ଟସାର୍ଟ ପିନ୍ଧି ଷ୍ଟେସନ ଆଡ଼େ ବାହାରିଲା । ଷ୍ଟେସନ ସାମ୍‌ନା ଚା' ଦୋକାନରେ ପହଞ୍ଚିଲାବେଳକୁ ଦେଖିଲା ଯମେଶ୍ୱର ଛିଡ଼ାହୋଇଛି । ସେ ଚା' ପାଇଁ ବରାଦ କରିଛି । ଯମେଶ୍ୱର କହିଲା, ତୁମ ସହିତ କିଛିଦିନ ହେଲା ଦେଖାହୋଇନି । ଭଡ଼ାଘରେ ରହିବା ପରେ ବୋଧହୁଏ ଏ ଆଡକୁ ଆଉ ଆସୁନ । ମତେ କିନ୍ତୁ ଲାଗୁଥିଲା ତୁମେ ଆଜି ଆସିବ ।

ଦୋକାନୀ ଦୁଇଟା ଚା' ଦେଲା, ଗୌରାଙ୍ଗ ଓ ଯମେଶ୍ୱର ଛିଡ଼ା ହୋଇ ଚା' ପିଉଥିଲେ । ଗୌରାଙ୍ଗ ପଚାରିଲା- ଆଉ ଖବର କ'ଣ ?

ଯମେଶ୍ୱର କହିଲା, ଖବର ତ ତୁମ ପାଖରେ, ଆମ ପାଖରେ କ'ଣ ଅଛି ? ଆମେ ଶୁଣୁଥିଲୁ, କମିଶନର ଯୋଉ ଝିଅଟା ସାଙ୍ଗରେ ବୁଲୁଛି, ତା'ର ପୁନର୍ନିଯୁକ୍ତି ତୁମେ ଅଟକେଇଦେଲ ।

ପରଚର୍ଚ୍ଚା କ୍ଲବରେ ଖବର ପହଞ୍ଚିଯାଇଛି, ଆଲୋଚିତ ହୋଇଛି। ଗୌରାଙ୍ଗ

କହିଲା- ମୁଁ କାହିଁକି ଅଟକେଇବି ? ସେହି ଫାଇଲଟାରେ ତଳୁ ସବୁବେଳେ ନକରାତ୍ମକ ଟିପ୍ପଣୀ ସହିତ ଆସୁଥିଲା । ଡେପୁଟି କମିଶନର ମଧ୍ୟ ଅନୁକୂଳ ମନ୍ତବ୍ୟ ଦେଉନଥିଲେ । ଆଡିସନାଲ୍ କମିଶନର ବିଭିନ୍ନ ପ୍ରଶ୍ନ ଉଠାଇ ଫେରେଇ ଦଉଥିଲେ । ଆଡିସନାଲ୍ କମିଶନରଙ୍କ ତଳକୁ କୌଣସି ଅଫିସର କିମ୍ବା କର୍ମଚାରୀ ଚାହୁଁନାହାନ୍ତି । ମୁଁ ଯୋଗଦେଲା ପରେ ମୋ ପାଖକୁ ଫାଇଲ୍ ଆସିଲା ।

ଯମେଶ୍ୱର କହିଲା, ତୁମେ କିନ୍ତୁ ସେହି କମିଟି ମିଟିଂରେ ସଫାସଫା ସମସ୍ତଙ୍କ ମୁହଁରେ ଜବାବ ଦେଲ, ଯାହା ଏପର୍ଯ୍ୟନ୍ତ କେହି କରିନଥିଲେ। ତୁମେ କହିନଥିଲେ ସେହି ମିଟିଂରେ ପରମାନନ୍ଦ ଓ ପାତ୍ର କରେଇଦେଇଥାନ୍ତେ । ତା' ପରେ ଫାଇଲ୍‌ରେ ତଳୁ ନକରାତ୍ମକ ଟିପ୍ପଣୀ ଆସିନଥାନ୍ତା ।

ଗୌରାଙ୍ଗ ଏତେ କଥା ଜାଣେନି । କିନ୍ତୁ ସେ ଦେଖୁଥିଲା, ତାଙ୍କ ଅଫିସରେ ସେ ଯେତିକି ନଜାଣୁଛି, ବାହାରେ ତାଙ୍କ କାଡ଼ର୍‌ର ଅଫିସରମାନେ ବେଶି ଜାଣୁଛନ୍ତି । କେମିତି ନା କେମିତି ଖବର ପହଞ୍ଚିଯାଉଛି, ଆଲୋଚନା ହେଉଛି । ପରଚର୍ଚ୍ଚା କ୍ଲବର କରାମତି । ଯମେଶ୍ୱର କହିଲା- ସୁଜାତା ପରମାଣିକ ପାଇଁ ଆର୍ଥିକ ବ୍ୟବସ୍ଥା ହୋଇସାରିଛି । ମାସକୁ କୋଡ଼ିଏ ହଜାର ଟଙ୍କା ପ୍ରମୋଦ ସାହୁ ଆନ୍ଧ୍ରପ୍ରଦେଶ ସୀମାନ୍ତ ଚେକ୍‌ଗେଟ୍‌ରୁ କରେଇ ଦେଇଛି । ତୁମେ ଶୁଣିଥିବ, ଅବଶ୍ୟ ତୁମକୁ ସେମାନେ ତାଙ୍କ ଗୋଷ୍ଠୀରେ ପୂରଉନଥିବେ ।

ସେମାନେ ଅର୍ଥ, ରାଜସ୍ୱ ଦାୟିତ୍ୱରେ ଥିବା ଆଡିସନାଲ୍ କମିଶନର ପି.କେ. ପାତ୍ର, ପ୍ରଶାସନ ଦାୟିତ୍ୱରେ ଥିବା ଆଡିସନାଲ୍ କମିଶନର ପରମାନନ୍ଦ ଶତପଥୀ ଏବଂ ପ୍ରବର୍ତ୍ତନ ଦାୟିତ୍ୱରେ ଥିବା ଆଡିସନାଲ୍ କମିଶନର ପ୍ରମୋଦ ସାହୁ । ଗୌରାଙ୍ଗ ସେମାନଙ୍କ ଗୋଷ୍ଠୀରେ ସାମିଲ ହେବାକୁ ଚାହେଁନା, ତା'ର ଆଗ୍ରହ ନାହିଁ । ସେ ଚାହେଁ, ତା' କାମ ସେ କରିଦେବ, ଦଶଟାରୁ ପାଞ୍ଚଟା ଅଫିସ୍ କାମ । ଅଫିସ୍ ଛାଡିଦେଲା ପରେ ଅଫିସକଥା ଅଫିସ୍‌ରେ, ସେ ତା' ନିଜ ଦୁନିଆକୁ ଫେରିଯିବ । ସେମାନଙ୍କ ସହିତ ବସି ସବୁବେଳେ ଅଫିସର ଯା ତା କଥା ଗପିବାକୁ ତା'ର ଆଗ୍ରହ ନାହିଁ । ପାଞ୍ଚ ସାତଦିନ ତଳେ ସୁରେନ୍ଦ୍ର ଜେନା କହୁଥିଲା, ପ୍ରମୋଦ ସାହୁ ସୁଜାତା ପରମାଣିକ ପାଇଁ ଅର୍ଥ ବ୍ୟବସ୍ଥା କରିଛି । ପ୍ରମୋଦ ସାହୁର ପ୍ରବର୍ତ୍ତନ ଦାୟିତ୍ୱ, ପ୍ରବର୍ତ୍ତନ ଅଧିନରେ ଚେକ୍‌ଗେଟ୍ ପ୍ରଶାସନ । କିଛିଦିନ ହେଲା ଗୌରାଙ୍ଗ ମଧ୍ୟ ଲକ୍ଷ୍ୟ କରୁଥିଲା, ପ୍ରମୋଦ ସାହୁ କମିଶନରଙ୍କ ପ୍ରକୋଷ୍ଠକୁ ଆଗ ଅପେକ୍ଷା ଅଧିକ ଯାଉଛି, କମିଶନରଙ୍କ ସହିତ କ'ଣ ସବୁ ଆଲୋଚନା କରୁଛି । କିନ୍ତୁ ସେ ଏଥିପ୍ରତି ଦୃଷ୍ଟି ଦେଉନଥିଲା ।

ଦୁହେଁ ଚା' ପିଇସାରିଥିଲେ । ଗୌରାଙ୍ଗ ସିଗାରେଟ୍ ଲଗେଇଲା । ଦୁହେଁ

ଚାଲିଚାଲି ଫେରୁଥିଲେ । ଯମେଶ୍ୱର କହିଲା- ଏବେ ତୁମେ ଅଫିସରେ ତିନିଜଣଙ୍କ ଭିତରେ ପ୍ରତିଯୋଗିତା ଚାଲିଛି, କିଏ କମିଶନରଙ୍କ ନିକଟତର ହେବ ।

ଯମେଶ୍ୱର ତା' ଘର ଆଡକୁ ଚାଲିଗଲା, ଗୌରାଙ୍ଗ ଫେରୁଥିଲା ତା' ଘରକୁ । ଏହି ଚାରିପାଞ୍ଚ ଦିନତଳେ ସୁରେନ୍ଦ୍ର ଜେନା ସେହିକଥା କହୁଥିଲା । କହୁଥିଲା, ତିନିଜଣଙ୍କ ଭିତରୁ ଦେଖିବା କିଏ ଦୌଡ଼ରେ ଜିତୁଛି ।

ହେଡ ଅଫିସ୍‌ରେ କର୍ମଚାରୀଙ୍କ ବଦଳି ନାହିଁ, କମିଶନର ଏବଂ ବିଭାଗୀୟ ଅଧିକାରୀଙ୍କର ବଦଳି ହୁଏ । କମିଶନର ସାଧାରଣତ ତିନିବର୍ଷରୁ ଅଧିକ ରୁହନ୍ତି ନାହିଁ । ବିଭାଗୀୟ ଅଫିସରମାନେ କମିଶନର ଏବଂ ଅର୍ଥ ବିଭାଗର ଅଫିସରଙ୍କୁ ଖୁସି ରଖିପାରିଲେ ତିନିବର୍ଷରୁ ଅଧିକ ରହିପାରନ୍ତି । କମିଶନରଙ୍କର ଯିଏ ନିକଟତର ହୋଇପାରିବ, ତା'ର ଗୁରୁତ୍ୱ ସଂସ୍ଥାରେ ବଢ଼ିବ । ଗୋଟିଏ ପଦବୀରେ ସେ ଅଧିକ ବର୍ଷ ରହିପାରିବ । ଗୁରୁତ୍ୱ ବଢ଼ିଲେ ଫାଇଦା ଅଛି, ତେଣୁ ପ୍ରତିଯୋଗିତା ।

ପ୍ରସନ୍ନ ପାତ୍ର, ପରମାନନ୍ଦ ଶତପଥି ଓ ପ୍ରମୋଦ ସାହୁ ନିଜନିଜ ବାଟରେ କମିଶନରଙ୍କୁ ସନ୍ତୁଷ୍ଟ କରିବାକୁ ଚେଷ୍ଟା କରୁଥିଲେ । ଭିନ୍ନ ମାର୍ଗ, ଲକ୍ଷ୍ୟ ଏକ । ନଈର ବାଟ ଅଲଗା, ଲକ୍ଷ୍ୟ ସମୁଦ୍ରରେ ପହଞ୍ଚିବା । ପ୍ରସନ୍ନ ପାତ୍ର ଏକ ଉତ୍କୃଷ୍ଟମାନର ଚାଟୁକାର । ସେ ସହସା ଚାଟୁକ୍ତି କରିପାରେ, ସମସ୍ତଙ୍କ ସାମ୍ନାରେ, ସେଥିପ୍ରତି ତା'ର ଲାଜସରମ ନଥାଏ । ଥରେ କମିଶନରଙ୍କ ପାଖରେ ଗୋଟିଏ ମିଟିଂ ଚାଲିଥିଲା । ପ୍ରସନ୍ନ ପାତ୍ର ହଠାତ୍ କହିଲା- ସାର୍, ଜଣେ ଭାରତୀୟ ପ୍ରଶାସନିକ ସେବା ଅଫିସର ଆମକୁ ଶାସନ କରିବା ଆମେ ଚାହୁଁ, ତାହା ହିଁ ଆମର ମାନସିକତା । କମିଶନର ଯେତେବେଳେ ଗୋଟିଏ ଅଫିସକୁ ଯାଆନ୍ତି, ତାଙ୍କ ପାଦଧୂଳି ପଡ଼ିଲେ ଆମ ଅଫିସରମାନେ କୃତ୍ୟକୃତ୍ୟ ହୋଇଯାଆନ୍ତି । ଅବଶ୍ୟ ସେଠି ଯେଉଁମାନେ ବସିଥିଲେ ତାହାକୁ ଖଣ୍ଡନ କରିବାକୁ ଚାହିଁବେନି । ପାତ୍ର କ୍ଷେତ୍ରାଧିକାରୀ, କର୍ମଚାରୀ ଓ ବ୍ୟବସାୟୀଙ୍କଠାରୁ ଲାଞ୍ଚ ନିଏ, କିନ୍ତୁ କମିଶନରଙ୍କୁ ଭାଗ ଦିଏ ନାହିଁ । ନିଜକୁ ସବୁବେଳେ ସଚ୍ଚୋଟ ଦେଖେଇହୁଏ । ଭଲ ପୋଷାକ ପିନ୍ଧି ଅଫିସ୍‌କୁ ଆସେ ନାହିଁ । କୁହେ, ଆମେ କ'ଣ କମିଶନରଙ୍କ ପରି ହୋଇପାରିବୁ, ଆମର ପୃଷ୍ଠଭୂମି ଯାହା । ନିଜକୁ ନିଉନ ଦେଖେଇହୁଏ । ଅବଶ୍ୟ କମିଶନରଙ୍କ ପାଖରେ । ଶତକଡ଼ା ଅନେଶତ ଲୋକଙ୍କର ପ୍ରଶଂସା ପ୍ରତି ଦୁର୍ବଳତା, ବିଶେଷତଃ କମିଶନରମାନେ ଗୋଟେ ଚାଟୁକାର ଲୋଡୁଥାନ୍ତି । ପ୍ରସନ୍ନ ପାତ୍ର ହେଡ ଅଫିସରେ ପାଞ୍ଚବର୍ଷରୁ ଊର୍ଦ୍ଧ୍ୱ ରହିଲାଣି, ବର୍ତ୍ତମାନର କମିଶନର ତା'ର ତୃତୀୟ ହାକିମ ।

ପରମାନନ୍ଦ ଶତପଥୀର ଭିନ୍ନ ମାର୍ଗ । ସେ କମିଶନରଙ୍କର ଛୋଟମୋଟ, କିନ୍ତୁ

ଗୁରୁତ୍ୱପୂର୍ଣ୍ଣ କାର୍ଯ୍ୟ ସମ୍ପାଦନ କରେ । କମିଶନରଙ୍କ ମାସିକିଆ ସଉଦା ଯୋଗାଏ, କମିଶନରଙ୍କର ଅତିଥି ଆସିଛନ୍ତି, ପଞ୍ଚତାରକା ହୋଟେଲରୁ ଖାଦ୍ୟ ମଗେଇ ଘରେ ପହଞ୍ଚେଇଦିଏ, କମିଶନରଙ୍କ ସ୍ତ୍ରୀ ଓ ପିଲା ସିନେମା ଯିବେ, ସେ ଟିକେଟ କରେଇଦିଏ । ତା'ର ପ୍ରଶାସନ ଦାୟିତ୍ୱ, ଅଫିସର ଓ କର୍ମଚାରୀଙ୍କ ବଦଳି ତା'ରି ମାଧ୍ୟମରେ ହୁଏ । ବଦଳିରୁ ତା'ର ଆୟ ହୁଏ । ଯଦି କମିଶନର ସିଧା ଟଙ୍କା ନେଉଥାନ୍ତି, ସେ ସେଥିରୁ ଗୋଟିଏ ଭାଗ ଦିଏ, ତାଙ୍କ ଘରେ ନିଜେ ନେଇ ଦେଇଆସେ, ଯେମିତି କେହି ଜାଣିବେ ନାହିଁ ।

ପ୍ରମୋଦ ସାହୁ ପ୍ରବର୍ତ୍ତନ ମୁଖ୍ୟ, ଟିକସ ଫାଙ୍କି ସନ୍ଦେହରେ ଚଢ଼ଉ କରିବା, ଚେକ୍‌ଗେଟ୍ ପରିଚାଳନା, ଏସବୁ ତା' ତତ୍ତ୍ୱାବଧାନରେ ଚାଲେ । ସେ ସିଧା ଟଙ୍କା ଆଦାୟ କରେ ଏବଂ ଗୋଟିଏ ଭାଗ କମିଶନରଙ୍କୁ ଦିଏ । ଅବଶ୍ୟ ସବୁ କମିଶନର ଟଙ୍କା ନିଅନ୍ତି ନାହିଁ, ଯେମିତି ପୂର୍ବ କମିଶନର ଥିଲେ । ସେହି ସମୟରେ ପ୍ରମୋଦ ସାହୁ କମିଶନରଙ୍କ ପ୍ରକୋଷ୍ଠକୁ ପ୍ରବେଶ କରିପାରୁ ନଥିଲା । ପୂର୍ବତନ କମିଶନର ଟଙ୍କା ନନେଲେ ବି ଛୋଟମୋଟ ସେବା ଚାହୁଁଥିଲେ ଯାହା ପରମାନନ୍ଦ ପୂରଣ କରିଦେଉଥିଲା । ଜଣେ ଜଣେ କମିଶନର ସମ୍ପୂର୍ଣ୍ଣ ସଚ୍ଚୋଟ ଥାଆନ୍ତି, ସେମାନଙ୍କ ପାଖରେ ପ୍ରମୋଦ କିମ୍ବା ପରମାନନ୍ଦ ବି ପଶିପାରନ୍ତି ନାହିଁ। କିନ୍ତୁ ସବୁ କମିଶନରଙ୍କ ପାଖଲୋକ ପସନ୍ନ ପାତ୍ର । ଏବେକାର କମିଶନରଙ୍କ ପାଖରେ ତିନିଜଣ ସକ୍ରିୟ ଓ ସବଳ । ସେବା, ଅର୍ଥ ଓ ଚାଟୁକ୍ତି ଭିତରେ ପ୍ରତିଯୋଗିତା ।

ଗୌରାଙ୍ଗ ନିଜ ରୁମ୍‌ରେ ପହଞ୍ଚିଲା । ଗାଧୋଇସାରି ଅଣ୍ଡା ଓମଲେଟ୍ କରି ପାଉଁରୁଟି ଓ ଓମ୍‌ଲେଟ୍ ଖାଇସାରି ଚା' କରିବାକୁ ଯାଉଥିଲା । ତା'ର ଆଜି ମଧ୍ୟାହ୍ନଭୋଜନ ପାଇଁ ରୋଷେଇ କରିବାର ନାହିଁ । ପ୍ରସନ୍ନ ପାତ୍ର ତାକୁ ମଧ୍ୟାହ୍ନଭୋଜନ ପାଇଁ ନିମନ୍ତ୍ରଣ କରିଛି । ପ୍ରଥମଦିନ ସାକ୍ଷାତରୁ ବି ପ୍ରସନ୍ନ ପାତ୍ର ତାକୁ ଭଲ ଲାଗେ ନାହିଁ । କିନ୍ତୁ ସେ ଲକ୍ଷ୍ୟ କରୁଛି, ପାତ୍ର ସହିତ ମତାନ୍ତର ହେଲେ ବି, ଯୁକ୍ତିତର୍କ କଥା କଟାକଟି ହେଲେ ବି, ସେ ମନେମନେ ରାଗିଥିଲେ ବି, ପ୍ରକାଶ କରେନି । ସେ ଭଲ ଅଭିନୟ କରିପାରେ । କିମ୍ବା ତା'ର ବୃତ୍ତିଗତ ଓ ବ୍ୟକ୍ତିଗତ ସମ୍ପର୍କ ଅଲଗା ରଖିବାକୁ ଚେଷ୍ଟାକରେ । ବୋଧହୁଏ ତା'ର ବୃତ୍ତିଗତ ବ୍ୟବହାର ବ୍ୟକ୍ତିଗତ ସମ୍ପର୍କକୁ ନଷ୍ଟ ନକରିବାକୁ ଚାହେଁ । ଘରଆଡ଼େ ବୁଲିଯିବାକୁ ସେ ଗୌରାଙ୍ଗକୁ କେତେଥର କହିଥିଲା । ଗୌରାଙ୍ଗର ଇଚ୍ଛା ହେଉନଥିଲା, ସେ ଯାଉନଥିଲା । ପୂର୍ବଦିନ କହିଲା, ସୁପ୍ରଭା ତମକୁ ଘରକୁ ଯିବାକୁ କେତେଥର କହିଲାଣି । କାଲି ରବିବାର ତୁମେ ଆସ, ଆମ ଘରେ ଲଞ୍ଚ କରିବ । ଗୌରାଙ୍ଗ ଭାବୁଥିଲା ବୋଧହୁଏ ସୁପ୍ରଭା ପାଇଁ ତାଙ୍କ ଗାଁର ଜୋଇଁ

ହିସାବରେ ସେ ଗୌରାଙ୍ଗ ସହିତ ଅଫିସ୍ କାମରେ ମତାନ୍ତର, ପାଟିତୁଣ୍ଡ ହେଲେ ବି ବ୍ୟକ୍ତିଗତ ସମ୍ପର୍କ ରଖିବାକୁ ଚେଷ୍ଟା କରୁଥିଲା ।

ଗୌରାଙ୍ଗ ସସ୍‌ପେନ୍ ଧୋଇ, ପାଣି ପୂରେଇ ଷ୍ଟୋଭରେ ବସେଇଲା ବେଳକୁ କିଏ କବାଟ ଠକ୍‌ଠକ୍ କଲା । ସେ ଯାଇ କବାଟ ଖୋଲିଦେଇ, ଦେଖି ଆଶ୍ଚର୍ଯ୍ୟ ହେଲା । ସୁଜାତା ପରମାଣିକ ଛିଡ଼ାହୋଇଥିଲା ।

ସାର୍, କ'ଣ ଚମକି ପଡ଼ିଲେ ? ସୁଜାତା କହିଲା ।

ଗୌରାଙ୍ଗ ବାସ୍ତବରେ ଚମକି ପଡ଼ିଥିଲା । ପଚାରିଲା- କ'ଣ କାମ ଥିଲା ? ଅଫିସ୍‌ରେ ତ ଦେଖା ହୋଇପାରିଥାନ୍ତା, ଘରକୁ କାହିଁକି ଆସିଲ ?

ଗୌରାଙ୍ଗ ଡରୁଥିଲା । ସମସ୍ତେ ଜାଣନ୍ତି ତା'ର ପୁନର୍ନିଯୁକ୍ତିରେ ତା'ର ସମର୍ଥନ ନାହିଁ । ନୀତି ନିର୍ଦ୍ଧାରଣ କମିଟି ବୈଠକରେ ସେ ଆପତ୍ତି କରିବାରୁ ସୁଜାତା କନ୍‌ଫରେନ୍ସ ହଲ୍‌ରୁ ବାହାରି ଆସିଥିଲା । ସୁଜାତା ସ୍ମାର୍ଟ, ହୁଏତ ତାକୁ ହଇରାଣରେ ପକେଇଦେବ । ନିକଟ ଅତୀତରେ ଜଣେ ମହିଳାଙ୍କର ବଳାତ୍କାର ଅଭିଯୋଗରେ ଆଡଭୋକେଟ ଜେନେରାଲ୍ ଜେଲ୍‌ରେ, ମୁଖ୍ୟମନ୍ତ୍ରୀଙ୍କୁ ଇସ୍ତଫା ଦେବାକୁ ପଡ଼ିଛି । ସୁଜାତା କହିଲା, ଆସିଲେ କିଛି ଅସୁବିଧା ଅଛି ?

ଗୌରାଙ୍ଗ କହିଲା- ନା, ସେ କଥା ନୁହେଁ, ଆମର ତ ଅଫିସ୍‌ରେ ଦେଖାହେଉଛି, ସାଧାରଣତଃ ମୋ ରୁମ୍‌କୁ କୌଣସି ଝିଅ ଆସନ୍ତି ନାହିଁ ।

ତେବେ ଘରକୁ ଡାକିବେନି ? ପଚାରିଲା ସୁଜାତା

ଗୌରାଙ୍ଗ କହିଲା- ଆସନ୍ତୁ ।

ସେ ତା'ର ରୁମ୍‌ରେ ଥିବା ଦୁଇଟା ପ୍ଲାଷ୍ଟିକ୍ ଚେୟାରକୁ ବାଲକୋନିଙ୍କୁ ନେଇଗଲା ଏବଂ କହିଲା ବାଲକୋନୀରେ ବସିବା । ପଚାରିଲା- ଚା' ପିଇବ ?

ସୁଜାତା ପଚାରିଲା- ମାଡାମ୍ କାହାଁନ୍ତି ?

ଗୌରାଙ୍ଗ କହିଲା-ମୁଁ ବାହା ହୋଇନି ।

ସୁଜାତା ଆଶ୍ଚର୍ଯ୍ୟ ହେଉଥିଲା । ସେ ଜାଣିନଥିଲା ଗୌରାଙ୍ଗ ବାହା ହୋଇନି । କହିଲା- ରୋଷେଇଘର ଏଇଠି ? ରୁହନ୍ତୁ ମୁଁ ଚା' କରିଦେବି ।

ଗୌରାଙ୍ଗ କହିଲା- ମୋର ଚା' କରିବା, ରୋଷେଇ କରିବା ଅଭ୍ୟାସ ଅଛି । ମୁଁ ନିଜେ ରୋଷେଇ କରେ, ଏବେ ମୁଁ ଚା' କରିବାକୁ ପାଣି ବସଉଥିଲି । ତୁମେ ବସ, ମୁଁ ଚା' କରି ନେଇଆସୁଛି।

ସୁଜାତା କ'ଣ ପଚାରିବାକୁ ଯାଉଥିଲା, ଗୌରାଙ୍ଗ ସୁଯୋଗ ନଦେଇ ରୋଷେଇଘରକୁ ପଶିଗଲା । ସୁଜାତା ବାଲ୍‌କୋନିରୁ ଗୌରାଙ୍ଗ ରୁମ୍ ଭିତରକୁ ଗଲା

ଏବଂ ଗୌରାଙ୍ଗର ବହିଥାକରେ ଥିବା ବସିସବୁ ଦେଖୁଥିଲା । ଗୌରାଙ୍ଗ ଚା' ଦୁଇଟି କପ୍‌ରେ ଆଣି ଦୁଇ ଚେୟାର ମଝିରେ ପଡ଼ିଥିବା ଗୋଟିଏ ପ୍ଲାଷ୍ଟିକ୍ ଷ୍ଟୁଲ ଉପରେ ରଖିଲା । ସୁଜାତା ବହିଥାକ ପାଖରୁ ଆସି ଚେୟାରରେ ବସିଲା । ଚା' କପ୍‌ଟି ହାତରୁ ଧରି କହିଲା- ଆପଣ ବହୁତ ଭଲ ବହି ରଖିଛନ୍ତି, କେତେବେଳେ ପଢ଼ନ୍ତି ? I am really impressed with your collection.

ଗୌରାଙ୍ଗ କହିଲା, ମୁଁ ତୁମକୁ ଗୋଟିଏ କଥା କହୁଛି । କିଛିଦିନ ତଳେ ଖବରକାଗଜରୁ ପଢ଼ିଥିବ । ଭୁବନେଶ୍ୱର ଟ୍ରେଜେରୀ ପାଖ ଷ୍ଟେଟବ୍ୟାଙ୍କରୁ ଜଣେ ଲୋକ ଲକ୍ଷେ ଟଙ୍କା ଉଠେଇଥିଲା । ସେ ବେଗରେ ଟଙ୍କା ରଖି ସାଇକେଲ ହେଣ୍ଡଲରେ ବେଗ ଟାଙ୍ଗି ଯାଉଥିଲା । ବ୍ୟାଙ୍କର ଟିକେ ଦୂରରେ ଦେଖିଲା, ରାସ୍ତାକଡ଼ରେ ଆଠଦଶଟା ଦଶଟଙ୍କିଆ ନୋଟ ପଡ଼ିଛି । ସେ ସାଇକେଲରୁ ଓହ୍ଲେଇ, ସାଇକେଲ୍ ଷ୍ଟାଣ୍ଡ ମାରି ରଖି ସେହି ଟଙ୍କା ଗୋଟଉଥିଲା । ଦୁଇଟି ପିଲା ଟିକେ ଆଗରେ ଗଛମୂଳେ ଥିଲେ, ସେମାନେ ଟଙ୍କା ଥିବା ବେଗକୁ ନେଇ ଦୌଡ଼ି ପଳେଇଲେ । ସେହି ଦୁଇଟି ପିଲା ଲୋକଟି ଲକ୍ଷେ ଟଙ୍କା ଉଠଉଥିବା ଦେଖିଥିଲେ, ରାସ୍ତା କଡ଼ରେ ସେହି ଦୁଇଜଣ ଟଙ୍କା ପକେଇଥିଲେ । ଲୋକଟି ସତୁରି, ଅଶୀ ଟଙ୍କା ଲୋଭରେ ଲକ୍ଷେ ଟଙ୍କା ହରେଇଲା ।

ସୁଜାତା ହସିଲା, ସେ ଜାଣିପାରୁଥିଲା ଗୌରାଙ୍ଗ କ'ଣ କହିବାକୁ ଯାଉଛି । ଗୌରାଙ୍ଗ କହିଲା, ତୁମର ଭଲ କାରିୟର, ବି.ଏ.ରେ ବିଶ୍ୱବିଦ୍ୟାଳୟରେ ପ୍ରଥମ ଦଶଜଣଙ୍କ ଭିତରେ ଥିଲ, ଏମ୍.ଏ.ରେ ପ୍ରଥମ ହୋଇଛ, ଏମ୍‌ଫିଲ୍ କରିସାରିଛ । କାହିଁକି ଏହି ପଚିଶ ହଜାର ଟଙ୍କା ପଛରେ ପଡ଼ିଛ ? ସେ'ଟା ଅସ୍ଥାୟୀ ଚାକିରି । କମିଶନର ଆଇଏଏସ୍ ହେଲେ ବି ତାଙ୍କର ଲିମିଟେସନ୍ ଅଛି । ଯଦି ବା ଏହି କମିଶନର କରେଇ ଦେବେ, ଆଉ ଜଣେ କିଏ ଆସିବ ସେ ମଧ୍ୟ ଉଚ୍ଛେଦ କରିଦେବ । ତୁମେ ପିଏଚ୍‌ଡିରେ ଏକାଗ୍ରତା ରଖ, ଇକୋନୋମିକ୍ସର ଚାହିଦା ବହୁତ ଅଛି, ବହୁତ ଭଲ ସୁଯୋଗ ପାଇବ ।

ସୁଜାତା କହିଲା, ମୁଁ ଜାଣେ । ଏବଂ ପଚାରିଲା, ସାର୍, ଆପଣଙ୍କର ବହି ମତେ ପଢ଼ିବାକୁ ଦେବେ ?

ଗୌରାଙ୍ଗ କହିଲା, ବହି ମାଗିଲେ ସମସ୍ତଙ୍କୁ ମୁଁ ବହି ଦିଏନା, ମନା କରିଦିଏ । କିନ୍ତୁ ଯିଏ ପ୍ରକୃତରେ ପଢ଼ାପଢ଼ି କରେ, ମୋର ହୃଦବୋଧ ହୁଏ ଯେ ସେ ପଢ଼ିବ, ତାକୁ ଦିଏ । ତୁମେ ନେଇପାର, ଗୋଟିଏ ବହି ପଢ଼ିସାରି ଫେରେଇଲେ, ଯଦି ଚାହିଁବ ଆଉ ଗୋଟିଏ ବହି ନେଇପାରିବ ।

ସୁଜାତା ଉଠିଲା, ବହିଥାକରୁ ଗୋଟିଏ ଉପନ୍ୟାସ ଆଣିଲା । ଗୌରାଙ୍ଗ ଚା'

କରୁଥିଲାବେଳେ ସେ ସେହି ବହିଟିକୁ ଦେଖିଥିଲା । ସେହି ବର୍ଷ ସେହି ଉପନ୍ୟାସଟି ବୁକର୍ସ ଆୱାର୍ଡ ପାଇଥିଲା, ପତ୍ରପତ୍ରିକା ଓ ଖବରକାଗଜରେ ସେହି ବହିଟି ଉପରେ ଚର୍ଚ୍ଚା ହୋଇଥିଲା । ସୁଜାତା ପଚାରିଲା, ଆପଣ ମତେ ପଚାରୁନାହାନ୍ତି ମୁଁ କାହିଁକି ଆସିଥିଲି ?

ଗୌରାଙ୍ଗ କହିଲା, ତୁମେ ଆସିଛ, ତୁମେ କହିବ ।

ସୁଜାତା କହିଲା, ଆପଣଙ୍କର ଘର ସାମ୍ନା, ରାସ୍ତା ସେପଟ ଘରେ ମୋର ଭଉଣୀ ଭିଣୋଇ ରହୁଛନ୍ତି । ଗତକାଲି ମୋ ଭଣଜାର ଜନ୍ମଦିନ ଥିଲା, ମୁଁ ରହିଯାଇଥିଲି । ଆଜି ସକାଳେ ଉଠି ବାଲକୋନୀରେ ଛିଡ଼ା ହୋଇ ଦାନ୍ତ ଘଷୁଥିଲି, ଦେଖିଲି ଆପଣ କୁଆଡେ ବାହାରିଗଲେ । ସକାଳେ ଆମେ ବାଲକୋନିରେ ବସି ଚା' ପିଉଥିଲୁ, ଦେଖିଲି, ଆପଣ ଘରକୁ ଫେରିଲେ । ମୁଁ ଆପଣଙ୍କୁ ଆଶ୍ଚର୍ଯ୍ୟ କରିଦେବାକୁ ଚାଲି ଆସିଲି । ମୁଁ ଜାଣିଛି, ମତେ ଦେଖି ଆପଣ ନିଶ୍ଚିତ ଚମକି ପଡ଼ିଥିବେ ।

ଗୌରାଙ୍ଗ କହିଲା, ମୁଁ ଆଶ୍ଚର୍ଯ୍ୟ ହୋଇଥିଲି, ମୁଁ କେବେ ତୁମେ ଆସିବା ଆଶା କରୁନଥିଲି ।

ସୁଜାତା ବହିଟି ନେଇ ଚାଲିଗଲା । ଗୌରାଙ୍ଗ ଆଶ୍ଚର୍ଯ୍ୟ ହୋଇଗଲା । ନୀତି ନିର୍ଦ୍ଧାରଣ କମିଟିରେ ସେ ସୁଜାତାର ପୁନର୍ନିଯୁକ୍ତିକୁ ବିରୋଧ କରିଥିଲା, ଫାଇଲ୍‌ରେ ମଧ୍ୟ ତା'ର ପୁନର୍ନିଯୁକ୍ତି ନକରିବାକୁ ମନ୍ତବ୍ୟ ଦେଇଛି । ସୁଜାତା ଜାଣିଥିବ । ତଥାପି ସେ କେମିତି ତା' ରୁମ୍‌କୁ ଆସିଗଲା ? ଅବଶ୍ୟ ସେ ଜାଣିନଥିଲା ଗୌରାଙ୍ଗ ଅବିବାହିତ, ସେ ଏକା ଏକା ରହୁଛି । ଲୋକଙ୍କ ବିଷୟରେ ଶୁଣି, ଲୋକଙ୍କୁ ଦୂରରୁ ଦେଖି ମଣିଷ ଯୋଉ ଧାରଣା ନିଏ, ବହୁ ସମୟରେ ସେହି ଧାରଣା ଠିକ୍ ହୋଇନଥାଏ । ସେହି ଲୋକଙ୍କ ସହିତ ମିଶିଲେ ଧାରଣା ବଦଳି ଯାଏ । ଗୌରାଙ୍ଗ ସୁଜାତାକୁ ଯାହା ଭାବୁଥିଲା, ବୋଧହୁଏ ସେ ସେପରି ନୁହେଁ । ସେ କମିଶନରଙ୍କ ସହିତ ବୁଲୁଛି । ଆଇଏଏସ୍ ଅଫିସରଙ୍କର କ୍ଷମତା ବହୁତ, ସମାଜରେ ପ୍ରଶାସନରେ ସେମାନଙ୍କୁ ବହୁତ ଉଚ୍ଚ ଆସନ ଦିଆଯାଇଛି । ଲୋକଙ୍କ ଧାରଣା ଆଇଏଏସ୍ ଅଫିସରମାନେ ଯାହା ଚାହିଁବେ, କରିଦେଇପାରିବେ । ବୋଧହୁଏ ସୁଜାତାର ବି ସେହି ଧାରଣା ରହିଛି । କମିଶନର ତା' ପାଇଁ କିଛି ଗୋଟେ କରିଦେଇପାରିବେ । ବୋଧହୁଏ ତା'ର ଆତ୍ମବିଶ୍ୱାସ ନାହିଁ, ନିଜର ଦକ୍ଷତା ସେ ନିଜେ ଆକଳନ କରିପାରୁନି । ଅବଶ୍ୟ ଚାକିରି ସମସ୍ୟା ରହିଛି, କିନ୍ତୁ ଚେଷ୍ଟାକଲେ, ଚେଷ୍ଟା ଜାରିରଖିଲେ, ତା'ର କ୍ୟାରିୟର ଯାହା ସେ ନିଶ୍ଚିତ ଭଲ କରିବ ।

ସୁଜାତା ଚାଲିଗଲା ପରେ ଗୌରାଙ୍ଗଙ୍କୁ କିଛି କରିବାକୁ ଇଚ୍ଛା ହେଲା ନାହିଁ । ସବୁଦିନ ସେ ସକାଳେ ଜଳଖିଆ କରି ଖାଏ ଏବଂ ରାତିରେ ରୋଷେଇକରେ । ମଧ୍ୟାହ୍ନଭୋଜନ ଅଫିସ୍ କ୍ୟାଣ୍ଟିନରେ କରିଦିଏ । ଛୁଟିଦିନମାନଙ୍କରେ ମଧ୍ୟାହ୍ନଭୋଜନ ପାଇଁ ରୋଷେଇ କରେ । ରୋଷେଇ କରିବାକୁ ମନ ନହେଲେ, ସେ ହୋଟେଲରେ ଖାଇଦିଏ । ଆଜି ପ୍ରସନ୍ନ ପାତ୍ର ଘରେ ମଧ୍ୟାହ୍ନଭୋଜନ, ରୋଷେଇ କରିବା ନାହିଁ । ପଢ଼ାପଢ଼ି କରିବାକୁ ଇଚ୍ଛା ହେଲାନି । ସେ ବାହାରିଲା ପ୍ରସନ୍ନ ପାତ୍ର ଘରକୁ । ମଧ୍ୟାହ୍ନଭୋଜନ ପୂର୍ବରୁ ଦିନ ବାରଟା ପୂର୍ବରୁ ସେ ପହଞ୍ଚିଗଲା ।

ଘରର କବାଟ ଖୋଲିଲା ସୁପ୍ରଭା । ସୁପ୍ରଭା କହିଲା, ଏତେଦିନ ହେଲା କଟକକୁ ଆସିଲୁଣି, ଏତେ ଦିନ ପରେ ଆସୁଛୁ ।

ଗୌରାଙ୍ଗ ପଚାରିଲା- ପ୍ରସନ୍ନ ବାବୁ ?

ସୁପ୍ରଭା କହିଲା- ସେ ଗାଧୋଉଛନ୍ତି । ତାଙ୍କର ଜଣେ ସାଙ୍ଗ ଆସିଥିଲା, ଗପୁଥିଲେ । ଏବେ ତାଙ୍କ ସାଙ୍ଗ ଗଲେ, ସେ ଗାଧୋଇବାକୁ ଗାଧୁଆଘରେ ପଶିଲେ ।

ସୁପ୍ରଭା ସୁନ୍ଦର ଦିଶୁଥିଲା । ସତର ଅଠର ବର୍ଷ ପରେ ସେ ତାକୁ ଦେଖୁଥିଲା । ସେତେବେଳେ ସେ ଏତେ ସୁନ୍ଦର ଲାଗୁନଥିଲା । କୁହନ୍ତି, ଝିଅର ବାହାଘର ହୋଇଗଲେ ଅଧିକ ସୁନ୍ଦର ଦିଶନ୍ତି, କିନ୍ତୁ ସୁପ୍ରଭାର ବାହାଘର ସତର ଅଠର ବର୍ଷ ହୋଇଗଲାଣି। ଗୋଟିଏ ପିଲାର ବି ମା' ହୋଇଗଲାଣି । କିନ୍ତୁ ସେ ଜଣେ ଅଫିସରର ସ୍ତ୍ରୀ ପୁଷ୍ଟିକର ଖାଦ୍ୟ ଖାଉଥିବା, ଚିନ୍ତାଶୂନ୍ୟ ଜୀବନ କାଟୁଥିବା, ନିଜ ବେଶ ପୋଷାକ, ପ୍ରସାଧାନ ପ୍ରତି ଯତ୍ନ ନେଇପାରୁଥିବା ମହିଳା ସ୍ୱାଭାବିକ ସୁନ୍ଦର ଓ ସମ୍ଭ୍ରାନ୍ତ ଲାଗିବେ । ସୁପ୍ରଭା ସହିତ ତା'ର ଚୁମ୍ବନ ଦୁର୍ଘଟଣା ପରେ ଗୌରାଙ୍ଗ ମନରେ ଭୟ ପଶିଯାଇଥିଲା । ଅବଶ୍ୟ ସୁପ୍ରଭା କାହାକୁ କହିନଥିଲା, ତଥାପି ତା' ମନରୁ ଭୟ ବାହାରି ପାରିନଥିଲା । ତା' ସହିତ ସାମ୍ନାସାମ୍ନି ହେବାକୁ ସଙ୍କୋଚ ଲାଗୁଥିଲା । ସୁପ୍ରଭା ସହିତ ଯେମିତି ମୁହାଁମୁହିଁ ନହେବ, ସେ ଚେଷ୍ଟା କରୁଥିଲା। ଦୁହେଁ ଗୋଟିଏ ଗାଁର ହେଲେ ବି, ଦୁହିଁଙ୍କର ଘର ଦୁଇଟି ସାହିରେ । ସୁପ୍ରଭାର ସାହି ଆଡକୁ ଗୌରାଙ୍ଗର ଚଳପ୍ରଚଳ ନଥିଲା । ତେଣୁ ବେଶି ଦେଖାହେଉନଥିଲା । ବାହାଘର ପରେ ସେ ତାକୁ ଆଦୌ ଦେଖିନଥିଲା । ଗୌରାଙ୍ଗ ସୁପ୍ରଭାକୁ ଚାହିଁ ରହିଥିଲା । ସୁପ୍ରଭା କହିଲା, ତୁ ତ ଗୋଟେ ଭିଆଇପି ହୋଇଗଲୁଣି। ଦେଢ଼ମାସ ହେଲା କଟକ ଆଣିଲୁଣି, ତୁ ଆମ ଘରକୁ ଆସିପାରୁନୁ ? ପୁଣି ଚାଲିଚାଲି ଆସିଲେ ଆଠ ଦଶ ମିନିଟ୍‌ର ବାଟ !

ଗୌରାଙ୍ଗ କହିଲା- ମୁଁ ଭିଆଇପି କୋଉଠି ହେଲି ? ତୋ' ସ୍ୱାମୀ ତ ମୋର ବଡ଼ ହାକିମ !

ସୁପ୍ରଭା କହିଲା- ହଁ, ତୁ ତ ହାକିମଙ୍କୁ ବହୁତ ମାନୁଥିବୁ ! ଆମ ଘରକୁ ଅଫିସର, ଇନ୍ସପେକ୍ଟର, ବେପାରୀ, ମାଛ, ମାଂସ କିମ୍ବା ମିଠା କେତେଜଣ ଧରି ଆସନ୍ତି । ଘରକୁ ଆସିବାକୁ ବାହାନା ଖୋଜୁଥାନ୍ତି । ତତେ ପାଞ୍ଚ କି ଦଶଥର କହିସାରିଲେଣି, ତୁ ଏପର୍ଯ୍ୟନ୍ତ ଆସୁନଥିଲୁ । କହୁଛୁ କ'ଣ ନା ହାକିମ !

ଗୌରାଙ୍ଗ ସୋଫାରେ ବସିଲା । ସୁପ୍ରଭା ତା' ପାଇଁ ଫଳରସ ଗୋଟିଏ ଗ୍ଲାସରେ ଦେଲା । ଗୌରାଙ୍ଗ ଦେଖୁଥିଲା, କାମବାଲୀଟିଏ ଅଛି, ରୋଷେଇ ଘରେ ସେ ସୁପ୍ରଭାକୁ ସାହାଯ୍ୟ କରୁଛି । ଗୌରାଙ୍ଗ ପଚାରିଲା- ତୋ ଝିଅ ?

ସୁପ୍ରଭା କହିଲା- ସେ ଏବର୍ଷ ମେଡିକାଲରେ ପଢ଼ିବାକୁ ନାଁ ଲେଖେଇଲା । ବାଙ୍ଗାଲୋରରେ ପଢୁଛି । ଘରେ ଆମେ ଦୁଇଜଣ, ପୂର୍ଣ୍ଣିମା ଅଛି । ପୂର୍ଣ୍ଣିମା କାମଧନ୍ଦା କରିଦିଏ । ତା' ଘର ଆମ ଗାଁ ପାଖରେ ପଟୁଣିଆ ଗାଁରେ, ସେ ତତେ ଜାଣିଛି । ଦେଖିନଥିବ, କିନ୍ତୁ ତତେ, ତୁମ ଘରକୁ ଜାଣିଛି ।

ପୂର୍ଣ୍ଣିମା ଶୁଣୁଥିଲା । ସେ ରୋଷେଇଘରୁ ଆସି ଗୌରାଙ୍ଗକୁ ଚାହିଁ ହସିଦେଲା । ଗାଁରେ ଅଫିସର, ବଡ଼ଲୋକ, ସାନଲୋକ ବିଚାର କରାଯାଏ ନାହିଁ । କେହି ମାନ୍ୟରେ ବଡ଼ କିମ୍ବା ବୟସରେ ବଡ଼, ସେମାନଙ୍କୁ ସମ୍ମାନ କରାଯାଏ । ପୂର୍ଣ୍ଣିମାକୁ ପଚାଶ ବର୍ଷ ପାଖାପାଖି ହେବ, ଗୌରାଙ୍ଗଠାରୁ ବୟସରେ ବଡ଼ । ତେଣୁ ନମସ୍କାର କଲାନାହିଁ, ଟିକେ ଚାହିଁ ହସିଦେଲା । ସୁପ୍ରଭା କହିଲା- ପୂର୍ଣ୍ଣିମାର ସ୍ୱାମୀ ମରିଯାଇଛି, ପୁଅ ନାହିଁ, ତା'ର ଝିଅଟିଏ । ଝିଅଟିକୁ ବାହା କରିଦେଇଛି । ସେ ଆମ ଘରେ ଅଛି । ଗାଁକୁ ବର୍ଷକୁ ଥରେଅଧେ ଯାଏ । କେତେବେଳେ କେମିତି ଝିଅ ଘରକୁ ଯାଏ । ପାଞ୍ଚ ଛଅ ବର୍ଷ ହେଲା ରହିଲାଣି ।

ପ୍ରସନ୍ନ ବାବୁ ଗାଧୋଇ ସାରି, ଗୋଟେ ଲୁଙ୍ଗି ଓ ହାଫ୍‌ସାର୍ଟ ପିନ୍ଧି ଆସିଲେ, ସୋଫାରେ ତା' ସହିତ ବସିଲେ । ସୁପ୍ରଭା ଚାଲିଗଲା ରୋଷେଇଘର ଆଡ଼େ । ପ୍ରସନ୍ନ ବାବୁ କହିଲେ- ମୁଁ କହୁଥିଲି, ମାଂସ କିମ୍ବା ଆଉ କ'ଣ ହୋଟେଲରୁ ମଗେଇ ଦେବାକୁ । କିନ୍ତୁ ସୁପ୍ରଭା ମନାକଲା । କହିଲା- ନିଜେ ରୋଷେଇ କରିବ । ସୁପ୍ରଭା, ପୂର୍ଣ୍ଣିମା ଦୁହେଁ ମିଶି ରୋଷେଇ କରୁଛନ୍ତି ।

ସୁପ୍ରଭା ଓ ପୂର୍ଣ୍ଣିମା ଖାଦ୍ୟ ପରଶୁଥିଲେ । ଭାତ, ମାଂସ, ମାଛଭଜା ସମେତ ଛଅ, ସାତ ପ୍ରକାର ତର୍କାରି, ଭଜା ବାଢ଼ିସାରି ସୁପ୍ରଭା ବି ତାଙ୍କ ସାଙ୍ଗରେ ଖାଇବାକୁ ବସିଲା । ପୂର୍ଣ୍ଣିମା ଜଗିଥିଲା, କ'ଣ ଦରକାର ହେଲେ ଦେବ । ପ୍ରସନ୍ନ ବାବୁ କହିଲେ, ଆମର ଜଏଣ୍ଟ ଫ୍ୟାମିଲି ଥିଲା । ବାପା, ଦାଦା ସାଙ୍ଗ ହୋଇ ରହୁଥିଲେ । ବଡ଼ ପରିବାର, ଚାଷରୁ ଯାହା ଆୟ, ଅନ୍ୟ କିଛି ରୋଜଗାର ନଥିଲା । ବାପା, ଦାଦାଙ୍କର

ଭାଇଭଉଣୀ ମିଶି ଆମେ ସାତଜଣ । ପିଲାଦିନେ ଘରକୁ କେବେ କେମିତି ମାଂସ ଆସେ, ବର୍ଷକୁ ଖୁବ୍ ବେଶିରେ ଦୁଇ କିମ୍ବା ତିନିଥର । ରଜ ସମୟରେ କିମ୍ବା ଦୁର୍ଗାପୂଜା ବେଳକୁ ଗାଁକୁ ଚମାର ଆସି ମାଂସ କାଟେ, ଭାଗ କରି ଲୋକେ ନିଅନ୍ତି । ଅତି ବେଶିରେ କେଜିଏ ମାଂସ । ଏତେ ବଡ଼ ପରିବାର, ଏଗାର ବାରଜଣଙ୍କ ପାଇଁ, ପିଲାଙ୍କ ଭାଗରେ ମାଂସ ଖଣ୍ଡେ କି ଦି'ଖଣ୍ଡ ପଡ଼େ । ତାକୁ ଅନେଇ ଆମେ ବସିଥିବୁ । କେତେବେଳେ ରୋଷେଇ ସରିବ, ଆମେ ଖାଇବୁ । ସେତେବେଳେ ଖାଇବାକୁ ମିଳୁନଥିଲା, କିନ୍ତୁ ଏବେ ଖାଇ ହେଉନି, ଡାକ୍ତର ମନା କରୁଛନ୍ତି ।

ଖାଇଲା ବେଳକୁ ପ୍ରସନ୍ନ ବାବୁ ଦ୍ୱିତୀୟ ଥର ଭାତ, ମାଂସ ଓ ମାଛଭଜା ନେଲେ । ଗୌରାଙ୍ଗଙ୍କୁ ଯାହା ପ୍ରଥମେ ଦିଆଯାଇଥିଲା ଭାତରୁ କିଛି କାଢ଼ିଦେଇଥିଲା, ମାଛଭଜା ବି ଖଣ୍ଡେ ଫେରେଇଦେଇଥିଲା, ଦ୍ୱିତୀୟଥର କିଛି ନେବାକୁ ମନା କରିଦେଇଥିଲା । ପ୍ରସନ୍ନ ବାବୁ କହୁଥିଲେ ଏବେ ଖାଇହେଉନି, ଡାକ୍ତର ମନା କରୁଛି, କିନ୍ତୁ ଗୌରାଙ୍ଗ ଠାରୁ ସେ ଦୁଇ କିମ୍ବା ତିନି ଗୁଣ ଅଧିକ ଖାଉଥିଲେ । ପିଲାଦିନେ ଯଥେଷ୍ଟ ଖାଇବାକୁ ପାଇନଥିବା ପିଲାମାନେ ହିଁ ବଡ଼ହୋଇ ଖାଦ୍ୟଲୋଭି ହୋଇଯାଇଥାଆନ୍ତି, ଅଧିକ ଖାଆନ୍ତି, ସେମାନଙ୍କ ଶରୀରରେ ମେଦବୃଦ୍ଧି ଘଟେ । ଖାଇ ସାରିଲା ପରେ ସେମାନେ ସୋଫାରେ ବସିଲେ । ସୁପ୍ରଭା ପଚାରିଲା-ଗାଁକୁ କେବେ ଯାଇଥିଲୁ ?

ଗୌରାଙ୍ଗ କହିଲା- ପନ୍ଦରଦିନ ତଳେ । ଶନିବାର ଦିନ ଯାଇଥିଲି, ସୋମବାର ସକାଳେ ଫେରିଲି ।

ପ୍ରସନ୍ନ ବାବୁ କହିଲେ- ତୁମେ କଥାବାର୍ତ୍ତା ହେଉଥାଅ, ମୁଁ ଟିକେ ବିଶ୍ରାମ ନେବାକୁ ଯାଉଛି ।

ପ୍ରସନ୍ନ ବାବୁ ଶୋଇବାକୁ ଚାଲିଗଲେ । ସୁପ୍ରଭା ପଚାରିଲା- ତୁ ବାହା ହେଉନୁ କାହିଁକି ? ତୋ ପାଇଁ କ'ଣ ଝିଅ ମିଳୁନାହାନ୍ତି ?

ଗୌରାଙ୍ଗ କହିଲା- ତୁ ତ ବାହାହୋଇଗଲୁ, ମୋ କଥା ଭୁଲିଗଲୁ । ମୁଁ ଆଉ କାହିଁକି ବାହାହେବି ?

ସୁପ୍ରଭା ହସି କହିଲା- ବାଜେକଥା କହନା, ମୁଁ ତୋ ସ୍ୱପ୍ନକୁ କେବେ ଆସୁନଥିଲି । ଏପର୍ଯ୍ୟନ୍ତ କ'ଣ ତୋର ସ୍ୱପ୍ନର ଝିଅ ମିଳିନାହାନ୍ତି ?

ଏବେ ଗୌରାଙ୍ଗ ତା'ର ସ୍ୱପ୍ନର ଝିଅକୁ ଭେଟିଛି । କିନ୍ତୁ ସେ କିଛି କହିଲା ନାହିଁ । ନିରବରେ ହସିଲା ।

ରାତିରେ ଗୌରାଙ୍ଗ ତା' ରୁମ୍‌ରେ ବସି ପଢୁଥିଲା । ସୁପ୍ରଭା ଘରେ ଦିନଖିଆ

ଅଧିକ ହୋଇଯାଇଥିଲା, ରାତିରେ ଖାଇବାକୁ ଇଚ୍ଛା ହେଉନଥିଲା । ଦୁଇଟା କଦଳୀ ଖାଇଦେଇ, ସେ କଫି ତିଆରି କରି ପିଇ ପଡୁଥିଲା । କରେଣ୍ଟ ଚାଲିଗଲା । ସେ ଘରୁ ବାହାରକୁ ଆସିଲା, ଛାତ ଉପରେ ଚେୟାରଟିଏ ପକେଇ ବସିଲା । ଚାରିଆଡ଼େ ସମ୍ପୂର୍ଣ୍ଣ ଅନ୍ଧାର । ଆକାଶରେ ଫାଳେ ଜହ୍ନ ଓ ତାରା । ମହାନଦୀ କୂଳ ଆଡୁ ଥଣ୍ଡା ପବନ ଆସୁଥିଲା । ତାକୁ ଲାଗୁଥିଲା ଏହି ଆକାଶ, ପବନ, ତାରା ଓ ଆକାଶର ଫାଳିକିଆ ଜହ୍ନ ସବୁ ତା'ନିଜର । ଦୂର ଆକାଶରେ ଉଲ୍‌କାଟିଏ ଖସିଗଲା । ତା' ସ୍ୱପ୍ନର ଝିଅଟି ହସିଦେଲା ପରି ତାକୁ ଲାଗିଲା ।

■

ଛଅ

ଠିକ୍ ନ'ଟା ପନ୍ଦରବେଳେ ଡ୍ରାଇଭର ହର୍ଣ୍ଣ ବଜେଇଲା । ଗୌରାଙ୍ଗ ପ୍ରସ୍ତୁତ ହୋଇ ବସିଥିଲା । ସେ କାହାକୁ ଅପେକ୍ଷା କରିବାକୁ ଭଲ ପାଏନି, କିମ୍ବା କାହାକୁ ଅପେକ୍ଷା କରେଇବାକୁ ଚାହେଁନି । ହର୍ଣ୍ଣ ଶୁଣି ସେ ତଳକୁ ଆସିଲା । ଗାଡ଼ି ଭିତରେ ବସି ଶ୍ରାବଣୀ ତାକୁ ଅପେକ୍ଷା କରିଥିଲା ।

ଅର୍ଥ ବିଭାଗରେ ଗୋଟିଏ ମିଟିଂରେ ଯୋଗ ଦେବାକୁ ଗୌରାଙ୍ଗଙ୍କୁ ଫାଇଲରେ କମିଶନର ନିର୍ଦ୍ଦେଶ ଦେଇଥିଲେ । ଶ୍ରାବଣୀର ଗୋଟିଏ ଟ୍ରେନିଂ ଭୁବନେଶ୍ୱରରେ ଥିଲା । ପୂର୍ବଦିନ ସୁରେନ୍ଦ୍ର ଜେନା ଗୌରାଙ୍ଗଙ୍କୁ କହିଲା- ସାର୍ ଆପଣଙ୍କର ମିଟିଂ ଅଛି ବାରଟାବେଳେ, ଶ୍ରାବଣୀ ମାଡାମଙ୍କର ଟ୍ରେନିଂ ଅଛି ସାଢ଼େ ଦଶଟାରେ । ଅଫିସ୍‌ରେ ଏକ ସମୟରେ ଦୁଇଜଣଙ୍କୁ ଦୁଇଟା ଗାଡ଼ି ଦେବାକୁ ନାହିଁ । ଆପଣ ଯଦି ଟିକେ ଶୀଘ୍ର ବାହାରିଯିବେ, ତେବେ ଆପଣ ଦୁଇଜଣ ଗୋଟିଏ ଗାଡ଼ିରେ ଚାଲିଯାଆନ୍ତେ । ମାଡାମଙ୍କର ଟ୍ରେନିଂ ବି ଅଧାଦିନ, ଲଞ୍ଚ ପୂର୍ବରୁ ସରିଯିବ । ସେତେବେଳକୁ ଆପଣଙ୍କର ମିଟିଂ ବି ସରିଯାଇଥିବ । ସାଙ୍ଗ ହୋଇ ଫେରିଆସନ୍ତେ ।

ହେଡ ଅଫିସର ଗାଡି ପରିଚାଳନା ଦାୟିତ୍ୱ ସୁରେନ୍ଦ୍ର ଜେନାର । କମିଶନରଙ୍କୁ ଅଫିସ ତରଫରୁ ଦୁଇଟା ଗାଡ଼ି ଦିଆଯାଏ, ଗୋଟିଏ ଅଫିସ୍ ପାଇଁ, ଅନ୍ୟଟି ତାଙ୍କ ବାସଭବନ ପାଇଁ । ବାସଭବନକୁ ଗାଡ଼ି ଦେବାକୁ ନିୟମ ନାହିଁ, କିନ୍ତୁ ଆଇଏଏସ୍ ଅଫିସରମାନେ ସେହି ସୁବିଧା ଉପଭୋଗ କରନ୍ତି । ତାଙ୍କର ସ୍ତ୍ରୀ, ପିଲାଛୁଆ ବ୍ୟବହାର କରିବେ । ବାସଭବନରେ ଗାଡ଼ି ରହିବା ଏବଂ

ତାଙ୍କ ସ୍ତ୍ରୀ ଓ ପିଲାଛୁଆ ଅଫିସ୍‌ଗାଡ଼ି ବ୍ୟବହାର କରିବା ବ୍ୟବସ୍ଥା କେବେଠୁ ରହିଆସିଛି । ଏହା ଉପରେ କେହି କେବେ ପ୍ରଶ୍ନ କରିନି । ବର୍ତ୍ତମାନର କମିଶନର ଅଧିକ ଗୋଟିଏ ଗାଡ଼ି, ଅର୍ଥାତ୍ ତିନିଟା ଗାଡ଼ି ବ୍ୟବହାର କରୁଛନ୍ତି । ଗୋଟିଏରେ ସେ ନିଜେ ଅଫିସ୍ ଯିବାଆସିବା କରୁଛନ୍ତି, ଗୋଟିଏ ତାଙ୍କ ସ୍ତ୍ରୀ ବ୍ୟବହାର କରୁଛନ୍ତି ଏବଂ ଅନ୍ୟ ଗୋଟିଏ ଗାଡ଼ିରେ ତାଙ୍କ ପିଲାମାନେ ଟ୍ୟୁସନ୍ ପଢ଼ିବାକୁ, ସ୍କୁଲ ଯାଉଛନ୍ତି । ତିନିଜଣ ଆଡିସନାଲ୍ କମିଶନରଙ୍କୁ ତିନୋଟି ସ୍ୱତନ୍ତ୍ର ଗାଡ଼ି ଦିଆଯାଇଛି । ଆଉ ଅଫିସ୍‌ରେ ମାତ୍ର ଦୁଇଟି ଗାଡ଼ି । ଗୋଟିଏ ଗାଡ଼ି ସବୁ ସମୟରେ ଅଫିସ୍‌ରେ ରୁହେ, ଭଲମନ୍ଦ ହଠାତ୍ କ'ଣ କାମ ପଡ଼ିପାରେ । ତେଣୁ ଏକ ସମୟରେ ଦୁଇଜଣ ଅଫିସରଙ୍କୁ ଗାଡ଼ି ଦୁଇଟା ଗାଡ଼ି ଯୋଗେଇବାକୁ ଅସୁବିଧା ।

ଜଣେ ପୁରୁଖା ଅଫିସରଙ୍କ ବିଷୟରେ କୁହାଯାଏ, ସେ ଭାବନ୍ତି ତିନୋଟି ଜିନିଷ ନହେଲେ, ଜଣେ ଅଫିସର ବୋଲି ନିଜକୁ ଭାବେ ନାହିଁ, କିମ୍ବା ତାକୁ ଅଫିସରର ପ୍ରକୃତ ସମ୍ମାନ ମିଳେ ନାହିଁ । ସେହି ତିନୋଟି ହେଲା, ସରକାରୀ ଗାଡ଼ି, ପିଅନ ଏବଂ ସରକାରୀ ଫୋନ୍ । ଘର ସାମ୍‌ନାରେ ସରକାରୀ ଗାଡ଼ି ଲାଗିବ, ଡ୍ରାଇଭର ଦ୍ୱାର ଖୋଲିଦେବ ଏବଂ ଅଫିସରଙ୍କର ପାଣି ବୋତଲ ଓ ବେଗ୍ ଗାଡ଼ି ଭିତରେ ରଖିଦେବ । ଅଫିସର ପହଞ୍ଚିଲାବେଳକୁ ପିଅନ ପୋର୍ଟିକୋରେ ଅପେକ୍ଷା କରିଥିବ, ସାର୍‌ଙ୍କ ପାଣି ବୋତଲ ଓ ବେଗ୍ ଗାଡ଼ିରୁ ନେଇ ସାର୍‌ଙ୍କ ପ୍ରକୋଷ୍ଠକୁ ନବ । ଅଫିସର ନିଜ ପ୍ରକୋଷ୍ଠକୁ ଯିବେ, ପିଅନ ପାଣି ବୋତଲ ଓ ବେଗ୍ ଧରି ଚାଲିଥିବ । ଜଣେ ନିଜକୁ ଭାବୁଥିବ ଏବଂ ଅନ୍ୟମାନେ ବି ଖାତିର କରିବେ, ସେ ଜଣେ ଅଫିସର ।

ସେହି ପୁରୁଖା ଅଫିସର ଅର୍ଥ ବିଭାଗର ଡେପୁଟି ସେକ୍ରେଟାରି ଥିଲେ । ଆଡିସନାଲ୍ ସେକ୍ରେଟାରି ପାହ୍ୟାକୁ ନଗଲେ ସ୍ୱତନ୍ତ୍ର ଗାଡ଼ି ମିଳିବ ନାହିଁ । ସେ ଜଣେ ଚତୁର କରିତ୍‌କର୍ମା ଅଫିସର । କାମ ଥାଉ ବା ନଥାଉ ରାତି ଆଠଟା ପର୍ଯ୍ୟନ୍ତ ଅଫିସରେ ବସିଥିବେ । ସେ ଦେଖୁଥିବେ ସେକ୍ରେଟାରି ଅଫିସ୍ ଛାଡିଲେଣି କି ନାହିଁ, ସେକ୍ରେଟାରୀ ଅଫିସ୍ ଛାଡ଼ିଲେ ସେ ଘରକୁ ଯିବେ । ସାଧାରାଣତଃ ସେକ୍ରେଟାରୀମାନେ ମଧ୍ୟାହ୍ନ ଭୋଜନ ପାଇଁ ଘରକୁ ଯାଆନ୍ତି, ଘରେ ଖାଇ ବିଶ୍ରାମ ନିଅନ୍ତି ଏବଂ ଅପରାହ୍ନ ତିନିଟା କିମ୍ବା ଚାରିଟା ବେଳେ ପୁଣି ଅଫିସ୍‌କୁ ଆସି ରାତି ଆଠଟା ପର୍ଯ୍ୟନ୍ତ ବସନ୍ତି । ସେହି ଚତୁର ଅଫିସର ଜଣକ ସେକ୍ରେଟାରିଙ୍କ ପିଅନକୁ ହାତଗୁଞ୍ଜା ଦେଇ ରଖିଥିଲେ, ଯେତେବେଳେ ସେକ୍ରେଟାରି ପିଅନକୁ କହିବେ, ଡ୍ରାଇଭରକୁ କୁହ ପୋର୍ଟିକୋରେ ଗାଡ଼ି ଲଗେଇବ, ସେତିକିବେଳେ ସେ ତାଙ୍କୁ ଜଣେଇଦେବ । ଠିକ୍ ସେତିକିବେଳକୁ ସେ ଚାଲିଚାଲି ବାହାରିବେ । ସେକ୍ରେଟାରିଙ୍କ ଗାଡ଼ି ତାଙ୍କୁ ଅତିକ୍ରମ କଲାବେଳେ

ସେକ୍ରେଟାରି ଦେଖିବେ । କେତେଥର ଦେଖିଲା ପରେ ସେକ୍ରେଟାରୀ ଡ୍ରାଇଭରକୁ ପଚାରିଲେ, ଯେ ତ ଆମ ଡେପୁଟି ସେକ୍ରେଟାରି, ସବୁଦିନ ଏତେବେଳେ ଚାଲିଚାଲି ଯାଉଛନ୍ତି ।

ଡ୍ରାଇଭର କହିଲା, ସାର୍, ସବୁଦିନ ସେ ରାତି ଆଠଟା ସାଢ଼େ ଆଠଟା ପର୍ଯ୍ୟନ୍ତ କାମ କରନ୍ତି ।

ପରଦିନ ସେକ୍ରେଟାରି ଡେପୁଟି ସେକ୍ରେଟାରୀଙ୍କୁ ଡାକି ପଚାରିଲେ, ଆପଣ କ'ଣ ସବୁଦିନ ଚାଲିଚାଲି ଯାଉଛନ୍ତି ?

ଡେପୁଟି ସେକ୍ରେଟାରି କହିଲେ- ହଁ, ଆଜ୍ଞା । ମୁଁ ଟାଉନ୍‌ବସ୍‌ରେ ଯିବା ଆସିବା କରେ, ଟାଉନବସ୍ ନମିଳିଲେ ଦିନେଦିନେ ମତେ ଚାଲିଚାଲି ଯିବାକୁ ପଡ଼େ ।

ସେକ୍ରେଟାରି କହିଲେ, ଠିକ୍ ଅଛି । ମୁଁ ଆପଣଙ୍କ ପାଇଁ ଗୋଟିଏ ସ୍ୱତନ୍ତ୍ର ଗାଡି ଦେବାକୁ ଅର୍ଡର କରିଦେଉଛି । ଆପଣ କାମ କରୁଛନ୍ତି, କମ୍ଫର୍ଟ ଦରକାର ।

ଡେପୁଟି ସେକ୍ରେଟାରି ଥିଲାବେଳେ ବି ତାଙ୍କୁ ଗୋଟିଏ ସ୍ୱତନ୍ତ୍ର ଗାଡ଼ି ଦିଆଯାଇଥିଲା ।

ଗାଡ଼ି ପ୍ରତି ଅଫିସରଙ୍କର ପ୍ରଚଣ୍ଡ ମୋହ । ଅଫିସରଙ୍କ ଗାଡ଼ିକୁ ଅନ୍ୟ କାହାକୁ ଅଫିସ୍ କାମରେ ଦିଆଯିବା କେହି କେବେ ଚିନ୍ତା କରନ୍ତି ନାହିଁ । ଆଡିସନାଲ୍ କମିଶନରମାନେ ଅଫିସ୍‌ରେ ଥିବେ, ଗାଡ଼ି ଥିବ, ଯଦି ଦରକାର ପଡ଼େ ତାଙ୍କୁ ଦିଆଯାଇଥିବା ଗାଡ଼ିକୁ ଅନ୍ୟ କାହାକୁ ଦିଆଯିବା ସେମାନେ ପସନ୍ଦ କରନ୍ତି ନାହିଁ । ପ୍ରସନ୍ନ ପାତ୍ର ତ ସିଧାସିଧା ମନା କରିଦିଏ ।

ଯେତେବେଳେ ସୁରେନ୍ଦ୍ର ଜେନା କହିଲା- ଶ୍ରାବଣୀ ସହିତ ଯିବାକୁ, ଗୌରାଙ୍ଗର ଅରାଜି ହେବାର କୌଣସି କାରଣ ନଥିଲା, ବରଂ ସେ ଖୁସି ହେଲା । ଶ୍ରାବଣୀ କହିଲା, ଆପଣ ମୋ' ପାଇଁ ଶିଘ୍ର ବାହାରିଲେ, ଆପଣଙ୍କର ମିଟିଂ ଡେରିରେ ଅଛି ।

ଗୌରାଙ୍ଗ କହିଲା- ଚଳିବ, ବରଂ ତୁମ ସହିତ ଗପସପ କରି ଯିବାକୁ ଭଲ ଲାଗିବ । ଏକାଏକା ଯାଇଥିଲେ ବୋର୍ ଲାଗିଥାନ୍ତା ।

ଶ୍ରାବଣୀ ଗୋଟିଏ ଗୋଲାପୀ ରଙ୍ଗର କୁର୍ତ୍ତା ପିନ୍ଧିଥିଲା, ଲାଲ୍‌ରଙ୍ଗର ଓଢ଼ଣି ଛାତିରେ ପକେଇଥିଲା । ଗୌରାଙ୍ଗ କହିଲା, ତୁମର ବୋଧହୁଏ ଲାଲ୍ ରଙ୍ଗ ପ୍ରିୟ ।

ଶ୍ରାବଣୀ ହସିଲା, କହିଲା- ଅବଶ୍ୟ ଲାଲରଙ୍ଗ ମୋର ପସନ୍ଦ, କିନ୍ତୁ ମୁଁ ଆଜି ତରତରରେ ବାହାରିଆସିଲି । ସବୁକାମ ତରତରରେ ସାରିଲି, ଏହି କୁର୍ତ୍ତା ପାଇଁ ଓରନିଟା ହଠାତ୍ ପାଇଲି ନାହିଁ । ଏଇଟା ହାତରେ ପଡ଼ିଲା, ଦେଖିଲି ଚଳିବ, ପକେଇଦେଇ ଚାଲିଆସିଲି । ମୁଁ ଲକ୍ଷ୍ୟ କରିଛି, ଆପଣଙ୍କର ପୋଷାକ ଚୟନ ବହୁତ ଭଲ, ରୁଚିପୂର୍ଣ୍ଣ,

କିନ୍ତୁ ଆମର ଅଧିକାଂଶ ଅଫିସରଙ୍କର ରୁଚି ନଥାଏ । ଆମର ତିନି ଆଡିସନାଲ୍ କମିଶନର, ସେମାନଙ୍କର ସାମାନ୍ୟ ରୁଚି ନାହିଁ, ଯାହା ନାହିଁ ତାହା ପିନ୍ଧିଦେଇଥିବେ ।

ଶ୍ରାବଣୀ ଠିକ୍ ଲକ୍ଷ୍ୟ କରିଛି । ଅଫିସରମାନେ ଭାବନ୍ତି, ସେମାନେ ଅଫିସର, ତାହା ତାଙ୍କର ପରିଚୟ । ତେଣୁ ଭଲ ପୋଷାକ ପିନ୍ଧିବା ଆବଶ୍ୟକ ନୁହେଁ । ପୁରୁଣା, ବରିଷ୍ଠ ଅଫିସରମାନେ ମଧ୍ୟ ଜାଣିଜାଣି ପୋଷାକ ପରିଧାନରେ ରୁଚି ରଖନ୍ତି ନାହିଁ, ନିଜକୁ ଦୈନ୍ୟ, ଦରିଦ୍ର ଦେଖେଇବାକୁ ଚାହାନ୍ତି । କମିଶନର, ସେକ୍ରେଟାରିଙ୍କ ପାଖରେ ଦେଖେଇହେବେ, ସେମାନେ ସାଧୁ, ସଚ୍ଚୋଟ, କର୍ମଠ ଅଫିସର । ନିଜ ଦରମାରେ ଚଳୁଛନ୍ତି, ପିଲାଛୁଆଙ୍କ ସଂସାର । ତାଙ୍କୁ ସାମାଜିକ କାମରେ ଭେଟୁଥିବା ଲୋକ କହିବେ, ଦେଖ, ଏତେ ବଡ଼ ଅଫିସର କିନ୍ତୁ କେତେ ସାଧାସିଧା । ଯାହା ନାହିଁ ତାହା ଖଣ୍ଡିଏ ପିନ୍ଧିଦଉଛି । ଗୌରାଙ୍ଗ କହିଲା- ଏବେଏବେ ଅବଶ୍ୟ ନୂଆ ନୂଆ ଯୋଗ ଦଉଥିବା ଅଫିସରଙ୍କର ମନୋଭାବ ବଦଳିଗଲାଣି । କିନ୍ତୁ ପୁରୁଣା ଅଫିସରମାନେ ଜାଣିଜାଣି ପୋଷାକ ପିନ୍ଧନ୍ତି ନାହିଁ । କାଳେ କମିଶନର, ସେକ୍ରେଟାରି କିମ୍ବା ମନ୍ତ୍ରୀ ଭାବିବେ, ଦୁର୍ନୀତି କରି ଟଙ୍କା ରୋଜଗାର କରି ଫୁଟାଣି ମାରୁଛି । ଯେଉଁମାନେ ଅଧିକ ଦୁର୍ନୀତିଗ୍ରସ୍ତ, ସେମାନେ ନିଜକୁ ବେଶି ଦୈନ୍ୟ ଦେଖେଇବାକୁ ପ୍ରୟାସ କରନ୍ତି ।

ଶ୍ରାବଣୀ କହିଲା- କିନ୍ତୁ ଏବେ ଯେଉଁମାନେ ଅଫିସର ହେଉଛନ୍ତି ସମସ୍ତଙ୍କର ରୁଚି ଭଲ ହୋଇନପାରେ, କିନ୍ତୁ ସେମାନେ ଦାମୀ ପୋଷାକ ପିନ୍ଧୁଛନ୍ତି । ନିଜକୁ ଦୈନ୍ୟ ଦରିଦ୍ର ଦେଖେଇବାକୁ ଚାହୁଁନାହାନ୍ତି । ମନୋଭାବ ବଦଳିଗଲାଣି ।

ଗୌରାଙ୍ଗ କହିଲା, ତାହାର ଅନ୍ୟ ଗୋଟିଏ କାରଣ ରହିଛି । ଏକଥା ନୁହେଁ ଯେ ସେମାନେ ଦୁର୍ନୀତି କରୁନାହାନ୍ତି, ବରଂ ଖୁବ୍‌ଶୀଘ୍ର ଧନୀ ହେବାକୁ ଗାଡ଼ି, ଘର କରିବାକୁ ଚାହୁଁଛନ୍ତି । ଆଗରୁ ଆମ ସଂସ୍ଥାରେ ବେଶି ଝିଅ ନଥିଲେ, ଆମ ବ୍ୟାଚ୍‌ରେ ମାତ୍ର ଦୁଇଜଣ ଝିଅ ଅଫିସର ଥିଲେ । ଆମେ ଚାକିରିରେ ଯୋଗଦେଲା ବେଳକୁ ଆମ ସଂସ୍ଥାରେ ମହିଳା ଅଫିସରଙ୍କ ସଂଖ୍ୟା ମାତ୍ର ପାଞ୍ଚ, ଛଅ ଜଣ ଥିଲା । ଏବେ ବହୁ ସଂଖ୍ୟାରେ ଝିଅ ଆସୁଛନ୍ତି ଏବଂ ଝିଅଙ୍କ ପାଇଁ ମଧ୍ୟ ଏକ-ତୃତୀୟାଂଶ ଚାକିରିରେ ସଂରକ୍ଷଣ ବ୍ୟବସ୍ଥା ରହିଛି । ସ୍ୱାଭାବିକ, ଝିଅଙ୍କୁ ପ୍ରଭାବିତ କରିବାକୁ ପୁରୁଷ ଅଫିସରମାନେ ଚଇନିଚିକ୍କଣ ହେବାକୁ ଚାହୁଁଛନ୍ତି ।

ଶ୍ରାବଣୀ ଓଠ ଚିପି ହସିଲା, ତା'ର ଆଖି ଦୁଇଟି ଚମକିଲା । ସେ ବହୁତ ସୁନ୍ଦର ଦିଶୁଥିଲା ।

ଶ୍ରାବଣୀ ବିଷୟରେ ଗପନ୍ତି, ପରଚର୍ଚ୍ଚା କ୍ଲବରେ ଚର୍ଚ୍ଚା ହୁଏ । ସୁରେନ୍ଦ୍ର ଜେନା ତାକୁ ଦିନେ କହୁଥିଲା, ଶ୍ରାବଣୀର ତା' ସ୍ୱାମୀ ସହିତ ପଡ଼େନାହିଁ । ଘରେ ବହୁତ ଦିନ

ଝଗଡ଼ା କରି ସେ ଆସିଥାଏ । ଅଫିସ୍‌ରେ ପହଞ୍ଚି ସେ ଖାଇବା ମଗାଏ । ଆଲୋଚନା ହୁଏ, ସେ ପ୍ରେମ ବିବାହ କରିଛି, ତା'ର ସ୍ୱାମୀ ବ୍ଲକ୍‌ରେ ୱେଲଫେୟାର ଅଫିସର୍ ।

ଶ୍ରାବଣୀ ବିଷୟରେ ଯାହା ଶୁଣାଯାଏ, ସେସବୁ ସତ ହୋଇପାରେ। କିନ୍ତୁ ସୁନ୍ଦରୀ ଝିଅଟିଏ ଉପରେ ଚର୍ଚ୍ଚା ହୁଏ, ପୁରୁଷ ପ୍ରଧାନ ସମାଜରେ ବିଶେଷତଃ ଅଫିସ୍‌ରେ ଝିଅଟିଏ ଯଦି ଭଲକାମ କଲା, ତା'ର ବଶଂବଦ, ବିନୟୀ ଭାବ ରହିଲା ନାହିଁ, ପୁରୁଷ ଠାରୁ ସେ ଯଦି ଅଧିକ ଦକ୍ଷ ଓ ସକ୍ଷମ ହୋଇପାରିଲା, ତାକୁ ଅଫିସ୍‌ରେ କେହି ସହିପାରିବେ ନାହିଁ । ତା' ବିଷୟରେ ଗପିବେ, ତିଳକୁ ତାଳ କରିବେ, ମନଗଢ଼ା କାହାଣୀ ରଚିବେ । ଯେତେ ଆଇନ ହେଲେ କ'ଣ ହେବ, ଲୋକଙ୍କ ମନୋଭାବ ବଦଳିବ ନାହିଁ। ଶ୍ରାବଣୀ ଆଇନ ଅନୁସାରେ ଏବଂ ତା'ର ବିବେକାନୁଯାୟୀ କାମ କରେ, ସେ କାହା କଥା ଶୁଣେ ନାହିଁ । ସେମାନଙ୍କର ଅହଂକୁ ଆଘାତ ପହଞ୍ଚେ । ସେମିତି ସୁଜାତା ପରମାଣିକ । ସୁଜାତା ଯଦି ସୁରେନ୍ଦ୍ର ଜେନାଙ୍କ ସହ କର୍ମଚାରୀଙ୍କୁ ହସ କଥା ପଦେ କହୁଥା'ନ୍ତା, ଦେଖିଲେ ନମସ୍କାରଟିଏ କରୁଥାନ୍ତା, ତାକୁ ସମସ୍ତେ ଭଲ ଝିଅଟିଏ କହୁଥାନ୍ତେ । କମିଶନର କିମ୍ବା ପରମାନନ୍ଦକୁ ବିରୋଧ ନକରି ତା' ପାଇଁ ସମର୍ଥନ କରୁଥାନ୍ତେ । ବରଂ ଅନୁରୋଧ କରୁଥାନ୍ତେ, ସାର୍ ଆଜିକାଲି ଚାକିରି ସମସ୍ୟା ଯାହା, ଝିଅଟିଏ ଅଛି ତ ଅଛି ରହିଥାଉ । ସେହି ସୁରେନ୍ଦ୍ର ଜେନା ଗୌରାଙ୍ଗଙ୍କୁ କହୁଥାନ୍ତା, ଏଠି ସାର୍, କିଏ ଭଲ, ଆପଣ ତ ଦେଖୁଥିବେ, କମିଶନର, ଆଡିସନାଲ୍ କମିଶନରଙ୍କୁ, କେମିତି ଅର୍ଥ ଅପଚୟ କରୁଛନ୍ତି, କ୍ଷମତାର ଅପବ୍ୟବହାର କରି ସରକାରଙ୍କର କ୍ଷତି କରୁଛନ୍ତି, ଦେଖୁନାହାନ୍ତି ପ୍ରମୋଦ ସାହୁକୁ, କେମିତି ଖାଇଖାଇ ଟିଙ୍କ ପରି ହୋଇଗଲାଣି । ସୁଜାତାର ଦୋଷ କ'ଣ ? ସେ ନିଜେନିଜେ ନିଜ ମନରୁ ଭାବି ଯାହା କରିଛି । ଆମ ସଂସ୍ଥାରେ ତାକୁ କେହି କିଛି ତ କାମ ଦେଉନାହାନ୍ତି, କାମ ଦେଇ ଦେଖନ୍ତୁ, ସେ କାମ କରିଦେଉଛି କି ନାହିଁ ।

ସୁଜାତା ପରମାଣିକର ବି ସେହି ଅଭିଯୋଗ। ତାକୁ ଯେତିକି କାମ ଦେଇଛନ୍ତି, ସେ କରିଦେଇଛି । ସଂସ୍ଥାର କେହି ତାକୁ କ'ଣ କହିବ, କୋଉ କାମ କରିବ, ନିର୍ଦ୍ଦେଶ ଦେଇନାହାନ୍ତି । ଯାହା କାମ କରିଛି, ସେହି ସମୟରେ ଥିବା କର୍ତ୍ତୃପକ୍ଷ କିମ୍ବା କମିଶନର କିଛି ପ୍ରତିକୂଳ ମନ୍ତବ୍ୟ ଦେଇନାହାନ୍ତି । ସେ ହାଇକୋର୍ଟରେ ତା' ପିଟିସନ୍‌ରେ ଦର୍ଶାଇଛି ।

ଗୌରାଙ୍ଗ ଶ୍ରାବଣୀକୁ ଟ୍ରେନିଂ ଇନ୍‌ଷ୍ଟିଚ୍ୟୁଟରେ ଛାଡ଼ି ଦେଇ ଅର୍ଥ ବିଭାଗକୁ ଗଲା । ଶ୍ରାବଣୀକୁ କହିଲା, ଆମର ମିଟିଂ ବାରଟାରେ ଅଛି, ଗୋଟାଏ ଭିତରେ ସରିଯିବ । ତୁମର ବୋଧହୁଏ ଟ୍ରେନିଂ ସେତିକିବେଳେ କିମ୍ବା ସାଢ଼େ ଗୋଟାଏ ବେଳକୁ ସରିବ । ମୁଁ ଆସିବି, ସାଙ୍ଗହୋଇ ଫେରିବା ।

ଗୌରାଙ୍ଗର ମିଟିଂ ସାଢ଼େ ବାରଟା ବେଳକୁ ସରିଗଲା । ସେ କିଛି ସମୟ ଅର୍ଥ ବିଭାଗରେ କାମ କରୁଥିବା ତା'ର ସାଙ୍ଗମାନଙ୍କ ସହିତ ଗପସପ କଲା । ଭାବିଥିଲା ଗୋଟାଏ ବେଳକୁ ମଧ୍ୟାହ୍ନ ଭୋଜନ କରିବ ଏବଂ ଶ୍ରାବଣୀ ପାଖକୁ ଯିବ । ଶ୍ରାବଣୀର ଟ୍ରେନିଂ ସରିବ ସାଢ଼େ ଗୋଟାଏ ବେଳେ । ପର ମୁହୂର୍ତ୍ତରେ ଭାବିଲା, ଟ୍ରେନିଂରେ ମଧ୍ୟାହ୍ନଭୋଜନ ବ୍ୟବସ୍ଥା ହୋଇନଥାଇପାରେ । ଯେହେତୁ ସାଢ଼େ ଗୋଟାଏ ଭିତରେ ଟ୍ରେନିଂ ସରୁଛି, ନିଜେନିଜେ ନିଜ ବ୍ୟବସ୍ଥାରେ ମଧ୍ୟାହ୍ନଭୋଜନ କରିବେ । ତେଣୁ ସେ ଚିନ୍ତା କଲା, ଯଦି ଟ୍ରେନିଂରେ ମଧ୍ୟାହ୍ନଭୋଜନ ବ୍ୟବସ୍ଥା ହୋଇନଥାଏ ତେବେ ଦୁହେଁ ରେସ୍ତୋରାଁରେ ଖାଇଦେବେ । ଯଦି ସେଠି ତାଙ୍କ ପାଇଁ ମଧ୍ୟାହ୍ନଭୋଜନ ବ୍ୟବସ୍ଥା ହୋଇଥିବ, ତେବେ ସେ ଯାହା ତାହା କିଛି ଖାଇଦେଇ ମଧ୍ୟାହ୍ନଭୋଜନ କାମ ଚଳେଇଦେବ ।

ଶ୍ରାବଣୀର ଟ୍ରେନିଂରେ ମଧ୍ୟାହ୍ନଭୋଜନ ବ୍ୟବସ୍ଥା ହୋଇନଥିଲା । ଦୁହେଁ ଗୋଟେ ରେସ୍ତୋରାଁକୁ ଖାଇବାକୁ ଗଲେ ଏବଂ ଖାଇବା ବରାଦ କଲେ । ରେସ୍ତୋରାଁର ପିଲାଟି ପ୍ରଥମେ ସାଲାଡ ଓ ପାମ୍ପଡ଼ ଥୋଇଦେଇ, ଖାଇବା ପ୍ରସ୍ତୁତ କରି ଆଣିବାକୁ ଚାଲିଗଲା। ପାମ୍ପଡ଼ ଖଣ୍ଡେ ପାଟିରେ ପକେଇ ଗୌରାଙ୍ଗ ପଚାରିଲା, ତୁମର କ'ଣ ପ୍ରେମ ବିବାହ ?

ଶ୍ରାବଣୀ କହିଲା- ସେ'ଟାକୁ କିଏ ପ୍ରେମ କରି ବାହାହେବ ?

ଶ୍ରାବଣୀର ପାଟିରୁ ହଠାତ୍ ବାହାରିପଡ଼ିଲା, ସେ ପ୍ରଶ୍ନକୁ ଚିନ୍ତା କରି ଉତ୍ତର ଦେଇନଥିଲା, ଗୌରାଙ୍ଗକୁ ମଜାଲାଗିଲା । ପରମୁହୂର୍ତ୍ତରେ ଶ୍ରାବଣୀ ସଚେତନ ହୋଇ କହିଲା, ଆମ ବାହାଘର ଘଟକ ମାଧ୍ୟମରେ ହୋଇଥିଲା, ପ୍ରସ୍ତାବ ପଡ଼ିଥିଲା, ଜାତକ ମେଳ କରାଯାଇଥିଲା, ସମ୍ପୂର୍ଣ୍ଣ ପାରମ୍ପରିକ ବାହାଘର ।

ଗୌରାଙ୍ଗ କହିଲା- ତୁମର ସ୍ୱାମୀ ୱେଲଫେୟାର ଏକ୍ସଟେନସନ ଅଫିସର, ତୃତୀୟ ଶ୍ରେଣୀ କର୍ମଚାରୀ, ତୁମେ ଦ୍ୱିତୀୟ ଶ୍ରେଣୀ ଅଫିସର, ତେଣୁ ସେଥିପାଇଁ ଲୋକେ ଭାବୁଛନ୍ତି, ପ୍ରେମ ବିବାହ ହୋଇଥିବ। ସାଧାରଣତଃ ଘରେ ଝିଅ ପାଇଁ ବର ଖୋଜୁଥିଲେ, କିମ୍ବା ପୁଅ ପାଇଁ ବୋହୂ ଖୋଜୁଥିଲେ, ଝିଅଠାରୁ ପୁଅ ତଳଶ୍ରେଣୀରେ ଥିବାବେଳେ କେହି ପସନ୍ଦ କରନ୍ତି ନାହିଁ କିମ୍ବା ବାହାଘର କରନ୍ତି ନାହିଁ।

ରେସ୍ତୋରାଁର ପିଲାଟି ଖାଇବା ନେଇ ଆସିଲା ଏବଂ ଦୁହିଁଙ୍କ ପ୍ଲେଟରେ ପରଶି ଦେଲା। ଶ୍ରାବଣୀ କହିଲା ଆମର ବାହାଘର ବେଳକୁ ମୁଁ ଶିକ୍ଷକତା କରୁଥିଲି ଏବଂ ସେ ବ୍ଲକରେ ୱେଲଫେୟାର ଏକ୍ସଟେସନ୍ ଅଫିସର ଥିଲେ। ଆମ ଦୁହେଁ ଓପିଏସ୍‌ପି ପରୀକ୍ଷା ଦେଇଥିଲୁ । ମୋର ଓଏଫ୍‌ଏସ୍ ହୋଇଗଲା, ସେ ସେଇଠି ରହିଗଲେ।

ଶ୍ରାବଣୀର ବାପା ପ୍ରାଥମିକ ବିଦ୍ୟାଳୟର ଶିକ୍ଷକ, ମା' ଗୃହିଣୀ। ତା'ର ଆଉ

ଗୋଟିଏ ଭଉଣୀ, ଗୋଟିଏ ଭାଇ, ତିନି ଭାଇଭଉଣୀ ଭିତରେ ସେ ବଡ଼ । ସେ ଦେଖିବାକୁ ସୁନ୍ଦର, ଭଲ ପାଠ ପଢୁଥିଲା । ଏମ୍.ଏ ପାସ୍ କଲା ପରେ ସେ ତାଙ୍କ ଗାଁ ପାଖ ସହରରେ ଗୋଟିଏ ଇଂରେଜି ମାଧ୍ୟମରେ ପଢ଼ାଯାଉଥିବା ସ୍କୁଲରେ ଶିକ୍ଷକତା କରୁଥିଲା ଏବଂ ଅନ୍ୟ ଚାକିରି ପାଇଁ ପ୍ରସ୍ତୁତି କରୁଥିଲା । ସେହି ସମୟରେ ଏହି ବିବାହ ପ୍ରସ୍ତାବ ଆସିଥିଲା । ସେ ଏତେ ଶୀଘ୍ର ବାହାହେବାକୁ ଚାହୁଁନଥିଲା । କିନ୍ତୁ ତା'ର ବାପା କହିଲେ, ଭଲ ପ୍ରସ୍ତାବଟିଏ ଆସିଛି, ସେମାନେ ଝିଅକୁ ଦେଖି ରାଜି ଅଛନ୍ତି ତ, ବାହାଘର କରିଦେବା । ପ୍ରାଥମିକ ବିଦ୍ୟାଳୟର ଶିକ୍ଷକ ପାଇଁ ବ୍ଲକରେ ଜଣେ ସରକାରୀ ଅଫିସର ତାଙ୍କ ଝିଅ ପାଇଁ ଗୋଟେ ଭଲ ପ୍ରସ୍ତାବ । ଶ୍ରାବଣୀର ସାନଭାଇ ଭଲ ପଢୁଥିଲା ଏବଂ ସେ ଡାକ୍ତରୀ ପଢ଼ିବାକୁ ଚାହୁଁଥିଲା । ଦୁଇ ଭଉଣୀଙ୍କ ପରେ ସାନ ଭାଇ । ବାପା ଚାହୁଁଥିଲେ ପ୍ରଥମ ଝିଅର ବାହାଘର କରିଦେଲେ, ଗୋଟିଏ ଦାୟିତ୍ୱ ଯିବ । ଆଉ ଗୋଟିଏ ଝିଅର ବାହାଘର ଏବଂ ପୁଅ ଡାକ୍ତରୀ ପଢ଼ିଲେ, ଅଧିକ ଖର୍ଚ୍ଚ । ଗାଁରେ ଜଣେ ଶିକ୍ଷକଙ୍କ ଘରେ ବଢ଼ିଥିବା ଶ୍ରାବଣୀ ଶୃଙ୍ଖଳା ଭିତରେ ରହିଥିଲା । ବାପା ମା' ଚାପ ପକେଇଲେ ଏବଂ ବିବାହ ବିରୁଦ୍ଧରେ ତା'ର ପ୍ରତିବାଦ ଦୁର୍ବଳ ଥିଲା ।

ସେହି ସମୟରେ ଶ୍ରାବଣୀ ମଧ୍ୟ ଗୋଟିଏ ମାନସିକ ଆଘାତ ପାଇଥିଲା । ସେ ଗୋଟିଏ ପିଲାକୁ ଭଲ ପାଉଥିଲା । ସେହି ପିଲାଟି ତା' ମାମୁଘର ଗାଁର, ତା'ର ମା'ର ପିଲାଦିନ ସାଙ୍ଗର ପୁଅ । ପ୍ରାୟ ପ୍ରତିବର୍ଷ ଶ୍ରାବଣୀ ମା' ସହିତ ମାମୁଘରକୁ ଯାଉଥିଲା । ତା' ମା' ଓ ତା'ର ସାଙ୍ଗ କଥାବାର୍ତ୍ତା ହୁଅନ୍ତି ଏବଂ ବହୁ ସମୟରେ ତା' ମା' କୁହେ, ତୋ' ପୁଅ ସହିତ ମୋ' ଝିଅକୁ ବାହା କରିବି । ତା' ମା'ର ସାଙ୍ଗ ଶ୍ରାବଣୀକୁ କୁହେ ତୁ ମୋର ବୋହୂ ହୋଇଆସିବୁ । ଏମିତି ଦୁଇ ସାଙ୍ଗଙ୍କ କଥାବାର୍ତ୍ତା ଭିତରେ ଶ୍ରାବଣୀର ସେହି ପିଲାଟି ସହିତ ପ୍ରେମ ସମ୍ପର୍କ ଗଢ଼ିଉଠିଥିଲା । ପିଲାଟି ଇଞ୍ଜିନିୟରିଂ ବୁର୍ଲାରେ ପଢୁଥିଲା ଏବଂ ଶ୍ରାବଣୀ ଭୁବନେଶ୍ୱରରେ କଲେଜ ଓ ବିଶ୍ୱବିଦ୍ୟାଳୟରେ ପଢ଼ିଲା । ଦିନେ ଦିନେ ବୁର୍ଲାରୁ ସେହି ପିଲାଟି ଶ୍ରାବଣୀକୁ ଭୁବନେଶ୍ୱର ଦେଖା କରିବାକୁ ଆସୁଥିଲା, ଦୁହେଁ ଖଣ୍ଡଗିରି, ଉଦୟଗିରି କିମ୍ବା ନନ୍ଦନକାନନ ବୁଲିବାକୁ ଯାଉଥିଲେ । ସାଙ୍ଗହୋଇ ଫିଲ୍ମ ଦେଖୁଥିଲେ । କିନ୍ତୁ ସେହି ପିଲାଟି ପୁନେରେ ଗୋଟିଏ କମ୍ପାନୀରେ ଯୋଗ ଦେଲା ପରେ ସେହି କମ୍ପାନୀରେ ତା' ସହିତ କାମ କରୁଥିବା ଝିଅଟିକୁ ବାହାହୋଇଗଲା । ବେଶ୍ କିଛିଦିନ ଶ୍ରାବଣୀ ଲୁଚିଲୁଚି କାନ୍ଦିଥିଲା । ସେହି ସମୟରେ ଯେତେବେଳେ ବାହାଘର ପ୍ରସ୍ତାବ ଆସିଲା, ସେ ବେଶି ବିରୋଧ କଲାନାହିଁ, ବାହା ହେବାକୁ ରାଜିହୋଇଯାଇଥିଲା ।

ତାଙ୍କ ଠାରୁ କିଛି ଦୂରରେ ଗୋଟିଏ ଟେବୁଲ ପାଖରେ ଚାରିଜଣ ବସିଥିଲେ, ଦୁଇଜଣ ପୁଅ ଓ ଦୁଇଜଣ ଝିଅ । ଝିଅ ଦୁଇଜଣ ଜିନ୍ ପେଣ୍ଟ ସହିତ ଟପ୍ ପିନ୍ଧିଥିଲେ ଏବଂ ତାଙ୍କ କଡ଼କୁ ବସିଥିବା ଝିଅଟିର କଟି ଓ ନାଭି ଅନାବୃତ୍ତ ଥିଲା । ଟେବୁଲ ଉପରେ ବିୟର ବୋତଲ ଏବଂ ସମସ୍ତଙ୍କ ସାମ୍ନାରେ ବିୟର ଭର୍ତ୍ତି ଗ୍ଲାସ । ସେମାନେ ଢ଼ୋକେଢ଼ୋକେ ବିୟର ପିଇବା ସହିତ ଗପସପ କରୁଥିଲେ ।

ଗୌରାଙ୍ଗ ଭାବୁଥିଲା, ଏହି କିଛିବର୍ଷ ଭିତରେ ଯେମିତିକି ସମାଜରେ ହଠାତ୍ ପରିବର୍ତ୍ତନ କଟୁଥିଲା । ନବେ ଦଶକର ଉଦାରୀକରଣର ନୀତିର ପ୍ରଭାବ, ଯୁବକ ଯୁବତୀଙ୍କର ଆତ୍ମବିଶ୍ୱାସ ବଢ଼ିଯାଇଥିଲା । ରୋଜଗାର କରୁଥିଲେ, ଖର୍ଚ୍ଚ କରୁଥିଲେ । ସାମାଜିକ ଶୃଙ୍ଖଳା ହୁଗୁଳି ଯାଉଥିଲା । ଗୌରାଙ୍ଗ ସେମାନଙ୍କୁ ଦେଖେଇ ପଚାରିଲା- ତୁମେ ଏମିତି କରିପାରିବ ?

ଶ୍ରାବଣୀ ନାକଟେକି କହିଲା- ମଦ ? କେବେ ନୁହେଁ ।

ଗୌରାଙ୍ଗ କହିଲା- ମୁଁ ମଦ ପିଇବା କଥା କହୁନି । ମୁକ୍ତି । The sense of freedom they have.

ଶ୍ରାବଣୀ ଗୋଟେ ନିପଟ ମଫସଲ ଗାଁରେ ପିଲାଦିନ କଟେଇଛି ତା' ମା' ଏବେ ବି ମୁଣ୍ଡରେ ଓଢ଼ଣା ନଦେଲେ ପଦାକୁ ବାହାରେ ନାହିଁ । ମାମୁଘରକୁ କେବେ ଏକା ଯାଏନାହିଁ । ଆଗରୁ ମାମୁ ମା'କୁ ଘରକୁ ନେବାକୁ ଆସୁଥିଲେ, ପରେ ମାମୁ ପୁଅ ଆସିଲା । ପାଠପଢିଲେ ବି ଝିଅଟିଏ କେତେଦୂର ଯାଇପାରିବ, ଗୋଟିଏ ରେଖା ଟଣା ହୋଇଥାଏ, ସେହି ଲକ୍ଷ୍ମଣରେଖାକୁ ଡେଇଁବାକୁ ସାହସ ହୁଏନି । ସେ ଅବଶ୍ୟ ଭୁବନେଶ୍ୱରରେ କଲେଜ ଓ ବିଶ୍ୱବିଦ୍ୟାଳୟରେ ପାଠ ପଢ଼ିଛି । କିନ୍ତୁ ନିଜ ଗାଁରେ ନିଜ ପିଲାଦିନ ସେ ଯେପରି କଟେଇଛି, ଯୋଉ ପରିବେଶ, କଟକଣା ଭିତରେ ବଢ଼ିଛି, ସେଥିରୁ ମୁକ୍ତି ପାଇବ ତା' ପାଇଁ ସହଜ ନୁହେଁ। ସେ ପ୍ରେମ କରୁଥିଲା, ପ୍ରେମ କଲାବେଳେ କିଛିଟା ସାହସୀ ସେ ହୋଇଥିଲା, ଲକ୍ଷ୍ମଣରେଖା ଡେଇଁବାକୁ ସାହସ କରୁଥିଲା । ତଥାପି ପ୍ରେମିକ ସାଙ୍ଗରେ ଲୁଚି ସମସ୍ତଙ୍କୁ ଲୁଚେଇ, ସେ ଥରେ ନନ୍ଦନକାନନ, ଥରେ ଉଦୟଗିରି ଏବଂ ଦୁଇଥର ସିନେମା ଯାଇଥିଲା । ତାହା ମଧ୍ୟ ତା'ର ପ୍ରେମିକକୁ ତା' ପରିବାର ଲୋକେ ଜାଣିଥିଲେ, ତା' ମା' ତା' ପ୍ରେମିକର ମା' ସହିତ ଦୁହିଁଙ୍କ ବିବାହ ପାଇଁ କଥାବାର୍ତ୍ତା କରୁଥିଲେ । କିନ୍ତୁ ସମସ୍ତଙ୍କ ସାମ୍ନାରେ, ଯେମିତି ଦୁଇଟି ଝିଅ, ଦୁଇଟି ପୁଅ ସାଙ୍ଗରେ ରେଷ୍ଟୋରାଁରେ ବିୟର ଗ୍ଲାସ ଧରି ଆଲୋଚନା କରୁଛନ୍ତି । ସେ ସେମିତି କରିପାରିବ ବୋଲି ଚିନ୍ତା ମଧ୍ୟ କରିପାରୁନଥିଲା । ଅବଶ୍ୟ ଏବେ ତା'ର ଅର୍ଥନୈତିକ ସ୍ୱାଧୀନତା ଅଛି, ନିଜ ଦରମା ପାଉଛି, ଅଫିସ୍‌ରେ

ନିଜ କାମ ନିଜେ କରୁଛି, ନିଜ ଦାୟିତ୍ୱ ନିଜେ ସମ୍ପାଦନ କଲାବେଳେ କାହାଦ୍ୱାରା ପ୍ରଭାବିତ ହେଉନି କିମ୍ବା ପ୍ରଭାବିତ କରିବାକୁ କାହାକୁ ପ୍ରଶୟ ଦେଉନି । ସେ ମଦ କେବେ ପିଇନାହିଁ, ଯଦି ଚାହିଁବ, ତେବେ ଏମିତି ଖୋଲାଖୋଲି ରେସ୍ତୋରାଁରେ ଅନ୍ୟମାନଙ୍କ ସାମ୍ନାରେ, ଅଚିହ୍ନା ଲୋକ ହେଲେ ବି ସେ ପିଇପାରିବ ତା'ର ସେ ବିଶ୍ୱାସ ଆସୁନଥିଲା । ସେ ଗୌରାଙ୍ଗଙ୍କୁ କହିଲା- ବୋଧହୁଏ କରିପାରିବି ନାହିଁ, ମୋର ସେପରି ସାହସ ନାହିଁ ।

ସେମାନେ ଖାଇସାରିଲେ, ରେସ୍ତୋରାଁ ପିଲାଟି ବିଲ୍ ଆଣିବାକୁ ଅପେକ୍ଷା କରିଥିଲେ । ଗୌରାଙ୍ଗ ସେହି ଦୁଇ ପୁଅ ଓ ଦୁଇ ଝିଅଙ୍କୁ ଚାହିଁଥିଲା । ସେମାନଙ୍କର ଆଲୋଚନା ତା' କାନରେ ପଡୁଥିଲା, ସେମାନେ ଗୋଟିଏ ବହି ଉପରେ ଆଲୋଚନା କରୁଥିଲେ । ଝୁମ୍ପା ଲାହିରୀଙ୍କର ଇଣ୍ଟରପ୍ରିଟର ଅଫ୍ ମାଲାଡିଜ୍ । ସେହି ବହି ସଦ୍ୟ ପୁଲିଜର ପ୍ରାଇଜ୍ ପାଇଥିଲା ଏବଂ ସେହି ବହି ଓ ଲେଖିକାଙ୍କ ସମ୍ପର୍କରେ ପତ୍ରପତ୍ରିକା ଖବରକାଗଜରେ ଆଲୋଚିତ ହେଉଥିଲା । ଶ୍ରାବଣୀ ପଚାରିଲା- ଆପଣ ବାହା ହେଉନାହାନ୍ତି କାହିଁକି ?

ଏଗାର ବର୍ଷ ଅଫିସର ଚାକିରି କରିସାରିଲା ପରେ ମଧ୍ୟ ଗୌରାଙ୍ଗ ବାହାହେଉନି । ଏହି ଚାକିରିରେ ପଶିବା ପୂର୍ବରୁ ସେ ମଧ୍ୟ ତିନିବର୍ଷ ଅଧ୍ୟାପନା କରିଥିଲା, ଅବଶ୍ୟ ଗୋଟିଏ ଘରୋଇ ମହାବିଦ୍ୟାଳୟରେ । ପାଠପଢ଼ା, ଚାକିରି ଏବଂ ତା'ପରେ ବାହାଘର । ସାଧାରଣତ ଏମିତି ହୁଏ । ତେଣୁ ସେ ବାହା ହେଉନଥିବାରୁ ଅନେକ ତାକୁ ଏବେ ଏହି ପ୍ରଶ୍ନ ପଚାରୁଛନ୍ତି । ପରଚର୍ଚ୍ଚା କ୍ଲବରେ ତା' ବିଷୟରେ ଆଲୋଚନା ହୁଏ, ତା' ବିଷୟରେ ଅନେକ ମନଗଢ଼ା କାହାଣୀ ଶୁଣାଯାଏ । ତା' କାନରେ ପଡ଼େ, ସେ ଶୁଣେ, ହସିଦିଏ ।

ବାହାଘର ପାଇଁ ସେ ଚାକିରି କଲା ପରେ ପ୍ରସ୍ତାବ ଆସୁଥିଲା, ଏପରିକି ସେ ଘରୋଇ ମହାବିଦ୍ୟାଳୟରେ ଅଧ୍ୟାପକ ଥିଲାବେଳେ । ସେ ଏତେ ଶୀଘ୍ର ବାହାହେବାକୁ ଚାହୁଁନଥିଲା । ତା'ର ଅନେକ ସ୍ୱପ୍ନ ଥିଲା, କିଛି କରିବାକୁ ଚାହୁଁଥିଲା, ତେଣୁ ହଠାତ୍ ବିବାହ ବନ୍ଧନରେ ବାନ୍ଧି ହୋଇଯିବାକୁ ସେ ଚାହୁଁନଥିଲା । ଘରେ ବାହାହେବାକୁ ବାଧ୍ୟ କରୁଥିଲେ । କିଛି ପ୍ରସ୍ତାବ ତା' ମନକୁ ଯାଉନଥିଲା, ସେ ମନା କରୁଥିଲା । ସେ ଯେମିତି ଝିଅ ଚାହୁଁଥିଲା, ପ୍ରସ୍ତାବ ଆସୁଥିବା ଝିଅଙ୍କ ପାଖରେ କିଛି ନା କିଛି ଉଣା ରହିଯାଉଥିଲା ।

ସେମାନେ ଦୁଇ ଭାଇ। ବଡ଼ଭାଇ ବାହାହୋଇଗଲେ । ସେ ଘରେ ରୁହନ୍ତି, ଚାଷକାମ ବୁଝାବୁଝି କରନ୍ତି। ତା' ସହିତ ଗାଁରେ ମଧ୍ୟ ପିଲାଙ୍କ ପାଇଁ ବହିଖାତା,

ଷ୍ଟେସନାରୀ ଦୋକାନଟିଏ ଦେଇଛନ୍ତି । ସେ ବାହାଘର ପାଇଁ ରାଜି ହେଉନଥିବାରୁ ପ୍ରସ୍ତାବ ସବୁ ଭାଙ୍ଗିଯାଉଥିବାରୁ ଆଉ ପ୍ରସ୍ତାବ ମଧ୍ୟ ଆସୁନଥିଲା । ଘରେ ମଧ୍ୟ ତା' ବାହାଘର ପାଇଁ ବାଧ୍ୟ କଲେ ନାହିଁ । ଏମିତି ସେ ରହିଗଲା । ଏକା ଏକା ଚଳିବାରେ ସେ ଅଭ୍ୟସ୍ତ ହୋଇଯାଇଥିଲା । ଅଫିସ୍‌ରୁ ଆସିବା, ପଢ଼ିବା, ମନହେଲେ ବୁଲିବା, ହଠାତ୍ କୁଆଡ଼କୁ ଚାଲିଯିବା । କାହାର ଅନୁମତି ନେବାରେ ନାହିଁ, କାହାକୁ ପଚାରିବାକୁ ନାହିଁ, କେହି ତାକୁ ଅପେକ୍ଷା କରୁନାହାନ୍ତି, କେହି ତା' ପାଇଁ ଚିନ୍ତିତ ନୁହଁନ୍ତି । ଏଭଳି ଏକ ଜୀବନ ସହିତ କେହି ତା' ଜୀବନରେ ଅନୁପ୍ରବେଶ କରୁ ସେ ଚାହୁଁନଥିଲା । କିନ୍ତୁ ଯୋଉଦିନ ସେ ଶ୍ରାବଣୀକୁ ପରମାନନ୍ଦ ଶତପଥୀ ରୁମ୍‌ରେ ଦେଖିଲା, ସେ ଚମକି ପଡ଼ିଲା, ହଠାତ୍ ଦୋହଲିଗଲା, ବିଚଳିତ ହୋଇପଡ଼ିଲା, ଅସ୍ଥିରବୋଧ କରୁଥିଲା । ଏପର୍ଯ୍ୟନ୍ତ ତା'ର ଅସ୍ଥିରତା ଯାଇନଥିଲା, ସେ ସନ୍ତୁଳିତ ହୋଇପାରୁନଥିଲା । ଶ୍ରାବଣୀର ପ୍ରଶ୍ନରେ ସେ ଉତ୍ତର ଦେଉନଥିଲା, ହସିଦେଲା ।

ଆପଣଙ୍କର ମନପସନ୍ଦର ଝିଅ କ'ଣ ମିଳୁନାହାନ୍ତି ? ଶ୍ରାବଣୀ ପଚାରିଲା ।

ଗୌରାଙ୍ଗ କହିଲା- ମୁଁ ଜଣଙ୍କୁ ଭେଟିଛି, ସେ ମୋ ମନକୁ ଆଲୋଡ଼ିତ କରୁଛି, କିନ୍ତୁ ମୁଁ ତାଙ୍କୁ କହିବା ସମ୍ଭବ ହେଉନି ।

କିଏ ସେ, ମୁଁ ତାଙ୍କୁ ଜାଣିପାରିବି ? କୌତୁହଳୀ ହୋଇପଡିଲା ଶ୍ରାବଣୀ । ରେଷ୍ଟୋରାଁ ପିଲାଟି ବିଲ୍ ନେଇ ପହଞ୍ଚିଲା, ଗୌରାଙ୍ଗ ଟଙ୍କା ଦେଲା ଏବଂ ଶ୍ରାବଣୀକୁ କହିଲା, ତୁମେ ।

ଶ୍ରାବଣୀ ଚମକିପଡ଼ିଲା, ସେ ବିଶ୍ୱାସ କରିପାରୁନଥିଲା । ସେ ଗୌରାଙ୍ଗକୁ କିଛି ମୁହୂର୍ତ୍ତ ଚାହିଁଲା । ସେ ଠିକ୍ ଶୁଣିପାରିଛି କି ନାହିଁ ନା ଗୌରାଙ୍ଗ ଆଉ କ'ଣ କହିଲା, ନା ସେ ଭୁଲ୍ ଶୁଣିଛି ସେ ପରଖୁଥିଲା । ଦ୍ୱିତୀୟ ଥର ପଚାରିବାରୁ ସେ ସାହସ କରିପାରୁନଥିଲା । ସେ କିଛି କହୁନଥିଲା । ଗୌରାଙ୍ଗ ମଧ୍ୟ ନିରବ ହୋଇଗଲା । ଦୁହେଁ ରେଷ୍ଟୋରାଁରୁ ଆସିଲେ, ଗାଡ଼ିରେ ବସିଲେ । ଶ୍ରାବଣୀ ଗମ୍ଭୀର ହୋଇଯାଇଥିଲା, ସେ ଯାହା ଶୁଣିଲା ହଜମ କରିବାକୁ ଚେଷ୍ଟା କରୁଥିଲା । ଗୌରାଙ୍ଗ ଯାହା କହିବା କଥା କହିସାରିଥିଲା, ସେହି ଗୋଟିଏ ଶବ୍ଦରେ ତା'ର ସମସ୍ତ ବକ୍ତବ୍ୟ ଥିଲା । ଗୋଟିଏ ଓଜନଦାର ଶବ୍ଦ, ପୃଥିବୀର ସବୁ ଶବ୍ଦର ଓଜନ ଠାରୁ ବି ଅଧିକ । ଶବ୍ଦଟି କହିସାରିଲା ପରେ ଗୋଟିଏ ମସ୍ତବଡ଼ ବୋଝ ତା' ମୁଣ୍ଡରୁ ଓହ୍ଲେଇ ଯାଇଥିଲା ।

କଟକ ପାଖାପାଖି ପହଞ୍ଚିଲା ବେଳକୁ ଚାରିଟା ହୋଇଯାଇଥିଲା । ଆଉ ମାତ୍ର ଘଣ୍ଟାଏ ଅଫିସ୍ । ଅଫିସ୍ ବନ୍ଦ ସମୟ ଦିନ ପାଞ୍ଚଟା । ଅଫିସ୍ ଯିବାକୁ କାହାର ଇଚ୍ଛା ନଥିଲା । କିଛି କହିବାକୁ ଏକ ବେଦନାଦାୟକ ନିରବତା ଭାଙ୍ଗିବାକୁ ସେ ଡ୍ରାଇଭରକୁ କେବଳ କହିଥିଲା ଆଗ ମାଡାମ୍‌ଙ୍କୁ ତାଙ୍କ ଘରେ ଛାଡ଼ିଦେବା ।

ଗୌରାଙ୍ଗ ଘରକୁ ଫେରିଲା । ତା'ର କିଛି କରିବାକୁ ଇଚ୍ଛା ହେଉନଥିଲା । ଖଟରେ ସେ ସେମିତି ପଡ଼ିରହିଲା। କେତେବେଳେ ସୂର୍ଯ୍ୟ ବୁଡ଼ିଯାଇଥିଲେ, ଅନ୍ଧାର ମାଡ଼ିଆସିଥିଲା । ସେ ଖଟରୁ ଉଠି ଛାତ ଉପରେ ବୁଲିଲା, ପ୍ଲାଷ୍ଟିକ୍ ଚେୟାରଟିକୁ ନେଇ ଛାତ ଉପରେ ବସି ଆକାଶକୁ ଚାହିଁଲା । ଆକାଶରେ ଜହ୍ନ ଓ ବାଦଲ ଲୁଚକାଳି ଖେଳୁଥିଲେ । ଛାତ ଉପରେ କେତୋଟି ଫୁଲକୁଣ୍ଡ ଥିଲା, କେତୋଟି ଫୁଲ ଫୁଟିଥିଲା । ସେ ଚିନ୍ତା କରୁଥିଲା, ଯଦି ବାଦଲ ନବର୍ଷେ, କଢ଼ି ନଫୁଟେ, କୋଇଲି ଗୀତ ବୋଲି ନପାରେ, ସେମାନେ କେତେ ଯନ୍ତ୍ରଣା ପାଉଥିବେ । ସେ ଫୁଟି ପାରୁନଥିବା ଫୁଲକଢ଼ି, ବର୍ଷି ପାରୁନଥିବା ବାଦଲ, ଗୀତ ବୋଲିପାରୁନଥିବା କୋଇଲିର ଯନ୍ତ୍ରଣା ଅନୁଭବ କରିପାରୁନି, କିନ୍ତୁ ଶ୍ରାବଣୀ ନିରବ ରହିବା, ମୁହଁରେ ହସ ନଖେଳେଇବାର ଯନ୍ତ୍ରଣା ହୃଦୟଙ୍ଗମ କରିପାରୁନଥିଲା । ତାକୁ କଷ୍ଟ ଲାଗୁଥିଲା ।

ସାତ

ଗୌରାଙ୍ଗ ସକାଳେ ବାଲକୋନୀରେ ବସି ଖବରକାଗଜ ପଢୁଥିଲା । ରବିବାର ଦିନ ପାଇଁ ସେ ପାଞ୍ଚଟି ଖବରକାଗଜ ମଗାଏ, ରବିବାରର ସ୍ୱତନ୍ତ୍ର ପୃଷ୍ଠା ପାଇଁ । ଦୁଇଟି ଇଂରେଜୀ ଓ ତିନିଟା ଓଡ଼ିଆ ଖବରକାଗଜ । ଅନ୍ୟଦିନ ମାନଙ୍କରେ ସେ ଗୋଟିଏ ଇଂରେଜୀ ଓ ଗୋଟିଏ ଓଡ଼ିଆ ଖବରକାଗଜ ପଢ଼େ । ଶନିବାର ଦିନ ଅଫିସ୍‌ରୁ ସେ ଗାଁକୁ ଚାଲିଯାଇଥିଲା, ଫେରୁଫେରୁ ରବିବାର ରାତି ହୋଇଯାଇଥିଲା । ମା' କାକରା ପିଠା କରିଥିଲା, କଟକରେ ସେ ଖାଇବାକୁ ଗୋଟିଏ ଟିଫିନ୍ ବାକ୍ସରେ କିଛି ପିଠା ଦେଇଥିଲା । ରାତିରେ ସେ ଘରେ ପହଞ୍ଚି ଦୁଇଟା ପିଠା ଖାଇଦେଇ ଶୋଇପଡ଼ିଥିଲା । ଆଜି ବି ସକାଳେ ବଳିଥିବା ପିଠା ଜଳଖିଆ କରି ଅଫିସ୍‌କୁ ବାହାରିଯିବ । ରବିବାର ଖବରକାଗଜ ହକର ଦେଇଯାଇଥିଲା, ସେ ପଢ଼ିନଥିଲା । ସକାଳୁ ରବିବାର ଖବରକାଗଜର ସ୍ୱତନ୍ତ୍ର ପୃଷ୍ଠା ସେ ପଢୁଥିଲା । ଯମେଶ୍ୱର ଜେନା ପହଞ୍ଚିଗଲା ।

ଯମେଶ୍ୱର କହିଲା, ତୁମେ ତ ଏବେ ସବୁଦିନ ରେଳଷ୍ଟେସନ ଆଡେ ଯାଉନ, ମୁଁ ଭାବିଥିଲି, ଗତକାଲି ରବିବାର ଥିଲା, ତୁମେ ଆସିବ । କିନ୍ତୁ ତୁମେ ଆସିଲ ନାହିଁ, ତେଣୁ ଆଜି ରେଳଷ୍ଟେସନ ଆଡକୁ ନଯାଇ ତୁମେ ପାଖକୁ ଚାଲିଚାଲି ଆସିଗଲି ।

ଗୌରାଙ୍ଗ ଚା' ପିଉଥିଲା । କହିଲା- ମୁଁ ଗାଁକୁ ଚାଲିଯାଇଥିଲି, ଗତକାଲି ରାତିରେ ଫେରିଲି । ତୁମେ ଚା' ପିଇବ ?

ଯମେଶ୍ୱର କହିଲା- ଚଳିବ । ମୁଁ ଚା' ପିଇନାହିଁ ।

ଗୌରାଙ୍ଗ ଚା' କରିବାକୁ ରୋଷେଇ ଘରକୁ ଗଲା । ଯମେଶ୍ୱର କହିଲା, ତୁମ ପାଖାପାଖି ପ୍ରସନ୍ନ ପାତ୍ର ରହୁଛି । ଅବଶ୍ୟ ମୁଁ ଜାଣିଥିଲି, ସେ ଘର କରୁଥିଲା । ଏପଟକୁ ବହୁତଦିନ ହେବ ଆସିନଥିଲି । ଏବେ ତା' ସ୍ତ୍ରୀକୁ ଦେଖିଲି, ସକାଳ ଚାଲିବା ସାରି ସେ ଫେରୁଥିଲା । ଭେଟ ହୋଇଗଲା ।

ଗୌରାଙ୍ଗ ଯମେଶ୍ୱରକୁ ଚା' ବଢ଼େଇଦେଇ କହିଲା- ସେ ଘରଟା କ'ଣ ପ୍ରସନ୍ନ ପାତ୍ରର ନିଜଘର ?

ଯମେଶ୍ୱର କହିଲା- ହଁ, ତା' ନିଜଘର । ଚାରି ପାଞ୍ଚ ବର୍ଷ ତଳେ ଘର ତିଆରି କରୁଥିଲା । ମୁଁ ପ୍ରସନ୍ନ ପାତ୍ର ଓ ତା' ସ୍ତ୍ରୀକୁ ଭଲଭାବେ ଜାଣେ, ଆମେ ରାଉରକେଲାରେ ଥିଲୁ । ସେମାନେ ସେକ୍ଟରରେ ରହୁଥିଲେ, ମୁଁ ସରକାରୀ କ୍ୱାର୍ଟର୍ସରେ ରହୁଥିଲି । ଆମର ଭୋଜି କିମ୍ୱା ପିକ୍‌ନିକ୍‌ରେ ଦେଖାହେଉଥିଲା । ତା' ସ୍ତ୍ରୀ ବହୁତ ସ୍ମାର୍ଟ, ସୁନ୍ଦର ବି । ଅବଶ୍ୟ ପ୍ରସନ୍ନ ପାତ୍ରର ଭୁବନେଶ୍ୱରରେ ବି ଗୋଟିଏ ଘର ଅଛି, ଭଡ଼ା ଲଗେଇଛି ।

ଗୌରାଙ୍ଗ ପ୍ରସନ୍ନ ପାତ୍ର ଘରକୁ ଯାଇଥିଲା । ମଧ୍ୟାହ୍ନ ଭୋଜନ କରି ଆସିଥିଲା, କିନ୍ତୁ ତାଙ୍କ ଘର ସମ୍ବନ୍ଧରେ କିଛି ଆଲୋଚନା ହୋଇନଥିଲା । ଦୁଇ ମହଲା ଘରଟି, ତଳତାଲା ଭଡ଼ା ଦିଆଯାଇଛି, ଉପର ଘରେ ସେମାନେ ରହୁଛନ୍ତି । ଗୌରାଙ୍ଗ ଭାବିଥିଲା, ବୋଧହୁଏ ତଳଘରେ ଘରମାଲିକ ରହୁଛନ୍ତି, ଉପରେ ଏମାନେ ଭଡ଼ା ନେଇ ରହୁଛନ୍ତି । ଗୌରାଙ୍ଗ କିଛି କହିଲା ନାହିଁ, ସେ ପ୍ରସନ୍ନ ପାତ୍ର ସ୍ତ୍ରୀର ସାଙ୍ଗ, ଦୁହେଁ ଗୋଟିଏ ସ୍କୁଲରେ ପଢୁଥିଲେ । ଏହି କିଛିଦିନ ତଳେ ସେ ତାଙ୍କ ଘରେ ମଧ୍ୟାହ୍ନଭୋଜନ କରିଥିଲା ।

ଯମେଶ୍ୱର କହିଲା- ତା' ସ୍ତ୍ରୀର ସପିଂ କରିବା ସଉକ, ଶାଢ଼ି ଓ ଗହଣା କିଣିବ । ବିଷୟାସକ୍ତ, ଅବଶ୍ୟ ଆମ ବିଭାଗର ଅଧିକାଂଶ ବରିଷ୍ଠ ଅଫିସରଙ୍କ ସ୍ତ୍ରୀ ଏକାପରି । କିନ୍ତୁ ମିସେସ୍ ପାତ୍ର ଟିକେ ଅଧିକ ସ୍ମାର୍ଟ । ଜଣେ ଇନ୍‌ସ୍ପେକ୍ଟର ଅଛି, ଗୋବିନ୍ଦ ମହାନ୍ତି । ଥରେ ସଞ୍ଜବେଳେ ଗୋବିନ୍ଦ ମହାନ୍ତି ଓ ମିସେସ୍ ପାତ୍ରକୁ ଅସଂଗତ ଅବସ୍ଥାରେ ପୁଲିସ ରାଉରକେଲାର ଆଇଜି ପାର୍କରେ ଆବିଷ୍କାର କରିଥିଲା । ଗୋବିନ୍ଦ ମହାନ୍ତି ପୁଲିସକୁ ପାଲାପାଲି କରି ପାଞ୍ଚ ହଜାର ଟଙ୍କା ଦେବାକୁ କହି ଖସିଥିଲା । ଦୁଇହଜାର ଟଙ୍କା ଦେଇଥିଲା, ପରେ ତିନିହଜାର ଟଙ୍କା ଦେବ ବୋଲି କହିଥିଲା । ସେହି ତିନିହଜାର ଟଙ୍କା ସେ ପୁଲିସକୁ ଦେଇନି । ମୁଁ ଭିଜିଲାନ୍ସରେ କାମ କରୁଥିଲାବେଳେ ସେହି ପୁଲିସ ଇନ୍‌ସ୍ପେକ୍ଟର ମତେ ଦିନେ ରାଉରକେଲାର ଆଇଜି ପାର୍କ ଘଟଣା ଗପୁଥିଲା ଏବଂ କହିଲା- ଶଳା ଗୋବିନ୍ଦ ମହାନ୍ତି ଏବେ ବି ମୋର ତିନି ହଜାର ଟଙ୍କା ରଖିଛି । ଗୋବିନ୍ଦ ମହାନ୍ତିର ପାତ୍ରର ସ୍ତ୍ରୀ ସହିତ ଘନିଷ୍ଠତା ରାଉରକେଲାରେ ପ୍ରାୟ ସମସ୍ତେ ଜାଣିଥିଲେ ।

ଅଫିସର ବା ଇନ୍ସପେକ୍ଟରଙ୍କ ବଡ଼ହାକିମଙ୍କର ବ୍ୟକ୍ତିଗତ ଜୀବନ, ତାଙ୍କ ସ୍ତ୍ରୀଙ୍କ ସମ୍ପର୍କରେ ଗପିବା ଗୋଟେ ଅଭ୍ୟାସ । ସ୍ତ୍ରୀ ସୁନ୍ଦରୀ, ସ୍ମାର୍ଟ ହୋଇଥିଲେ ତ ବେଶି ଚର୍ଚ୍ଚା । କିଛିଟା ସତ୍ୟତା ଥାଇପାରେ, କିନ୍ତୁ ଅଧିକାଂଶ ଅତିରଞ୍ଜିତ ଓ ମନଗଢ଼ା । ଅବଶ୍ୟ ସୁପ୍ରଭା ତା'ର ପିଲାଦିନ ସାଙ୍ଗ ଥିଲା, ଯମେଶ୍ୱର ଜାଣିନଥିଲା । କିନ୍ତୁ ଯମେଶ୍ୱର କିମ୍ବା ତା'ରି ପରି ଅନେକ ଅଫିସର ଅଛନ୍ତି, ସେମାନଙ୍କର ଯାହା ପ୍ରକୃତି, ଜାଣିଥିଲେ ବି ଗପିଥାନ୍ତେ । ସେମାନେ ଭାବନ୍ତି, ଅଫିସରଙ୍କର ଜାତି, ଧର୍ମ କିଛି ନାହିଁ, ଅଫିସର ଗୋଟିଏ ସ୍ୱତନ୍ତ୍ର ଜାତି, ସ୍ୱତନ୍ତ୍ର ଗୋଷ୍ଠୀ, ସେମାନଙ୍କର ଭାଇବନ୍ଧୁ କୁଟୁମ୍ବ ନଥାନ୍ତି, ଅଫିସର ଅର୍ଥାତ୍ ଅଫିସର । ସୁପ୍ରଭା ସୁନ୍ଦର, ତା'ର ଏପରି ଜଣଙ୍କ ସହିତ ସମ୍ପର୍କ ଥାଇପାରେ ଗୌରାଙ୍ଗ ବିଶ୍ୱାସ କରିପାରୁନଥିଲା । ଯମେଶ୍ୱର ଯେପରି ଦୃଢ଼ତାର ସହିତ କହୁଥିଲା ସମ୍ପୂର୍ଣ୍ଣ ମିଛ ବୋଲି ମଧ୍ୟ ଗ୍ରହଣ କରିପାରୁନଥିଲା । ହୋଇଥାଇପାରେ, ସ୍କୁଲ କଲେଜରେ ପଢ଼ିଲାବେଳେ ଯାହା ଥାଆନ୍ତି ବା ଯେମିତି ଜଣାପଡ଼ନ୍ତି, ପରେ ବଦଳିଯାଇଥାନ୍ତି । ଗୌରାଙ୍ଗଙ୍କୁ ବିରକ୍ତ ଲାଗିଲା । ସେ ପଚାରିଲା- ତୁମେ କାହିଁକି ଆସିଥିଲ ?

ଗୌରାଙ୍ଗ ଜାଣେ କିଛି କାମ ନଥିଲେ ଯମେଶ୍ୱର ତା' ଘରକୁ ଆସିନଥାନ୍ତା । ଯମେଶ୍ୱର କହିଲା- ଇନ୍ସପେକ୍ଟରଙ୍କର ବଦଳି କମିଟି ହୋଇଛି, ତୁମେ ସେହି କମିଟିର ଅଧ୍ୟକ୍ଷ । ଦୁଇଜଣ ଇନ୍ସପେକ୍ଟର ଚେକ୍‌ଗେଟ୍‌କୁ ବଦଳି ହୋଇଯିବାକୁ ପରମାନନ୍ଦ ଶତପଥୀଙ୍କୁ ଟଙ୍କା ଦେଇଛନ୍ତି, ଶତପଥୀ ତାଙ୍କୁ ପ୍ରତିଶ୍ରୁତି ଦେଇଛି, କରେଇଦେବ । କିନ୍ତୁ ଏବେ ଯୋଉ କମିଟି ଗଢ଼ାଯାଇଛି, ସେହି କମିଟିରେ ସେ ନାହିଁ । ସେମାନେ ଆତଙ୍କିତ । ବଦଳି ହେବନାହିଁ, ଟଙ୍କା ବି ବୁଡ଼ିବ । ଅବଶ୍ୟ ପରମାନନ୍ଦ କହୁଛି, କମିଟି ଯାହା ଅନୁମୋଦନ କଲେ ବି ଫାଇଲ୍ ତା' ପାଖକୁ ଆସିବ । ସେ କରେଇଦେବ । ମୁଁ ଜାଣେ ନୀତିନିୟମ ଅନୁସାରେ ତୁମେ କରିବ । ଯଦି ତୁମେ ଅନ୍ୟ କାହା କଥା ଶୁଣୁଥିବ, ତେବେ ଏହି ଦି'ଜଣଙ୍କର କରିଦେବ । ସେମାନେ ମୋ ପାଖକୁ ସବୁଦିନ ଆସୁଛନ୍ତି ।

ଯମେଶ୍ୱର ତା' ଭୁବନେଶ୍ୱର ଅଫିସ୍‌କୁ ଯିବ । ସେ ପକେଟରୁ କାଗଜ ଖଣ୍ଡିଏ ବାହାର କଲା, ସେଥିରେ ସେହି ଦୁଇ ଇନ୍ସପେକ୍ଟରଙ୍କ ନାମ ଲେଖାଥିଲା । ସେ ତାଙ୍କ ଦୁଇ ଚୌକି ମଝିରେ ଥିବା ପ୍ଲାଷ୍ଟିକ୍ ଷ୍ଟୁଲ ଉପରେ ରଖିଦେଇ, ଚା' ପିଇସାରି ଉଠିଲା ଯିବାକୁ ।

ବିଧାନସଭାରେ ଜଣେ ମନ୍ତ୍ରୀ କହିଥିଲେ, ମନ୍ତ୍ରୀ ଓ ଅମଲାମାନଙ୍କ ପାଇଁ ବଦଳି ଗୋଟିଏ ଶିଳ୍ପ । ଟିକସ ଆଦାୟ କିମ୍ବା ପରିବହନ ସଂସ୍ଥାରେ ଇନ୍ସପେକ୍ଟର ବା ଅଫିସରଙ୍କ ବଦଳି ଏକ ବହୁ ଅର୍ଥକରୀ ଲାଭଜନକ ଶିଳ୍ପ ।

ଅଫିସର, ଇନ୍ସପେକ୍ଟର କିମ୍ବା କର୍ମଚାରୀଙ୍କର ବଦଳି ପ୍ରଶାସନର କାମ ଏବଂ ପ୍ରଶାସନ ଉପବିଭାଗର ଆଡିସନାଲ କମିଶନର ପରମାନନ୍ଦ ଶତପଥୀ । ବଦଳି ସମୟ ଆସିଲେ ତା' ମନ ପ୍ରଫୁଲ୍ଲ ରୁହେ, ରହିବା ସ୍ୱାଭାବିକ । ଇନ୍ସପେକ୍ଟର ବା ଅଫିସର ପରମାନନ୍ଦ ପାଖରେ ପହଞ୍ଚନ୍ତି, ମୁଖ୍ୟତଃ ମଦ ପିଉଥିବା ଏବଂ ମଦ ଯୋଗେଇପାରୁଥିବା ଇନ୍ସପେକ୍ଟରମାନେ ପରମାନନ୍ଦର ଅଧିକ ପ୍ରିୟ । ତା' ଅର୍ଥ ନୁହେଁ ଯେ ଖାଲି ମଦ ଦେଇଦେଲେ କାମ ହୋଇଯିବ, ଲଫାପା ଭିତରେ ମୋଟାଅଙ୍କର ଅର୍ଥ ସହିତ ମଦବୋତଲ । ଇନ୍ସପେକ୍ଟରମାନେ ସବୁ ଆଡିସନାଲ୍ କମିଶନରଙ୍କୁ ଧରାଧରି କରିଥାନ୍ତି, ଯିଏ ଯାହାର ପ୍ରିୟ କିମ୍ବା ଯିଏ ଯାହା ପାଖରେ ପହଞ୍ଚି ପାରିଲା । ଏବେ ତିନି ଆଡିସନାଲ୍ କମିଶନର କମିଶନରଙ୍କର ଘନିଷ୍ଠ ଜଣାଉଛନ୍ତି । ଇନ୍ସପେକ୍ଟରମାନେ ଠିକ୍ ଜାଣିପାରୁନାହାନ୍ତି, କାହା ପାଖରେ ପହଞ୍ଚିଲେ ତାଙ୍କ କାମ ହେବ । ତିନି ଆଡିସନାଲ୍ କମିଶନରଙ୍କୁ କିଛି କିଛି ଇନ୍ସପେକ୍ଟର ଧରାଧରି କରିଛନ୍ତି ।

କମିଶନରଙ୍କ ପାଖରେ ତିନି ଆଡିସନାଲ୍ କମିଶନର ବସିଥାନ୍ତି । ଇନ୍ସପେକ୍ଟରଙ୍କ ବଦଳି ଫାଇଲ ପ୍ରସଙ୍ଗ ଉଠିଲା । ପ୍ରସନ୍ନ ପାତ୍ର କହିଲା, ସାର୍ ଇନ୍ସପେକ୍ଟରଙ୍କ ବଦଳିରେ ବହୁତ ବାଦବିବାଦ ସୃଷ୍ଟିହୁଏ । ମନ୍ତ୍ରୀ, ସେକ୍ରେଟାରୀଙ୍କ ପାଖରେ ପେଟିସନ ପଡ଼େ । ଅଯଥା କମିଶନର ବିବାଦକୁ ଟଣାହୋଇଯାଆନ୍ତି । କମିଶନର ଇନ୍ସପେକ୍ଟରଙ୍କୁ ଜାଣନ୍ତି ନାହିଁ, ବଦଳି ଆଦେଶରେ ସେ ଦସ୍ତଖତ ବ୍ୟତୀତ ପ୍ରାୟ କିଛି କରନ୍ତି ନାହିଁ, କିନ୍ତୁ ମିଛ ପ୍ରଚାର ହୁଏ କମିଶନର ଟଙ୍କା ନେଇ ଅମୁକ ଇନ୍ସପେକ୍ଟରଙ୍କୁ ଚେକ୍‌ଗେଟ୍ କିମ୍ବା ଇଣ୍ଟେଲିଜେନ୍ସକୁ ବଦଳି କରିଛନ୍ତି । ବରଂ ଭଲ ହେବ, ଗୋଟିଏ କମିଟି ଗଢ଼ାଯାଉ, କମିଟିର ଅନୁମୋଦନ ଅନୁଯାୟୀ ବଦଳି ହେବ, କେହି କମିଶନରଙ୍କୁ ନିନ୍ଦା କରିପାରିବେ ନାହିଁ ।

ଶତପଥୀ ଏହି ପ୍ରସ୍ତାବକୁ ବିରୋଧ କରିବାକୁ ଚାହୁଁଥିଲା, କ୍ଷମତା ତା' ହାତରୁ ଖସିଯିବ, କ୍ଷମତା ସହିତ ରୋଜଗାର ମଧ୍ୟ । କିନ୍ତୁ ସେ ତା' ଯୁକ୍ତି କରିଲା ପୂର୍ବରୁ କମିଶନର କହିଦେଲେ, ଭଲ ପ୍ରସ୍ତାବ ସେୟା କରାଯାଉ ।

ପ୍ରମୋଦ ସାହୁ ପ୍ରସନ୍ନ ପାତ୍ରର ଚାଲ୍ ବୁଝିପାରୁଥିଲା । ଯଦି ଆଡିସନାଲ୍ କମିଶନରଙ୍କୁ ନେଇ କମିଟି ଗଢ଼ାହୁଏ, ତେବେ ପ୍ରସନ୍ନ ପାତ୍ର ହିଁ ସେହି କମିଟିର ଅଧକ୍ଷ ହେବ । ସେ ଆଡିସନାଲ କମିଶନର ତିନିଜଣଙ୍କ ଭିତରେ ବରିଷ୍ଠ । କମିଟିରେ କିଏ କିଏ ରହିବେ କମିଶନର ପଚାରିଲା ପୂର୍ବରୁ ପ୍ରମୋଦ ସାହୁ କହିଲା, ଜୁନିଅର ଅଫିସରଙ୍କୁ ନେଇ କମିଟି ଗଢ଼ାଯାଉ । ଆମମାନଙ୍କର କାମ ବହୁତ, କମିଟିରେ ଆମେ ରହିଲେ ସମୟ ଦେବାକୁ ହେବ । ଜୁନିଅର ଅଫିସରଙ୍କୁ ରଖିଲେ ଗୋଟିଏ ସୁବିଧା,

ସେମାନେ ଇନ୍ସପେକ୍ଟରଙ୍କୁ ଜାଣିନାହାନ୍ତି, ପୋଷ୍ଟିଂରେ ପାତରଅନ୍ତର ରହିବ ନାହିଁ । ସେହିପରି କଲେ ବରଂ ଭଲ ହେବ । ଯାହାହେଲେ ବି ନିଷ୍ପତ୍ତି ତ କମିଶନରଙ୍କର । କମିଶନର ଯଦି ଚାହିଁବେ, ସେ ମଧ୍ୟ ବଦଳି ଏପଟସେପଟ କରିଦେଇପାରିବେ ।

କମିଶନର କହିଲା- ଠିକ୍ ଅଛି, କମିଟିରେ କାହାକୁ ରଖିବା ?

ସ୍ଥିରକରାଗଲା କମିଟିରେ ରହିବେ ଗୌରାଙ୍ଗ ବାହୁବଳେନ୍ଦ୍ର, ଶ୍ରାବଣୀ ସାମନ୍ତରାୟ, ଶୁଭେନ୍ଦୁ ମଲ୍ଲିକ ଓ ସନ୍ୟାସୀ ବେହେରା । ଶ୍ରାବଣୀ, ଶୁଭେନ୍ଦୁ ଓ ସନ୍ୟାସୀଙ୍କର ଚାକିରି ମାତ୍ର ତିନିବର୍ଷ, ଟ୍ରେନିଂ ପରେ ସେମାନଙ୍କର ହେଡ ଅଫିସ୍‌ରେ ନିଯୁକ୍ତି, ଗୌରାଙ୍ଗର ଚାକିରି ଏଗାର ବର୍ଷ । ତେଣୁ ଗୌରାଙ୍ଗଙ୍କୁ କମିଟିର ଅଧ୍ୟକ୍ଷ କରାଗଲା । କମିଟି ଗଠନରେ ତିନି ଆଡିସନାଲ୍ କମିଶନରଙ୍କର କିଛି ଆପତ୍ତି ନଥିଲା । ଗୌରାଙ୍ଗ ବ୍ୟତୀତ ଅନ୍ୟ ତିନିଜଣ ବହୁତ କନିଷ୍ଠ, ତାଙ୍କ ଦ୍ୱାରା ସେମାନେ ତାଙ୍କର କାମ କରେଇପାରିବେ । ପନ୍ଦର ଦିନ ଭିତରେ କମିଟି ରିପୋର୍ଟ ଦେବାକୁ ନିର୍ଦ୍ଦେଶ ହେଲା ।

ଗେଜେଟେଡ୍ ସେକ୍ସନର ଉପବିଭାଗ ମୁଖ୍ୟ ସୁରେନ୍ଦ୍ର ଜେନା । ସୁରେନ୍ଦ୍ର ଜେନା ବଦଳି ଫାଇଲ୍ ଆଣି ଗୌରାଙ୍ଗଙ୍କୁ ଦେଲା । ସୁରେନ୍ଦ୍ର ଜେନା ଜଣେ ଅଭିଜ୍ଞ ଓ ଦକ୍ଷ କର୍ମଚାରୀ । ସେ ସବୁ ଇନ୍ସପେକ୍ଟରଙ୍କର ବିବରଣୀ ବାହାର କରି ରଖିଥିଲା, କିଏ କେଉଁଠି କେତେବର୍ଷ ହେଲା ରହିଛି, କାହାର ଅବସର ଦୁଇବର୍ଷରୁ କମ୍ ଅଛି, ଗତ ଦଶବର୍ଷ ଭିତରେ କୋଉ ଇନ୍ସପେକ୍ଟର ଚେକ୍‌ଗେଟ୍ କିମ୍ବା ଇଣ୍ଟେଲିଜେନ୍ସରେ କେତେବର୍ଷ ଥିଲେ ଇତ୍ୟାଦି । ତାହା ସହିତ, କୋଉ ଇନ୍ସପେକ୍ଟର ପାଇଁ ମନ୍ତ୍ରୀ କିମ୍ବା ଏମ୍‌ଏଲ୍‌ଏ ଅନୁମୋଦନ କରିଛନ୍ତି, ସେମାନଙ୍କର ଅନୁମୋଦନ ପତ୍ର ଏବଂ ଇନ୍ସପେକ୍ଟରଙ୍କର ନିଜର ଆବେଦନ ।

କମିଟି ଗଠନର ନୋଟିଫିକେସନ୍ ବାହାରିବା ପରଦିନ କମିଟିର ବୈଠକ ବସିଲା । ଗୌରାଙ୍ଗ କହିଲା- ମନ୍ତ୍ରୀ ଓ ଏମ୍‌ଏଲ୍‌ଏଙ୍କର ଅନୁମୋଦନପତ୍ର ଦେଖିବା ନାହିଁ, ଯେଉଁ ଇନ୍ସପେକ୍ଟର ଆବେଦନ କରିଛନ୍ତି, ଯାହାର ସ୍ୱାସ୍ଥ୍ୟଗତ ସମସ୍ୟା ଅଛି କିମ୍ବା ତା'ର ପିଲା କିମ୍ବା ସ୍ତ୍ରୀ ଅସୁସ୍ଥ, ଯଦି ସେମାନେ ସାଟିଫିକେଟ୍ ଦେଇଛନ୍ତି, ସେମାନଙ୍କୁ ବିଚାରକୁ ନେବା । ସେମାନେ ପ୍ରଥମ ବୈଠକରେ ବଦଳିନୀତି ନିର୍ଦ୍ଧାରଣ କଲେ । ଜଣେ ଗୋଟିଏ ଜାଗାରେ ତିନିବର୍ଷରୁ ଅଧିକ ଥିଲେ ବଦଳି କରାଯିବ, ଛଅବର୍ଷ ଭିତରେ ଚେକ୍‌ଗେଟ୍ କିମ୍ବା ଇଣ୍ଟେଲିଜେନ୍ସରେ ଥିଲେ, ସେଠିକୁ ସେମାନଙ୍କୁ ବଦଳି କରାଯିବନି, ଇତ୍ୟାଦି । ସେମାନେ ସ୍ଥିରକଲେ ତିନିଦିନ ଭିତରେ କାମ ସାରିବେ ।

ଷଷ୍ଠ ଦିନ ଅର୍ଥାତ୍ ସୋମବାର ଦିନ ସେମାନେ ବସିବେ ଏବଂ ଚୂଡ଼ାନ୍ତ ରିପୋର୍ଟ ପ୍ରସ୍ତୁତ କରି ଫାଇଲ୍ ଦାଖଲ କରିବେ । ଆଜିଥିଲା ଷଷ୍ଠଦିନ ।

ସୁରେନ୍ଦ୍ର ଜେନାର ବଦଳି ନାହିଁ । ସେ ହେଡ ଅଫିସରେ କିରାଣୀ ପଦବୀରେ ଯୋଗଦେଇଥିଲା, ଏବେ ସେକ୍ସନ ଅଫିସର । ଗୋଟିଏ ଅଫିସ୍‌ରେ ତିରିଶ ବର୍ଷ ଚାକିରି ହେଲାଣି । ସେ ବହୁ ଅଫିସର, କମିଶନରଙ୍କୁ ଦେଖିଛି, ସେମାନଙ୍କ ସହିତ କାମ କରିଛି । ସୁରେନ୍ଦ୍ର ଜେନା କୁହେ, ଦୁର୍ନୀତିଗ୍ରସ୍ତ ଅଫିସରଙ୍କ ଝିଅକୁ ବାହାହୋଇଥିବା ଅଫିସର ସ୍ତ୍ରୈଣ ଓ ଦୁର୍ନୀତିଗ୍ରସ୍ତ ହେବାକୁ ବାଧ୍ୟ । ସେ ଆଇଏଏସ୍ ହେଉ, ଓଏଏସ୍ କିମ୍ବା ଓଏଫ୍‌ଏସ୍ । ଦୁର୍ନୀତିଗ୍ରସ୍ତ ଅଫିସରର ଝିଅଟି ଅୟସରେ ବଢ଼ିଥିବ, ତାଙ୍କର ଚାକରବାକର ଥିବେ, ପର୍ଯ୍ୟାପ୍ତ ଖର୍ଚ୍ଚ କରୁଥିବେ । କିନ୍ତୁ ଗୋଟେ ଅଫିସରର ଦରମା କେତେ ? ଦରମା ଟଙ୍କାରେ କ'ଣ ଷ୍ଟାଟସ୍ ମେନ୍‌ଟେନ୍ କରିପାରିବେ ? ଆଉ ଗୋଟିଏ କଥା ହେଲା, ଅଧିକାଂଶ ଅଫିସର ମଧ୍ୟବିତ୍ତ, ନିମ୍ନମଧ୍ୟବିତ୍ତ, ଏପରିକି ନିମ୍ନ ଶ୍ରେଣୀରୁ ଆସିଥାନ୍ତି । ପୁଣି ଅନେକେ ଚାଷୀ ପରିବାରରୁ । କିନ୍ତୁ ଅଫିସର ହେଲା ପରେ ବାହାହୋଇଯିବେ ବଡ଼ ଅଫିସରର ଝିଅକୁ । ସ୍ତ୍ରୀ ପାଖରେ ଗୌଣ ମନୋଭାବ ରହୁଥିବ, ଏଣେ ଦୁର୍ନୀତି ଉପାୟରେ ଉପାର୍ଜନ କରୁଥିବ । ସେହିପରି ଅଫିସରଙ୍କର ବିଭିନ୍ନ ବ୍ୟବହାରିକ ସମସ୍ୟା ଦେଖାଯାଏ, ସେମାନେ ଅଧସ୍ତନଙ୍କୁ ଖରାପ ବ୍ୟବହାର କରନ୍ତି, ଫୁଟାଣୀ ମାରନ୍ତି ।

ସୁରେନ୍ଦ୍ର ଜେନା ନାମ ନନେଲେ ବି ତା'ର ଉପଲକ୍ଷ୍ୟ ଥିଲା ପରମାନନ୍ଦ ଶତପଥୀ ଓ ପ୍ରମୋଦ ସାହୁ । ପରମାନନ୍ଦ ଶତପଥୀର ବ୍ୟବହାର ଖରାପ । ସେ ନିଜକୁ ବହୁତ ଜ୍ଞାନୀ ଓ ଗୁଣୀ ଏବଂ ଅନ୍ୟକୁ ଗୌଣ ମନେକରେ । ତା' ବାପା ଜଣେ ଗରିବ ବ୍ରାହ୍ମଣ । ତାଙ୍କର ଜମି ଥିଲା ମାତ୍ର ଦୁଇତିନି ମାଣ, ବାପା ଯଜମାନୀ କାମ କରି କିଛି ରୋଜଗାର କରୁଥିଲେ । ସେ ତାଙ୍କ ଗାଁ ସ୍କୁଲ ଓ ଗାଁ ପାଖ କଲେଜରେ ପଢୁଥିଲା । ପାଠ ପଢ଼ିଲା ବେଳେ ବାପା ଚାଲିଯାଇଥିଲେ । ବଡ଼ଭାଇଙ୍କ ସାହାଯ୍ୟରେ ସେ ପାଠ ପଢୁଥିଲା । ସେ ପ୍ରଥମେ କିରାଣି ଚାକିରି ପାଇଥିଲା, ପରେ ଓପିଏସ୍‌ସି ପରୀକ୍ଷା ଦେଇ ଅଫିସର ହୋଇଗଲା ଏବଂ ଅଫିସର ହେଲା ପରେ ଜଣେ ଦୁର୍ନୀତିଗ୍ରସ୍ତ ଅଫିସରର ଝିଅକୁ ବାହା ହୋଇଗଲା ।

ବାହାହେଲା ପରେ ସେ କେବେ ଗାଁକୁ ଯାଏନାହିଁ । ତା'ର ଭାଇଭାଉଜଙ୍କୁ ପଚାରେ ନାହିଁ । ତା'ର ଭାଇଭାଉଜ କିମ୍ବା ଝିଆରି ପୁତୁରା ତା'ପାଖକୁ ଆସନ୍ତି ନାହିଁ । ପୈତୃକ ସମ୍ପତ୍ତି ଯୋଉ ଦୁଇତିନିମାଣ ଥିଲା ସେହି ଜମି ଚାଷକରି ସେମାନେ ଚଳନ୍ତି । ପରମାନନ୍ଦର ଗାଡ଼ି ଅଛି, ଘର କରିଛି । ତା' ସ୍ତ୍ରୀ ଓ ପିଲାଙ୍କର ଯେପରି ଚଳିବା

ଅଭ୍ୟାସ, ଦରମା ଟଙ୍କାରେ ସେମାନେ ଚଳିପାରିବେ ନାହିଁ । ସେ ସବୁଦିନ ମଦ ପିଏ । ନିଜେ ଟଙ୍କା ଦେଇ ମଦ କିଣେ ନାହିଁ । ଇନ୍ସପେକ୍ଟର, ଅଧସ୍ତନ ଅଫିସର ଅଛନ୍ତି ମଦ ଯୋଗେଇଦେବାକୁ । ତା' ଘର ପାଇଁ ମାସିକିଆ ସଉଦା ମଧ୍ୟ ନିଜେ କିଣେ ନାହିଁ । ଅଧସ୍ତନ ଅଫିସ୍‌ର କେହି ଅଫିସର କିମ୍ବା ଇନ୍ସପେକ୍ଟର ତା' ସଉଦା ବ୍ୟବସ୍ଥା କରିଦିଏ, ଯେପରି ପରମାନନ୍ଦ କମିଶନରଙ୍କ ମାସିକ ସଉଦା ବୁଝେ ।

ସେମିତିକା ଅଫିସର ପ୍ରମୋଦ ସାହୁ । ତା' ବାପା ଚାଷୀ, ସେମିତି ବି ବଡ଼ଚାଷୀ ନଥିଲେ । ସେ ଗାଁ ପାଖ କଲେଜରୁ ପାଠ ପଢ଼ିଥିଲା, ସବୁଦିନ ଗାଁରୁ ସାଇକେଲରେ ଯିବାଆସିବା କରି କଲେଜରେ ପଢୁଥିଲା । ସେ ଓପିଏସ୍‌ପି ପରୀକ୍ଷାରେ ଉତ୍ତୀର୍ଣ୍ଣ ହୋଇ ଅଫିସର ହୋଇଗଲା ଏବଂ ଶତପଥୀ ପରି ଗୋଟେ ଦୁର୍ନୀତିଗ୍ରସ୍ତ ବଡ଼ ଅଫିସରର ଝିଅକୁ ବାହା ହୋଇଗଲା । ତା'ର ନୀତି ହେଲା ଖାଇବା ଓ ଖୋଇବା । ମନ୍ତ୍ରୀ, ଏମ୍‌ଏଲ୍‌ଏ, ଅବସ୍ଥା ଦେଖି କମିଶନରଙ୍କୁ ଟଙ୍କା ଦେଇ ଉପାର୍ଜନକ୍ଷମ ଜାଗାକୁ ବଦଳିହୋଇଯାଏ ଏବଂ ରୋଜଗାର କରେ । ତା'ର ମଦ, ମାଇକିନା ଦୋଷ ବି ଅଛି । ତା' ସ୍ତ୍ରୀକୁ ତା'ର ପ୍ରବଳ ଡର । ସ୍ତ୍ରୀ ଯେତେବେଳେ ଯାହା ଚାହିଁବ ସେ ବରଂ ଅଧିକ କିଛି କରିଦିଏ । ସେ ଯେବେ ହେଡଅଫିସ୍‌ରେ ଯୋଗଦେଲା, ତା' ପ୍ରକୋଷ୍ଠରେ ପଡ଼ିଥିବା ସୋଫାସେଟ ତା' ମନକୁ ଗଲାନାହିଁ। ସେ ଗୋଟିଏ ନୋଟସିଟ୍‌ରେ ଲେଖିଦେଲା, ମୋର ପଦବୀକୁ ଚାହିଁ ଉପଯୁକ୍ତ ଫର୍ଣ୍ଣିଚର ଯୋଗେଇ ଦିଆଯାଉ । ପଦବୀ ଅନୁସାରେ କ'ଣ ଫର୍ଣ୍ଣିଚର ଯୋଗାଇଦେବା, ଏମିତି କିଛି ନିୟମ ନାହିଁ । ସେହି କାମ ବୁଝୁଥିବା ଅଫିସର ତାଙ୍କୁ ପରାମର୍ଶ କରି ଫର୍ଣ୍ଣିଚର କିଣିଲେ । ଅବଶ୍ୟ କିଣାକିଣି ଦାୟିତ୍ୱରେ ଥିବା ଅଫିସରର ମଧ୍ୟ ଲାଭ, ଯେତେ ଅଫିସ୍ ପାଇଁ କିଣାହେବ, ତାକୁ ସେହି ଅନୁସାରେ ଦୋକାନୀ ଠାରୁ କମିଶନ ମିଳିବ । ତା'ର ମଧ୍ୟ ପ୍ରମୋଦ ସାହୁ ପ୍ରତି ଟିକେ ଭୟ, କେବଳ ସେ ବରିଷ୍ଠ ଅଫିସର ନୁହନ୍ତି, ତା'ର ମନ୍ତ୍ରୀ,ଏମ୍‌ଏଲ୍‌ଏ, କମିଶନରଙ୍କ ସହିତ ସୁସମ୍ପର୍କ, କାଳେ କେତେବେଳେ କ'ଣ ଫୋଡ଼ାଫୋଡ଼ି କରିଦେଇ ହଇରାଣରେ ପକେଇଦେବ । ବ୍ୟବହାର ବି ଖରାପ । ବ୍ୟବହାର ଭଲ ନଦେଖେଇବା ଅର୍ଥ ସେ ଅନ୍ୟମାନଙ୍କ ପରି ନୁହଁନ୍ତି, ଅନ୍ୟମାନଙ୍କ ଠାରୁ ଊର୍ଦ୍ଧ୍ୱରେ । ତାଙ୍କୁ ସମ୍ମାନ କରିବା ଆବଶ୍ୟକ, ଭୟ କରିବା ବି ଦରକାର । ଭୟରୁ ଭକ୍ତି, ପୁରୁଣା ଉକ୍ତି ଅଛି ।

ସୁରେନ୍ଦ୍ର ଜେନା କହିଲା- ସାର୍, ସତ କହିବାକୁ ଗଲେ, ମତେ ମଧ୍ୟ କିଛି ଇନ୍ସପେକ୍ଟର ତାଙ୍କର ବଦଳି ପାଇଁ ଅନୁରୋଧ କରିଛନ୍ତି । ସବୁଥର ସାର୍‌ଙ୍କୁ କହି ମୁଁ ତିନି ଚାରିଟା ବଦଳି କରେଇଦିଏ । କିନ୍ତୁ ମୁଁ ଆପଣଙ୍କୁ କହିବି ନାହିଁ । ମୋର ଅନୁରୋଧ, ଆପଣ ଫାଇଲଟାକୁ ଶୀଘ୍ର ଦେଇ ଦିଅନ୍ତୁ, ଯେତେଦିନ ଅଧିକ ରଖିବେ,

ସେତେ ଅସୁବିଧା । ଆପଣ ନିଜେ ସମ୍ଭାଳି ପାରିବେ ନାହିଁ । ନିର୍ଦ୍ଦେଶ ଅଛି, ଆପଣ ସିଧା କମିଶନରଙ୍କୁ ଫାଇଲ୍ ଦେବେ । ଆମେ କିଛି ଜାଣିବୁ ନାହିଁ ।

ସେଦିନ ସେମାନେ ଫାଇଲ୍ ଦେବାକୁ ସ୍ଥିର କରିଥିଲେ, ସୁରେନ୍ଦ୍ର ଜେନା ଜାଣିନଥିଲା । ଗୌରାଙ୍ଗ ମଧ୍ୟ କହିଲା ନାହିଁ । ସୁରେନ୍ଦ୍ର ଜେନା ତା' ପ୍ରକୋଷ୍ଠରୁ ଚାଲିଗଲା ।

ବଦଳି କମିଟିର ବୈଠକ ବସିଲା । ସେମାନେ ଯୋଉ ନୀତି ନିର୍ଦ୍ଧାରଣ କରିଥିଲେ ସେହି ଅନୁସାରେ ଇନ୍ସପେକ୍ଟରଙ୍କର ବଦଳି ପାଇଁ ଅନୁମୋଦନ କରାଯାଇଥିଲା । ଗୌରାଙ୍ଗ କହିଥିଲା, ସବିଶେଷ ବିବରଣୀ ନୋଟସିଟ୍‌ରେ ଟାଇପ୍ କରି ଆଣିବାକୁ, ସନ୍ନ୍ୟାସୀ ନିଜେ ଟାଇପ୍ କରିବା ଶିଖିଥିଲା ଏବଂ ଟାଇପ୍ କରିଥିଲା । ଏପରିକି ଷ୍ଟେନୋ ମଧ୍ୟ ଜାଣିବାର ସୁଯୋଗ ନଥିଲା । ଗୌରାଙ୍ଗ ନୋଟସିଟ୍ ପଢ଼ିଲା, ବଦଳି ତାଲିକା ଦେଖିଲା ଏବଂ ଯେଉଁଠି ବ୍ୟତିକ୍ରମ ଥିଲା, ଯଥା ଅବସର ନେବାକୁ ଦୁଇବର୍ଷରୁ କମ୍ ଅଛି କିମ୍ବା ଜଣଙ୍କର ସ୍ତ୍ରୀ କ୍ୟାନସର ରୋଗୀ, ଚିକିତ୍ସା ପାଇଁ ଭୁବନେଶ୍ୱରରେ ରହିବା ଆବଶ୍ୟକ, ସେହିସବୁ ଜାଗାରେ କାରଣ ଲେଖାଯାଇଥିଲା । ଗୌରାଙ୍ଗ ଦସ୍ତଖତ କଲା ଏବଂ ସନ୍ନ୍ୟାସୀକୁ କହିଲା, ଏହି ଫାଇଲ୍‌ରେ ଗୋପନ ଚିରିକୁଟି ମାରି କମିଶନରଙ୍କର ପ୍ରାଇଭେଟ୍ ସେକ୍ରେଟାରୀକୁ ଦେଇଆସ । ମୁଁ ଚା' ମଗଉଛି ।

ସନ୍ନ୍ୟାସୀ ଫାଇଲଦେଇ ଆସିଲାବେଳକୁ ପିଅନ ଚା' ଆଣିସାରିଥିଲା । ପିଅନ ସମସ୍ତଙ୍କୁ ଚା' ଦେଲା । ଶୁଭେନ୍ଦୁ କହିଲା- ସାର୍, ଆମ ଚାକିରି ଗୋଲ ହୋଇଯିବ । ବହୁତ ଚାପ ପଡିଛି, ହେଡ ଅଫିସ୍ ଭିତର ଏବଂ ବାହାର ଅଫିସରଙ୍କର ଲିଷ୍ଟ ଥିଲା । ଆମ ତିନି ଆଡିସନାଲ୍ କମିଶନରଙ୍କର ତ ବେଶି । ବୋଧହୁଏ କାହାର ହୋଇନି । ଯଦି ଆମ ନିର୍ଦ୍ଧାରିତ ନିୟମ ଭିତରେ ପଡ଼ି କାହାର ହୋଇଯାଇଥିବ କହିହେଉନି । ତାକୁ ମଧ୍ୟ ଆମେ ଜାଣିନାହୁଁ ।

ଗୌରାଙ୍ଗ କହିଲା- ବ୍ୟସ୍ତ ହୁଅନି । ତୁମକୁ ଯିଏ ପଚାରିବ ତୁମେ ମୋ ନାମ କହିଦେବ । ମୁଁ ଅଧ୍ୟକ୍ଷ । ତୁମେ କହିବ, ଆମେ କ'ଣ କରିବୁ, ସାର୍ କରେଇଦେଲେନି । ମୁଁ ସେସବୁ ବୁଝିବି ।

ଶ୍ରାବଣୀ କହିଲା, ସାର୍ ଆମ ଆଡିସନାଲ୍ କମିଶନରମାନଙ୍କର କ'ଣ ଅଭାବ ଅଛି ? ଘରଦ୍ୱାର, ଗାଡ଼ିଘୋଡ଼ା ତ କରିସାରିଲେଣି, ସେମାନଙ୍କର ପିଲାମାନେ ତ ଲାଗିଗଲେଣି । ଚାକିରି ମଧ୍ୟ ଆଉ ବେଶିଦିନ ନାହିଁ, ଦୁଇତିନି ବର୍ଷ ଭିତରେ ତିନିଜଣ ଯାକ ଅବସର ନେବେ । ସେମାନେ ଏମିତି କାହିଁକି ହେଉଛନ୍ତି ?

ଗୌରାଙ୍ଗ କହିଲା, ମୋ ବଡ଼ବାପା ଜଣଙ୍କର ଉଦାହରଣ ଦିଅନ୍ତି । ସେ ତାଙ୍କର ସହକର୍ମୀ ଓ ଘନିଷ୍ଠ ବନ୍ଧୁଥିଲେ । ତାଙ୍କ ନାଁ ପୀତବାସ ମହାନ୍ତି । ପୀତବାସ ମହାନ୍ତି ୧୯୫୬ କିମ୍ବା ୧୯୫୭ ମସିହାରେ କନଷ୍ଟେବଲ ଚାକିରିରେ ଯୋଗଦେଇଥିଲେ । ସେତେବେଳେ ସେ ମେଟ୍ରିକ୍ ପାସ୍ କରିଥିଲେ ।

ପୀତବାସ ମହାନ୍ତିଙ୍କର ପିଲାଦିନ ବହୁତ କଷ୍ଟକର ଥିଲା । ନଡ଼ାଛପର ଘର, ଝାଟିମାଟି କାନ୍ଥ । ବହୁତ କଷ୍ଟରେ ଦୁଇଓଳି ଖାଇବାକୁ ପାଉଥିଲେ । ସେ ଭଲ ପାଠପଢୁଥିଲେ । ଏକାଥରକେ ମେଟ୍ରିକ ପାସ୍ କରିଥିଲେ ଏବଂ କନ୍‌ଷ୍ଟେବଲ ହୋଇଗଲେ । ସେହି ସମୟରେ ମେଟ୍ରିକ୍ ପାସ୍ କରିଥିବା କନଷ୍ଟେବଲ ବହୁତ କମ୍ ଥିଲେ, ତେଣୁ ସେ ଶୀଘ୍ର ପ୍ରମୋସନ ପାଇଲେ, ଡିଏସ୍‌ପି ହୋଇ ଅବସର ଗ୍ରହଣ କରିଥିଲେ । ସେ ଜଣେ ଲାଞ୍ଚଖୋର, ଦୁର୍ନୀତିଗ୍ରସ୍ତ ପୁଲିସ । ଅବସର ନେଲା ବେଳକୁ ତାଙ୍କ ଗାଁରେ କୋଠାଘର, ଭୁବନେଶ୍ୱରରେ ଘର, ଗାଁରେ କୋଡିଏ ଏକର ଜମି କରିଥିଲେ ।

ତାଙ୍କର ତିନିପୁଅ । ତିନିପୁଅ ଚାକିରି କରିଛନ୍ତି । ବାପା ଯୋଉ ଉପାୟରେ ରୋଜଗାର କରୁଥିଲେ, ସେମାନେ ବି ସେମିତି କରୁଛନ୍ତି । ଟଙ୍କା ପଛରେ ଧାଉଁଛନ୍ତି । ବାପାଙ୍କ ସହିତ ପୁଅଙ୍କର ଦେଖାହେଉନି । ସେ ମଧ୍ୟ କୌଣସି ପୁଅ ପାଖରେ ରହିପାରୁ ନାହାନ୍ତି । ଗାଁରେ ରୁହନ୍ତି । ବେଳେବେଳେ ତାଙ୍କର ଘନିଷ୍ଠ ବନ୍ଧୁ ମୋ ବଡ଼ବାପାଙ୍କ ପାଖକୁ ଆସନ୍ତି, ବଡ଼ବାପାଙ୍କ ସହିତ ଥରେଥରେ ଦୁଇତିନି ଦିନ ରହି ଫେରନ୍ତି ।

ଦିନେ ପୀତବାସବାବୁ କହିଲେ- ମୁଁ ଗରିବ ଘରେ ଜନ୍ମ ହୋଇଥିଲି, ଦାରିଦ୍ର୍ୟ କ'ଣ ମୁଁ ଦେଖିଛି, ଅଙ୍ଗେ ନିଭେଇଛି । ମୁଁ ପୁଲିସ ଚାକିରି କଲାବେଳେ ଭାବିଲି, ଯେକୌଣସି ଉପାୟରେ ରୋଜଗାର କରିବି । ମୋର ମନରେ ସବୁବେଳେ ଭୟ ରହୁଥିଲା, କାଳେ ମୁଁ କିମ୍ବା ମୋ ପିଲାମାନେ ଦାରିଦ୍ର୍ୟକୁ ଖସିଯିବେ । ତେଣୁ ରୋଜଗାର କରିବାକୁ ଟଙ୍କା ପଛରେ ଧାଇଁଧାଇଁ ମୁଁ ଅଣନିଶ୍ୱାସୀ ହୋଇଯାଇଛି । ଅନ୍ୟାୟ କରିଛି, ଦୁର୍ନୀତି କରିଛି । କିନ୍ତୁ ମୋ ପୁଅମାନେ କାହିଁକି ଟଙ୍କା ପଛରେ ଧାଉଁଛନ୍ତି ? ତାଙ୍କ ପାଇଁ ମୁଁ ତ କରିଦେଇଛି, ଘର, ଜମିବାଡ଼ି, କୋଠା । ତାଙ୍କର କ'ଣ ଅଭାବ ରହିଲା, ମୁଁ ବୁଝିପାରୁନି । ବାପା-ମା'ଙ୍କ ପାଖରେ, ପୁଅଝିଅଙ୍କ ପାଖରେ ଟିକେ ବସିବାକୁ ତାଙ୍କ ପାଖରେ ସମୟ ନାହିଁ ।

ମୋ ବଡ଼ବାପା ତାଙ୍କୁ କହିଲେ- ତୁମେ ତୁମର ଅଭାବ ବୁଝିଥିଲ । ପୁଅମାନଙ୍କର କିଛି ଅଭାବ ଥିବ, ସେମାନେ ବୁଝିଛନ୍ତି । ତୁମେ କେମତି ତାଙ୍କର ଅଭାବ ବୁଝିବ ? ତୁମେ ଯେମିତି ତୁମର ଅଭାବ ପୂରଣ ପାଇଁ ଧାଉଁଥିଲ ସେମାନେ ତାଙ୍କର ଅଭାବ ପୂରଣ ପାଇଁ ଧାଉଁଛନ୍ତି ।

ଗୌରାଙ୍ଗ କହିଲା, ଆମେ ଆମର ଅଭାବ କ'ଣ ଜାଣିଛେ । ତାଙ୍କ ପରି ଆମର ଅଭାବ ଥାଉ ବା ନଥାଉ । ତାଙ୍କର ଅଭାବ କ'ଣ ଅଛି, ଆମେ କିପରି ବୁଝିବା ? ବୁଝିବାକୁ କାହିଁକି ବା ଚେଷ୍ଟା କରିବା ? ସେମାନେ ତାଙ୍କ ବାଟରେ ଯାଆନ୍ତୁ, ଆମେ ଆମ ବାଟରେ ଚାଲିବା ?

ସେମାନେ ଚା' ପିଇସାରିଥିଲେ । ସୁଜାତା ପରମାଣିକ ପହଞ୍ଚିଲା, ହାତରେ ବହିଟି ଧରି । କହିଲା- ସାର୍, ବହିଟା ନିଅନ୍ତୁ ।

ଗୌରାଙ୍ଗ ସାମ୍ନାରେ ତିନିଟା ଚେୟାର, ତିନିଜଣ ବସିଥିଲେ । ସୁଜାତା ଛିଡ଼ାହୋଇଥିଲା । ଶୁଭେନ୍ଦୁ ଓ ସନ୍ନ୍ୟାସୀ କହିଲେ- ଆମ ଯାଉଛୁ । ଦୁହେଁ ଉଠି ଚାଲିଗଲେ । ଗୌରାଙ୍ଗ ସୁଜାତାକୁ ବସିବାକୁ କହିଲା ଏବଂ ପଚାରିଲା- ବହିଟା କେମିତି ଲାଗିଲା ?

ସୁଜାତା ବସିଲା ଏବଂ କହିଲା- ସାର୍, ବହୁତ ଭଲ ଲାଗିଲା ? ସାର୍ ଆପଣଙ୍କ ପାଖରେ English August, an Indian story, ଉପମନ୍ୟୁ ଚାଟାର୍ଜୀଙ୍କର ଅଛି ? ମୁଁ ଟିକେ ପଢ଼ିଥାନ୍ତି ।

ଗୌରାଙ୍ଗ କହିଲା- ଅଛି । କାଲି ନେଇଆସିବି ।

ସୁଜାତା ଉଠି ଚାଲିଗଲା । ସେ ଯାଇସାରିଲା ପରେ ଶ୍ରାବଣୀ କହିଲା, ଝିଅଟା ବହୁତ ଚାଲାଖ । ସେ ଜାଣୁଛି ତାକୁ କେହି ଅଫିସରେ ଭଲପାଉ ନାହାନ୍ତି । ଆପଣ ତା'ର ପୁନର୍ନିଯୁକ୍ତିକୁ ବିରୋଧ କରୁଛନ୍ତି । ଆପଣଙ୍କୁ ପାଲେଇବାକୁ ସେ ଆପଣଙ୍କ ଠାରୁ ବହି ନଉଛି, ବହି ଉପରେ ଆଲୋଚନା କରୁଛି । ସେ ବୋଧହୁଏ କାହାଠାରୁ ଜାଣିବାକୁ ପାଇଛି, ବହି ଆପଣଙ୍କର ସବୁଠୁ ବଡ଼ ଦୁର୍ବଳତା ।

ଗୌରାଙ୍ଗ କହିଲା, ବୋଧହୁଏ ତୁମେ ଯାହା କହୁଛ ସମ୍ପୂର୍ଣ୍ଣ ଠିକ୍ ନୁହେଁ । ଆମେ ଦୂରରୁ ଜଣକୁ ଦେଖି ଯାହା ଧାରଣା ନେଇଥାଉ, ପାଖକୁ ଗଲେ ହୁଏତ ଆମର ଧାରଣା ଭୁଲ୍ ହୋଇପାରେ । ଝିଅଟାର କାରିୟର ବହୁତ ଭଲ । ମାଟ୍ରିକ୍‌ରୁ ଏମ୍.ଏ ଫାଷ୍ଟକ୍ଲାସ୍, ପୁଣି ବି.ଏ ଏବଂ ଏମ୍.ଏରେ ବିଶ୍ୱବିଦ୍ୟାଳୟରେ ପ୍ରଥମ ଦଶଜଣଙ୍କ ଭିତରେ ଅଛି । ସାଧାରଣତଃ ଆଇଏଏସ୍ ଅଫିସରଙ୍କର କ୍ଷମତା ବହୁତ, ଲୋକେ ଚଳନ୍ତି ଦେବତା ବୋଲି ମନେକରନ୍ତି । ତେଣୁ ସେ ବୋଧହୁଏ ଭାବିଛି କମିଶନର ଚାହିଁଲେ ତା'ର କିଛି ଗୋଟାଏ ହୋଇଯିବ । ଏବେ ଚାକିରି ସମସ୍ୟା ଯାହା, ବୋଧହୁଏ ତା'ର ଆତ୍ମବିଶ୍ୱାସ ନାହିଁ, ନିଜର ଦକ୍ଷତା ନିଜେ ବୁଝିପାରୁନି ।

ଶ୍ରାବଣୀ ଗୌରାଙ୍ଗକୁ ଚାହିଁ ରହିଥିଲା, ଗୌରାଙ୍ଗ ମୁହଁରୁ ସୁଜାତାର ପ୍ରଶଂସା ଶୁଣି ସେ ସହିପାରୁନଥିଲା ।

ଆଠ

ପୂର୍ବଦିନ ଘୋଷଣା କରାଯାଇଥିଲା ବାତ୍ୟା ହେବ, ପ୍ରବଳ ପବନ ବହିବ, ଭୀଷଣ ବର୍ଷା ହେବ । ଗୌରାଙ୍ଗ ଗୁରୁତ୍ୱ ଦେଇନଥିଲା, ଭାବିଥିଲା ବର୍ଷାଦିନରେ ଲଘୁଚାପ ହେଲେ ଯେପରି ବର୍ଷାହୁଏ ତା'ଠୁ ହୁଏତ ଟିକେ ଅଧିକ ଝଡବର୍ଷା ହେବ । ସେ ଏମିତି କେତେ ବର୍ଷା ଦେଖିଛି, ତିନିଚାରି ଦିନ ଲଗାଣ ବର୍ଷା । ବର୍ଷାଦିନ ତା'ର ପ୍ରିୟ, ବର୍ଷାଦିନେ ଖଟ ଉପରେ ଦୁଇଟା ତକିଆ ଗୋଟିଏ ଉପରେ ଗୋଟିଏ ପକେଇ ତା'ଉପରେ ମୁଣ୍ଡ ରଖି ବହି ଖଣ୍ଡେ ପଢ଼ିବା ତା'ର ସବୁଠୁ ବଡ଼ ଆନନ୍ଦ । ସଞ୍ଜବେଳକୁ ଝିପିଝିପି ବର୍ଷା ହେଉଥିଲା, କୋହଳା ପବନ ବହୁଥିଲା । ସେ ଗୋଟିଏ ଉପନ୍ୟାସ ପଢୁଥିଲା, ତାଙ୍କୁ ଭଲ ଲାଗୁଥିଲା । ଉପନ୍ୟାସଟିକୁ ପଢ଼ିସାରିଲା ବେଳକୁ ରାତି ସାଢ଼େ ତିନି ହୋଇଯାଇଥିଲା । ସେ ରାତି ସାଢ଼େ ତିନିଟା ବେଳକୁ ଚଦରଟିଏ ଘୋଡ଼ିହୋଇ ଶୋଇପଡ଼ିଥିଲା, ଉଠିଲା ବେଳକୁ ସକାଳ ସାଢ଼େ ଆଠ ।

ସକାଳେ ଉଠିଲା ବେଳକୁ ବର୍ଷା ହେଉଥିଲା, ପୂର୍ବଦିନ ସଞ୍ଜ ଅପେକ୍ଷା ବର୍ଷା ଟିକେ ବଢ଼ିଯାଇଥିଲା । ହକର ଖବରକାଗଜ ଦେଇନଥିଲା । ସେ ନିଜେ ଚା' କରି ପିଇଲା, ନିତ୍ୟକର୍ମ ସାରିଲା । ନଅଟା ଦଶ ମିନିଟ୍ ହୋଇଯାଇଥିଲା । ବର୍ଷା ଟିକେ ବଢୁଥିଲା, ସେ ଦେଖିଲା, ସାଇକେଲ୍‌ରେ ଅଫିସ୍ ଯାଇହେବନି । ତା'ର ରେନ୍‌କୋର୍ଟ ନଥିଲା, ଛତା ଧରି ସାଇକେଲ ଚଲେଇପାରିବ ନାହିଁ । ଟିକେ ପବନ ବି ହେଉଥିଲା । ଛତା ଧରି ଚାଲିଚାଲି ଗଲେ ବି ବର୍ଷାରେ ସମ୍ପୂର୍ଣ୍ଣ ଭିଜିଯିବ, ଚାଲିଚାଲି ଯିବାକୁ ଚାଳିଶ ପଇଁଚାଳିଶ

ମିନିଟ୍ ଲାଗିବ। ସେ ସ୍ଥିରକଲା, ଛତାଧରି ଚାଲିଚାଲି ପ୍ରସନ୍ନ ପାତ୍ର ଘରକୁ ଯିବ, ତା' ଘରକୁ ଗଲେ ଆଠଦଶ ମିନିଟ ଲାଗିବ । ପ୍ରସନ୍ନ ପାତ୍ରକୁ ନେବାକୁ ଅଫିସ୍ ଗାଡ଼ି ଆସିଥିବ, ପ୍ରସନ୍ନ ପାତ୍ର ସାଙ୍ଗରେ ସେ ଅଫିସ୍ ଚାଲିଯିବ ।

ଗୌରାଙ୍ଗ ଛତା ଧରି ପ୍ରସନ୍ନ ପାତ୍ର ଘରକୁ ଗଲା । ବାହାରକୁ ଆସି ଦେଖିଲା, ବର୍ଷା ଓ ପବନର ଗତି ବୃଦ୍ଧି ପାଇଛି । ପ୍ରସନ୍ନ ପାତ୍ର ଘରେ ପହଞ୍ଚିଲା ବେଳକୁ ସେ ଅଧା ଭିଜିଯାଇଥିଲା । ତାଙ୍କ ଘରେ ପହଞ୍ଚିଲା ବେଳକୁ ଦେଖିଲା, ଅଫିସ୍ ଗାଡ଼ିରେ ପ୍ରସନ୍ନ ପାତ୍ର ଅଫିସ୍ ଚାଲିଗଲାଣି । ସୁପ୍ରଭା କହିଲା- ସେ କହିଲେ, ବାତ୍ୟା ହେବ ବୋଲି କାଲିଠାରୁ ଟିଭି କହୁଛି, କାଳେ ଡେରିକଲେ ବର୍ଷାପବନ ବଢ଼ିଯିବ, ଯାଇହେବନି, ସେଥିପାଇଁ ସେ ଡ୍ରାଇଭରକୁ କହିଲେ ନ'ଟା ବେଳକୁ ଆସିବାକୁ । ସେ ନ'ଟା ବେଳୁ ଚାଲିଗଲେଣି । ଗୌରାଙ୍ଗ ଦେଖିଲା, ସମୟ ସାଢ଼େ ନ'ଟା । ସୁପ୍ରଭା ତାକୁ ଘର ଭିତରକୁ ଡାକି କହିଲା, ଘରକୁ ଆ', ବର୍ଷା କମିଲେ ଯିବୁ ।

ବର୍ଷା କମୁନଥିଲା, ବେଶିବେଶି ହେଉଥିଲା । ପବନର ଗତି ବି ବଢୁଥିଲା । ଦଶଟା ପନ୍ଦର ମିନିଟ୍ ବେଳକୁ ପ୍ରସନ୍ନ ପାତ୍ର ଫୋନ୍ କରି କହିଲା- ପବନର ଗତି ବି ବଢ଼ିଗଲାଣି, ବର୍ଷା ବି ଜୋର୍‌ରେ ହେଉଛି । ମୁଁ ଅଫିସ୍‌ରେ ଅଛି, ମୋ ଫୋନ୍‌ଟା କାମ କରୁନାହିଁ । କମିଶନରଙ୍କ ଫୋନ୍‌ରୁ କହୁଛି ।

ସୁପ୍ରଭା କହିଲା, ଗୌରାଙ୍ଗ ଆସିଥିଲା, ତୁମ ସହିତ ଅଫିସ୍ ଯିବାକୁ, ତୁମେ ଗଲା ପରେପରେ ।

ପ୍ରସନ୍ନ ପାତ୍ର କହିଲା- ଗୌରାଙ୍ଗ ବାବୁ ଅଫିସ୍ ଆସିବା ଦରକାର ନାହିଁ । ପବନର ଗତି ବଢ଼ିବଢ଼ି ଚାଲିଛି । କମିଶନରଙ୍କ ପି.ଏ. ଏବେ ଆସି ପହଞ୍ଚିଲା । କହୁଛି, ରାସ୍ତା ଉପରେ ଗଛ ଉପୁଡ଼ି ପଡ଼ିଲାଣି । ସେ ଫେରିଯାଇଥାନ୍ତା, କିନ୍ତୁ ଅଫିସ୍ ଯେହେତୁ ପାଖ ହୋଇଯାଇଥିଲା, ସେ ଅଫିସ୍‌କୁ ଚାଲିଆସିଲା ।

ଫୋନ୍ କଟିଗଲା । ଆଉ କିଛି ଶୁଭିଲା ନାହିଁ । ସୁପ୍ରଭା ମଧ୍ୟ ଫୋନ୍ ଲଗେଇପାରିଲା ନାହିଁ ।

ଗୌରାଙ୍ଗ କହିଲା- ତେବେ ମୁଁ ମୋ ରୁମ୍‌କୁ ଯାଉଛି ।

ସୁପ୍ରଭା କହିଲା- ଯିବୁ କେମିତି ? ଏତେ ଜୋର୍‌ରେ ବର୍ଷା ହେଉଛି, ପବନ ବି । ବର୍ଷା ପବନ କମୁ, ଯିବୁ । ତୁ କୋଉ ପଡ଼ିଆରେ ନା ଗଛମୂଳେ ଅଛୁ । ଘର ଭିତରେ ତ ଅଛୁ ।

ପ୍ରସନ୍ନ ପାତ୍ରର ଅଫିସ ଭଲ ତ ସିଏ ଭଲ । ଛୁଟି ତାକୁ ଭଲ ଲାଗେନି । ସେ କୁହେ ଦୁଇଦିନରୁ ଅଧିକ ଛୁଟି ହେଲେ ତାକୁ ଭଲ ଲାଗେନି । ସେ କଟକରେ

ରହିବା ପୂର୍ବରୁ ତା' ଭୁବନେଶ୍ୱରର ଘରେ ରହୁଥିଲା । ଯଦି କୌଣସି ରାଜନୈତିକ ଦଳ ବନ୍ଦ ଡାକରା ଦେଇଥିବେ, ତେବେ ସେ ବନ୍ଦ ପୂର୍ବଦିନ ଅଫିସ୍‌କୁ ଆସି ରାତିରେ ଅଫିସ୍‌ରେ ରହିଯିବେ ।

ପ୍ରସନ୍ନ ପାତ୍ରର କଟକ ଘରଟି ମହାନଦୀ କୂଳରେ । ପଛରେ ମହାନଦୀ, ଆଗରେ ରିଂରୋଡ୍ । ଓସାରିଆ ରାସ୍ତା, ରାସ୍ତା ମଝିରେ ଅର୍ଥାତ୍ ଡିଭାଇଡରରେ ଗଛ, କରଞ୍ଜ, ବଉଳ, ଜାମୁଗଛ । ତାଙ୍କ ଘରର ଡାହାଣ ପଟେ ଶହେ ଦେଢ଼ଶହ ମିଟର ଦୂରରେ ସାହି ଦୁର୍ଗାମଣ୍ଡପ ଏବଂ ତାଙ୍କ ଘର ସାମ୍ନାରେ, ରାସ୍ତା ସେପଟକୁ ବିଭିନ୍ନ ଦୋକାନ ।

ପବନ ନଦୀପଟୁ ଆସୁଥିଲା, ବର୍ଷା ବଢ଼ି ବଢ଼ି ଚାଲିଥିଲା ଏବଂ ପବନର ଗତି ବଢୁଥିଲା । ଏପରି ବର୍ଷା ଓ ପବନ ଗୌରାଙ୍ଗ ତା' ଜୀବନରେ ଦେଖିନଥିଲା । ସୁପ୍ରଭା ଓ ପୂର୍ଣ୍ଣିମା ଘର ପଛପଟର ଦୁଆର, ଝରକା ବନ୍ଦ କରି ଦେଇଥିଲେ । ଘର ସାମ୍ନାପଟ ବାଲକୋନିରେ ଗୌରାଙ୍ଗ ଓ ସୁପ୍ରଭା ବସିଥିଲେ ଏବଂ ଝଡ଼ର ତାଣ୍ଡବ ଦେଖୁଥିଲେ । ତାଙ୍କ ଘର ସାମ୍ନା ରାସ୍ତା ସେପଟ ଗୋଟିଏ ଦୋକାନର ଆଜବେଷ୍ଟସ୍ ଛପର ଉଡ଼ିଯାଇଥିଲା । ତାଙ୍କ ଘରର ଡାହାଣପଟୁ, ଦୁର୍ଗାମଣ୍ଡପ ପାଖ ଗୋଟିଏ ଟିଣ ଛପର ଘରର ଟିଣ ଉଡୁଥିଲା ଏବଂ ଗୋଟିଏ ଟିଣ ତାଙ୍କ ଘର ସାମ୍ନାରେ କରଞ୍ଜଗଛରେ ବାଜିଲା । ସେହି କରଞ୍ଜ ଗଛଟି ପବନରେ ଦୋହଲୁଥିଲା ଏବଂ ନଇଁପଡୁଥିଲା । କିଛି ସମୟ ପରେ କରଞ୍ଜଗଛଟି ସମ୍ପୂର୍ଣ୍ଣ ନଇଁ ଉପୁଡ଼ିଗଲା । ପବନ ଘୁଁ ଘୁଁ ଶବ୍ଦ କରୁଥିଲା ଏବଂ ମଝିରେମଝିରେ ଗଛ ଉପୁଡ଼ା, ଚାଳ ଉଡ଼ିବା ସେହି ଘୁଁ ଘୁଁ ଶବ୍ଦରେ ମିଶି ଏକ ଭିନ୍ନ ଶବ୍ଦ ସୃଷ୍ଟି କରୁଥିଲା । ବର୍ଷାବିନ୍ଦୁ ବାଡ଼େଇହୋଇ ଭାଙ୍ଗିଯାଉଥିଲା ଏବଂ ଧୂଆଁ ପରି ଦିଶୁଥିଲା ।

ସୁପ୍ରଭା କହିଲା- ଚା' ପିଇବା ଏବଂ ଗୌରାଙ୍ଗଙ୍କୁ ପଚାରିଲା, ତୁ ଜଳଖିଆ ଖାଇଛୁ ?

ଗୌରାଙ୍ଗ ଏବେ ତା' ଘରକୁ ଫେରିବା ଆଶା ଛାଡ଼ିଦେଇଥିଲା । କହିଲା- ମୁଁ ଘରୁ ଚା' ବିସ୍କୁଟ ଖାଇ ଆସିଥିଲି । ଭାବିଥିଲି, ଅଫିସ୍ କାଣ୍ଟିନରେ ଜଳଖିଆ କରିଦେବି ।

ସୁପ୍ରଭା କହିଲା- ତୁ କହୁନୁ ? ସେ ପୂର୍ଣ୍ଣିମାକୁ ଡାକି କହିଲା, ଗୌରାଙ୍ଗ ପାଇଁ କ'ଣ ଟିକେ ଜଳଖିଆ କରିଦେ' । ଅଣ୍ଡା ଅଛି, ବ୍ରେଡ ଓମଲେଟ କରିଆଣ । ପରେ ଚା' କରିବୁ ।

ସୁପ୍ରଭା କହିଲା- ଭଲ ହେଲା ତୁ ପହଞ୍ଚିଗଲୁ । ଏପରି ଝଡ଼ବର୍ଷା ପବନ ମୁଁ କେବେ ଦେଖିନଥିଲି, ଆମ ଦୁଇଜଣଙ୍କୁ ଭୟ ଲାଗିଥାନ୍ତା ।

ପୂର୍ଣ୍ଣିମା ପ୍ଲେଟରେ ବ୍ରେଡ ଓମଲେଟ ଓ ଦୁଇଟା କଦଳୀ ଆଣି ତା' ସାମ୍ନାରେ ଗୋଟିଏ ପ୍ଲାଷ୍ଟିକ ସେଣ୍ଟର ଟେବୁଲ ଉପରେ ରଖିଲା । ଗୌରାଙ୍ଗ ଖାଇବାକୁ ଆରମ୍ଭ କଲା । ସୁପ୍ରଭାର ପିଲାଦିନ କଥା ମନେପଡୁଥିଲା । ଗୌରାଙ୍ଗ ତା'ର ପିଲାଦିନର ସାଙ୍ଗ, ଗୋଟିଏ ଗାଁରେ ଏକା ସ୍କୁଲରେ, ପ୍ରଥମରୁ ଏକାଦଶ ଶ୍ରେଣୀ ପର୍ଯ୍ୟନ୍ତ ସାଙ୍ଗହୋଇ ପଢ଼ିଛନ୍ତି । ସୁପ୍ରଭା ପଚାରିଲା- ତୋର ମନେ ଅଛି, ସ୍କୁଲରେ ପଦୁ କେମିତି ପଣ୍ଡିତ ସାର୍‌ଙ୍କୁ ହଇରାଣ କରୁଥିଲା ?

ପଦୁର ପାଠ ହେଉନଥିଲା, ସେ ଦୁଷ୍ଟାମୀ କରୁଥିଲା । ପଣ୍ଡିତ ସାର୍ ରକ୍ଷଣଶୀଳ ଲୋକ । ସେ କଲେଜରେ ପଢ଼ିନଥିଲେ, ସାହିତ୍ୟାଚାର୍ଯ୍ୟ ସଂସ୍କୃତ ଟୋଲରୁ ପଢ଼ି ସଂସ୍କୃତ ଶିକ୍ଷକ ଥିଲେ । ସେ ଜଣେ ନୈଷ୍ଠିକ ବ୍ରାହ୍ମଣ, ଏପରିକି କେହି ଅବ୍ରାହ୍ମଣ ଖାଦ୍ୟ ସ୍ପର୍ଶ କରିଦେଲେ ବି ସେ ଖାଦ୍ୟ ଗ୍ରହଣ କରୁନଥିଲେ । ପିଲାମାନେ ତାଙ୍କ ଉପରେ ଚିଡୁଥିଲେ । ପଦୁ ତାଙ୍କ ପିଛାରେ ଲାଗୁଥିଲା । ଅନ୍ୟ ସମସ୍ତେ ସାର୍‌ଙ୍କୁ ଡରୁଥିଲେ । ପଣ୍ଡିତ ସାର୍‌ଙ୍କର ପଦୁ ଉପରେ ରାଗ ।

ପଦୁ ପରୀକ୍ଷା ହଲ୍‌କୁ କପି ନେଇ ଯାଉଥିଲା । ନବମ ଶ୍ରେଣୀ କ୍ଲାସ ପରୀକ୍ଷାରେ ସଂସ୍କୃତ ସାର୍ ଇନ୍‌ଭିଜିଲେଟର ପଡ଼ିଥିଲେ । ପଦୁର ଡାହାଣପଟ ପେଣ୍ଟ ପକେଟ୍‌ଟା ଫୁଲିଲା ପରି ଦିଶୁଥିଲା । ପଣ୍ଡିତ ସାର୍ ଭାବିଲେ ପଦୁ କପି ଆଣିଛି । ପଚାରିଲେ, ସେ ପକେଟ୍‌ରେ କ'ଣ ରଖିଛୁ ? ପଦୁ କହିଲା- ସାର୍, କଦଳୀଟିଏ । ପଣ୍ଡିତ ସାର୍ ରାଗିଯାଇ ତା' ପକେଟ୍‌ରେ ହାତ ପୂରେଇ ଦେଲେ । ସତକୁ ସତ ସେ କଦଳୀଟିଏ ରଖିଥିଲା । ପଣ୍ଡିତ ସାର୍ ତା' ପକେଟ୍‌ର କଦଳୀଟା ବାହାରକରି ଆଣିଲେ, ସମସ୍ତେ ହସିଲେ । ସଂସ୍କୃତ ସାର୍ ରାଗିଲେ, କିନ୍ତୁ କିଛି କହିଲେ ନାହିଁ।

ଯେଉଁଦିନ ଇଂରେଜି ପରୀକ୍ଷା ଥିଲା ପଦୁ ସେହି ପରୀକ୍ଷା ହଲ୍‌ରେ ପଶିଲା ବେଳକୁ ତା' ହାତ ବାମପଟ ପକେଟ୍‌ରେ ପୂରେଇଥିଲା । ପଣ୍ଡିତ ସାର୍‌ଙ୍କର ପଦୁ ଉପରେ ତ ସବୁବେଳେ ରାଗ, ପୁଣି କଦଳୀ ଉପାଖ୍ୟାନ ପରେ ରାଗ ବଢ଼ିଯାଇଥିଲା । ସେ ପଦୁକୁ କହିଲେ, ଆଜି କ'ଣ ଆଣିଛୁ, କଦଳୀ ? ପଦୁ କିଛି କହିଲା ନାହିଁ, ଚୋରଙ୍କ ପରି ଚାହିଁଲା । ପଣ୍ଡିତ ସାର୍ କହିଲେ, ହାତ ବାହାରକର । ସେ ଆସ୍ତେଆସ୍ତେ ହାତ ବାହାର କଲା, ତା' ହାତରେ କିଛି ନଥିଲା । ପଣ୍ଡିତ ସାର୍ ତା' ପକେଟ୍‌ରେ ହାତ ପୁରେଇଦେଲେ । ପଦୁ ତା' ପକେଟ୍‌କୁ ସମ୍ପୂର୍ଣ୍ଣ କାଟି ଫିଙ୍ଗି ଦେଇଥିଲା । ପଣ୍ଡିତ ସାର୍ ହାତ ପୁରେଇଦେଇ ସଙ୍ଗେସଙ୍ଗେ ବାହାର କରି ଦେଲେ ଏବଂ କାହାକୁ କିଛି ନକହି ସେ ହାତ ଧୋଇବାକୁ ଚାଲିଗଲେ । ଦିନସାରା ସେଦିନ ଗରଗର ହେଉଥିଲେ, କିନ୍ତୁ ପଦୁର ପାଖ ମାଡ଼ିନଥିଲେ ।

ମନେ ଅଛି, ଗୌରାଙ୍ଗ କହିଲା । ସେ ପାଉଁରୁଟି ଓମଲେଟ୍ ଖାଇସାରି କଦଳୀ ଖାଉଥିଲା । ସୁପ୍ରଭା ମନେପକେଇ ହସୁଥିଲା, ତା' ମୁହଁ ଉଜ୍ଜ୍ୱଳ ଦିଶୁଥିଲା ଏବଂ ଆଖି ଚମକୁ ଥିଲା ।

ବର୍ଷା ଓ ପବନ ଚାଲୁ ରହିଥିଲା । ଇଲେକ୍ଟ୍ରି ଖୁଣ୍ଟି ନଇଁ ପଡ଼ି ଭୂମି ସ୍ପର୍ଶ କରିଥିଲା । ତାଙ୍କ ଘର ସାମ୍ନା ରାସ୍ତା ଉପରେ ଥିବା ଆଉ କେତୋଟି ଗଛ ବି ନଇଁ ପଡ଼ି ଉପୁଡ଼ିପଡ଼ିଥିଲା । ଗୌରାଙ୍ଗ ଖାଇସାରିବା ପରେ ଚା' ପିଉଥିଲା । ପୂର୍ଣ୍ଣିମା ଆସି ପଚାରିଲା, ରୋଷେଇ କ'ଣ କରିବି ?

ସୁପ୍ରଭା କହିଲା- ଯାହା ଅଛି କରିଦେ, ପଚାରୁଛୁ କ'ଣ ?

ବିଜୁଳି ନଥିଲା, ଟିଭି ଚାଲୁନଥିଲା । ସୁପ୍ରଭାଙ୍କ ଘରେ ରେଡିଓ ବି ନଥିଲା, ଟିଭି ଆସିଲା ପରେ ରେଡିଓର ଚାହିଦା କମିଗଲା । ଫୋନ୍ କଟିସାରିଥିଲା । ସେମାନେ ଯାହା ସେମାନଙ୍କ ସାମ୍ନା ଓ ଝଡ଼ର କିଛି ଅଂଶ ଦେଖୁଥିଲେ । କୋଉଠି କ'ଣ ହେଉଛି, ପବନର ଗତି କେତେ, ଏପରିକି ପଡ଼ୋଶୀଘର ସମ୍ବନ୍ଧରେ କିଛି ଜାଣିବାର ଉପାୟ ନଥିଲା । ସେମାନେ ଏବେ ଗୃହବନ୍ଦୀ, ନିର୍ବାସିତ । ଗୌରାଙ୍ଗ, ସୁପ୍ରଭା ଓ ପୂର୍ଣ୍ଣିମା । ପୂର୍ଣ୍ଣିମା ରୋଷେଇଘରେ ଥିଲା ଏବଂ ଆଗପଟ ବାଲକୋନୀରେ ବସିଥିଲେ ଗୌରାଙ୍ଗ ଓ ସୁପ୍ରଭା ।

ଗୌରାଙ୍ଗ ସୁପ୍ରଭାକୁ କହିଲା- ତୋର ମନେ ଅଛି, ମୁଁ ହଠାତ୍ ତତେ ଗୋଟିଏ ଚୁମା ଦେଇଥିଲି ? ତୁ ମତେ ବଜାରୀ ଛତରା ଗାଳିଦେଇ ରାଗି ଚାଲିଗଲୁ । ମୁଁ ତିନିଦିନ ଭୟରେ ଶୋଇପାରିନଥିଲି । ମତେ ଲାଗୁଥିଲା, ତୁ ଘରେ କହିଦେବୁ, ତୋ ବାପା ମୋ ବାପାଙ୍କୁ କହିବ, ବାପା ମୋତେ ବାଡ଼େଇବ । ଗାଁରେ ହାଲ୍ଲା ହୋଇଯିବ, ମୁଁ କାହାକୁ ମୁହଁ ଦେଖେଇ ପାରିବି ନାହିଁ ।

ସୁପ୍ରଭା ହସିଲା । କହିଲା- ମୁଁ ତ କାହାକୁ କହିନଥିଲି । ମୁଁ କେବେ ଭାବି ନଥିଲି ତୁ ମତେ ହଠାତ୍ କୁଣ୍ଢେଇପକେଇ ଚୁମା ଦେବୁ । ଦୁଆର ଖୋଲାଥିଲା, ସେତେବେଳେ ବି ବଡ଼ବାପାଙ୍କ କ୍ଷେତରେ ଲୋକ ଥିଲେ । ମୁଁ ଚମକି ପଡ଼ିଥିଲି, ଭୟ ପାଇଯାଇଥିଲି । କାଳେ କିଏ ଦେଖିଦେଇଥିବ ।

ଗୌରାଙ୍ଗ କହିଲା- ତା'ପରେ ତୁ ତ ଆସିନଥିଲୁ । ମୁଁ ତତେ ଭୁଲ୍ ମାଗିବାକୁ ଭାବୁଥିଲି ।

ସୁପ୍ରଭା କହିଲା- ସତରେ ? ମୋର ଇଂରେଜି ପଢ଼ା ସରିଯାଇଥିଲା । ମୁଁ ତୋ ବଡ଼ବାପାଙ୍କ ପାଖକୁ ଇଂରେଜି ପଢ଼ିବାକୁ ଯାଉଥିଲି । ଆଉ କାହିଁକି ଯାଇଥାନ୍ତି ? ପରୀକ୍ଷା ପାଖେଇଆସିଥିଲା । ଘରେ ବସି ପରୀକ୍ଷା ପାଇଁ ପ୍ରସ୍ତୁତି କରୁଥିଲି ।

ସୁପ୍ରଭା ବିଷୟରେ ଯମେଶ୍ୱର କହୁଥିଲା, ଜଣେ ଇନ୍ସପେକ୍ଟର ସହିତ ତା'ର ସମ୍ପର୍କ ଥିଲା । କହୁଥିଲା, ସୁପ୍ରଭା ସପିଂ କରିବାକୁ ଭଲପାଏ, ତା'ର ଶାଢ଼ି ଓ ଗହଣା ପ୍ରତି ଦୁର୍ବଳତା । ସୁପ୍ରଭା ଶାଢ଼ି ପିନ୍ଧି ନଥିଲା, ପିନ୍ଧିଥିଲା ସାଲଓ୍ୱାର କୁର୍ତ୍ତା । ଛାତିରେ ପକେଇଥିଲା ଓଢ଼ନି । ବେକରେ ଗୋଟିଏ ସୁନାଚେନ୍ । ତା'ର ଲମ୍ବ ଗ୍ରୀବା, ସୁନ୍ଦର ଓ ଆକର୍ଷଣୀୟ ଲାଗୁଥିଲା । ସ୍ନେହୀ ଓ ସରଳ ମନେ ହେଉଥିଲା । ପଚାରିଲା, ତୁ ମୋ ବାହାଘରକୁ କାହିଁକି ଆସିନଥିଲୁ ? ମୁଁ ତତେ ଖବର ଦେଇଥିଲି, ଆମର ସବୁ ସାଙ୍ଗ ଆସିଥିଲେ ।

ବାହାଘର ବହୁବର୍ଷ ହେଲା ସରିଥିଲା, ସତର ଅଠର ବର୍ଷ ତଳେ । ସୁପ୍ରଭାର ମନେଥିଲା, ଗୌରାଙ୍ଗ ସେହି ବାହାଘରକୁ ଯାଇନଥିଲା । ବହୁବର୍ଷ ପରେ ପିଲାଦିନର ସାଙ୍ଗ ସହିତ ନିରୋଳାରେ ଗପିବାକୁ ସୁଯୋଗ ମିଳିଛି, ଏହି ଝଡ଼ ପାଇଁ । ସୁପ୍ରଭାର ପିଲାଦିନର ଘଟଣା, ଗାଁ କଥା, ସାଙ୍ଗସାଥିଙ୍କ କଥା ମନକୁ ଆସୁଥିଲା । ସେ ପଛକୁ ଫେରିଯାଉଥିଲା । ଗୌରାଙ୍ଗ କହିଲା- ତୁ ବାହାହୋଇଯାଉଥିବା ଜାଣି ମତେ ଭଲ ଲାଗୁନଥିଲା, ତେଣୁ ତୋ' ବାହାଘରକୁ ଆସିବାକୁ ଇଚ୍ଛା ହେଲା ନାହିଁ ।

ସୁପ୍ରଭା କହିଲା, ତା' ଅର୍ଥ, ତୁ ମତେ ପ୍ରେମ କରୁଥିଲୁ !

ଗୌରାଙ୍ଗ କହିଲା- ପ୍ରେମ କିମ୍ବା ଇନ୍‌ଫାଟୁଏସନ୍, ତୁ ଯାହା କହିପାରୁ, କିନ୍ତୁ ତୋ' ବାହାହେବାଟା ମତେ ସେତେବେଳେ କଷ୍ଟ ଲାଗୁଥିଲା ।

ସୁପ୍ରଭା ଅନ୍ୟମନସ୍କ ହୋଇଗଲା । ଗୌରାଙ୍ଗ ଲାଜକୁଳା ଥିଲା । ଯେତେବେଳେ ଦେଖିବ ହାତରେ ବହିଖଣ୍ଡେ ଥିବ। ପାଠବହି ବି ନୁହଁ, ଗଳ୍ପ ଉପନ୍ୟାସ। ନିଜ ଦୁନିଆରେ ନିଜେ ହଜିଯାଇଥିବ । କ୍ଲାସ୍‌ରେ କିଛି ଆଲୋଚନା ଶିକ୍ଷକ କଲେ ସେ ଭାଗ ନେଉଥିବ । ତାଙ୍କ ପ୍ରତିଯୋଗିତାରେ ଭାଗନେଇ ସେ ବଳିଷ୍ଠ ଯୁକ୍ତି କରୁଥିବ । ସବୁ ଶିକ୍ଷକ ତାକୁ ଭଲ ପାଉଥିଲେ, ତାଙ୍କ ମନରେ ତା' ପ୍ରତି ଟିକେ ସମ୍ମାନ ବି ଥିଲା । ସେ ଝିଅମାନଙ୍କ ସହିତ ବେଶି ଗପୁ ନଥିଲା । କିନ୍ତୁ ବେଳେବେଳେ କେବଳ ସୁପ୍ରଭା ସହିତ କଥା ହେଉଥିଲା । ବେଶି କଥାବାର୍ତ୍ତା କରୁଥିଲା ଯେତେବେଳେ ସୁପ୍ରଭା ତା' ବଡ଼ବାପାଙ୍କ ପାଖକୁ ପଢ଼ିବାକୁ ଯାଉଥିଲା । ସୁପ୍ରଭା ରାସ୍ତା ଆଡ଼କୁ ଚାହିଁଥିଲା । ରାସ୍ତା ସେପଟର ଅଧିକାଂଶ ଦୋକାନର ଛପର ଉଡ଼ିଯାଇଥିଲା । ସେହି ଦୋକାନଘରଗୁଡ଼ିକ ସରକାରୀ ଜାଗାରେ କରିଥିଲେ, ସବୁଘର ଆଜବେଷ୍ଟସ୍ କିମ୍ବା ଛଣଛପର । ସାହିକୁ ଯାଇଥିବା ରାସ୍ତାର ଡାହାଣ ପଟେ ଥିବା କେବିନ ଓଲଟିପଡ଼ି ସାହି ରାସ୍ତା ଉପରେ ଗଡ଼ିପଡ଼ିଥିଲା । କେବିନର ଗୋଡ଼ ଉପରକୁ ହୋଇଯାଇଥିଲା । ଏହି କିଛିବର୍ଷ ଭିତରେ ଅନେକ କିଛି ପରିବର୍ତ୍ତନ ଦୁହିଁଙ୍କ ଜୀବନରେ ଆସିଲାଣି, ଜୀବନର ଚଲାପଥରେ ବେଶ କିଛିବାଟ ଚାଲିଆସିଲେଣି । ପୂର୍ଣ୍ଣିମା ଖାଇବାକୁ ଡାକିଲା ।

ଭାତ, ଡାଲି, ସାଦା ତର୍କାରି ଓ ଆଳୁଭର୍ତ୍ତା । ଗୌରାଙ୍ଗକୁ ଆଳୁ ଭର୍ତ୍ତା ଭଲଲାଗେ । ସୁପ୍ରଭା କହିଲା- କରେଣ୍ଟ ନାହିଁ କେତେଦିନ ପର୍ଯ୍ୟନ୍ତ କରେଣ୍ଟ ଆସିବ ନାହିଁ କହିହେବନି । ସବୁ ଇଲେକ୍ଟ୍ରି ଖୁଣ୍ଟ ତ ଉପୁଡିପଡିଲାଣି । ଦିନ ଥାଉ ଥାଉ ରାତିଖିଆ କରିଦେ' । ମୁଁ କହିବାକୁ ଭୁଲିଗଲି, ତର୍କାରି ଟିକେ ବେଶି କରିଦେଇଥିଲେ, ରାତି ପାଇଁ ରଖିଦେଇଥାଆନ୍ତୁ । ରାତି ପାଇଁ ରୋଷେଇ କରିବାକୁ ପଡ଼ିନଥାନ୍ତା ।

ପୂର୍ଣ୍ଣିମା କହିଲା, ମୁଁ ତର୍କାରି ଟିକେ ଅଧିକ କରିଛି, ରାତି ପାଇଁ ଚଳିଯିବ ।

ସୁପ୍ରଭା କହିଲା- ଠିକ୍ କରିଛୁ । ଗୌରାଙ୍ଗକୁ କହିଲା, ତୁ ଟିକେ ଶୋଇପଡ଼ ।

ଗୌରାଙ୍ଗକୁ କ୍ଲାନ୍ତ ଲାଗୁଥିଲା, ରାତିରେ ସେ ସାଢ଼େ ତିନିଟାବେଳେ ଶୋଇଥିଲା । ହୁଏତ କିଛି କାମ କରିଥିଲେ ତାକୁ ଭଲ ଲାଗିଥାନ୍ତା । ଝଡ଼ବର୍ଷା, ଘୁ ଘୁ ପବନ, ଉପୁଡୁଥିବା ଗଛ, ଛପର ଉଡ଼ିଯାଉଥିବା ଘର, ତା' ମନରେ ବି ଟିକେ ଭୟ ରହୁଥିଲା । ସେ କହିଲା- ମୁଁ ଏହି ସୋଫାରେ ଗଡ଼ିପଡୁଛି । ସୁପ୍ରଭା ତା' ଶୋଇବା ଘରକୁ ଚାଲିଗଲା । ଗୌରାଙ୍ଗ ସୋଫାରେ ଗଡ଼ିପଡିଲା । ପୂର୍ଣ୍ଣିମା ରୋଷେଇଘରେ ଧୁଆଧୋଇ କରୁଥିଲା । ଗୌରାଙ୍ଗର ତା' ନିଜ ଗାଁ ଓ ପିଲାଦିନ କଥା ମନେପଡୁଥିଲା । ତାଙ୍କ ଗାଁରେ ଅଧିକାଂଶ ଘର ଚାଷୀ, ସେମାନେ ଝିଅଙ୍କ ପାଠପଢ଼ା ଉପରେ ଗୁରୁତ୍ୱ ଦେଉନଥିଲେ । ଦଶମ ଶ୍ରେଣୀରେ ପହଞ୍ଚିଲା ବେଳକୁ ମାତ୍ର ତିନିଜଣ ଝିଅ ତାଙ୍କ ସାଙ୍ଗରେ ପଢୁଥିଲେ । ସୁପ୍ରଭାର ଝିଅମାନଙ୍କ ଭିତରେ ପାଠ ଭଲ ହେଉଥିଲା ଏବଂ ସେ କଲେଜକୁ ପଢ଼ିବାକୁ ଯାଇଥିଲା । ଗାଁ ଓ ପିଲାଦିନ କଥା ଭାବୁଭାବୁ ସେ ଶୋଇପଡିଥିଲା ।

ଗୌରାଙ୍ଗର ନିଦ ଭାଙ୍ଗିଲା ବେଳକୁ ଅନ୍ଧାର ହୋଇସାରିଥିଲା । ଅବଶ୍ୟ ସଞ୍ଜ ହେବା ସମୟ ହୋଇନଥିଲା, ସମୟ ସାଢ଼େ ଚାରିଟା । କିନ୍ତୁ ବର୍ଷା ପବନ ହେତୁ ଅନ୍ଧାର ଶୀଘ୍ର ମାଡ଼ିବସିଥିଲା । ସେ ବାଲକୋନୀକୁ ଗଲା । ବର୍ଷା ଓ ପବନ କମିଯାଇଥିଲା । ଭାବିଲା, ସେ ତା' ରୁମ୍‌କୁ ଚାଲିଯିବ । କିନ୍ତୁ ରାସ୍ତାରେ ଗଛ, ଡାଳ ଓ କେବିନ ପଡ଼ିଥିଲା । ମନେପଡ଼ିଲା, ତା' ଘର ପାଖକୁ ଯିବାକୁ ସାହି ଭିତର ରାସ୍ତା ଦେଇ ଯିବାକୁ ହେବ । ସେହି ରାସ୍ତାରେ ଅଣ୍ଟାଏ କିମ୍ବା ଜଙ୍ଘେ ପାଣି ହୋଇଥିବ । ନର୍ଦ୍ଦମା ପାଣି ବର୍ଷା ପାଣି ସହିତ ମିଶିଥିବ । ପୁଣି ଅନ୍ଧାର । କିନ୍ତୁ କିଛି ସମୟ ପରେ ପୁଣି ବର୍ଷା ଓ ପବନ ଆରମ୍ଭ ହୋଇଗଲା । ଏବେ ପବନର ଦିଗ ପରିବର୍ତ୍ତନ ହୋଇଯାଇଥିଲା । ଏବେ ରାସ୍ତା ପଟୁ ପବନ ଆସୁଥିଲା । ଆଗପଟ ବାଲକୋନିରେ ପବନର ମାଡ଼ ଥିଲା ଏବଂ ବଡ଼ବଡ଼ ବର୍ଷା ବିନ୍ଦୁ ପିଟି ହେଉଥିଲା । ସୁପ୍ରଭା ଉଠି ସାରିଥିଲା । ସେ ବାଲକୋନିରୁ ଚାଲିଆସିଲା । ସୁପ୍ରଭା ଆଗପଟ କବାଟ ଓ ଝରକା ବନ୍ଦ କଲା ଏବଂ ପଛପଟ

ବାଲକୋନିକୁ ଚାଲିଆସିଲା । ଦୁଇଟି ପ୍ଲାଷ୍ଟିକ୍ ଚେୟାର ପଛପଟ ବାଲକୋନିରେ ପକେଇ ଦୁହେଁ ବସିଲେ । ତାଙ୍କର ମହାନଦୀ କୂଳରେ ଘର । ବର୍ଷା ପବନରେ ମହାନଦୀ ରହସ୍ୟମୟ ମନେହେଉଥିଲା ।

ଶୀତ ଲାଗୁଥିଲା । ସୁପ୍ରଭା ସାଲ୍‌ଟିଏ ଦେହରେ ପକେଇଥିଲା । ପୂର୍ଣ୍ଣିମାକୁ ଡାକି କହିଲା- ଗୌରାଙ୍ଗ ପାଇଁ ଚଦରଟିଏ ଆଣି ଦେ' ।

ପୂର୍ଣ୍ଣିମା ଚଦରଟିଏ ଦେଇ ଚାଲିଗଲା । ଗୌରାଙ୍ଗ କହିଲା, ପୂର୍ଣ୍ଣିମା ଭଲ ସ୍ତ୍ରୀ ଲୋକଟିଏ, ରୋଷେଇ ବି ଭଲ କରୁଛି ।

ସୁପ୍ରଭା କହିଲା, ହଁ । ତା'ର ଗୋଟିଏ କାହାଣୀ ଅଛି ।

ଗୌରାଙ୍ଗ ପଚାରିଲା- କ'ଣ ?

ସୁପ୍ରଭା କହିଲା- ପୂର୍ଣ୍ଣିମାର ସ୍ୱାମୀ ମରିଲାବେଳକୁ ତାକୁ ପଇଁତିଶ କିମ୍ବା ସଇଁତିରିଶ ବର୍ଷ ହୋଇଥଲା । ସେମାନେ ଗରିବ ଥିଲେ, ଘରଡିହ ବ୍ୟତୀତ କିଛି ନଥିଲା । ତା' ସ୍ୱାମୀ ମୂଲଲାଗି ଚଳୁଥିଲା । ତା' ସ୍ୱାମୀ ପଥରକାମ କରୁଥିଲାବେଳେ ଦୁର୍ଘଟଣା ହେଲା ଏବଂ ତା'ର ଅଣ୍ଟା ଭାଙ୍ଗିଗଲା । ସରକାରୀ ଡାକ୍ତରଖାନାକୁ ନେଇଥିଲେ, କିନ୍ତୁ ସେ ଭଲ ହୋଇପାରିଲା ନାହିଁ, ମରିଗଲା । ତା'ର ଗୋଟିଏ ଝିଅ ଥିଲା ।

ପୂର୍ଣ୍ଣିମା ଦୁଃଖେକଷ୍ଟେ ଗାଁରେ ଚଳୁଥିଲା, ଯା ତା' ଘରେ ପାଇଟି କରୁଥିଲା । କିନ୍ତୁ ସ୍ୱାମୀ ମରିବାର ଦୁଇବର୍ଷ ପରେ ପୂର୍ଣ୍ଣିମା ଗର୍ଭବତୀ ହୋଇଗଲା । ଗାଁରେ ଚର୍ଚ୍ଚା ହେଲା । ଗାଁ ଓ ସାହିଲୋକେ ନିନ୍ଦା କଲେ । ସାହି ନିଶାପ ବସିବାକୁ ସ୍ଥିର ହେଲା, ତାକୁ ସାମାଜିକ ବାସନ୍ଦ କରିବେ, ଗାଁରୁ ତଡ଼ିଦେବେ ।

ପୂର୍ଣ୍ଣିମା ଶୁଣି ଗାଁ ଦାଣ୍ଡରେ ଗର୍ଜିଲା । କହୁଥିଲା, କିଏ ନିଶାପ କରିବାକୁ ଆସୁଛି ଦେଖିବି । ବାଡ଼ିପଡ଼ା, ଯୋଗିନୀଖିଆ ରାତି ଅନ୍ଧାରରେ ଲୁଚିଲୁଚି ଆସିବେ, ଦିନରେ ନିଶାପ କରିବେ । ମତେ ଖାଲି ବଦନାମ କରିବେ, ତୁମେମାନେ ସବୁ ସୁନାମୁଣ୍ଡା, ମୋ ପେଟରେ କ'ଣ ଶୂନରେ ଛୁଆ ରହିଗଲା ।

ନିଶାପ କରିବାକୁ କେହି ଆସିନଥିଲେ । ତାକୁ ବାସନ୍ଦ କରାଯାଇପାରିନଥିଲା । ତା'ର ପୁଅଟିଏ ଜନ୍ମ ହେଲା, କିନ୍ତୁ ସେ ଗୋଟିଏ ଦିନରେ ମରିଗଲା ।

ପୂର୍ଣ୍ଣିମା ଆମଘରେ ସାତ ଆଠବର୍ଷ ହେଲା ରହିଲାଣି । ବର୍ଷରେ ଥରେ ଦୁଇଥର ତା' ଝିଅଘରକୁ ସେ ଯାଏ, ଟଙ୍କା ପଇସା ଦେଇଆସେ । ପୂର୍ଣ୍ଣିମା ବିଶ୍ୱସ୍ତ, ନିୟତ ଲଗେଇ ସେ କାମ କରେ । ତାକୁ କିଛି କହିବାକୁ ପଡ଼ିବ ନାହିଁ । ସେ ଟଙ୍କା ପଇସା ନିଜେ ରଖିଥାଏ । ପରିବାପତ୍ର, ମାଛମାଂସ ଯାହା ଯୋଉଦିନ ଦରକାର ସେ କିଣି ଆଣେ । ଟଙ୍କାର ହିସାବ ସେ ରଖିଥାଏ । ଆମେ କେବେ ହିସାବ ମାଗିନାହୁଁ । ତା'ର

ଭଲମନ୍ଦରେ ଆମେ ସାହାଯ୍ୟ କରୁ । ଲୁଗାପଟା ବା ଯାହା ଯେତେବେଳେ ଦରକାର ହୁଏ ତାକୁ ଦଉ । ତା'ର ମଧ୍ୟ ବେଶି କିଛି ଦରକାର ହୁଏନାହିଁ ।

ସମ୍ପୂର୍ଣ୍ଣ ଅନ୍ଧାର ହୋଇଯାଇଥିଲା । ଘୁ ଘୁ ଶବ୍ଦ, ନିଶା ଗରଜୁଥିଲା । ଜହ୍ନମାମୁରେ ପ୍ରକାଶିତ ବିକ୍ରମ ବେତାଳ କାହାଣୀର ଦୃଶ୍ୟ ପରି ମନେହେଉଥିଲା । ପୂର୍ଣ୍ଣିମା ଆସି କହିଲା-ଆସନ୍ତୁ ଖାଇଦେବେ । ଇମରଜେନ୍‌ସି ଲାଇଟ୍ ଦୁଇଘଣ୍ଟା, ଅଢ଼େଇ ଘଣ୍ଟା ଜଳିଲାଣି । ଆଉ ଘଣ୍ଟାଏ ଭିତରେ ଚାର୍ଜ ସରିଯିବ ।

ମହମବତୀ ନାହିଁ ? ପଚାରିଲା ସୁପ୍ରଭା ।

ହଁ, ଅଛି । କିନ୍ତୁ ମହମବତୀ ଆଲୁଅରେ କାହିଁକି ଖାଇବେ ? ଏବେ ଖାଇନିଅନ୍ତୁ, ନ'ଟା ତ ହେଲାଣି । ପୂର୍ଣ୍ଣିମା କହିଲା ।

ଡାଇନିଂ ଟେବୁଲରେ ପୂର୍ଣ୍ଣିମା ବାଢ଼ିଦେଲା । ରୁଟି, ଦିନର ତର୍କାରି, ବଡ଼ି ଓ ପିଆଜ । ଦୁହେଁ ଖାଇଦେଲା ପରେ ପୂର୍ଣ୍ଣିମା ଖାଇଲା ଏବଂ ବାସନ ଉଠେଇନେଲା । ଗୌରାଙ୍ଗ ଓ ପୂର୍ଣ୍ଣିମା ସୋଫାରେ ବସିଥିଲେ । ଇମରଜେନ୍ସି ଲାଇଟ୍‌ର ଚାର୍ଜ ସରିଯାଇଥିଲା, ତିନିଘଣ୍ଟାରୁ ଅଧିକ ଜଳିଲାଣି । ଇମରଜେନ୍ସି ଲାଇଟ୍ ତିନିଚାରିବର୍ଷ ତଳେ କିଣାଯାଇଥିଲା, ଏବେ ଖୁବବେଶୀରେ ତିନିଘଣ୍ଟା ଦଶ ପନ୍ଦର ମିନିଟ ଜଳୁଛି । ସୋଫାରେ ସେଣ୍ଟର ଟେବୁଲ ଉପରେ ମହମବତିଟିଏ ଲଗେଇ ପୂର୍ଣ୍ଣିମା ଇମରଜେନ୍ସି ଲାଇଟ୍ ନେଇ ଚାଲିଗଲା । ସୁପ୍ରଭା ପାଖରେ ଟର୍ଚ୍ଚଟିଏ ରଖିଦେଲା । ତା' ନିଜରୁମ୍‌ରେ ଇମରଜେନ୍ସି ଲାଇଟ ଲିଭିଗଲା କିମ୍ବା ସେ ଲିଭେଇଦେଲା ।

ଘରର କବାଟ ଓ ଝରକା ସବୁ ବନ୍ଦ ଥିଲା । ଘର ଭିତରେ ଏବଂ ବାହାରେ ସମ୍ପୂର୍ଣ୍ଣ ଅନ୍ଧାର ଏବଂ ସେହି ଅନ୍ଧାର ଭିତରେ ଗୋଟିଏ ମାତ୍ର ମହମବତି ଜଳୁଥିଲା । ମହମବତିର ଆଲୁଅ ପଡ଼ିଥିଲା ସୁପ୍ରଭାର ମୁହଁରେ, ଛାତିରେ । ସୁପ୍ରଭା ତା'ର ଚୁଟିକୁ ଟେକି ପଛପଟେ ବାନ୍ଧି ଦେଇଥିଲା । ତା'ର କାନରେ ନାଇଥିବା କାନଫୁଲ ବାହାରି ଦିଶୁଥିଲା । ତାରା ପରି ଛୋଟ କାନଫୁଟିଏ । ସୁପ୍ରଭା କହିଲା, ସେ ଅଫିସରେ କ'ଣ ଖାଇଲେ କେଜାଣି । ସବୁବେଳେ ଖାଲି ଅଫିସ୍ ଯିବାକୁ ବ୍ୟସ୍ତ !

ଗୌରାଙ୍ଗ କହିଲା- କାଣ୍ଟିନର ପିଲାଟି କାଣ୍ଟିନରେ ରୁହେ । ଖାଇବାକୁ କାଣ୍ଟିନରେ କିଛି କରିଥିବ । କମିଶନରଙ୍କ ପର୍ସନାଲ୍ ଆସିଷ୍ଟାଣ୍ଟ ତ ପହଞ୍ଚି ସାରିଥିଲା, ଆଉ ପାଞ୍ଚ-ଛଅଜଣ ନିଶ୍ଚିତ ଥିବେ । ଜଣେ ପିଅନ ଓ ୱାଚମ୍ୟାନ୍ ତ ଅଫିସ୍‌ରେ ରୁହନ୍ତି । ଅଫିସ୍‌ରେ କିଛି ଅସୁବିଧା ନାହିଁ ।

ସୁପ୍ରଭା କିଛି କହିଲା ନାହିଁ । ସେ ସୋଫାର କଡ଼ରେ ବସିଥିଲା । ସୋଫାର ବାଡ଼ାରେ କହୁଣି ରଖି, ତା' ଆଙ୍ଗୁଳି ଓଠକୁ ସ୍ପର୍ଶ କରେଇଥିଲା । କିଛି ଚିନ୍ତା କରୁଥିଲା ।

ମଜା କରିବାକୁ ଗୌରାଙ୍ଗ କହିଲା- ପ୍ରସନ୍ନ ବାବୁଙ୍କର ସବୁବେଳେ ଅଫିସ୍ ଚିନ୍ତା । ଦୁଇଦିନରୁ ତିନିଦିନ ଲାଗିଲାଗି ଛୁଟି ହୋଇଗଲେ ସେ କୁହନ୍ତି ତାଙ୍କୁ ଘରେ ଭଲ ଲାଗେନାହିଁ । ଘରେ ତୋ'ପରି ସୁନ୍ଦରୀ ସ୍ତ୍ରୀ ଥାଉଥାଉ, କିପରି ସେ ଘରେ ନରହି ସବୁବେଳେ ଘର ବାହାରେ ରହିବାକୁ ଚାହୁଁଛନ୍ତି ।

ସୁପ୍ରଭା ଗୌରାଙ୍ଗଙ୍କୁ ଚାହିଁ କହିଲା- ସେ ପୁରୁଷ ନୁହଁନ୍ତି ।

ଗୌରାଙ୍ଗ ବୁଝିପାରିଲା ନାହିଁ । ପଚାରିଲା, ମାନେ ?

ତାଙ୍କର ପୁରୁଷ ଶରୀର, କିନ୍ତୁ ମନ ଓ ହୃଦୟରେ ସେ ନାରୀ । ସେ ସୁନ୍ଦରୀ ନାରୀ ପ୍ରତି ଆକର୍ଷିତ ହୁଅନ୍ତି ନାହିଁ, ତୋ'ପରି ଯୁବକ ପ୍ରତି ତାଙ୍କର ଦୁର୍ବଳତା, ସୁପ୍ରଭା କହିଲା ।

ଗୌରାଙ୍ଗଙ୍କୁ ବୁଝିବାକୁ ସମୟ ଲାଗିଲା । ସେ ପ୍ରସନ୍ନ ପାତ୍ରର ଅଫିସରେ ଚାଲିଚଳଣ, କଥାବାର୍ତ୍ତା କରିବା ଢଙ୍ଗ ମନେପକଉଥିଲା । ସେ କମିଶନରଙ୍କ ସହିତ କଥାବାର୍ତ୍ତା କରୁଥିଲାବେଳେ କୌଣସି କଥାରେ ହସିଦେଲେ, ତା' ମୁହଁକୁ ବାମହାତ ଚାଲିଯାଏ ଏବଂ ପାପୁଲିରେ ମୁହଁକୁ ଘୋଡ଼େଇଦିଏ । ଲାଜକରେ । କଥାବାର୍ତ୍ତା କରିବାର ଢଙ୍ଗ କିପରି କଅଁଳିଆ, ଗେହ୍ଲେଇଗେହ୍ଲେଇ, ରୁକ୍ଷ କଥାଟିଏ କହୁଥିଲେ ବି ସେ କୋମଳ ଭାଷାରେ କୁହେ ବେଳେବେଳେ ଆଖି ଯୋଡ଼ିକ ବେଶି ମେଲିଯାଏ । ଗୌରାଙ୍ଗ ଭାବୁଥିଲା, ଏସବୁ ବୋଧହୁଏ ଚାଟୁକାରର ଲକ୍ଷଣ । ଚାଟୁକ୍ତି କ'ଣ ପୌରୁଷରହିତ ମଣିଷର ଲକ୍ଷଣ ?

ସୁପ୍ରଭା କହିଲା, ତାଙ୍କର ଭଲଗୁଣ ହେଲା ସେ ମୋତେ କେବେ କଷ୍ଟ ଦେଲାପରି କାମ କରନ୍ତି ନାହିଁ କିମ୍ୱା କିଛି କୁହନ୍ତି ନାହିଁ। ମୁଁ ଯାହା ଚାହେଁ କରେ । ମୁଁ ଦେଖୁଛି ତୁମ ବିଭାଗର ଅଫିସରଙ୍କୁ, କିଏ ମଦ ପିଉଛି, କିଏ ମଦ ପିଇ ତା' ସ୍ତ୍ରୀ ପ୍ରତି ଖରାପ ବ୍ୟବହାର କରୁଛି, କେତେଜଣ ତ ଏକାଧିକ ସ୍ତ୍ରୀ ଅଛନ୍ତି, ଅନ୍ୟ ସ୍ତ୍ରୀ, ମହିଳାଙ୍କ ପଛରେ ଲାଗିଯାଉଛନ୍ତି, ବେଶ୍ୟାପଡ଼ା ଯାଉଛନ୍ତି । କିନ୍ତୁ ତାଙ୍କର ସେପରି କିଛି ଦୁର୍ଗୁଣ ନାହିଁ ।

ପୂର୍ଣ୍ଣିମା ପାଣି ଦେବାକୁ ଭୁଲି ଯାଇଥିଲା । ଗୌରାଙ୍ଗ ପାଣି ପିଇବାକୁ ଚାହିଁଲା, ସୁପ୍ରଭା ଟର୍ଚ୍ଚ ଧରି ରୋଷେଇଘରକୁ ଗଲା ଏବଂ ଜଗ୍‌ରେ ପାଣି ସହିତ ଗ୍ଲାସଟିଏ ନେଇ ଆସିଥିଲା । ଜଗ୍‌ରୁ ଗ୍ଲାସରେ ଢ଼ାଳି ସେ ଗୌରାଙ୍ଗଙ୍କୁ ପାଣି ପିଇବାକୁ ଦେଲା । ସୁପ୍ରଭା କହିଲା, ବହୁ ବର୍ଷ ପରେ ତୋ' ସହିତ ଏତେ ସମୟ ଧରି ମିଶିବା, ଆମେ ବୋଧହୁଏ ପଢ଼ିଲାବେଳେ ଏମିତି ଏକାନ୍ତରେ କେବେ ବସିନଥିଲେ । ମତେ ବହୁତ ଭଲ ଲାଗୁଛି । ମୋର ତତେ କିଛି ଫେରେଇବାର ଥିଲା ।

ଗୌରାଙ୍ଗ ପଚାରିଲା-କ'ଣ ?

ସୁପ୍ରଭା ଓଠଚାପି ହସିହସି କହିଲା, ତୁ ମତେ ଗୋଟିଏ ଚୁମା ଦେଇଥିଲୁ । ବହୁତ ବର୍ଷ ହୋଇଗଲାଣି, ସୁଧମୂଳ ମିଶି ବହୁତ ବଢ଼ିଗଲାଣି । ଚାଲ, ଆଜି ଫେରେଇ ଦେବି ।

ସୁପ୍ରଭା ମହମବତି ଲିଭେଇଦେଲା, ତା' ହାତଧରି ତାକୁ ଶୋଇବାଘରକୁ ଟାଣି ନେଇଗଲା । ସୁସୁ ଗର୍ଜନ ଶୁଭୁଥିଲା, ପୃଥିବୀ ଅସ୍ଥିର ଥିଲା, ତାଣ୍ଡବର ଧ୍ୱନୀ । ଘର ଭିତର ଥିଲା ସ୍ତବ୍ଧ, ନିଃଶବ୍ଦ ।

ସକାଳେ ଉଠିଲାବେଳକୁ ଝଡ଼ ନିରବି ଯାଇଥିଲା । ରାସ୍ତାରେ ପାଣି, ଉପୁଡ଼ିଯାଇଥିବା ଗଛ, ଓଲଟି ପଡ଼ିଥିବା କେବିନ, ନଇଁ ପଡ଼ିଥିବା ବିଜୁଳି ଖୁଣ୍ଟ, ରାସ୍ତା ସାରା ପତ୍ର, ଡାଳ, କୋଉଠି ଉଡ଼ିଆସିଥିବା ଟିଣଟିଏ, ଛପର ନଥିବା ଘର । ଲୋକ ଗଳ୍ପରେ ରାକ୍ଷସ ନଗରକୁ ଧ୍ୱଂସ କରିଯାଇଥିଲା ପରି ଲାଗୁଥିଲା । ସୁପ୍ରଭା ଉଠିସାରି ମୁହଁ ଧୋଇ ସାରିଥିଲା । ଗୌରାଙ୍ଗ ବାହାରିଲା ନିଜଘରକୁ । ପୂର୍ଣ୍ଣିମା କହିଲା, ବସନ୍ତୁ, ମୁଁ ଚା' କରି ଆଣୁଛି ।

ଗୌରାଙ୍ଗ ମନା କଲା । କହିଲା- ମୁଁ ଯାଇ ଦେଖେ ମୋ ଘରର ଅବସ୍ଥା କ'ଣ ହୋଇଛି ।

ପୂର୍ଣ୍ଣିମା ମୁହଁରେ ହସ ଥିଲା, ବୋଧହୁଏ ସେ କିଛି ଜାଣିଥିଲା । ସୁପ୍ରଭା ତାକୁ ବଳେଇଦେବାକୁ ରାସ୍ତାକଡ଼କୁ ଆସିଲା । ତା' ମୁହଁରୁ ଖୁସି ବାରିହୋଇପଡୁଥିଲା । ସେପର୍ଯ୍ୟନ୍ତ ପ୍ରସନ୍ନ ପାତ୍ର ଫେରିନଥିଲା ।

■

ନଅ

ସାତଦିନ ପରେ ଗୌରାଙ୍ଗ ଅଫିସ୍‌ରେ ପହଞ୍ଚିଥିଲା ।

ସୁପ୍ରଭାର ଘରୁ ସେ ନିଜରୁମ୍‌କୁ ସକାଳେ ଯାଇଥିଲା, ପାଞ୍ଚ ସାତ ମିନିଟର ଚଲା ରାସ୍ତାକୁ ତାକୁ ଅଧଘଣ୍ଟାଏ ପଇଁଚାଳିଶ ମିନିଟ ଲାଗିଥିଲା । ସାହି ରାସ୍ତାରେ ଅଣ୍ଟାଏ ପାଣି, ବର୍ଷା ଓ ନଳା ପାଣି ଫେଣ୍ଟାଫେଣ୍ଟି ହୋଇ କଳା ଦିଶୁଥିଲା । ଅବଶ୍ୟ ତା' ରୁମ୍‌ରେ କିଛି ହୋଇନଥିଲା, ସେ କବାଟ ଝରକା ବନ୍ଦ କରି ଯାଇଥିଲା । ବାଲ୍‌କୋନିରେ ପତ୍ର, କୁଟା ପଡିଥିଲା । ଘରର ପଛପଟ ବାଡ଼ି ଦେଖି ତାକୁ କଷ୍ଟ ଲାଗିଲା। ଆମ୍ବ, ଜାମୁ, ଶିମୁଳି ଗଛ ଉପୁଡ଼ିପଡ଼ିଥିଲା । ବାଲକୋନିରେ ବସିଲେ ଏବେ ଗଛର ଛାଇ ପଡ଼ିବ ନାହିଁ, ଏବେ ଆଉ ମହାନଦୀ ପଠାର ଶୁଆ ଆସିବେନି, ଚଢ଼େଇ ରାବରେ ଏବେ ତା'ର ନିଦ ଭାଙ୍ଗିବ ନାହିଁ । ସେ କିଛି ସମୟ ଛିଡ଼ାହୋଇ ରହିଗଲା । ଯାହା ଦେଖୁଥିଲା ତାକୁ ଦୁଃଖ ଲାଗୁଥିଲା ।

ଇଲେକ୍ଟ୍ରିକ୍ ଖୁଣ୍ଟ ସବୁ ଉପୁଡ଼ିଯାଇଛି, କରେଣ୍ଟ ଆସିବାକୁ କେତେଦିନ ଲାଗିବ, କହିହେବନି । ବିନା ବିଜୁଳିରେ ଟାଙ୍କିକୁ ପାଣି ଉଠିବନି । ସେ ସ୍ଥିରକଲା ଗାଁକୁ ଚାଲିଯିବ । ଗାଁର ଅବସ୍ଥା କ'ଣ ସେ ଜାଣିନି । ସେ ତା' ଘର ଝାଡୁ କଲା, ବାଲକୋନିକୁ ସଫା କଲା । ଯାହା ପାଣି ଥିଲା, ଅଳ୍ପ ପାଣିରେ ନିଜର ପେଣ୍ଟସାର୍ଟ ଧୋଇ, ନିଜେ ପୋଛାପୋଛି ହୋଇଗଲା । ଓଦା ଲୁଗାକୁ ଘର ଭିତରେ ପ୍ଲାଷ୍ଟିକ ଚେୟାର ଉପରେ ଶୁଖେଇଦେଇ ସେ ଘରକୁ ଯିବାକୁ ବାହାରୁଥିଲା ।

ଘର ମାଲିକଙ୍କ ସାନଝିଅ ଚାରି ପାଞ୍ଚଟା ଅମୃତଭଣ୍ଡା ଆଣି

କହିଲା, ମା' ଦେଇଛନ୍ତି । ଆମ ଅମୃତଭଣ୍ଡା ଗଛ ଉପୁଡ଼ି ଯାଇଛି । ଏବେ କିଛିଦିନ କିଛି ପରିବା ମିଳିବ ନାହିଁ । ମା' କହିଲା, ଏଇ ଅମୃତଭଣ୍ଡାରେ ତରକାରି କିମ୍ବା ଡାଲମା କରି ଦୁଇତିନିଦିନ ଚଳେଇ ଦେବେ ।

ଗୌରାଙ୍ଗ କହିଲା, ତୁ ନେଇଯା' । ମୁଁ ଏବେ ଗାଁକୁ ଯାଉଛି । ଗାଁରେ କ'ଣ ହୋଇଛି କେଜାଣି । ଏବେ ତ କଟକକୁ ଇଲେକ୍ଟ୍ରିସିଟି, ପାଣି ଆସିବାକୁ ବୋଧହୁଏ କିଛିଦିନ ଲାଗିଯିବ । ମୁଁ ଘରେ ତିନିଚାରି ଦିନ ରହି ଆସିବି ।

ସାନଝିଅ କହିଲା, ଗାଁରେ କ'ଣ ବିଜୁଳି ପାଣି ଥିବ ?

ଗୌରାଙ୍ଗ କହିଲା, ବିଜୁଳି ନଥିଲେ ବି ଗାଁରେ କିଛି ଅସୁବିଧା ହେବନି । କୂଅ ଅଛି, ପୋଖରୀ ଅଛି । ଖୋଲାମେଲା ଜାଗା । ଗାଁରେ ତ ଏମିତି ଦିନରେ ଛଅ ସାତ ଘଣ୍ଟା ବିଜୁଳି ରୁହେନି ।

ଗୌରାଙ୍ଗ ଚାଲିଚାଲି ଲିଙ୍କରୋଡରେ ପହଞ୍ଚିଲା । ଲିଙ୍କରୋଡରେ ପହଞ୍ଚିବାକୁ ତାକୁ ଦୁଇଘଣ୍ଟା ଲାଗିଲା । ଲିଙ୍କରୋଡରୁ ଭୁବନେଶ୍ୱରକୁ ଟ୍ରେକର, ମାଟାଡୋର ଗୋଟିଏ ଗୋଟିଏ ଚାଲୁଥିଲା । ସେ ଗୋଟିଏ ଟେକ୍କରରେ ଭୁବନେଶ୍ୱରରେ ପହଞ୍ଚିଲା । ଭୁବନେଶ୍ୱରରୁ ଖୋର୍ଦ୍ଧା ବସ୍ ଯାଉଥିଲା । ଖୋର୍ଦ୍ଧାରେ ଓହ୍ଲେଇ ସେ ଗୋଟିଏ ରିକ୍ସାରେ ଗାଁରେ ପହଞ୍ଚିଲା ।

କଟକ ପରି ଭୁବନେଶ୍ୱରରେ ବାତ୍ୟାର ପ୍ରକୋପ ନଥିଲା, ପବନର ବେଗ ବେଶି ନଥିଲା । ଖୋର୍ଦ୍ଧା ବାତ୍ୟାରେ ପ୍ରଭାବିତ ହୋଇନଥିଲା । ସେ ଘରେ ଖାଇ ସାରି ବଡ଼ବାପାଙ୍କ ଫାର୍ମ ଆଡ଼କୁ ଯାଇଥିଲା । ଫାର୍ମରେ କେତେଟା ସଜନାଗଛ ଓ ଅମୃତଭଣ୍ଡା ଗଛ ଭାଙ୍ଗି ପଡ଼ିଥିଲା ।

ଗାଁରେ ଥାଇ ଖବରକାଗଜରୁ ଓ ଲୋକଙ୍କ ଠାରୁ ବାତ୍ୟାର ବିଭୀଷିକା ଶୁଣୁଥିଲା । ଜଗତସିଂହପୁର, ପାରାଦୀପ ଅଞ୍ଚଳରେ ବାତ୍ୟା ଅଧିକ କ୍ଷୟକ୍ଷତି କରିଥିଲା । କିଏ କହୁଥିଲା ତିରିଶ ହଜାର, କିଏ କହୁଥିଲା ଅତିକମ୍‌ରେ ପଚାଶ ହଜାର ଲୋକ ମରିଯାଇଛନ୍ତି । ତିରିଶ ଫୁଟର ପାଣି ମାଡ଼ିଆସିଥିଲା । ଲକ୍ଷାଧିକ ଗାଈଗୋରୁ, ଛେଳିମେଣ୍ଢା ମରିଯାଇଥିଲେ । ସରକାର ଏପରି ଏକ ବିପର୍ଯ୍ୟୟ ପାଇଁ ଆଦୌ ପ୍ରସ୍ତୁତ ନଥିଲେ । ପରିସ୍ଥିତିର ମୁକାବିଲା କରିବାକୁ ସମ୍ପୂର୍ଣ୍ଣ ଅସମର୍ଥ ଥିଲେ । ବିଜୁଳି ଖୁଣ୍ଟ ଟେକି, ବିଜୁଳି ପୁନଃଯୋଗାଣ ପାଇଁ ଆନ୍ଧ୍ର ସରକାର ଲୋକ ଓ ମେସିନ୍ ପଠେଇଥିଲେ । ଖବରକାଗଜରୁ ସେ ବାତ୍ୟାର କରୁଣ କାହାଣୀ ସବୁଦିନ ପଢୁଥିଲା । ଯଦିଓ କାହା ସହିତ ଯୋଗାଯୋଗ ହୋଇପାରୁନଥିଲା, ସେ ଜାଣୁଥିଲା ଅଫିସ୍ ଠିକ୍ ଚାଲୁନଥିବ । କଟକ ଓ ଭୁବନେଶ୍ୱରକୁ ବିଜୁଳି ଯୋଗାଣ ହୋଇପାରିନଥିଲା । ସେ ଗାଁରେ ଛଅଦିନ

ରହିଲା ପରେ ସପ୍ତମ ଦିନ କଟକ ଫେରିଲା । ମା' ତା'ପାଇଁ ଚୁଡ଼ାଭଜା ଓ ଆରିସାପିଠା ତିଆରି କରି ଦେଇଥିଲା । କହିଲା- ଖାଇବାକୁ ମିଳୁଥିବ କି ନାହିଁ, ନେଇଯାଇଥା, ଜଳଖିଆ କରିବୁ ।

ସାତଦିନ ପରେ, ଗୌରାଙ୍ଗ ଯାହା ଭାବିଥିଲା, ଅଫସ୍‌ର ଅବସ୍ଥା ପ୍ରାୟ ସେଇଆ ଥିଲା । ବାତ୍ୟା ପରେ ଦୁଇଦିନ ପର୍ଯ୍ୟନ୍ତ ଅଫିସ୍‌କୁ କେହି ଆସିପାରିନଥିଲେ । ତୃତୀୟ ଦିନ କମିଶନର ଏବଂ ତିନି ଆଡିସନାଲ୍ କମିଶନର କ'ଣ କ୍ଷୟକ୍ଷତି ହୋଇଛି ଦେଖିବାକୁ ଆସିଥିଲେ । ଦୁଇଦିନ ହେଲା ଅଫିସ୍‌କୁ ଜଣେ ଜଣେ ଅଫିସର, କର୍ମଚାରୀ ଆସୁଥିଲେ । ବିଜୁଳି ନଥିଲା । ଅଫିସର କୋଠାଘର ପ୍ଲାନ ବ୍ରିଟିଶ ସମୟର, ଦୁଇପଟେ ଘର, ମଝିରେ କରିଡର । କୋଠରି ସବୁର ଦ୍ୱାର ବନ୍ଦ ଥିଲେ, କରିଡ଼ର ରାତିପରି ଅନ୍ଧାର । କୋଠରୀର ଝରକା ଖୋଲିଲେ ଯାହା ଆଲୁଅ ତାହା ମଧ୍ୟ ଯଥେଷ୍ଟ ନୁହେଁ । ତଥାପି କଷ୍ଟେମଷ୍ଟେ କାମ କରିହେବ । ପବନର ଯାତାୟାତ ନାହିଁ। କଟକକୁ କେବେ ବିଜୁଳି ପୁନଃଯୋଗାଣ ହେବ ଠିକ୍ କରି ହେଉନଥିଲା । ମ୍ୟୁନିସିପାଲିଟି ପାଣି ଯୋଗାଣ ବି ଆରମ୍ଭ ହୋଇନଥିଲା । ଅଫିସରେ କାମ ହେଉନଥିଲା । ଯୋଉ କେତେଜଣ ଅଫିସର କର୍ମଚାରୀ ଆସୁଥିଲେ, ଆଲୋଚନା ହେଉଥିଲା ବାତ୍ୟାର କ୍ଷୟକ୍ଷତି ଏବଂ ଭୟାବହତା ଉପରେ । ଜଗତସିଂହପୁର, କେନ୍ଦ୍ରାପଡ଼ା ଓ ପାରାଦୀପ ଅଞ୍ଚଳର କର୍ମଚାରୀମାନେ ଗପୁଥିଲେ, ତାଙ୍କରି ପାଖରେ ବସିଥିବା ଅନ୍ୟମାନେ ଶୁଣୁଥିଲେ । ଜଗତସିଂହପୁରର ଗୋଟିଏ କର୍ମଚାରୀର ପୁତୁରା ମରିଯାଇଥିଲା । ସେପାଖ ଘରକୁ ଯାଉଥିଲାବେଳେ ତାଳଗଛଟିଏ ତା' ଉପରେ ପଡ଼ିଯାଇଥିଲା।

କମିଶନର, ପ୍ରସନ୍ନ ପାତ୍ର ଓ ପ୍ରମୋଦ ସାହୁ ପରିଦର୍ଶନରେ ବାହାରିଯାଇଥିଲେ । କାହିଁକି କଟକ, ଭବନେଶ୍ୱରରେ ରହି ହଇରାଣ ହେବେ ? ପାଣି ନାହିଁ, ବିଜୁଳି ନାହିଁ । ସେମାନେ ସସ୍ତ୍ରୀକ ଯାଇଥିଲେ । କମିଶନର ଓ ପ୍ରସନ୍ନ ପାତ୍ର ସମ୍ବଲପୁର ଯାଇଥିଲେ ଏବଂ ପ୍ରମୋଦ ସାହୁ ରାଉରକେଲା । ସମ୍ବଲପୁର କିମ୍ବା ରାଉରକେଲାରେ ବାତ୍ୟାର ପ୍ରଭାବ ପଡିନଥିଲା । ପ୍ରସନ୍ନ ପାତ୍ର ସହିତ ସୁପ୍ରଭା ଯାଇଥିଲା, ତାଙ୍କଘର ଜଗିଥିଲା ପୂର୍ଣ୍ଣିମା । ନଦୀକୂଳରେ ଘର, ନଈରୁ ପାଣି ଆଣି ପୂର୍ଣ୍ଣିମା ଏକା ଏକା ଚଳିଯାଉଥିଲା । ପରମାନନ୍ଦ ଶତପଥୀ ଗସ୍ତରେ ଯାଇପାରିନଥିଲା । ତା'ର ପ୍ରଶାସନ ଦାୟିତ୍ୱ, ଗସ୍ତ କରିବାର ସୁଯୋଗ ନାହିଁ । ପ୍ରଶାସନ ଦାୟିତ୍ୱରେ ଥିବା ଆଡିସନାଲ୍ କମିଶନର ହେଡ୍‌କ୍ୱାର୍ଟର୍ସରେ ରହିବା ଆବଶ୍ୟକ। ତେଣୁ ସେ ରହିବାକୁ ବାଧ୍ୟ । ସେ ଅଫିସକୁ ଏଗାରଟା ବେଳକୁ ଆସୁଥିଲା ଏବଂ ସାଢ଼େ ଦୁଇଟା ବେଳକୁ ଚାଲିଯାଉଥିଲା ।

ଗୌରାଙ୍ଗର ପ୍ରକୋଷ୍ଠକୁ ପଶିଆସିଲା ସୁଜାତା ପରମାଣିକ । ଗୌରାଙ୍ଗ ଆଶ୍ଚର୍ଯ୍ୟ ହୋଇ ପଚାରିଲା, ତୁମେ ଅଫିସ୍‌କୁ ଆସିଛ ?

ସୁଜାତା କହିଲା- ଅଫିସ୍‌କୁ ନୁହେଁ, ଆପଣଙ୍କୁ ଦେଖା କରିବାକୁ ଆସିଥିଲି ।

ଗୌରାଙ୍ଗ ପଚାରିଲା- କ'ଣ ପାଇଁ ?

ସୁଜାତା କହିଲା- ମୁଁ ଆଜି ମୋ ଭଉଣୀ ଘରକୁ ଆସିଥିଲି । ମା' କିଛି ଜିନିଷ ପଠେଇଥିଲା । ସ୍କୁଟିରେ ଆସିଛି, ଚାଲିଯିବି । ଆପଣ ଆଜି ଆସିଛନ୍ତି ବୋଲି ମୋ ଭଉଣୀ କହିଲା । ସେ ଦେଖିଥିଲା । ମୋର Industrialisation in Orissa ବହିଟା ଟିକେ ଦରକାର । ସେ ବହିଟା ଆପଣଙ୍କ ପାଖରେ ଅଛି, ମୁଁ ଦେଖିଥିଲି ।

ସୁଜାତା ଗୌରାଙ୍ଗ ଠାରୁ ଦୁଇଥର ବହି ନେଇ ଫେରେଇଥିଲା । ସେ ତା'ର ପିଏଚ୍‌ଡି, ଥେସିସ୍ କାମ ସାରିଦେଇଥିଲା ଏବଂ ଥେସିସ୍ ମଧ୍ୟ ଦାଖଲ କରିଦେଇଥିଲା । ବାତ୍ୟାର କିଛିଦିନ ପୂର୍ବରୁ ସେ ଥରେ ତା' ପାଖକୁ ଆସିଥିଲା, ଗୌରାଙ୍ଗ ତାକୁ କହୁଥିଲା, ତୁମେ କାହିଁକି ପତ୍ରପତ୍ରିକା ପାଇଁ ଲେଖାଲେଖି କରୁନ ? ଜାନକୀ ବଲ୍ଲଭ ପଟ୍ଟନାୟକ ହଜାରେ ଦିନରେ ହଜାରେ ଶିଳ୍ପର ଯୋଜନା କରିଥିଲେ । ଜାଗାଦେଲେ, ସବ୍‌ସିଡି ବି ଦେଲେ । ସରକାର ସବୁ ସୁବିଧା ଯୋଗେଇଦେଲେ । ଏବେ ରସୁଲଗଡ଼, କିମ୍ବା ଜଗତପୁର ଶିଳ୍ପାଞ୍ଚଳକୁ ଯାଅ ଦେଖିବ, ଲୋକେ ଜାଗା ନେଇଯାଇଛନ୍ତି । କିନ୍ତୁ ଷାଠିଏ ପ୍ରତିଶତ ଜାଗାରେ ଇଣ୍ଡଷ୍ଟ୍ରି ହୋଇନି । କାହିଁକି ହୋଇପାରୁନି ? କ'ଣ ଆମ ଓଡ଼ିଆ ଲୋକଙ୍କର ରିସ୍କ ନେବା ମନୋଭାବ ନାହିଁ, ନା ଅନ୍ୟକିଛି କାରଣ । ଗୋଟିଏ ଅର୍ଥନୈତିକ ସାମାଜିକ ପ୍ରବନ୍ଧ ଲେଖାଯାଇପାରିବ। ଏହି ଦିଗରେ ଗବେଷଣା ହେବା ଆବଶ୍ୟକ ।

ସୁଜାତା ସେହି ବିଷୟରେ କାମ ଆରମ୍ଭ କରିଥିଲା । ସେ ଶିଳ୍ପାଞ୍ଚଳ ବୁଲି ଦେଖିଥିଲା, ଶିଳ୍ପ ପାଇଁ ଜାଗା ପାଇଥିବା କିଛି ଲୋକଙ୍କୁ ଭେଟିଥିଲା, ସେମାନଙ୍କ ସହିତ ଆଲୋଚନା କରିଥିଲା । ବାତ୍ୟା ହୋଇଗଲା । ସୁଜାତା କହିଲା, ସେହି ବହିରେ କିଛି ତଥ୍ୟ ମିଳିବ ।

ଗୌରାଙ୍ଗ କହିଲା- ହଁ, କିନ୍ତୁ ତୁମକୁ ବହିଟା କେମିତି ଦେବି ? ମୁଁ ଘରକୁ ଏବେ ଫେରୁନି । ତୁମେ ତ କହୁଛ, ତୁମେ ଏବେ ଭୁବନେଶ୍ୱର ଫେରିଯିବ ।

ସୁଜାତା କହିଲା, ମୋ ଭିଣୋଇ କାଲି ସକାଳେ ଆପଣଙ୍କ ଠାରୁ ନେଇଆସିବେ । ତାଙ୍କର ଭୁବନେଶ୍ୱରକୁ ବଦଳି ହୋଇଯାଇଛି । ସେ ସବୁଦିନ କଟକରୁ ଯିବାଆସିବା କରୁଛନ୍ତି । ମୁଁ ତାଙ୍କ ଅଫିସ୍‌ରୁ ନେଇଯିବି ।

ପିଅନ ଆସି ପହଞ୍ଚିଲା । ପଚାରିଲା- ସାର୍, ଚା' ଆଣିବି ?

ଅଫିସ୍‌ର ପାଣିଟାଙ୍କିକୁ ଜେନେରେଟରରେ ପାଣି ଉଠେଇବା ବ୍ୟବସ୍ଥା ଥିଲା । ଫଳରେ ପାଣି ମିଳୁଥିଲା । ସେହିଦିନ କାଣ୍ଟିନ ପିଲାଟି ଚା' ଜଳଖିଆ କରିବା ଆରମ୍ଭ କରିଥିଲା । ଗୌରାଙ୍ଗ ସକାଳେ ଚା' ପିଇନଥିଲା, ଘରୁ ଫେରି ତା' ବେଗ୍ ନିଜ ରୁମ୍‌ରେ ରଖିଦେଇ ସେ ଅଫିସ୍ ଚାଲିଆସିଥିଲା । ଗୌରାଙ୍ଗ ପିଅନକୁ ଚା' ଆଣିବାକୁ ଟଙ୍କା ଦେଲା ।

ସୁଜାତା କହିଲା- ସାର୍ ଆପଣ ଲେଖାଲେଖି କାହିଁକି କରୁନାହାନ୍ତି ?

ଗୌରାଙ୍ଗ କହିଲା- ମୁଁ ଲେଖାଲେଖି କରିପାରିବି ନାହିଁ ।

ସୁଜାତା କହିଲା- କାହିଁକି ଲେଖାଲେଖି କରିପାରିବେ ନାହିଁ ? ଆପଣ ଏତେ ପଢ଼ାପଢ଼ି କରୁଛନ୍ତି, ବହୁ ବିଷୟରେ ଜାଣିଛନ୍ତି, ଆପଣଙ୍କର ଭାଷା ଉପରେ ଦଖଲ ଅଛି । ଆପଣ ଚାହିଁଲେ ଲେଖାଲେଖି ଭଲ କରିପାରିବେ ।

ଶ୍ରାବଣୀ ପହଞ୍ଚିଲା । ଶ୍ରାବଣୀ ବୋଧହୁଏ ଘରୁ ବିଳମ୍ବରେ ବାହାରିଥିଲା । ତା' ନିଜ ରୁମ୍‌ରେ ବେଗ ରଖି ସେ ଗୌରାଙ୍ଗ ପ୍ରକୋଷ୍ଠକୁ ଆସିଲା ଏବଂ ଶ୍ରାବଣୀ ପାଖରେ ତା' ସାମନା ଚୌକିରେ ବସିଲା । ପିଅନ ଫ୍ଲାକ୍ସ ଧୋଇ କାଣ୍ଟିନ ଯାଉଥିଲା ଏବଂ ଶ୍ରାବଣୀ ଆସୁଥିବାର ଦେଖିଥିଲା । ତାକୁ କହିବାକୁ ଆବଶ୍ୟକ ପଡ଼େ ନାହିଁ। ସେ ତିନିଜଣଙ୍କ ପାଇଁ ଚା' ନେଇ ଆସିଥିଲା । ଗୌରାଙ୍ଗର ପଛପଟେ ଝରକା ଥିଲା ଏବଂ ଝରକା ଦେଇ ଆସୁଥିବା ଆଲୁଅରେ ସୁଜାତା ଓ ଶ୍ରାବଣୀଙ୍କ ମୁହଁ ସ୍ପଷ୍ଟ ଦିଶୁଥିଲା । ଗୌରାଙ୍ଗ କହିଲା, ବହୁ ବର୍ଷ ପୂର୍ବେ ମୁଁ ଗୋଟିଏ ଉପନ୍ୟାସ ପଢ଼ିଥିଲି, ସେହି ଉପନ୍ୟାସର ନାଁ କିମ୍ବା ଲେଖକଙ୍କର ନାଁ ମନେପଡୁନାହିଁ । ସେଥିରେ ଗୋଟିଏ କାହାଣୀ ଥିଲା-

ଜଣେ ଚିତ୍ରକର ଥିବେ, ସେ ବହୁତ ବିଖ୍ୟାତ, ଜନପ୍ରିୟ ଓ ପ୍ରତିଭାବାନ । କିନ୍ତୁ ସେହି ଚିତ୍ରକରଟି ଟିକେ ଅବାଗିଆ ପ୍ରକୃତିର । ତାଙ୍କର ବ୍ୟକ୍ତିଗତ ଜୀବନ ବିଶୃଙ୍ଖଳିତ, ସେ ଅହଂକାରୀ ମଧ୍ୟ । ଜଣେ ବ୍ୟକ୍ତି ତାଙ୍କରି ଷ୍ଟୁଡିଓରେ ଚିତ୍ର କରିବା ଶିଖୁଥିବେ । କିନ୍ତୁ ଯେତେ ଚେଷ୍ଟା କଲେ ବି ସେହି ବ୍ୟକ୍ତିଙ୍କର ଚିତ୍ର ଉତୁରୁନଥିବ । ଚିତ୍ରକର ସେହି ବ୍ୟକ୍ତିଙ୍କୁ ଗୌଣ ମନେକରୁଥିବେ ଏବଂ ଭଲ ବ୍ୟବହାର କରୁନଥିବେ । ଯଦିଓ ସେହି ବ୍ୟକ୍ତି ଚିତ୍ରକରଙ୍କୁ ଦେବତା ପରି ଦେଖୁଥିବେ ।

ସେହି ବ୍ୟକ୍ତି ଚିତ୍ରକରଙ୍କୁ ଦିନେ ପଚାରିବେ, ଆପଣ କାନ୍‌ଭାସ୍‌ରେ ତୂଳୀକୁ ବୁଲେଇଆଣିଲେ, କେଡେ ସୁନ୍ଦର ଚିତ୍ରଟିଏ କରିପାରୁଛନ୍ତି । କିନ୍ତୁ ମୁଁ ଏତେ ଚେଷ୍ଟା କରୁଛି, ପ୍ରାଣପଣେ ଉଦ୍ୟମ କରୁଛି, ମୋର କାହିଁକି ଭଲ ଚିତ୍ର ହେଉନି ? ମୋର ସର୍ବୋତ୍କୃଷ୍ଟ ଚିତ୍ରଟି ଆପଣଙ୍କର ନିକୃଷ୍ଟତମ ଚିତ୍ରଠାରୁ ବି ଖରାପ ।

ଚିତ୍ରକର ତାଙ୍କୁ ପଚାରିବେ, ତୁମେ ତୁମର ଘନିଷ୍ଠ ବନ୍ଧୁଙ୍କ ପତ୍ନୀଙ୍କୁ ଯୌନ ଲାଳସା ତୃପ୍ତ କରିବାକୁ ପ୍ରଲୋଭିତ କରିପାରିବ ?

ସେହି ବ୍ୟକ୍ତିଟି କହିବ, କି ଭୟଙ୍କର ଚିନ୍ତା ? ଏହା କ'ଣ ସମ୍ଭବ !

ଚିତ୍ରକର କହିଲା- ତୁମର ସେଇଠି ସମସ୍ୟା, ତୁମ ଓ ମୋ' ଭିତରେ ଏଇଠି ପ୍ରଭେଦ । ତୁମେ କେତେ ବାଟ ଯିବ ଗୋଟିଏ ସୀମାରେଖା ଟାଣି ଦେଇଛ, ସେଠୁ ଆଗକୁ ଯିବନି । ତୁମେ ଚାରିକଡ଼ରେ ଗାର ଟାଣି ଦେଇ ତା'ରି ଭିତରେ ରହୁଛ । ତୁମେ ଯେତେବେଳେ ମାନସିକ ସ୍ତରରେ ସୀମାବଦ୍ଧ ହୋଇରହୁଛ, ବାସ୍ତବ ଜୀବନରେ ତୁମେ ସୀମା ଡେଇଁ ଯାଇପାରିବ ନାହିଁ । ତୁମେ ଭଲ ଚିତ୍ର ଆଙ୍କିପାରୁନ ଅର୍ଥ ତୁମେ କେବେ ସେହି ସ୍ତରକୁ ଯିବାକୁ ଚାହିଁନାହଁ ।

ପିଅନ ଚା' କପ୍‌ରେ ଢାଳି ତିନିଜଣଙ୍କୁ ଦେଲା । ଚା' ଢୋକେ ନେଇ ଗୌରାଙ୍ଗ କହିଲା, ଆମେ ସରକାରୀ ଚାକିରି କରିଛୁ, ନିୟମ ଶୃଙ୍ଖଳା ଭିତରେ ବନ୍ଧା । ଆମର ଗୋଟେ ଆଚରଣ ବିଧି ଅଛି, ଆମେ ସରକାରଙ୍କର କୌଣସି ନୀତିକୁ ସମାଲୋଚନା କରିପାରିବୁ ନାହିଁ । ଭୟ ବି ରହୁଛି, କିଛି ଲେଖିଲେ ଆମର ଉପର ହାକିମ ଆମ ବିରୋଧରେ ଲେଖିଦେବ, ଆମ ବିରୋଧରେ ଶୃଙ୍ଖଳାଗତ କାର୍ଯ୍ୟାନୁଷ୍ଠାନ ହୋଇଯାଇପାରିବ । ନିଜକୁ ଦୋଷମୁକ୍ତ କରିବାକୁ ବର୍ଷ ବର୍ଷ ଲାଗିବ । ସେହି ଭୟ ଶୃଙ୍ଖଳା, ନିୟମ ଆମକୁ ବାନ୍ଧି ରଖିଛି ଯେ ଆମେ ମାନସିକ ସ୍ତରରେ ଏକ ନିର୍ଦ୍ଦିଷ୍ଟ ସୀମାରେଖା ବାହାରକୁ ଯାଇପାରିବୁ ନାହିଁ ।

ସେମାନେ ଚା' ପିଇସାରିଥିଲେ । ସୁଜାତା ଚାଲିଗଲା । ଶ୍ରାବଣୀ ବସିରହିଲା । ପଚାରିଲା- ଆପଣ ଆଜି ଆସିଲେ ?

ଗୌରାଙ୍ଗ କହିଲା-ହଁ, ତୁମେ ?

ଶ୍ରାବଣୀ କହିଲା, ମୁଁ ତ କଟକରେ ରହୁଛି, ଦି'ଦିନ ହେଲା ଅଫିସ୍‌କୁ ଆସୁଛି । ସମସ୍ତେ ଏଗାରଟା ସାଢ଼େ ଏଗାରଟା ବେଳକୁ ଆସୁଛନ୍ତି, ସାଢ଼େ ଗୋଟାଏ ଦୁଇଟା ବେଳକୁ ଚାଲିଯାଉଛନ୍ତି । ବିଜୁଳି ନଆସିଲା ପର୍ଯ୍ୟନ୍ତ ଏମିତି ଚାଲୁ ରହିବ । ସ୍ୱାଭାବିକ ହେବାକୁ ଆଉ ସାତ ଆଠ ଦିନ ଲାଗିବ ।

ଶ୍ରାବଣୀ ଈଷତ ଲାଲ ରଙ୍ଗର ସମ୍ବଲପୁରୀ କପଡ଼ାର ଗୋଟିଏ କୁର୍ତ୍ତା ପିନ୍ଧିଥିଲା । ତୁ ଚୁଟିକୁ ବେଣୀ କରି ପିଠିରେ ପକେଇଦେଇଥିଲା, ଟିକେ ପତଳା ଏବଂ ସୁନ୍ଦର ଲାଗୁଥିଲା । ତା' ମଥାରେ କେରାଏ କେଶ ପଡ଼ିଥିଲା । ଗୌରାଙ୍ଗ ତା' ମୁହଁକୁ ଚାହିଁଥିଲା । ଶ୍ରାବଣୀ କହିଲା, ମୁଁ ଆଜି ଆପଣଙ୍କୁ ଲଞ୍ଚ ଦେବି, ଆମେ ରେଷ୍ଟୋରାଁରେ ଖାଇବା ।

ଗୌରାଙ୍ଗ କାହିଁକି ଦେବ ପଚାରିଲା ପୂର୍ବରୁ ଶ୍ରାବଣୀ ଉଠି ଚାଲିଯାଇଥିଲା ।

ଗୌରାଙ୍ଗ ଶ୍ରାବଣୀକୁ ଭଲପାଇବା କହିବା ପରେ ଶ୍ରାବଣୀର କିଛି ପ୍ରତିକ୍ରିୟା ନଥିଲା । ମାସେରୁ ଊର୍ଦ୍ଧ୍ୱ ହୋଇଗଲାଣି । ସେଦିନ ସେ ନିରବ ରହିଥିଲା । ଭୁବନେଶ୍ୱରରୁ କଟକ ଆସିବା ଏବଂ ତା' ଘରକୁ ଯିବା ପର୍ଯ୍ୟନ୍ତ କିଛି କହିନଥିଲା । ଅଫିସରେ ଦେଖାସାକ୍ଷାତ, ଯେହେତୁ ଦୁହେଁ ଗୋଟିଏ ଉପବିଭାଗରେ କାମକରୁଥିଲେ, ଶ୍ରାବଣୀ ଗୌରାଙ୍ଗକୁ ଫାଇଲ ଦେଉଥିଲା । ଦେଖାସାକ୍ଷାତ ହେବାକୁ ବାଧ୍ୟ । ବଦଳି କମିଟିରେ ଗୌରାଙ୍ଗ ଅଧ୍ୟକ୍ଷ ଏବଂ ଶ୍ରାବଣୀ ସଦସ୍ୟା ଥିଲା । ଅଫିସ୍ କାମ ବିଷୟରେ କଥା ହେଉଥିଲେ, ବେଳେ ବେଳେ ଫାଇଲ୍‌ରେ ସେ ଦେଇଥିବା ଟିପ୍ପଣୀ ଉପରେ ଆଲୋଚନା କରୁଥିଲେ । ଗୌରାଙ୍ଗ ଯାହା କହିବା କଥା କହିସାରିଥିଲା, ତା'ର ଆଉ କିଛି କହିବାର ନଥିଲା । ଶ୍ରାବଣୀ ସେ ପ୍ରସଙ୍ଗରେ ସମ୍ପୂର୍ଣ୍ଣ ନିରବ । ଗୌରାଙ୍ଗ ଭାବୁଥିଲା, ଶ୍ରାବଣୀ ବିବାହିତା । ସେ ଅନ୍ୟଜଣଙ୍କର ହୋଇସାରିଛି । ଗୌରାଙ୍ଗର ପ୍ରେମନିବେଦନ ତା' ପାଇଁ ଅର୍ଥହୀନ । ଅଫିସ୍‌ରେ ଜଣେ ବିବାହିତା ନାରୀକୁ ପ୍ରେମ ନିବେଦନ କରିବା ନାରୀ ନିର୍ଯାତନା ପର୍ଯ୍ୟାୟଭୁକ୍ତ ହୋଇପାରେ । ହୁଏତ ଶ୍ରାବଣୀ ଗୌରାଙ୍ଗକୁ ସମ୍ମାନ କରେ, ସେ ସହିଗଲା । ଗୌରାଙ୍ଗ ନିଜକୁ ନିଜେ ବୁଝଉଥିଲା । କିନ୍ତୁ ଶ୍ରାବଣୀକୁ ଦେଖିଲେ ତା' ମନ ଓ ଦେହରେ ଏକ ଶିହରଣ ଖେଳିଯାଉଥିଲା । ତା' ସହିତ ଗପ କରିବାକୁ ଇଚ୍ଛା ହେଉଥିଲା । ମଧ୍ୟାହ୍ନଭୋଜନ ନିମନ୍ତ୍ରଣ କ'ଣ ପାଇଁ ସେ ବୁଝିପାରୁନଥିଲା । କିନ୍ତୁ ସେ ଉଲ୍ଲସିତ ଥିଲା, କିଛି ସମୟ ଏକାନ୍ତରେ ସେ ଶ୍ରାବଣୀ ସହିତ କଟେଇପାରିବ ।

ବଡ଼ବାପା କୁହନ୍ତି, ବାହାଘର ହେବା ପରେ ସ୍ୱାମୀ-ସ୍ତ୍ରୀଙ୍କର ଦାମ୍ପତ୍ୟ ଜୀବନ ଗୋଟେ ଅଭ୍ୟାସ । ସ୍ୱାମୀ-ସ୍ତ୍ରୀଙ୍କ ଭିତରେ ପ୍ରେମ, ଭଲପାଇବା ରହିବା ଜରୁରୀ ନୁହେଁ । ପୁଅ ଓ ଝିଅ ଅଲଗାଅଲଗା ପୃଷ୍ଠଭୂମିରୁ ଆସିଥିବେ, ଦୁହେଁ ପୃଥକ ପରିବେଶରେ ବଢ଼ିଥିବେ, ମନୋଭାବ, ଚିନ୍ତାଧାରା ଅଲଗା ହୋଇଥିବ, କିନ୍ତୁ ବାହାହୋଇଗଲା ପରେ ଗୋଟିଏ ଛାତ ତଳେ, ଗୋଟିଏ ଖଟରେ ଶୋଇଲା ପରେ, ସେମାନେ ପରସ୍ପରକୁ ଖାପଖୁଆଇ ଦେବେ । ପରସ୍ପର ପ୍ରତି ନିର୍ଭରଶୀଳ ହୋଇପଡିବେ । ସମାଜ ବିବାହ, ଦାମ୍ପତ୍ୟ ପାଇଁ ପରମ୍ପରା ସୃଷ୍ଟି କରିଛି, ସେମାନେ ସେହି ପରମ୍ପରାର ଚଲାବାଟରେ ଚାଲିବେ । ସେମାନେ ପରସ୍ପରକୁ ଭଲ ପାଇବାକୁ ବାଧ୍ୟ ହେବେ, ତାକୁ ଆମେ ଦାମ୍ପତ୍ୟ ପ୍ରେମ କହୁଛେ । ଦୁହିଁଙ୍କର ଜୀବନଶୈଳୀ ଗୋଟେ ଅଭ୍ୟାସରେ ପଡ଼ିଯାଏ । ଶ୍ରାବଣୀର ବାହାଘର ପାଞ୍ଚବର୍ଷରୁ ଅଧିକ ହୋଇଗଲାଣି । ସେ ସେମିତି ଅଭ୍ୟାସରେ ପଡ଼ିଯାଇଛି । ସମାଜ ସୃଷ୍ଟ ଚଳାବାଟରେ ଚାଲୁଛି । ଚଲାବାଟରୁ ବାହାରକୁ ଆସିବା ସହଜ ନୁହେଁ ।

ଗୋଟାଏ ପନ୍ଦର ବେଳକୁ ଶ୍ରାବଣୀ ଗୌରାଙ୍ଗର ରୁମ୍‌କୁ ଆସି କହିଲା, ଯିବା । ଆପଣ ସାଇକେଲରେ ଅଫିସ୍ ଆସିଥିବେ, ଆପଣ ଆଗ ଚାଲନ୍ତୁ । ସିଲ୍‌ଭର ସ୍ପୁନ୍ ରେଷ୍ଟୋରାଁକୁ । ମୁଁ ପାଞ୍ଚ ସାତ ମିନିଟ୍ ପରେ ବାହାରିବି ସ୍କୁଟିରେ । ଆଉ ତ ଅଫିସ୍ ଆସିବା ନାହିଁ, ସେଇଠୁ ଘରକୁ ଚାଲିଯିବା ।

ଗୌରାଙ୍ଗ ଆଗ ବାହାରିଗଲା, ସେ ସିଲ୍‌ଭର ସ୍ପୁନ୍ ରେଷ୍ଟୋରାଁରେ ପହଞ୍ଚିଲାବେଳକୁ ଶ୍ରାବଣୀ ପହଞ୍ଚିସାରିଥିଲା ଏବଂ ତା' ସ୍କୁଟି ରଖି ତାକୁ ଅପେକ୍ଷା କରିଥିଲା ।

ରେଷ୍ଟୋରାଁର ଗୋଟିଏ କଣ ଟେବୁଲରେ ଦୁହେଁ ବସିଲେ । ରେଷ୍ଟୋରାଁର ପିଲାଟିକୁ ଶ୍ରାବଣୀ ଖାଇବା ବରାଦ କଲା । ପ୍ରଥମେ ସୁପ୍ ଦେବାକୁ କହିଲା । ଗୌରାଙ୍ଗ ପଚାରିଲା- ହଠାତ୍ କାହିଁକି ଆଜି ଲଞ୍ଚ ଦେବାକୁ ଚାହିଁଲ ?

ଶ୍ରାବଣୀ କହିଲା- ସେମିତି କିଛି ଉଦ୍ଦେଶ୍ୟ ନାହିଁ । ଅଫିସ୍ ଭିତରେ ସବୁବେଳେ ଦାପ୍ତରିକ କଥାବାର୍ତ୍ତା, ସମ୍ପର୍କଟା କେମିତି ଯାନ୍ତ୍ରିକ ହୋଇଯାଇଛି । ଆମେ ଗୋଟିଏ ଅଫିସ୍‌ରେ କାମ କରୁଛେ, ଆମେ ମଣିଷ, ସବୁବେଳେ ଉପରିସ୍ଥ ଅଧସ୍ତନ ନହୋଇ ଭାବିଲି ଅଫିସ୍ ବାହାରେ ଟିକେ ଦାପ୍ତରିକରୁ ମୁକ୍ତ ହୋଇ ମାନବିକ ହେବାକୁ ।

ଶ୍ରାବଣୀ ପଚାରିଲା- ଏବେ ମୁଁ ଦେଖୁଛି, ସୁଜାତା ପ୍ରମୋଦ ସାହୁ କିମ୍ବା ପରମାନନ୍ଦ ପାଖକୁ ନଯାଇ ଆପଣଙ୍କ ପାଖକୁ ଆସୁଛି ?

ଶ୍ରାବଣୀ ଏବଂ ଅଫିସ୍‌ର ଅନେକେ ସୁଜାତାକୁ ସହିପାରୁନାହାନ୍ତି । ସ୍ୱାଭାବିକ ଜଣେ ମହିଳାର ଅନ୍ୟ ମହିଳା ପ୍ରତି ଈର୍ଷା । ଗୌରାଙ୍ଗ କହିଲା- ସେ ପିଏଚ୍‌ଡି ଥେସିସ୍ ଦାଖଲ କରିସାରିଲାଣି । ଏବେ ଗୋଟିଏ ପ୍ରବନ୍ଧ ଲେଖୁଛି, ମୋ' ଠାରୁ ବହିଟିଏ ନେବାକୁ ଆସିଥିଲା ।

ଶ୍ରାବଣୀ କହିଲା- ଅବଶ୍ୟ ସେ ଆଜିକାଲି କମିଶନରଙ୍କ ଗାଡ଼ିରେ ଯିବାଆସିବା କରୁନାହିଁ । ଚାରିଆଡ଼େ ଚର୍ଚ୍ଚା ହେଲା, ସେଥିପାଇଁ ବୋଧହୁଏ ସେ କମିଶନରଙ୍କ ସହିତ ବେଶି ମିଶୁନାହିଁ । ତା'ପାଇଁ ଚେକ୍‌ଗେଟ୍‌ରୁ ପ୍ରମୋଦ ସାହୁ ମାସକୁ ମାସ ଟଙ୍କା ଦେବାର ବ୍ୟବସ୍ଥା କରିଦେଇଛନ୍ତି । ଏବେ ତ ସେ ଗୋଟିଏ ଆଇଫୋନ୍ ଧରୁଛି, କମିଶନର ତାକୁ ଗିଫ୍ଟ ଦେଇଛନ୍ତି ।

ସୁଜାତା ପରି ଗୋଟେ ବୁଦ୍ଧିମତି, ଏତେ ଭଲ କାରିୟର ଥିବା ଝିଅଟି ଖରାପ ହୋଇପାରେ ଗୌରାଙ୍ଗ ବିଶ୍ୱାସ କରିପାରୁନଥିଲା । ହୁଏତ ବାଧ୍ୟବାଧକତା କିମ୍ବା ଭୁଲ୍ ବିଶ୍ୱାସରେ ସେ କମିଶନରଙ୍କର ଘନିଷ୍ଠ ହୋଇଯାଇଛି, କିନ୍ତୁ ଶ୍ରାବଣୀ ଏବଂ ଅଫିସ୍‌ର ଅନ୍ୟମାନେ ଗ୍ରହଣ କରିପାରୁନଥିଲେ । ସୁଜାତା ଉପରେ ବେଶି ଆଲୋଚନା

ନକରିବାକୁ ଗୌରାଙ୍ଗ ପଚାରିଲା, ମୁଁ ତୁମର ନୋଟ୍ ଦେଖୁଛି । ଜଣେ ସାଧାରଣ ଅଫିସର ଠାରୁ ତୁମର ନୋଟ ବହୁତ ଭଲ, ଭାଷା ମଧ୍ୟ ଉତ୍ତମ । ତୁମେ ଗୋଟିଏ ଭଲ ଛାତ୍ରୀ ଥିଲ, ତୁମର କ୍ୟାରିୟର ବି ଭଲ ଥିଲା । ବାହାହେଲା ପରେ ତୁମର ଦିନ କେମିତି କଟୁଛି ? ମାନେ, ଅଫିସ୍‌ରୁ ଘରକୁ ଫେରିଲା ପରେ କ'ଣ କରୁଛ ?

କରିବି କ'ଣ ? ରୋଷେଇକରେ, ଘରଦ୍ୱାର ସଫାକରେ, ଶାଶୁ ଶ୍ୱଶୁରଙ୍କୁ ଖାଇବାକୁ ଦିଏ, ସ୍ୱାମୀଙ୍କର ଯତ୍ନ ନିଏ । ସକାଳୁ ଉଠିଲେ ଯାହାସବୁ ବୋହୂମାନେ କରନ୍ତି, ମୁଁ ତାହା ହିଁ କରେ । ସବୁକାମ କରିପାରି ତରତର ହୋଇ ଅଫିସ୍ ଆସେ ଏବଂ ଅଫିସ୍‌ରୁ ଯାଇ ରାତିରେ କାମଧନ୍ଦା ସାରି କ୍ଳାନ୍ତ ହୋଇଯାଏ, ନିଦରେ ଶୋଇପଡ଼େ...

ଗୌରାଙ୍ଗର ହଠାତ୍ ପଚାରିବାକୁ ଇଚ୍ଛା ହେଉଥିଲା, କେବଳ ରାତିରେ ଶୋଇପଡ଼, ବେଡ୍‌ରେ କିଛି ହୁଏନି ? ସେ ପଚାରିଲା ନାହିଁ । ଅବଶ୍ୟ ତା' ସ୍ୱାମୀ କଟକରେ ରୁହେ ନାହିଁ, ନିଜ କର୍ମକ୍ଷେତ୍ରରେ ରୁହେ, ଛୁଟିରେ ଆସେ । ଦୁହେଁ ଚାମଚରେ ସୁପ୍ ନେଉଥିଲେ । ଶ୍ରାବଣୀ କହିଚାଲିଲା, ଆବଣ ସିନା ବାହା ହୋଇନାହାନ୍ତି, କିନ୍ତୁ ସଂସାରରେ ତ ଅଛନ୍ତି, ଜାଣିଥିବେ । ଝିଅ ବାହାହୋଇ ବାପଘରର ଏରୁଣ୍ଡିବନ୍ଧ ଡେଇଁ ଶାଶୁଘରକୁ ଗଲେ ସେ ପଛକୁ ଫେରେ ନାହିଁ, ସେ ଆଗକୁ ଆଗକୁ ଯାଏ ଶ୍ମଶାନକୁ । ଶାଶୁଘରେ ଝିଅକୁ ଗୋଟେ ନୂଆ ନାଁ ଦିଆଯାଏ । ଅର୍ଥାତ୍, ତୁମର ଅତୀତ ମୃତ, ତୁମର ଯାହା ପରିଚୟ ସେ ରହିଗଲା ଅତୀତରେ, ତୁମେ ବର୍ତ୍ତମାନ ଜଣେ ନୂଆ ମଣିଷ, ତୁମର ପରିଚୟ ତୁମର ସ୍ୱାମୀ ଶ୍ୱଶୁର । ମୁଁ କ'ଣ ଥିଲି, କ'ଣ କରୁଥିଲି, କ'ଣ କରିପାରିଥାନ୍ତି, ସେସବୁର କିଛି ମାନେ ରୁହେନି ଝିଅଟିଏ ବାହାହୋଇଗଲା ପରେ ।

ଶ୍ରାବଣୀ ଉତ୍ତେଜିତ ହୋଇପଡିଥିଲା । ସାଧାରଣ ଅବସ୍ଥାକୁ ଆଣିବାକୁ ଗୌରାଙ୍ଗ ହସିଦେଇ ପଚାରିଲା, ଶାଶୁଘରେ ତୁମ ନାମ କ'ଣ ରଖିଥିଲେ ?

ଶ୍ରାବଣୀ ହସିଦେଲା, କହିଲା- ପୂଜାରିଣୀ । ପୂଜା ବି ନୁହେଁ, ପୂଜା ରଖିଥିଲେ ଟିକେ ଆଧୁନିକ ଲାଗିଥାନ୍ତା । କିନ୍ତୁ ସେମାନେ ମରହଟୀ ।

ରେସ୍ତୋରାଁର ପିଲାଟି ଖାଇବା ଆଣି ପ୍ଲେଟରେ ପରଶି ଦେଲା ଏବଂ ଚାଲିଗଲା । ଶ୍ରାବଣୀ ଓ ଗୌରାଙ୍ଗ ଦୁହେଁ ଖାଇବାକୁ ଆରମ୍ଭ କଲେ । ଶ୍ରାବଣୀ କହିଲା, ଏ ପରମ୍ପରା, ସାମାଜିକ ଚଳଣି ବର୍ଷ ବର୍ଷ ଧରି ଚାଲିଛି, ଚାଲିଥିବ ।

କିଛି ସମୟ ଦୁହେଁ ନିରବରେ ଖାଇଲେ । ଶ୍ରାବଣୀ ମନରେ ଅଶାନ୍ତି ଥିଲା । ତା' ମୁହଁରୁ ଜଣାପଡିଯାଉଥିଲା । ଗୌରାଙ୍ଗ କହିଲା, ତୁମ ମା' ଅଳ୍ପ ପଢ଼ିଥିବେ, ଚାକିରି କରୁନାହାନ୍ତି, ବାପାଙ୍କ ଉପରେ ନିର୍ଭରଶୀଳ, ଅର୍ଥନୈତିକ ସ୍ୱାଧୀନତା ନାହିଁ ।

ତୁମେ ଉଚ୍ଚଶିକ୍ଷିତା, ଗୋଟିଏ ଭଲ ଚାକିରି କରିଛ, ପୁଣି ଅଫିସର । ତୁମ ମା'ଙ୍କ ଠାରୁ ତୁମ ପର୍ଯ୍ୟନ୍ତ ସମାଜରେ, ନାରୀର ଅବସ୍ଥାରେ କ'ଣ କିଛି ପରିବର୍ତ୍ତନ ହୋଇନି ?

ଶ୍ରାବଣୀ କହିଲା- ହଁ ହୋଇଛି । ମୋ ମା' ପ୍ରଶ୍ନ କରୁନଥିଲା, ସବୁକିଛି ଗ୍ରହଣ କରିଯାଏ । ସେ ଭାବେ, ସେ ଯାହା ଅଛି, ଯେପରି ଅଛି, ତା' ଜୀବନରେ ଯାହା କିଛି ଘଟୁଛି ତାହା ବିଧି ନିର୍ଦ୍ଦେଶ । ମୋର କିନ୍ତୁ ସେପରି ବିଶ୍ୱାସ ନାହିଁ । ମୁଁ ପ୍ରଶ୍ନ କରୁଛି, ଯୁକ୍ତି କରୁଛି । ମୋ ମା' ତା' ଅବସ୍ଥାରେ ସନ୍ତୁଷ୍ଟ । ମୁଁ କିନ୍ତୁ ସନ୍ତୁଷ୍ଟ ହୋଇପାରୁନାହିଁ । ମୋର ଅସନ୍ତୋଷ ବଢ଼ିବଢ଼ି ଚାଲିଛି । ଆପଣ ଦେଖିଥିବେ ଗାଈକୁ ପଘାରେ ଗୋଟିଏ ଖୁଣ୍ଟରେ ବାନ୍ଧି ଦିଆଯାଏ । ମୋ ମା' ପଘାରେ ବନ୍ଧା ହୋଇ ନିରବ ପାକୁଳି କରୁଛି । ମୁଁ ସେହି ପଘାରେ ବନ୍ଧା ହୋଇଛି, କିନ୍ତୁ ଗର୍ଜନ କରୁଛି, ଖୁରି ଖାଉଛି । ପଘାକୁ ଛିଣ୍ଡେଇପାରୁନି ।

ସେମାନେ ଖାଇସାରିଥିଲେ, ହାତ ବି ଧୋଇସାରିଥିଲେ । ବିଲ୍ ଦେବାକୁ ଅପେକ୍ଷା କରିଥିଲେ । ଶ୍ରାବଣୀ କହିଲା, କିନ୍ତୁ ମୋ ଅବସ୍ଥାରେ ମୁଁ ସମ୍ପୂର୍ଣ୍ଣ ଅସନ୍ତୁଷ୍ଟ ନୁହେଁ, ମୁଁ ଅଫିସ୍ ଆସୁଛି, କାମ କରୁଛି । ମୋର ନିଷ୍ପତ୍ତି କାର୍ଯ୍ୟକାରୀ ହେଲେ ମୁଁ ଖୁସି ହେଉଛି । ନିଜର କିଛି କ୍ଷମତା ଥିବାର ଅନୁଭବ କରୁଛି ।

ସେ ବିଲ୍ ପୈଠ କଲା ଏବଂ ଗୌରାଙ୍ଗ ଆଡକୁ ଚାହିଁଦେଇ ହସିଦେଇ କହିଲା, ଆପଣ ସହିତ ମିଶିବାକୁ ଆପଣଙ୍କ ସହିତ କଥାବାର୍ତ୍ତା ହେବାକୁ ମତେ ଭଲ ଲାଗୁଛି ।

ଗୌରାଙ୍ଗଙ୍କୁ ଖୁସି ଲାଗିଲା । ଦୁହେଁ ବାହାରକୁ ଆସିଲେ । ଶ୍ରାବଣୀ ସ୍କୁଟି ପାଖକୁ ଗଲା ଏବଂ ସେଠି କହିଲା, ଆପଣଙ୍କର ଗୋଟିଏ ଚିଠି ଥିଲା। ଆପଣଙ୍କ ନାଁରେ ଆସିଛି, ବ୍ୟକ୍ତିଗତ ଚିଠି । ଦୁଇଦିନ ତଳେ ଆସିଥିଲା, ମୁଁ ରଖିଦେଇଥିଲି । ନିଅନ୍ତୁ, ପରେ ପଢ଼ିବେ ।

ଶ୍ରାବଣୀ ଚିଠି ଦେଇ ସ୍କୁଟି ଷ୍ଟାର୍ଟ କରି ଚାଲିଗଲା । ଗୋଟିଏ ମାଟିଆ ଲଫାପାରେ ଚିଠି । ପ୍ରେରକ ଜାଗାରେ ଅର୍ଥ ବିଭାଗର ସିଲ୍ ବସିଛି । ଚିଠିରେ ସରକାରୀ ପୋଷ୍ଟେଜ୍ ଷ୍ଟାଫ୍ ଲାଗିଛି । ସେ ପକେଟ୍‌ରେ ଚିଠିଟିକୁ ରଖିଦେଲା, ଘରେ ପହଞ୍ଚି ଦେଖିବ । ସେ ସାଇକେଲରେ ନିଜରୁମ୍‌କୁ ଆସିଗଲା । ସହରରେ ଏପଟସେପଟ ବୁଲାବୁଲି କରି ଘରେ ପହଞ୍ଚିଲା ବେଳକୁ ପାଞ୍ଚଟା ହୋଇଯାଇଥିଲା । ସେ ପେଣ୍ଟସାର୍ଟ ବଦଳେଇଲା ବେଳକୁ ଚିଠିଟି ହାତରେ ବାଜିଲା । ଚିଠିଟି ଟେବୁଲ ଉପରେ ରଖିଦେଇ ତଉଲିଆ ପିନ୍ଧି ଗାଧୁଆଘରେ ଧୁଆଧୋଇ ହୋଇ ଆସିଲା । ଖଟ ଉପରେ ବସି ଚିଠି ଖୋଲି ପଢ଼ିଲା । ବଡ଼ବଡ଼ ସୁନ୍ଦର ଅକ୍ଷରରେ ଲେଖାଯାଇଥିଲା, ଆଇ ଲଭ୍ ଇଉ, ଠୁ । ଶ୍ରାବଣୀ ।

ସେ ବିଶ୍ୱାସ କରିପାରୁନଥିଲା । ଲଫାପାକୁ ଦେଖୁଥିଲା । ହଁ, ସରକାରୀ

ଲଫାପା, କିନ୍ତୁ ତା'ର ପଦବୀ ଉପରେ ତା' ନାମ ଲେଖାଯାଇଛି । ହାତରେ ଲେଖା ତା'ର ନାମର ଅକ୍ଷର ଠିକଣା ଅକ୍ଷର ସହିତ ମିଶୁନି । ସେ ଲକ୍ଷ୍ୟକରି ନଥିଲା, ଗୋଟିଏ ସରକାରୀ ଚିଠି ଆସିଥିବା ଲଫାପାରେ, ଗୋଟିଏ କାଗଜରେ "ଆଇ ଲଭ୍ ଇଉ, ଠୁ" ଲେଖି, ଲଫାପାରେ ଅଠା ଦେଇ, ଠିକଣା ଉପରେ ତା' ନାମ ଲେଖିଥିଲା ।

ସେହି ଧାଡ଼ିକୁ ସେ ବାରମ୍ବାର ପଢୁଥିଲା ।

■

ଦଶ

ଅଫିସ୍‌ରେ ଗୁମ୍‌ସୁମ୍ ବାତାବରଣ । କେହି କିଛି କରୁନାହାନ୍ତି, କିନ୍ତୁ ସମସ୍ତେ ଆଶଙ୍କା କରୁଛନ୍ତି କିଛି ଗୋଟେ ଘଟିବ । ଅର୍ଥ ବିଭାଗରୁ ଚିଠି ଆସିଛି ରିସର୍ଚ୍ଚ ସେଲ୍‌ର ଉଚ୍ଛେଦ ଓ ସୁଜାତା ପରମାଣିକର ପୁନର୍ନିଯୁକ୍ତି ଉପରେ ନିର୍ଦ୍ଦେଶ ଓ ସ୍ପଷ୍ଟୀକରଣ । କମିଶନର ସେହି ଚିଠିକୁ ଦେଖିନାହାନ୍ତି । ପୂର୍ବଦିନ ସେ ଅଫିସ୍ ସାଢ଼େ ଦୁଇଟାବେଳେ ଛାଡ଼ିଦେଲେ, ଚିଠି ପହଞ୍ଚିଥିଲା ଅପରାହ୍ଣ ତିନିଟା ପରେ । ଚିଠିକୁ ପ୍ରଥମେ ପଢ଼ିଥିଲା ପରମାନନ୍ଦ ଓ ପରେ କମିଶନରଙ୍କର ବ୍ୟକ୍ତିଗତ ସହାୟକ । ପରେ ସମସ୍ତେ ଜାଣିଗଲେ, ଚୁଲି ଉପରେ କ୍ଷୀର ପୋଡ଼ିଯାଇ ଘରସାରା ଗନ୍ଧ ହେଲା ପରି ଅଫିସ୍ ବିଲ୍ଡିଂର ସବୁଆଡ଼କୁ ବ୍ୟାପିଯାଇଥିଲା । କମିଶନରଙ୍କ ଟେବୁଲ ଉପରେ ଚିଠିଟି ରଖାଯାଇଛି । ଯେମିତି ସବୁଦିନ ପାଡ୍‌ରେ ଚିଠି ସବୁ ରଖାଯାଇଥାଏ । କମିଶନର ଅଫିସ୍‌କୁ ଆସନ୍ତି, ପ୍ରଥମେ ପାଡ୍ ଖୋଲି ଚିଠିସବୁ ଦେଖନ୍ତି । ସେ ଆସିବେ, ଅଫିସ୍‌ରେ ପହଞ୍ଚୁପହଞ୍ଚୁ ଚିଠିଟି ପଢ଼ିବେ । ବୋଧହୁଏ ଗୋଟିଏ ବିସ୍ଫୋରଣ ଘଟିବ ।

ତିନିଚାରି ଦିନ ତଳେ ସୁଜାତା ପରମାଣିକ ହାଇକୋର୍ଟରେ ଦାୟର କରିଥିବା କେସ୍‌ର ନିଷ୍ପତ୍ତି ଆସିଯାଇଥିଲା । ରିସର୍ଚ୍ଚ ସେଲ୍‌ର ଉଚ୍ଛେଦ ଉପରେ ହାଇକୋର୍ଟ କିଛି ମତାମତ ଦେଇନଥିଲେ । ସରକାରୀ ଓକିଲ ଯୁକ୍ତି କରିଥିଲେ, ରିସର୍ଚ୍ଚ ସେଲ୍‌ର ପ୍ରତିଷ୍ଠା ସମ୍ପୂର୍ଣ୍ଣ ଅସ୍ଥାୟୀ ଓ ସାମୟିକ ଥିଲା । ପ୍ରତିବର୍ଷ ମଧ୍ୟ ଅର୍ଥ ବିଭାଗ ରିସର୍ଚ୍ଚ ସେଲ୍‌କୁ ନବୀକରଣ କରୁଥିଲା । ରିସର୍ଚ୍ଚ ସେଲ୍ ପାଇଁ ଯେଉଁ ବିଜ୍ଞାପନ ବାହାରିଥିଲା, ସେଥିରେ ସ୍ପଷ୍ଟ ଉଲ୍ଲେଖ ଥିଲା ଏହା ଅସ୍ଥାୟୀ ଏବଂ ଯେଉଁ ଅର୍ଥଶାସ୍ତ୍ରୀକୁ

ନିଯୁକ୍ତି ମିଳିବ ତାହା ମଧ୍ୟ ଅସ୍ଥାୟୀ ଓ ଚୁକ୍ତିଭିତ୍ତିକ । ରିସର୍ଚ୍ଚ ସେଲ୍ ଏବଂ ଅର୍ଥଶାସ୍ତ୍ରୀର ମୁତୟନ ମଧ୍ୟ ପ୍ରତିବର୍ଷ ଅର୍ଥ ବିଭାଗ ନବୀକରଣ କରୁଥିଲା, ଅର୍ଥାତ୍ ବର୍ଷକ ପାଇଁ କରାଯାଉଥିଲା ଏବଂ ଯୋଉ ବର୍ଷ ନବୀକରଣ କରାଗଲା ନାହିଁ, ରିସର୍ଚ୍ଚ ସେଲ୍ କିମ୍ବା ଅର୍ଥଶାସ୍ତ୍ରୀଙ୍କର ଆବଶ୍ୟକତା ରହିଲା ନାହିଁ । ସରକାରୀ ଓକିଲଙ୍କ ଯୁକ୍ତିକୁ ହାଇକୋର୍ଟ ଗ୍ରହଣ କରିଥିଲେ । କିନ୍ତୁ ଅର୍ଡରରେ ଲେଖିଥଲେ, ଯାହା ହେଉନା କାହିଁକି, ସୁଜାତା ପରମାଣିକର କେସ୍‌କୁ କର୍ତ୍ତୃପକ୍ଷ ସହାନୁଭୂତି ସହିତ ବିଚାର କରିପାରନ୍ତି ।

ହାଇକୋର୍ଟର ଅର୍ଡର ନୀତି ନିର୍ଦ୍ଧାରଣ କମିଟିରେ ଆଲୋଚନା ହୋଇଥିଲା । ଗୌରାଙ୍ଗ କହିଲା ସୁଜାତା ପରମାଣିକର କେସ୍ ସହାନୁଭୂତି ସହିତ ବିଚାର କରିବା ଅର୍ଥ ତା'ର ଏପର୍ଯ୍ୟନ୍ତ ପ୍ରାପ୍ୟ ତାକୁ ଦିଆଯାଇପାରେ । ହାଇକୋର୍ଟର ଏହା ନିର୍ଦ୍ଦେଶ ନୁହେଁ । ଆମର ତର୍ଜମା ଅନୁସାରେ ହାଇକୋର୍ଟର ପୂର୍ବ ଆଦେଶ ସ୍ଥିତାବସ୍ଥା ବଜାୟ ରଖିବା ଅର୍ଥ, ଯେତେବେଳେ ସେହି ଅନ୍ତରୀଣ ନିର୍ଦ୍ଦେଶ ମିଳିଲା, ସେହି ସମୟକୁ ରିସର୍ଚ୍ଚ ସେଲ୍ ନଥିଲା କିମ୍ବା ସୁଜାତା ପରମାଣିକର ଚାକିରି ନଥିଲା । ତା' ଓକିଲର ତର୍ଜମା ଅନୁସାରେ ରସର୍ଚ୍ଚ ସେଲ୍ ଅଛି ଏବଂ ତା'ର ଚାକିରି ଅଛି । ସେଥିପାଇଁ ସେ ସବୁଦିନ ଅଫିସ୍ ଆସୁଛି, କିନ୍ତୁ ଆମେ ଦରମା ଦେଉ ନାହୁଁ । ଏବେ ହାଇକୋର୍ଟର ଅର୍ଡର ଅନୁସାରେ ତାକୁ ସେହି ଦେଢ଼ କିମ୍ବା ଦୁଇବର୍ଷର ଦରମା ଦେବାକୁ କମିଶନର ସହାନୁଭୂତି ସହ ବିଚାର କରିପାରନ୍ତି । କିଛି ନଦେଲେ ବି ହାଇକୋର୍ଟର ନିଷ୍ପତ୍ତି ଉଲ୍ଲଙ୍ଘନ ହେବନାହିଁ ।

ପ୍ରସନ୍ନ ପାତ୍ର କମିଟିରେ କହିଲେ, ହାଇକୋର୍ଟ ନିର୍ଦ୍ଦେଶ ଅନୁସାରେ ସୁଜାତାର କେସ୍ ସହାନୁଭୂତି ସହିତ ବିଚାର କରାଯିବ । ଅର୍ଥ, ତାକୁ ପୁନର୍ନିଯୁକ୍ତି ଦିଆଯାଇପାରେ । ତେଣୁ ଏବେ କମିଶନର ତାକୁ ମୁତୟନ କରିବାରେ କିଛି ଅସୁବିଧା ନାହିଁ ।

ଗୌରାଙ୍ଗ ଯୁକ୍ତି କଲା, କୋଉ ପଦବୀରେ ? ରିସର୍ଚ୍ଚ ସେଲ୍ ଓ ଅର୍ଥଶାସ୍ତ୍ରୀ ପଦବୀ ଉଚ୍ଛେଦ ହୋଇସାରିଛି । ତାକୁ ମୁତୟନ କରିବାକୁ ପଦବୀ କାହିଁ ?

ପ୍ରସନ୍ନ ପାତ୍ର କହିଲା, କାହିଁକି? କମିଶନର ତାକୁ ଅର୍ଥ ପରାମର୍ଶଦାତା ହିସାବରେ ନିଯୁକ୍ତି ଦିଆଯାଇପାରେ ।

ଗୌରାଙ୍ଗ କହିଲା, କମିଶନରଙ୍କର ଅର୍ଥ ପରାମର୍ଶଦାତା ଏବଂ ରସର୍ଚ୍ଚ ସେଲ୍‌ର ଅର୍ଥଶାସ୍ତ୍ରୀ ଏକାକଥା ନୁହେଁ । ସେଥିପାଇଁ ଅର୍ଥ ବିଭାଗରୁ ପ୍ରଥମେ ଅନୁମତି ଆଣିବାକୁ ପଡ଼ିବ ।

ପ୍ରସନ୍ନ ପାତ୍ର ଚିଡ଼ିଯାଇ କହିଲା, ଗୌରାଙ୍ଗବାବୁ ଆପଣ ବହୁତ ତର୍ଜମା କରୁଛନ୍ତି । ମୁଁ ଆପଣଙ୍କୁ କହିଛି, ସରକାରୀ ଚାକିରିରେ ବେଶିଗୁଡ଼ାଏ ଚିନ୍ତା, ତର୍ଜମା କରାଯାଏନା ।

ପ୍ରମୋଦ ସାହୁ ଯୋଗ କଲା, କ'ଣ ଏତେ ଗୁଡ଼ାଏ କହୁଛନ୍ତି ? କମିଶନର ଚାହୁଁଛନ୍ତି, କେମିତି କରାଯିବ କୁହନ୍ତୁ । ଏବେ ସୁଜାତାକୁ ରଖିଲେ ଅର୍ଥ ବିଭାଗ ବି କିଛି କହିବ ନାହିଁ । ହାଇକୋର୍ଟର ନିର୍ଦ୍ଦେଶ ଆସିଛି, ସହାନୁଭୂତି ସହିତ କମିଶନର ବିଚାର କରିବେ । କମିଶନର ସହାନୁଭୂତି ସହିତ ବିଚାର କରି ତାକୁ ନିଯୁକ୍ତି ଦେବେ ।

ଗୌରାଙ୍ଗ ନିରବ ରହିଲା । ଫାଇଲ୍ ଦାଖଲ କରିବାକୁ କମିଶନର କହିଲେ, ମିଟିଂ ସରିବା ପରେ ଶ୍ରାବଣୀ ତାଙ୍କ ଉପବିଭାଗର ସେକ୍ସନ ଅଫିସ୍‌ର ସୁରେନ୍ଦ୍ର ଜେନାକୁ କହିଲା, ଫାଇଲ ଦାଖଲ କରନ୍ତୁ । ସେତିକିବେଳେ ତା' ରୁମ୍ ବାଟେ ପରମାନନ୍ଦ ଶତପଥୀ ଯାଉଥିଲା, ସେ ରୁମ୍ ଭିତରକୁ ପଶିଯାଇ କହିଲା, ଟିକେ ଅପେକ୍ଷା କରନ୍ତୁ, ଦିନେ ଦୁଇଦିନ । ମୁଁ କହିବି, କେବେ ଫାଇଲ୍ ଦେବେ, ସଙ୍ଗେସଙ୍ଗେ ଦିଅନ୍ତୁ ନାହିଁ । ଏହି ଆଲୋଚନାରେ ଆଶ୍ଚର୍ଯ୍ୟଜନକ ଭାବେ ଶତପଥୀ ନିରବ ଥିଲା, ସେ କିଛି ମନ୍ତବ୍ୟ ଦେଇନଥିଲା । ଏବେ ଗୌରାଙ୍ଗ ଭାବୁଥିଲା, ଶତପଥୀ ବୋଧହୁଏ ଜାଣିଥିଲା, ଅର୍ଥ ବିଭାଗରୁ ଏମିତି ଗୋଟେ ଚିଠି ଆସିବ ।

କମିଶନରଙ୍କ ଅଫିସ୍‌ରେ ଏମିତି କେବେ ହୋଇନଥିଲା । କମିଶନର ଜଣେ ବରିଷ୍ଠ ଆଇଏଏସ୍ ଅଫିସର, ଅଫିସ୍‌ରେ ଅନ୍ୟସବୁ ଅଫିସର ରାଜ୍ୟ ପାହ୍ୟାର । କମିଶନର କିଛି ଗୋଟେ ଚାହିଁବେ, ତାକୁ ବିରୋଧ କରାଯିବ, କରେଇ ଦିଆଯିବନି, ତାହା ପ୍ରଥମ ଥର ପାଇଁ ଘଟୁଥିଲା । ସମସ୍ତେ ଆଶଙ୍କା କରୁଥିଲେ, କମିଶନରଙ୍କର ରୋଷର ଶିକାର ହେବ ଗୌରାଙ୍ଗ ବାହୁବଳେନ୍ଦ୍ର । ଏହି ଅଳ୍ପଦିନ ଭିତରେ କେବଳ ସୁଜାତା ପରମାଣିକର ପୁନଃନିଯୁକ୍ତି ନୁହେଁ, ଇନ୍ସପେକ୍ଟରଙ୍କ ବଦଳିରେ ବି ସେ ସହଯୋଗ କରିନଥିଲା ।

ତିନି ଆଡିସନାଲ୍ କମିଶନରଙ୍କର ଇନ୍ସପେକ୍ଟର ବଦଳି ପାଇଁ ନିଜ ନିଜର ତାଲିକା ଥିଲା । କାହା କଥା ଇନ୍ସପେକ୍ଟର ବଦଳି କମିଟି ଶୁଣିନଥିଲା । ସେମାନେ ଅବଶ୍ୟ ଗୌରାଙ୍ଗଙ୍କୁ ସିଧା କହିନଥିଲେ, କମିଟିର ସଦସ୍ୟ ଶ୍ରାବଣୀ, ଶୁଭେନ୍ଦୁ ଓ ସନ୍ୟାସୀକୁ କହିଥିଲେ । ଗୌରାଙ୍ଗ ମନା କରିଦେଇଥିଲା । କମିଶନର ନିଜେ ମଧ୍ୟ କେତେଜଣ ଇନ୍ସପେକ୍ଟରଙ୍କୁ ବଦଳି କରିବାକୁ ଚାହୁଁଥିଲେ । ସାଧାରଣତଃ କମିଶନର ଚାହିଁଲେ ବି ନିଜେ କରନ୍ତି ନାହିଁ, ଯଦିଓ ଯାହା କିଛି ହୁଏ ସବୁ ତାଙ୍କରି ନାମ ଓ ଦସ୍ତଖତରେ ହୁଏ । ସେ ତାଙ୍କର ଅଧସ୍ତନଙ୍କୁ କୁହନ୍ତି, ଅଧସ୍ତନମାନେ କରିଦିଅନ୍ତି ଏବଂ ତାହା ସେ ଅନୁମୋଦନ କରନ୍ତି । ଏ ବର୍ଷ ସେମିତି କମିଶନର ତାଙ୍କର ତାଲିକା ପରମାନନ୍ଦ ଶତପଥୀଙ୍କୁ ଦେଇଥିଲେ ଏବଂ ଶତପଥୀ କମିଶନରଙ୍କ ତାଲିକା ସହିତ ତା'ର ତାଲିକା ମିଶେଇ ଶ୍ରାବଣୀକୁ ଧରେଇଦେଇଥିଲା । କିନ୍ତୁ ଗୌରାଙ୍ଗ ଶୁଣିନଥିଲା, ଶ୍ରାବଣୀ କମିଶନର ଚାହୁଁଛନ୍ତି କହିଲାରୁ ଗୌରାଙ୍ଗ କହିଥିଲା, ଆମେ ନିୟମ ଅନୁସାରେ

କରିଦେବା, ସେ ଯଦି ଚାହିଁବେ ବଦଳେଇବେ । ସାଧାରଣତ କମିଟି ଗୋଟିଏ ରିପୋର୍ଟ ଦେବାକୁ ଯୋଉ ସମୟ ଦିଆଯାଇଥାଏ, ସେହି ସମୟ ଭିତରେ କମିଟି ଦେଇପାରେ ନାହିଁ, ଅବଧିକୁ ବୃଦ୍ଧି କରାଯାଏ । କିନ୍ତୁ ଇନ୍ସପେକ୍ଟର ବଦଳି କମିଟିକୁ ପନ୍ଦର ଦିନ ଦିଆଯାଇଥିଲା ବେଳେ ସେମାନେ ଛଅଦିନରେ ସାରିଦେଇଥିଲେ ଏବଂ ରିପୋର୍ଟ ଦାଖଲ କରିଥିଲେ । ତେଣୁ ବରିଷ୍ଠ ଅଫିସର କିମ୍ବା ରାଜନେତା ତାଙ୍କୁ କହିବାକୁ ସମୟ ସୁଦ୍ଧା ପାଇଲେ ନାହିଁ । କ୍ଷେତ୍ରାଧିକାରୀମାନେ କମିଟି ଗଠିତ ହେବା ଜାଣି ଧରାଧରି କଲାବେଳକୁ କମିଟି ରିପୋର୍ଟ ଦାଖଲ କରିସାରିଥିଲା ।

କମିଟିର ରିପୋର୍ଟ ଫାଇଲ୍‌ରେ ଦେଖି କମିଶନର ଗୋଟିଏ ପ୍ରଶ୍ନ ପଚାରି ଫାଇଲ୍‌ଟିକୁ ଫେରେଇ ଦେଇଥିଲେ । ଫାଇଲ୍‌ରେ ପ୍ରଶ୍ନଟି ଥିଲା- ବଦଳି ତାଲିକା ପ୍ରସ୍ତୁତିର ନିର୍ଦ୍ଧାରିତ ନୀତି କ'ଣ ଥିଲା ?

ବଦଳି ନିର୍ଦ୍ଧାରିତ ନୀତି ଫାଇଲ୍‌ରେ ଥିଲା । ସେହି ଫାଇଲ୍‌ରେ ନିର୍ଦ୍ଧାରିତ ନୀତି ଯୋଉ ପୃଷ୍ଠାରେ ଥିଲା, ଗୌରାଙ୍ଗ ସୂଚୀତ କରି ପୁନଃଦାଖଲ କରିଥିଲା । କମିଶନର ପଢ଼ିଲେ ଏବଂ ତିନିଟା ଇନ୍ସପେକ୍ଟରଙ୍କର କୋଉ ଆଧାରରେ ବଦଳି କରାଯାଇଥିଲା ପ୍ରଶ୍ନ କରି ଫେରେଇ ଦେଇଥିଲେ ।

ଗୌରାଙ୍ଗ ସେହି ତିନିଜଣ ଇନ୍ସପେକ୍ଟରଙ୍କର କୋଉ ନୀତି ଆଧାରରେ ବଦଳି ହେଲା କିମ୍ବା ହେଲା ନାହିଁ ଫାଇଲ୍‌ରେ ଲେଖି, ଫାଇଲ୍‌କୁ ନିଜ ହାତରେ କମିଶନରଙ୍କ ପାଖକୁ ନେଇଗଲା ଏବଂ କହିଲା, ସାର୍ ଆମେ ଗୋଟିଗୋଟି ସମସ୍ତଙ୍କର କେସ୍ ବିଚାର କରିଛୁ। ନିର୍ଦ୍ଧାରିତ ନୀତି ଅନୁସାରେ ହୋଇଛି, ବ୍ୟତିକ୍ରମ ନାହିଁ । କମିଟିର ଅନୁମୋଦନକୁ ଆପଣ ଗ୍ରହଣ କରିପାରନ୍ତି କିମ୍ବା ନକରିପାରନ୍ତି । ଯଦି ନକରିବେ, ତେବେ ଆଡିସନାଲ୍ କମିଶନରଙ୍କ ମତାମତ ନେଇ ବଦଳେଇ ପାରନ୍ତି । ଆମେ ସମସ୍ତେ ବିବରଣୀ ଫାଇଲ୍‌ରେ ଲିପିବଦ୍ଧ କରିଛୁ। ଫାଇଲ୍ ଫେରେଇଲେ, ଯାହା ଫାଇଲରେ ଲେଖାହାଇ ଅଛି, ମୁଁ ସେୟା କହିବି ।

କମିଶନର କିଛି କହିଲେ ନାହିଁ, କିଛି ସମୟ ତା' ମୁହଁକୁ ସିଧା ଚାହିଁ ରହିଲେ, ବସିବାକୁ ବି କହିନଥିଲେ । କହିଲେ, ହଉ ଫାଇଲ୍ ରଖିଦିଅନ୍ତୁ । ଗୌରାଙ୍ଗ ଫାଇଲ୍ ରଖିଦେଲା । ଫାଇଲଟି ଏବେ ବି କମିଶନରଙ୍କ ଥାକରେ ଅଛି, ଆଉ କେତେଗୁଡ଼ିଏ ଫାଇଲ ସହିତ । ସେହି ଫାଇଲ୍‌ରେ କିଛି କାମ ହେଉନି । ଦୁଇମାସରୁ ଊର୍ଦ୍ଧ୍ୱ ହୋଇଯାଇଥିଲା ଇନ୍ସପେକ୍ଟରଙ୍କ ବଦଳି ହେଉନଥିଲା । ଏହା ଭିତରେ ବାତ୍ୟା ଆସିଲା, ଧ୍ୱଂସବିଧ୍ୱସ୍ତ କରି ଚାଲିଗଲା, ଅଫିସ ଏବେ ସ୍ୱାଭାବିକ ଚାଲୁଥିଲା । ଫାଇଲ୍ କିନ୍ତୁ ସେଇଠି ଥିଲା ।

କମିଟିର ଅନୁମୋଦନକୁ ଅମାନ୍ୟ କରି ସେ ତାଙ୍କର ତାଲିକା ଅନୁସାରେ ମଧ ଇନ୍ସପେକ୍ଟରଙ୍କ ବଦଳି କରିପାରିଥାନ୍ତେ । କିନ୍ତୁ କମିଟି ବସିବା ସମସ୍ତେ ଜାଣିଥିଲେ । ତାଙ୍କ ବିଭାଗରେ ଫୁଟଣ ଫୁଟିଲେ ସାରା ଓଡ଼ିଶା ବାସେ । କମିଟି ବସିଥିବା, କମିଟି ରିପୋର୍ଟ ଦେଇଥିବା ସମସ୍ତେ ଜାଣନ୍ତି । ଯଦି ଅନୁମୋଦନକୁ ଅମାନ୍ୟ କରାଯାଏ, ତାହା ବି ଜାଣିବେ । ଅର୍ଥ ବିଭାଗ, ଅର୍ଥମନ୍ତ୍ରୀ, ମୁଖ୍ୟମନ୍ତ୍ରୀଙ୍କ ପାଖରେ ପିଟିସନ୍ ପଡ଼ିବ । ଟଙ୍କା କାରବାର ହୋଇ ବଦଳି ହୋଇଛି । ଏବେ ଶୁଣାଗଲାଣି, ପ୍ରମୋଦ ସାହୁ ଚେକ୍‌ଗେଟ୍‌ରେ କାମ କରୁଥିବା ଇନ୍ସପେକ୍ଟରଙ୍କୁ କହିଛି, ତୁମର ବଦଳି ଏହିବର୍ଷ ହେବନି, ସେଥିପାଇଁ ସେମାନଙ୍କ ଠାରୁ ଟଙ୍କା ଆଦାୟ କରିଦେଉଛି । ପରମାନନ୍ଦ ଗୋଟିଏ ପ୍ରସ୍ତାବ କମିଶନରଙ୍କୁ ଦେଇଛି, ଆମେ ଏ ବର୍ଷ ଇନ୍ସପେକ୍ଟରଙ୍କର ସାଧାରଣ ବଦଳି କରିବା ନାହିଁ । ମଝିରେମଝିରେ ତିନି ଚାରି ଜଣଙ୍କର ବଦଳି ପ୍ରଶାସନିକ କାରଣ ଦର୍ଶାଇ କରିଦେବା । ସେମିତି କଲେ କିଛି ଅସୁବିଧା ନାହିଁ । ପ୍ରଶାସନିକ କାରଣରୁ ଯେକୌଣସି ସମୟରେ ବଦଳି କରାଯାଇପାରେ । କମିଶନର ଯାହାକୁ ଚାହୁଁଛନ୍ତି କରିଦେବା । ପ୍ରଥମ ଦଫାରେ ସେ ଚାରିଜଣ ଇନ୍ସପେକ୍ଟରଙ୍କର ବଦଳି କରିସାରିଛି ।

ସୁଜାତା ପରମାଣିକର ପୁନଃ ନିଯୁକ୍ତି କିମ୍ବା ଇନ୍ସପେକ୍ଟରଙ୍କ ବଦଳିରେ ବାଧା ସୃଷ୍ଟି କରିଛି ଗୌରାଙ୍ଗ । କେବଳ ବାଧା ସୃଷ୍ଟି କରିନାହିଁ, କମିଶନରଙ୍କୁ ସିଧାସିଧା ବିରୋଧ କରିଛି, ପୁଣି ଦୁଇଥର ସମସ୍ତଙ୍କର ସାମନାରେ, ନୀତିନିର୍ଦ୍ଧାରଣ କମିଟିରେ । ସମସ୍ତେ ଭାବୁଥିଲେ ଆଜି ଯୋଉ ବୋମାଟା ଫୁଟିବାକୁ ଯାଉଛି, ସେଇଟା ଗୌରାଙ୍ଗ ମୁଣ୍ଡରେ ଫୁଟିବ । କମିଶନର ଅଫିସ୍ ଆସିନଥିଲେ, ତାଙ୍କର ଆସିବା ସମୟ ହୋଇନଥିଲା । ଅଫିସ୍‌ର ଅନ୍ୟ କର୍ମଚାରୀ ଯେଉଁମାନେ ଗୌରାଙ୍ଗକୁ ଦେଖୁଥିଲେ, ଏମିତି ଚାହୁଁଥିଲେ ଯେ ସତେଯେମିତି ସେ ଫାଶୀଖୁଣ୍ଟକୁ ଯିବ । ଦୋଷୀ ଫାଶିପାଉଥିବ, ଦେଖଣାହାରୀଙ୍କର କିଛି କ୍ଷତି ହୁଏନି, କିନ୍ତୁ ମନରେ ଭୟ ରହିଥାଏ। ସେହି ଭୟ ଗୋଟିଏ ଜୀବନ ଚାଲିଯାଉଥିବାର ଭୟ ।

ପୂର୍ବ ରାତିରେ ଗୌରାଙ୍ଗ କବିଚନ୍ଦ୍ର କାଳୀଚରଣ ପଟ୍ଟନାୟକଙ୍କର ଆତ୍ମଜୀବନୀ 'କୁମ୍ଭାରଚକ' ପଢ଼ିବାକୁ ଆରମ୍ଭ କରିଥିଲା । ରାତିରେ ବେଶି ସମୟ ପଢ଼ିପାରିନଥିଲା । ସେ ବହୁତ କ୍ଳାନ୍ତ ହୋଇପଡିଥିଲା ଏବଂ ଶହେ ପୃଷ୍ଠା ପାଖାପାଖି ପଢ଼ି ଶୋଇପଡ଼ିଥିଲା । ଯୋଉ ବହିଟା ତାକୁ ଭଲ ଲାଗେ, ସେ ପଢ଼ି ନସାରିବା ଯାଏ ଭୋକଶୋଷ ଭୁଲିଯାଏ । ସେ ସକାଳେ ମଧ ସେହି ବହିଟା ପଢୁଥିଲା ଏବଂ ଅଫିସ୍‌କୁ ନେଇଆସିଥିଲା । ଅଫିସ୍‌ରେ ସମୟ ପାଇଲେ ପଢ଼ିବ । କାଳୀଚରଣଙ୍କ ସମୟର ଓଡ଼ିଶାର ସାହିତ୍ୟ, ସଂସ୍କୃତି, ସଂଗୀତ, ରାଜାରାଜୁଡ଼ାଙ୍କ ଖିଆଲ ତାକୁ ଆଚ୍ଛନ୍ନ କରି ରଖିଥିଲା । ଭଲ

ବହିଟିଏ ପଢ଼ିଲେ ତାକୁ ଅନ୍ୟ କାହା ସହିତ ଆଲୋଚନା କରିବାକୁ ଇଚ୍ଛାହୁଏ, ଯେମିତି ଖୁସିଥିଲେ ମଣିଷ ଖୁସି ବାଣ୍ଟେ ।

ଗୌରାଙ୍ଗ ଦଶଟା ପନ୍ଦର ବେଳକୁ ଅଫିସ୍‌ରେ ପହଞ୍ଚିଥିଲା ଏବଂ ସେ ପହଞ୍ଚିବା ପରେ ପରେ, ସେ ଅଫିସ୍‌କୁ ଆସିବା ଦେଖି ଶ୍ରାବଣୀ ତା'ରୁମ୍‌କୁ ଆସିଲା । ଶ୍ରାବଣୀ କହିଲା-କମିଶନର ଆଜି ସକାଳୁସକାଳୁ ଅର୍ଥ ବିଭାଗର ସେହି ଚିଠିକୁ ଦେଖିବେ ଏବଂ ତାକୁ ଗୋଟେ ବଡ଼ ଧକ୍କା ଲାଗିବ ।

ଶ୍ରାବଣୀ ମନରେ ଅନ୍ୟମାନଙ୍କ ପରି ଉଦ୍‌ବେଗ ରହୁଥିଲା । ସେ ଏତକ କହିଦେଇ ରହିଗଲା । ଅର୍ଥାତ୍, ଗୌରାଙ୍ଗ ବୁଝିବ । ଗୋଟିଏ ବିସ୍ଫୋରଣ ଘଟିବ ଏବଂ ସେହି ବିସ୍ଫୋରଣର ପ୍ରଭାବ ଭୟଙ୍କର ହେବ । ଏହା କମିଶନରଙ୍କ ପ୍ରତି ଅପମାନ ଏବଂ ଅର୍ଥ ବିଭାଗର ଚିଠିଟି ସେହି ଅପମାନକୁ ଦ୍ୱିଗୁଣିତ କରିବ । ଗୌରାଙ୍ଗ ଅର୍ଥବିଭାଗର ସେହି ଚିଠିକୁ ପଢ଼ିନଥିଲା । ବୋଧହୁଏ ହେଡ ଅଫିସ୍‌ରେ ଦୁଇଶହରୁ ଊର୍ଦ୍ଧ୍ୱ ଅଫିସର ଓ କର୍ମଚାରୀ, ତାଙ୍କ ଭିତରୁ ତିନିଚାରିଜଣ ପଢ଼ିଥିବେ, କିନ୍ତୁ ସମସ୍ତେ ଚର୍ଚ୍ଚା କରୁଥିଲେ, ସମସ୍ତେ ଜାଣି ସାରିଥିଲେ । ଅର୍ଥ ବିଭାଗରୁ ଚିଠି ଆସିଥିଲା ଯେ, ରିସର୍ଚ୍ଚ ସେଲ୍‌ର ପୁନଃ ସ୍ଥାପନ ହୋଇପାରିବ ନାହିଁ । ସୁଜାତା ପରମାଣିକର ପୁନଃ ନିଯୁକ୍ତି ପ୍ରତ୍ୟାଖ୍ୟାନ କରାଯାଇଥିଲା । ଅର୍ଥ ବିଭାଗ ସ୍ପଷ୍ଟୀକରଣ ଦେଇଥିଲା ଯେ ପୂର୍ବ କମିଶନର ଲେଖିଥିଲେ ରିସର୍ଚ୍ଚ ସେଲ୍‌ର କାର୍ଯ୍ୟ ନିମ୍ନମାନର ଏବଂ ତାହାର ଆବଶ୍ୟକ ନାହିଁ । ଅର୍ଥଶାସ୍ତ୍ରୀ ସୁଜାତା ପରମାଣିକର କାର୍ଯ୍ୟ ମଧ୍ୟ ନିକୃଷ୍ଟମାନର ଏବଂ ସେ ମଧ୍ୟ ହାଇକୋର୍ଟରେ କେସ୍ ଦାୟର କରିଛି । ପୂର୍ବ କମିଶନରଙ୍କର ସମୀକ୍ଷା ଆଧାରରେ ସୁଜାତା ପରମାଣିକର ପୁନଃନିଯୁକ୍ତି ପ୍ରସ୍ତାବକୁ ପ୍ରତ୍ୟାଖାନ କରାଗଲା ।

ଅର୍ଥ ବିଭାଗ ସୁଜାତା ପରମାଣିକର ପୁନଃନିଯୁକ୍ତି ପ୍ରସ୍ତାବ ଉପରେ ସ୍ପଷ୍ଟୀକରଣ ହାଇକୋର୍ଟର ନିଷ୍ପତ୍ତି ପୂର୍ବରୁ ଦେଇଥିଲା, କିନ୍ତୁ ଚିଠିଟି ହାଇକୋର୍ଟର ନିଷ୍ପତ୍ତି ପହଞ୍ଚିଲା ପରେ ପହଞ୍ଚିଥିଲା । ହାଇକୋର୍ଟର ନିଷ୍ପତ୍ତି ଉପରେ ଯାହା କିଛି ଦ୍ୱନ୍ଦ୍ୱ ରହୁଥିଲା ଏବଂ କମିଶନର ପ୍ରସନ୍ନ ପାତ୍ର ଓ ପ୍ରମୋଦ ସାହୁ ନୀତି ନିର୍ଦ୍ଧାରଣ କମିଟିରେ ଯାହା କହୁଥିଲେ ସେଥିରେ ପୂର୍ଣ୍ଣଚ୍ଛେଦ ପଡ଼ିଗଲା । ସୁଜାତା ପରମାଣିକକୁ ମୁତୟନ ନକରିବାକୁ ଅର୍ଥ ବିଭାଗର ସ୍ପଷ୍ଟ ନିର୍ଦ୍ଦେଶ ଥିଲା ।

ଗୌରାଙ୍ଗ ମନରେ ଏସବୁ କିଛି ପଶୁନଥିଲା, ତା'ର ମନ ଥିଲା କବିଚନ୍ଦ୍ରଙ୍କ ସମୟର ଓଡ଼ିଶାରେ । ରାଜାମହାରାଜା, ଜଙ୍ଗଲ ପାହାଡ଼, ସଙ୍ଗୀତ ସଂସ୍କୃତି ତାଙ୍କୁ ଆଚ୍ଛନ୍ନ କରିଥିଲା । ସେ ଶ୍ରାବଣୀକୁ କହିଲା, ତୁମେ କୁମ୍ଭାରଚକ ପଢ଼ିଛ ? କବିଚନ୍ଦ୍ରଙ୍କର ଆତ୍ମଜୀବନୀ, ଭଲ ଲାଗୁଛି ।

ଶ୍ରାବଣୀ କହିଲା, ସେ ବହି ବିଷୟରେ ମୁଁ ଜାଣିନାହିଁ ।

ଶ୍ରାବଣୀ କବିଚନ୍ଦ୍ରଙ୍କ ବିଷୟରେ କିଛି ଜାଣିନଥିଲା । ସେ କହିଲା, ସୁଜାତା ଏହି କିଛିଦିନ ଅଫିସ୍‌କୁ ଆସୁଥିଲା, କମିଶନରଙ୍କ ଗାଡ଼ିରେ ଫେରୁଥିଲା ।

ଶ୍ରାବଣୀ ଆଲୋଚନା ଅର୍ଥବିଭାଗର ଚିଠି ଉପରେ କରିବାକୁ ଚାହୁଁଥିଲା । ତା'ର ମନର ଉଦ୍‌ବେଗ ଆଲୋଚନା କରି ଲାଘବ କରିବାକୁ ଚାହୁଁଥିଲା । ସୁଜାତା ଯେ ଚତୁର ଓ ମତଲବୀ ସେ ସାବ୍ୟସ୍ତ କରିବାକୁ ଚାହୁଁଥିଲା । ଗୌରାଙ୍ଗ କହିଲା- ଆମ ପରି ସେ ଗୋଟିଏ ମଧ୍ୟବିତ୍ତ ପରିବାରରୁ ଆସିଛି, ଏ ପର୍ଯ୍ୟନ୍ତ ତା'ର ସ୍ଥାୟୀ ଚାକିରିଟିଏ ହୋଇନାହିଁ । ତା'ର ପୁନଃନିଯୁକ୍ତି ହୋଇଥିଲେ ସେ ଦେଢ଼ ଦୁଇବର୍ଷର ବକେୟା ଦରମା ବାବଦକୁ ପାଞ୍ଚ/ଛଅ ଲକ୍ଷ ଟଙ୍କା ପାଇଥାନ୍ତା, ପୁଣି ଚାକିରିଟା ଫେରିପାଇଥାନ୍ତା, ଅନ୍ତତଃ ସ୍ଥାୟୀ ଚାକିରିଟିଏ ହେବା ପର୍ଯ୍ୟନ୍ତ ଗୋଟିଏ ମଧ୍ୟବିତ୍ତ ପରିବାରର ଝିଅଟିଏ ପାଇଁ ଏହା ଛୋଟ ପରିମାଣ ନୁହଁ, ପୁଣି ତା'ର ବେକାରୀ, ଚାକିରିର ଅନିଶ୍ଚିତତା ପରିସ୍ଥିତିରେ ।

ଗୌରାଙ୍ଗ ରୁମ୍‌ରେ ପହଞ୍ଚିଲେ ଶୁଭେନ୍ଦୁ ଓ ସନ୍ୟାସୀ । ଦୁହିଁଙ୍କ ମନରେ ବି ଉଦ୍‌ବେଗ ରହୁଥିଲା । ଅବଶ୍ୟ ସୁଜାତା ପରମାଣିକ କେସ୍‌ରେ ସେମାନେ ସଂପୃକ୍ତ ନଥିଲେ, କିନ୍ତୁ ସେମାନେ ଭାବୁଥିଲେ, କମିଶନର ଭୀଷଣ ଅସନ୍ତୁଷ୍ଟ ହେବେ ଏବଂ ଅସନ୍ତୋଷ ଯେ କୌଣସି ଆଡ଼କୁ ଯାଇପାରେ, ଯେମିତି ନଦୀରେ ବନ୍ୟା ଆସିଲେ ନଦୀବନ୍ଧ ଭାଙ୍ଗିଯାଏ ଏବଂ ପାଣି ଚାରିଆଡକୁ ମାଡ଼ିଯାଏ, ସେମିତି ଅସନ୍ତୋଷର ଲାଭା ଯେ କୌଣସି କର୍ମଚାରୀ ଉପରେ ପଡ଼ିପାରେ । ଶୁଭେନ୍ଦୁ ଓ ସନ୍ନ୍ୟାସୀ ଇନ୍ସପେକ୍ଟର ବଦଳି କମିଟିରେ ସଦସ୍ୟ ଥିଲେ ଏବଂ ସେହି କମିଟିର ଅନୁମୋଦନ ଫଳରେ ବଦଳି ହୋଇପାରୁନି । ସେମାନେ ଆସି ଶ୍ରାବଣୀ ପାଖରେ ବସିରହିଲେ। କିଛି କହୁନଥିଲେ, କ'ଣ କହିବେ ଜାଣିପାରୁ ନଥିଲେ ।

ସୁରେନ୍ଦ୍ର ଜେନା ପହଞ୍ଚିଲା, ବସିବାକୁ ଆଉ ଚେୟାର ନଥିଲା । ତା'ରୁମ୍‌ରେ ଥିବା ଷ୍ଟେନୋର ଚେୟାର ଟାଣିଆଣି ବସିଲା । ଷ୍ଟେନୋ ସେ ପର୍ଯ୍ୟନ୍ତ ଅଫିସ୍‌ରେ ପହଞ୍ଚି ନଥିଲା । ବସୁ ବସୁ ସୁରେନ୍ଦ୍ର ଜେନା କହିଲା- ଅନ୍ୟାୟର ଗୋଟେ ସୀମା ଅଛି, ସମସ୍ତେ କ'ଣ ଅନ୍ୟାୟ ସହିଯିବେ ? କମିଶନର କ'ଣଟା କରିବେ କରନ୍ତୁ, ଆମେ ସାମ୍‌ନା କରିବା । କରି କରି କ'ଣ କରିପକେଇବେ, ବଦଳି ? ଦେଖିବା, ସେ କ'ଣ କରୁଛନ୍ତି ।

ସୁରେନ୍ଦ୍ର ଜେନା ଜଣେ କର୍ମଚାରୀଙ୍କ ନେତା, ସଂଗଠନର ନେତୃତ୍ୱ ନିଏ । ସେ ଜାଣେ କ'ଣ କହି ଟିହାଇହୁଏ, ଯଦି ଲୋକେ ହତୋତ୍ସାହ ହୋଇପଡ଼ନ୍ତି, ଭୟ କରନ୍ତି,

କ'ଣ କହି ବୁଝାଇବାକୁ ହୁଏ । ଆଦର୍ଶ କଥା କହି ସାନ୍ତ୍ୱନା ଦିଆଯାଏ । ସୁରେନ୍ଦ୍ର ଜେନା ଭାବୁଥିଲା, ଗୌରାଙ୍ଗ ହୁଏତ ବିବ୍ରତ ହୋଇପଡ଼ିଥିବ, କମିଶନରଙ୍କର ରୋଷର ଶିକାର ହେବାକୁ ଭୟ କରୁଥିବ । ତେଣୁ ସେ ତା'ର ଭାଷଣବାଜି ଆରମ୍ଭ କରିଦେଇଥିଲା । ଶ୍ରାବଣୀ ଠିକ୍ ବୁଝୁଥିଲା, ମନେମନେ ବିରକ୍ତ ହେଉଥିଲା । କିନ୍ତୁ ଦେଖୁଥିଲା ଏବଂ ଆଶ୍ଚର୍ଯ୍ୟ ବି ହେଉଥିଲା ଗୌରାଙ୍ଗର କିଛି ପ୍ରତିକ୍ରିୟା ନଥିଲା । କମିଶନର କ'ଣ କହିବେ, କ'ଣ କରିପାରିବେ, ସେଥିପ୍ରତି ତା'ର ଆଦୌ ଚିନ୍ତା ନଥିଲା । ଗୌରାଙ୍ଗ ସୁରେନ୍ଦ୍ର ଜେନାକୁ ପଚାରିଲା, ଆପଣ କବିଚନ୍ଦ୍ରଙ୍କର "କୁମ୍ଭାରଚକ" ପଢ଼ିଛନ୍ତି ।

ଗୌରାଙ୍ଗଙ୍କୁ ସେହି ବହିଟି ଭଲ ଲାଗୁଥିଲା ଏବଂ ସେ ଜଣେ ସାଙ୍ଗ ଖୋଜୁଥିଲା ଆଲୋଚନା କରିବାକୁ । କମିଶନର ରାଗିବେ, କ'ଣ କରିବେ ସେପରି ଚିନ୍ତା ତା' ମନରେ ପଶୁନଥିଲା । ଯଦିବା ବଦଳି କରେଇଦେବେ, ତେବେ ସେ ଚାଲିଯିବ ଅନ୍ୟ ଏକ ସହରକୁ । ସୁରେନ୍ଦ୍ର ଜେନା କହିଲା, କାଳୀଚରଣ ପଟ୍ଟନାୟକଙ୍କର ନାଟକ ଆମେ ଅଭିନୟ କରିଛୁ, କିନ୍ତୁ ତାଙ୍କର ଆତ୍ମଜୀବନୀ ମୁଁ ଏ ପର୍ଯ୍ୟନ୍ତ ପଢ଼ିନି । ଭଲ ହୋଇଛି ବୋଲି ମୁଁ ଶୁଣିଛି । 'କୁମ୍ଭାରଚକ' ବୋଧହୁଏ କେନ୍ଦ୍ର ସାହିତ୍ୟ ଏକାଡେମୀ ଆୱାର୍ଡ ପାଇଥିଲା ।

ସୁରେନ୍ଦ୍ର ଜେନା ଗୋଟିଏ ନାଟୁଆ, ସେ ବହୁତ ନାଟକରେ ଅଭିନୟ କରିଛି । ତାଙ୍କ ଗାଁରେ ଏବଂ ଅଫିସ୍‌ରେ । ଅଫିସ୍‌ରେ ବାର୍ଷିକୋତ୍ସବ କର୍ମଚାରୀମାନେ କରନ୍ତି ଏବଂ ନାଟକ ମଧ୍ୟ ଅଭିନୀତ କରାଯାଏ । ସୁରେନ୍ଦ୍ର ଜେନା ଆଗେ ନାୟକ ଭୂମିକାରେ ଅଭିନୟ କରୁଥିଲା । ଏବେ ନାୟକର ବଡ଼ଭାଇ କିମ୍ବା ବାପାର ଭୂମିକା ନିଭାଉଛି । ଶ୍ରାବଣୀକୁ ହସ ଲାଗିଲା ଗୌରାଙ୍ଗର ମନୋଭାବ ଦେଖି । ସେ ହସିଦେଲା ଏବଂ କହିଲା, କେବେ ଆପଣ ସେ ବହିଟି ପଢ଼ିସାରିବେ ? ପଢ଼ିସାରିଲେ, ମତେ ଦେବେ ।

ପିଅନ ଶ୍ରାବଣୀକୁ କହିଲା, କମିଶନର ଡାକୁଛନ୍ତି ।

କମିଶନର ପହଞ୍ଚି ସାରିଥିଲେ ଏବଂ ଚିଠିଟି ପଢ଼ିସାରିଥିଲେ । ଶ୍ରାବଣୀ ଆଶଙ୍କା କରୁଥିଲା, ଯେହେତୁ ସୁଜାତା ପରମାଣିକର ଫାଇଲ ତା'ରି ମାଧ୍ୟମରେ ଉପରକୁ ଯାଏ ତାକୁ ଡାକିବେ । ଶ୍ରାବଣୀ କମିଶନରଙ୍କ ପାଖକୁ ଗଲା, ସୁରେନ୍ଦ୍ର ଜେନା ମଧ୍ୟ ତା'ର ଉପବିଭାଗକୁ ଗଲା । ସୁରେନ୍ଦ୍ର ଜେନା ସେହି ଉପବିଭାଗର ସେକସନ ଅଫିସର, ଫାଇଲ ସମ୍ବନ୍ଧରେ ତାକୁ ଖୋଜା ପଡ଼ିପାରେ ।

କମିଶନର ଅର୍ଥ ବିଭାଗର ଚିଠିଟି ହାତରେ ଧରିଥିଲେ । ଶ୍ରାବଣୀକୁ ପଚାରିଲେ, କାହା ନିର୍ଦ୍ଦେଶରେ ଅର୍ଥ ବିଭାଗକୁ ଏଠୁ ସୁଜାତାର ପୁନର୍ନିଯୁକ୍ତି ଉପରେ ସ୍ପଷ୍ଟୀକରଣ ମଗାଯାଇ ଚିଠି ଯାଇଥିଲା ?

କମିଶନରଙ୍କ ପାଖରେ ସୁଜାତା ପରମାଣିକ ବସିଥିଲା । ଏହି ଚିଠି ସମ୍ପର୍କରେ

ସେ ବୋଧହୁଏ ଜାଣିନଥିଲା । ଶ୍ରାବଣୀର ହଠାତ୍ ମନେପଡୁନଥିଲା କିଏ ନିର୍ଦ୍ଦେଶ ଦେଇଥିଲା । କମିଶନର ନା ଆଡିସନାଲ୍ କମିଶନର । ସାଧାରାଣତ କମିଶନରଙ୍କ ଅନୁମୋଦନରେ ଚିଠି ଯିବାକଥା, କିନ୍ତୁ ବହୁ ସମୟରେ ଆଡିସନାଲ କମିଶନର ପରମାନନ୍ଦ ଶତପଥୀ ନିଜେ ଅନୁମୋଦନ କରିଦିଅନ୍ତି, କମିଶନରଙ୍କ ଅନୁମୋଦନ ପାଇଁ ଫାଇଲ୍ ପଠାନ୍ତି ନାହିଁ । ଶ୍ରାବଣୀ କହିଲା- ସାର୍, ଉପରୁ ନିର୍ଦ୍ଦେଶ ହୋଇଥିବ ।

କମିଶନର ଚିଡ଼ିଯାଇ କହିଲେ, ଉପର ମାନେ କିଏ ? ଫାଇଲ ଆଣନ୍ତୁ ।

କମିଶନର ଭାବୁଥିଲେ ଚିଠିଟି ଶ୍ରାବଣୀ ଦେଇଥିବ ଏବଂ ଅର୍ଥ ବିଭାଗକୁ ସ୍ପଷ୍ଟୀକରଣ ମାଗିବାକୁ ପ୍ରସ୍ତାବ ଗୌରାଙ୍ଗ ଅନୁମୋଦନ କରିଥିବ । କିନ୍ତୁ ଶ୍ରାବଣୀ କେବଳ ତା'ର ମନ୍ତବ୍ୟ ଦେଇଥିଲା ଏବଂ ଗୌରାଙ୍ଗ ବିଭିନ୍ନ ଦିଗ ଆଲୋଚନା କରି ଅର୍ଥବିଭାଗର ଅନୁମୋଦନ ପାଇଁ ପ୍ରସ୍ତାବ ଦେଇଥିଲା। ଶ୍ରାବଣୀ ଫାଇଲ ସୁରେନ୍ଦ୍ର ଜେନା ପାଖରୁ ଆଣି କମିଶନରଙ୍କ ପାଖକୁ ଗଲା ।

କମିଶନର ଫାଇଲ୍ ଦେଖିଲେ, ତାଙ୍କର ପ୍ରଥମେ ଆଖି ପଡ଼ିଲା ଅର୍ଥବିଭାଗକୁ ସ୍ପଷ୍ଟୀକରଣ ମଗାଯାଇଥିବା ଚିଠି ଉପରେ । ଚିଠିଟି ପରମାନନ୍ଦ ଶତପଥୀର ଦସ୍ତଖତରେ ଯାଇଥିଲା । ସେ ନୋଟସିଟ୍ ଦେଖିଲେ । ଶତପଥୀ ନିଜେ ଚିଠି ପଠେଇବାକୁ ନିର୍ଦ୍ଦେଶ ଦେଇଥିଲା ଏବଂ କମିଶନରଙ୍କ ପାଖକୁ ଅନୁମୋଦନ କରିବାକୁ ପଠେଇ ନଥିଲା । କମିଶନର ଫାଇଲଟିକୁ ଶ୍ରାବଣୀକୁ ଫେରେଇଦେଇ କହିଲେ, ହଉ, ତୁମେ ଯାଅ ।

କିଛି ସମୟ ପରେ ଗୋଟିଏ ଅଫିସ୍ ଅର୍ଡର ବାହାରିଲା । ପରମାନନ୍ଦ ଶତପଥୀ ଠାରୁ ପ୍ରଶାସନ କ୍ଷମତା ପ୍ରତ୍ୟାହୃତ ହେଲା । ଏବେ ପରମାନନ୍ଦ ଶତପଥୀ ଆଡିସନାଲ୍ କମିଶନର କିନ୍ତୁ ତା'ର କିଛି ଦାୟିତ୍ୱ କିମ୍ବା କ୍ଷମତା ନାହିଁ ।

ହେଡ ଅଫିସ୍‌ରେ ସମସ୍ତେ ଆଶ୍ଚର୍ଯ୍ୟ ହେଉଥିଲେ । ସମସ୍ତେ ଭାବିଥିଲେ କମିଶନର ଗୌରାଙ୍ଗ ଉପରେ କିଛି କାର୍ଯ୍ୟାନୁଷ୍ଠାନ ଗ୍ରହଣ କରିବେ । ପରମାନନ୍ଦ ଶତପଥୀ ବରଂ ବହୁତ ଚେଷ୍ଟା କରୁଥିଲା ସୁଜାତାକୁ ରଖିବାକୁ । କମିଶନର ଅର୍ଡର ବାହାର କରିଦେଇ ଭୁବନେଶ୍ୱର ଚାଲିଗଲେ, ତାଙ୍କ ସାଙ୍ଗରେ ସୁଜାତା ବି ଗଲା । ପରମାନନ୍ଦ ଶତପଥୀ କହୁଥିଲା, ସେ ସୁଜାତାକୁ ରଖେଇଦେବାକୁ କମିଶନରଙ୍କ ସହିତ ରାଜି ନହେବାରୁ ଏବଂ ଅନୁମତି ପାଇଁ ଅର୍ଥ ବିଭାଗକୁ ଚିଠି ଲେଖିବାରୁ, କମିଶନର ତା' ଉପରେ ରାଗି ତା'ର କ୍ଷମତା ଛଡ଼େଇଦେଲେ । କିନ୍ତୁ ତା' କଥାରେ କେହି ବିଶ୍ୱାସ କରୁନଥିଲେ । ଅଫିସ୍‌ରେ ଭାବୁଥିଲେ ଏବଂ ଚର୍ଚ୍ଚା ହେଉଥିଲା, କମିଶନରଙ୍କ ଅଗୋଚରରେ ଅର୍ଥ ବିଭାଗକୁ ଚିଠି ଦେଇଥିବାରୁ କମିଶନର ରାଗିଗଲେ । ଏଣେ ସେ ସୁଜାତାକୁ ରଖେଇବାକୁ ଯୁକ୍ତି କରୁଥିଲା । ତେଣେ ଅର୍ଥ ବିଭାଗକୁ ସ୍ପଷ୍ଟୀକରଣ

ପାଇଁ ଚିଠି ଲେଖିଥିଲା । ଅର୍ଥବିଭାଗକୁ ସ୍ପଷ୍ଟୀକରଣ ପାଇଁ ଚିଠି ଦେଲେ, କେବେ ଅର୍ଥ ବିଭାଗ ସପକ୍ଷରେ ଦେଇନଥାନ୍ତା । କିନ୍ତୁ ଅର୍ଥ ବିଭାଗକୁ ନଜଣାଇ ସୁଜାତା ପରମାଣିକଙ୍କୁ ପୁନର୍ନିଯୁକ୍ତି ଦେଇଥିଲେ, ସେମିତି କିଛି ଅସୁବିଧା ହୋଇନଥାନ୍ତା । କିନ୍ତୁ ଗୌରାଙ୍ଗ ମୂଳରୁ ସବୁ ସମୟରେ ଗୋଟିଏ କଥା କହୁଥିଲା ।

ପରଦିନ ସକାଳେ ଯମେଶ୍ୱର ସକାଳ ଚାଲିବା ସମୟରେ ଗୌରାଙ୍ଗର ବସାଘରେ ପହଞ୍ଚିଥିଲା । ପରମାନନ୍ଦର କ୍ଷମତା ପ୍ରତ୍ୟାହୃତ ସମ୍ବାଦ ସେମାନେ ପାଇସାରିଥିଲେ । ଯମେଶ୍ୱର କହିଲା, ଶତପଥୀ ଅର୍ଥ ବିଭାଗରେ ବହୁତ ଚେଷ୍ଟା କରିଥିଲା ସୁଜାତା ପରମାଣିକର ପୁନଃ ମୁତୟନକୁ ମଞ୍ଜୁରୀ କରିବାକୁ । ସେ ସବୁ ଅଫିସରଙ୍କୁ ଭେଟି ବ୍ୟକ୍ତିଗତ ଭାବେ ଅନୁରୋଧ କରିଥିଲା ଏବଂ କହୁଥିଲା କମିଶନର ଚାହୁଁଛନ୍ତି, କରି ଦିଅନ୍ତୁ । ଅତିରିକ୍ତ ସଚିବ ଚିଡ଼ିଯାଇ ତାକୁ କହିଲେ, ଆପଣଙ୍କୁ ଲାଜ ଲାଗୁନି ଏପରି ପ୍ରସ୍ତାବ ଦେଉଛନ୍ତି । ସେ ଝିଅ ହାଇକୋର୍ଟରେ କେସ୍ କରିଛି । ଆମକୁ ପକ୍ଷଭୁକ୍ତ କରିଛି । ସେ କ'ଣ ପୂର୍ବତନ ରିଜର୍ଭ ବ୍ୟାଙ୍କ ଗଭର୍ଣ୍ଣର । ତାଙ୍କୁ ରଖିଦେଲେ ଓଡ଼ିଶାର ଆର୍ଥିକ ଅବସ୍ଥା ହଠାତ୍ ବୃଦ୍ଧି ପାଇବ ?

ଏବେ ଗୌରାଙ୍ଗ ବୁଝୁଥିଲା, ହାଇକୋର୍ଟର ଅର୍ଡର ମିଳିଲା ପରେ ଯେଉଁ ନୀତି ନିର୍ଦ୍ଧାରଣ କମିଟିର ବୈଠକ ବସିଥିଲା ସେଥିରେ କାହିଁକି ପରମାନନ୍ଦ ଶତପଥୀ ନିରବ ରହୁଥିଲା । ଏପରି ଏକ ଚିଠି ଆସିବ ବୋଲି ସେ ଜାଣିଥିଲା । ଅର୍ଥବିଭାଗର ଚିଠି ପାଇବା ପରେ ସୁଜାତା ପରମାଣିକର କେସ୍ ସହାନୁଭୂତି ସହିତ ବିଚାର କରାଯିବାର ପ୍ରଶ୍ନ ଉଠୁନଥିଲା । ଯମେଶ୍ୱର କହି ଚାଲିଥିଲା, କିନ୍ତୁ ପରମାନନ୍ଦର ଆତ୍ମବିଶ୍ୱାସ ବହୁତ । ମୁଁ ଯୋଉ ଦୁଇଜଣ ଇନ୍ସପେକ୍ଟରଙ୍କର ବଦଳି ପାଇଁ ତୁମକୁ କହିଥିଲି, ସେ ଦୁଇଜଣ ପରମାନନ୍ଦକୁ ଟଙ୍କା ଦେଇଥିଲେ । ତୁମ କମିଟିର ରିପୋର୍ଟ ଦାଖଲ ପରେ ସେମାନଙ୍କର ବଦଳି କିପରି ହେବ ବୁଝିବାକୁ ତା'ପାଖକୁ ଯାଇଥିଲେ । ତା'ପାଖକୁ ଗଲେ ବିନା ମଦ୍ୟପାନରେ ସେ କିଛି କୁହେନି । ଗୋଟିଏ ହୋଟେଲକୁ ସେମାନେ ମଦ ପିଇବାକୁ ଯାଇଥିଲେ । ଦୁଇତିନି ପେଗ୍ ପରେ ପରମାନନ୍ଦ ଆଉଟ୍ ହୋଇଯାଏ । ସେ ଏହି ଦୁଇ ଇନ୍ସପେକ୍ଟରଙ୍କୁ କହିଥିଲା, ଶଳା କମିଶନରର କ'ଣ ଅଛି, ଟଙ୍କା ନଉଛି । ତୁମ ଠାରୁ ମୁଁ ଯାହା ନେଇଛି ମୁଁ ତାକୁ ଦେଇଛି । ମୁଁ ଯୋଉଠି କହିବି, ସେଠି ସେ ଦସ୍ତଖତ କରିବ । ଏଇ ଆଠଦଶ ଦିନ ଭିତରେ ହୋଇଯିବ । ଗୋଟିଏ ଦଫାରେ ଚାରିଜଣଙ୍କର ହୋଇଛି । ସେମାନଙ୍କୁ ସେ ଚାହୁଁଥିଲା । ଏଥରକ ତୁମର ହେବ । କିନ୍ତୁ ଗତକାଲି ଘଟଣା ପରେ ସେମାନେ ମୁଣ୍ଡରେ ହାତ ଦେଇଛନ୍ତି । ତାଙ୍କର ଟଙ୍କା ବୁଡ଼ିଲା, ବଦଳି ହେବନାହିଁ, କିମ୍ବା ପରମାନନ୍ଦ ଠାରୁ ଟଙ୍କା ଫେରସ୍ତ ମିଳିବ ନାହିଁ ।

ଅଜୟ, ସନତ ଓ ଗୌରାଙ୍ଗ ଘନିଷ୍ଠ ବନ୍ଧୁ । ଅଜୟ ତାଙ୍କ ଠାରୁ ଦୁଇବର୍ଷ ସିନିୟର, ସନତ ଓ ଗୌରାଙ୍ଗ ଅଜୟକୁ ବଡ଼ଭାଇ ଡାକନ୍ତି । ବଡ଼ଭାଇ କୁରୁକ୍ଷେତ୍ର ବିଶ୍ୱବିଦ୍ୟାଳୟରେ ଅଧ୍ୟାପକ ଥିଲା, ଏବେ ଚଣ୍ଡିଗଡ଼ରେ ଆସୋସିଏଟ୍ ପ୍ରଫେସର । ସନତ ଗୋଟିଏ ଘରୋଇ ମହାବିଦ୍ୟାଳରେ ଅଧ୍ୟାପକ ଥିଲା, କିନ୍ତୁ ଅଧ୍ୟାପନା ଛାଡ଼ି ସେ ଗୋଟିଏ ଏନ୍‌ଜିଓ କରିଛି ଏବଂ ସାମାଜିକ ଅର୍ଥନୈତିକ ଘଟଣା ଉପରେ ଗୋଟିଏ ତ୍ରୟମାସିକ ପତ୍ରିକା ପ୍ରକାଶ କରୁଛି। ବଡ଼ଭାଇ ବେଳେବେଳେ ଓଡ଼ିଶା ଆସେ, ସେମାନେ ସାଙ୍ଗହୋଇ ଅନ୍ତତଃ ଦିନେ କୋଉଠି ବସନ୍ତି ଏବଂ ଖିଆପିଆ କରନ୍ତି । ବଡ଼ଭାଇର ସହକର୍ମୀ ସୁରେଶ ଚୋପ୍ରା ଆଇଏଏସ୍ ପାଇ ଅଧ୍ୟାପନା ଛାଡ଼ିଦେଲା । ସୁରେଶ ଚୋପ୍ରା ଓଡ଼ିଶା କ୍ୟାଡ଼ର ଅଫିସର । ବଡ଼ଭାଇ ସୁରେଶ ଚୋପ୍ରା ସହିତ ପରିଚୟ କରେଇ ଦେଇଥିଲା ।

ମଝିରେମଝିରେ ସନତ ସୁରେଶ ଚୋପ୍ରାକୁ ଦେଖାକରେ । ସୁରେଶ ଚୋପ୍ରା ବି ବେଳେବେଳେ ଗପସପ କରିବାକୁ ସନତକୁ ଡାକେ । ବଡ଼ଭାଇ ଓଡ଼ିଶା ଆସିଥିଲେ ସେମାନଙ୍କର ନିଶ୍ଚିତ ଦେଖାହୁଏ ।

ରବିବାର ଦିନ ସନତ ସହିତ ସୁରେଶ ଚୋପ୍ରାକୁ ଦେଖାକରିବାକୁ ଯାଇଥିଲେ । ସୁରେଶ ଚୋପ୍ରା ଗୌରାଙ୍ଗଙ୍କୁ ପଚାରିଲା, ତୁମେ ଏବେ କୋଉଠି ଅଛ ?

ଗୌରାଙ୍ଗ କହିଲା, କମିଶନରଙ୍କ ଅଫିସ୍‌ରେ ।

ସୁରେଶ ଚୋପ୍ରା କହିଲା- ତୁମ କମିଶନର ତେବେ ଚନ୍ଦ୍ରଶେଖର । ସେ ମୋର ବ୍ୟାଚ୍‌ମେଟ । ସେ କ'ଣ ଲାଞ୍ଚ ନଉଛି ?

ଗୌରାଙ୍ଗ ଆଇଏଏସ୍ ଅଫିସରଙ୍କର ଭ୍ରାତୃଭାବ ଜାଣେ । ଜଣେ ଅନ୍ୟଜଣଙ୍କର ବିରୋଧରେ କିଛି କହିଲେ, ସେମାନେ ସହିପାରିବେ ନାହିଁ । ସେ କହିଲା- ମୁଁ ଜାଣିନି ।

ସୁରେଶ ଚୋପ୍ରା କହିଲା, ତିନିଚାରି ଦିନ ତଳେ ଆମେ ଗୋଟିଏ ହୋଟେଲକୁ ଯାଇଥିଲୁ । ଆମ ଟେବୁଲରୁ ଦୁଇଟା ଟେବୁଲ ପରେ ଜଣେ ଲୋକ ମଦ ପିଇ ଦୁଇଜଣଙ୍କୁ ବସେଇ କହୁଥିଲା, ଶଳା କମିଶନର ଟଙ୍କା ନଉଛି, ମୁଁ ଯୋଉଠି କହିବି ସେ ସେଇଠି ଦସ୍ତଖତ କରିବ । ମୋ ସାଙ୍ଗରେ ଓଡ଼ିଶା ଇଣ୍ଡଷ୍ଟ୍ରି ଆସୋସିଏସନ୍‌ର ପ୍ରେସିଡେଣ୍ଟ ଥିଲା । ସେ ତାକୁ ଜାଣିଥିଲା । ସେ ମତେ କହିଲା, ସେ ଲୋକଟି ଆଡିସନାଲ କମିଶନର ଶତପଥୀ । ସେଦିନ ରାତିରେ ମୁଁ ହୋଟେଲରୁ ଫେରି ଚନ୍ଦ୍ରଶେଖରଙ୍କୁ ଫୋନ୍ କରି କହୁଥିଲି ।

ଗୌରାଙ୍ଗ ଏବେ ବୁଝିପାରୁଥିଲା ପରମାନନ୍ଦ ଉପରେ କମିଶନରଙ୍କର ରୋଷର ପ୍ରକୃତ କାରଣ । ■

ଏଗାର

ରୁମ୍‌ରେ ପହଞ୍ଚି ସରକାରୀ ମାଟିଆ ଲଫାପା ଚିରି ଶ୍ରାବଣୀର ହାତଲେଖା କାଗଜ "ଆଇ ଲଭ୍ ଇଉ, ଠୁ" ପଢ଼ି ପ୍ରଥମେ ସେ ନିଜକୁ ବିଶ୍ୱାସ କରିପାରୁ ନଥିଲା । ତା'ର ମନର ଭାବ ବ୍ୟକ୍ତ କରିବା ଏହା ମଧ୍ୟରେ ମାସେରୁ ଅଧିକ ହୋଇସାରିଥିଲା । ଶ୍ରାବଣୀ କିଛି କହିନଥିଲା । ଗୌରାଙ୍ଗ ଧରିନେଇଥିଲା ଶ୍ରାବଣୀ ବିବାହିତା, ତା'ପ୍ରତି ଶ୍ରାବଣୀର ପ୍ରେମଭାବ ନାହିଁ । ଶ୍ରାବଣୀ ବିରକ୍ତ ହୋଇନି, ବିରକ୍ତ ହୋଇ କିଛି କଟୁ ମନ୍ତବ୍ୟ ଦେଇନି, ବରଂ ସେଥିପାଇଁ ସେ ଆଶ୍ୱସ୍ତ ଥିଲା । ନିଜ ମନକୁ ସେ ବୁଝେଇବାକୁ ଚେଷ୍ଟା କରୁଥିଲା । ଏବେ ସଂକ୍ଷିପ୍ତ ସେହି ଏକ ଧାଡ଼ିର ଚିଠିଟି ପାଇ ସେ ବାରମ୍ବାର ସେହି ଧାଡ଼ିକୁ ପଢୁଥିଲା ଏବଂ ଦେଖୁଥିଲା । ଅଫିସ୍ ଫାଇଲ୍‌ରେ ସେ ଶ୍ରାବଣୀର ହସ୍ତାକ୍ଷର ଦେଖିଥିଲା, ଏହା ଶ୍ରାବଣୀର ହସ୍ତାକ୍ଷର ଏବଂ ଯେତେବେଳେ ସେ ଭାବିଲା ଏହା ସତ୍ୟ, ସେ ସ୍ୱପ୍ନ ଦେଖୁନି, ତା'ପାଖରେ ଶ୍ରାବଣୀ ନଥିଲା କିମ୍ବା କେହି ନଥିଲେ । ଶ୍ରାବଣୀ ତାଙ୍କ ସିଡିଏ ଘରେ ଥିବ । ଗୌରାଙ୍ଗ ଏବେ ସେଠିକୁ ଯାଇପାରିବ ନାହିଁ । ସେ ମଧ୍ୟ ତା' ସହିତ କଥାବାର୍ତ୍ତା କରିପାରୁ ନଥିଲା । ଗୌରାଙ୍ଗର ଫୋନ୍ ନଥିଲା, ଶ୍ରାବଣୀର ଘରେ ଫୋନ୍ ଥିଲା କି ନାହିଁ ସେ ଜାଣିନଥିଲା । ମହାବାତ୍ୟାରେ ଫୋନ୍ ଖୁଣ୍ଟ ଉପୁଡ଼ି ପଡିଥିଲା ଏବଂ ବିଜୁଳିର ପୁନଃଯୋଗାଣ ହୋଇପାରୁନଥିବା ପରି ଫୋନ୍ ସେବା ମଧ୍ୟ ବିପର୍ଯ୍ୟସ୍ତ ଅବସ୍ଥାରେ ଥିଲା ।

ଗୌରାଙ୍ଗ ଏକା ଥିଲା, ବାଲ୍‌କୋନୀରେ ଛିଡ଼ା ହୋଇଥିଲା । ବାତ୍ୟାରେ ଗଛ ଉପୁଡ଼ି ପଡ଼ିଥିଲା, ଚଢ଼େଇ ନଥିଲେ କିମ୍ବା ଗୁଣ୍ଡୁଚିମୂଷା

ଦିଶୁନଥିଲା । ଅନ୍ଧାର ମାଡ଼ିଆସିଲା ଏବଂ କିଛି ସମୟ ପରେ କଟକ ସହରକୁ ଅନ୍ଧାର ମାଡ଼ିବସିଲା । ଶୂନଶାନ, ସବୁକିଛି ନିରବ, ନିଶବ୍ଦ । ସମ୍ପୂର୍ଣ୍ଣ ଆଲୋକହୀନ ଅନ୍ଧାର କଟକ ନଗର । ସେ ଛାତ ଉପରକୁ ଆସିଲା, ମେଘମୁକ୍ତ ନିର୍ମଳ ଆକାଶରେ ତାରା ଏବଂ ଚେନାଏ ଜହ୍ନ । ଗୌରାଙ୍ଗ ଆକାଶକୁ ଚାହିଁ ରହିଥିଲା, ତାରାଙ୍କୁ ଦେଖୁଥିଲା । ମହାନଦୀ ଉପର ଆକାଶରୁ ଉଲ୍‌କାଟିଏ ଖସିପଡ଼ିଲା, ଶ୍ରାବଣୀ ମୁହଁରେ ଚେନାଏ ହସଟିଏ ଥିଲା ପରି ତାକୁ ଲାଗିଲା ।

ଦିନରେ ଶ୍ରାବଣୀ ସହିତ ହୋଟେଲ 'ସିଲ୍‌ଭର ସ୍ପୁନ୍'ରେ ସେ ଖାଇଥିଲା, ତାକୁ ଭୋକ ଲାଗୁନଥିଲା କିମ୍ବା ତା'ର ମଧ୍ୟ ଖାଇବାକୁ ଇଚ୍ଛା ହେଉନଥିଲା । ମହମବତୀ ଲଗେଇ ସେ ମଶାରୀ ଟାଙ୍ଗିଲା । ମହମବତି ଆଲୁଅରେ ପଢ଼ିବାକୁ ତାକୁ ଭଲ ଲାଗିଲା ନାହିଁ । ପାଣି ଗ୍ଲାସଟିଏ ପିଇ ସେ ଖଟରେ ଗଡ଼ିଲା । ତାକୁ ନିଦ ଆସୁନଥିଲା । ଏତେ ଶୀଘ୍ର ଶୋଇବା ତା'ର ଅଭ୍ୟାସ ନୁହେଁ । ବହୁ ସମୟ ପର୍ଯ୍ୟନ୍ତ ସେ ଖଟରେ ପଡ଼ିରହିଲା ଏବଂ କେତେବେଳେ ସେ ନିଦରେ ଶୋଇପଡ଼ିଥିଲା । ସେ ସ୍ୱପ୍ନ ଦେଖୁଥିଲା । ସ୍ୱପ୍ନରେ ଦେଖୁଥିଲା, କୋଉ ଏକ ଅଜଣା ଦେଶର ଅଶୁଣା ନଈକୂଳରେ ଗୌରାଙ୍ଗ ଓ ଶ୍ରାବଣୀ ବସିଛନ୍ତି । ଆଖପାଖରେ କେହି ନାହାନ୍ତି । ଆଗରେ ନୌକାଟିଏ ତୁଠରେ ଭାସୁଛି, କିନ୍ତୁ ନାଉରୀ ନାହିଁ । ନଈପଠାରେ ଗଛ, ବାଉଁଶ ବଣ, କିନ୍ତୁ ଜନଶୂନ୍ୟ । ଶ୍ରାବଣୀ ହସିହସି କହୁଛି- ଚାଲ, ନୌକା ଉପରେ ବସିବା ।

ଗୌରାଙ୍ଗର ନିଦ ଭାଙ୍ଗିଗଲା । ରାତିର ଅନ୍ଧାର ଥିଲା । ସକାଳ ହେବାକୁ କେତେଘଣ୍ଟା ବାକି ଅଛି ସେ ଜାଣିବାକୁ ଚାହିଁଲା ନାହିଁ । ସେ ଖଟରେ ପଡିରହି ସେହି ସ୍ୱପ୍ନକୁ ମନେପକାଉଥିଲା, ନଈ, ନଈପଠା, ନୌକା ଓ ସ୍ୱପ୍ନର ଶ୍ରାବଣୀକୁ ମନେରଖିବାକୁ ଚେଷ୍ଟା କରୁଥିଲା ।

ଦଶଟା ବେଳକୁ ଗୌରାଙ୍ଗ ଅଫିସ୍‌ରେ ପହଞ୍ଚି ଯାଇଥିଲା । ସବୁଦିନ ସେ ଅଫିସ୍‌ରେ ଦଶଟାରୁ ଦଶଟା ପନ୍ଦର ମିନିଟ୍ ଭିତରେ ପହଞ୍ଚେ । କିନ୍ତୁ ଅଫିସର ଅନ୍ୟ ଅଫିସର ଓ କର୍ମଚାରୀ ଆସୁଆସୁ ସାଢ଼େ ଦଶ ଏଗାରଟା ହୋଇଯାଏ । ଶ୍ରାବଣୀ ମଧ୍ୟ ସାଢ଼େ ଦଶଟା ବେଳକୁ ଅଫିସ୍‌କୁ ଆସେ । ସେଦିନ ଶ୍ରାବଣୀ ଦଶଟା ଦଶ ମିନିଟ୍ ବେଳକୁ ପହଞ୍ଚିଯାଇଥିଲା । ନିଜ ରୁମ୍‌ରେ ବେଗ ରଖି ସେ ଗୌରାଙ୍ଗ ରୁମ୍‌କୁ ଆସିଲା । ତା'ର ଓଠ ଓ ଆଖିରେ ହସ ଥିଲା । ଗ୍ରୀଷ୍ମଦିନରେ ଗରମ ରାତି ପରେ ସକାଳେ ଉଠି ନିଜ ବାଡ଼ିର ଫୁଟନ୍ତା ମଲ୍ଲୀଫୁଲ ଦିଶୁଥିଲା ପରି ଶ୍ରାବଣୀ ସ୍ନିଗ୍ଧ ଓ ସୁନ୍ଦର ଦିଶୁଥିଲା । ତା' ସାମ୍ନାରେ ବସି ଶ୍ରାବଣୀ କହିଲା, ମୁଁ ଭୁଲ୍ କରୁନି ତ ?

କିପରି ଭୁଲ୍ ଗୌରାଙ୍ଗ ପଚାରୁନଥିଲା । ସେ ଶ୍ରାବଣୀର ସଂଶୟ

ବୁଝିପାରୁଥିଲା । ଶ୍ରାବଣୀ ବିବାହିତା । ବେଦିରେ ବସି ଅଗ୍ନିକୁ ସାକ୍ଷୀ ରଖି ସେ ବାହା ହୋଇଛି । ବ୍ରାହ୍ମଣ ମନ୍ତ୍ର ପଢ଼ିଛି, ସମାଜ ତାକୁ ଜଣକର ପତ୍ନୀରୂପେ ଗ୍ରହଣ କରିଛି । ପରମ୍ପରା କୁହେ ପତି ଦେବତା । ଜଣଙ୍କର ପତ୍ନୀ ହୋଇ ଅନ୍ୟଜଣଙ୍କୁ ପ୍ରେମ କରିବା କ'ଣ ପାପ ? ସେହି ପ୍ରଶ୍ନ ତା' ମନକୁ ଆସୁଥିଲା ଏବଂ ସେଥିପାଇଁ ସେ ଗୌରାଙ୍ଗଙ୍କୁ କହିବାକୁ ଏତେ ସମୟ ନେଇଥିଲା । ଗୌରାଙ୍ଗ କହିଲା– ତୁମ ହୃଦୟ କ'ଣ ଚାହୁଁଛି ? ଯଦି ତୁମର ହୃଦୟ ଚାହୁଁଛି ଏବଂ ତୁମ ହୃଦୟ ଚାହୁଁଥିବା ବାଟରେ ତୁମେ ଯାଉଛ, ତାହା କାହିଁକି ଭୁଲ୍ ହେବ ? ମୁଁ ତୁମକୁ ଯେତେବେଳେ କହିଲି, ମୁଁ ଏବେ ଜାଣୁଛି, ତୁମ ମନ ଓ ହୃଦୟ ଭିତରେ ସଂଘର୍ଷ ହେଉଥିଲା ଏବଂ ତୁମେ ତୁମ ହୃଦୟ ଚାହୁଁଥିବା କଥାଟା କହିଲ ।

ପିଅନ ଆସିଲା ଏବଂ ଫ୍ଲାକ୍ସ ନେଇ ଚା' ଆଣିବାକୁ ଚାଲିଗଲା । ଶ୍ରାବଣୀ କହିଲା– ଆମକୁ ଟିକେ ସତର୍କ ରହିବାକୁ ପଡ଼ିବ । ନହେଲେ ଅଫିସ୍‌ରେ ଆଲୋଚନା ଆରମ୍ଭ ହୋଇଯିବ ଏବଂ ଅଳ୍ପଦିନରେ ସାରା ଓଡ଼ିଶାରେ ଆମ ଅଫିସମାନଙ୍କରେ ଚର୍ଚ୍ଚା ହେଉଥିବ।

ଗୌରାଙ୍ଗ ତା' ପ୍ରେମର ଭବିଷ୍ୟତ କ'ଣ ସେ ଚିନ୍ତା କରୁନଥିଲା, କିଛି ଯୋଜନା ସେ କରୁନଥିଲା । ସେ ଶ୍ରାବଣୀର ପ୍ରେମ ପାଇଛି, ସ୍ନେହପୂର୍ଣ୍ଣ ସାନିଧ୍ୟ ପାଇଛି, ସେତିକି ତା' ପାଇଁ ଯଥେଷ୍ଟ ଥିଲା । ସେ ସେହି ପ୍ରେମକୁ କୌଣସି ପରିସ୍ଥିତିରେ ହରେଇବାକୁ ଚାହୁଁନଥିଲା । ପ୍ରେମରେ ଅନ୍ଧ ହୋଇ ଅବାଟରେ ମାଡ଼ିଯିବା, ଆବେଗରେ ବଶବର୍ତ୍ତୀ ହୋଇ କିଛି ନବୁଝି ନବିଚାରି କିଛି ଗୋଟେ କରିଦେବାର ବୟସ ସେ ଅତିକ୍ରମ କରିସାରିଛି । ଶ୍ରାବଣୀ ମଧ୍ୟ। ସେ ବିବାହିତା, ଅନୁଭବୀ, ସଂସାର ଅଭିଜ୍ଞ । ସେ ଜାଣେ ତାଙ୍କର ଘନିଷ୍ଠତା ଅଫିସରେ କେହି ଜାଣିଦେଲେ ପ୍ରଘଟ ହୋଇଯିବ, ଅଫିସରେ ଗପିବେ, ପରଚର୍ଚ୍ଚା କ୍ଲବରେ ଏକ ରୋଚକ ଆଲୋଚ୍ୟ ବିଷୟ ହୋଇଯିବ । ଶ୍ରାବଣୀର ଶାଶୁଶଶୁର ଜାଣିବେ, ତା' ବାପାମା' ଜାଣିବେ । ପରିସ୍ଥିତି ଜଟିଳ ହୋଇଯିବ, ସେହି ଜଟିଳତାରୁ ମୁକୁଳିବା ସହଜ ହେବନି ।

ଏବେ ଶ୍ରାବଣୀ ସବୁଦିନ ଦଶଟା ପନ୍ଦର ଭିତରେ ଅଫିସ୍‌ରେ ପହଞ୍ଚିଯାଉଥିଲା, ଅଫିସ୍‌କୁ କେବଳ ଗୌରାଙ୍ଗ ସେହି ସମୟରେ କିମ୍ବା ଟିକେ ପୂର୍ବରୁ ଆସୁଥିଲା ।

ଚା' ପିଉଥିଲାବେଳେ ଶ୍ରାବଣୀ କହିଲା– ଚାଲନ୍ତୁ, ଆସନ୍ତାକାଲି କୁଆଡ଼େ ବୁଲିଯିବା ।

ପରଦିନ ମାସର ଦ୍ୱିତୀୟ ଶନିବାର, ଛୁଟିଦିନ । ଶ୍ରାବଣୀର ସ୍ୱାମୀ ରମେଶ ଭଦ୍ରକ ଜିଲ୍ଲାରେ ଗୋଟିଏ ବ୍ଲକରେ ଚାକିରି କରିଥିଲା । ରମେଶ ଛୁଟି ପୂର୍ବଦିନ

ଆସେ ଏବଂ ଯୋଉଦିନ ଅଫିସ୍ ଖୋଲେ ସେହିଦିନ ସକାଳୁସକାଳୁ ଚାଲିଯାଏ । ସେଦିନ ରାତିରେ ରମେଶ ଆସୁଥିବ, ଦୁଇଦିନ ରହିବ । ଗୌରାଙ୍ଗ ପଚାରିଲା, ରମେଶ ? ସେ ତ ଆଜି ଆସୁଥିବ ।

ଶ୍ରାବଣୀ କହିଲା, ଚଳିବ । ମୁଁ କହିଦେବି, ସେକ୍ରେଟେରିଏଟ୍‌ରେ ଗୋଟେ ମିଟିଂ ଅଛି । ଶନିବାର କିମ୍ବା ରବିବାର ମଧ୍ୟ ମିଟିଂ ହୁଏ, ସେ ଅବିଶ୍ୱାସ କରିପାରିବ ନାହିଁ । ଏବେ ତ ଆସେମ୍ବ୍ଲି ଚାଲିଛି, ମନ୍ତ୍ରୀଙ୍କ ସହିତ ଆସେମ୍ବ୍ଲି ପ୍ରଶ୍ନ ଉପରେ ଆଲୋଚନା ହେବ, ମନ୍ତ୍ରୀ ଡାକିଛନ୍ତି ।

ଗୌରାଙ୍ଗ ପଚାରିଲା, କୁଆଡ଼େ ଯିବା ?

ଶ୍ରାବଣୀ କହିଲା, ସେମିତି କିଛି ନିର୍ଦ୍ଦିଷ୍ଟ ଜାଗା ପ୍ରତି ମୋର ଆକର୍ଷଣ ନାହିଁ । ଆପଣଙ୍କ ସଙ୍ଗ ଲୋଡା । ଦୁହେଁ କିଛି ସମୟ ସାଙ୍ଗହୋଇ ବୁଲିବା । ଅଫିସ୍‌ରେ ଜଗିରହି କଥାବାର୍ତ୍ତା କରିବାକୁ ପଡୁଛି । ମଝିରେମଝିରେ ଘରଜଞ୍ଜାଳରୁ ମତେ ମୁକ୍ତି ଲୋଡ଼ା । ଖଣ୍ଡଗିରି, ଉଦୟଗିରି ଗଲେ ଚଳିବ କିମ୍ବା ନନ୍ଦନକାନନ ।

ଏବେ ଶ୍ରାବଣୀ ତା' ଘରକଥା, ଶାଶୁଶଶୁର, ସ୍ୱାମୀଙ୍କ ବିଷୟରେ ଗୌରାଙ୍ଗକୁ ଖୋଲାଖୋଲି କୁହେ । ତା' ଶଶୁର ତହସିଲ ଅଫିସ୍‌ରେ କିରାଣି ଥିଲେ । ସେ ପ୍ରଚଣ୍ଡ ଲୋଭୀ, ଜମିକିଣିବା ତାଙ୍କର ଗୋଟିଏ ରୋଗ । ଟଙ୍କା ହେଲେ ସେ ଜମି କିଣନ୍ତି। ତାଙ୍କ ଗାଁରେ କୋଡିଏ ଏକରରୁ ଅଧିକ ଜମି । ବେଶି ଖର୍ଚ୍ଚ କରନ୍ତି ନାହିଁ, ସୁଣ୍ଠା ପ୍ରକୃତିର । ଟଙ୍କା ରଖନ୍ତି ଜମି କିଣିବାକୁ । ତାଙ୍କ ବଡ଼ପୁଅ ଗାଁରେ ରୁହେ । ଜମିବାଡି ବୁଝାବୁଝି କରେ । ଶଶୁର କଟକରେ ପନ୍ଦର ଦିନ ତ ଗାଁରେ ପନ୍ଦର ଦିନ । କଟକର ସିଡିଏରେ ତାଙ୍କର ନିଜଘର । ଶ୍ରାବଣୀ ବାହାହେଲା ପରେ ବି ଦୁଇଥର ଜମି କିଣିଛନ୍ତି । ଶ୍ରାବଣୀ ଠାରୁ ବି ଜମିକିଣା ପାଇଁ ଟଙ୍କା ନେଇଛନ୍ତି । ତା' ଶାଶୁ ଗର୍ବ କରନ୍ତି, କୁହନ୍ତି ସେମାନଙ୍କର ଖାନଦାନୀ ଘର, ଗାଁରେ ବହୁତ ସମ୍ମାନ । ଶ୍ରାବଣୀ ଜାଣେ, ଶଶୁର ବାହାହେଲା ବେଳକୁ ତାଙ୍କର ତିନି ଚାରି ଏକର ପୈତୃକ ସମ୍ପତ୍ତି ଥିଲା । ଯାହା ଜମି ସେ କିଣିଛନ୍ତି, ତହସିଲ ଅଫିସ୍‌ରେ ଶଶୁରଙ୍କର ଲାଞ୍ଚ ଟଙ୍କାରେ ।

କୋଉ ଉପାୟରେ ଉପାର୍ଜନ ହେଲା, କିପରି ଜମି କିଣାଯାଉଛି ଲୋକେ ସେସବୁ ବିଚାରନ୍ତି ନାହିଁ । ଗୁଡ଼ାଏ ଜମିବାଡ଼ି, କୋଠାଘର, ଗାଡି ମୋଟର ଥିଲେ ଲୋକର ସମ୍ମାନ ବଢ଼େ । ଗୌରାଙ୍ଗ ଗାଁକୁ ବସ୍‌ରେ ଯାଏ, ଖୋର୍ଦ୍ଧାରୁ ଗାଁକୁ କେବେ ରିକ୍ସାରେ ତ କେବେ ଚାଲିଚାଲି ଯାଏ । ତାଙ୍କ ଗାଁରେ ତାଙ୍କ ସାହିର ବିପ୍ର ତା' ସହିତ ପଢୁଥିଲା । ସେ ବ୍ଲକରେ ଗ୍ରାମସେବକ ଅଛି । ବିପ୍ର ଲାଞ୍ଚ ନିଏ, ଦୁର୍ନୀତି କରେ । ଗାଁରେ ଜମି କିଣିଛି, କୋଠାଘର କରିଛି । ମୋଟର ସାଇକେଲରେ ଯିବା ଆସିବା

କରେ । ବିପ୍ର ତୃତୀୟ ଶ୍ରେଣୀ କର୍ମଚାରୀ । ଗୌରାଙ୍ଗ ପ୍ରଥମ ଶ୍ରେଣୀ ଅଫିସର, କିନ୍ତୁ ଗାଁରେ ବିପ୍ରକୁ ଲୋକେ ସମ୍ମାନ କରନ୍ତି। ଗାଁରେ ଜାଣନ୍ତି ଗୌରାଙ୍ଗ ଗୋଟେ ବଡ଼ ଅଫିସର, କିନ୍ତୁ ତାକୁ ଦେଖି ସେମାନେ କିଛି ବୁଝିପାରନ୍ତି ନାହିଁ । ବଡ଼ବାପାଙ୍କ ଫାର୍ମରେ କାମ କରୁଥିବା ମୂଲିଆ ଗୋବରା କୁହେ- ବାବୁ ତୁମେ କି ଅଫିସର ହୋଇଛ ? ଗାଡି ଗୋଟିଏ ନାହିଁ, ଚାଲିଚାଲି ଆସୁଛ । ବିପ୍ରକୁ ଦେଖ, ସେ ମୋଟରସାଇକେଲରେ ବୁଲୁଛି, କୋଠାଘର କଲାଣି, ରାସ୍ତାକଡ଼ରେ ଜମି କିଣିଛି ।

ବିପ୍ର ଦୁଇଥର ଚାକିରିରୁ ନିଲମ୍ବିତ ହୋଇଛି । ସ୍ଥାନୀୟ ବିଧାୟକଙ୍କୁ ଧରି ନିଲମ୍ବନ ଉଠେଇଛି । ଗାଁ ଲୋକ ନିଲମ୍ବନ ଏକ ଅପମାନଜନକ କଥା ବିଚାରନ୍ତି ନାହିଁ । ଭାବନ୍ତି, ଲାଞ୍ଚ ନେବା, ଚାକିରିର ଅଂଶବିଶେଷ, ନିଲମ୍ବନ ହେବା ବି ସ୍ୱାଭାବିକ । ବିଧାୟକଙ୍କୁ ଧରାଧରି କରି ନିଲମ୍ବନ ପ୍ରତ୍ୟାହୃତ କରେଇବା ବରଂ ପାରିଲାପଣ । ବଡ଼ବାପା ଗୋବରାକୁ ବୁଝେଇ କୁହନ୍ତି, ତୁ ବୁଝିପାରିବୁ ନାହିଁ । ଚୋରି ଡକେଇତି କରି ରୋଜଗାର କରିବା, ଆମଭଳି ଦିନରାତି ଖଟି କମେଇବା ଭିତରେ ଯାହା ପ୍ରଭେଦ, ବିପ୍ର ଆଉ ଗୌରାଙ୍ଗ ଭିତରେ ସେହି ପ୍ରଭେଦ । କିନ୍ତୁ ଗୋବରା ବୁଝିପାରେ ନାହଁ । ସେ କୋଠାଘର ଦେଖେ, ଜମିବାଡ଼ି ଦେଖେ, ଲୋକର ଥାଟ ଦେଖେ । ସେହି ଜମିବାଡ଼ି, ଥାଟ ଦେଖି ଶ୍ରାବଣୀର ଶାଶୁ ଗର୍ବ କରନ୍ତି, ଉଲ୍ଲସିତ ହୁଅନ୍ତି ।

ଖଣ୍ଡଗିରିରେ ଆଗ ପହଞ୍ଚିଥିଲା ଗୌରାଙ୍ଗ । ସେ ଅପେକ୍ଷା କରିଥିଲା । ଦଶ ମିନିଟ୍ ପରେ ପହଞ୍ଚିଲା ଶ୍ରାବଣୀ । ଶ୍ରାବଣୀ କହିଲା- ଉଦୟଗିରି ଉପରକୁ ଯିବା ଏବଂ ପଚାରିଲା- ତୁମେ ଜଳଖିଆ କରିଛ ?

ଗୌରାଙ୍ଗ କହିଲା- ହଁ, ବାଦାମବାଡ଼ିରେ ।

ଶ୍ରାବଣୀ ଜଳଖିଆ ଖାଇନଥିଲା । ଶ୍ରାବଣୀ ଖୁସିଥିଲା ପ୍ରେମର ଉପଲବ୍ଧିରେ । ଶଗଡ଼ଗୁଳାର ଚଲାବାଟ ଛାଡ଼ି ଅମଡ଼ାବାଟ ମାଡିବାର ଦୁଃସାହସିକତାରେ ସେ ରୋମାଞ୍ଚିତ ଥିଲା । ଭୋକଶୋଷ, ଖାଇବା ଭୁଲିଯାଇଥିଲା, ଖାଇବା ଉପରେ ଗୁରୁତ୍ୱ ଦେଉନଥିଲା । ବସି ଖାଇବା ପାଇଁ ପାଖରେ କୋଉଠି ଭଲ ରେସ୍ତୋରାଁଟିଏ ନଥିଲା । ଶ୍ରାବଣୀ କହିଲା- କିଛି ଅସୁବିଧା ନାହିଁ । କେକ୍, ବିସ୍କୁଟ, ପାଣି ବୋତଲ ନେଇ ପାହାଡ଼ ଉପରକୁ ଯିବା, ସେଠି ବସି ଖାଇବା ।

ଶ୍ରାବଣୀ ଘରେ ସବୁଦିନ ରୋଷେଇ କରେ । ଘର ସଫାସଫି, ଲିପାପୋଛା ଠାରୁ ରୋଷେଇ ପର୍ଯ୍ୟନ୍ତ ସବୁ ହିଁ ତାକୁ କରିବାକୁ ହୁଏ । ତା' ବାହାଘର ପୂର୍ବରୁ ତା' ଶାଶୁ କରୁଥିଲେ । କିନ୍ତୁ ସେ ତାଙ୍କ ଘରକୁ ବୋହୂହୋଇ ଗଲା ଦିନରୁ ବନ୍ଦ କରିଦେଲେ ।

ସେ କେତେଥର କହିଲାଣି, ରୋଷେଇ ଓ ଘରକାମ କରିବାକୁ ଗୋଟେ କାମବାଲୀ ରଖିବାକୁ । ସେ ଅଫିସ୍ କାମ ଏବଂ ଘରର ଯାବତୀୟ କାମକୁ ପାରୁନି, କ୍ଳାନ୍ତ ହୋଇପଡୁଛି । ଶାଶୁ ମନା କରନ୍ତି, ଆଉ କେହି ରାନ୍ଧିଲେ ସେ ଖାଇବେ ନାହିଁ । ଘର ଭିତରେ ଅନ୍ୟକେହି ପଶି କାମ କଲେ ତାଙ୍କୁ ଭଲ ଲାଗିବ ନାହିଁ । ଶ୍ରାବଣୀ ବୁଝିପାରେ ନାହିଁ । କେବେ କେବେ ବାହାରୁ ଜଳଖିଆ କିଣାହୋଇ ଆସିଲେ ଶାଶୁ ଖାଇବେ, ହୋଟେଲରେ ତ ବୋହୂ ରୋଷେଇ କରୁନାହିଁ । ତା' ସ୍ୱାମୀ ପିତୃମାତୃ ଭକ୍ତ । ବାପା-ମା' ଯାହା କହିବେ ତାଙ୍କର ସେୟା । ଯୁକ୍ତିତର୍କ ହେଲେ ସେ ବାପା-ମା'ଙ୍କ ପକ୍ଷ ନେବେ । ତାକୁ ତାଗିଦ୍ କରିବେ । କେବଳ ସେତିକି ନୁହେଁ, ଯଦି କୋଉ ତର୍କାରୀରେ ଲୁଣ କମିଗଲା କିମ୍ବା କ'ଣ ଟିକେ ବିଗିଡ଼ିଗଲା, ଶାଶୁ ଖୁଣିବେ, ବୁଲେଇବଙ୍କେଇ କେତେକଥା କହିବେ, ଖୁଣ୍ଟା ଦେବେ । ଶାଶୁଙ୍କର ଶାଶୁଥିଲେ କଳିହୁଡ଼ି, ସେ ନିଜେ କୁହନ୍ତି । ତାଙ୍କ ଶାଶୁ ତାଙ୍କୁ ହଇରାଣ କରୁଥିଲେ । ଏବେ ସେ ତାଙ୍କ ବୋହୂକୁ ହଇରାଣ କରୁଛନ୍ତି ।

ଶାଶୁଙ୍କୁ ସେମିତି ବେଶି କିଛି ବୟସ ହୋଇନି । ନିରୋଗ ଅଛନ୍ତି । ଘରଦ୍ୱାର ସଫା କରିପାରିବେ, କିନ୍ତୁ ସେ କରନ୍ତି ନାହିଁ । ଆଜି ଶ୍ରାବଣୀ ଶୀଘ୍ର ଉଠିଥିଲା, ସେ ଜଳଖିଆ ପ୍ରସ୍ତୁତ କରିପାରିଥାନ୍ତା । କିନ୍ତୁ ସେ ଜାଣିଜାଣି କଲାନାହିଁ । ମିଟିଂ ପାଇଁ ଶୀଘ୍ର ଭୁବନେଶ୍ୱରରେ ପହଞ୍ଚିବାକୁ ହେବ, ବିଳମ୍ବ ହେଲେ ଚଳିବ ନାହିଁ, କହିଦେଇ ସେ ଚାଲିଆସିଲା ।

ଉଦୟଗିରିରେ ପର୍ଯ୍ୟଟକଙ୍କ ଭିଡ଼ ଜମିଆସିଲାଣି । ଶୀତଦିନ, ପୁଣି ଛୁଟିଦିନ । ବଣଭୋଜି କରିବାକୁ ବି ଆସିଛନ୍ତି । ଅନ୍ୟ କୋଉଠି ରୋଷେଇ ଚାଲିଥିବ । ପିଲାମାନେ ବୁଲୁଛନ୍ତି, ରଙ୍ଗବେରଙ୍ଗ ପୋଷାକ ପିନ୍ଧା ଭିଡ଼ । ରାଜ୍ୟ ବାହାର ପର୍ଯ୍ୟଟକ ଅଛନ୍ତି । ବଙ୍ଗଳା ଓ ହିନ୍ଦୀ ବା ଇଂରାଜୀ ଭାଷାରେ କଥା ହେବା ଶୁଭୁଛି । ବହୁବର୍ଷ ତଳେ, ପାଠପଢ଼ିଲା ବେଳେ ଗୌରାଙ୍ଗ ଖଣ୍ଡଗିରି, ଉଦୟଗିରି ଆସିଥିଲା । ସେତେବେଳେ ଏତେ ଗହଳି ନଥିଲା । ଶ୍ରାବଣୀ କହିଲା- ଚାଲ, ଉପରକୁ ଯିବା । ବଡ଼ଗୁମ୍ଫା ଡାହାଣ ପଟକୁ, ସେପଟେ ଗହଳି ନଥିବ, କାଜୁବଣ ଭିତରେ ବସିବା ।

ଗୌରାଙ୍ଗ ଭାବୁଥିଲା, ଶ୍ରାବଣୀ ଯେପରି କହୁଛି ସେ ନିୟମିତ ଆସୁଛି । ଜଣ ଜଣଙ୍କର ଗୋଟିଏ ଗୋଟିଏ ପ୍ରିୟ ସ୍ଥାନ ଥାଏ । ବୁଲିବାକୁ, ସମୟ କାଟିବାକୁ । ଶ୍ରାବଣୀର ବୋଧହୁଏ ଖଣ୍ଡଗିରି, ଉଦୟଗିରି ପ୍ରିୟ ସ୍ଥାନ । ସେ ଭୁବନେଶ୍ୱରରେ ପଢୁଥିଲା, ସାଙ୍ଗସାଥିଙ୍କ ସହିତ ଆସୁଥିବ । ଗୌରାଙ୍ଗ ପଚାରିଲା- ତୁମେ ଲାଷ୍ଟ ଟାଇମ୍ ଏଠିକୁ କେବେ ଆସିଥିଲ ?

ଶ୍ରାବଣୀ କହିଲା- ଛଅ ସାତ ବର୍ଷ ହେବ, ମୋ ବାହାଘର ପୂର୍ବରୁ ।

ସାଙ୍ଗସାଥିଙ୍କ ସାଙ୍ଗରେ ? ଗୌରାଙ୍ଗ ପଚାରିଲା ।

ଶ୍ରାବଣୀ କହିଲା- ନା, ମୋ ପ୍ରେମିକ ସାଙ୍ଗରେ ।

ଶ୍ରାବଣୀ କହିଦେଇ ତାକୁ ଚାହିଁ ହସୁଥିଲା । ଦୁହେଁ ଉପରକୁ ଉଠୁଥିଲେ, ବଡ଼ଗୁମ୍ଫା ଡାହାଣପଟେ, କାଜୁ ଜଙ୍ଗଲ ଆଡ଼କୁ ଯାଉଥିଲେ । ଶ୍ରାବଣୀ କହିଲା-କ'ଣ ଈର୍ଷା ହେଉଛି ?

ଶ୍ରାବଣୀର ଛଳନା ନଥାଏ, ପଚାରି ଦେଲେ ସେ କିଛି ଲୁଚେଇ ପାରେନି । ସତକଥା କହିଦିଏ, ମିଛ କୁହେନି । ଅବଶ୍ୟ କହିବାକୁ ନଚାହିଁଲେ ନିରବ ରହିଯାଏ, ତା' ନିରବତାରେ ସେ ଜଣାଇ ଦିଏ, ସେ କହିବାକୁ ଚାହୁଁନାହିଁ । ଅନେକ ଝିଅ ଛଳନା କରନ୍ତି, ଏହିସବୁ ବ୍ୟାପାରରେ ସତ କୁହନ୍ତି ନାହିଁ । ଶ୍ରାବଣୀର ବି ରୋକ୍‌ଠୋକ୍ କଥା । ଏହା ତା'ର ଅନ୍ୟତମ ଗୁଣ ଯୋଉଥିପାଇଁ ଗୌରାଙ୍ଗ ତାକୁ ଭଲପାଏ । ଗୌରାଙ୍ଗ କହିଲା- ଈର୍ଷା କାହିଁକି ଆସିବ ? ତୁମେ ବାହାହେବା ପୂର୍ବରୁ ମୁଁ ତୁମକୁ ଭେଟି ନଥିଲି, ଯେତେବେଳେ ମୁଁ ତୁମକୁ ଭେଟୁଛି, ତୁମେ ବାହା ହୋଇସାରିଛ । ତୁମ ସ୍ୱାମୀଙ୍କୁ ଯେତେବେଳେ ମୁଁ ଈର୍ଷା କରୁନି, ତୁମ ପ୍ରେମିକକୁ କାହିଁକି ଈର୍ଷା କରିବି ? ବାହାହେଲା ପୂର୍ବରୁ, ତୁମେ କାହା ପ୍ରେମରେ ପଡ଼ିଲା ପୂର୍ବରୁ ମୁଁ ଯଦି ତୁମକୁ ଭେଟିଥାନ୍ତି, ତୁମ ସହିତ ମିଶିଥାନ୍ତି, ତେବେ ଅନ୍ୟ କାହା ପ୍ରେମରେ ତୁମେ ପଡ଼ିଥିଲେ, ହୁଏତ ମୁଁ ଈର୍ଷା କରିଥାନ୍ତି ।

ଶ୍ରାବଣୀ କହିଲା- ମୋ ପ୍ରେମିକ କହୁଥିଲା, ପ୍ରେମିକ-ପ୍ରେମିକା ଲୁଚିଛପି ପ୍ରେମ କରୁଥିଲେ ନିର୍ଜନ ଜାଗାକୁ ଯିବା ଉଚିତ୍ ନୁହେଁ ? ନିର୍ଜନ ଜାଗାରେ ଦୁହିଁଙ୍କୁ ଯେକେହି ଦେଖିଲେ ସନ୍ଦେହ କରିବ । ଗହଳି ଜାଗାକୁ ଗଲେ କାହା ଆଖିରେ ପଡ଼ିବନି । ବସ୍‌ଷ୍ଟାଣ୍ଡ, ରେଲଷ୍ଟେସନ କିମ୍ବା ନନ୍ଦନକାନନ, ଖଣ୍ଡଗିରି ପରି ଜାଗା । ଅଚିହ୍ନା, ଅଜଣା ଲୋକଙ୍କ ଭିତରେ ତୁମେ ଦୁହେଁ ହଜିଯିବ, ଗହଳିରେ କିଏ ବା କାହିଁକି କାହାପ୍ରତି ଅନିସନ୍ଧିତ୍ସୁ ହେବ । ଏପରି ଜାଗାରେ କେହି ଚିହ୍ନା ଲୋକ ଦେଖାହେଲେ, କିଛି ଗୋଟେ କହିଦେଇ ହେବ, ବିଶ୍ୱାସ କଲା ଭଳି । ଯଦି ଆଜି କେହି ଆମକୁ ଦେଖେ, କହିଦେଇ ହେବ ମିଟିଂ ଥିଲା, ସରିଗଲାଣି କିମ୍ବା ଆଜି ହେଲାନି । ମନ୍ତ୍ରୀ ତାଙ୍କ ନିର୍ବାଚନ ମଣ୍ଡଳୀକୁ ଯାଇଛନ୍ତି, ଫେରିପାରିଲେ ନାହିଁ । ଆମେ ଏମିତି ବୁଲି ଆସିଛୁ । କିନ୍ତୁ ନିର୍ଜନ ଜାଗାରେ ବିଶ୍ୱାସ ଜନ୍ମେଇଲା ପରି କିଛି କହିହେବନି ।

ଖାଲି ଜାଗା ଦେଖି ଚଲାବାଟ କଡ଼ରେ ଗୋଟିଏ ଗଛ ତଳେ ଘାସ ପରେ ଦୁହେଁ ବସିଲେ । ଗୌରାଙ୍ଗ ପଚାରିଲା- ତୁମର ପ୍ରେମିକ ଏବେ କୋଉଠି, କ'ଣ କରୁଛି ?

ଶ୍ରାବଣୀ ତା' ପ୍ରେମିକର ନାଁ କହୁନଥିଲା, ଗୌରାଙ୍ଗ ଜାଣିବାକୁ ଇଚ୍ଛା କରୁନଥିଲା । ଆବଶ୍ୟକତା ବି କ'ଣ ଅଛି ? ତା'ର ଜଣେ ପ୍ରେମିକ ଥିଲା, ସେତିକି ଯଥେଷ୍ଟ । ଶ୍ରାବଣୀ କେକ୍ ପକେଟ୍ ଖୋଲି ଖଣ୍ଡେ ଗୌରାଙ୍ଗଙ୍କୁ ଦେଲା, ନିଜେ ଖଣ୍ଡେ ପାଟିରେ ପୂରେଇଲା । ଖାଇସାରି କହିଲା, ତା' ଘର ମୋ ମାମୁଘର ଗାଁରେ । ତା' ମା' ଓ ମୋ ମା' ପିଲାଦିନର ସାଙ୍ଗ । ଦୁହେଁ କଥାବାର୍ତ୍ତା ହୁଅନ୍ତି, ଆମ ଝିଅ ଓ ପୁଅଙ୍କୁ ବାହା କରିଦେବା । ପିଲାଦିନରୁ ତାଙ୍କ ଠାରୁ ଶୁଣିଶୁଣି ଆମେ ପରସ୍ପରକୁ ଭଲ ପାଇଲୁ । ସ୍କୁଲରେ ପଢ଼ିଲା ଦିନରୁ ଚିଠିପତ୍ର ଦିଆନିଆ, ଅବଶ୍ୟ ସେହି ଚିଠି ସବୁ ପ୍ରେମପତ୍ର କୁହାଯିବନି । ସାଧାରଣ କଥା, କେମିତି ପାଠପଢ଼ା ଚାଲିଛି, ପରୀକ୍ଷା ପାଇଁ ପ୍ରସ୍ତୁତି, କୋଉ ଉପନ୍ୟାସ ଏବେ ପଢ଼ିଛୁ, ଏମିତି । କିନ୍ତୁ ଚିଠି ଲେଖିବାକୁ ଆଗ୍ରହ ଥିଲା, ଚିଠି ପାଇବାକୁ ଉତ୍କଣ୍ଠା ଥିଲା, ଚିଠିକୁ ଅପେକ୍ଷା କରାଯାଉଥିଲା ।

ମୁଁ ଭୁବନେଶ୍ୱରକୁ ପଢ଼ିବାକୁ ଆସିଲା ପରେ ମତେ ଦେଖା କରିବାକୁ ସେ ଆସିଛି । ସେ ବୁର୍ଲାରେ ଇଞ୍ଜିନିୟରିଂ ପଢୁଥିଲା । ଆମେ ସାଙ୍ଗ ହୋଇ ବୁଲିଛୁ, ଏଠିକି ଆସିଛୁ, ସିନେମା ଦେଖିବାକୁ ବି ଯାଇଛୁ । ଦିନେ ହଠାତ୍ ମୁଁ ତା'ର ବାହାଘର ଖବର ପାଇଛି । ସେ ଅନ୍ୟ କାହାକୁ ବାହା ହେଉଛି ବୋଲି ମତେ ଆଗରୁ କହିନଥିଲା । ମୁଁ ତା' ବାହାଘର ଖବର ଅନ୍ୟମାନଙ୍କ ଠାରୁ ପାଇଲି ।

– କାହିଁକି ? ପଚାରିଲା ଗୌରାଙ୍ଗ ।

ବହୁତଦିନର ସମ୍ପର୍କ, ପ୍ରାଥମିକ ସ୍କୁଲରେ ପଢ଼ିଲା ଦିନରୁ । ଆମେ ପରସ୍ପରକୁ ନେଇ ଅନେକ ସ୍ୱପ୍ନ ଦେଖିଛୁ, କେତେ କ'ଣ କଳ୍ପନା କରିଛୁ । ବର୍ଷ ବର୍ଷ ଧରି କେତେ କ'ଣ ଭାବିଛୁ । ପିଲାଟି ଦିନରୁ ଭିନ୍ନଭିନ୍ନ ସ୍ୱପ୍ନ, ବୟସ ବଢ଼ିବା ସହିତ ସ୍ୱପ୍ନ ବି ବଦଳୁଥିଲା । ଆମର କଳ୍ପନା, ଯୋଜନାରେ ବି ପରିବର୍ତ୍ତନ ଆସୁଥିଲା । ନିଜ ନିଜର ମନଭିତରେ, କେବେ ଆମେ ଆଲୋଚନା କରୁନଥିଲୁ । ବୋଧହୁଏ ବାହାଘର ସମୟ ଆସିଲା ବେଳକୁ ଆମେ କ୍ଳାନ୍ତ ହୋଇପଡ଼ିଲୁ । ଆମର ପରସ୍ପର ପ୍ରତି ଥିବା ଭଲପାଇବା, ଭାବପ୍ରବଣତା ସାରିଦେଇଥିଲୁ । ବାହାହେବା ପରେ ଦାମ୍ପତ୍ୟ ଜୀବନ ପାଇଁ ଆମ ପାଖରେ ବୋଧହୁଏ ଆଉ କିଛି ସ୍ୱପ୍ନ ବାକି ନଥିଲା । ଭାବପ୍ରବଣତା ସରିଯାଇଥିଲା । ସେ ବାହାହେବା ଖବର ଅବଶ୍ୟ ମତେ ଧକ୍କା ଦେଇଥିଲା । ମୁଁ ପ୍ରତାରିତ ହେଲି ବୋଲି ଭାବିଥିଲି, କିନ୍ତୁ ବେଶି ଦୁଃଖ ଲାଗି ନଥିଲା । ମୁଁ ପରେ ବହୁତ ଚିନ୍ତା କରିଛି, ଆମ ସମ୍ପର୍କକୁ ନେଇ ତର୍ଜମା କରିଛି, ବୋଧହୁଏ ଅବଚେତନ ମନରେ ମୁଁ ମଧ୍ୟ ମୁକ୍ତି ଚାହୁଁଥିଲି । ସେ ବାହାହେବା ପରେ ପରେ ମୋ ବାହାଘର ପ୍ରସ୍ତାବ ଆସିଲା ମୁଁ ବାହାହେବାକୁ ରାଜି ହୋଇଗଲି । ରାଗରେ, ଅଭିମାନରେ ।

ଦୁହେଁ କେକ୍ ପକେଟ୍‌କୁ ଖାଇସାରିଥିଲେ । ବୋତଲରୁ ପାଣି ପିଇଲେ । କିଛି ମୁହୂର୍ତ୍ତ ପରେ ଶ୍ରାବଣୀ କହିଲା, କିନ୍ତୁ ମୁଁ ବାହା ହେଲା ପରେ ମୋର ପ୍ରେମିକ ମୋର ବେଶି ବେଶି ମନେପଡ଼ିଲା । ମୁଁ ମୋର ପ୍ରେମିକ ସହିତ ସ୍ୱାମୀକୁ ତୁଳନା କରୁଥିଲି ଏବଂ ହତାଶ ହେଉଥିଲି । ମୋ ଶଶୁର ଲୋଭି, ଶାଶୁ ଅହଂକାରୀ, ସ୍ୱାମୀ ପିତୃଭକ୍ତ । ଏତେବର୍ଷ ହେଲା ବାହାଘର ହେଲାଣି, ଆମେ ଥରୁଟିଏ ବାହାରେ ଖାଇନୁ । ମୁଁ କହିଲେ ମୋର ପିତୃଭକ୍ତ ସ୍ୱାମୀ କହିବେ, ବାପା ଖରାପ ଭାବିବେ । ମୁଁ କହିବି, ବାପା-ମା'ଙ୍କୁ ବି ସାଙ୍ଗରେ ନେଇଯିବା । ସେ କହିବେ, ବାପା ବିରକ୍ତ ହେବେ । କହିବେ- ସ୍ତ୍ରୀ ବୁଦ୍ଧିରେ ପଡ଼ି ଟଙ୍କା ବରବାଦ କରୁଛି। କେବେ ଥରେ ସାଙ୍ଗ ହୋଇ ସିନେମା ଯାଇନୁ । ସ୍ୱାମୀ କହିବେ, ସାଙ୍ଗହୋଇ ସିନେମା ଗଲେ, ବାପା-ମା' କ'ଣ ଭାବିବେ ? ମୁଁ ପ୍ରସ୍ତାବ ଦେଲି, ଚାଲ କୁହାକୁହି କରି ଅନ୍ୟ କୋଉଠିକି ବଦଳି ହୋଇଯିବା । ସେ କହିବେ, ମୋ ବାପା-ମା'ଙ୍କର ଯତ୍ନ ନେବ କିଏ ? ଶାଶୁ ଶଶୁର ଦୁର୍ବଳ ହୋଇନାହାନ୍ତି । ତିନି ଚାରି ବର୍ଷ ହେଲା ଅବସର ନେଇଛନ୍ତି । ଶଶୁରଙ୍କର ବୟସ ଏକଷଠୀ ବାଆଷଠୀ ଭିତରେ ହେବ । ଶାଶୁ ତାଙ୍କ ଠାରୁ ପାଞ୍ଚଛଅ ବର୍ଷ ସାନ ହେବେ । ତାଙ୍କର ମଧ୍ୟ ବଡ଼ପୁଅ ଅଛି, ଗାଁରେ ରହୁଛି । ସେ ଗାଁରେ ବି ରହି ପାରନ୍ତେ । ଶଶୁର ମାସକୁ ଥରେ ଗାଁକୁ ଯାଆନ୍ତି, ସାତଆଠ ଦିନ ରହି ଆସନ୍ତି । କିନ୍ତୁ ଶାଶୁ ସବୁବେଳେ ଏଠି ରୁହନ୍ତି ।

ତାଙ୍କ ସାମ୍ନାରେ ଯାଇଥିବା ସରୁ ପାଦଚଲା ରାସ୍ତା ପୁଅ ଓ ଝିଅଟିଏ ହାତ ଧରାଧରି ହୋଇ ଯାଉଥିଲେ । ସେମାନେ ବୋଧହୁଏ ଭୁବନେଶ୍ୱର କିମ୍ବା ଭୁବନେଶ୍ୱର ପାଖାପାଖି ଅଞ୍ଚଳରୁ ଆସିଥିବେ । ରାସ୍ତା ସେପଟ ଗୌରାଙ୍ଗ ଓ ଶ୍ରାବଣୀ ବସିଥିବା ସ୍ଥାନର ଟିକେ କଣକୁ ଗୋଟେ ଗଛମୂଳେ ଦୁହେଁ ଛିଡ଼ାହେଲେ ଏବଂ ପୁଅଟି ଝିଅର ଗାଲରେ ଗୋଟେ ଚୁମା ଦେଲା । ହୁଏତ ଦିନେ ଶ୍ରାବଣୀ ତା' ପ୍ରେମିକ ସହିତ ଏମିତି ଏଠି ବୁଲୁଥିବ । ଶ୍ରାବଣୀ ଦେଖୁଥିଲା, ହସିଦେଇ କହିଲା, ଆପଣଙ୍କର କାହା ସହିତ ପ୍ରେମ ସମ୍ପର୍କ ନଥିଲା ? ଆପଣଙ୍କର ଯେପରି ବ୍ୟକ୍ତିତ୍ୱ ଏବଂ କଥା କହିବାର ଢ଼ଙ୍ଗ, ଆପଣଙ୍କର ଏକାଧିକ ପ୍ରେମିକା ଥିବେ ।

ଗୌରାଙ୍ଗ କହିଲା- ନା, ସେମିତି ମୋର ଗଭୀର ପ୍ରେମ ସମ୍ପର୍କ କାହା ସହିତ ନଥିଲା । ଦଶମ ଶ୍ରେଣୀରେ ପଢ଼ିଲାବେଳେ ମୁଁ ଗୋଟିଏ ଝିଅକୁ ହଠାତ୍ ଚୁମାଟିଏ ଦେଇଦେଇଥିଲି । ସେ ମୋତେ ବଜାରୀ ଛତରା କହି ଗାଳି ଦେଲା ଏବଂ ମୋ' ସାମ୍ନା ଏକପ୍ରକାର ଦୌଡ଼ିଦୌଡ଼ି ଚାଲିଗଲା । ମତେ ଡର ଲାଗିଲା । ଭାବିଲି, ସେ ତାଙ୍କ ଘରେ କହିଦେବ, ତା' ବାପା ମୋ' ବାପାଙ୍କୁ କହିବେ, ମୁଁ ବାପାଙ୍କ ଠାରୁ

ମାଡ଼ଖାଇବି । ଗାଁ ସାରା ହାଲ୍ଲା ହୋଇଯିବ, ମୋର ଶିକ୍ଷକମାନେ ମତେ ଘୃଣା କରିବେ, ମୁଁ ଗାଁରେ ମୁଣ୍ଡଟେକି ଚାଲିପାରିବି ନାହିଁ । ମୁଁ ଭଲ ପଢୁଥିଲି, ମତେ ସମସ୍ତେ ଗୋଟିଏ ଭଲ ପିଲା ବୋଲି ଭାବୁଥିଲେ । ମୁଁ ତିନିଚାରି ଦିନ ସେହିକଥା ଭାବୁଥିଲି, ପରୀକ୍ଷା ପାଖେଇଆସୁଥିଲା, କିନ୍ତୁ ମୁଁ ପଢ଼ାପଢ଼ି କରିପାରୁ ନଥିଲି, ଅବଶ୍ୟ ସେ ଝିଅଟି କାହାକୁ କହିନଥିଲା । କିନ୍ତୁ ମୋ ମନରେ ଗୋଟିଏ ଭୟ ପଶିଯାଇଥିଲା, ମନରୁ ସେ ଭୟଟା ବାହାରିପାରିଲା ନାହିଁ। ପରବର୍ତ୍ତୀ ସମୟରେ ମୁଁ ଝିଅଙ୍କ ସହିତ କଥାବର୍ତ୍ତା କରିପାରିନଥିଲି । ଏସବୁ ବ୍ୟାପାରରେ ସେହି ଭୟଟା ମତେ ପଛକୁ ଟାଣୁଥିଲା ।

ଶ୍ରାବଣୀ ବିସ୍କୁଟ ପ୍ୟାକେଟ ଖୋଲିଲା, ଗୌରାଙ୍ଗକୁ ଗୋଟିଏ ଦେଇ ନିଜେ ଗୋଟିଏ ଖାଇଲା । ଗୌରାଙ୍ଗ କହିଲା, ଅବଶ୍ୟ କିଛି ଝିଅଙ୍କ ସହିତ ମିଶିଛି, କେତେଜଣ ମୋ ସହିତ ଘନିଷ୍ଠ ହେବାକୁ ଇଙ୍ଗିତ ଦେଇଛନ୍ତି। ସେମାନେ କିନ୍ତୁ ମୋ ମନରେ ଭାବାବେଗ ସୃଷ୍ଟି କରିପାରିନାହାନ୍ତି । ମୁଁ କ'ଣ ଚାହୁଁଥିଲି ଠିକ୍ କହିପାରିବେନି, କିନ୍ତୁ ସେମାନଙ୍କ ଭିତରେ କିଛି ଊଣା ରହୁଥିଲା, ମୁଁ ଗ୍ରହଣ କରିପାରୁ ନଥିଲି । ତୁମକୁ ଯେବେ ମୁଁ ପ୍ରଥମ ଦିନ ଦେଖିଲି, ତୁମର ପରମାନନ୍ଦ ସହିତ ଯୁକ୍ତି, ତୁମର ତାକୁ ଜବାବ, ମୋ ହୃଦୟରେ ସ୍ପନ୍ଦନ ଆସିଲା । ଦେହରେ ଶିହରଣ ଖେଳିଗଲା । ମତେ ଲାଗିଲା, ମୁଁ ଯାହାକୁ ଖୋଜୁଥିଲି, ତାକୁ ମୁଁ ପାଇଗଲି । ପରଦିନ ଜାଣିଲି, ତୁମେ ବାହାହୋଇସାରିଛ । ମନ ଦବିଗଲା । କିନ୍ତୁ ମୁଁ ତୁମକୁ ମନରୁ କାଢ଼ିପାରୁ ନଥିଲି । ମନରୁ ବାହାର କରିବାକୁ ଯେତେ ଚେଷ୍ଟା କରୁଥିଲି, ତୁମେ ମୋ' ମନକୁ ସେତେ ବେଶି ବେଶି ଆସୁଥିଲ । ପ୍ରାୟ ପ୍ରତିଦିନ ରାତିରେ ମୁଁ ତୁମକୁ ସ୍ୱପ୍ନରେ ଦେଖୁଥିଲି, ତୁମର ନିକଟ ହେବାକୁ ଚାହୁଁଥିଲି ।

ଗୌରାଙ୍ଗ ପାଣି ପିଇଲା । ଶ୍ରାବଣୀ କହିଲା- ସେଦିନ ସୁଜାତା ପରମାଣିକର ପୁନଃନିଯୁକ୍ତି ଉପରେ ଆପଣ ଯେମିତି କମିଶନର ଓ ଆଡିସନାଲ କମିଶନରଙ୍କ ସହିତ ଯୁକ୍ତି କଲେ, ସେପରି ସାହସ କମିଶନରଙ୍କ ସାମ୍ନାରେ ମୁଁ ଏଠି ଚାକିରି କଲା ଦିନରୁ କାହା ପାଖରେ ଦେଖିନଥିଲି । ଅନ୍ୟମାନେ ବି କହୁଥିଲେ, କମିଶନରଙ୍କୁ ଏବଂ ବରିଷ୍ଠ ଅଫିସରଙ୍କୁ ଏପରି କେହି କୁହନ୍ତି ନାହିଁ। ଆମ ଅଫିସ୍‌ରେ ସମସ୍ତେ ଟାଟୁକ୍ତି କରିବାରେ ଓସ୍ତାଦ। ଆପଣ କହିଲାବେଳେ ଏବଂ ଯୁକ୍ତି କଲାବେଳେ ମତେ ଲାଗୁଥିଲା, ମୁଁ ରାଜପୁତ କାହାଣୀର ଜଣେ ରାଜପୁତ ବୀରଙ୍କୁ ଦେଖୁଛି।

ହଠାତ୍ ଆକାଶରେ ବାଦଲ ଖଣ୍ଡେ ଦେଖାଦେଲା ଏବଂ ଟପ୍‌ଟପ୍ ବର୍ଷାବିନ୍ଦୁ ପଡ଼ିଲା । ଗୌରାଙ୍ଗ ଶ୍ରାବଣୀର ହାତଧରି ଉଠିଲା ଯିବାକୁ, ଉଦୟଗିରିର ପାହାଡ଼ ସାମନାରେ ଥିବା ବଡ଼ଗୁମ୍ଫାକୁ । ସେଠି ଅନେକ ପର୍ଯ୍ୟଟକ ଛିଡା ହୋଇଥିଲେ ।

ଦୁହେଁ ଗୋଟିଏ କଣରେ ଛିଡ଼ାହେଲେ । ଗୌରାଙ୍ଗ ଶ୍ରାବଣୀର ହାତଧରି ଛିଡ଼ା ହୋଇଥିଲା । ଶ୍ରାବଣୀକୁ ଲାଗୁଥିଲା ସମୟ ସେଇଠି ଅଟକି ଯାଇଛି । ପାହାଡ଼ର ବଗିଚାରୁ ଫୁଲର ବାସ୍ନା ଆସୁଛି । ଶ୍ରାବଣୀ ଚାହୁଁଛି ଗୌରାଙ୍ଗ ସେମିତି ତା' ହାତଟା ଧରିଥାଉ ଏବଂ ଝିପ୍‌ଝିପ୍ ବର୍ଷା ଲାଗି ରହିଥାଉ । ବର୍ଷାର ଟପ୍ ଟପ୍ ଶବ୍ଦ ସଙ୍ଗୀତରେ ରୂପାନ୍ତରିତ ହୋଇଥିଲା । ଗୌରାଙ୍ଗ ଭାବୁଥିଲା, ତା'ର ଅପେକ୍ଷା ଅନ୍ତ ହୋଇଛି, ତା' ଯାତ୍ରାର ଗନ୍ତବ୍ୟସ୍ଥଳରେ ସେ ଏବେ ପହଞ୍ଚିଯାଇଛି ।

■

ବାର

ଗୌରାଙ୍ଗ ନୂଆ ନୂଆ ଚାକିରି କରିଥିଲା । ଟ୍ରେନିଂ ପରେ ପ୍ରଥମ ନିଯୁକ୍ତି । ତାହାର ସହକର୍ମୀ ଥିଲେ ସୁରେନ୍ଦ୍ର ମିଶ୍ର । ସେ ଇନ୍ସପେକ୍ଟର ଥିଲେ, ପଦୋନ୍ନତି ପରେ ଅଫିସର ହୋଇଥିଲେ । ମେଳାପୀ, ମିଶାଣିଆ ପ୍ରକୃତିର । ଦିନେ ସକାଳେ ଚା' ପିଇଲାବେଳେ କହିଲେ, ଗତକାଲି ମତେ ଖୁସି ଲାଗିଲା । ମୋ ପୁଅ ଏମ୍‌ବିଏ କରୁଛି, କହୁଛି, ଚାକିରି କରିବ ନାହିଁ, ବେପାର କରିବ । ଆମେ ଟେଲିଫୋନ୍ ଲାଇନ୍ ପାଇଁ ଆବେଦନ କରିଥିଲୁ, ଏମ୍‌ପିଙ୍କୁ ଧରାଧରି କରି ଶୀଘ୍ର କନେକ୍‌ସନ୍ ପାଇଁ ଚାପ ପକେଇଥିଲୁ । ଗତକାଲି ଶୁଣିଲୁ ପରମିସନ୍ ଆସିଯାଇଛି । ପୁଅ ଟେଲିଫୋନ୍ ଭବନ ଗଲା । ଯାଇ କହିଲା, ଆମେ ଚିଠି ପାଇଛୁ, ଟେଲିଫୋନ୍ କନେକ୍‌ସନ ପାଇଁ ମଞ୍ଜୁରୀ ଆସିଯାଇଛି । ମୁଁ ଖୁସିରେ ମିଠା ବାଣ୍ଟିବାକୁ ଚାହୁଁଛି ।

ସେ ଯୋଉ ଲୋକଙ୍କୁ କହିଲା, ପୁଅ ଆଗରୁ ବୁଝିଥିଲା, ସେହି ଲୋକଟି ଘରକୁ କନେକ୍‌ସନ୍ ଦେବାକୁ ଆସେ । ଲୋକଟି କହିଲା- କେତେ ଟଙ୍କାର ମିଠା ବାଣ୍ଟିବେ ?

ପୁଅ କହିଲା- ଧରନ୍ତୁ ଶହେ ଟଙ୍କାର ।

ଲୋକଟି କହିଲା- ମତେ ଶହେ ଟଙ୍କା ଦେଇଦିଅନ୍ତୁ । ଆସନ୍ତାକାଲି ଆପଣଙ୍କ ଘରେ କନେକ୍‌ସନ ଦିଆଯିବ ।

ଆଜି ଆମଘରକୁ ଟେଲିଫୋନ୍ କନେକସନ୍ ଦିଆଯାଉଛି । ମଞ୍ଜୁରୀ ଆସିବା ଠାରୁ କନେକ୍‌ସନ୍ ମିଳିବାକୁ ମଧ୍ୟ ମାସେ ଦେଢ଼ମାସ ଲାଗିଯାଉଛି । ପୁଅର ବୁଦ୍ଧିମତା ଦେଖି ମତେ ଭଲଲାଗିଲା । ସେ ଭଲ ବେପାର କରିବ, ନିଶ୍ଚିତ ସଫଳ ହେବ । ଯାହାହେଲେ ବି, ସେ ଏମ୍‌ବିଏ କରିଛି ।

ଟେଲିଫୋନ୍ କନେକ୍‌ସନ୍ ପାଇବାକୁ ଆବେଦନ କରିବା ଠାରୁ ଛଅମାସ, ଏକବର୍ଷ ଏବଂ ବେଳେବେଳେ ଏକବର୍ଷରୁ ଊର୍ଦ୍ଧ୍ୱ ସମୟ ଅପେକ୍ଷା କରିବାକୁ ପଡୁଥିଲା । ଜଣଙ୍କର ଟେଲିଫୋନ୍ ଥିବା ସମ୍ଭ୍ରାନ୍ତର ପ୍ରତୀକ ରୂପେ ବିବେଚନା କରାଯାଉଥିଲା । ଆୟକର ବିଭାଗ ଗୋଟିଏ ନିୟମ କରିଥିଲା, ଯିଏ ବର୍ଷରେ ଥରେ ବିଦେଶ ଯାତ୍ରା କରିଥିବ, ଯାହାର ନିଜର ଘର ଥିବ କିମ୍ବା ଯାହାର ଟେଲିଫୋନ୍ ଥିବ ସେ ଇନ୍‌କମ୍ ଟ୍ୟାକ୍ସ ରିଟର୍ଣ୍ଣ ଦାଖଲ କରିବ । ଜଣେ ଲୋକସଭା ସଦସ୍ୟଙ୍କୁ ଧରାଧରି କରି ସେ ଟେଲିଫୋନ୍ ପାଇଁ ଛଅମାସ ଭିତରେ ଅନୁମତି ପାଇଥିଲେ । ତାଙ୍କ ପୁଅ ନିଜର ବୁଦ୍ଧିମତା ପ୍ରୟୋଗ କରି ଟେଲିଫୋନ୍ କନେକ୍‌ସନ୍ ପାଇବାକୁ ଆହୁରି ମାସେ ଦେଢ଼ମାସ କମେଇଦେବାରୁ ସୁରେନ୍ଦ୍ର ମିଶ୍ର ଖୁସି ଥିଲା ।

ଲାଞ୍ଚ ଦେଇ କାମ ହାସଲ ପୁଅ କରିଥିବାରୁ ବାପା ଖୁସିହେବା ଏବଂ ଖୁସିକୁ ଅନ୍ୟମାନଙ୍କ ସହିତ ବାଣ୍ଟିବା ଗୌରାଙ୍ଗ ପସନ୍ଦ କରିପାରୁ ନଥିଲା । ବରଂ ସେ ବ୍ୟଥିତ ହୋଇଥିଲା । ସୁରେନ୍ଦ୍ର ମିଶ୍ର ନିଜେ ଜଣେ ଦୁର୍ନୀତିଗ୍ରସ୍ତ ଅଫିସର ଥିଲା, କିନ୍ତୁ ସେ ମଧ୍ୟ ଚାହୁଁଥିଲା ପୁଅ ସେହି ବାଟ ଆପଣାଉ । ଦୁର୍ନୀତି କରିବାରେ ମିଶ୍ରର କିଛି ଅପରାଧବୋଧ ନଥିଲା, ଦୁର୍ନୀତିଗ୍ରସ୍ତ ଲୋକର ନଥାଏ, କିନ୍ତୁ ପୁଅକୁ ସେହି ବାଟରେ ଯିବାକୁ ଉତ୍ସାହିତ କରିବା ଗୌରାଙ୍ଗ ପାଇଁ ଦୁଃଖଦାୟକ ଥିଲା । ସରକାରୀ ସଂସ୍ଥା ଭିତରକୁ ପ୍ରବେଶ କରିବା ପୂର୍ବରୁ ଗୌରାଙ୍ଗର ଧାରଣା ଥିଲା ଏବଂ ସେ ମଧ୍ୟ ଦେଖୁଥିଲା, ଲାଞ୍ଚଖୋର କର୍ମଚାରୀ ନିଜର ଅନ୍ୟାୟ ଉପାର୍ଜିତ ଧନକୁ ପ୍ରଘଟ କରୁନଥିଲା, ବରଂ ଲୁଚେଇବାକୁ ଚେଷ୍ଟା କରୁଥିଲା । କିନ୍ତୁ ସଂସ୍ଥାରେ ପଶିଲା ପରେ ଦେଖୁଥିଲା, ଲାଞ୍ଚ ନେବା କିମ୍ବା ଲାଞ୍ଚ ଦେବା ଖୋଲାଖୋଲି ଆଲୋଚନା କରୁଛନ୍ତି । ଏତେ ବର୍ଷ ଚାକିରି ଭିତରେ ଗୌରାଙ୍ଗ ମଧ୍ୟ ଦେଖୁଥିଲା, ସାଧାରଣ ଲୋକେ ବି ଏବେ ଲାଞ୍ଚନେବା ଏବଂ ଲାଞ୍ଚ ଦେବାକୁ ଗ୍ରହଣ କରିଦେଲେ । ନ୍ୟାୟ-ଅନ୍ୟାୟ କେହି ବିଚାର କରୁନାହାନ୍ତି । ଯାହାର ଯେତେ ଧନ, ତା'ର ସେତେ ସମ୍ମାନ, ଧନ କମେଇବା ପାରିଲାପଣ, ଯେଉଁ ଉପାୟରେ ହେଉ ପଛକେ ।

ଇନ୍ସପେକ୍ଟରର ବଦଳି କମିଟିରେ ସନ୍ନ୍ୟାସୀ ବେହେରା, ଶୁଭେନ୍ଦୁ ମଲ୍ଲିକ ସଦସ୍ୟ ହେବା ଦିନରୁ ଦୁହେଁ ଗୌରାଙ୍ଗର ରୁମ୍‌ରେ ବେଳେବେଳେ ଆସି ବସୁଥିଲେ । ମୁଖ୍ୟତଃ ମଧ୍ୟାହ୍ନ ଭୋଜନ ବିରତି ସମୟରେ । ଗୌରାଙ୍ଗ ସହିତ ଗପସପ କରିବାକୁ ଭଲ ପାଉଥିଲେ । ଗୌରାଙ୍ଗ ସାମ୍ନାରେ ଶ୍ରାବଣୀ ଓ ସେ ଦୁହେଁ ବସିଥିଲେ । ସନ୍ନ୍ୟାସୀ ବେହେରାର ବାହାଘର ପାଇଁ ଝିଅ ଖୋଜା ଚାଲିଥିଲା । ସେହି ବିଷୟରେ ଶୁଭେନ୍ଦୁ

କହି ସନ୍ନ୍ୟାସୀ ସହିତ ମଜା କରୁଥିଲା । ଗୌରାଙ୍ଗ ସନ୍ନ୍ୟାସୀକୁ ପଚାରିଲା, ଏହି ବର୍ଷ ତୁମର ବାହାଘର ତେବେ ହଉଛି ?

ସନ୍ନ୍ୟାସୀ କହିଲା- ପ୍ରାୟ ନୁହେଁ, ଝିଅ ମିଳୁନାହାଁନ୍ତି ।

ଶୁଭେନ୍ଦୁ କହିଲା- ଝିଅ ମିଳୁନାହାନ୍ତି ନା ତତେ ବାହାହେବାକୁ ଝିଅ ରାଜି ହେଉନାହାନ୍ତି ।

ଶୁଭେନ୍ଦୁ ଓ ଶ୍ରାବଣୀ ହସିଲେ । ସନ୍ନ୍ୟାସୀ କହିଲା- ହଁ, ଝିଅ ରାଜି ହେଉନାହାନ୍ତି ।

ଗୌରାଙ୍ଗ କହିଲା, ତୁମେ ଜଣେ ସରକାରଙ୍କର ପଦସ୍ଥ ଅଫିସର, ତୁମକୁ ବି ଝିଅ ମିଳୁନି ?

ସପକପ୍ୟାସୀ ବେହେରା କହିଲା- ସାର୍, ଆମ ଜାତିରେ ଶିକ୍ଷିତା ଝିଅଙ୍କ ସଂଖ୍ୟା କମ୍, ଏମିତି ବି ଶିକ୍ଷିତ ପୁଅ ବି ବେଶି ନାହାନ୍ତି । ଝିଅମାନେ ଏବେ ଦେଖୁଛନ୍ତି, ପୁଅ ଫରେନ୍‌ରେ ଅଛି କି ନାହିଁ, ଯଦି ଫରେନ୍‌ରେ ନାହିଁ, ଫରେନ ଯିବାର ସମ୍ଭାବନା ଅଛି ନା ନାହିଁ। ଦେଖୁଛନ୍ତି, ମାସକୁ ଆୟ କେତେ ଗାଡ଼ି କିଣିପାରିବ କି ନାହିଁ, ଆମର ସରକାରୀ ଚାକିରି ହେଲେ ବି ତ ଦରମା ବେଶି ନୁହଁ ।

ନବେ ଦଶକର ଉଦାରୀକରଣ ଓ ଇନ୍‌ଫରମେସନ୍ ଟେକ୍ନୋଲୋଜି ବା ଆଇଟି କ୍ଷେତ୍ରରେ ପ୍ରସାର ଫଳରେ ପିଲାଙ୍କୁ ଚାକରି ମିଳିଯାଉଥିଲା । ଇଞ୍ଜିନିୟରିଂ କଲେଜ ଘରୋଇ ଉଦ୍ୟମରେ ଖୋଲିଗଲା । ବିଶେଷତଃ ଇଞ୍ଜିନିୟରମାନେ ଆଇଟି ସେକ୍ଟରରେ ଚାକିରି ପାଇଯାଉଥିଲେ ଏବଂ ବିଭିନ୍ନ ପ୍ରୋଜେକ୍ଟରେ ଆମେରିକା, ୟୁରୋପ ମହାଦେଶ ଏବଂ ଅନ୍ୟାନ୍ୟ ଦେଶକୁ ଚାଲିଯାଉଥିଲେ । ଗୌରାଙ୍ଗ ପାଠ ପଢୁଥିଲାବେଳେ କେହି ବିଦେଶ ଗଲେ ଖବରକାଗଜରେ ଫଟୋ ସହିତ ବାହାରୁଥିଲା "ଓଡ଼ିଆ ପୁଅର ବିଦେଶ ଯାତ୍ରା" । କିନ୍ତୁ ଏବେ ଅଧିକାଂଶ ଗାଁ ଗଣ୍ଡାରୁ ଶିକ୍ଷିତ ପିଲା ବିଦେଶରେ ଅଛନ୍ତି । ସେମାନଙ୍କର ରୋଜଗାର ବି ବହୁତ। ଗୋଟିଏ ସରକାରୀ କର୍ମଚାରୀ ଚାକରିର ଶେଷ ବେଳକୁ ସଞ୍ଚିତ ଅର୍ଥରେ ବହୁ କଷ୍ଟରେ କଟକ, ଭୁବନେଶ୍ୱର ଭଳି ସହରରେ ଘରଟିଏ କରିପାରୁଥିଲା । କିନ୍ତୁ ଏହି ଆଇଟି ସେକ୍ଟରର ଯୁବ କର୍ମଚାରୀମାନେ ଚାକିରିର ସାତ ଆଠବର୍ଷ ଭିତରେ ବି ଜାଗା କିମ୍ବା ଘର କିଣିପକଉଥିଲେ । ଦେଶ ଭିତରେ ସେମାନେ ଥିଲାବେଳେ ତାଙ୍କ ଜୀବନଶୈଳୀରେ ପରିବର୍ତ୍ତନ ଆସିଯାଉଥିଲା, ଯେମିତି କି କାର୍ କିଣିବା, ଭଲ ସ୍କୁଲରେ ତାଙ୍କ ପିଲାଙ୍କୁ ପଢ଼େଇବା, ଭଲ ରେସ୍ତୋରାଁକୁ ଯାଇ ସ୍ତ୍ରୀ ପିଲାଙ୍କ ସହିତ ଖାଇବା କିମ୍ବା ବର୍ଷକୁ ଥରେ ଛୁଟି କଟେଇବାକୁ ବାହାରକୁ ଯିବା ।

ସରକାରୀ ଅଫିସରମାନେ ସେମିତି ଜୀବନଶୈଳୀ ଗ୍ରହଣ କରିପାରୁନଥିଲେ,

ସେମାନଙ୍କର ଦରମା ଯଥେଷ୍ଟ ନୁହଁ । ଅବଶ୍ୟ ଯେଉଁମାନଙ୍କର ଦରମା ବ୍ୟତୀତ ରୋଜଗାର ଥିଲା, ସେମାନେ କରୁଥିଲେ, କିନ୍ତୁ ଲୁଚିଛପି ଯେମିତି କାହାର ଦୃଷ୍ଟି ନପଡ଼େ । ସନ୍ୟାସୀ ବେହେରା ଚାହୁଁଥିଲା ଫିଲ୍ଡ କିମ୍ବା ଚେକ୍‌ଗେଟ୍ ନିଯୁକ୍ତି । ଚାରିପାଞ୍ଚ ବର୍ଷ ଚାକିରିରେ ଚେକ୍‌ଗେଟ୍‌ରେ ନିଯୁକ୍ତି ପାଇଥିବା ତା'ର ସାଙ୍ଗ କାର୍ କିଣି ସାରିଥିଲା । ବିବାହ ବଜାରରେ ଝିଅଙ୍କ ପାଖରେ ତା'ର ମୂଲ୍ୟହ୍ରାସ ଘଟିଥିଲା । ଯଦିଓ ସେ ଗୌରାଙ୍ଗକୁ କହିନଥିଲା, ଗୌରାଙ୍ଗ ଶୁଣିଥିଲା, ସନ୍ନ୍ୟାସୀ ପ୍ରମୋଦ ସାହୁକୁ ଅନୁରୋଧ କରିଥିଲା । ପ୍ରମୋଦ ସାହୁ ବିନାଟଙ୍କାରେ କାହାର କାମ କରେନାହିଁ, ସେ ମଧ୍ୟ ଅଗ୍ରୀମ ଟଙ୍କା ନିଏ । କିନ୍ତୁ ସନ୍ନ୍ୟାସୀ ହେଡ ଅଫିସରେ କାମ କରୁଛି, ସେ ଯୋଉ ପଦବୀରେ ଅଛି, ଦରମା ବ୍ୟତୀତ ତା'ର କିଛି ରୋଜଗାର ନାହିଁ । ପ୍ରମୋଦ ସାହୁ ଜାଣିଛି, ତେଣୁ ସେ ସର୍ତ୍ତ ରଖିଛି, ସେ ଚକ୍‌ଗେଟ୍‌ରେ ନିଯୁକ୍ତି କରେଇ ଦେବ, ତାକୁ ମାସକୁ ମାସ କିସ୍ତିରେ ନିଯୁକ୍ତି ପାଇଲା ପରେ ସନ୍ନ୍ୟାସୀ ଟଙ୍କା ଦେଇଦେବ ।

ଦୁଇଦିନ ତଳେ ପ୍ରମୋଦ ସାହୁର ଗୋଟିଏ ଦୁର୍ଘଟଣା ହୋଇଯାଇଛି । ସେ ରାଉରକେଲା ଗସ୍ତରେ ଯାଇଥିଲା । ଗୋଟିଏ ହୋଟେଲରେ ଥିଲା । ରାଉରକେଲାର କେତେଜଣ ଅସନ୍ତୁଷ୍ଟ ଓକିଲ କିଛି ସାମ୍ବାଦିକଙ୍କୁ ନେଇ ତା'ର ହୋଟେଲ ରୁମ୍‌କୁ ଚଢ଼ଉ କଲେ । ରୁମ ଭିତରୁ ମଦ ବୋତଲ ଓ ଗୋଟିଏ ଝିଅ ବାହାରିଲା । ଖବରକାଗଜରେ ପ୍ରମୋଦ ସାହୁର ଫଟୋ ସହିତ ଏହି ସମ୍ବାଦ ପ୍ରକାଶ ପାଇଛି । ପୂର୍ବଦିନ ପ୍ରମୋଦ ସାହୁ ଅଫିସ୍‌କୁ ଆସିଥିଲା । ସେ କହୁଥିଲା ଏବଂ କମିଶନରଙ୍କୁ ମଧ୍ୟ କହିଥିବ, ସେ ଝିଅଟି ତା'ର ସମ୍ପର୍କୀୟ, ମାଉସୀ ଝିଅ । ଖବରକାଗଜରେ ବାହାରିଛି ରାତି ଏଗାରଟା, କିନ୍ତୁ ରାତି ନଅଟାବେଳେ ଓକିଲମାନେ ହାମଲା କଲେ । ତା' ମାଉସୀ ଝିଅ ତାକୁ ଦେଖା କରିବାକୁ ଆସିଥିଲା ଏବଂ ସେତିକିବେଳେ ସେ ଘରକୁ ଯିବାକୁ ବାହାରିଥିଲା । ଜଣେ ବ୍ୟବସାୟୀକୁ ପ୍ରମୋଦ ସାହୁ ଚଢ଼ଉ କରିବାକୁ ନିର୍ଦ୍ଦେଶ ଦେଇଥିଲା, ସେହି ବ୍ୟବସାୟୀ ଟିକସ ଫାଙ୍କୁଥିଲା । ସେହି ବ୍ୟବସାୟୀର ଓକିଲ ଅଫିସ୍ ବାହାରେ ଟଙ୍କା ନେଇ ସମାଧାନ କରିଦେବାକୁ ପ୍ରମୋଦ ସାହୁକୁ କହିଥିଲା । ସେ ରାଜି ନହେବାରୁ ତାକୁ ବଦନାମ୍ କରିବାକୁ ସେ ଏମିତି କରିଛି । ଅବଶ୍ୟ ତା'ର ସଫେଇ ଓ କାହାଣୀକୁ ଅଫିସରେ କେହି ବିଶ୍ୱାସ କରୁନଥିଲେ, କମିଶନର ବିଶ୍ୱାସ କରୁଛନ୍ତି କି ନାହିଁ, କେହି ଜାଣିନଥିଲେ ।

ସନ୍ୟାସୀ ଚିନ୍ତିତ ହୋଇପଡିଥିଲା । ଏବେ ପ୍ରମୋଦ ସାହୁ ହୁଏତ ତା'ର ବଦଳି କରିପାରିବ ନାହିଁ, ଆଗକୁ ପରମାନନ୍ଦ ନିଷ୍କ୍ରିୟ ହୋଇଯାଇଥିଲା । କେବଳ ଭରସା ପ୍ରସନ୍ନ ପାତ୍ର, କିନ୍ତୁ ପ୍ରସନ୍ନ ପାତ୍ର ପାଖରେ କେମିତି ପଶିବ ସେ ଜାଣିପାରୁନଥିଲା ।

ପ୍ରସନ୍ନ ପାତ୍ର ହୁସିଆର, ସେ ସମସ୍ତଙ୍କ ଠାରୁ ଟଙ୍କା ଗ୍ରହଣ କରେନାହିଁ, ତା'ର କିଛି ବିଶ୍ୱସ୍ତ ଅଫିସର ଓ ଓକିଲ ଅଛନ୍ତି, ସେମାନଙ୍କ ମାଧ୍ୟମରେ ସେ କାମ କରେ।

ଗୌରାଙ୍ଗ ଶ୍ରାବଣୀକୁ ପଚାରିଲା, ଖଚୁଆ, ଦଲାଲ ଓ ଚାଟୁକାରଙ୍କର ସ୍ତ୍ରୀମାନେ କ'ଣ ତାଙ୍କ ସ୍ୱାମୀମାନଙ୍କୁ ନେଇ ଗର୍ବ କରୁଥିବେ ?

ସମସ୍ତେ ହସିଲେ । ସେମାନେ ଜାଣିପାରୁଥିଲେ କାହା ଉଦ୍ଦେଶ୍ୟରେ କୁହାଯାଉଛି । ଖଚୁଆ ପରମାନନ୍ଦ, ଦଲାଲ ପ୍ରମୋଦ ଓ ଚାଟୁକାର ପ୍ରସନ୍ନ । ଶ୍ରାବଣୀ କିଛି କହିଲା ପୂର୍ବରୁ ଶୁଭେନ୍ଦୁ କହିଲା- ସାର୍, ଜଣେ ନାରୀର ଦରକାର ପଇସା, ଗହଣା, ଶାଢ଼ି, ହୋଟେଲରେ ଖାଇବା, ଚାକଚକ୍ୟ ଜୀବନ । ସ୍ୱାମୀ ବାପୁଡ଼ା କିପରି ରୋଜଗାର କଲା ସେଥିପ୍ରତି ମହିଳା ଦୃଷ୍ଟି ଦିଏନି । ଅନ୍ୟାୟ ଉପାର୍ଜିତ ଧନ ମୁଁ ଘରେ ପୂରେଇବି ନାହିଁ, ମୋ ଛୁଆ ପଛକେ ଭୋକଉପାସରେ ରହିବେ ସେହି ଉପାର୍ଜିତ ଧନ ମୁଁ ଛୁଇଁବି ନାହିଁ, ଏହିସବୁ ସଂଳାପ ସ୍ତ୍ରୀ କେବଳ ଫିଲ୍ମ, ନାଟକରେ କୁହେ, ବାସ୍ତବ ଜୀବନରେ ନୁହେଁ । ସେମାନେ ଦସ୍ୟୁ ରତ୍ନାକର ପରି ସ୍ୱାମୀ ଚାହିଁବେ, ବାଲ୍ମିକୀ ନୁହେଁ ।

ଶ୍ରାବଣୀ ଚିଡିଯାଇ କହିଲା, ଡୋଣ୍ଟ ଜେନେରାଲାଇଜ୍, ସମସ୍ତେ ସେମିତି ନୁହଁନ୍ତି.... ।

ଶୁଭେନ୍ଦୁ କହିଲା- ହଁ, ସବୁ ନିୟମର ବ୍ୟତିକ୍ରମ ଥାଏ, କିନ୍ତୁ ବ୍ୟତିକ୍ରମର ସଂଖ୍ୟା ବହୁତ କମ୍, ନଗନ୍ୟ ।

ନୀତି ନିର୍ଦ୍ଧାରଣ କମିଟିର ବୈଠକ ଥିଲା । ଗୌରାଙ୍ଗ ରୁମ୍‌ରୁ ସେମାନେ ନୀତି ନିର୍ଦ୍ଧାରଣ କମିଟିର ବୈଠକକୁ ଗଲେ ।

ବୈଠକରେ ଏବେ ପରମାନନ୍ଦ ଶତପଥୀ କିଛି କହୁନଥିଲା କିମ୍ବା ଯାହା କହୁଥିଲା ସେଥିରେ ତା'ର ଆଗ୍ରହ ଥିଲା ପରି ଜଣଉନଥିଲା । କିଛି କହିବା ପାଇଁ କହିଦେଉଥିଲା । ପ୍ରଶାସନ ଦାୟିତ୍ୱ ତା'ଠାରୁ ପ୍ରତ୍ୟାହୃତ କରାଯାଇଥିଲା ଏବଂ ତାକୁ କିଛି ଗୁରୁତ୍ୱପୂର୍ଣ୍ଣ ଦାୟିତ୍ୱ ଦିଆଯାଇନଥିଲା । କନିଷ୍ଠ ଅଫିସରଙ୍କ ସାମ୍ନାରେ ସେ ନିଜକୁ ଲଜ୍ଜିତ ମନେ କରୁଥିଲା। ଅବଶ୍ୟ ଏବେ କମିଶନର ତାକୁ କମ୍ପ୍ୟୁଟରୀକରଣ ଦାୟିତ୍ୱ ଦେଇଛନ୍ତି । ଡିଏଫ୍‌ଆଇଡି, ବ୍ରିଟିଶ ସରକାରଙ୍କର ସହାୟତାରେ ତାଙ୍କ ବିଭାଗକୁ କମ୍ପ୍ୟୁଟରୀକରଣ କରାଯାଉଥିଲା ଏବଂ କାମ ଆରମ୍ଭ ହେଉଥିଲା । ତଦାରଖ କରିବା ତା'ର ଦାୟିତ୍ୱ, କିନ୍ତୁ ତଦାରଖ କରିବା ପାଇଁ କିଛି କାମ ଆଗେଇ ନଥିଲା ।

ରାଉରକେଲା ଘଟଣା ପରେ ପ୍ରମୋଦ ସାହୁର ପ୍ରଥମ ନୀତି ନିର୍ଦ୍ଧାରଣ କମିଟିର ବୈଠକ । ସାହୁ ଗମ୍ଭୀର ଦିଶୁଥିଲା, ବେଶି କିଛି କହୁନଥିଲା । ସେ ଜାଣିଥିଲା,

ମିଟିଂରେ ଉପସ୍ଥିତ ସମସ୍ତ ଅଫିସର, ମହିଳା ଅଫିସରଙ୍କ ସମେତ, ତା' ରୁମ୍‌ରୁ ମଦ ଓ ଝିଅ ବାହାରିଥିବା ଖବର ପଢ଼ିଛନ୍ତି । ଏହି ସମ୍ବାଦ ଗୋଟିଏ ମୁଖ୍ୟ ସମ୍ବାଦପତ୍ରରେ ବାହାରିଥିଲା । ତାଙ୍କ ସଂସ୍ଥାରେ ପରଚର୍ଚ୍ଚା କ୍ଲବ ବଡ଼ ସକ୍ରିୟ । ଛୋଟ ଘଟଣାଟିକୁ ବି ପରଚର୍ଚ୍ଚା କ୍ଲବରେ ଅତିରଞ୍ଜିତ ହୋଇ ଏକ ବୃହତ୍ତ ଘଟଣାର ରୂପ ଦିଆଯାଏ । କେବଳ ହେଡ୍ ଅଫିସ୍ ନୁହେଁ ଓଡ଼ିଶାର ତାଙ୍କ ସଂସ୍ଥାର ସମସ୍ତ ଅଫିସ୍‌ରେ ଜାଣିଥିବେ । ଶ୍ରାବଣୀ ଅନ୍ୟ ଦୁଇଜଣ ମହିଳା ଅଫିସରଙ୍କ ସହିତ ପ୍ରମୋଦ ସାହୁର ପଛଧାଡ଼ିରେ ବସିଥିଲେ । ତା' ସାମ୍‌ନାରେ ଗୌରାଙ୍ଗ ପାଖରେ ଗୌରାଙ୍ଗର ପାହ୍ୟା ଜଣେ ବରିଷ୍ଠ ମହିଳା ଅଫିସର ବସିଥିଲା । ଗୌରାଙ୍ଗ ଲକ୍ଷ୍ୟ କରୁଥିଲା, ପ୍ରମୋଦ ସାହୁ ସେହି ମହିଳା ଅଫିସରକୁ ସିଧା ଚାହିଁପାରୁନଥିଲା । ସମସ୍ତେ ଭାବୁଥିଲେ, ଏବେ ଦେଖିବା ପ୍ରମୋଦ ସାହୁ ଉପରେ ସରକାର ବା କମିଶନର କିଛି କାର୍ଯ୍ୟାନୁଷ୍ଠାନ ଗ୍ରହଣ କରୁଛନ୍ତି ନା ନାହିଁ ।

ପ୍ରସନ୍ନ ପାତ୍ର ଖୁସି ଥିଲା, ଏବେ ସେ କମିଶନରଙ୍କ ଅଧିକ ଘନିଷ୍ଠ ହୋଇଯିବ, ତା'ର ଦୁଇ ପ୍ରତିଦ୍ୱନ୍ଦ୍ୱୀ ଏବେ ପ୍ରତିଯୋଗିତା କରିବାକୁ ଦୁର୍ବଳ ହୋଇପଡିଛନ୍ତି, ଭିନ୍ନଭିନ୍ନ କାରଣରୁ ।

କମିଶନର ଆଲୋଚନା ଆରମ୍ଭ କରି କହିଲେ, ଗୋଟିଏ ପ୍ରସ୍ତାବ ଆସିଛି । ଆମେ କିଛି ସ୍ୱେଚ୍ଛାସେବୀ ଆମ ଚେକ୍‌ଗେଟ୍ ପାଖାପାଖି ଗାଁରୁ ବାଛିବା । ସେମାନଙ୍କୁ ଗୋଟିଏ ଆଧ୍ୟାତ୍ମିକ ଅନୁଷ୍ଠାନ ଦ୍ୱାରା ପ୍ରଶିକ୍ଷଣ ଦିଆଯିବ । ସେମାନଙ୍କୁ ଆମେ ଦରମା ଦେବାନାହିଁ, କିଛି ଭତ୍ତା ଦେବା । ମାସକୁ ହୁଏତ ପାଞ୍ଚଶହ, ଛଅଶହ ଟଙ୍କା । ସେମାନେ ଆମ ଚେକ୍‌ଗେଟ୍ କର୍ମଚାରୀଙ୍କୁ ସହାୟତା କରିବେ । ଚେକ୍‌ଗେଟ୍‌ରେ ଟ୍ରକ ପରିଚାଳନା କରିବାକୁ ସାହାଯ୍ୟ କରିବେ । ଟ୍ରକ ଡ୍ରାଇଭରମାନଙ୍କୁ ବୁଝେଇବେ, ଲାଞ୍ଚ ଦିଅ ନାହିଁ । ସେମାନେ ରହିଲେ ଲାଞ୍ଚ କାରବାର କର୍ମଚାରୀ ବି କରିବେ ନାହିଁ । ଦୁର୍ନୀତିରୁ ଦୂରରେ ରହିବାକୁ କର୍ମଚାରୀଙ୍କୁ ବି ସେମାନେ କହିବେ । ଗେଟ୍‌ର କାମକୁ ଶୃଙ୍ଖଳିତ କରିବେ । ଚେକ୍‌ଗେଟ୍‌ର ପାଖାପାଖି ଲୋକ ଚେକ୍‌ଗେଟ୍‌କୁ ନିଜର ଭାବିବେ । ଆମ ଓଡ଼ିଶାରେ ସତରଟା ଚେକ୍‌ଗେଟ୍ ଅଛି, ପ୍ରଥମେ ଆମେ ବଡ଼ ବଡ଼ ଚାରିଟା ଗେଟ୍‌ରେ ଆରମ୍ଭ କରିବା, ତା' ପରେ ଅନ୍ୟ ଗେଟ୍‌ରେ ଲାଗୁ କରିବା । ଏହି ସ୍ୱେଚ୍ଛାସେବୀଙ୍କୁ ଆମେ ନୈତିକ କର୍ମୀ କହିପାରିବା ।

ଏପରି ଏକ ପ୍ରସ୍ତାବରେ ଗୌରାଙ୍ଗଙ୍କୁ ହସ ଲାଗୁଥିଲା, କିନ୍ତୁ ସେ ହସକୁ ଚାପି ରଖୁଥିଲା । ସେ ମଧ୍ୟ ଆଶ୍ଚର୍ଯ୍ୟ ହେଉଥିଲା, କମିଶନର କିପରି ଏପରି ପ୍ରସ୍ତାବ ରଖୁଛନ୍ତି, କହୁଛନ୍ତି, ପ୍ରସ୍ତାବ ଆସିଛି । ସେମିତି ପ୍ରସ୍ତାବ କୋଉଠୁ ଆସିନଥିବ । ଯୋଉ ଆଧ୍ୟାତ୍ମିକ ଅନୁଷ୍ଠାନ କହୁଛନ୍ତି, ହୁଏତ ସେହି ଅନୁଷ୍ଠାନ ସହିତ ତାଙ୍କର ପରୋକ୍ଷ କିମ୍ବା ପ୍ରତ୍ୟକ୍ଷ

ସଂପୃକ୍ତି ଥିବ । ଚୋରକୁ କୁବେରଙ୍କ ଧନ କହି ଚୋରି ନକରିବାକୁ କିମ୍ବା ବଳାତ୍କାରୀକୁ ନାରୀକୁ ଦେବୀ କହି ବଳାତ୍କାର ନକରିବାକୁ ପ୍ରବର୍ତ୍ତେଇବା ଯାହା, ଦୁର୍ନୀତି କରୁଥିବା ଲୋକଙ୍କୁ ଦୁର୍ନୀତିରୁ ଦୂରେଇଯିବା କହିବା ସେୟା । ପ୍ରସନ୍ନ ପାତ୍ର କହିଲା- ସାର୍, ଏହା ଏକ ସୁନ୍ଦର ପରିକଳ୍ପନା । ଏପରି ଆଇଡିଆ ଆମମାନଙ୍କ ମନକୁ କେବେ ଆସିବ ନାହିଁ । ସାର୍, ଯାହା ହେଲେ ବି ଆପଣ ଆଇଏଏସ୍ ଅଫିସର, କେବଳ ଜଣେ ଆଇଏଏସ୍ ଅଫିସରଙ୍କ ମୁଣ୍ଡକୁ ଏପରି ସୁନ୍ଦର ପରିକଳ୍ପନା ଆସିବ । ସାର୍, ଆମେ କରିବା ଖୁବ୍ ଭଲ ହେବ।

ପରମାନନ୍ଦ ଓ ପ୍ରମୋଦ ବି ସଙ୍ଗେ ସଙ୍ଗେ କହିଲେ- ସାର୍, ଭଲ ପ୍ରସ୍ତାବ । ଆମେ ପ୍ରୟୋଗ କରି ଦେଖିବା।

କମିଶନର ଚାହିଁଲେ ଗୌରାଙ୍ଗ ଆଡ଼କୁ ଏବଂ କହିଲେ- ତୁମର ନିଶ୍ଚିତ କିଛି ବକ୍ତବ୍ୟ ଥିବ ?

ତାଙ୍କ ପ୍ରଶ୍ନରେ ବିଦ୍ରୂପାତ୍ମକ ଇଙ୍ଗିତ ଥିଲା । ସେ ଆଶଙ୍କା କରୁଥିଲେ, ଗୌରାଙ୍ଗ ବିରୋଧ କରିବ । ଗୌରାଙ୍ଗ କହିଲା- ଆମ ସଂସ୍ଥା ଗୋଟେ ଆଇନ ଅନୁସାରେ କାମ କରେ । ଆଇନ ଅନୁଯାୟୀ ଚେକ୍‌ଗେଟ୍ ବସାଯାଇଛି । ଟିକସ ଆଦାୟ ହେଉଛି, ଅଫିସରଙ୍କୁ ଦାୟିତ୍ୱ ଦିଆଯାଉଛି । ଅଫିସରଙ୍କୁ କ୍ଷମତା ନଦେଲା ପର୍ଯ୍ୟନ୍ତ ସେମାନେ ଟିକସ ଆଦାୟ କରିପାରିବେ ନାହିଁ । ସ୍ୱେଚ୍ଛାସେବୀ ନିଯୁକ୍ତ ପାଇଁ ଆମର ଆଇନରେ କିଛି ବୈଧାନିକ ବ୍ୟବସ୍ଥା ନାହିଁ । ପରମାନନ୍ଦ କହିଲା, ଆଇନର ସଫଳ କାର୍ଯ୍ୟକାରିତା ପାଇଁ ସ୍ୱେଚ୍ଛାସେବୀଙ୍କୁ ସଂପୃକ୍ତ କରାଯିବ, ଏଥିରେ ଆଇନଗତ ବିରୋଧାଭାସ କାହିଁକି ଆସିବ ?

ପରମାନନ୍ଦ ଏବେ ଚେଷ୍ଟା କରୁଥିଲା କିପରି କମିଶନରଙ୍କର ବିଶ୍ୱାସ ଫେରିପାଇବ । ତେଣୁ ଏପରି ଏକ ସୁଯୋଗ ସେ ହାତଛଡ଼ା କରିବାକୁ ଚାହୁଁନଥିଲା । ସେ ଆଇନରେ ଜଣେ ପଣ୍ଡିତ ବୋଲି ନିଜେ ବିଚାରୁଥିଲା ଏବଂ ଅନ୍ୟମାନଙ୍କ ପାଖରେ ବି ଦାବି କରୁଥିଲା । ଗୌରାଙ୍ଗ କହିଲା- ସାର୍, ଆଇନ ଯେହେତୁ କ୍ଷମତା ଦେଇଛି ଏବଂ କ୍ଷମତା ଦେବା ପାଇଁ ବୈଧାନିକ ବ୍ୟବସ୍ଥା ରହିଛି, ଆମେ ଟିକସ ଆଦାୟ କରୁଛୁ । ସ୍ୱେଚ୍ଛାସେବୀ ସୃଷ୍ଟି କରିବାକୁ ଏବଂ ସ୍ୱେଚ୍ଛାସେବୀ ନିୟୋଜିତ କରିବାକୁ ସେପରି କିଛି ବୈଧାନିକ ବ୍ୟବସ୍ଥା ନାହିଁ । କେହି ଜଣେ ଯଦି ପିଆଇଏଲ୍ କଲା, ଯେ ସ୍ୱେଚ୍ଛାସେବୀ ସୃଷ୍ଟି କରିବାକୁ ସରକାର ଅର୍ଥ ବ୍ୟୟ କରୁଛନ୍ତି, ସେମିତି କିଛି ବୈଧାନିକ ବ୍ୟବସ୍ଥା ନାହିଁ, ତେବେ ଆମେ ଭର୍ତ୍ସିତ ହେବା । ଏପରି କରିବାକୁ ହେଲେ ଅର୍ଥ ବିଭାଗର ମତାମତ ଓ ଅଗ୍ରୀମ ଅନୁମତି ଅଣାଯାଇପାରେ ।

ସେମାନେ ଜାଣିଥିଲେ, ଅର୍ଥ ବିଭାଗକୁ ପ୍ରସ୍ତାବ ଅନୁମୋଦନ ପାଇଁ ଗଲେ ଅନୁମୋଦନ ପାଇବାର ସମ୍ଭାବନା କ୍ଷୀଣ । ପ୍ରସନ୍ନ ପାତ୍ର କହିଲା, ସରକାରଙ୍କର ଆଭିମୁଖ୍ୟ ହେଲା, ଗୋଷ୍ଠୀକୁ ସରକାରଙ୍କ କାର୍ଯ୍ୟରେ ସାମିଲ କରିବା । ଏଇଟା ମଧ୍ୟ ଶାସ୍ତ୍ରରେ ଅଛି । ସରକାର ଯେ ଆମର ନୁହେଁ, ଅନ୍ୟକେହି, ସାଧାରଣ ଲୋକଙ୍କ ମନରେ ଗୋଟିଏ ଧାରଣା ଅଛି । ବରଂ ଏପରି କଲେ, ସେମାନଙ୍କୁ ସରକାରୀ କାମରେ ସାମିଲ କଲେ, ସେମାନେ ଭାବିବେ ଟିକସ ଆଦାୟ କରିବା ସେମାନଙ୍କର ମଧ୍ୟ କାମ । ପ୍ରଶାସନ ଓ ଜନସାଧାରଣଙ୍କ ଭିତରେ ଦୂରତା ହ୍ରାସ ପାଇବ ।

ଗୌରାଙ୍ଗ କହିଲା- ସାର୍, ମୁଁ ଭାବୁନାହିଁ ସ୍ୱେଚ୍ଛାସେବୀ ଲଗେଇ ଲୋକଙ୍କୁ ସାଧୁ ସଚ୍ଚୋଟ କରିବା ସମ୍ଭବ ହେବ ।

ଏଥରକ କମିଶନର ଚିଡ଼ିଗଲେ । ଏହା ହେଉଛି ତାଙ୍କର ପ୍ରସ୍ତାବ, ଏହା ସଫଳ ହେବନାହିଁ କହିବା ଅର୍ଥ କମିଶନରଙ୍କ ଚିନ୍ତାଧାରାକୁ ନ୍ୟୁନ କରି କହିବା । ସେ ଗୌରାଙ୍ଗଙ୍କୁ କହିଲେ, କିପରି ଆପଣ କହୁଛନ୍ତି ଏହା ସଫଳ ହେବନି ?

ଗୌରାଙ୍ଗ କହିଲା- ସାର୍, ମୋର ଅଭିଜ୍ଞତାରୁ କହୁଛି, ଏହି ସଂସ୍ଥାରେ ମୁଁ ବାରବର୍ଷ ହେଲା କାମ କରୁଛି ।

କମିଶନର କହିଲେ, ଆଡିସନାଲ୍ କମିଶନରଙ୍କ ଅଭିଜ୍ଞତା ନାହିଁ । ସେମାନେ ତୁମ ଠାରୁ ସିନିୟର, ତାଙ୍କର ତୁମଠାରୁ ଅଭିଜ୍ଞତା ଅଧିକ, ସେମାନେ ସଂସ୍ଥାରେ ତୁମଠାରୁ ଅଧିକ ବର୍ଷ କାମ କଲେଣି ।

ଗୌରାଙ୍ଗ କହିଲା- ସାର୍, ସେମାନଙ୍କର ଅଭିଜ୍ଞତା କିପରି ଅଛି ମୁଁ ଜାଣିନି । ମୁଁ ତାଙ୍କର ମତାମତକୁ ଗ୍ରହଣ କରିପାରୁନି ।

କମିଶନର ଚାହିଁଲେ ଆଡିସନାଲ୍ କମିଶନରଙ୍କୁ । ସେମାନେ ନିରବ ରହିଲେ । ଗୌରାଙ୍ଗ ଯୁକ୍ତି କେହି ଆଶା କରିନଥିଲେ । ଉପସ୍ଥିତ ଅନ୍ୟ ଅଫିସରମାନେ କମିଶନରଙ୍କୁ ଚାହିଁଥିଲେ । ଅପେକ୍ଷା କରୁଥିଲେ ସେ କ'ଣ କହିବେ । କମିଶନର ରାଗିଯାଇଥିଲେ କିନ୍ତୁ କିଛି କହୁନଥିଲେ । ପ୍ରସନ୍ନ ପାତ୍ର ଶ୍ରାବଣୀ ସାମନ୍ତରାୟ ଆଡକୁ ଚାହିଁ କହିଲା, ଏହି ପ୍ରସ୍ତାବ ସହିତ ଫାଇଲ ଦାଖଲ କରନ୍ତୁ, ଆମେ ବିଚାର କରିବା ।

କମିଶନର ଉଠି ଚାଲିଗଲେ । ମିଟିଂ ସରିଗଲା । ସମସ୍ତେ ନିଜ ନିଜ ରୁମ୍‌କୁ ଚାଲିଆସିଲେ । ଗୌରାଙ୍ଗ ରୁମ୍‌କୁ ଶ୍ରାବଣୀ, ଶୁଭେନ୍ଦୁ ଓ ସନ୍ନ୍ୟାସୀ ଆସିଲେ । ସେମାନେ ଭାବୁଥିଲେ, ସବୁ ବରିଷ୍ଠ ଅଫିସର, ଏପରିକି କମିଶନରଙ୍କ ସହିତ ଏପରି ଗରମ ଯୁକ୍ତି କଲେ, କେତେବେଳେ ସେମାନେ ଅସୁବିଧାରେ ପକେଇଦେବେ । ସନ୍ନ୍ୟାସୀ ଗୌରାଙ୍ଗଙ୍କୁ କହିଲା- ସାର୍, କାହିଁକି ଯୁକ୍ତିତର୍କ କରୁଛନ୍ତି ? ସମସ୍ତେ ତ ଚାହୁଁଛନ୍ତି,

ସେମାନେ ସିନିୟର, କମିଶନର ନିଜେ ମଞ୍ଜୁରୀ କରିବେ । ଆପଣ ଏକା କାହିଁକି ବାଧା ଦଉଛନ୍ତି, ସମସ୍ତଙ୍କୁ ଶତ୍ରୁ କରୁଛନ୍ତି ?

ଏହି କିଛିଦିନ ହେଲା, କାମ କରିବା ଭିତରେ ଶୁଭେନ୍ଦୁ ଓ ସନ୍ନ୍ୟାସୀର ଗୌରାଙ୍ଗ ପ୍ରତି ଆନ୍ତରିକ ଶ୍ରଦ୍ଧା ଓ ସମ୍ମାନ ଆସିଯାଇଥିଲା । ସେମାନେ ଚାହୁଁନଥିଲେ ଗୌରାଙ୍ଗ ଅସୁବିଧାରେ ପଡୁ । ଗୌରାଙ୍ଗ ଗ୍ଲାସ୍‌ରୁ ପାଣି ପିଇଲା । କହିଲା- ମୋପାଁସାଙ୍କର ଗୋଟିଏ ଗପ ଅଛି । ଗପଟିର ନାଁ "ଆର୍ଟିଷ୍ଟ" ।

ସର୍କସରେ ଗୋଟିଏ ଖେଳ ଥିବ, ଜଣେ ଲୋକ ଝିଅ ଉପରକୁ ଛୁରୀ ଫିଙ୍ଗୁଥିବ । ଝିଅଟି କାନ୍ଥକୁ ଆଉଜି ଛିଡ଼ା ହୋଇଥିବ । ଛୁରୀଗୁଡ଼ିକ ତା' ଦେହରେ ବାଜୁନଥିବ, ଦେହର କଡ଼ରେ କାନ୍ଥରେ ବାଜି କାନ୍ଥରେ ଲାଖି ରହୁଥିବ । ସେହି ସୁନ୍ଦରୀ ଝିଅଟି ଛୁରୀ ଫିଙ୍ଗିଲାବେଳେ ଦର୍ଶକଙ୍କ ମନରେ ଉତ୍ତେଜନା ଆସୁଥିବ ।

ସେହି ଛୁରୀ ଫିଙ୍ଗୁଥିବା ଲୋକଟି ଝିଅକୁ ଭଲ ପାଉଥିବ । କିନ୍ତୁ ସେ ଜାଣିବ, ଝିଅଟି ତାକୁ ନୁହେଁ, ସର୍କସରେ କାମ କରୁଥିବା ଅନ୍ୟ ଜଣେ କଳାକାରକୁ ଭଲ ପାଉଥିବ । ଲୋକଟି ଇର୍ଷାରେ ଜଳିଯିବ, ଦିନେ କହିଥିବ, ମୁଁ ଆଜି ଛୁରୀ ଫିଙ୍ଗିବି, ଛୁରୀଟି କାନ୍ଥରେ ନଲାଖି, ଝିଅଟିର ଛାତିରେ ବାଜିବ, ଝିଅଟି ମରିଯିବ । ଏକ ଦୁର୍ଘଟଣା ଘଟିବ, ଝିଅଟି ଏହି ଖେଳ ଖେଳିବାକୁ ଚୁକ୍ତି କରିଥିବ, ଦୁର୍ଘଟଣାରେ ମୃତ୍ୟୁ ହେଲେ, କେହି ଦାୟୀ ରହିବେ ନାହିଁ ।

ଏହି କଥା ପ୍ରେମିକଟି ଜାଣିପାରିଥିବ । ସେ ଯାଇ ଝିଅଟିକୁ କହିବ, ତୁ ଆଜି ଏ ଖେଳ ଖେଳିବାକୁ ମନା କରିଦେ, ଦେହ ଅସୁସ୍ଥ କହି ରହି ଯା' । ସେ ଲୋକଟି ଈର୍ଷାରେ ଜଳୁଛି, କହୁଛି ଆଜି ତତେ ମାରିଦେବ । ଗୋଟିଏ ଦିନ ଗଲେ ହୁଏତ ଲୋକର ରାଗ ଥଣ୍ଡା ହୋଇଯିବ । ଝିଅଟି କହିବ- ନା, ମୁଁ ଏମିତି କରିପାରିବି ନାହିଁ । ଅନେକ ଦର୍ଶକ ଏହି ଖେଳ ଦେଖିବାକୁ ଆସନ୍ତି । ମୁଁ ସେମାନଙ୍କୁ ନିରାଶ କରିପାରିବି ନାହିଁ । ସେ ସେହି ଛୁରୀ ଫିଙ୍ଗା ଖେଳ ଖେଳିବ ।

ସବୁଦିନ ପରି ଝିଅଟି କାନ୍ଥକୁ ଆଉଜି ଛିଡ଼ା ହୋଇଥିବ । ଲୋକଟି ଛୁରୀ ଫିଙ୍ଗିବ । ଛୁରୀ କାନ୍ଥରେ ବାଜୁଥିବ, ଝିଅଟି ଦେହର କଡ଼ରେ, ତା' ଦେହରେ ବାଜି ନଥିବ ।

ତା' ପ୍ରେମିକ ସେହି ଲୋକଟିକୁ ପଚାରିଥିବ, ତୁ କହୁଥିଲୁ- ଆଜି ଝିଅଟିକୁ ଛୁରୀ ଫିଙ୍ଗି ମାରିଦେବୁ, ପାରିଲୁ ନାହିଁ ତ !

ଲୋକଟି କହିବ- ଏ ଛୁରୀ ଫିଙ୍ଗା ମୋର ବର୍ଷ ବର୍ଷର ସାଧନା । ମୁଁ ଅଭ୍ୟାସ କରିଆସିଛି, ସେମିତି ଏକ ଖେଳର ପରିବେଶ ସୃଷ୍ଟି କରିଛି । ମୁଁ ଚାହିଁଲେ ବି ଶୃଙ୍ଖଳା ଭଙ୍ଗ କରିପାରିବି ନାହିଁ । ଇଚ୍ଛାକଲେ ବି ମୋ ସାଧନାରୁ ବିଚ୍ୟୁତି ଘଟିବ ନାହିଁ ।

ପିଅନ ଚା' ଦେଇଯିବ । ଚା' ଢୋକେ ପିଇ ଗୋଟେ ମିନିଟ ନିରବତା ପରେ କହିବ, ମୁଁ ଏମିତି ଏକ ପରିବେଶରେ ବଢ଼ିଛି, ଗୋଟିଏ ଚିନ୍ତାଧାରାରେ ବିଶ୍ୱାସ ରଖିଆସିଛି, ମୁଁ ଚାହିଁଲେ ବି ନିରବ ରହିପାରିବି ନାହିଁ । ମୁହଁ ବନ୍ଦକଲେ ମୋର ଛାତି ଫାଟିଗଲା ପରି ଲାଗିବ, କହିଦେଲେ ଶାନ୍ତି ପାଇବି ।

ସନ୍ୟାସୀ କିମ୍ବା ଶୁଭେନ୍ଦୁ କିଛି କହିଲେ ନାହିଁ । ଚା' ପିଇସାରିଥିଲେ । ପାଞ୍ଚଟା ବି ହୋଇସାରିଥିଲା । ଶୁଭେନ୍ଦୁ ଓ ସନ୍ନ୍ୟାସୀ ନିଜ ନିଜ ରୁମ୍‌କୁ ଚାଲିଗଲେ । ଶ୍ରାବଣୀ ବସିଥିଲା । କହିଲା- ଆପଣଙ୍କୁ ଆଜି ଗୋଟେ ଚୁମା ଦେବାକୁ ଇଚ୍ଛା ହେଉଛି, କିନ୍ତୁ ଲୋକଙ୍କର ଯିବା ଆସିବା ଚାଲିଛି ।

ସେ ହସିଦେଇ ଚାଲିଗଲା, ତା' ଯିବାକୁ ଗୌରାଙ୍ଗ ଚାହିଁ ରହିଥିଲା ।

■

ତେର

ଅଜୟଙ୍କୁ ତା' ସାଙ୍ଗମାନେ ବଡ଼ଭାଇ ଡାକୁଥିଲେ । ଗୌରାଙ୍ଗ ଓ ସନତ ଠାରୁ ସେ ସିନିୟର, କଲେଜରେ ପଢ଼ିଲାଦିନରୁ ସେମାନେ ସାଙ୍ଗ । ବଡ଼ଭାଇ ଏବେ ଚଣ୍ଡିଗଡ଼ରେ । ସେ ଯେବେ ଓଡ଼ିଶା ଆସେ, ଚଣ୍ଡିଗଡ଼ ଫେରିବା ପୂର୍ବରୁ ଗୋଟିଏ ଦିନ କଟକ ଆସେ, କଟକରେ ସନତ ରହିଲା ଦିନରୁ । ଗପସପ କରି ଯାଏ, ସମୟ ଥିଲେ ଦିନଟିଏ ବି ରହିଯାଏ। ଆଉ କେତେଜଣ ସାଙ୍ଗ ବି ଜୁଟନ୍ତି । ଗୌରାଙ୍ଗ ଆସିପାରୁନଥିଲା । ସେ କଟକ କିମ୍ବା ଭୁବନେଶ୍ୱରରେ ନଥିଲା, ସେ ବଡ଼ଭାଇ ଆସିବା ଖବର ପାଇପାରେ ନାହିଁ । କିନ୍ତୁ ଏହିବର୍ଷ ସେ କଟକରେ ଅଛି । ସନତ ତାଙ୍କ ସାହିପିଲାକୁ କହିଥିଲା, ଗୌରାଙ୍ଗଙ୍କୁ କହିଦେବାକୁ ରବିବାର ଲଞ୍ଚ ସମୟରେ ପହଞ୍ଚିବ । ତାଙ୍କ ସାହିପିଲାଟା ହେଡ ଅଫିସ୍‌ରେ ପିଅନ ଅଛି ।

ଶତାବ୍ଦୀର ପ୍ରାରମ୍ଭରେ ନୂଆ ମୁଖ୍ୟମନ୍ତ୍ରୀ ହେଲେ । ରାଜନୀତିରେ ନୂଆ ମୁହଁ । ତାଙ୍କ ବାପା ମୁଖ୍ୟମନ୍ତ୍ରୀ କିମ୍ବା କେନ୍ଦ୍ରମନ୍ତ୍ରୀ ଥିଲାବେଳେ, ବାପା ରାଜନୀତିରେ ଥିଲାବେଳେ ସେ ରାଜନୀତିକୁ ଆସିନଥିଲେ । ନୂଆ ମୁଖ୍ୟମନ୍ତ୍ରୀ ପ୍ରଶାସନ କ୍ଷେତ୍ରରେ ଯେପରି ପଦକ୍ଷେପ ନେଉଥିଲେ, ଆଗରୁ କୌଣସି ମୁଖ୍ୟମନ୍ତ୍ରୀ ସେପରି କରିବାକୁ ସାହସ କରିନଥିଲେ । ମୁଖ୍ୟମନ୍ତ୍ରୀଙ୍କର ଦୁଇଟି ଗୁଣ ଗୌରାଙ୍ଗଙ୍କୁ ପ୍ରଭାବିତ କରୁଥିଲା । ମୁଖ୍ୟମନ୍ତ୍ରୀ ଦୁର୍ନୀତି ଏବଂ ଅସାମାଜିକ ବ୍ୟକ୍ତିଙ୍କୁ ସହିପାରୁ ନଥିଲେ । ଦୁର୍ନୀତି ଅଭିଯୋଗରେ ମନ୍ତ୍ରୀଙ୍କୁ ବରଖାସ୍ତ କରୁଥିଲେ, କିଛି ବରିଷ୍ଠ ଆଇଏଏସ୍ ଅଫିସରଙ୍କୁ ବି ନିଲମ୍ବନ କରିଥିଲେ । କିନ୍ତୁ ଏହିସବୁ ପଦକ୍ଷେପ ଉପର ମହଲରେ

ଘଟୁଥିଲା, ତଳସ୍ତରରେ ଏହାର କିଛି ପ୍ରଭାବ ପଡୁନଥିଲା । ଅବଶ୍ୟ ସେ ସାଧାରଣ ଜନତାଙ୍କ ପାଖରେ ଲୋକପ୍ରିୟ ହେଉଥିଲେ । ଗୌରାଙ୍ଗ ଚାକିରି କରିଥିବା ଟିକସ ଆଦାୟ ସଂସ୍ଥା କିମ୍ବା ଅନ୍ୟାନ୍ୟ ବିଭାଗର ତଳସ୍ତରରେ ଯେମିତି ଲାଞ୍ଚ କାରବାର ହେବା କଥା ସେମିତି ଚାଲୁଥିଲା । ତାଙ୍କ ସଂସ୍ଥାରେ ଶହେରୁ ପଞ୍ଚାନବେ ଦୁର୍ନୀତିଗ୍ରସ୍ତ ଥିଲେ ଏବଂ ଯୋଉ ପାଞ୍ଚ ପ୍ରତିଶତ କରୁନଥିଲେ, ସଂସ୍ଥା ଭିତରେ ତ ସେମାନଙ୍କୁ ସମ୍ମାନ ମିଳୁନଥିଲା, ବରଂ ସେମାନଙ୍କ ପ୍ରତି ଅନ୍ୟମାନେ ଦୟା କରୁଥିଲେ, ସେମାନଙ୍କୁ ଗୌଣ ମନେ କରୁଥିଲେ, ଯେପରିକି ସେମାନେ ଅକ୍ଷମ, ତାଙ୍କର ବ୍ୟକ୍ତିତ୍ୱରେ କିଛିଟା ଊଣା ରହିଯାଇଛି । ମୁଖ୍ୟମନ୍ତ୍ରୀ ତଳସ୍ତରର ଦୁର୍ନୀତି ଲୋପ କରିବାକୁ କିଛି ପଦକ୍ଷେପ ନେଉନଥିଲେ କିମ୍ବା କେହି ଚିନ୍ତା କରୁନଥିଲେ । ହୁଏତ ବର୍ଷକୁ ହଜାରରେ ଜଣେ ଭିଜିଲାନ୍ସ ଜାଲରେ ପଡୁଥିଲା, ଯାହା କି ଗୋଟେ ବଡ଼ ସହରରେ ଲକ୍ଷାଧିକ ଲୋକଙ୍କ ଚଳପ୍ରଚଳବେଳେ ଜଣେ ଦୁଇଜଣଙ୍କର ଦୁର୍ଘଟଣା ଘଟୁଥିଲା ପରି, ସହରର ରାସ୍ତାଘାଟରେ କେବେ ଚଳପ୍ରଚଳ ବନ୍ଦ ହେଉନଥିଲା, କିମ୍ବା ସଂସ୍ଥାରେ ବି ଦୁର୍ନୀତି ଯେମିତି ଚାଲିବା କଥା ସେମିତି ଚାଲିଥିଲା ।

ଗୌରାଙ୍ଗ ସବୁଦିନ ଅଫିସ୍ ଯାଉଥିଲା, ଅଫିସ୍ କାମ କରୁଥିଲା ଏବଂ ପାଞ୍ଚଟା ଛଅଟା ବେଳେ ଘରକୁ ଫେରିଲା ପରେ ଅଫିସ୍‌କୁ ଭୁଲି ଯାଉଥିଲା । ତାଙ୍କ ଅଫିସ୍‌ରେ ଅଧିକାଂଶ ଅଫିସର, ମୁଖ୍ୟତଃ ସେହି ପଞ୍ଚାନବେ ପ୍ରତିଶତ ଅଫିସରଙ୍କର ଘର ଓ ଅଫିସ୍ ଭିତରେ କିଛି ପ୍ରଭେଦ ନଥିଲା । ପ୍ରସନ୍ନ ପାତ୍ର ପରି ଅଫିସର ଘରକୁ ଫାଇଲ ଆଣୁଥିଲେ, ଘରେ ମଧ୍ୟ ଅଫିସ କାମ କରୁଥିଲେ । ସେମାନଙ୍କର ମନ ଓ ପ୍ରାଣରେ ସବୁବେଳେ ଅଫିସ୍ କଥା । ବାହାଘର ହେଉ ବା ବଣଭୋଜି, କିମ୍ବା କୋଉ ଲୋକର ମୃତ୍ୟୁରେ ଶ୍ମଶାନଘାଟ ହେଉ, ସଂସ୍ଥାର ଦୁଇଜଣ ଅଫିସରଙ୍କର ଭେଟ ହୋଇଗଲେ, ସେମାନେ ସେହି ଅଫିସ୍ କଥା ଆଲୋଚନା କରୁଥିଲେ । କିଏ କୋଉଠି ନିଯୁକ୍ତି ପାଇଲା, କାହାର କେତେଟା ଘର, କିଏ ଏବେ କମିଶନରଙ୍କର ପାଖଲୋକ, ଇତ୍ୟାଦି ।

ସେମାନେ ଗୌରାଙ୍ଗର ସାଙ୍ଗ ନଥିଲେ କିମ୍ବା ଗୌରାଙ୍ଗକୁ ସାଙ୍ଗ କରୁନଥିଲେ । ସେମାନଙ୍କ ସହିତ ମିଶିପାରୁନଥିଲେ । ଗୌରାଙ୍ଗ ଘରକୁ ଫେରି ବହି ପଢୁଥିଲା, ଗୀତ ଶୁଣୁଥିଲା । ଦିନେ ଦିନେ ସିନେମା ଯାଉଥିଲା କିମ୍ବା ସାହିରେ କିଛି ପରିଚିତ ଲୋକଙ୍କ ସହିତ ଚା' ଦୋକାନ ସାମ୍‌ନାରେ ଖଟି କରୁଥିଲା । ବେଳେ ବେଳେ ରାତିରେ କୋଠରୀ ସାମ୍‌ନାରେ ଛାତ ଉପରେ ଚୌକି ଗୋଟିଏ ପକେଇ ବସୁଥିଲା, ଜହ୍ନକୁ ଦେଖୁଥିଲା, ଆକାଶରେ ତାରା ଗଣୁଥିଲା ଏବଂ ଏବେ ଶ୍ରାବଣୀକୁ ନେଇ ସ୍ୱପ୍ନ ଦେଖୁଥିଲା ।

ଶ୍ରାବଣୀର ମା'ଙ୍କ ଦେହ ଅସୁସ୍ଥ ଥିଲା । ସେ ତାଙ୍କୁ ନର୍ସିଂହୋମ୍‌ରେ ଆଡମିଶନ କରିଥିଲା । କିଛିଦିନ ତଳେ ତା' ସାନଭଉଣୀର ବାହାଘର ହୋଇଥିଲା । ବାପା କିଛି ଋଣ କରିଥିଲେ । ତା' ସାନଭାଇର ପଢ଼ାସରି ନଥିଲା । ଶ୍ରାବଣୀ ମା'ର ସବୁକଥା ବୁଝୁଥିଲା । ସେ ସକାଳେ ଘରେ ଜଳଖିଆ ପ୍ରସ୍ତୁତ କରି ନର୍ସିଂହୋମ ଯାଉଥିଲା । ନର୍ସିଂହୋମ୍‌ରୁ ଅଫିସ୍ । ପୁଣି ଅଫିସ୍ ସାରି ନର୍ସିଂହୋମ ଏବଂ ନର୍ସିଂହୋମରୁ ଘରକୁ । ଘରେ ପହଞ୍ଚୁପହଞ୍ଚୁ ରାତି ଆଠଟା ହୋଇଯାଉଥିଲା ।

ଶାଶୁଘରେ ଅସୁବିଧା ହେଉଥିଲା । ଶ୍ରାବଣୀ ସବୁଦିନ ଜଳଖିଆ ପ୍ରସ୍ତୁତ କରି ନଅଟା ବେଳକୁ ଶାଶୁ-ଶଶୁରଙ୍କୁ ପରଶି ଦେଇ ଅଫିସ୍ ଆସୁଥିଲା । କିନ୍ତୁ ମା'ଙ୍କ ଦେହ ଖରାପ ହେଲା ଦିନରୁ ସେ ଆଠଟା ସୁଦ୍ଧା ଜଳଖିଆ ପ୍ରସ୍ତୁତ କରି ପଳେଇ ଆସୁଥିଲା । ଶାଶୁ ଶଶୁରଙ୍କୁ ପରଶି ଦେଉଥିଲେ ଏବଂ ନିଜେ ମଧ୍ୟ ବାଢ଼ି ଖାଉଥିଲେ । ସ୍ୱାଭାବିକ ବାସନ ତାଙ୍କୁ ଉଠେଇବାକୁ ପଡୁଥିଲା । ସବୁଦିନ ପରି ଶାଶୁ ଦିନଖିଆ ପ୍ରସ୍ତୁତ କରୁଥିଲେ । ଏବେ ଯେହେତୁ ନର୍ସିଂହୋମରୁ ଫେରୁଫେରୁ ରାତି ଆଠଟା ସାଢ଼େଆଠଟା ହେଉଥିଲା, ତେଣୁ ତା' ପକ୍ଷରେ ରାତି ପାଇଁ ରୋଷେଇ କରିବା ସମ୍ଭବ ହେଉନଥିଲା । ଶଶୁରଙ୍କର ରାତିରେ ଖାଇବା ଅଭ୍ୟାସ ନଅଟା । ନଅଟା ଭିତରେ, ଆଠଟା ସାଢ଼େ ଆଠଟା ବେଳେ ଘରେ ପହଞ୍ଚି, ଧୁଆଧୁଇ ହୋଇ ରୋଷେଇ ସାରିବା ସମ୍ଭବ ହେଉନଥିଲା । ସେ ମଧ୍ୟ କ୍ଳାନ୍ତ ହୋଇପଡୁଥିଲା । ତେଣୁ ଶାଶୁଙ୍କୁ ମଧ୍ୟ ରାତିଖିଆ କରିବାକୁ ପଡୁଥିଲା ।

ଶାଶୁ ଗରଗର ହେଉଥିଲେ । କହୁଥିଲେ-ଜୀବନ ସାରା ଖଟିଲି, ଦୁଇ ପୁଅଙ୍କୁ ବଢ଼େଇଲି, ତାଙ୍କ ପାଇଁ ଖଟିଲି, ଏବେ ବୋହୂ ପାଇଁ ଖଟିବାକୁ ପଡୁଛି ।

ଶ୍ରାବଣୀ ଶୁଣି ନଶୁଣିଲା ପରି ରହୁଥିଲା । ତା'ପାଖରେ ସମୟ ନଥିଲା, ଆଠଟା ସାଢ଼େଆଠଟାବେଳେ ଫେରି ନଅଟା ସୁଦ୍ଧା ରୋଷେଇ କରି ଶଶୁରଙ୍କୁ ପରଶି ଦେବାକୁ ସେ ଏତେ କ୍ଳାନ୍ତ ହୋଇପଡୁଥିଲା ଯେ, ସେ ଫେରି ରୋଷେଇ କରିପାରିବ । ଶାଶୁ କହୁଥିଲେ- ଏଠି ମୁଁ କାହିଁକି ରହିବି ? ମୁଁ ଗାଁକୁ ପଳେଇବି, ଏଠି କ'ଣ ରହିବି ବୁଢ଼ୀଦିନେ ଖଟିବାକୁ ?

ଛୁଟିଥିଲା, ରମେଶ ଆସିଥିଲା । ରମେଶ ଶ୍ରାବଣୀକୁ କହିଲା- ତୁମେ ଟିକେ ଚଳେଇପାରୁନ, ମା' ଅସନ୍ତୁଷ୍ଟ ହେଉଛି ।

ଶ୍ରାବଣୀ ଚିଡିଗଲା, ମାନେ ? ଆମର ବାହାଘର କେତେ ବର୍ଷ ହେଲାଣି ? ପାଞ୍ଚବର୍ଷ ବାହାଘରରେ କେବେ ସେ ରାତି ପାଇଁ ରୋଷେଇ କରୁଥିଲେ? ମୁଁ ତ ସକାଳେ ରାତିର ହାଣ୍ଡିକୁଣ୍ଡେଇ, ବାସନ ମଜାମଜି କରିଦେଉଛି, ସକାଳେ ଜଳଖିଆ

ତିଆରି କରି ରଖିଦେଉଛି । ସେ କେବଳ ଏହି ଚାରିଦିନ ହେଲା, ମୋ ମା' ଡାକ୍ତରଖାନାରେ ଅପରେସନ ହେଲା ପରଠୁ, ରାତି ରୋଷେଇ କରୁଛନ୍ତି । ସେଥିରେ କ'ଣ ନା ମୁଁ ଚଳେଇପାରୁନି ? ମୁଁ ତ କହୁଛି, ଗୋଟେ କାମବାଲୀ ରଖିବା, ସେ ରୋଷେଇ କରିବ । ମୁଁ ଟଙ୍କା ଦେବି ।

ରମେଶ କହିଲା, ତୁମେ ଜାଣିଛ, ଅନ୍ୟ କେହି ରୋଷେଇ କଲେ ସେ ଖାଇବ ନାହିଁ ।

ଶ୍ରାବଣୀ କହିଲା-ଅନ୍ୟ କେହି ରାନ୍ଧିଲେ ଯଦି ଖାଇବେ ନାହିଁ, ତେବେ ନିଜେ ରୋଷେଇ କରିବେ । ନହେଲେ ହୋଟେଲରେ ମଗେଇ ଆଣି ଖାଇବେ । ହୋଟେଲରୁ ଯୋଉଦିନ ମଗାଯାଉଛି, ସେ ତ ଖାଉଛନ୍ତି । ହୋଟେଲରେ ତାଙ୍କର ବୋହୂ ନାହାନ୍ତି ରୋଷେଇ କରିବାକୁ । ମୋ ମା' ଭଲ ହୋଇ ଘରକୁ ନଫେରିଲା ପର୍ଯ୍ୟନ୍ତ ମୁଁ ରାତିରେ ରୋଷେଇ କରିପାରିବି ନାହିଁ ।

ରମେଶ ରାଗିଯାଇ କହିଲା- ଶାଶୁ ରୋଷେଇ କରି ଦେବ, ତୁମକୁ ଖାଇବାକୁ ଲାଜ ଲାଗୁନି ?

ଶ୍ରାବଣୀ କହିଲା, ମତେ କାହିଁକି ଲାଜ ଲାଗିବ ? ମୋ ମା' ରୋଷେଇ କରେ ଏବେ ବି ମୁଁ ଗଲେ ମା' ମତେ ରୋଷେଇଘରକୁ ଛାଡ଼େ ନାହିଁ । ମୁଁ ଖାଏ । ମା' ରାନ୍ଧିବା ଶାଶୁ ରାନ୍ଧିବା ଭିତରେ ଫରକ କ'ଣ ?

ରମେଶ କହିଲା- ମା' ଓ ଶାଶୁ କ'ଣ ସମାନ ?

ଶ୍ରାବଣୀ କହିଲା- ମୋ ମା'ର ବୟସ ତୁମ ମା'ଙ୍କ ବୟସ ଠାରୁ ବେଶି ଏବଂ ତୁମ ମା'ଙ୍କର ସ୍ୱାସ୍ଥ୍ୟ ଖୁବ୍ ଭଲ ଅଛି ।

ରମେଶ ଯୁକ୍ତି କଲାନି, ତା' ସାମ୍‌ନାରୁ ଚାଲିଗଲା । ଶାଶୁ କାନଡେରି ଶୁଣୁଥିଲେ କହିଲେ- ହଁ, ବୋହୂ କହିବ, ଶାଶୁ ଶଶୁର ସହିବେ ନାହିଁ କିପରି ? ମୁଁ ତ ମୁରୁଖ ମଣିଷ, ଗାଉଁଲୀ, ମୋ ସ୍ୱାମୀ କିରାଣି ଥିଲା । ପୁଅ ଅଫିସର, ବୋହୂ ପୁଣି ତା' ଠାରୁ ବଡ଼ ଅଫିସର । ଆମ ଭାଗ୍ୟରେ ଯାହା ଅଛି, ଏମିତି ମଲା ପର୍ଯ୍ୟନ୍ତ ଖଟୁଥିବୁ ।

ରମେଶ ଘରୁ ବାହାରକୁ ଚାଲିଗଲା । ବୁଲାବୁଲି କରି ରାତି ଦଶଟା ବେଳକୁ ଫେରିଲା । ସବୁଦିନ ରାତି ନଅଟା ବେଳକୁ ଶାଶୁ-ଶଶୁର ଖାଇଦେଇଥାନ୍ତି । ସେଦିନ ନଖାଇ ରମେଶକୁ ଅପେକ୍ଷାକରିଥିଲେ । ରମେଶ ଆସିଲା ପରେ ଶାଶୁଶଶୁର ଓ ପୁଅ ଖାଇଲେ । ଶ୍ରାବଣୀକୁ କେହି ଡାକିଲେ ନାହିଁ କିମ୍ବା ସେ ନିଜେ ଖାଇବାକୁ ଗଲା ନାହିଁ । ରାତିରେ ଉପାସରେ ଶୋଇଲା ।

ସକାଳୁ କିଛି ନକହି ରମେଶ ଉଠି ନିତ୍ୟକର୍ମ ସାରି ନିଜେ ଚା' କଲା । ଚା'

ତା' ବାପା-ମା'ଙ୍କୁ ଦେଲା ଏବଂ ନିଜେ ପିଇ ଶ୍ରାବଣୀକୁ କିଛି ନକହି ତା' ଅଫିସ୍‌କୁ ଚାଲିଗଲା । ସେତେବେଳେ ଶ୍ରାବଣୀ ଘରସଫା କରୁଥିଲା । ସେ ଦେଖିଲା, କିଛି ପଚାରିଲା ନାହିଁ । ଶ୍ରାବଣୀ ନିଜେ ନିତ୍ୟକର୍ମ ସାରିଲା, ନିଜ ସୁଟକେସ୍ ସଜାଡିଲା ଏବଂ ସ୍କୁଟିରେ ସୁଟକେସ୍ ରଖି ବାହାରିଲା ଏବଂ ତା' ଶଶୁରଙ୍କୁ କହିଲା- ମୁଁ ଆମ ଘରକୁ ଯାଉଛି ।

ଶଶୁରଙ୍କର ଶାଶୁକୁ ଡର, ଶାଶୁ ଯାହା କହିବେ ସେୟା । ସେ ଶାଶୁକୁ କେବେ ଆକଟ କରି ନାହାନ୍ତି, ଶାଶୁଙ୍କ କଥା ମାନି ଚଳନ୍ତି । ତା' ଶାଶୁ ଶଶୁରଙ୍କ ପାଖରେ ଥିଲେ। ଶଶୁର ଶାଶୁଙ୍କୁ ଚାହିଁଲେ । ଶାଶୁ ମୁହଁମୋଡ଼ି ଦେଲେ । ଶଶୁର ପଚାରିଲେ- କାହିଁକି ପଳେଇଯାଉଛୁ ? ରମେଶ ଜାଣିଛି ?

ଶ୍ରାବଣୀ କହିଲା- ତାଙ୍କୁ ଆପଣ ଜଣେଇ ଦେବେ, ମୋ ମା' ଦେହ ଭଲ ହେଲା ପର୍ଯ୍ୟନ୍ତ ମୁଁ ଆମ ଘରେ ରହିବି ।

ମୁହାଁମୁହିଁ କହିପାରୁନଥିଲେ ବି ଶାଶୁ-ଶଶୁର ସହିପାରୁ ନଥିଲେ ଯେ ବୋହୂ ତା' ବାପା-ମା'ଙ୍କ ପାଇଁ ଟଙ୍କା ଖର୍ଚ୍ଚ କରୁ । ତାଙ୍କର ଅସନ୍ତୋଷ ପ୍ରକାଶ ପାଉଥିଲା ତା' ମା' ପାଖକୁ ଯିବାଆସିବା ଏବଂ ସେ ରୋଷେଇ ନକରିବାରେ, କିନ୍ତୁ ପ୍ରକୃତ ଅସନ୍ତୋଷ ଶ୍ରାବଣୀ ତା' ମା' ପାଇଁ ଖର୍ଚ୍ଚ କରିବାରେ । ଝିଅ ବୋହୂ ହୋଇ ଆସିଲା ପରେ ବାପଘର ସହିତ ଝିଅ ସମ୍ପର୍କ ରଖିବା ଉଚିତ୍ ନୁହେଁ, ସେମାନେ ଠିକ୍ ଜାଣି ନଥିଲେ ବି ସନ୍ଦେହ କରୁଛନ୍ତି, ତା' ଭଉଣୀ ବାହାଘରକୁ ବି ଶ୍ରାବଣୀ ଘରକୁ ଟଙ୍କା ଦେଇଛି । ସେମାନେ ଭାବନ୍ତି, ଶ୍ରାବଣୀର ଯାହା ଦରମା ସେସବୁ ଉପରେ ଦାବି ଶାଶୁ-ଶଶୁର, ସ୍ୱାମୀଙ୍କର, ବାପାଙ୍କର ନୁହେଁ । ବୁଲେଇବଙ୍କେଇ ସେ ବାହାଘର ପାଇଁ ଟଙ୍କା ଖର୍ଚ୍ଚ କରିବା କଥା କେତେଥର କହିଛନ୍ତି । ଶ୍ରାବଣୀ ଶୁଣିନି । ଏବେ ପୁଣି ମା' ପାଇଁ ଖର୍ଚ୍ଚ ।

ତାଙ୍କର ଘର କଟକରୁ ଦଶ କିଲୋମିଟର, ବୟାଳିଶ ମଉଜାରେ । ଏବେ ମହାନଦୀରେ ସେତୁ ହୋଇଗଲାଣି, ଯିବା ଆସିବାକୁ ବେଶି ସମୟ ଲାଗୁନି । ଶ୍ରାବଣୀ ଆଠଟା ବେଳକୁ ଘରେ ପହଞ୍ଚିଗଲା । ତା' ଭଉଣୀ ସୁଷମା ଓ ସାନଭାଇ ଦେଖିଲେ ସେ ସୁଟକେଶ ସହ ଯାଇଛି, ପୁଣି ଏତେ ସକାଳୁ । ସୁଷମା କହିଲା- ଦିଦି, ଘରେ କ'ଣ ଝଗଡ଼ା କରି ଚାଲିଆସିଲୁ କି ?

ଶ୍ରାବଣୀ କହିଲା- ସେ କିଛି ନୁହଁ । ତୁ ମୋ ପାଇଁ ଚା' କପେ କର, ମୁଁ ପାଇଖାନା ଯିବି।

ସୁଷମା କହିଲା, ତୁ ଲୁଗା ବଦଳା, ମୁଁ କରିଆଣୁଛି ।

ସାନଭାଇ ଦୁଇ ଭଉଣୀଙ୍କ କଥା ଶୁଣୁଥିଲା । ସେ ଦେଖୁଥିଲା ଦିଦି ସୁଟକେସ୍ ଧରି ଆସିଛି, ପୁଣି ଏତେ ସକାଳୁ, ଗାଧୋଇନି । ତାକୁ ଡର ଲାଗିଲା, ପଚାରିଲା- ଦିଦି କ'ଣ ହେଲା ?

ଶ୍ରାବଣୀ ହସିଦେଇ କହିଲା- କିଛି ହୋଇନି । ତୁ ଗାଧୋଇ ସାରିଲୁଣି ?

ବାପା ନର୍ସିଂହୋମ୍‌ରେ ମା' ପାଖରେ ଅଛନ୍ତି, ସାନଭାଇ ଗଲେ ବାପା ଆସିବେ । ସୁଷମା ବାହାଘର ମାସେ ହୋଇନି, ସେ ବାହାଘର ପାଇଁ ମାସେ ଛୁଟି ନେଇଥିଲା । ବାହାଘରର ଆଠଦଶ ଦିନ ପରେ ମା'ର ୟୁଟେରସ୍‌ରେ ଟ୍ୟୁମର ହୋଇଥିବା ଜଣାପଡିଲା । ଡାକ୍ତର କହିଲା, ଶୀଘ୍ର ଅପରେସନ୍ କରି ଦିଅନ୍ତୁ । ମା'ର ଅପରେସନ୍ ହେଲା । ସୁଷମାର ସ୍ୱାମୀ ଅଧ୍ୟାପକ, ତା' ଶାଶୁ-ଶଶୁର ଶିକ୍ଷକ-ଶିକ୍ଷୟିତ୍ରୀ । ସୁଷମାର ଶାଶୁ କହିଲେ- ସମୁଦୁଣୀଙ୍କର ଅପରେସନ୍ ହେବ । ସମୁଦି ବ୍ୟସ୍ତ ହେବେ । ପୁଅଟା ସାନ, ପାଠ ପଢୁଛି । ଘର କଥା ବୁଝିବ କିଏ ? ତୁ ଯା' ସମୁଦୁଣୀ ଡାକ୍ତରଖାନାରୁ ଫେରିବା ପର୍ଯ୍ୟନ୍ତ, ଘରେ ରୋଷେଇବାସ କରିଦେବୁ । ସୁଷମା ଅପରେସନ୍ ହେବା ଦିନ ଆସି ପହଞ୍ଚିଲା । ସାନଭାଇ ଆଗ ନର୍ସିଂହୋମ ଚାଲିଗଲା । ଶ୍ରାବଣୀ ଓ ସୁଷମା ସାଙ୍ଗ ହୋଇ ଜଳଖିଆ ଖାଉଥିଲେ । ସୁଷମା ପଚାରିଲା- ଦିଦି, ଭାଇନାଙ୍କ ସହ କ'ଣ ଝଗଡ଼ା ହୋଇଛି ?

ଶ୍ରାବଣୀ କହିଲା- ସମସ୍ତେ ଗୋଟିଏ ଲାଉର ମଞ୍ଜି, ମୋର ବହୁତ ପୂର୍ବରୁ ଝଗଡ଼ା କରିବାର ଥିଲା । ମୁଁ ଯେତେ ଚଳେଇବାକୁ ଚେଷ୍ଟା କଲି, ସେମାନଙ୍କର ସେତେ ମୁହଁ ବଢ଼ିଗଲା । ଛାଡ଼, ତୋ' ଶାଶୁ-ଶଶୁର କେମିତିକା ଲୋକ ?

ସୁଷମା ସହିତ ଶ୍ରାବଣୀ ବାହାଘର ପରେ ଭଲରେ କଥା ହୋଇନଥିଲେ । ଅପରେସନ୍ ଦିନ ସେ ଥିଲା, କିନ୍ତୁ ସେଦିନ ସମସ୍ତେ ଟେନସନ୍‌ରେ ଥିଲେ । ସୁଷମା କହିଲା, ଭଲ ଜଣାପଡୁଛନ୍ତି ତ, ଶାଶୁ ତ ମତେ ନିଜେ ପଠେଇଲେ । କହିଲେ- ସମୁଦୀ ବ୍ୟସ୍ତ ରହିବେ, ତୁ ଯା' ଘରକଥା ବୁଝିବୁ ।

ନର୍ସିଂହୋମରେ ଶ୍ରାବଣୀ ପହଞ୍ଚିଲାବେଳକୁ ବାପା ଘରକୁ ଆସିବାକୁ ବାହାରୁଥିଲେ । ସାନଭାଇ ବାପାଙ୍କୁ କହିଦେଇଥିଲା, ଦିଦି ଝଗଡ଼ା କରି ଘରକୁ ଆସିଛି । ବାପା ଚିନ୍ତିତ ହୋଇପଡିଥିଲେ । ସେ ତ ଶାଶୁ-ଶଶୁରଙ୍କୁ ଜାଣନ୍ତି, ସେମାନେ କୃପଣ ଓ ରକ୍ଷଣଶୀଳ । ଝିଅ ବାହାଘର ପୂର୍ବରୁ ଜାଣିଥିଲେ ତାଙ୍କ ସମୁଦୀ ଦୁର୍ନୀତିଗ୍ରସ୍ତ, କିନ୍ତୁ ଭାବିପାରିନଥିଲେ ସେ ଏତେ କୃପଣ ଓ ଅସାମାଜିକ । ବାହାଘର ପରେ ତାଙ୍କର ବ୍ୟବହାର ଏବଂ କଥାବାର୍ତ୍ତା ଜାଣିଲା ପରେ ସେ ସ୍ଥିର କରିଥିଲେ, ତାଙ୍କର ଅନ୍ୟ ଗୋଟିଏ ଝିଅ ଓ ପୁଅକୁ କୌଣସି ଦୁର୍ନୀତିଗ୍ରସ୍ତ କର୍ମଚାରୀର ଘରେ ବାହା କରିବେ

ନାହିଁ । ସେଥିପାଇଁ ବହୁତ ଖୋଜାଖୋଜି ପରେ ସେ ସୁଷମାର ବାହାଘର ଗୋଟିଏ ଶିକ୍ଷକ ପରିବାରରେ କରେଇଥିଲେ ।

ବାପା ଶ୍ରାବଣୀକୁ ବାହାରକୁ ଡାକି କହିଲେ- ଆମଘର ପାଇଁ ତୋ ଶଶୁଘରେ ଅଶାନ୍ତି ହେଉଛି । ତୁ ବ୍ୟସ୍ତ ହ' ନା, ମୁଁ ଯାଇ ସମୁଦିକୁ କହିଆସିବି, ତୋ ଟଙ୍କା ମୁଁ ସୁବିଧା କରି ଫେରେଇଦେବି ।

ଶ୍ରାବଣୀ ରାଗିଗଲା, ବାପା ତୁମେ ଏମିତି କ'ଣ କହୁଛ ? କାହିଁକି ମୋ ଶଶୁରଙ୍କୁ କହିବାକୁ ଯିବ ?

ବାପା କହିଲେ- ଯାହା ହେଲେ ବି ବାହା କରିଦେଲା ପରେ ଝିଅ ଉପରେ ବାପାଙ୍କର ଅଧିକାର ନଥାଏ ।

ଶ୍ରାବଣୀ ଚିଡ଼ିଯାଇ କହିଲା, ମୁଁ ତୁମ ଝିଅ, ତୁମେ ମୋତେ ପାଠ ପଢ଼େଇଛ, ମଣିଷ କରିଛ, ମୁଁ ଅଫିସର ହୋଇଛି ତୁମ ପାଇଁ, ଶାଶୁ-ଶଶୁରଙ୍କ ପାଇଁ ନୁହେଁ । ଯଦି ତୁମେ ଏ ବିଷୟରେ ଶଶୁରଙ୍କୁ ଭେଟିବ, କିଛି ବି କହିବ, ତେବେ ମୁଁ ଆଉ କେବେ ଘରକୁ ଆସିବିନି ।

ବାପା କହିଲେ, ତୁ ତ ରାଗିଯାଉଛୁ !

ବାପା ବ୍ୟସ୍ତ ହୋଇପଡିଲେ । ଶ୍ରାବଣୀ କହିଲା- ତୁମେ ବ୍ୟସ୍ତ ହ'ନା । ମା' ଭଲ ହୋଇଯାଉ । ତୁମେ ଯଦି ଭାବୁଛ କ'ଣ ଦେବ, ମତେ ଦେବ, ଶଶୁରଙ୍କୁ ନୁହେଁ । ମୋ ଟଙ୍କା, ମୁଁ ତାଙ୍କ ଘରୁ ଆଣି ତୁମକୁ ଦଉନି। ମୋ ଦରମା ଟଙ୍କା ମୁଁ ଯେପରି ଖର୍ଚ୍ଚ କରିବି, ସେମାନେ କ'ଣ କହିବେ ? ତୁମେ ଏତେ ଚିନ୍ତା କରନି ।

ଶ୍ରାବଣୀ ତାଙ୍କ ଘରୁ ଅଫିସକୁ ଯିବାଆସିବା କରୁଥିଲା । ଶନିବାର ଦିନ ଅପରାହ୍ନରେ କଥାବାର୍ତ୍ତା କରୁଥିଲାବେଳେ ଶ୍ରାବଣୀ କହିଥିଲା, ସେ ରବିବାର ଦିନ ନର୍ସିଂହୋମରେ ରହିବ । ବାପା ବିଶ୍ରାମ ନେଇପାରୁନାହାନ୍ତି । ଯଦିଓ ତା' ଭାଇ ବସୁଛି, ସେ ପିଲାଲୋକ, ବାପାଙ୍କ ଭରସା ଆସୁନି । ବାପା ରାତିରେ ରହୁଛନ୍ତି, ପୁଣି ସକାଳେ ଘରକୁ ଯାଇ ନିତ୍ୟକର୍ମ ସାରି, ଜଳଖିଆ ଖାଇ ନର୍ସିଂହୋମକୁ ଚାଲିଆସୁଛନ୍ତି । ଗୌରାଙ୍ଗ ଭାବିଲା, ସନତ ଘରେ ବାରଟାବେଳେ ପହଞ୍ଚିଲେ ଚଳିବ । ସନତ ଘରକୁ ଯିବା ବାଟରେ ଆଗ ନର୍ସିଂହୋମକୁ ଯିବ । ସେ ଅପରେସନ ଦିନ ଉପସ୍ଥିତ ଥିଲା, ପରେ ଦେଖା କରିବାକୁ ଯାଇପାରି ନାହିଁ ।

ଗୌରାଙ୍ଗ ନର୍ସିଂହୋମକୁ ପଶିଲାବେଳକୁ ଦେଖିଲା ରମେଶ ବାହାରି ଯାଉଛି । ଗୌରାଙ୍ଗକୁ ଦେଖି ସେ ନମସ୍କାରଟିଏ କଲା, କିନ୍ତୁ ସେ ଗମ୍ଭୀର ଜଣାପଡୁଥିଲା । କଥାବାର୍ତ୍ତା ଆରମ୍ଭ କଲାପୂର୍ବରୁ ସେ ଚାଲିଗଲା । ଗୌରାଙ୍ଗ ନର୍ସିଂହୋମରେ ଶ୍ରାବଣୀର

ମା’ ରହୁଥିବା କେବିନ ପାଖକୁ ଗଲା । କେବିନ ଭିତରେ ଶ୍ରାବଣୀର ସାନଭାଇ ଥିଲା । କେବିନ ବାହାରେ ପଡ଼ିଥିବା ବେଞ୍ଚ ଉପରେ ବସିଥିଲା ଶ୍ରାବଣୀ, ଚିନ୍ତିତ ଜଣାପଡୁଥିଲା ।

ଗୌରାଙ୍ଗ କେବିନରେ ଶ୍ରାବଣୀର ମା’ଙ୍କୁ ଦେଖାକଲା, କଥାବାର୍ତ୍ତା କରି ଆସିଲା । ସେ ଭଲ ହୋଇ ଆସିଲେଣି, ସେଦିନ ଅପରାହ୍ନରେ ନର୍ସିଂହୋମରୁ ଘରକୁ ଫେରିବାର ଥିଲା । ତାଙ୍କୁ ଅପରେସନ୍ କରିଥିବା ଡାକ୍ତର ବାରଟା ବେଳକୁ ଆସିବେ । ଡାକ୍ତର ଦେଖିସାରିଲା ପରେ ସେମାନେ ନର୍ସିଂହୋମ ଛାଡ଼ିବେ କି ନାହିଁ ସ୍ଥିର କରିବେ । ଶ୍ରାବଣୀ ତା’ ସାନଭାଇକୁ ମା’ ପାଖରେ ରହିବାକୁ କହି ଗୌରାଙ୍ଗକୁ କହିଲା- ଆସନ୍ତୁ, କ୍ୟାଣ୍ଟିନରେ ଚା’ ପିଇବା ।

ରମେଶ ଶନିବାର ଦିନ ସଞ୍ଜରେ ଭଦ୍ରକରୁ ଆସି ଘରେ ପହଞ୍ଚିଲା ଏବଂ ଦେଖିଲା ଶ୍ରାବଣୀ ନାହିଁ । ତା’ ମା’ ଶ୍ରାବଣୀ କିପରି କାହାକୁ କିଛି ନକହି ସୁଟ୍‌କେସ ସଜାଡ଼ି, ସ୍କୁଟିରେ ସୁଟକେସ ରଖି ତା’ ବାପାଙ୍କୁ ଜଣେଇଦେବ କହି ଚାଲିଗଲା, ସବୁ ଗପିଲା । ତାକୁ ତା’ ବାପା ଜଣେଇ ନଥିଲେ । ସେ ଗୁରୁବାର ଦିନ ସକାଳୁ ଯାଇଥିଲା, ଗୋଟିଏ ଦିନ ପରେ ଆସିବ, ତେଣୁ ତା’ ବାପା ଫୋନ୍ କଲେନାହିଁ । ଫୋନ୍ କରିବାକୁ ହେଲେ ତାଙ୍କୁ ପିସିଓକୁ ଯିବାକୁ ପଡ଼ିଥାନ୍ତା । ବିଡିଓଙ୍କୁ ଫୋନ୍ କରି, ତାଙ୍କୁ ଅନୁରୋଧ କରିଥାନ୍ତେ, ରମେଶକୁ ଡାକିଦେବାକୁ, କିମ୍ବା ଖବର ଦେବାକୁ । ରମେଶ ଆଶ୍ଚର୍ଯ୍ୟ ହେଲା, ରାଗିଗଲା । ଶ୍ରାବଣୀ କେବେ ଏମିତି ଘରୁ ବାହାରିଯାଇନଥିଲା । ସେ ନର୍ସିଂହୋମରେ ପହଞ୍ଚିଲା, ଶାଶୁଙ୍କୁ ଦେଖିବା ବାହାନା । କେବିନରୁ ଆସି ବାହାରେ ଶ୍ରାବଣୀକୁ କହିଲା- ତୁମେ କେମିତି ଘରୁ ସୁଟକେସ ଧରି ବାହାରିଆସିଲ, କାହାକୁ ନକହି ? ଶ୍ରାବଣୀ କହିଲା, କାହାକୁ ନକହି ମାନେ ? ତୁମ ବାପାଙ୍କୁ ମୁଁ କହି ଆସିଛି, ତୁମ ମା’ ବସିଥିଲେ, ଆଉ କାହାକୁ କହିଥାନ୍ତି ?

ତୁମେ ମତେ କହିନଥିଲ ? ରମେଶ କହିଲା ।

ଶ୍ରାବଣୀ କହିଲା- ତୁମକୁ କେମିତି କହିଥାନ୍ତି ? ତୁମେ ତ ନଥିଲ । ତୁମେ ଯେତେବେଳେ ସକାଳୁସକାଳୁ ଭଦ୍ରକ ବାହାରିଗଲ, ତୁମେ ମତେ କହିଥିଲ ?

ରମେଶ କହିଲା- କୋଉ ଝିଅ ବାହା ହୋଇ ସାରିଲା ପରେ ଶାଶୁ-ଶଶୁରଙ୍କୁ ଛାଡ଼ି ବାପା-ମା’ଙ୍କର ସେବା କରନ୍ତି ? ସ୍ୱାମୀ ନାହିଁ, ତାକୁ ନକହି ଘରୁ ବାହାରି ଆସନ୍ତି ?

ଶ୍ରାବଣୀ ଭୀଷଣ ରାଗିଗଲା, ସେ ସ୍ଥାନ, କାଳ, ପାତ୍ର ଭୁଲିଗଲା । ଚିତ୍କାର କଲା ପରି କହିଲା, ତୁମର କୋଉ ଶତାବ୍ଦୀରେ ଜନ୍ମ ? ମୋ ବାପା ମା’ ମତେ ଜନ୍ମ ଦେଇଛନ୍ତି, ବଢ଼େଇଛନ୍ତି, ପାଠ ପଢ଼େଇଛନ୍ତି, ମଣିଷ କରିଛନ୍ତି, ମୁଁ ମୋ’ ବାପା-

ମା'ଙ୍କର ହେବିନି । ଆଉ କ'ଣ ତୁମ ବାପା-ମା'ଙ୍କର ହେବି ? ମୁଁ କ'ଣ କ୍ରିତଦାସୀ, ତୁମେ ମତେ ଖରିଦ କରିଛ ? ତୁମେ ନିଜକୁ କ'ଣ ଭାବୁଛ ?

ଶ୍ରାବଣୀର ପାଟି ଶୁଣି କେବିନ ଭିତରୁ ତା' ସାନଭାଇ ବାହାରକୁ ଚାଲିଆସିଲା । ପାଖ କେବିନର ରୋଗୀଙ୍କ ସମ୍ପର୍କୀୟ ବାହାରକୁ ଯାଉଥିଲେ ସେ ଛିଡ଼ା ହୋଇଗଲେ । ଶ୍ରାବଣୀର ଏପରି ପ୍ରତିକ୍ରିୟା ହେବ ରମେଶ ଆଶା କରୁନଥିଲା । ଘରେ, ଏତେ ବର୍ଷର ବୈବାହିକ ଜୀବନରେ କେବେ କେମିତି ଝଗଡ଼ା ହୋଇଛି, କିନ୍ତୁ ଶ୍ରାବଣୀ କେବେ ଏତେବଡ଼ ପାଟିକରି, ଧମକେଇଲା ପରି କହିନଥିଲା । ସେ ନିରବ ହୋଇଗଲା, ଶ୍ରାବଣୀର ଉଗ୍ରରୂପକୁ ଦେଖୁଥିଲା । କେତୋଟି ନିଃଶ୍ୱାସ ନେଲା ପରେ କହିଲା- ହଉହଉ ଯାହା ହେଲା ହେଲା, ଆଜି ମା' ଘରକୁ ଫେରିଯିବେ, ତୁମେ ଆଜି ଫେରିଆସିବ ।

ରମେଶ ସେଠି ଉପସ୍ଥିତ କାହାକୁ ସାମ୍‌ନା କରିବାକୁ ସାହସ କରିପାରୁନଥିଲା । କେମିତି ଶୀଘ୍ର ଚାଲିଯିବ ସେହି ଚିନ୍ତା କରୁଥିଲା । ସେତକ କହିଦେଇ ସେ ଶ୍ରାବଣୀ ସାମ୍‌ନାରୁ ଚାଲିଯାଇଥିଲା ।

ଶ୍ରାବଣୀ ପଚାରିଲା- ଜଳଖିଆ ଖାଇଛନ୍ତି ?

ଗୌରାଙ୍ଗ କହିଲା- ହଁ । ଆଜି ତ ତୁମ ମା' ଗାଁକୁ ଚାଲିଯିବେ । ତୁମେ ଆଜି ସିଡିଏ ଫେରିଯିବ ?

ଶ୍ରାବଣୀ କହିଲା- ନା । ଆଜି ନୁହେଁ । କାଲି ମୁଁ ଘରେ ଖାଇପିଇ ଅଫିସ୍‌କୁ ଯିବି, ସଞ୍ଜବେଳେ ଅଫିସ୍‌ରୁ ସିଡିଏ ଯିବି ।

ଚା' ପିଇ ସାରିଥିଲେ । ଶ୍ରାବଣୀ କହିଲା- ଆପଣ ଆସିଲେ, ଭଲ ଲାଗିଲା । ଗୌରାଙ୍ଗ ଶ୍ରାବଣୀର ହାତ ଚାପି ଧରିଲା, ଶ୍ରାବଣୀ ମୁହଁରେ ହସ ଖେଳିଗଲା ।

ସନତ ପଚାରିଲା, ଏତେ ଡେରି କ'ଣ ପାଇଁ କଲୁ ?

ଗୌରାଙ୍ଗ ପହଞ୍ଚିଲାବେଳକୁ ବାରଟା ହୋଇଯାଇଥିଲା । ସେ କହିଲା- ତୁ ତ କହିଥିଲୁ ଲଞ୍ଚକୁ ଆସିବୁ ।

ସନତ କହିଲା, ଲଞ୍ଚକୁ କହିଥିଲି ମାନେ କ'ଣ ଖାଇଦେଇ ବାସନ ଧୋଇବାକୁ ଆସିବୁ ?

ବଡ଼ଭାଇ ପୂର୍ବଦିନ ଆସିଥିଲା, ସନତ ଘରେ ଥିଲା । ଗୌରାଙ୍ଗ କହିଲା- ମୁଁ ଯଦି ଜାଣିଥାନ୍ତି, ବଡ଼ଭାଇ କାଲିଠୁ ଆସିଛି, ମୁଁ ତ ଗତକାଲି ଆସିଯାଇଥାନ୍ତି । ସେ ପିଅନ ମତେ ଯାହା କହିଥିଲା, ମୁଁ ଭାବିଥିଲି ବଡ଼ଭାଇ ଆଜି ଆସି ପହଞ୍ଚିବ । ଜଣେ ସହକର୍ମୀର ମା'ଙ୍କର ଅପରେସନ୍ ହୋଇଛି, ନର୍ସିଂହୋମ୍ ବାଟଦେଇ ଆସିଲି ।

ବଡ଼ଭାଇ ଆଲିଙ୍ଗନ କଲା । ବଡ଼ଭାଇ ଯେମିତି ଥିଲା ସେମିତି ଅଛି । ଗପ ଆରମ୍ଭ ହୋଇଗଲା କେନ୍ଦ୍ରରେ ବାଜପେୟୀ ସରକାରଙ୍କ ଠାରୁ ରାଜ୍ୟରେ ନବୀନ ସରକାରଙ୍କ ପର୍ଯ୍ୟନ୍ତ । ସ୍ନିଗ୍ଧା ଚା' ଆଣି ପହଞ୍ଚେଇଲା । ଅବଶ୍ୟ ଏଠି ସିଗାରେଟ ଟାଣିବା ମନା । ସନତ ସ୍ନିଗ୍ଧାକୁ କହିଲା- ତୁମେ ଏଠି ବସୁନ ?

ସ୍ନିଗ୍ଧା କହିଲା- ରୋଷେଇ କିଏ କରିବ ?

ଗୌରାଙ୍ଗ କହିଲା, ମୁଁ କରିଦେବି । ମୁଁ ଭଲ ରୋଷେଇ କରେ, ଅବଶ୍ୟ ଅନ୍ୟ କେହି ଏପର୍ଯ୍ୟନ୍ତ ମୋତେ ରୋଷେଇ ଉପରେ ସାର୍ଟିଫିକେଟ୍ ଦେଇନାହାନ୍ତି ।

ସ୍ନିଗ୍ଧା କହିଲା, ଜାଣେ । ତୁମେ ବସ । ମତେ ଆଉ ଅଧଘଣ୍ଟାଏ ଲାଗିବ । ମୁଁ ସାରିଦେଇ ଆସୁଛି ।

ସେମାନେ ଖାଇସାରିଥିଲେ, ସ୍ନିଗ୍ଧା ତାଙ୍କ ପାଖରେ ବସିଥିଲା । ଗପ ଚାଲିଥିଲା । ସ୍ନିଗ୍ଧା ଗୌରାଙ୍ଗଙ୍କୁ କହିଲା, ତୁମେ ବାହାସାହା ହେବ ନା ଏମିତି ଠେଙ୍ଗୁଅ ହୋଇ ବସିଥିବ ? ଯଦି କହିବ ଆମ କଲେଜରୁ ମୁଁ ତୁମ ପାଇଁ ଗୋଟେ ଠିକ୍ କରିଦେବି, ବହୁ ସୁନ୍ଦରୀ ଅଛନ୍ତି ।

ସ୍ନିଗଧା ଅଧ୍ୟାପିକା । ଗୌରାଙ୍ଗ ହସିଲା । ସନତ କହିଲା-ତତେ ଗୋଟିଏ ଝିଅ ବହୁତ ପ୍ରଶଂସା କରୁଛି ?

ବଡ଼ଭାଇ ପଚାରିଲା- କିଏ ସେହି ସୌଭାଗ୍ୟବତୀ ?

ସନତ କହିଲା- ତୁ "ମୁଖ୍ୟସ୍ରୋତ'ର ଏହି ସଂଖ୍ୟା ଦେଖିନୁ ? ଅବଶ୍ୟ ଦୁଇଦିନ ତଳେ ସେହି ସଂଖ୍ୟା ବଜାରକୁ ଯାଇଛି । ଏହି ପତ୍ରିକାର ତା'ର ପ୍ରବନ୍ଧଟିଏ ପ୍ରକାଶ ପାଇଛି, ସେଥିରେ ସେ ତୋ ନାମ ଉଲ୍ଲେଖ କରିଛି ।

ସନତ ଦୁଇଟା 'ମୁଖ୍ୟସ୍ରୋତ' ପତ୍ରିକା ଥାକରୁ ବାହାର କରି ବଡ଼ଭାଇ ଏବଂ ଗୌରାଙ୍ଗଙ୍କୁ ବଢ଼େଇ ଦେଇ କହିଲା, ସେ ସୁଜାତା ପରମାଣିକ । ଏବେ ସେ ପିଏଚ୍‌ଡି ପାଇଲା । ଚାକିରି ପାଇଁ ଚେଷ୍ଟା କରୁଛି । ଏବେ କଲେଜ ଅଧ୍ୟାପକ ପାଇଁ ବିଜ୍ଞପ୍ତି ବାହାରିଛି, ସେ ଆବେଦନ କରିଛି । ଯେହେତୁ ପିଏଚ୍‌ଡି ଅଛି ଏବଂ ତା'ର କାରିୟର ଭଲ, ଅଧ୍ୟାପନା ହୋଇଯିବ ।

ଗୌରାଙ୍ଗ ଜାଣିଲା ସନତ ମଜା କରୁଛି । ସନତ ଜାଣିନାହିଁ, ତାଙ୍କ ସଂସ୍ଥାରେ ସୁଜାତାର ପୁନର୍ନିଯୁକ୍ତିକୁ ସେ ବିରୋଧ କରିଥିଲା । ହୁଏତ ହାଇକୋର୍ଟର ନିର୍ଦ୍ଦେଶ ପରେ ସହାନୁଭୂତି ସହିତ ବିଚାର କରାଯାଇଥିଲେ, ସେ ପାଞ୍ଚଛଅ ଲକ୍ଷ ଟଙ୍କା ପାଇଥାନ୍ତା, ତାହା ବି ପାଇଲା ନାହିଁ । ସେଥିପାଇଁ ସୁଜାତା ମଧ୍ୟ ତାକୁ ଦାୟୀ କରୁଥିବ । ହାଇକୋର୍ଟ ଅର୍ଡର ପରେ ପରେ ସେ ଅଫିସ୍‌କୁ ଆସୁଥିଲା ଏବଂ ଅର୍ଥ ବିଭାଗର ଚିଠି ପହଞ୍ଚିଲା ପରେ ଦେଖିଥିଲା

ତା'ର ତାଙ୍କ ସଂସ୍ଥାରେ କିଛି ହେବାର ନାହିଁ । ସେ ଅଫିସ୍ ଆସିବା ବନ୍ଦ କରିଦେଲା । ସେହି ଘଟଣା ପରଠୁ ସୁଜାତା ତାକୁ ଥରୁଟିଏ ବି ଦେଖାକରିନାହିଁ । ଅବଶ୍ୟ ଏପରି ପରିସ୍ଥିତିରେ ଯେ କେହି ସୌଜନ୍ୟ ଭୁଲିଯିବ । ସେହି ଘଟଣା ପରଠୁ ସେ ମଧ୍ୟ ତା'ଠାରୁ ବହି ନେବାକୁ ଆସିନାହିଁ କିମ୍ବା କୌଣସି ସମ୍ପର୍କ ରଖିନାହିଁ । ଗୌରାଙ୍ଗ ଏତେ କଥା ସନତକୁ କହିଲା ନାହିଁ ।

ସନତ କହିଲା, ମୁଁ ମିଛ କହୁନି, ତା'ର ପ୍ରବନ୍ଧଟା ଦେଖିବୁ, ଭଲ ହୋଇଛି । ପ୍ରବନ୍ଧରେ ତୋର ସାହାଯ୍ୟକୁ ସ୍ୱୀକୃତି ଜଣାଇ କୃତଜ୍ଞତା ଦେଇଛି ।

ଗୌରାଙ୍ଗ ସୁଜାତାର ପ୍ରବନ୍ଧ ଦେଖିଲା । ଓଡ଼ିଶାରେ ଶିକ୍ଷା ସମ୍ବନ୍ଧରେ ସେ ଲେଖିଥିଲା । ସେ ପ୍ରବନ୍ଧ ଉପରେ ଆଖି ବୁଲାଇ ଆଣିଲା । ପ୍ରବନ୍ଧ ଶେଷରେ ବନ୍ଧନୀ ଭିତରେ ଲେଖିଥିଲା, ଏହି ପ୍ରବନ୍ଧ ପ୍ରସ୍ତୁତି ପାଇଁ ଗୌରାଙ୍ଗ ବାହୁବଳେନ୍ଦ୍ର ଯୋଗେଇଥିବା ତଥ୍ୟ ଏବଂ ତାଙ୍କର ପରାମର୍ଶ ପାଇଁ ଯଥେଷ୍ଟ କୃତଜ୍ଞତା ଜଣାଉଛି ।

ବଡ଼ଭାଇ କହିଲା- ହଉ ଠିକ୍ ଅଛି, ତୋ ଉପରେ ଯଦି ବାଡ୍ରୁଅ ପାଣି ପଡ଼ିଲା, ତେବେ ଆଗରୁ ଖବର ଦେବୁ । ମୁଁ ନିଶ୍ଚିତ ଆସିବି । ବହୁତ ବିଳମ୍ବ ହୋଇଗଲାଣି, ଆଉ ଡେରି କରନା, ନହେଲେ ଓଥରା ହୋଇ ରହିଯିବୁ ।

■

ଚଉଦ

ଦିଲ୍ଲୀରେ ଗୋଟିଏ ଟ୍ରେନିଂ ପାଇଁ ଗୌରାଙ୍ଗ ଓ ଶ୍ରାବଣୀକୁ କମିଶନର ମନୋନୀତ କରିଥିଲେ । ଗୌରାଙ୍ଗ ଆଶ୍ଚର୍ଯ୍ୟ ହୋଇଗଲା । ପରୋକ୍ଷ ଟିକସ ବ୍ୟବସ୍ଥାର ସଂସ୍କାର ଉପରେ ଏକ ସପ୍ତାହ ଟ୍ରେନିଂ, ସୋମବାରରୁ ଶୁକ୍ରବାର । ୱାର୍ଲ୍ଡ ବ୍ୟାଙ୍କ ସହାୟତାରେ ଟ୍ରେନିଂ ହେଉଥିଲା । ଉଡ଼ାଜାହାଜରେ ଯିବା ଆସିବା, ରହିବା ଓ ଖାଇବା ସବୁ ଖର୍ଚ୍ଚ ଆୟୋଜକ ବହନ କରିବେ । ଏପରି ଟ୍ରେନିଂକୁ ବରିଷ୍ଠ ଅଫିସର ପ୍ରସନ୍ନ ପାତ୍ର, ପ୍ରମୋଦ ସାହୁ କିମ୍ବା ପରମାନନ୍ଦ ଶତପଥୀକୁ ମନୋନୀତ ନକରି କିପରି ତାଙ୍କୁ ମନୋନୀତ କରାଗଲା, ଗୌରାଙ୍ଗ ବୁଝିପାରୁ ନଥିଲା । କମିଶନର ମନୋନୀତ କରିଥିଲେ ବି ଆଡିସନାଲ୍ କମିଶନର ପ୍ରସ୍ତାବ ଦେଇଥିବେ କିମ୍ବା ସେମାନଙ୍କ ଭିତରୁ କାହା ସହିତ ପରାମର୍ଶ କରି କମିଶନର ମନୋନୀତ କରିଥିବେ ।

ସୁରେନ୍ଦ୍ର ଜେନା କହିଲା- ଆପଣ ଦୁହିଁଙ୍କୁ ଏହି ସମୟରେ ଟ୍ରେନିଂରେ ପଠେଇ ଦେବାର ଗୋଟିଏ ମହତ ଉଦ୍ଦେଶ୍ୟ ଅଛି । ଏହି ସମୟରେ ଦୁଇଟି ଗୁରୁତ୍ୱପୂର୍ଣ୍ଣ ଫାଇଲ କାମ ହୋଇଯିବ । ଅବଶ୍ୟ ନିଷ୍ପତ୍ତି ନେବାର କ୍ଷମତା କମିଶନରଙ୍କର ଏବଂ ଅତିରିକ୍ତ କମିଶନର କମିଶନର ଚାହିଁବା ମୁତାବକ ଟିପ୍ପଣୀ ଦେବେ, କିନ୍ତୁ ଫାଇଲ୍‌ଟାରେ ଆପଣ ଦୁଇଜଣଙ୍କର ବିରୋଧମତ ରହିଯିବ । ସେମାନେ ତାହା ଚାହାନ୍ତି ନାହିଁ । ଦ୍ୱିତୀୟ କାରଣ ହେଲା ସେମାନେ କାହିଁକି ଶୁଷ୍କ ପାଠ ପଢ଼ିବାକୁ ଯିବେ ? ବର୍ଷର ଶେଷ ତିନିମାସ, ରୋଜଗାର ସମୟ । ଜାନୁଆରୀ ଅଧା ହେଲାଣି । କ'ଣ ମିଳିବ ପାଠପଢ଼ି ? ଗୋଟିଏ ସପ୍ତାହର ରୋଜଗାର କିଛି କମ୍ ନୁହେଁ ।

ଦୁଇଟି ଫାଇଲ୍‌ରୁ ଗୋଟିଏ ହେଲା ସ୍ୱେଚ୍ଛାସେବୀଙ୍କୁ ଚେକ୍‌ଗେଟ୍ ପ୍ରଶାସନରେ ସଂପୃକ୍ତ କରେଇବା । ଏହି ବିଷୟରେ ନୀତି ନିର୍ଦ୍ଧାରଣ କମିଟିରେ ଆଲୋଚନା ହୋଇଥିଲା । ଗୌରାଙ୍ଗ ଏହା ସପକ୍ଷରେ ନଥିଲା, ସେ ଫାଇଲ୍‌ରେ ତା'ର ସ୍ପଷ୍ଟ ମତ ଲେଖିବ । ସେଥିରେ କାହାର ସନ୍ଦେହ ନଥିଲା । ସେହି ଫାଇଲ୍ ଏପର୍ଯ୍ୟନ୍ତ ତା' ପାଖକୁ ଆସିନାହିଁ । ଦ୍ୱିତୀୟଟି ହେଲା କମ୍ପ୍ୟୁଟର କିଣା ଫାଇଲ । ବ୍ରିଟିଶ ସରକାରଙ୍କର ଡିଏଫ୍‌ଆଇଡି ସହାୟତାରେ ତାଙ୍କ ବିଭାଗ କମ୍ପ୍ୟୁଟରୀକରଣ ହେଉଥିଲା । ଡିଏଫ୍‌ଆଇଡି ଚଅଶହ କମ୍ପ୍ୟୁଟର ସଂସ୍ଥାକୁ ଦେବ । ଡିଏଫ୍‌ଆଇଡି ପରାମର୍ଶଦାତା ନିଯୁକ୍ତ କରି ତାଙ୍କର ପରାମର୍ଶରେ କମ୍ପ୍ୟୁଟର କିଣି ସଂସ୍ଥାକୁ ଯୋଗେଇଦେବା କଥା । କିନ୍ତୁ ପରମାନନ୍ଦ ଚାହୁଁଥିଲା ଡିଏଫ୍‌ଆଇଡି କମ୍ପ୍ୟୁଟର ନକିଣି ସଂସ୍ଥାକୁ ଟଙ୍କା ଦେଇଦିଅନ୍ତୁ , ସଂସ୍ଥା ଅର୍ଥାତ କମ୍ପ୍ୟୁଟର ଉପବିଭାଗ କମ୍ପ୍ୟୁଟର କିଣିବ । ସେ ଏବେ କମ୍ପ୍ୟୁଟରୀକରଣ ଦାୟିତ୍ୱରେ ଅଛି । କମ୍ପ୍ୟୁଟର କିଣାକିଣିରେ ପରମାନନ୍ଦ କମିଶନରଙ୍କ ନିକଟତର ହେବାକୁ ଚାହୁଁଥିଲା । ସେ ଜାଣିଥିଲା ଅର୍ଥମନ୍ତ୍ରୀଙ୍କ ଜ୍ୱାଇଁ ଗୋଟିଏ କମ୍ପ୍ୟୁଟର କମ୍ପାନୀରେ ଓଡ଼ିଶା ସମେତ ପୂର୍ବ ଭାରତର ମାର୍କେଟିଂ ମୁଖ୍ୟ ଅଛି । ସେ ତା' ସହିତ ଯୋଗାଯୋଗ କରିଥିଲା । ସେହି କମ୍ପାନୀରୁ କିଣାଗଲେ ଅର୍ଥମନ୍ତ୍ରୀଙ୍କ ଜ୍ୱାଇଁ ଖୁସି ହେବ । କାରଣ, ଏକାଥରକେ ଛଅଶହ କମ୍ପ୍ୟୁଟର ବିକ୍ରି ହୋଇପାରିବ । ପ୍ରତି କମ୍ପ୍ୟୁଟରରେ ଦୁଇ ହଜାର ଟଙ୍କା କମିଶନ ମିଳିପାରିବ, ଏହା ଜଣାଶୁଣା କଥା । ତେଣୁ ଛଅଶହ କମ୍ପ୍ୟୁଟର ପାଇଁ ବାର ଲକ୍ଷ ଟଙ୍କା ମିଳିବ । ଏହାର ମୁଖ୍ୟ ଭାଗ ପରମାନନ୍ଦ କମିଶନରଙ୍କୁ ଦେଇପାରିବ ଏବଂ ତାଙ୍କ ବିଶ୍ୱାସ ସେ ଫେରିପାଇବ । ଏସବୁ ହୋଇପାରିବ, ଯଦି ଡିଏଫ୍‌ଆଇଡି ନିଜେ ନକିଣି, ତାଙ୍କ ସଂସ୍ଥାକୁ କିଣିବାକୁ ଅର୍ଥ ଦେଇଦେବ ।

ଅର୍ଥମନ୍ତ୍ରୀ ରାଜ୍ୟ କ୍ୟାବିନେଟ୍‌ର ଜଣେ ପ୍ରଭାବଶାଳୀ ମନ୍ତ୍ରୀ । ସେ ନିଜକୁ ବହୁତ ଜ୍ଞାନୀ ମନେକରନ୍ତି, ବଡ଼ପାଟିରେ କୁହନ୍ତି ଏବଂ କଥାକଥାକେ ଅନ୍ୟମାନଙ୍କ ଠାରୁ ସେ ଅଧିକ ଜ୍ଞାନୀ ବୋଲି ଦାବି କରନ୍ତି । ତାଙ୍କୁ ଅଧିକାଂଶ ଅଫିସର ଡରନ୍ତି, ତାଙ୍କର ଜ୍ଞାନ ପାଇଁ ନୁହେଁ, ଅଭଦ୍ରାମି ପାଇଁ । ତାଙ୍କର ଜ୍ୱାଇଁ ତାଙ୍କ ଠାରୁ ଗୋଟିଏ ନୋଟ ଲେଖେଇ କମିଶନରଙ୍କ ପାଖକୁ ପଠାଇଦେଇଛନ୍ତି । ସେ ଗୋଟିଏ ଦେଢ଼ ପୃଷ୍ଠାର ନୋଟରେ ଲେଖିଛନ୍ତି, ଆମ ବିଭାଗର ଆବଶ୍ୟକତା ଅନୁସାରେ କମ୍ପ୍ୟୁଟର କିଣିବାକୁ ଡିଏଫ୍‌ଆଇଡିର ପ୍ରତିନିଧି ସହିତ ଆଲୋଚନା କରାଯାଉ । ସେମାନେ ନିଜେ କମ୍ପ୍ୟୁଟର ନକିଣି, ସେହି ଅର୍ଥ ଆମ ବିଭାଗକୁ ଦେଇଦିଅନ୍ତୁ । ଆମ ବିଭାଗ ତାଙ୍କର ଆବଶ୍ୟକତା ଅନୁସାରେ କମ୍ପ୍ୟୁଟର କିଣିବ ।

ପ୍ରସନ୍ନ ପାତ୍ରର ରୁମ୍‌ରେ ପରମାନନ୍ଦ ଓ ପ୍ରମୋଦ ବସି ଚା' ପିଉଥିଲେ । କ'ଣ

ଗୋଟେ କାମରେ ସୁରେନ୍ଦ୍ର ଜେନା ସେହି ସମୟରେ ଯାଇଥିଲା । କମ୍ପ୍ୟୁଟର ଫାଇଲ କଥା ଉଠିଲା । ପ୍ରସନ୍ନ ପାତ୍ର କହିଲା- ଟିକେ ରୁହନ୍ତୁ । ଦିଲ୍ଲୀରେ ଗୋଟିଏ ଟ୍ରେନିଂକୁ ଯିବାକୁ ବାହୁବଳେନ୍ଦ୍ର ଓ ଶ୍ରାବଣୀର ନାମ ଫାଇଲ୍‌ରେ ଯାଇଛି । ଟ୍ରେନିଂଟା ଆରମ୍ଭ ହେବ ସୋମବାର ଠାରୁ । ଆପଣ ଆସନ୍ତା ସପ୍ତାହରେ ଫାଇଲଟା ଦେବେ । ବାହୁବଳେନ୍ଦ୍ର ବେଶି ପଣ୍ଡିତ ଦେଖେଇହେଉଛି, ଶ୍ରାବଣୀଟା ବି ଅବାଗିଆ । ସେ ତା' ବୁଦ୍ଧିରେ ପଡ଼ିଗଲାଣି । ସରକାରୀ ଅଫିସ୍‌ରେ କାମ କଲେ କ'ଣ ଓ କିପରି କରିବାକୁ ହୁଏ ସେମାନେ ଜାଣୁନାହାନ୍ତି । କେତେବେଳେ ସେମାନେ ଫସିବେ, ଆପଣ ଦେଖିବେ । ତଥାପି ଫାଇଲଟା ଏବେ ଦିଅନ୍ତୁ ନାହିଁ, କାହିଁକି ଫାଇଲଟାରେ ଇୟାଡୁସେଆଡୁ ସେ ଲେଖିବେ । କେତେବେଳେ କୋଉ କଥା, ଅର୍ଥମନ୍ତ୍ରୀଙ୍କର ଜ୍ୱାଇଁର କମ୍ପାନୀରୁ କିଣାହେବା ମନ୍ତ୍ରୀ ଚାହାଁନ୍ତି । କେହି ରାଜନୀତିଆ ଲୋକ, ସାମ୍ବାଦିକ କେମିତି ଯଦି ଫାଇଲରେ ଏମିତି ଲେଖା ଅଛି ଜାଣିଗଲେ ଅସୁବିଧା ହେବ । କାହିଁକି ଝାମେଲାରେ ପଶିବା, ଦୁଇତିନି ଦିନ ପରେ, ସୋମବାର ଦିନ ଫାଇଲଟା ଦେବେ । ଯୋଉଥିପାଇଁ ଦୁହେଁ ମନୋନୀତ ହୋଇଥାନ୍ତୁ, ଗୌରାଙ୍ଗ ଓ ଶ୍ରାବଣୀ ସାତଦିନ ପାଇଁ ଟ୍ରେନିଂ ନେବାକୁ ସାଙ୍ଗହୋଇ ଦିଲ୍ଲୀ ଯାଇଥିବାରୁ ଖୁସିଥିଲେ ।

ଶ୍ରାବଣୀର ମା' ନର୍ସିଂହୋମରୁ ଘରକୁ ଫେରିଲା ପରଦିନ ଶ୍ରାବଣୀ ତା' ଶଶୁରଘର ସିଡିଏକୁ ଆସିଥିଲା । ସେ ଶାଶୁଘରକୁ ଫେରିଲା ଦିନରୁ ତା' ଦିନଗୁଡ଼ିକ ଭଲରେ କଟୁନଥିଲା । ଘର ଭିତରେ ଚାପା ଅସନ୍ତୋଷ ରହୁଥିଲା । ଏବେ ସମସ୍ତେ ତାକୁ ଭିନ୍ନ ଦୃଷ୍ଟିରେ ଦେଖୁଥିଲେ । ରମେଶ ଶନିବାର ଦିନ ଆସୁଥିଲା ଏବଂ ସୋମବାର ସକାଳୁ ଚାଲିଯାଉଥିଲା । ଏହି ଚାରିପ୍ରାଣୀ ଗୋଟିଏ ଘରେ, ଗୋଟିଏ ଛାତ ତଳେ ରହୁଥିଲେ, ଶ୍ରାବଣୀକୁ ଲାଗୁଥିଲା ସତେ ଯେମିତି ସେ ଅନ୍ୟମାନଙ୍କ ପାଇଁ ଅପରିଚିତ, ସମ୍ପର୍କିତ ନୁହେଁ, କେହି ତାକୁ ସେହି ଘରେ ରଖିଦେଇଛି । ବନ୍ଦୀ ଜୀବନ, ସେ ମୁକ୍ତି ଚାହୁଁଛି, କିନ୍ତୁ ମୁକୁଳିବାର କ୍ଷମତା ତା' ପାଖରେ ନାହିଁ । ଘର ଭିତରେ ଖୁବ୍ କମ୍ କଥାବାର୍ତ୍ତା ସୀମିତ ଶବ୍ଦର ବ୍ୟବହାର । ଯେମିତିକି ଯେକୌଣସି ସମୟରେ ଗୋଟିଏ ବିସ୍ଫୋରଣ ଘଟିବ ଏବଂ ସେହି ବିସ୍ଫୋରଣର ଆତଙ୍କରେ ସମସ୍ତେ ଅପେକ୍ଷାରତ ।

ବିସ୍ଫୋରଣ ଘଟିଲା, ଯାହା ଶ୍ରାବଣୀ ଆଶଙ୍କା କରୁଥିଲା । ଶନିବାର ସନ୍ଧ୍ୟାରେ ରମେଶ ଘରକୁ ଆସିଥିଲା । ସେ ପହଞ୍ଚିବା ପରେପରେ ଚା' ପିଉଥିଲା ବେଳେ ଶଶୁର କହିଲେ, ଆମ ଦକ୍ଷିଣକୂଳ ଜମି ପାଖରେ ଆମ ଜମିକୁ ଲାଗି ଜଣେ ଜମି ବିକୁଛି, ଆମେ କିଣିବା । ତୁମେ ଟଙ୍କା ଦିଅ । ଟଙ୍କା ଦେଲେ ଏହି ସପ୍ତାହରେ ରେଜେଷ୍ଟ୍ରି କରିଦେବା । ଅନ୍ୟ ଜଣେ ମଧ୍ୟ ଚାହୁଁଛି ସେହି ଜମି ଖଣ୍ଡିକ କିଣିବାକୁ ।

ଶ୍ରାବଣୀ ବାହାହୋଇ ତାଙ୍କ ଘରକୁ ଗଲାପରେ ଦୁଇଥର ଜମି କିଣାଯାଇଛି ଏବଂ ରମେଶ ଓ ସେ ଟଙ୍କା ଦେଇଛନ୍ତି । ରମେଶ ଚାହିଁଲା ଶ୍ରାବଣୀ ଆଡକୁ, ଶ୍ରାବଣୀ କହିଲା- ମୋ ପାଖରେ ଟଙ୍କା ନାହିଁ । ସୁଷମାର ବାହାଘର ଏବଂ ମୋ ମା'ର ଅପରେସନ୍ ପରେ ମୋ ପାଖରେ ଥିବା ଟଙ୍କା ଖର୍ଚ୍ଚ ହୋଇଯାଇଛି ।

ତା' ଶଶୁର କହିଲେ, ଆମେ ତ ବେଭାର ଦେଇଥିଲୁ, ତୁମେ ପୁଣି କାହିଁକି ଟଙ୍କା ଦେଉଥିଲ ?

ଶ୍ରାବଣୀ କହିଲା, ଆପଣ ବନ୍ଧୁ ହିସାବରେ ବେଭାର ପଠେଇଲେ । ମୋ ଭଉଣୀ ବାହାଘରରେ ମୁଁ ଖର୍ଚ୍ଚ କଲି ।

ଶଶୁର ରମେଶ ଆଡକୁ ଚାହିଁଲେ । ଅର୍ଥାତ୍, ରମେଶ ତା' ସ୍ତ୍ରୀ କଥା ବୁଝୁ। ସେ ବେଶି କିଛି କହିପାରିବେ ନାହିଁ । ସେ ତାଙ୍କର ଅସନ୍ତୋଷ ପ୍ରକାଶ କରିଦେଲେ। ତା' ସ୍ତ୍ରୀ ଯାହା କରିଛି ଠିକ୍ କରିନି ।

ରମେଶ କହିଲା- ତୁମେ ଟଙ୍କା ଦେଇଦେଲ, କାହାକୁ ପଚାରି ଟଙ୍କା ଦେଲ ? ମତେ ପଚାରିପାରିଥାନ୍ତ...

ଶ୍ରାବଣୀ କହିଲା- ଟଙ୍କା ଦେଇଛି ମାନେ କ'ଣ ? ମୁଁ କାହାକୁ ଟଙ୍କା ଦେଇନି, ମୁଁ ଖର୍ଚ୍ଚ କରିଛି । ମୁଁ ତୁମର କିମ୍ବା ତୁମ ଘରର ଟଙ୍କା ଖର୍ଚ୍ଚ କରିନାହିଁ । ମୋ ଭଉଣୀ ବାହାଘରରେ ମୋ ଦରମା ଟଙ୍କାରୁ ମୁଁ ଖର୍ଚ୍ଚ କରିଛି । ତୁମକୁ ପଚାରିଥାନ୍ତି କାହିଁକି ?

ରମେଶ କହିଲା- ହଁ, ତୁମେ ଅଫିସର ହୋଇଗଲ ତ, ଏପରି କହିବ । ଆମକୁ କାହିଁକି ପଚାରିବ ?

ବାହା ହେଲା ବେଳକୁ ଶ୍ରାବଣୀ ଶିକ୍ଷୟିତ୍ରୀ ଥିଲା । ସେ ଯେତେବେଳେ ଓପିଏସ୍‌ସି ବିଜ୍ଞାପିତ ଅଫିସର ଚାକିରି ପାଇଁ ଆବେଦନ କରୁଥିଲା ଏବଂ ପ୍ରସ୍ତୁତି ଆରମ୍ଭ କଲା ସେ ସମୟରେ ତା' ଶଶୁର ମନା କରୁଥିଲେ । ସେ ଆଶଙ୍କା କରୁଥିଲେ ବୋହୂ ଅଫିସର ହୋଇଗଲେ, ତାଙ୍କୁ ଖାତିର କରିବ ନାହିଁ । ତାଙ୍କ ନିୟନ୍ତ୍ରଣରୁ ବାହାରିଯିବ । ସେ ତହସିଲ ଅଫିସରେ କିରାଣୀ ଥିଲେ, ସେ ଜାଣନ୍ତି ଅଫିସରଙ୍କର ଗଉଁ, ବ୍ୟବହାର । ନିଜେ ଅଙ୍ଗେ ନିଭେଇଛନ୍ତି । ଶ୍ରାବଣୀ ଜିଦ୍ଦି ଧରିଲା ପରୀକ୍ଷା ଦେବାକୁ । ରମେଶ ମଧ୍ୟ ଆବେଦନ କରିଥିଲା । ଦୁହେଁ ସାଙ୍ଗ ହୋଇ ପ୍ରସ୍ତୁତ କରୁଥିଲେ । ଶ୍ରାବଣୀ ପରୀକ୍ଷାରେ କୃତକାର୍ଯ୍ୟ ହେଲା, କିନ୍ତୁ ରମେଶ କଟିଗଲା । ପରବର୍ଷ ମଧ୍ୟ ରମେଶ ପରୀକ୍ଷା ଦେଲା, ଅସଫଳ ହୋଇଥିଲା ।

ଶ୍ରାବଣୀ କହିଲା, ତୁମେ ସେମିତି ଭାବୁଛ । ମୁଁ ତୁମକୁ କେବେ ସେପରି ବ୍ୟବହାର କରିନାହିଁ । କହିପାରିବ ନାହିଁ, ମୁଁ କେବେ ଅସମ୍ମାନ କରିଛି । ନିଜ ଦରମା ଟଙ୍କା ଖର୍ଚ୍ଚ କରିବାରେ, ଅଫିସର-ଅଧସ୍ତନ ଏପରି କିଛି ସମ୍ପର୍କ ନାହିଁ । ମୁଁ

ଅଫିସର ହୋଇନଥିଲେ ବି, ଶିକ୍ଷକତା କରୁଥିଲେ ମଧ୍ୟ ମୋ ଦରମା ଟଙ୍କାରୁ ମୁଁ ଖର୍ଚ୍ଚ କରିଥାନ୍ତି । ଯଦି ଚାକିରି କରିନଥାନ୍ତି, ତେବେ ମୁଁ ମୋ ଭଉଣୀ ବାହାଘରକୁ ଖର୍ଚ୍ଚ କରିବାକୁ ତୁମକୁ କେବେ ଟଙ୍କା ମାଗିନଥାନ୍ତି ।

ଶାଶୁ ବସିଥିଲେ । ବୋହୂର ଜବାବ ସେ ସହିପାରିଲେ ନାହିଁ । ଶଶୁର ଶାଶୁଙ୍କୁ ଡରନ୍ତି । ଶାଶୁଙ୍କ ସହିତ କେବେ ଯୁକ୍ତିକରନ୍ତି ନାହିଁ । ସେ କହିଲେ- ଆମେ କ'ଣ ପାଇଁ ବାହାଘର କରିଥିଲୁ ? ଆମର ଯୌତୁକ ଡିମାଣ୍ଡ ନଥିଲା, ତୋ ବାପା ବି କିଛି ଦେଇନଥିଲେ । ତେବେ କ'ଣ ଆମେ ତୋ ଗୋରାଚମକୁ ଦେଖି ପୁଅ ବାହାଘର କରିଥିଲୁ ?

ଶ୍ରାବଣୀ ରାଗିଗଲା, ନିଜ ନିୟନ୍ତ୍ରଣ ହରାଇ ବସିଲା । କହିଲା- କି ନୀଚ ପ୍ରକୃତି ତୁମର ! ମୁଁ ତୁମ ପୁଅ ପଛରେ ଗୋଡ଼େଇ ବାହାହୋଇନଥିଲି । ତୁମେ କ'ଣ ଭାବୁଛ ଝିଅଗୁଡ଼ାକ ଗୃହପାଳିତ ପଶୁ, ଗାଈଟିଏ କିଣି ଆଣିଛ । ଗାଈକୁ ଖୁଣ୍ଟିରେ ବାନ୍ଧି ରଖିଛ, ଦୁଗ୍ଧ ଦୁହିଁ ପିଉଥିବ ?

ଶ୍ରାବଣୀ ଉଠି ଆସିଲା ସେମାନଙ୍କ ପାଖରୁ । ନିଜ ରୁମକୁ ଚାଲିଗଲା । ଶାଶୁ ପାଟି କଲେ, ଦେଖ ବୋହୂ ମତେ ନୀଚ କହିଲା । ତୁମେମାନେ ବସିଛ, ମୋ ଗେରସ୍ତ ମୋ ପୁଅ, ତୁମମାନଙ୍କ ଆଗରେ ବୋହୂ କହୁଛି । ତୁମେମାନେ କିଛି କହୁନ, ତାମସା ଦେଖୁଛ । ମୁଁ ଏ ଘରେ ରହିବି ନାହିଁ । ମୁଁ ଗାଁକୁ ଚାଲିଯିବି । ଗୋଟେ ନୀଚଲୋକ କେମିତି ଏ ଘରେ ରହିବ ।

ଶାଶୁ ଭେଁ କରି କାନ୍ଦିଲେ। ସେଇଟା ତାଙ୍କର ଗୋଟେ ବଡ଼ ଅସ୍ତ୍ର । ଆଗରୁ ଯଦି ସ୍ୱାମୀ କିମ୍ବା ଶଶୁର କେବେ କୋଉକଥାରେ କ'ଣ କହିଦେବେ, ସେ ସେମିତି ଭେଁ କରି କାନ୍ଦିବେ । ବାପ ଓ ପୁଅ ନିରବରେ ବସିଥିଲେ । ସେମାନେ ଭାବିନଥିଲେ ଶ୍ରାବଣୀ ଏମିତି ଜବାବ ଦେବ । ଶ୍ରାବଣୀ ତା' ରୁମ୍‌ରେ କିଛି ସମୟ ବସିଲା, ପାଣି ପିଇଲା । ରୋଷେଇ ଘରକୁ ଗଲା ରାତିଖିଆ ରୋଷେଇ କରିବାକୁ । ଯନ୍ତ୍ରଟିଏ ପରି ସେ ପରିବା କାଟିଲା, ସନ୍ତୁଳା କଲା । ଅଟା ଦଳିଲା, ରୁଟି ବେଲିଲା, ରୁଟି ସେକିଲା । ରୋଷେଇ ସାରି ସେ ଡାଇନିଂ ଟେବୁଲ ଉପରେ ରଖିଦେଲା । ଶାଶୁ ଏବେ ସୁଁ ସୁଁ ହେଉଥିଲେ । ତାଙ୍କର ବକବକ ହେବା ବନ୍ଦ ହୋଇନଥିଲା, ଶୁଣେଇଶୁଣେଇ ସେ ଶଶୁରଙ୍କୁ କହୁଥିଲା, ଟିହାଉଥିଲା । ଶଶୁର ସୋଫାରୁ ଉଠି ଶାଶୁଙ୍କ ପାଖକୁ ଭୟରେ ଯାଉନଥିଲେ । ସେ ଜାଣିଥିଲେ, ଶାଶୁ ପାଖକୁ ଗଲେ, ଶାଶୁ ପାଟି କରିବାକୁ, ବକିବାକୁ, ତାଙ୍କର ଅସନ୍ତୋଷ ପ୍ରକାଶ କରିବାକୁ ଲୋକଟାକୁ ପାଇଯିବେ । ରମେଶ ଚାଲିଯାଇଥିଲା ବାହାରକୁ, ବୁଲାବୁଲି କରିବାକୁ, ନିଜ ବାପା-ମା', ଶ୍ରାବଣୀ ଓ ଅସନ୍ତୋଷ ଠାରୁ ଦୂରେଇ ରହିବାକୁ ।

ଡାଇନିଂ ଟେବୁଲ ଉପରେ ରୁଟି, ସନ୍ତୁଳା ଥୋଇଦେଇ ଶ୍ରାବଣୀ ନିଜ ରୁମ୍‌କୁ

ଚାଲିଗଲା । ରାଗରେ ତା' ଦେହ ଜଳୁଥିଲା, ମୁଣ୍ଡ ତାତି ଯାଇଥିଲା । ରୋଷେଇ ଘରେ ଧୁଆଧୋଇ, ପରିବାକଟା, ରୁଟିବେଲା କିମ୍ବା ରୁଟି ସେକିବାରେ ବି ତା' ଦେହ ଓ ମୁଣ୍ଡର ତାତି କମୁନଥିଲା । ସେ ପରଦିନ ଦିଲ୍ଲୀ ଯିବାକୁ ସୁଟକେସ୍ ସଜାଡ଼ିଲା । ସାତଦିନ ପାଇଁ ଯାହାଯାହା ଦରକାର ସେ ରଖିଲା । ସୁଟକେସ୍ ସଜାଡ଼ି ସାରି ଲାଇଟ ଲିଭେଇ ସେ ଶୋଇବାକୁ ଚେଷ୍ଟା କଲା । କଲିଂ ବେଲ୍ ଶବ୍ଦ ହେଲା । ତା' ଶଶୁର କବାଟ ଖୋଲିଲେ। ରମେଶ ବୁଲାବୁଲି କରି ଫେରିଲା । ଡାଇନିଂ ଟେବୁଲ ଉପରେ ଖଡ଼ଖଡ଼ ଶବ୍ଦ ହେଲା । ସେ ଜାଣିଲା ତା' ବାପା-ମା' ଓ ପୁଅ ଖାଇବାକୁ ବସିଲେ । ସେମାନେ ଶ୍ରାବଣୀକୁ ଖାଇବାକୁ ଡାକିଲେ ନାହିଁ ।

ଶ୍ରାବଣୀକୁ ନିଦ ଆସୁନଥିଲା। ସେ ଚିନ୍ତା କରୁଥିଲା ତା' ପିଲାଦିନ ପାଠପଢ଼ା, ତା ମାମୁଘର ଗାଁର ସେହି ପ୍ରେମିକ, ନନ୍ଦନକାନନ, ତା' ବାହାଘର, ଉଦୟଗିରି, ଗୌରାଙ୍ଗ । ତା'ର ଚିନ୍ତାଧାରା ସେହି ଗୌରାଙ୍ଗ ପାଖରେ ଅଟକି ଯାଉଥିଲା । ଗୌରାଙ୍ଗ ସହିତ କ୍ୟାଣ୍ଟିନରେ ଖାଇବା, ଉଦୟଗିରିରେ ବୁଲିବା, ହଠାତ୍ ବର୍ଷା, ଗୁମ୍ଫାରେ ଗୌରାଙ୍ଗ ତା' ହାତକୁ ଧରିବା, ନର୍ସିଂହୋମରେ ଗୌରାଙ୍ଗର ଉପସ୍ଥିତି । ଏମିତି ଭାବୁଭାବୁ କେତେବେଳେ ତାକୁ ନିଦ ଆସିଯାଇଥିଲା । ସେ ଗୋଟେ ଭୟଙ୍କର ସ୍ୱପ୍ନ ଦେଖିଲା ।

ସେ ଘର ଭିତରେ ଶୋଇଛି, କଳାଧୂଆଁରେ ଶ୍ୱାସରୁଦ୍ଧ ହୋଇଯାଉଛି, ତା' ନିଦ ଭାଙ୍ଗିଯାଉଛି । କବାଟ ବାହାରପଟୁ ବନ୍ଦ, ଝରକା ବି ଖୋଲୁନି । କବାଟ ସନ୍ଧି ଦେଇ କଳାଧୂଆଁ ପଶିଆସୁଛି । ଅନ୍ଧାରରେ ଅଣ୍ଡାଳି ଅଣ୍ଡାଳି ସେ ସୁଇଚ ଚିପୁଛି, ବତି ଜଳୁନାହିଁ । ସେ ଚିତ୍କାର କରୁଛି, କିନ୍ତୁ କେହି ଶୁଣୁନାହାନ୍ତି । ତା'ର ନିଦ ଭାଙ୍ଗିଗଲା ।

ଜାନୁଆରୀ ମାସ ଶୀତରେ ବି ତା' ଦେହରେ ଝାଳ । ସେ ସୁଇଚ୍ ଚିପିଲା, ବତି ଜଳାଇଲା । ସେ ଶୋଇଲାବେଳେ କବାଟ ବନ୍ଦ କରିନଥିଲା । ଦ୍ୱାର ଖୋଲାଥିଲା । ତା'ରୁମ୍ ବାହାରକୁ ଆସଲା, ଦେଖିଲା ଡାଇନିଂ ଟେବୁଲ ଉପରେ ଡେକ୍‌ଚି, ପ୍ଲେଟ ସବୁ ପଡ଼ିଛି । ରମେଶ ସୋଫାରେ ଶୋଇଯାଇଛି । ସେ ପାଣି ପିଇଲା, ଆଲୁଅ ଲିଭେଇ ଶୋଇବାକୁ ଚେଷ୍ଟା କଲା । କିନ୍ତୁ ନିଦ ହେଲାନି । ସାଢ଼େ ଚାରିଟା ପର୍ଯ୍ୟନ୍ତ ବିଛଣାରେ ଗଡ଼ି ଗଡ଼ି ସେ ଉଠିଲା ।

ତା'ର ଅଭ୍ୟାସ, ଯନ୍ତ୍ରପରି ସେ ଡାଇନିଂ ଟେବୁଲ ସଫା କଲା । ରୁଟି ଓ ସନ୍ତୁଳା ବାପା ମା' ଓ ପୁଅ ଖାଇଦେଇଥିଲେ, ତା' ପାଇଁ ରୁଟି ଦୁଇପଟ ଓ ସନ୍ତୁଳା ରଖିଦେଇଥିଲେ । ସେ ସେହି ଦୁଇପଟ ରୁଟି ଓ ସନ୍ତୁଳାକୁ ଫିଙ୍ଗିଦେଲା । ଡାଇନିଂ ଟେବୁଲ ସଫାକଲା, ଡେକ୍‌ଚି, ବାସନ ମାଜି ସଫାକଲା ଏବଂ ନିଜେ ଚା' କରି ପିଇଲା । ତା' ଶାଶୁ-ଶଶୁର ଉଠିନଥିଲେ। ଖଡ଼ଖଡ଼ ଶବ୍ଦରେ ରମେଶ ଉଠିଗଲା ଏବଂ

ସକାଳୁ ସକାଳୁ ସେ ବାହାରକୁ ବୁଲି ଚାଲିଗଲା । ଶ୍ରାବଣୀ ଘରଦ୍ୱାର ସଫା କଲା । ନିଜେ ଗାଧୋଇ ପିନ୍ଧାପିନ୍ଧି କରି ଅଫିସ୍ ଗାଡ଼ିକୁ ଅପେକ୍ଷା କରିଥିଲା । ଶାଶୁ-ଶଶୁର ନିତ୍ୟକର୍ମ ସାରିଥିଲେ । ଶଶୁର ନିଜେ ଚା' କଲେ । ରମେଶ ବୁଲାବୁଲି ସାରି ଫେରିଲା । ଶଶୁର-ଶାଶୁ ଓ ରମେଶକୁ ଚା' ଦେଇ ନିଜେ ପିଇଲେ । ସାଢ଼େ ଆଠଟା ବେଳକୁ ଅଫିସ୍ ଗାଡ଼ି ଆସିଲା । ତାକୁ ନେଇ ଗାଡ଼ି ଗୌରାଙ୍ଗ ସାର୍‌ଙ୍କ ଘରେ ପହଞ୍ଚିବ ଏବଂ ଦୁହେଁ ଏୟାରପୋର୍ଟ ଯିବେ । ଏଗାରଟା ପଇଁଚାଳିଶରେ ଫ୍ଲାଇଟ୍, ସେମାନଙ୍କୁ ସାଢ଼େ ଦଶ- ସାଢ଼େ ଦଶଟା ପଇଁଚାଳିଶ ସୁଦ୍ଧା ପହଞ୍ଚିବାକୁ ହେବ । ସେ ସୁଟକେଶ ଧରି ଗାଡ଼ିରେ ବସିଲା । ସେମାନେ ଜାଣିଥିଲେ ସେ ଦିଲ୍ଲୀ ଯାଉଛି, ତା'ର ଗୋଟିଏ ସପ୍ତାହ ଟ୍ରେନିଂ ଅଛି । ସେ ସେମାନଙ୍କୁ କିଛି କହିଲା ନାହିଁ କିମ୍ବା ତାଙ୍କ ଭିତରୁ କେହି ଶ୍ରାବଣୀକୁ କିଛି କହିଲେ ନାହିଁ ।

ଶ୍ରାବଣୀ ଜିନ୍ ପେଣ୍ଟ ପିନ୍ଧିଥିଲା, ଜିନ୍ ପେଣ୍ଟ ସହିତ ଗୋଲାପୀ ରଙ୍ଗର କୁର୍ତ୍ତୀ । ତା'ର ସଳଖ ଦେହ, ସୁଗଠିତ ଅଙ୍ଗସୌଠବ । ଲମ୍ବା ଗହଳ କେଶକୁ କାଟି ଦେଇଥିଲା। ପଡୁଥିଲା ତା' କାନ୍ଧ ଉପରେ । ଏବେ ସେ ଗୋଟିଏ ରବର ବ୍ୟାଣ୍ଡରେ କେଶକୁ ପଛପଟେ ବାନ୍ଧି ଦେଇଥିଲା, ତା'ର ଗ୍ରୀବା ସ୍ପଷ୍ଟ, ପରିଚ୍ଛନ୍ନ ଓ ଲମ୍ବ ଲାଗୁଥିଲା । କେମିତି ଗୋଟେ ବେଖାତିର ଭାବ, ଦୁନିଆ ଯାହା ଭାବୁଛି ଭାବୁ, ମୋ ଇଚ୍ଛାରେ ମୁଁ ବଞ୍ଚିବି, ମତେ ଯାହା ଭଲ ଲାଗିବ ମୁଁ କରିବି, ହଠାତ୍ ଦେଖିଦେଲେ ସେମିତି ସେ ଲାଗୁଥିଲା । ଗୌରାଙ୍ଗ ଶ୍ରାବଣୀର ମୁହଁକୁ ଦେଖି ଜାଣିପାରୁଥିଲା ଶ୍ରାବଣୀର ଘରେ ଝଗଡ଼ା ହୋଇଥିବ । ଶ୍ରାବଣୀ ରାଗିଥିଲେ, ମନଦୁଃଖ କରିଥିଲେ କିମ୍ବା ଖୁସିଥିଲେ, ଗୌରାଙ୍ଗ ଜାଣିପାରେ । ଶ୍ରାବଣୀ କୁହେ, କେବଳ ଆପଣ ଜାଣିପାରନ୍ତି, ଆଉ କେହି ନୁହେଁ, ଏପରିକି ତା'ର ସ୍ୱାମୀ ମଧ୍ୟ ଜାଣିପାରେ ନାହିଁ ।

ଏୟାରପୋର୍ଟରେ ପହଞ୍ଚିଲେ, ଡ୍ରାଇଭର ଫେରିଆସିଲା । ବୋର୍ଡିଂ ପାସ୍ ନେଇ ଫ୍ଲାଇଟ ଛାଡିବା ଅଞ୍ଚଳକୁ ପଶିଲେ । ଫ୍ଲାଇଟ୍ ପଇଁଚାଳିଶ ମିନିଟ ବିଳମ୍ବ ଥିଲା । ଶ୍ରାବଣୀ କହିଲା, କ'ଣ ଟିକେ ଜଳଖିଆ କରିବା । ଗୌରାଙ୍ଗ ପଚାରିଲା, ସକାଳେ କିଛି ଖାଇ ଆସିନ ବୋଧହୁଏ ? ଶ୍ରାବଣୀ କହିଲା, ଗତ ରାତିରେ ମଧ୍ୟ ମୁଁ କିଛି ଖାଇନଥିଲି ।

ଏୟାରପୋର୍ଟ କ୍ୟାଣ୍ଟିନରୁ ଗୌରାଙ୍ଗ ଶ୍ରାବଣୀ ପାଇଁ ସାଣ୍ଡୱିଚ୍ ଓ କଫି ଏବଂ ନିଜ ପାଇଁ କଫି ଆଣିଲା । ଗୌରାଙ୍ଗ ପଚାରିଲା- ପୁଣି କ'ଣ ହେଲା ? ଶ୍ରାବଣୀ କହିଲା- କାହିଁକି ଶୁଣି ମନଟା ଭାରାକ୍ରାନ୍ତ କରିବେ ? ଏକବିଂଶ ଶତାବ୍ଦୀରେ ପାଦଦେଲେ କ'ଣ ହେବ, ଲୋକେ ତ ତଥାପି ଭାବୁଛନ୍ତି ଝିଅ ହେଉଛନ୍ତି ବିକ୍ରିଯୋଗ୍ୟ ସମ୍ପତ୍ତି, ମଣିଷ ନୁହେଁ, ଗୃହପାଳିତ ପଶୁ ।

ଶ୍ରାବଣୀ ସାଣ୍ଡୱିଚ୍ ଖାଇସାରି ପାଣି ପିଇଲା ଏବଂ କଫି ପିଇବାକୁ ଆରମ୍ଭ କଲା । ରାସ୍ତାକଡ଼ ଗଛର ପତ୍ରରେ ଧୂଳିର ଆସ୍ତରଣ ଜମିଯାଇଥିଲା ପରି ତା'ମୁହଁରେ ରାଗ, ଅଭିମାନ, ବିରକ୍ତିର ଏକ ଆବରଣ ଥିଲା ପରି ସେ ଦିଶୁଥିଲା । କଥା ବଦଳେଇବାକୁ, ତା'ର ଶାଶୁ-ଶଶୁର ସ୍ୱାମୀଙ୍କ ଚିନ୍ତାରୁ ତାକୁ ବାହାର କରିଆଣିବାକୁ ଗୌରାଙ୍ଗ କହିଲା- ତୁମକୁ ଜିନ୍ ପେଣ୍ଟକୁ ଏହି ଗୋଲାପୀ କୁର୍ତ୍ତୀଟା ଭଲ ମାନୁଛି । ମୁଁ ତୁମକୁ ଭେଟିଲା ଦିନରୁ ତୁମେ ଜିନ୍ ପିନ୍ଧିବା କେବେ ଦେଖିନଥିଲି ।

ଶ୍ରାବଣୀ କହିଲା- ଏହି ଜିନ୍‌ଟା ମୋ ବାହାଘର ପୂର୍ବରୁ କିଣା ହୋଇଥିଲା, ବାହାଘର ପୂର୍ବରୁ ମୁଁ ପିନ୍ଧୁଥିଲି । ଶିକ୍ଷକତା କରୁଥିଲାବେଳେ ଶାଢ଼ି ପିନ୍ଧୁଥିଲି, କିନ୍ତୁ ଛୁଟିଦିନରେ ବେଳେବେଳେ ପିନ୍ଧି କିଣାକିଣି କରିବାକୁ କିମ୍ବା ବୁଲାବୁଲି କରିବାକୁ ଯାଉଥିଲି । ବାହାଘର ପରେ ମୋ' ଶାଶୁଘର ଲୋକେ ସାଲୱାର କୁର୍ତ୍ତା ବି ପିନ୍ଧିବାକୁ ପସନ୍ଦ କରୁନଥିଲେ । ଅଫିସର ହେଲା ପରେ ଡ୍ରେସ୍ ପିନ୍ଧିଲି । ମୋ' ଜିନ୍ ସେମିତି ଥିଲା । ଆଜି ଜାଣିଜାଣି ଜିନ୍ ପେଣ୍ଟ ପିନ୍ଧି ଆସିଲି । ଆସିଲା ବେଳେ ଶାଶୁ-ଶଶୁର ବସିଥିଲେ, ଯିଏ ଯାହା ଭାବିଲେ ଭାବନ୍ତୁ, ମୁଁ ଏବେ ଅନ୍ୟକୁ ସନ୍ତୁଷ୍ଟ କରିବାକୁ ଯାଇ ନିଜକୁ କଷ୍ଟ ଦେବିନି । ମତେ ଯାହା ଭଲ ଲାଗିବ, ମୁଁ କରିବି ।

ଶ୍ରାବଣୀ ହସିଦେଲା, ସେ ଦିନର ପ୍ରଥମ ହସ । ମେଘାଚ୍ଛାଦିତ ଆକାଶର ବାଦଲ ଅପସରି ଗଲେ ଜହ୍ନ ଦିଶିଲା ପରି ତା' ମୁହଁ ଝଟକିଲା ।

ଟ୍ରେନିଂ ପାଇଁ ବିଭିନ୍ନ ରାଜ୍ୟରୁ ଆସିଥିବା ଅଫିସରମାନଙ୍କୁ ହୋଟେଲରେ ରହିବାର ବନ୍ଦୋବସ୍ତ କରାଯାଇଥିଲା । ସକାଳ ଜଳଖିଆ ଏବଂ ରାତିଖିଆ ସେମାନେ ହୋଟେଲରେ କରୁଥିଲେ ଏବଂ ମଧ୍ୟାହ୍ନ ଭୋଜନ ଇନ୍‌ଷ୍ଟିଚ୍ୟୁଟ୍‌ରେ । ସବୁଦିନ ସକାଳ ନ'ଟା ବେଳକୁ ବସ୍ ଆସୁଥିଲା, ସେମାନେ ଟ୍ରେନିଂ ଇନ୍‌ଷ୍ଟିଚ୍ୟୁଟ୍‌କୁ ଯାଉଥିଲେ ଏବଂ ପାଞ୍ଚଟା ବେଳକୁ ବସ୍ ଛାଡ଼ି ଦେଉଥିଲା। ଗୋଟିଏ ହୋଟେଲରେ, ଗୌରାଙ୍ଗ ରୁମ୍ ଠାରୁ ତିନିଟା ରୁମ୍ ଛାଡ଼ି ଚତୁର୍ଥ ରୁମ୍‌ରେ ଶ୍ରାବଣୀକୁ ରୁମ୍ ମିଳିଥିଲା । ଶ୍ରାବଣୀ ମନରେ ଚିନ୍ତା ରହୁଥିଲା, ଯାହା ଯାହା ଘଟିଗଲା, ତା ବୈବାହିକ ଜୀବନରେ ପ୍ରଥମ । ତଥାପି ଏପରି ଦିନେ ଘଟିବ ବୋଲି ସେ ଜାଣିଥିଲା, ଆଶଙ୍କା କରୁଥିଲା । ଏହାପରେ, ଟ୍ରେନିଂରୁ ଫେରିବା ପରେ ସେ କ'ଣ କରିବ, ତା' ବାପା ମା' କିପରି ଗ୍ରହଣ କରିବେ ସେ ଚିନ୍ତା କରୁନଥିଲା । ଟ୍ରେନିଂକୁ ପନ୍ଦରଟି ରାଜ୍ୟର ତିରିଶ ଜଣ ଅଫିସର ଆସିଥିଲେ । ଅନ୍ୟ ରାଜ୍ୟର ଅଫିସରଙ୍କ ସହ ମିଶିବାର ସୁଯୋଗ ଶ୍ରାବଣୀର ପ୍ରଥମ । ସିକିମ, ଜାମ୍ମୁ ଓ କାଶ୍ମୀର, କର୍ଣ୍ଣାଟକରୁ ମହିଳା ଅଫିସର ଆସିଥିଲେ । ସେମାନେ ଗୋଟିଏ ଗ୍ରୁପ୍ କରିଦେଇଥିଲେ ।

ମଧ୍ୟାହ୍ନଭୋଜନ ବେଳେ ପଞ୍ଜାବର ଅଫିସର କୁନ୍ଦନ ଲାଲ ଜିନ୍ଦଲ ନିଜର

ପରିଚୟ ଦେଇ ଗୌରାଙ୍ଗଙ୍କୁ ପଚାରିଲା- ଆପଣ ଓଡ଼ିଶାରୁ ଆସିଛନ୍ତି, ଆପଣ ସୁରେଶ ଚୋପ୍ରାଙ୍କୁ ଜାଣନ୍ତି ? ସେ ମୋର ବନ୍ଧୁ, ଓଡ଼ିଶା କ୍ୟାଡରର ଆଇଏଏସ୍ ଅଫିସର ।

ଗୌରାଙ୍ଗ କହିଲା- ହଁ, ତାଙ୍କୁ ଭେଟିଛି ମଧ୍ୟ । ସେ ମୋର ଜଣେ ବନ୍ଧୁ ଅଜୟର ଘନିଷ୍ଠ ବନ୍ଧୁ ।

ପ୍ରଫେସର ଅଜୟ ? ଆପଣଙ୍କ ବନ୍ଧୁ ! ହି ଇଜ୍ ଆନ୍ ୱଣ୍ଡରଫୁଲ୍ ଫ୍ରେଣ୍ଡ ଅଫ୍ ମାଇନ୍ । ମୁଁ ଚଣ୍ଡିଗଡ଼ ଆସିଲେ ତା' ସହିତ ଦେଖାହୁଏ । ଗତକାଲି ତ ମୁଁ ଭେଟିଥିଲି ।

ଅଜୟ ଗପୁଡି, ମିଶାଣିଆ ପ୍ରକୃତିର । ବହୁତ ପଢ଼ାପଢ଼ି କରେ, ଭଲ ଗପିପାରେ । ତା'ସହିତ ଯିଏ ସାଙ୍ଗ ହୁଅନ୍ତି, ସେମାନେ ତାକୁ ଛାଡ଼ିପାରନ୍ତି ନାହିଁ । କୁନ୍ଦନ ଓ ଗୌରାଙ୍ଗ ଅଜୟ ସମ୍ପର୍କରେ ଗପିଲେ । କିଛିଦିନ ପୂର୍ବରୁ ଅଜୟ କଟକ ଆସିଥିଲା, କୁନ୍ଦନ ବି ଜାଣିଥିଲା । କୁନ୍ଦନ କହଲା- ତୁମେ ଅଜୟର ସାଙ୍ଗ । ଆଜି ଆମେ ସନ୍ଧ୍ୟାରେ ବସିବା, ମୁଁ ଆଜି ତୁମକୁ ଦାରୁ ପିଲେଇବି ।

ଗୌରାଙ୍ଗ ମଝିରେ ମଝିରେ ସାଙ୍ଗ ସାଥିଙ୍କ ସହିତ ମଦ ପିଏ, କିନ୍ତୁ ଆଜି ତା'ର ମଦ ପିଇବାକୁ ଇଚ୍ଛା ନଥିଲା । ଶ୍ରାବଣୀକୁ ଛାଡ଼ି ଯିବାକୁ ସେ ଚାହୁଁନଥିଲା । ସେ କହିଲା, ମୁଁ ପିଏ ନାହିଁ । ଆଜି ଟିକେ ଆମେ କିଣାକିଣି କରିବାକୁ ଯିବୁ, ଗତକାଲି ଯାଇପାରି ନଥିଲୁ ।

କେମିତି ଯିବ ? ପଚାରିଲା କୁନ୍ଦନ ।

ଅଟୋ ରିକ୍ସାରେ । ଗୌରାଙ୍ଗ କହିଲା ।

କୁନ୍ଦନ କହିଲା, ତୁମ ପାଇଁ ମୁଁ ଗୋଟିଏ ଗାଡ଼ି ଯୋଗାଡ଼ କରିଦେଉଛି । ତୁମେ ଏଠି ଥିଲା ପର୍ଯ୍ୟନ୍ତ ସବୁଦିନ ସନ୍ଧ୍ୟା ଛଅଟା ବେଳକୁ ଗାଡ଼ି ହୋଟେଲରେ ପହଞ୍ଚିବ, ତୁମେ ଗଲାଦିନ ତୁମକୁ ଗାଡ଼ି ଏୟାରପୋର୍ଟରେ ଛାଡ଼ିବ । ତୁମେ ପ୍ରଫେସର ଅଜୟର ବନ୍ଧୁ, ପୁଣି ଏତେ ଘନିଷ୍ଠ । ମୁଁ ଲୁଧିଆନାର ଡେପୁଟି କମିସନର, ଲୁଧିଆନାରେ ବହୁତ ଇଣ୍ଡଷ୍ଟ୍ରି ଅଛି, ପ୍ରାୟ ସବୁ ଇଣ୍ଡଷ୍ଟ୍ରିର ଅଫିସ, ଗେଷ୍ଟ ହାଉସ ଦିଲ୍ଲୀରେ ଅଛି ।

କୁନ୍ଦନ ଇନଷ୍ଟିଚ୍ୟୁଟ ଅଫିସ୍‌ରୁ ଫୋନ୍ କଲା । ଟ୍ରେନିଂ ସରିବା ପରେ ସେମାନେ ବସ୍‌ରେ ହୋଟେଲରେ ପହଞ୍ଚି, ଧୁଆଧୁଇ ହୋଇ ଲବିକୁ ଆସିଲା ବେଳକୁ କାର୍ ପହଞ୍ଚି ଯାଇଥିଲା ।

ଶ୍ରାବଣୀ ପ୍ରଥମ ଥର ପାଇଁ ଦିଲ୍ଲୀ ଯାଇଥିଲା । ସେ ଓଡ଼ିଶା ବାହାରକୁ ବେଶି ଯାଇନଥିଲା । ବାହାହେବା ପୂର୍ବରୁ ଥରେ ମାତ୍ର କଲିକତା ବାପା ମା'ଙ୍କ ସାଙ୍ଗରେ ଯାଇଥିଲା । ବାହାଘର ପରେ ସେମାନେ କୁଆଡ଼େ ବୁଲି ଯାଇନଥିଲେ । ଶାଶୁଘର

ଲୋକ ଲୋଭୀ, କେବଳ ଜମିକିଣା । ଗୌରାଙ୍ଗ ଓ ସେ ସରୋଜିନୀ ମାର୍କେଟରେ ଦେଖିଲେ ଗୋଟିଏ ଜାଗାରେ ସେକେଣ୍ଡହ୍ୟାଣ୍ଡ, ପୁରୁଣା ବହି କମ୍ ଦାମ୍‌ରେ ବିକ୍ରି ହେଉଥିଲା । ଗୌରାଙ୍ଗ ସେଠି ବଛାବଛି କରି ଦୁଇଟା ବହି କିଣିଲା । ଶ୍ରାବଣୀ ତା' ବାପା ପାଇଁ ଜାମା, ମା' ପାଇଁ ଲୁଗା ଏବଂ ସାନଭାଇ ପାଇଁ ଟି-ସାର୍ଟ କିଣିଲା । ସେ ଆହୁରି ବୁଲିବାକୁ ଚାହୁଁଥିଲା । ଗୌରାଙ୍ଗ କହିଲା, ଗାଡ଼ି ଗୋଟିଏ ତ ଆମ ପାଖରେ ଅଛି, କାଲି କନ୍ନଟ ପ୍ଲେସ୍ ଯିବା । ଏକାଦିନରେ ସବୁ କିଣ ନାହିଁ ।

ଶ୍ରାବଣୀ ହସିଲା- ଗୌରାଙ୍ଗ ତା' ହାତ ଧରିଲା । ଶ୍ରାବଣୀ ପୁଲକିତ ହେଉଥିଲା । ଭାବୁଥିଲା, ଗୌରାଙ୍ଗ ଏମିତି ତା'ର ହାତ ଧରିଥାଉ ।

ଦୁହେଁ ହୋଟେଲରେ ପହଞ୍ଚିଲେ । ପେଣ୍ଟଜାମା ନ ବଦଳେଇ, ରୁମ୍‌ରେ ଜିନିଷ ରଖିଦେଇ ରାତିଖିଆ ଖାଇବାକୁ ରେଷ୍ଟୋରାଁକୁ ଗଲେ । ଶ୍ରାବଣୀ ଖୁସି ଥିଲା, ସେ ତା' ଶାଶୁଘର ଘଟଣା ବା ଦୁର୍ଘଟଣା ଭୁଲିଯାଇଥିଲା । ସେ ତା' ପିଲାଦିନ, ପଢ଼ିବା ସମୟ କଥା ଗପୁଥିଲା । କହୁଥିଲା- ତା' ବୁଢ଼ୀମା' ପିଲାଦିନେ ସେ ଛୋଟଥିଲାବେଳେ କୃଷ୍ଣଙ୍କ କାହାଣୀ କହୁଥିଲେ, ଗୋପପୁର, ମଥୁରା ବିଜୟ, କଂସ ବଧ । ସେ ପିଲାଦନେ ବୁଢ଼ୀମା' ଠାରୁ କାହାଣୀ ଶୁଣିଶୁଣି କୃଷ୍ଣଙ୍କୁ ପ୍ରେମ କରୁଥିଲା । ସେ ଅଷ୍ଟମ ଶ୍ରେଣୀରେ ପଢୁଥିଲାବେଳେ ତାଙ୍କ ଗାଁକୁ ଯାତ୍ରାପାର୍ଟି ଆସିଥିଲା । ସେମାନେ ଗୋଟିଏ ପୌରାଣିକ ବହି କରୁଥିଲେ, ସେଥିରେ ସେଦିନ ରାତିରେ କୃଷ୍ଣ ଭୂମିକାରେ ଅଭିନୟ କରୁଥିବା ପିଲାକୁ ସେ ଭଲପାଇ ବସିଲା । କିନ୍ତୁ ପରଦିନ ଦିନବେଳେ ଦେଖିଲା, ସେହି ପିଲାଟି ଝିଅଙ୍କ ପରି ଚୁଟି ରଖିଥିଲା, ଚୁଟିକୁ ମୁଣ୍ଡ ଉପରେ ସର୍ଦ୍ଦାରଜୀ ବାନ୍ଧିଲା ପରି ବାନ୍ଧି ଦେଇଥିଲା ଏବଂ ବିଡି ଟାଣୁଥିଲା । ତାକୁ ଦେଖିଦେଇ ବିରକ୍ତ ହୋଇଥିଲା ।

ଦୁହେଁ ଖାଇସାରି ରୁମ୍‌କୁ ଆସିଲେ । ଶ୍ରାବଣୀ ସଙ୍ଗ ଛାଡ଼ିବାକୁ ଚାହୁଁ ନଥିଲା, ତା'ର ଗପିବାକୁ ଇଚ୍ଛା ହେଉଥିଲା । କହିଲା, ଆପଣ ଏବେ କ'ଣ କରିବେ ? ଆସୁନାହାନ୍ତି, କିଛି ସମୟ ଗପିବା, ଆପଣ ତ ଡେରିରେ ଶୁଅନ୍ତି । ଏବେ କ'ଣ ରୁମ୍‌କୁ ଯାଇ ପଢ଼ିବେ ?

ଗୌରାଙ୍ଗ କହିଲା- ମୁଁ ରୁମ୍‌ରୁ ଧୁଆଧୁଇ ହୋଇ ପେଣ୍ଟସାର୍ଟ ବଦଳେଇ ଆସୁଛି ।

ଗୌରାଙ୍ଗ ଶ୍ରାବଣୀ ରୁମ୍‌କୁ ଗଲାବେଳକୁ ଶ୍ରାବଣୀ ବାଥରୁମ୍‌କୁ ଆସି ଗୋଟିଏ ଗୋଲାପୀ ରଙ୍ଗର ଛିଟ ମେକ୍‌ସି ପିନ୍ଧିଥିଲା । ତା'ର ଅଲମ୍ବ ଗହଳ କେଶକୁ ମୁକ୍ତ ଛାଡ଼ି ଦେଇଥିଲା । ସେ ସତେଜ ଦିଶୁଥିଲା । ଗୌରାଙ୍ଗ ଦେଖିଲା, ଡ୍ରେସିଂ ଟେବୁଲର ଥାକରେ ଗୋଟିଏ ଛୋଟ କୃଷ୍ଣଙ୍କ ବନ୍ଧେଇ ଫଟୋ ପାଖରେ ଶ୍ରାବଣୀ ଧୂପ

ଲଗେଇଥିଲା । ଘରେ ଏକ ପବିତ୍ର ସୁଗନ୍ଧ ଖେଳିଯାଇଥିଲା । ବୋଧହୁଏ ଶ୍ରାବଣୀ ଯୁଆଡ଼େ ଯାଏ ଛୋଟ ବନ୍ଧେଇ କୃଷ୍ଣଙ୍କ ଫଟୋ ସାଙ୍ଗରେ ନେଇଥାଏ । ରୁମ୍‌ର ଥିବା ସୋଫାର ବେଞ୍ଚର କଡ଼କୁ ସେ ବସିଥିଲା, ତା' ପାଖ ସୋଫାରେ ଚୌକିରେ ବସିଥିଲା ଶ୍ରାବଣୀ । ଗୌରାଙ୍ଗକୁ ଲାଗୁଥିଲା, ସେ ଯେମିତି ସ୍ୱପ୍ନ ଦେଖୁଛି, ସ୍ୱପ୍ନର ରାଜ୍ୟରେ ବସିଛି । ସେ ଶ୍ରାବଣୀକୁ କହିଲା, ତୁମର ମତେ ଗୋଟିଏ ଚୁମା ଦେବାର ଥିଲା, ତୁମଠୁ ଆଜି ମୁଁ ସେହି ଚୁମା ନେଇଯାଉଛି । ସେ ଶ୍ରାବଣୀ ପାଖକୁ ଗଲା, ତା'ର କେସ୍ ଟେକିଦେଇ କାନତଳକୁ ଚୁମା ଦେଇ ଚୁପିଚୁପି କହିଲା, ମୁଁ ତୁମକୁ ଭଲପାଏ, ଜୀବନ ଥିବା ପର୍ଯ୍ୟନ୍ତ ମୁଁ ତୁମକୁ ଭଲ ପାଉଥିବି ।

ଶ୍ରାବଣୀକୁ ହାଲୁକା ଲାଗିଲା, ଲାଗୁଥିଲା ଯେମିତିକି ସେ ଓଜନ ହରେଇଦଉଛି । ସେ ଉଡ଼ିଉଡ଼ି ଯାଉଥିଲା ସୋଫାରୁ ଖଟକୁ । ଆଲୁଅ ଲିଭିଯାଇଥିଲା । ନିଃଶବ୍ଦ ହୋଇଯାଉଥିଲା ପରିବେଶ । ସୋଫା, ଖଟ, କବ୍‌ବୋର୍ଡ, ଲାଇଟ୍, ଷ୍ଟୁଲ୍, ଶ୍ରାବଣୀ ଓ ଗୌରାଙ୍ଗ ସମସ୍ତେ ଅଦୃଶ୍ୟ ହୋଇଯାଉଥିଲେ । କେବଳ ଶୁଭୁଥିଲା ଉତପ୍ତ ନିଃଶ୍ୱାସର କ୍ଷୀଣ ଶବ୍ଦ, ଉଷୁମ ଲାଗୁଥିଲା ତା'ର ଗାଲ, ବେକ, କାନମୂଳ । ତାକୁ ନିଦ ଆସିଯାଇଥିଲା । ସକାଳୁ ଗୌରାଙ୍ଗ ନିଜ ରୁମ୍‌କୁ ଯାଇଥିଲା ।

ଟ୍ରେନିଂ ସରିଗଲା । କୁନ୍ଦନ ଯୋଗାଡ଼ କରିଥିବା ଗାଡ଼ିରେ ଦୁହେଁ ଏୟାରପୋର୍ଟ ଆସିଲେ । ବୋର୍ଡିଂ ପାସ୍ କରିଦେଇ ଦୁହେଁ ଭୁବନେଶ୍ୱର ଫ୍ଲାଇଟ୍‌କୁ ଅପେକ୍ଷା କରିଥିଲେ । ଶ୍ରାବଣୀ କହିଲା- ବାହାଘରର ଏହି ପାଞ୍ଚଛଅ ବର୍ଷ ହେଲା ମତେ ଲାଗୁଥିଲା ଯେମିତିକି ମୁଁ ମୋ ସ୍ୱାମୀଙ୍କ ଦ୍ୱାରା ବଳାତ୍କାରର ଶିକାର ହେଉଛି । ଏହି ପାଞ୍ଚଦିନ ମତେ ଲାଗୁଛି ମୋ' ଜୀବନର ସବୁଠୁ ସୁଖଦିନ । ଜୀବନରେ ଆଉ କେବେ ପ୍ରେମ ନପାଇଲେ ବି ଏହି ପାଞ୍ଚଦିନର ସ୍ମୃତି ଗୋଟିଏ ଜୀବନ କାଟିଦେବାକୁ ମୋ' ପାଇଁ ଯଥେଷ୍ଟ ହେବ ।

ଗୌରାଙ୍ଗ କହିଲା- ତୁମେ ତୁମ ସ୍ୱାମୀକୁ ଛାଡ଼ପତ୍ର ଦେଇଦିଅ, ଆମେ ବାହା ହୋଇଯିବା ।

ଶ୍ରାବଣୀ କିଛି କହିଲା ନାହିଁ । ଭୁବନେଶ୍ୱର ଏୟାରପୋର୍ଟକୁ ସେମାନଙ୍କୁ ନେବାକୁ ଅଫିସ୍ ଗାଡ଼ି ଆସିଥିଲା । ଗୌରାଙ୍ଗ ଡ୍ରାଇଭରକୁ କହିଲା, ଆମେ ମାଡାମ୍‌ଙ୍କୁ ସିଡିଏରେ ତାଙ୍କ ଘରେ ଛାଡିଦେଇ, ଆମ ଘରକୁ ଯିବା ।

ଶ୍ରାବଣୀ କହିଲା- ନା, ଆପଣଙ୍କୁ ଆଗ ଛାଡ଼ିଦେଉ । ମୁଁ ଶାଶୁଘରକୁ ଯିବି ନାହିଁ, ଆମ ଘରକୁ ଯିବି । ମତେ ସେ ଗାଁରେ ଛାଡ଼ିଦେବ ।

■

ପନ୍ଦର

ସାରା ଅଫିସ୍‌ରେ ଚର୍ଚ୍ଚା ହେଉଥିଲା, କେହି କିଛି କାମ କରୁନଥିଲେ, ଏହି ବିଷୟରେ ଚର୍ଚ୍ଚା କରୁଥିଲେ । ତାଙ୍କ ସଂସ୍ଥା ବିରୋଧରେ ଦୁର୍ନୀତି ଅଭିଯୋଗ ଆସିଥିଲା, ବିଧାନସଭାରେ ଦୁଇଜଣ ବିଧାୟକ ପ୍ରଶ୍ନ ପଚାରିଲେ । ଆଇନ ଉଲ୍ଲଙ୍ଘନ କରି ଚେକ୍‌ଗେଟ୍‌ରେ ସ୍ୱେଚ୍ଛାସେବୀ ମୁତୟନ ଏବଂ ସେଥିରେ ମୋଟାଅଙ୍କର ଅର୍ଥ କାରବାର, ଦ୍ୱିତୀୟ କମ୍ପ୍ୟୁଟର କିଣାରେ ଦୁର୍ନୀତି । ଏହି ଦୁଇଟି ବିଷୟ ଉପରେ ଦୁଇଟି ପୃଥକ ପ୍ରଶ୍ନ ପଚାରିଥିଲେ ଦୁଇଜଣ ବିଧାୟକ । ଅର୍ଥମନ୍ତ୍ରୀ ବିଧାନସଭାରେ ଉତ୍ତର ରଖିବେ । ଏହି ଦୁଇଟି ପ୍ରଶ୍ନର ଉତ୍ତର ପ୍ରସ୍ତୁତ କରିବାକୁ ଅର୍ଥ ବିଭାଗକୁ କମିଶନରଙ୍କ ପାଖକୁ ଚିଠି ଆସିଥିଲା ।

ପ୍ରାୟ ସବୁ ବିଧାନସଭା ଅଧିବେଶନରେ ତାଙ୍କ ସଂସ୍ଥା ଉପରେ ବିଧାନସଭାରେ ପ୍ରଶ୍ନ ଉଠେ, କିନ୍ତୁ ଅଧସ୍ତନ କ୍ଷେତ୍ର ଅଫିସ୍ ବିରୋଧରେ, କିମ୍ବା ଚେକ୍‌ଗେଟ୍‌ରେ ଦୁର୍ନୀତିକୁ ନେଇ । କେବେ ମୁଖ୍ୟ ଦପ୍ତର ଓ କମିଶନରଙ୍କ ବିରୋଧରେ ପ୍ରଶ୍ନ ବିଧାନସଭାରେ ଉଠିନଥିଲା, ପୁଣି ଦୁର୍ନୀତି ପ୍ରସଙ୍ଗରେ । ଏହା ଥିଲା ପ୍ରଥମ ।

ତିନି ଆଡିସନାଲ କମିଶନର ସନ୍ଦେହ କରୁଥିଲେ ଗୌରାଙ୍ଗଙ୍କୁ । ଅନ୍ୟମାନେ ମଧ୍ୟ ସେମାନଙ୍କୁ ବିଶ୍ୱାସ କରୁଥିଲେ । ସେମାନେ ଜାଣନ୍ତି ନୀତି ନିର୍ଦ୍ଧାରଣ କମିଟିର ବୈଠକରେ ସ୍ୱେଚ୍ଛାସେବୀ ମୁତୟନକୁ ସେ ବିରୋଧ କରିଥିଲା ଏବଂ ଡିଏଫ୍‌ଆଇଡି ନିଜେ କମ୍ପ୍ୟୁଟର କିଣି ସଂସ୍ଥାକୁ ଯୋଗେଇଦେବା ପରିବର୍ତ୍ତେ ଡିଏଫ୍‌ଆଇଡି ଅର୍ଥ ସଂସ୍ଥାକୁ ଦେବା ଏବଂ ସଂସ୍ଥା କମ୍ପ୍ୟୁଟର କିଣିବା ସପକ୍ଷରେ ସେ ନଥିଲା । କଥା ପ୍ରସଙ୍ଗରେ ଅଫିସ୍ ଭିତରେ ସେ

ତା'ର ମତବ୍ୟକ୍ତ କୋଉଠି କୋଉଠି କରିଥିଲା । ସମସ୍ତେ ଜାଣନ୍ତି । ସେମାନେ ସନ୍ଦେହ କରୁଥିଲେ, ବିଧାୟକଙ୍କୁ କହି ଗୌରାଙ୍ଗ ପ୍ରଶ୍ନ କରେଇଥିବ । 'ମୁଖ୍ୟସ୍ରୋତ' ପତ୍ରିକାରେ କମ୍ପ୍ୟୁଟର କିଣା ସମ୍ପର୍କରେ ଗୋଟିଏ ବଡ଼ ରିପୋର୍ଟ ବାହାରିଛି ଏବଂ ଏହି ସମ୍ପର୍କରେ ପ୍ରଶ୍ନ ପଚାରିଥିବା ବିଧାୟକ 'ମୁଖ୍ୟସ୍ରୋତ' ରିପୋର୍ଟକୁ ତାଙ୍କ ପ୍ରଶ୍ନରେ ଉଲ୍ଲେଖ କରିଛନ୍ତି । 'ମୁଖ୍ୟସ୍ରୋତ' ପତ୍ରିକାର ସମ୍ପାଦକ ଓ ପ୍ରକାଶକ ଗୌରାଙ୍ଗର ବନ୍ଧୁ । ଗୌରାଙ୍ଗ ବିରୋଧରେ ବଳିଷ୍ଠ ପ୍ରମାଣ । ସେ ହିଁ କରେଇଛି, କରେଇଥିବ, ତା' ବ୍ୟତୀତ ଅନ୍ୟ କେହି କରିପାରିବେ ନାହିଁ । କାହାର ସାହସ ମଧ୍ୟ ନାହିଁ ।

ସୁରେନ୍ଦ୍ର ଜେନା ଗୌରାଙ୍ଗ ରୁମ୍‌କୁ ଆସିଲା । ସାମନା ଚୌକିରେ ବସି କହିଲା, ସବୁଥିରେ ଗୋଟେ ସୀମା ଅଛି । କାହାକଥା ସେମାନେ ଶୁଣିବେନି, ନିଜ ସ୍ୱାର୍ଥରେ ଅନ୍ଧ । ଏବେ ବୁଝନ୍ତୁ, ସମ୍ଭାଳନ୍ତୁ ।

ସୁରେନ୍ଦ୍ର ଜେନା ଭାବୁଥିଲା, ଯାହା ଅନ୍ୟମାନେ ମଧ୍ୟ ଭାବୁଥିଲେ, ଗୌରାଙ୍ଗ ବିଧାନସଭାରେ ପ୍ରଶ୍ନ କରାଇଛି । କାହାଠାରୁ ସେମାନେ ମଧ୍ୟ ଜାଣିଥିଲେ 'ମୁଖ୍ୟସ୍ରୋତ'ର ସମ୍ପାଦକ ଗୌରାଙ୍ଗର ବନ୍ଧୁ । 'ମୁଖ୍ୟସ୍ରୋତ' ସମ୍ପାଦକରେ ଗୋଟିଏ ସ୍ୱେଚ୍ଛାସେବୀ ସଂଗଠନ ଅଛି, ଏବଂ ସେ ଗୋଟିଏ ପତ୍ରିକାର ସମ୍ପାଦକ ହୋଇଥିବାରୁ ତା'ର ବିଧାୟକ ଓ ମନ୍ତ୍ରୀମାନଙ୍କ ସହିତ ସୁସମ୍ପର୍କ ଅଛି । ସୁରେନ୍ଦ୍ର ଜେନା ଭାବୁଥିଲା, ବିଧାନସଭାରେ ପ୍ରଶ୍ନ ହୋଇଛି ଜାଣି ଗୌରାଙ୍ଗ ଖୁସି ହେବ । ସେଥିପାଇଁ ସେ ଅଫିସରେ ପହଞ୍ଚୁପହଞ୍ଚୁ ଗୌରାଙ୍ଗର ରୁମ୍‌କୁ ଆସିଯାଇଥିଲା । ଯୋଉ 'ମୁଖ୍ୟସ୍ରୋତ' ସଂଖ୍ୟାରେ କମ୍ପ୍ୟୁଟର କିଣା ଦୁର୍ନୀତି ସମ୍ପର୍କରେ ରିପୋର୍ଟ ବାହାରିଥିଲା, ସେହି 'ମୁଖ୍ୟସ୍ରୋତ' ସଂଖ୍ୟାଟି ଗୌରାଙ୍ଗ ପାଖରେ ନଥିଲା । ସେ ସୁରେନ୍ଦ୍ର ଜେନାକୁ ପଚାରିଲା- ଆପଣଙ୍କ ପାଖରେ ସେହି 'ମୁଖ୍ୟସ୍ରୋତ' ପତ୍ରିକାଟି ଅଛି ?

ସୁରେନ୍ଦ୍ର ଜେନା କହିଲା- ନା, ମୁଁ ଦେଖିନାହିଁ ।

ଗୌରାଙ୍ଗ ପଚାରିଲା- ଆଉ କାହା ପାଖରେ ଅଛି ?

ସୁରେନ୍ଦ୍ର ଜେନା କହିଲା- ନା, ମୁଁ କାହା ପାଖରେ ଦେଖିନାହିଁ । ପ୍ରମୋଦ ସାହୁ ପାଖରେ ଥିବ, ସେ ବିଧାନସଭାର ପ୍ରଶ୍ନ ପାଇଁ ଉତ୍ତର ପ୍ରସ୍ତୁତ କରୁଥିଲା । ସେ ପତ୍ରିକା ଖଣ୍ଡେ ଯୋଗାଡ଼ କରିଥିବ ।

'ମୁଖ୍ୟସ୍ରୋତ'ରେ କ'ଣ ବାହାରିଛି କେହି ପଢ଼ିନାହାନ୍ତି । ନିୟମ ଅନୁସାରେ ହେଉ କିମ୍ବା ବେନିୟମ ଯଦି କିଛି ଯୋଜନା ହେଲା ଏବଂ ତାହା ସୁରୁଖୁରୁରେ ହୋଇଗଲା, ସେହି ବିଷୟରେ କିଛି ଆଲୋଚନା ହେବନାହିଁ । ସଫଳ ହେଲେ ଶ୍ରେୟ ଯିବ ସଂସ୍ଥାର ମୁଖ୍ୟକୁ । କିନ୍ତୁ ଯଦି କିଛି ସମସ୍ୟା ଉପୁଜିଲା, ଅସୁବିଧା ହେଲା,

ଦୋଷ ଦିଆଯିବ, କିନ୍ତୁ ଦୋଷ ସଂସ୍ଥାର ମୁଖ୍ୟଙ୍କୁ ଦିଆଯିବନି । ଦୋଷ ଦେବାକୁ ଲୋକ ଖୋଜାଯିବ, ଏହି କ୍ଷେତ୍ରରେ ସବିଶେଷ କିଛି ନଜାଣି, କେବଳ ସନ୍ଦେହରେ ଗୌରାଙ୍ଗଙ୍କୁ ପାଇଛନ୍ତି ଏବଂ ଦୋଷ ଦେଉଛନ୍ତି । ଗୌରାଙ୍ଗ ପିଅନକୁ ଡାକି ଟଙ୍କା ଦେଇ ବଜାରରୁ ଗୋଟିଏ 'ମୁଖ୍ୟସ୍ରୋତ' ପତ୍ରିକା ଆଣିବାକୁ କହିଲା ।

ଗୌରାଙ୍ଗ ଓ ଶ୍ରାବଣୀ ଟ୍ରେନିଂ ଯାଇଥିବା ସମୟରେ ଫାଇଲ କାମ ହୋଇଥିଲା । ଚେକ୍‌ଗେଟ୍‌ରେ ସ୍ୱେଚ୍ଛାସେବୀ ମୁତୟନ ପ୍ରସ୍ତାବକୁ କମିଶନର ଅନୁମୋଦନ କରିଥିଲେ ଏବଂ ଡିଏଫ୍‌ଆଇଡିର ଓଡ଼ିଶା ପ୍ରତିନିଧି ସହିତ ମନ୍ତ୍ରୀଙ୍କ ପ୍ରସ୍ତାବ ଉପରେ ଆଲୋଚନା କରିବାକୁ ପରମାନନ୍ଦଙ୍କୁ କମିଶନର ଫାଇଲରେ ମଧ୍ୟ ନିର୍ଦ୍ଦେଶ ଦେଇଥିଲେ ଏବଂ ନିଜେ ମଧ୍ୟ ମନ୍ତ୍ରୀଙ୍କ ନୋଟକୁ ଉଦ୍ଧୃତ କରି ମନ୍ତ୍ରୀ ଚାହୁଁଛନ୍ତି ବୋଲି ପ୍ରତିନିଧିଙ୍କୁ କହିଥିଲେ ।

ସ୍ୱେଚ୍ଛାସେବୀଙ୍କୁ ଟ୍ରେନିଂ ଦେବା ବାବଦରେ ଗୋଟିଏ ଆଧ୍ୟାତ୍ମିକ ସଂସ୍ଥାକୁ ଦଶ ଲକ୍ଷ ଟଙ୍କା ଦିଆଯାଇଥିଲା । ସେହି ଆଧ୍ୟାତ୍ମିକ ସଂସ୍ଥାର ନାମ କେହି ଶୁଣିନଥିଲେ । ସୁରେନ୍ଦ୍ର ଜେନା କହୁଥିଲା, ଯୋଉସବୁ ସ୍ୱେଚ୍ଛାସେବୀଙ୍କର ଦସ୍ତଖତର ନକଲ ଆସିଛି, ଜଣାପଡୁଛି, ତିନିଚାରି ଜଣ ଲୋକ, ବାଁ, ଡାହାଣ ହାତରେ ଦସ୍ତଖତ କରିଛନ୍ତି । ସୁରେନ୍ଦ୍ର ଜେନାର ଘୋର ସନ୍ଦେହ ଥିଲା, ସେହି ସଂସ୍ଥାର ନାମରେ ପ୍ରମୋଦ ସାହୁ ଟଙ୍କା ନେଇଛି ଏବଂ ସେଥିରୁ ସିଂହଭାଗ କମିଶନରଙ୍କୁ ଦେଇଛି ।

ସ୍ୱେଚ୍ଛାସେବୀ ମୁତୟନ ଫଳରେ ଚେକ୍‌ଗେଟ୍‌ରେ ସମସ୍ୟା ହୋଇଥିଲା । ସ୍ଥାନୀୟ ଅଞ୍ଚଳ, ମୁଖ୍ୟତଃ ଚେକ୍‌ଗେଟ ପାଖ ଗାଁର ଲୋକଙ୍କୁ ସ୍ୱେଚ୍ଛାସେବୀ କରାଯାଇଥିଲା । ସେହି ସେଛାସେବୀମାନେ ଏବେ ଚେକ୍‌ଗେଟ ଅଫିସ୍ ଭିତରକୁ ପଶିବାକୁ ଏବଂ ବେଳେବେଳେ ଚେକ୍‌ଗେଟ କାମରେ ହସ୍ତକ୍ଷେପ କରିବାକୁ ସ୍ୱୀକୃତି ପାଇଗଲେ । ସେମାନେ ମାସିକ ଭତ୍ତା ନେଉଥିଲେ, କିନ୍ତୁ ସେଥିରେ ସନ୍ତୁଷ୍ଟ ନଥିଲେ । ଚେକ୍‌ଗେଟ୍‌ର ଲାଞ୍ଚ କାରବାର ବିଷୟରେ ସେମାନେ ଶୁଣୁଥିଲେ, ଏବେ ସେମାନେ ପ୍ରତ୍ୟକ୍ଷ କରୁଥିଲେ । ଉଦ୍ଦେଶ୍ୟ ଥିଲା, ଲାଞ୍ଚ ନେବା କିମ୍ବା ଦେବାରୁ ନିବୃତ୍ତ ରହିବାକୁ ବୁଝେଇବା, କିନ୍ତୁ ବାସ୍ତବରେ ସେମାନେ ଏହି ଅନୌପଚାରିକ ଆୟରୁ ଗୋଟିଏ ଭାଗ ନେବାକୁ ଚାହିଁଲେ । ଯେହେତୁ ସେମାନେ କମିଶନରଙ୍କ ଦ୍ୱାରା ନିଯୁକ୍ତ ଏବଂ ସେମାନଙ୍କର ଠିକା ଅସ୍ଥାୟୀ କାମ, ସେମାନେ ସରକାରୀ କର୍ମଚାରୀଙ୍କ ପରି ଶୃଙ୍ଖଳିତ ନୁହନ୍ତି । ଚେକ୍‌ଗେଟର କର୍ମଚାରୀ ତାଙ୍କୁ ଭୟ କରୁଥିଲେ ଏବଂ ତାଙ୍କର ଅନୌପଚାରିକ ଆୟରୁ କିଛି ସେମାନଙ୍କୁ ଦେଇ ସନ୍ତୁଷ୍ଟ ରଖିବାକୁ ବାଧ୍ୟ ହେଉଥିଲେ ।

ଚେକ୍‌ଗେଟର ପାଖ ଗାଁମାନଙ୍କରୁ ସ୍ୱେଚ୍ଛାସେବୀ ମୁତୟନ ହୋଇଥିଲା । ସେହି

ଗାଁମାନଙ୍କର ସମସ୍ତ ବେକାର ଯୁବକଙ୍କୁ ମୁତୟନ କରିବା ସମ୍ଭବ ନଥିଲା। ଯେଉଁମାନେ ସ୍ୱେଚ୍ଛାସେବୀ ହୋଇପାରିନଥିଲେ, ସେମାନେ ସ୍ୱେଚ୍ଛାସେବୀ ହେବାକୁ ଦାବି କଲେ। ସେମାନେ ତାଙ୍କର ଦାବି ଚେକ୍‌ଗେଟ ଅଫିସରଙ୍କୁ ଜଣାଇଲେ, ଚେକ୍‌ଗେଟ ଅଫିସର କହିଲେ, ଆମେ କିଛି କରିପାରିବୁ ନାହିଁ, ତୁମେ ହେଡ୍‌ଅଫିସ୍‌କୁ ଯାଅ।

ଯୋଉ ବେକାର ଯୁବକମାନେ ସେଚ୍ଛାସେବୀ ହେବାକୁ ଆଶାୟୀ ଥିଲେ ଏବଂ ହୋଇପାରୁନଥିଲେ ସେମାନେ ମୁଖ୍ୟମନ୍ତ୍ରୀ, ଅର୍ଥମନ୍ତ୍ରୀ, ଅର୍ଥ ସଚିବ ଓ କମିଶନରଙ୍କୁ ଅଭିଯୋଗପତ୍ର ପଠେଇଲେ। ସେମାନଙ୍କର ଅଭିଯୋଗ, ସ୍ୱେଚ୍ଛାସେବୀ ମୁତୟନରେ ଅନିୟମିତତା, ସ୍ୱେଚ୍ଛାସେବୀଙ୍କର ଦୁର୍ନୀତି, ଚେକ୍‌ଗେଟରେ ଲାଞ୍ଚ କାରବାର ଇତ୍ୟାଦି। ଚେକ୍‌ଗେଟର କର୍ମଚାରୀ ଓ ଅଫିସର ମଧ୍ୟ ଅତିଷ୍ଠ ହୋଇଯାଇଥିଲେ। ଗୌରାଙ୍ଗ ସନ୍ଦେହ କରୁଥିଲା, ଚେକ୍‌ଗେଟ୍‌ର କର୍ମଚାରୀ ଅନ୍ୟ ବେକାରମାନଙ୍କୁ ସରକାରଙ୍କ ପାଖରେ ଅଭିଯୋଗ କରିବାକୁ ପ୍ରୋତ୍ସାହନ ଦେଇଥିବେ ଏବଂ ସେହିମାନଙ୍କ ମାଧ୍ୟମରେ ଏମ୍‌ଏଲଏଙ୍କୁ କହି ବିଧାନସଭାରେ ପ୍ରଶ୍ନ ଉଠେଇଥିବେ।

ଏହି ପ୍ରଶ୍ନର ଉତ୍ତରରେ ବିଧାନସଭାରେ ଅର୍ଥମନ୍ତ୍ରୀ କହିଲେ, ସ୍ଥାନୀୟ ଅଞ୍ଚଳରୁ ବେକାର ଯୁବକଙ୍କୁ ସ୍ୱେଚ୍ଛାସେବୀ ମୁତୟନ କରିବାର ଉଦ୍ଦେଶ୍ୟ ଥିଲା, କର ପ୍ରଶାସନରେ ସାଧାରଣ ଲୋକଙ୍କୁ ସଂପୃକ୍ତ କରାଇ ସେମାନଙ୍କୁ ଭାଗିଦାରୀ କରିବା ଏବଂ ବେକାର ଯୁବକଙ୍କୁ ସାମୟିକ କାମ ଯୋଗାଇଦେବା। ଦୁର୍ନୀତି ହେଉଥିବାର ନିର୍ଦ୍ଦିଷ୍ଟ ଅଭିଯୋଗ ଆମ ପାଖରେ ନାହିଁ। ସରକାର ସ୍ୱେଚ୍ଛାସେବୀ ମୁତୟନ ଏବଂ ଏଠାର କାର୍ଯ୍ୟକାରିତାକୁ ସମୀକ୍ଷା କରିବ ଏବଂ ଆବଶ୍ୟକୀୟ ପଦକ୍ଷେପ ନେବ।

ଅର୍ଥମନ୍ତ୍ରୀ ଅହଂକାରୀ। ସେ ଭାବନ୍ତି ସେ ଜଣେ ଜ୍ଞାନୀ, ଗୁଣୀ ଲୋକ ପ୍ରତିନିଧି। ଏକାଧିକ ମନ୍ତ୍ରିମଣ୍ଡଳରେ ସେ ମନ୍ତ୍ରୀ ରହିଛନ୍ତି, ଜଣେ ପୁରୁଖା ରାଜନେତା। ମୁଖ୍ୟମନ୍ତ୍ରୀଙ୍କ ପରେ ସେ ହେଉଛନ୍ତି ସବୁଠୁ କ୍ଷମତାସମ୍ପନ୍ନ ମନ୍ତ୍ରୀ। ତାଙ୍କର ମନ ଭିତରେ ଗୋଟେ ଭାବନା ଥାଏ, ତାଙ୍କ ପାଣ୍ଡିତ୍ୟକୁ ପ୍ରକୃତ ସ୍ୱୀକୃତି ମିଳୁନି, ଅନ୍ୟମାନେ ବିଶେଷତଃ ବରିଷ୍ଠ ଅଫସର, ଆଇଏଏସ୍ ଅଫିସରମାନେ ତାଙ୍କୁ ଅନ୍ୟ ରାଜନେତା ଓ ମନ୍ତ୍ରୀ ପରି ବିଚାରୁଛନ୍ତି, ଯଦିଓ ସେ ଅନ୍ୟ ରାଜନେତା ଓ ମନ୍ତ୍ରୀଙ୍କଠାରୁ ଅଧିକ ପଣ୍ଡିତ ଓ ଜ୍ଞାନୀ ମନେ କରନ୍ତି। ତାଙ୍କର ବିଶେଷତ୍ୱ ସାବ୍ୟସ୍ତ କରିବାକୁ ସେ ବରିଷ୍ଠ ଅଫିସର, ଆଇଏଏସ୍ ଅଫିସରଙ୍କୁ ଗୌଣ ମନେକରନ୍ତି ଏବଂ ସୁଯୋଗ ପାଇଲେ ଭର୍ତ୍ସନା କରନ୍ତି। ତାଙ୍କର ମଧ୍ୟ ଅସନ୍ତୋଷ ହେବାର ଏକ ବିଶେଷ କାରଣ ଥିଲା, କମ୍ପ୍ୟୁଟର କିଣିବାକୁ ସେ ପ୍ରସ୍ତାବ ଦେଇଥିଲେ, ଡିଏଫଆଡି ନିଜେ ନକିଣି ଅର୍ଥ ସଂସ୍ଥାକୁ ଦେଉ ଏବଂ ସଂସ୍ଥା କିଣୁ। ତାହା ଉପରେ ମଧ୍ୟ ପ୍ରଶ୍ନ ହୋଇଛି। କମ୍ପ୍ୟୁଟର କିଣା ପ୍ରଶ୍ନରେ ସେ ନିଜେ ଜଣେ ଅଭିଯୁକ୍ତ।

ପ୍ରଶ୍ନକାଳ ସରିଲା ପରେ ଅର୍ଥମନ୍ତ୍ରୀ ବିଧାନସଭାର ତାଙ୍କର ପ୍ରକୋଷ୍ଠକୁ ଆସିଲେ। ତାଙ୍କ ପ୍ରକୋଷ୍ଠରେ ଅର୍ଥସଚିବ, କମିଶନର ଓ ପ୍ରସନ୍ନ ପାତ୍ର ଅପେକ୍ଷା କରିଥିଲେ। ସେ ମୁହଁ ଛିଞ୍ଚାଡି, ହାତରେ ଧରିଥିବା ଛୋଟ ଫାଇଲଟାକୁ ଟେବୁଲ ଉପରେ ଫିଙ୍ଗିଦେଇ କହିଲେ, ହାଫ୍ ଏଜୁକେଟେଡ୍ ଇଡିଅଟସ୍। ଆଇନରେ କୋଉଠି ବ୍ୟବସ୍ଥା ଅଛି ସ୍ୱେଚ୍ଛାସେବୀ ମୁଲ୍ୟାୟନ କରିବା? ଆଇନ ଅନୁସାରେ ଟିକସ ଆଦାୟ ହୁଏ, ଆଇନ ଅନୁସାରେ ଚେକ୍‌ଗେଟ୍ ବସାଯାଇଛି, ଅଫିସରଙ୍କୁ ନିଯୁକ୍ତି ମିଳିଛି, ସେମାନଙ୍କୁ କ୍ଷମତା ଅର୍ଥ ବିଭାଗ ପୃଥକ ଦିଏ ଟିକସ ଆଦାୟ କରିବାକୁ। ଆପଣ କମିଶନର ହୋଇଛନ୍ତି, ଏତିକି ଜାଣିନାହାନ୍ତି?

ଅର୍ଥ ସଚିବ ଚାହିଁଲେ କମିଶନର ଓ ଆଡିସନାଲ କମିଶନର ପ୍ରସନ୍ନ ପାତ୍ରଙ୍କୁ। ମନ୍ତ୍ରୀଙ୍କ ଉପସ୍ଥିତିରେ ସେ କିଛି କହିନଥିଲେ, କିନ୍ତୁ ତାଙ୍କର ଅସନ୍ତୋଷ ତାଙ୍କ ଚାହାଣୀରୁ ସ୍ପଷ୍ଟ ଜଣାପଡୁଥିଲା। ପ୍ରସନ୍ନ ପାତ୍ର ସନ୍ଦେହ କଲା ଗୌରାଙ୍ଗଙ୍କୁ, ଗୌରାଙ୍ଗ ନିଶ୍ଚିତ 'ମୁଖ୍ୟସ୍ରୋତ'ରେ ସଂପାଦକଙ୍କୁ ଆଇନ ତର୍ଜମା କରି ବୁଝେଇଛି ଏବଂ ତାରି ମାଧ୍ୟମରେ ଅର୍ଥମନ୍ତ୍ରୀ ବି ଆଇନ ବୁଝିଛନ୍ତି। ନହେଲେ, ଅର୍ଥମନ୍ତ୍ରୀ କିପରି ଏମିତି ଆଇନ ବ୍ୟାଖ୍ୟା କରିପାରିବେ? ଖବରକାଗଜ ଓ ପତ୍ରିକା ସଂପାଦକଙ୍କର ମନ୍ତ୍ରୀ ଓ ଏମ୍‌ଏଲ୍‌ଏଙ୍କ ସହିତ ସମ୍ପର୍କ।

ଭାବନା ଜୋଶୀ ଡିଏଫ୍‌ଆଇଡିର ଓଡ଼ିଶା ପ୍ରତିନିଧି। ଡିଏଫ ଆଇଡି ଯୋଉ ଯୋଉ ବିଭାଗକୁ ସହାୟତା ଦେଉଛି, ସେସବୁର ପରିଚାଳନା ଦାୟିତ୍ୱ ଭାବନାର। ତା'ର ବାପା ଗୁଜୁରାଟୀ, କିନ୍ତୁ ସେ ୟୁନାଇଟେଡ୍ କିଙ୍ଗଡମ୍‌କୁ ଚାଲିଯାଇଥିଲେ, ସେଠି ସ୍ଥାୟୀ ବାସିନ୍ଦା ବନିଗଲେ। ଜଣେ ବ୍ରିଟିଶ ମହିଳାଙ୍କୁ ବାହା ହୋଇଗଲେ। ଭାବନାର ଜନ୍ମ ଲଣ୍ଡନରେ, ସେଠି ସେ ପଢାପଢ଼ି କରିଛି। ଏବେ ତା'ର ଅଫିସ୍ ଦିଲ୍ଲୀରେ, କିନ୍ତୁ ବିଭିନ୍ନ ପ୍ରୋଜେକ୍ଟ ସମୀକ୍ଷା କରିବାକୁ ସେ ନିୟମିତ ଓଡ଼ିଶା ଆସେ। ତିନିବର୍ଷ ତଳେ ଗୌରାଙ୍ଗ ସ୍ୱାସ୍ଥ୍ୟ ବିଭାଗରେ ଆକାଉଣ୍ଟସ୍ ଅଫିସର ଥିଲାବେଳେ ଭାବନା ସହିତ ତା'ର ପରିଚୟ। ସ୍ୱାସ୍ଥ୍ୟ ବିଭାଗର ପ୍ରଶାସନିକ ସଂସ୍କାର ଡିଏଫ୍‌ଆଇଡି ସଂସ୍ଥାର ସହାୟତାରେ ହେଉଥିଲା। ସେତେବେଳେ ଭାବନା ସହିତ ଗୌରାଙ୍ଗର ପରିଚୟ ଥିଲା। ଏବେ ଯେତେବେଳେ ସେ ହେଡଅଫିସ୍ ଆସେ ଗୌରାଙ୍ଗ ସହିତ ତା'ର ଦେଖାହୁଏ ଏବଂ ପୁରୁଣା ସମ୍ପର୍କ ହେତୁ, କିଛି ସମୟ ବସି ଗପସପ କରି ଚା' ପିଇ ସେ ଯାଏ। ଗୌରାଙ୍ଗ ଟ୍ରେନିଂରୁ ଫେରିଲା ପରେପରେ ଦିନେ ଭାବନା ତାକୁ ଦେଖା କରିଥିଲା।

ଭାବନା ଜୋଶୀ ଗୌରାଙ୍ଗଙ୍କୁ ପଚାରିଲା, ଆପଣଙ୍କ ବିଭାଗ କ'ଣ କମ୍ପ୍ୟୁଟର

କିଣିବା ଆବଶ୍ୟକ? ସବୁ ରାଜ୍ୟରେ ଡିଏଫ୍‌ଆଇଡି ନିଜେ କିଣି ଯୋଗାଏ, ତାହା ମଧ୍ୟ ଆମର ନୀତି।

ଗୌରାଙ୍ଗ କହିଲା, ମୋର ବ୍ୟକ୍ତିଗତ ମତ ସେୟା, ଡିଏଫଆଇଡି ନିଜେ କମ୍ପ୍ୟୁଟର କିଣି ଯୋଗାଉ। ଡିଏଫଆଇଡି ଯଦି ଅର୍ଥ ଦେବ ଏବଂ ଆମ ସଂସ୍ଥା ସେହି ଅର୍ଥରେ କମ୍ପ୍ୟୁଟର କିଣିବ, ତେବେ ସେହି ଅର୍ଥ ଓ କମ୍ପ୍ୟୁଟର କିଣା ଅଡିଟ୍ ଅନ୍ତର୍ଭୁକ୍ତ ହେବ। ଆମର ସରକାରୀ ପଦ୍ଧତି ଯାହା, ଟେଣ୍ଡର ହେବ ଏବଂ ଟେଣ୍ଡର ମାଧ୍ୟରେ ଯୋଗାଣକର୍ତ୍ତା ସ୍ଥିର କରାଯିବ। ପୁଣି ଆମ ବିଭାଗୀୟ କେହି କମ୍ପ୍ୟୁଟର ଏକ୍ସପର୍ଟ ନାହାନ୍ତି, ଯିଏ ବୈଷୟିକ ପରାମର୍ଶ ଦେଇପାରିବ। ଏହିସବୁ ପ୍ରକ୍ରିୟାରେ କମ୍ପ୍ୟୁଟର କିଣାରେ ବହୁ ବିଳମ୍ବ ଘଟିବ। ଡିଏଫ୍‌ଆଇଡିର ନିଜର ଏକ୍ସପର୍ଟ ଅଛନ୍ତି, ଡିଏଫଆଇଡି ନିଜେ କିଣି ଦେଲେ ଏସବୁ ଝାମେଲା ରହିବ ନାହିଁ।

ଭାବନା ଜୋଶୀ କହିଲା, ମୁଁ ତାହା ହିଁ ଚିନ୍ତା କରୁଛି। ଅନ୍ୟ ରାଜ୍ୟରେ ଏପରିକି ତୁମ ରାଜ୍ୟରେ ଅନ୍ୟ ବିଭାଗରେ ଯେଉଁଠି ଡିଏଫଆଇଡି ସହାୟତା ଦେଉଛି, ସେଠି ଡିଏଫଆଇଡି ନିଜେ କିଣି ଦେଉଛି। ତୁମେ ତ ଜାଣିଛ, ସ୍ୱାସ୍ଥ୍ୟ ବିଭାଗରେ ବି ଆମେ କିଣି ଦେଇଛୁ। କିନ୍ତୁ କମିଶନର କାହିଁକି ବୁଝୁନାହାନ୍ତି, ତାଙ୍କୁ ଅର୍ଥ ହସ୍ତାନ୍ତର କରିବାକୁ ବାଧ୍ୟ କରୁଛନ୍ତି।

ଗୌରାଙ୍ଗ କହିଲା, ମନ୍ତ୍ରୀ ଚାହୁଁଛନ୍ତି, ମନ୍ତ୍ରୀଙ୍କର ଜ୍ୱାଇଁ ଗୋଟିଏ କମ୍ପାନୀରେ ଅଛି। ଅର୍ଥ ଯଦି ବିଭାଗକୁ ଆସେ, ତେବେ ମନ୍ତ୍ରୀଙ୍କ ଜ୍ୱାଇଁର କମ୍ପାନୀରୁ କିଣିବା ନିଶ୍ଚିତ କରିହେବ।

ଭାବନା କହିଲା, ସତରେ? ଏବେ ମୁଁ ବୁଝିପାରୁଛି।

କ'ଣ ବୁଝିପାରୁଛ? ପଚାରିଲା ଗୌରାଙ୍ଗ ।

ଭାବନା ଜୋଶୀ କହିଲା, ଗତକାଲି ମତେ ଗୋଟିଏ କମ୍ପାନୀର ପ୍ରତିନିଧି ଦିଲ୍ଲୀ ଅଫିସରେ ଦେଖା କରିଥିଲା ଏବଂ ସେ କହୁଥିଲା, ଡିଏଫ୍‌ଆଇଡି ନିଜେ କମ୍ପ୍ୟୁଟର ନକିଣି, କାହିଁକି ବିଭାଗକୁ ଅର୍ଥ ଦେବ। ସେମିତି ହେଲେ, କିଣାକିଣିରେ ସ୍ୱଚ୍ଛତା ରହିବନି, ହେରଫେର ହେବ। ମୁଁ ତାକୁ କହିଲି, ଆମେ ସେମିତି କିଛି ନିଷ୍ପତ୍ତି ଏପର୍ଯ୍ୟନ୍ତ ନେଇନାହୁଁ। ମୁଁ ବୁଝିପାରୁନଥିଲି ସେ କିପରି ଜାଣିଲା କମ୍ପ୍ୟୁଟର କିଣିବାକୁ ଆପଣଙ୍କ ସଂସ୍ଥା ଚାହୁଁଛି ବା ଚେଷ୍ଟା କରୁଛି।

ସେହି କମ୍ପାନୀ ନିଶ୍ଚିତ ମନ୍ତ୍ରୀଙ୍କ ଜ୍ୱାଇଁ କାମ କରୁଥିବା କମ୍ପାନୀର ପ୍ରତିଦ୍ୱନ୍ଦ୍ୱୀ। ସେମାନେ ଖବର ରଖନ୍ତି, ଏକ ସମୟରେ ଛଅ ସହ କମ୍ପ୍ୟୁଟର ବିକିବା ଗୋଟେ ବଡ କଣ୍ଟ୍ରାକ୍ଟ, ସବୁ କମ୍ପାନୀର ପ୍ରତିନିଧି ଏହି କଣ୍ଟ୍ରାକ୍ଟ ପାଇବାକୁ ଚାହିଁବେ।

ଏବେ ଗୌରାଙ୍ଗ ଭାବୁଥିଲା, ବୋଧହୁଏ ସେହି କମ୍ପାନୀର ପ୍ରତିନିଧି ଏମ୍‌ଏଲ୍‌ଏଙ୍କୁ ଧରାଧରି କରି ବିଧାନସଭାରେ ପ୍ରଶ୍ନ ଉଠେଇଛି। ହୁଏତ ଏମଏଲଏଙ୍କୁ ପଇସା ଦେଇଥିବ। ଏମାନେ କିଛି ଏମଏଲ୍‌ଏଙ୍କୁ ହାତରେ ରଖିଥାନ୍ତି, କେତେକ ଏମଏଲଏ ଅଛନ୍ତି ଟଙ୍କା ନେଇ ପ୍ରଶ୍ନ କରନ୍ତି। 'ମୁଖ୍ୟସ୍ରୋତ' ଏକ ବହୁଳ ପ୍ରସାରିତ ପତ୍ରିକା ନୁହେଁ, ଯିଏ ପ୍ରଶ୍ନ କରେଇଥିବ ସେ 'ମୁଖ୍ୟସ୍ରୋତ' ପତ୍ରିକାର କପିଟିଏ ଏମ୍‌ଏଲ୍‌ଏଙ୍କୁ ଧରାଇଥିବ। ବହୁତ ସମ୍ଭାବନା, ସେ ନିଜେ ପ୍ରଶ୍ନଟିକୁ ଲେଖି ଏମଏଲଏଙ୍କୁ ପଚାରିବାକୁ ଧରାଇଥିବ।

ସନତ ଖୁସିଥିବ ଯେହେତୁ ଏମ୍‌ଏଲ୍‌ଏଙ୍କୁ ପ୍ରଶ୍ନରେ ତା' ପ୍ରତ୍ରିକାର ନାମ ଉଲ୍ଲେଖ ଅଛି ବା ତା' ପତ୍ରିକାର ଏକ ରିପୋର୍ଟ ଆଧାରରେ ବିଧାନସଭାରେ ପ୍ରଶ୍ନ ଉଠିଛି। ସନତର ପତ୍ରିକାର ବିଜ୍ଞାପନ ଆପେ ଆପେ ହୋଇଯାଉଛି। ଗୌରାଙ୍ଗ ଚିନ୍ତାକଲା, ଅଫିସ୍ ପରେ ପରେ ସେ ସନତର ଘରକୁ ଯିବ, କିଛିଦିନ ହେଲା ତା'ର ସନତ ସହିତ ଦେଖାହୋଇନି।

କମ୍ପ୍ୟୁଟର କିଣାରେ ବିଳମ୍ବ ହେଉଥିଲା, ଭାବନା ଜୋଶୀ ତାଙ୍କର ଡିଏଫ୍‌ଆଇଡିର ଭାରତୀୟ ମୁଖ୍ୟଙ୍କୁ ସ୍ପଷ୍ଟୀକରଣ ମାଗିଥିଲା, ସେମାନେ ଅର୍ଥ ଦେବାକୁ ମନା କରିଦେଲେ। ଭାବନା ଜୋଶୀ କମିଶନଙ୍କୁ ଜଣାଇଦେଲା କିନ୍ତୁ ଡିଏଫଆଇଡି କମ୍ପ୍ୟୁଟର କିଣି ଯୋଗାଇବାକୁ କମିଶନର ଅନୁମତି ଦେଇନଥିଲେ। ମନ୍ତ୍ରୀଙ୍କର ଚିଠି ପାଇଁ ହେଉ କିମ୍ବା ତାଙ୍କର ଇଚ୍ଛା ମନ୍ତ୍ରୀ ଚାହୁଁଛନ୍ତି ଆଳରେ ସେ ଡିଏଫଆଇଡିର ପ୍ରସ୍ତାବରେ ରାଜି ହେଉନଥିଲେ। କମ୍ପ୍ୟୁଟର କିଣାରେ ବିଳମ୍ବ ହେଉଥିଲା। ଏହିସବୁ ଘଟଣାକୁ ନେଇ 'ମୁଖ୍ୟସ୍ରୋତ' ପତ୍ରିକାରେ ରିପୋର୍ଟ ବାହାରିଥିଲା ଏବଂ ସେହି ରିପୋର୍ଟରେ ମନ୍ତ୍ରୀଙ୍କର 'ନୋଟ୍' ମଧ୍ୟ ଛପାଯାଇଥିଲା।

ଏହି ପ୍ରଶ୍ନର ଉତ୍ତରରେ ଅର୍ଥମନ୍ତ୍ରୀ ବିଧାନସଭାରେ କହିଲେ, ଡିଏଫଆଇଡି କମ୍ପ୍ୟୁଟର କିଣି ଆମ ବିଭାଗକୁ ଯୋଗାଇବ। ସରକାର ନିଜେ କିଣିବେ ନାହିଁ। ଡିଏଫଆଇଡି ବ୍ରିଟିଶ ସରକାରଙ୍କର ଏକ ଆନ୍ତର୍ଜାତିକ ସଂସ୍ଥା, କିଣାକିଣିରେ ସେମାନେ ସ୍ୱଚ୍ଛତା ରଖନ୍ତି। ଅବଶ୍ୟ ବିଚାର କରାଯାଉଥିଲା, ଆମ ବିଭାଗ କିଣିବ, କିନ୍ତୁ ଆମେ ଦେଖିଲୁ ଆମ ବିଭାଗ କିଣିବା ଅପେକ୍ଷା ଡିଏଫଆଇଡି କିଣି ଆମ ବିଭାଗକୁ ଦେବା ସୁବିଧା। ଡିଏଫଆଇଡି କିଣିବାକୁ ଆମ ବିଭାଗରୁ ନିର୍ଦ୍ଦେଶ ଦିଆସରିଛି। ଏଥିରେ ଦୁର୍ନୀତିର ପ୍ରଶ୍ନ ଉଠୁନାହିଁ।

ବିଧାନସଭାରେ ଆଲୋଚନା ପୂର୍ବରୁ ମନ୍ତ୍ରୀ ଅଫିସରଙ୍କ ସହିତ ପ୍ରଶ୍ନ ଉପରେ ଆଲୋଚନା କରିଥାନ୍ତି। ବିଧାନସଭା ପ୍ରଶ୍ନ ଉପରେ ଆଲୋଚନା ଦିନ ମନ୍ତ୍ରୀ ଚିଡିଯାଇ

କହିଲେ, ଆପଣଙ୍କ ସଂସ୍ଥାରୁ ଗୁପ୍ତ ଚିଠି ପ୍ରେସ୍‌ବାଲା କିପରି ପାଇଯାଉଛନ୍ତି? ସେ କମିଶନରଙ୍କୁ ନିର୍ଦ୍ଦେଶ ଦେଲେ, ଡିଏଫଆଇଡିକୁ ଚିଠି ଲେଖନ୍ତୁ, ସେମାନେ ତୁରନ୍ତ କମ୍ପ୍ୟୁଟର କିଣି ଯୋଗାଇବେ। ବିଧାନସଭାରେ ପ୍ରଶ୍ନ ଉପରେ ଆଲୋଚନା ବେଳେ ମୁଁ କହିବି, ଡିଏଫ୍‌ଆଇଡିକୁ କମ୍ପ୍ୟୁଟର ଯୋଗାଇବାକୁ ନିର୍ଦ୍ଦେଶ ଦିଆହୋଇଛି। ତେଣୁ କମିଶନର ବିଧାନସଭାରେ ପ୍ରଶ୍ନ ଆଲୋଚନା ହେବା ପୂର୍ବଦିନ କମିଶନର ଡିଏଫଆଇଡିକୁ ତୁରନ୍ତ କମ୍ପ୍ୟୁଟର କିରି ଯୋଗେଇବାକୁ ଅନୁରୋଧ କରି ଚିଠି ଲେଖିଥିଲେ।

ହେଡଅଫିସରେ ଆସ୍ତେଆସ୍ତେ ଗୌରାଙ୍ଗ ଏକା ହୋଇଯାଉଥିଲା। ବରିଷ୍ଠ ଅଫିସରମାନେ ତାକୁ କେହି ଭଲ ପାଉନଥିଲେ। ଅଫିସ ସଂପର୍କିତ କିଛି କାମ ନଥିଲେ, ସେମାନେ ତା' ସହିତ କଥାବର୍ତ୍ତା କରୁନଥିଲେ। ତା'ର ସହକର୍ମୀ ଓ ଅଧସ୍ତନ ଅଫିସରମାନେ ବି ତା' ପାଖକୁ ଆସୁନଥିଲେ, ବେଶୀ ମିଶୁନଥିଲେ। ଅବଶ୍ୟ ସେମାନଙ୍କର ତା' ପ୍ରତି ଘୃଣାଭାବ ନଥିଲା, ବରଂ ସେମାନେ ତାକୁ ଭଲ ପାଉଥିଲେ, ସେମାନଙ୍କର ଆନ୍ତରିକ ସମ୍ମାନ ତା' ପ୍ରତି ଥିଲା। କିନ୍ତୁ ସେମାନେ ଭାବୁଥିଲେ, ତା' ସହିତ ମିଶିଲେ ବରିଷ୍ଠ ଅଫିସରମାନେ ଭଲରେ ଗ୍ରହଣ କରିବେ ନାହିଁ, ଭାବିବେ ସେମାନେ ଗୌରାଙ୍ଗର ସମର୍ଥକ, ରାଗିବେ। ଦରକାର ପଡ଼ିଲେ ସେମାନେ ପଦେ ଦୁଇପଦ କଥାବାର୍ତ୍ତା କରି ତା' ସାମ୍ନାରୁ ଚାଲିଯାଉଥିଲେ। କେବଳ ଶ୍ରାବଣୀ ତା' ପାଖକୁ ଆସୁଥିଲା, ତା' ସହିତ ବସୁଥିଲା। ଦିନେ ଦିନେ ବି ତା' ପାଇଁ ସ୍ୱତନ୍ତ୍ର କିଛି ପ୍ରସ୍ତୁତ କରି ଆଣୁଥିଲା ଏବଂ ଦୁହେଁ ସାଙ୍ଗ ହୋଇ ଖାଉଥିଲେ କିମ୍ବା ତା' ରୁମ୍‌କୁ ସେ ପିଅନ ହାତରେ ପଠେଇ ଦେଉଥିଲା। ଏବେ ସମସ୍ତେ ଭାବୁଥିଲେ କମିଶନର ନିଶ୍ଚେ ଗୌରାଙ୍ଗ ଉପରେ କିଛିଗୋଟେ କଠୋର ପଦକ୍ଷେପ ନେବେ, ଯେଉଁମାନେ ତା' ସହିତ ମିଶନ୍ତି ବା ମିଶୁଥିଲେ, ସେମାନେ ମଧ୍ୟ ଆତଙ୍କିତ ଥିଲେ, ଅସନ୍ତୋଷର ଲାଭାର କିଛି ଅଂଶ ତାଙ୍କ ଉପରେ ଛିଟିକି ପଡିପାରେ।

ସମସ୍ତେ ଉତ୍କଣ୍ଠାର ସହିତ ଅପେକ୍ଷା କରିଥିଲେ। ଅର୍ଥମନ୍ତ୍ରୀ କଡ଼ା ସ୍ୱଭାବର ଲୋକ, ସେମାନେ ଶୁଣୁଥିଲେ ମନ୍ତ୍ରୀ ଖୁବ୍ ଅସନ୍ତୁଷ୍ଟ। ପ୍ରଶ୍ନକାଳ ସାଢେ ଏଗାରଟା ବେଳେ ସରିଗଲା, ମନ୍ତ୍ରୀଙ୍କୁ ସାକ୍ଷାତ କରି ଦିନ ବାରଟା ବେଳକୁ ବିଧାନସଭା କମିଶନର ଓ ପ୍ରସନ୍ନ ପାତ୍ର ଛାଡିଲେ। ପ୍ରସନ୍ନ ପାତ୍ର ସିଧା ଅଫିସରକୁ ଆସିଲା, କମିଶନର ତାଙ୍କର ଭୁବନେଶ୍ୱର ବାସଭବନରୁ ମଧ୍ୟାହ୍ନଭୋଜନ ସାରି ଅଫିସ୍‌କୁ ଆସିବେ। ପ୍ରସନ୍ନ ପାତ୍ର ଅଫିସ୍‌ରେ ପହଞ୍ଚିବା ମାତ୍ରେ ପ୍ରମୋଦ ସାହୁ ଓ ପରମାନନ୍ଦ ଶତପଥୀ ତାଙ୍କ ରୁମ୍‌କୁ ପଶିଗଲେ। ପ୍ରସନ୍ନ ପାତ୍ର କହିଲା, ମନ୍ତ୍ରୀ ବହୁତ ଅସନ୍ତୁଷ୍ଟ, ଅର୍ଥସଚିବ ବି ଅସନ୍ତୋଷ

ପ୍ରକାଶ କଲେ। ଘର ଢିଙ୍କି କୁମ୍ଭୀର, ସବୁ ଏହି ବାହୁବଳେନ୍ଦ୍ରର କାମ। ତା' କଥା ବୁଝିବାକୁ ହେବ, ମୁଁ ଆସେମ୍ବ୍ଲିରୁ ଆସିଲା ବେଳେ କମିଶନରଙ୍କୁ କହୁଥିଲି। କମିଶନର ଘରୁ ଲଞ୍ଚ କରି ଆସିବେ।

ପ୍ରସନ୍ନ ପାତ୍ର କହୁଥିଲା ବେଳେ ତାଙ୍କ ରୁମ୍‌ରେ ତାଙ୍କର ଷ୍ଟେନୋ ଏବଂ ପେସ୍କାର ଥିଲେ। ଷ୍ଟେନୋ ଓ ପେସ୍କାର ଅନ୍ୟମାନଙ୍କୁ ମଧ୍ୟାହ୍ନଭୋଜନ ସମୟରେ କହୁଥିଲେ ଏବଂ ଅଳ୍ପ ସମୟ ଭିତରେ ସାରା ଅଫିସ୍‌ରେ ସମସ୍ତେ ଜାଣିଗଲେ। ଗୌରାଙ୍ଗ ଉପରେ କ'ଣ କାର୍ଯ୍ୟାନୁଷ୍ଠାନ ନିଆଯିବ ସେମାନେ ଅପେକ୍ଷା କରି ରହିଥିଲେ ଦେଖିବାକୁ।

ଗୌରାଙ୍ଗ ରୁମ୍‌ରେ ଶ୍ରାବଣୀ ଓ ସେ ମଧ୍ୟାହ୍ନଭୋଜନ କରୁଥିଲେ। ଶ୍ରାବଣୀ ସେଦିନ ଘରୁ ଗୌରାଙ୍ଗ ପାଇଁ ଦିନଖିଆ ନେଇଆସିଥିଲା। ଦୁହେଁ ଖାଇସାରିଥିଲେ। ଶୁଭେନ୍ଦୁ ଓ ସନ୍ନ୍ୟାସୀ ପହଞ୍ଚିଲେ। ଗୌରାଙ୍ଗ ନବୀନ ପଟ୍ଟନାୟକଙ୍କର ବହି ଉପରେ ଆଲୋଚନା କରୁଥିଲା। ଦିଲ୍ଲୀରୁ ପ୍ରକାଶିତ ଏକା ସମ୍ଭ୍ରାନ୍ତ ଇଂରେଜି ପତ୍ରିକାରେ ନବୀନ ପଟ୍ଟନାୟକଙ୍କ ଉପରେ ଏକ ଲେଖା ପ୍ରକାଶ ପାଇଥିଲା। ସେଥିରେ ଲେଖାଥିଲା, ନବୀନ ଜଣେ ଲେଖକ। ଯଦି ସେ ରାଜନୀତିରୁ ଓହରିଯା'ନ୍ତି, ତେବେ ତାଙ୍କର ଅଭିଜ୍ଞତାକୁ ନେଇ ଗୋଟିଏ ଭଲ ବହି ସେ ଲେଖିପାରିବେ। ସେମାନେ ଆଲୋଚନା କରୁଥିଲା ବେଳେ କିମ୍ବା ଗୌରାଙ୍ଗ ଆଲୋଚନା କରୁଥିଲା ଏବଂ ଅନ୍ୟମାନେ ଶୁଣୁଥିଲା ବେଳେ କମିଶନର ଅଫିସ୍‌ରେ ପହଞ୍ଚିଲେ। କିଛି ମୁହୂର୍ତ୍ତ ଭିତରେ ପ୍ରମୋଦ ସାହୁ, ପରମାନନ୍ଦ ଶତପଥୀ ଓ ପ୍ରସନ୍ନ ପାତ୍ର ତାଙ୍କ ରୁମ୍ ଭିତରକୁ ପଶିଲେ ଏବଂ କମିଶନରଙ୍କ ପିଅନ ଆସି ଖବର ଦେଲା, ଗୌରାଙ୍ଗ ସାରଙ୍କୁ କମିଶନର ଡାକୁଛନ୍ତି।

ଗୌରାଙ୍ଗ ଜାଣିପାରୁଥିଲା କ'ଣ ପାଇଁ ଡାକୁଛନ୍ତି। ସେ ସକାଳୁ ପିଅନ ହାତରେ 'ମୁଖ୍ୟସ୍ରୋତ' ପତ୍ରିକା ମଗେଇ ପଢିସାରିଥିଲା ଏବଂ ତା'ର ନୋଟବୁକ୍ ଓ 'ମୁଖ୍ୟସ୍ରୋତ' ପତ୍ରିକାଟି ଧରି ସେ କମିଶନରଙ୍କ ପାଖକୁ ଗଲା। କମିଶନରଙ୍କ ରୁମ୍‌ରେ ପ୍ରମୋଦ ସାହୁ, ପ୍ରସନ୍ନ ପାତ୍ର ଓ ପରମାନନ୍ଦ ଶତପଥୀ ଗମ୍ଭୀର ହୋଇ ବସିଥିଲେ। କମିଶନର ତାଙ୍କୁ ବସିବାକୁ କହିଲେ ନାହିଁ। ଗୌରାଙ୍ଗ କମିଶନରଙ୍କ ସାମ୍‌ନାରେ ଶତପଥୀ ପାଖକୁ ଗୋଟିଏ ଚୌକି ଟାଣିନେଇ ବସିଲା।

ଗୋଟିଏ ଆସାମୀକୁ ତିନି ଚାରି ଜଣ ପୁଲିସ ଥାନାରେ ବସେଇ ଜେରା କଲା ପରି ତାକୁ ସମସ୍ତେ ଚାହିଁ ରହିଥିଲେ ଏବଂ ଜେରା କରିବାକୁ ଅପେକ୍ଷା କରିଥିଲେ। କମିଶନର ପଚାରିଲେ, ଆମ ଅଫିସର ଘଟଣା, ଗୁପ୍ତ ଚିଠି କେମିତି ପ୍ରେସ୍‌କୁ ଯାଉଛି, ବିଧାନସଭାରେ ପ୍ରଶ୍ନ ହେଉଛି ?

ଗୌରାଙ୍ଗ କହିଲା, ମୁଁ ଦିଲ୍ଲୀକୁ ଟ୍ରେନିଂ ଯାଇଥିଲା ବେଳେ ଏହି ଦୁଇଟି ଫାଇଲ ଉପରେ ନିଷ୍ପତ୍ତି ନିଆଯାଇଥିଲା। ଦିଲ୍ଲୀରୁ ଫେରିବା ପରେ ଏପର୍ଯ୍ୟନ୍ତ ସେ ଦୁଇଟି ଫାଇଲ ମୋ ପାଖକୁ ଆସିନି। ଫାଇଲର କଷ୍ଟୋଡିଆନ୍ ମୁଁ ନୁହେଁ, ଫାଇଲ ଉପବିଭାଗ ଅଧିକାରୀ ଜିମାରେ ଥାଏ। ସେ ଫାଇଲରେ କ'ଣ ଲେଖିଥିଲା ମୁଁ ଏପର୍ଯ୍ୟନ୍ତ ଦେଖିନି। ମନ୍ତ୍ରୀ କ'ଣ ନୋଟ୍ ଦେଇଥିଲେ, ମୁଁ ଆଜି ଜାଣୁଛି 'ମୁଖ୍ୟସ୍ରୋତ' ପତ୍ରିକାରୁ। ସେହି ନୋଟ୍ 'ମୁଖ୍ୟସ୍ରୋତ' ପତ୍ରିକାରେ ଛପାଯାଇଛି।

ପ୍ରସନ୍ନ ପାତ୍ର କହିଲା, 'ମୁଖ୍ୟାସ୍ରୋତ'ର ସଂପାଦକ ଆପଣଙ୍କର ଘନିଷ୍ଠ ବନ୍ଧୁ। କମ୍ପ୍ୟୁଟର କିଣା ଉପରେ ରପୋର୍ଟ ସେହି ପତ୍ରିକାରେ ବାହାରିଛି, ବିଧାୟକ ମଧ୍ୟ ତାଙ୍କ ପ୍ରଶ୍ନରେ 'ମୁଖ୍ୟସ୍ରୋତ'ର ରିପୋର୍ଟକୁ ଉଲ୍ଲେଖ କରିଛନ୍ତି।

ପ୍ରସନ୍ନ ପାତ୍ର କହିବାର ଉଦ୍ଦେଶ୍ୟ, ଯେହେତୁ ସଂପାଦକ ଗୌରାଙ୍ଗର ବନ୍ଧୁ, ସେ ସଂପାଦକ ମାଧ୍ୟମରେ ପ୍ରକାଶ କରିଥାଇପାରେ ଏବଂ ସଂପାଦକଙ୍କ ମାଧ୍ୟମରେ ସେ ବିଧାୟକଙ୍କ ଦ୍ୱାରା ପ୍ରଶ୍ନ କରେଇଛି। ଗୌରାଙ୍ଗ କହିଲା, ସଂପାଦକ ମୋର ବନ୍ଧୁ, ମୁଁ ଅସ୍ୱୀକାର କରୁନାହିଁ। କିନ୍ତୁ ସଂପାଦକ ସହିତ ମୋର ମାସେ ହେବ ଦେଖାହୋଇନି। ଆଜି ମୁଁ ଏହି ପତ୍ରିକାଟି ପ୍ରଥମଥର ଦେଖୁଛି। ପିଅନକୁ ପଠେଇ ମୁଁ ପତ୍ରିକାଟି ସଂଗ୍ରହ କରିଛି। ଏବେ ପଢି ଦେଖୁଛି, ପତ୍ରିକାରେ କମ୍ପ୍ୟୁଟର କିଣା ବ୍ୟାପାରରେ ରିପୋର୍ଟ ଲେଖିଛି ସୁଜାତା ପରମାଣିକ।

କମିଶନର ଆଶ୍ଚର୍ଯ୍ୟ ହୋଇ କହିଲେ, ସୁଜାତା ପରମାଣିକ ?

ସେ ପ୍ରମୋଦ ସାହୁ ଆଡକୁ ଚାହିଲେ, ବିଧାନସଭା ପାଇଁ ପ୍ରଶ୍ନର ଉତ୍ତର ପ୍ରସ୍ତୁତ କରିଥିଲା ପ୍ରମୋଦ ସାହୁ। ସେ ହିଁ 'ମୁଖ୍ୟସ୍ରୋତ'ର ରିପୋର୍ଟକୁ ପଢିଥିଲା। ହୁଏତ କମିଶନରକୁ ଦେଖେଇଥାଇପାରେ, କିନ୍ତୁ ସୁଜାତା ପରମାଣିକ ଲେଖିଥିବା ସେ ଜାଣିନଥିଲେ। ସୁଜାତା ପରମାଣିକର ନାମ ରିପୋର୍ଟର ତଳେ ଲେଖାଯାଇଥିଲା, ତାଙ୍କ ଆଖିରେ ପଡିନଥାଇପାରେ କିମ୍ବା, ପ୍ରମୋଦ ସାହୁ ରିପୋର୍ଟକୁ ଦେଖେଇନାହିଁ। କମିଶନର ଅଣଓଡ଼ିଆ ସେ ଓଡ଼ିଆ ଭଲ ପଢିପାରନ୍ତି ନାହିଁ, ପ୍ରମୋଦ ସାହୁ ନଦେଖେଇ ଥାଇପାରେ, କେବଳ ରିପୋର୍ଟର କଥାବସ୍ତୁ କହିଦେଇଥାଇପାରେ। ପ୍ରମୋଦ ସାହୁ କହିଲା, ହଁ ସାର୍, ସୁଜାତା ପରମାଣିକ ଲେଖିଛି।

ସମସ୍ତେ ଜାଣନ୍ତି ଗୌରାଙ୍ଗ ସୁଜାତାର ପୁନଃନିଯୁକ୍ତିକୁ ବିରୋଧ କରିଥିଲା ଏବଂ ହାଇକୋର୍ଟର ଆଦେଶ ଆସିଲାବେଳେ ବି ସେ ସୁଜାତାର ସପକ୍ଷରେ ନଥିଲା । କେବଳ ଗୌରାଙ୍ଗ ପାଇଁ ସୁଜାତାର ପୁନର୍ନିଯୁକ୍ତି ହୋଇପାରିନଥିଲା କିମ୍ବା ତା'ର ବକେୟା ଦାବି, ପାଞ୍ଚ ଛଅ ଲକ୍ଷ ଟଙ୍କା ସେ ପାଇପାରିନଥିଲା । ତେଣୁ କେହି ବିଶ୍ୱାସ

କରିପାରିବେ ନାହିଁ ସୁଜାତାକୁ ଲଗେଇ 'ମୁଖ୍ୟସ୍ରୋତ' ପତ୍ରିକାରେ ଗୌରାଙ୍ଗ ଏହି ସମ୍ବାଦ ପ୍ରକାଶ କରେଇଛି ।

ପରମାନନ୍ଦ ଚାହିଁଲା ପ୍ରମୋଦ ସାହୁଙ୍କୁ । ପରମାନନ୍ଦର ସୁଯୋଗ ଥିଲା କମ୍ପ୍ୟୁଟର କିଣା ମାଧ୍ୟମରେ ସେ କମିଶନରଙ୍କ ବିଶ୍ୱାସ ଫେରିପାଇବ । ଯଦିଓ ଦୁହିଁଙ୍କର ସମ୍ପର୍କ ଭଲ, ଯାହା ବାହାରକୁ ଜଣାପଡ଼େ, ପରମାନନନ୍ଦର ସନ୍ଦେହ ଥିଲା ପ୍ରମୋଦ ସାହୁ ଅନ୍ତରରେ ଚାହୁଁନଥିଲା ସେ କମିଶନରଙ୍କର ନିକଟତର ହେଉ । ସୁଜାତା ମଧ୍ୟ ପରମାନନ୍ଦ ଉପରେ ରାଗିଥିଲା । କାରଣ, ତା'ରି ଦସ୍ତଖତରେ ଅର୍ଥବିଭାଗକୁ ପରମାନନ୍ଦ ସ୍ପଷ୍ଟୀକରଣ ପାଇଁ ଚିଠି ଦେଇଥିଲା ଏବଂ କମିଶନରଙ୍କ ବିନା ଅନୁମତିରେ ସେ ଚିଠିଟି ପଠେଇଥିଲା । ପ୍ରମୋଦ ସାହୁ ସହିତ ସୁଜାତାର ସମ୍ପର୍କ ଭଲଥିଲା, କିଛି ମାସ ପାଇଁ ମାସିକ କିଛି ଟଙ୍କା ସୁଜାତାକୁ ଚେକ୍‌ଗେଟ୍‌ରୁ ଦେବାକୁ ସେ ହିଁ ବ୍ୟବସ୍ଥା କରିଥିଲା । ଏବେ ପରମାନନ୍ଦର ସନ୍ଦେହ ଆହୁରି ପ୍ରମୋଦ ସାହୁ ଉପରେ, ସୁଜାତାକୁ ଲଗେଇ ପ୍ରମୋଦ ସାହୁ 'ମୁଖ୍ୟସ୍ରୋତ'ରେ ସମ୍ବାଦ ପ୍ରକାଶ କରେଇଥିବା ବେଶୀ ସମ୍ଭବ । ଫଳରେ କମ୍ପ୍ୟୁଟର କିଣା ହୋଇପାରିଲା ନାହିଁ, ମନ୍ତ୍ରୀ ଅପଦସ୍ତ ହେଲେ, କମିଶନର ମନ୍ତ୍ରୀଙ୍କଠାରୁ ଭର୍ତ୍ସିତ ହେଲେ । କମିଶନର ମଧ୍ୟ ପ୍ରମୋଦ ସାହୁଙ୍କୁ ସନ୍ଦେହ ଚକ୍ଷୁରେ ଚାହିଁଲେ । ପ୍ରମୋଦ ସାହୁକୁ ଚାହିଁ ପରମାନନ୍ଦ କହିଲା, ସୁଜାତା କେମିତି ଅର୍ଥମନ୍ତ୍ରୀଙ୍କ ନୋଟର ନକଲ ପାଇଲା ?

ପ୍ରସନ୍ନ ପାତ୍ର ଜାଣିପାରୁଥିଲା, ଏବେ ଗୌରାଙ୍ଗଙ୍କୁ ନୁହେଁ, କମିଶନର ଓ ପରମାନନ୍ଦ ସନ୍ଦେହ କରୁଛନ୍ତି ପ୍ରମୋଦ ସାହୁଙ୍କୁ । ନିଶ୍ଚିତ ପ୍ରମୋଦ ସାହୁ ଯୋଉ ଉତ୍ତର ଦେବ, ପରମାନନ୍ଦ ସନ୍ତୁଷ୍ଟ ହେବନି ଏବଂ ଯୁକ୍ତିତର୍କ ହୋଇଯାଇପାରେ । ତେଣୁ ସେ ଅବସ୍ଥା ଶାନ୍ତ କରିବାକୁ କହିଲା, ସୁଜାତା ଏଠି ପାଞ୍ଚବର୍ଷ ଥିଲା । ତା'ର ସମସ୍ତେ ପରିଚିତ । ସେ ମଧ୍ୟ ଆମର କାର୍ଯ୍ୟପଦ୍ଧତି ଜାଣିଛି । କାହାଠାରୁ ସେ ଖବର ପାଇଯାଇଥିବ । କିରାଣି, ପିଅନ ମାଧ୍ୟମରେ ।

ଗୌରାଙ୍ଗ ରୁମ୍‌ରେ ପହଞ୍ଚିଲା ବେଳକୁ ରୁମ୍‌ରେ ବସିଥିଲେ ଶ୍ରାବଣୀ, ଶୁଭେନ୍ଦୁ ଓ ସନ୍ନ୍ୟାସୀ । ସେମାନେ କ'ଣ ହେଲା ଜାଣିବାକୁ ଅପେକ୍ଷା କରିଥିଲେ । ସେମାନେ ଦେଖୁଥିଲେ ଗୌରାଙ୍ଗ ହସିହସି ଫେରିଲା । ଶ୍ରାବଣୀ ପଚାରିଲା, କ'ଣ ହେଲା ?

ଗୌରାଙ୍ଗ କହିଲା, କମିଶନର ବୁଝିଗଲେ, ମୁଁ କେବେ ଏପରି କାର୍ଯ୍ୟ କରିନଥିବି, ଅନ୍ୟ କେହି କରିଥାଇପାରେ । ବୋଧହୁଏ ପ୍ରମୋଦ ସାହୁ କରେଇଛି, ଅନ୍ତତଃ ସେମାନେ ଏବେ ସେପରି ସନ୍ଦେହ କରୁଛନ୍ତି ।

କେମିତି ? ଆଶ୍ଚର୍ଯ୍ୟ ହୋଇ ପଚାରିଲା ଶ୍ରାବଣୀ ।

ଗୌରାଙ୍ଗ କହିଲା, କମ୍ପ୍ୟୁଟର କିଣା ଉପରେ 'ମୁଖ୍ୟସ୍ରୋତ' ପତ୍ରିକାରେ ସେହି ରିପୋର୍ଟ ଲେଖିଛି ସୁଜାତା ପରମାଣିକ, ସେହି ରିପୋର୍ଟ ଅଧାରରେ ବିଧାୟକ ପ୍ରଶ୍ନ କରିଥିଲେ ।

କେହି ସେହି ପତ୍ରିକା ପଢ଼ିନଥିଲେ, ଗୌରାଙ୍ଗ ପତ୍ରିକାକୁ ତାଙ୍କ ଆଡକୁ ବଢ଼େଇଦେଲା ଏବଂ ପିଅନଙ୍କୁ ଚା' ଆଣିବାକୁ କହିଲା ।

ଶୁଭେନ୍ଦୁ କହିଲା, ସାର୍, ଆପଣ କେମିତି ଏତେ କୁଲ୍‌କୁଲ୍, ଥଣ୍ଡା ରହିପାରୁଛନ୍ତି ? ସତ କହିବାକୁ ଗଲେ, ଆମର ବହୁତ ଟେନ୍‌ସନ ହୋଇଯାଇଥିଲା ।

ଗୌରାଙ୍ଗ କହିଲା, ଶଗଡ଼ ଗୁଳାର ରାସ୍ତାରେ ଚାଲିବା ମୁଁ କେବବି ପସନ୍ଦ କରିନାହିଁ । ପିଲାଦିନରୁ ଅଙ୍କାବଙ୍କା ଅମଡ଼ାବାଟରେ ଚାଲିବା ମୋର ଅଭ୍ୟାସ ।

■

ଷୋହଳ

ଗୌରାଙ୍ଗଙ୍କୁ ଅସ୍ଥିର ଲାଗୁଥିଲା । ଟ୍ରେନିଂରୁ ଫେରିବା ଦୁଇମାସ ପାଖାପାଖି ହୋଇଗଲାଣି । ଶ୍ରାବଣୀ କିଛି କହୁନଥିଲା । ଗୌରାଙ୍ଗ ପଚାରିଲା, ତୁମେ କ'ଣ ନିଷ୍ପତ୍ତି ନେଲ ? ତୁମକୁ ନିଷ୍ପତ୍ତି ନେବାକୁ ହେବ, ଡିଭୋର୍ସ ପାଇଁ କେସ୍ ଫାଇଲ୍ କର ।

ଶ୍ରାବଣୀ କିଛି ନିଷ୍ପତ୍ତି ନେଇପାରୁନଥିଲା । ସେ ଟ୍ରେନିଂରୁ ଫେରି ବାପଘରେ ରହୁଛି । ଶ୍ରାବଣୀ କହିଲା, ଦୁଇଦିନ ଛୁଟି ଅଛି। କାଲି ଆମ ଘରକୁ ଆସୁନ, ଆମ ଘରେ ଲଞ୍ଚ କରିବ । ଛୁଟିଦିନରେ ହାତରେ ରୋଷେଇ କାହିଁକି କରିବ ? ଆମ ଘର ବୁଲିଆସିବ ।

ମାସର ଦ୍ୱିତୀୟ ଶନିବାର ଓ ରବିବାର ଦୁଇଦିନ ଛୁଟି । ଛୁଟିଦିନ ଗୁଡ଼ାକ ବିରକ୍ତ ଲାଗୁଥିଲା ଶ୍ରାବଣୀକୁ ଘରେ । ଗାଁରେ ଦୁଇମାସ ପାଖାପାଖି ରହିଗଲା ଫଳରେ ଗାଁ ମାଇପେ ଜାଣିଯାଇଥିଲେ ସେ ଶାଶୁଘରୁ ରାଗି ପଳେଇଯାଇଛି । ସେମାନେ ପୋଖରୀ ତୁଠରେ, ଖରାବେଳେ କାହାଘରେ ବସିଥିଲା ବେଳେ ଗପୁଥିଲେ । ଶ୍ରାବଣୀ କାନରେ ପଡୁଥିଲା । ଗାଁରେ ସେ କାହା ସହିତ କଥାବାର୍ତ୍ତା କରିବାକୁ ସଂକୋଚ କରୁଥିଲା । କେହି ଦେଖା ହୋଇଗଲେ, ସେ ଜାଣେ, ସେମାନେ ପଚାରିଦେବେ, କ'ଣ ହେଲା, କାହିଁକି ଶାଶୁଘରେ ନରହି ବାପଘରେ ରହୁଚୁ ? ଜଣେ ଦୁଇଜଣ ତ ପଚାରିସାରିଥିଲେ କ'ଣ ପାଇଁ ଝଗଡ଼ା ହେଲା ? କାହିଁକି ପଳେଇଆସିଛୁ ? ସେ କ'ଣ ଉତ୍ତର ଦେବ ଜାଣିପାରେନି । ତା' ଶାଶୁ-ଶ୍ୱଶୁରଙ୍କ କଥା ଆଲୋଚନା କରିବାକୁ ଭଲପାଏନି । କିନ୍ତୁ ଗାଁ ମାଇପେ ବୁଝିବେନି, ସେମାନେ ପଚାରିବେ । ବାପାମା' ସବୁ ବୁଝୁଥିଲେ ବି ଚିନ୍ତିତ ରହୁଥିଲେ ।

ଅଫିସ ଯିବା ଦିନ ଶ୍ରାବଣୀର ଦିନଗୁଡ଼ିକ ଭଲରେ କଟିଯାଉଥିଲା, ସେ କାମ କରୁଥିଲା, ଗୌରାଙ୍ଗ ସହିତ ବସି ଚା' ପିଉଥିଲା, ଅଫିସ କାମ ଓ ଗପସପରେ ମଜ୍ଜିରହୁଥିଲା । କିନ୍ତୁ ଘର ଓ ଗାଁ କଥା ଭିନ୍ନ । ଏବେ ତା' ସାନଭାଇ ଘରେ ରହୁନାହିଁ । ସେ ହଷ୍ଟେଲରେ ରହୁଛି । କେବେ କେମିତି ଛୁଟିରୁ ଆସୁଛି । ଗୌରାଙ୍ଗ କହିଲା, ହଁ ଯିବି, ରବିବାର ଦିନ ।

ଗୌରାଙ୍ଗର କୌଣସିଥିରେ ମନଲାଗୁ ନଥିଲା । ସେ ଶ୍ରାବଣୀର ଗାଁକୁ ଯିବ, ମଧ୍ୟାହ୍ନଭୋଜନ ବେଳକୁ ସେଠି ପହଞ୍ଚିବ । ବାରଟା କିମ୍ବା ସାଢ଼େ ବାରଟା ବେଳକୁ ବାହାରିଲେ ଚଳିବ, ଅଟୋରିକ୍ସା ଭଡ଼ାରେ ନେଇଗଲେ ଅଧଘଣ୍ଟାଏ ଲାଗିବ । କିଛିଦିନ ହେଲା ସେ ରେଳଷ୍ଟେସନ ଆଡ଼େ ବୁଲିଯାଇନଥିଲା । ସେଠି ତାଙ୍କ ସଂସ୍ଥାର କିଛି ଅଫିସର ଓ ଇନ୍ସପେକ୍ଟରଙ୍କର ଖଟି ଚାଲିଛି, ଯମେଶ୍ୱର ଏବଂ କେତେଜଣ ଅଫିସର ଓ ଇନ୍ସପେକ୍ଟର, ଯେଉଁମାନେ କଟକରେ ରହୁଛନ୍ତି, ସେମାନେ ପହଞ୍ଚିଯାଉଛନ୍ତି । ପରଚର୍ଚ୍ଚା ଚାଲିଥିବ । ଏପରି ପରଚର୍ଚ୍ଚା ଖଟିର ଭକ୍ତ ଗୌରାଙ୍ଗ ନୁହେଁ, କିନ୍ତୁ ସେହି ଖଟିରୁ ବି ବିଭାଗୀୟ ଅଫିସର କିମ୍ବା କର୍ମଚାରୀଙ୍କର କୌଣସି ବରିଷ୍ଠ ଅଫିସର କିମ୍ବା କର୍ତ୍ତୃପକ୍ଷଙ୍କ ଉପରେ ଧାରଣା କ'ଣ ଜଣାପଡ଼ିଯାଏ । ଗୌରାଙ୍ଗ ଅସ୍ଥିରବୋଧ କରୁଥିଲା, ତା'ର କୌଣସି କାମରେ ମନଲାଗୁନଥିଲା । ବେଳେବେଳେ ଗୌରାଙ୍ଗକୁ ମଧ୍ୟ ଏପରି ଖଟିରେ ବା ପରଚର୍ଚ୍ଚା କ୍ଲବ୍‌ରେ ବସିବାକୁ ଏବେ ଭଲଲାଗୁଥିଲା । ଆଜି ଛୁଟିଦିନ, ଖଟି ବେଶି ସମୟ ପର୍ଯ୍ୟନ୍ତ ଚାଲିବ । ସେ ଚାହିଁଲା ସକାଳ ଖଟିରେ କିଛି ସମୟ ବସିଆସିବ ।

ଗୌରାଙ୍ଗର ସକାଳେ ଶୀଘ୍ର ନିଦ ଭାଙ୍ଗିଯାଇଥିଲା । ସେ ଚାଲିଚାଲି ରେଳଷ୍ଟେସନ ଆଡ଼କୁ ଗଲା । ପହଞ୍ଚିଲା ବେଳକୁ ଯମେଶ୍ୱର ଓ ଦୁଇଜଣ ବସିଥିଲେ । ସେହି ଦୁଇଜଣ ତାଙ୍କ ବିଭାଗର ଇନ୍ସପେକ୍ଟର । ତାକୁ ଦେଖି ଜଣେ ଇନ୍ସପେକ୍ଟର ଚା' ପାଇଁ ବରାଦ କଲା ।

ଯମେଶ୍ୱର କହିଲା, ତୁମେ ବହୁତ ବର୍ଷ ବଞ୍ଚିବ । ତୁମ ବିଷୟରେ ଆମେ ଏବେ ଆଲୋଚନା କରୁଥିଲୁ । ତୁମକୁ ନେଇ ଏବେ ଚାରିଆଡ଼େ ଚର୍ଚ୍ଚା ।

ଗୌରାଙ୍ଗ ପଚାରିଲା ନାହିଁ କ'ଣ ପାଇଁ ଚର୍ଚ୍ଚା ଚାଲିଛି କିମ୍ବା ସେମାନେ କ'ଣ ଆଲୋଚନା କରୁଥିଲେ । ସେ ନପଚାରିଲେ ବି ଯମେଶ୍ୱର କହିବ । ଯମେଶ୍ୱର କହିଚାଲିଲା, ତୁମ ସହିତ ଶ୍ରାବଣୀ ସାମନ୍ତରାୟର ନାମ ଯୋଡ଼ି ଚର୍ଚ୍ଚା ହେଉଛି । କହୁଛନ୍ତି, ତୁମେ ତୁମର ଓ ଶ୍ରାବଣୀ ମାଡାମର ଟ୍ରେନିଂ ଦିଲ୍ଲୀରେ ପକେଇ ଦୁହେଁ ଚାଲିଗଲ । ସେଠି ମଜା, ମସ୍ତି କଲ । ସେଥିପାଇଁ ତାଙ୍କ ଘରେ ଝଗଡ଼ା । ସେ ସେଥିପାଇଁ ଏବେ ତା' ସ୍ୱାମୀ ଓ ଶାଶୁ-ଶଶୁରଙ୍କୁ ଛାଡ଼ି ତା' ବାପଘରେ ରହୁଛି ।

ଦୋକାନୀ ଚା' ଦେଲା, ଇନ୍ସପେକ୍ଟର ଚା' ଗ୍ଲାସଟିକୁ ଆଣି ଗୌରାଙ୍ଗଙ୍କୁ ବଢ଼େଇ ଦେଲା । ଗୌରାଙ୍ଗ ମନେମନେ ହସୁଥିଲା । ଅବଶ୍ୟ ଦିଲ୍ଲୀରେ ଦୁହିଁଙ୍କର ଘନିଷ୍ଠତା ଆସିଥିଲା, କିନ୍ତୁ ଓଡ଼ିଶାରେ କେହି ଦେଖିନଥିଲେ କିମ୍ବା କାହାର ଜାଣିବାର ସୁଯୋଗ ମଧ୍ୟ ନଥିଲା । ଦିଲ୍ଲୀରୁ ଫେରିଲା ପରେ ଦୁହେଁ ଦୁହିଁଙ୍କର ସମ୍ପର୍କକୁ ଗୋପନ ରଖିଛନ୍ତି । ଅଫିସ୍‌ରେ ଜଣେ ସହକର୍ମୀଙ୍କର ଅନ୍ୟଜଣେ ସହକର୍ମୀ ବ୍ୟବହାର କଲାପରି ସମ୍ପର୍କ ବ୍ୟତୀତ ଅନ୍ୟକିଛି ସମ୍ପର୍କ ଥିଲାପରି କେବେ ବ୍ୟବହାର କରିନାହାନ୍ତି । ଶ୍ରାବଣୀ ଗୌରାଙ୍ଗ ରୁମ୍‌ରେ ମଝିରେମଝିରେ ବସେ, ଦିନେ ଦିନେ ତା' ପାଇଁ ଦିନଖିଆ ଆଣେ, ସେମିତି ବି ଜଣେ ସହକର୍ମୀ ଅନ୍ୟଜଣେ ସହକର୍ମୀ ପାଇଁ ଦିନଖିଆ ଆଣିବା କିମ୍ବା ସାଙ୍ଗହୋଇ ଖାଇବାରେ କିଛି ଅସ୍ୱାଭାବିକତା ନାହିଁ । ଏମିତି ବି ଅନ୍ୟମାନେ କରନ୍ତି । କିଛି ସମ୍ପର୍କ ନଥାଇ ବି ପରଚର୍ଚ୍ଚା କ୍ଲବରେ ଆଲୋଚନା ହୁଏ, ମନଗଢ଼ା କାହାଣୀ କୁହାଯାଏ । ସେଥିରେ ଆଶ୍ଚର୍ଯ୍ୟ ହେବାର କିଛି ନାହିଁ । ଗୌରାଙ୍ଗ କହିଲା, ଟ୍ରେନିଂ ଫାଇଲ ମୋ ବାଟ ଦେଇ ଯାଏ ନାହିଁ, ଟ୍ରେନିଂ କିଏ ଯିବ ନଯିବ କମିଶନର ମନୋନୟନ କରନ୍ତି, ଆମେ ଯୋଉ ଟ୍ରେନିଂ ଯାଇଥିଲୁ, ଆମ ନାଁ ପ୍ରସନ୍ନ ପାତ୍ର ପ୍ରସ୍ତାବ ଦେଇଥିଲା, କମିଶନର ଅନୁମୋଦନ କରିଥିଲେ । ସେଥିରେ ମୋର କିଛି ଭୂମିକା ନଥିଲା କିମ୍ବା ନାହିଁ ।

ଯମେଶ୍ୱର କହିଲା, ମୁଁ କହୁନଥିଲି, ଯେ ଶଳେ ସଜଗୋବରରେ ପୋକ ପକେଇଦେବେ । କ'ଣ ପାଇଁ ଶାଶୁଘରେ ଶ୍ରାବଣୀ ମାଡାମର ଝଗଡ଼ା ହୋଇଥିବ, ତାକୁ ୟା' ସହିତ ଯୋଡ଼ିଦେଇ ମନଗଢ଼ା କହାଣୀ କରିଦେଉଛନ୍ତି । ଆଜିକାଲି ଡିଭୋର୍ସ ସଂଖ୍ୟା ବଢ଼ିବଢ଼ି ଚାଲିଛି । ଶ୍ରାବଣୀ କ୍ଷେତ୍ରରେ ସେମିତି କିଛି ହୋଇଥିବ । ଏମିତି ଦେଖିବାକୁ ଗଲେ ସେ ତା' ସ୍ୱାମୀ ଠାରୁ ବଡ଼ ଚାକିରିରେ ଅଛି । ତା' ସ୍ୱାମୀ ତୃତୀୟ ଶ୍ରେଣୀ କର୍ମଚାରୀ ଶ୍ରାବଣୀ ଦ୍ୱିତୀୟ ଶ୍ରେଣୀ ଅଫିସର । ସ୍ତ୍ରୀ ଅଧିକ ଯୋଗ୍ୟ ହେଲେ, ସ୍ୱାମୀ ସହିପାରନ୍ତି ନାହିଁ, ଏହା ସାଧାରଣ କଥା । ଜଣେ ଇନ୍ସପେକ୍ଟର କହିଲା, ସେମାନେ ସାରଙ୍କର ତ କିଛି ଦୁର୍ବଳତା ପାଇଲେ ନାହିଁ, ସାର୍ ତ ପଇସା ଖାଉନାହାନ୍ତି କିମ୍ବା ଅନ୍ୟ କିଛି ଦୁର୍ବଳତା ନାହିଁ । ପୁଣି ରୋକ୍‌ଠୋକ୍ କଥା, ସେମାନଙ୍କ ବାଟର କଣ୍ଟା । ଯେହେତୁ ସାର୍ ବାହା ହୋଇନାହାନ୍ତି, ଏମିତି ଏକ କାହାଣୀ ଗଢ଼ିଦେଲେ, ସମସ୍ତେ ବିଶ୍ୱାସ କରିବେ । ବଦନାମ କରିବା ତାଙ୍କର ଉଦ୍ଦେଶ୍ୟ, ସାର୍ ବଦନାମ ହୋଇଗଲେ ଚୁପ୍ ରହନ୍ତୁ ନରୁହନ୍ତୁ, ସେମାନେ ଖୁସି ହେବେ ।

ଯମେଶ୍ୱର କହିଲା- ମୁଁ ଶୁଣୁଥିଲି କମ୍ପ୍ୟୁଟର କିଣା ଉପରେ ବିଧାନସଭାରେ ପ୍ରଶ୍ନ ନେଇ ମନ୍ତ୍ରୀ ଭୀଷଣ ରାଗିଛନ୍ତି, ସେ କମିଶନରଙ୍କୁ ଖରାପ ଭାଷାରେ

ଗାଳିଦେଇଛନ୍ତି । ମନ୍ତ୍ରୀ ତ ସହଜେ ଅହଂକାରୀ, କିନ୍ତୁ ତାଙ୍କର ଖବରକାଗଜକୁ ଭୟ । ତାଙ୍କ ଜ୍ୱାଇଁର କମ୍ପାନୀରୁ କମ୍ପ୍ୟୁଟର କିଣିବାକୁ ଚାପ ପକେଇଛନ୍ତି ବୋଲି ପତ୍ରିକାରେ ବାହାରିଲା, ବିଧାନସଭାରେ ପ୍ରଶ୍ନ ହେଲା । ବୋଧହୁଏ ସେ କମିଶନରଙ୍କୁ ବିଧାନସଭା ଅଧିବେଶନ ସରିଲା ପରେପରେ ବଦଳି କରିଦେବେ ।

ଗୌରାଙ୍ଗ କହିଲା- ମନ୍ତ୍ରୀ ଅସନ୍ତୁଷ୍ଟ ବୋଲି ମୁଁ ଶୁଣୁଥିଲି । ସେଦିନ କମିଶନରଙ୍କ ସହିତ ପ୍ରସନ୍ନ ପାତ୍ର ବିଧାନସାକୁ ଯାଇଥିଲା । ମନ୍ତ୍ରୀଙ୍କ ପାଖରେ ସେ ଉପସ୍ଥିତ ଥିଲା ।

ସେଠି ବେଶି ସମୟ ରହିବାକୁ ଗୌରାଙ୍ଗକୁ ଭଲ ଲାଗିଲା ନାହିଁ । ସେ ମନ ପରିବର୍ତ୍ତନ କରିବାକୁ ଖଟିକୁ ଯାଇଥିଲା, କିନ୍ତୁ ମନରେ ତିକ୍ତତା ବଢ଼ିଗଲା । ସେ ଚା' ପିଇସାରି, ସିଗାରେଟ୍ ଖଣ୍ଡେ ଟାଣି ଚାଲିଆସିଲା । ସେ ବଜାର ବାଟେ ନଫେରି ନଦୀକୂଳ ରିଂ ବନ୍ଧ ଦେଇ ଚାଲିଚାଲି ଆସୁଥିଲା । ବାଟରେ ନଦୀକୂଳ ରିଂ ବନ୍ଧ କଡ଼ରେ ପ୍ରସନ୍ନ ପାତ୍ରର ଘର । ତା'ରି ଘର ପାଖରେ ଗୌରାଙ୍ଗର ଆଖି ପ୍ରସନ୍ନ ପାତ୍ରର ଘର ଆଡକୁ ଚାଲିଗଲା । ବାଲ୍‌କୋନିରେ ବସି ସୁପ୍ରଭା ଚା' ପିଉଥିଲା । ସେ ତାକୁ ଚାହିଁ ରହିଥିଲା । ଆଡ଼ି ପଡ଼ିଯିବାରୁ ତାକୁ ହାତ ଠାରି ଡାକିଲା । ଗୌରାଙ୍ଗ ଏଡ଼େଇଦେଇ ଆସିପାରିଲା ନାହିଁ । ଗୌରାଙ୍ଗ ତାଙ୍କ ଘରକୁ ଗଲା । ପଚାରିଲା- ପ୍ରସନ୍ନବାବୁ ନାହାନ୍ତି କି ? ସୁପ୍ରଭା କହିଲା- ସେ ଅଛନ୍ତି, ଚା' ପିଇବାକୁ ବାହାରକୁ ଯାଇଛନ୍ତି । ଯୋଉଦିନ ଅଫିସ୍ ଥିବ ତ ଭଲ, ଅଫିସ୍‌କୁ ଚାଲିଗଲେ । ଛୁଟିଦିନରେ ସେ ଚା' ପିଇବାକୁ ବାହାରକୁ ଯିବେ । ଖଟି କରିବେ, ଚା' ଦୋକାନୀ, ଦିନ ମଜୁରିଆ, ମାଛ ବିକାଳିଙ୍କୁ ଭାଷଣ ଦେବେ । ଅଫିସ ଦିନରେ ଅଫିସ୍‌ରେ ତାଙ୍କୁ ଭାଷଣ ଶୁଣିବାକୁ ଲୋକ ମିଳିଯାଉଛନ୍ତି । ଛୁଟିଦିନରେ ଶ୍ରୋତା କୋଉଠୁ ମିଳିବେ ? ତେଣୁ ସେମାନଙ୍କ ପାଖରେ ଭାଷଣ ମାରିମାରି ଦଶଟା ସାଢ଼େ ଦଶଟା ବେଳକୁ ଆସିବେ । ସାଢ଼େ ଦଶଟାବେଳକୁ ଗାଧୋଇ ଜଳଖିଆ କରିବେ ।

ସୁପ୍ରଭା କଥାରେ ତା' ସ୍ୱାମୀଙ୍କ ପ୍ରତି ତାଚ୍ଛଲ୍ୟ ଥିଲା । ମହାବାତ୍ୟାର ରାତି ପରଠୁ ଗୌରାଙ୍ଗର ସୁପ୍ରଭା ସହିତ ସାକ୍ଷାତ ହୋଇନଥିଲା । ସୁପ୍ରଭା ତା'ର ସ୍କୁଲଦିନର ସାଙ୍ଗ । କିଛିବର୍ଷ ସମ୍ପର୍କ ନଥିଲା, ମହାବାତ୍ୟାର ରାତିଠାରୁ ସୁପ୍ରଭା ଅଧିକ ଘନିଷ୍ଠ ହୋଇଥିଲା, ଆଜି ବେଶ ଖୋଲାଖୋଲି ତା' ସହିତ କଥାବାର୍ତ୍ତା କରୁଥିଲା । ସୁପ୍ରଭା ପୂର୍ଣ୍ଣିମାକୁ ଚା' ଆଣିବାକୁ କହିଲା । ଗୌରାଙ୍ଗ କହିଲା- ମୁଁ ଏବେ ଚା' ପିଇ ଆସିଛି । ଚା' ଦରକାର ନାହିଁ । ପାଣି ଗ୍ଲାସେ ଆଣୁ ।

ସୁପ୍ରଭା ପୂର୍ଣ୍ଣିମାକୁ ଲେମ୍ବୁ ସର୍ବତ ଆଣିବାକୁ କହି ଗୌରାଙ୍ଗକୁ ପଚାରିଲା, ତୁ କାହିଁକି ଆମ ଘର ଆଡ଼େ ଆସୁନୁ ? ମୁଁ ଜାଣେ, ଅଫିସ୍‌ରେ ତୋର ପ୍ରସନ୍ନବାବୁଙ୍କ

ସହିତ ପଡୁନାହିଁ, ଯୁକ୍ତିତର୍କ ହେଉଛି । ସେଥିରେ କ'ଣ ଅଛି ? ତୁ ତ ମୋ ପାଖକୁ ଆସିବୁ, ତାଙ୍କ ସହିତ ନପଡ଼ିଲେ କ'ଣ ହେଲା ?

ଗୌରାଙ୍ଗ କହିଲା- ସେମିତି କିଛି କାରଣ ନାହିଁ । କେମିତି କ'ଣ ସମୟ ଚାଲିଯାଉଛି । ଦିନେ ଦିନେ ସକାଳେ ଭାବୁଛି, ଅଫିସ୍‌ରୁ ଫେରିଲାବେଳେ ଆସିବି, କିନ୍ତୁ ଭୁଲି ଯାଉଛି କିମ୍ବା ଅନ୍ୟ କ'ଣ କାମ ପଡ଼ିଯାଉଛି ।

ସୁପ୍ରଭା କହିଲା- ମିଛକଥା । ତୋର ଇଚ୍ଛା ଥିଲେ ଆସିବାକୁ ଭୁଲନ୍ତୁ ନାହିଁ କିମ୍ବା କିଛି କାମ ଅଟକେଇ ପାରନ୍ତା ନାହିଁ । ମୁଁ ତତେ ପିଲାଦିନରୁ ଜାଣିଛି । ତୁ ଯାହାକୁ ଭଲ ପାଉଥିବୁ କ୍ଷୀରନୀର ପରି ତୋର ସମ୍ପର୍କ ଥିବ, ଯାହାକୁ ଭଲ ପାଇଲୁ ନାହିଁ, ଆଡଆଖିରେ ବି ତାକୁ ଚାହିଁବୁ ନାହିଁ । ସୌଜନ୍ୟ, ଭଦ୍ରତା ଏସବୁ ସମ୍ପର୍କ ତୋର ନାହିଁ । ପ୍ରକୃତି କ'ଣ ବଦଳିଯିବ ? ଯାହାହେଲେ ବି ବାହୁବଳେନ୍ଦ୍ର ବଂଶର ରକ୍ତ ତୋ ଧମନୀରେ ପ୍ରବାହିତ !

ପୂର୍ଣ୍ଣିମା ଲେମ୍ବୁ ସର୍ବତ ଆଣି ଗୌରାଙ୍ଗକୁ ଦେଲା । ସୁପ୍ରଭା କହିଲା- ମୁଁ ଗୋଟିଏ କଥା ପଚାରିବି, ଖରାପ ଭାବିବୁନି । ତୁମ ଡିପାର୍ଟମେଣ୍ଟରେ ବହୁତ ଗୁଜବ ଶୁଣାଯାଏ, ସତ କି ମିଛ ଜଣାପଡେନି । ଶୁଣାଯାଉଛି, ତୋର ଶ୍ରାବଣୀ ସାମନ୍ତରାୟ ସହିତ ଆଫାୟାର ଚାଲିଛି, ସେଥିପାଇଁ ତା'ର ସ୍ୱାମୀ ସହିତ ତା'ର ପଡୁନାହିଁ, ସେ ତା' ଶାଶୁଘର ଛାଡ଼ି ତା' ବାପଘରକୁ ଚାଲିଆସିଛି ।

ଗୌରାଙ୍ଗ କହିଲା- ତତେ ବୋଧହୁଏ ପ୍ରସନ୍ନବାବୁ କହିଥିବେ । ସେ ଠିକ୍ ଜାଣିନାହାନ୍ତି, ଅନୁମାନ କରି କହୁଛନ୍ତି । ମୋ ସହିତ ଆଫାୟାର ପାଇଁ ତା'ର ଶାଶୁଘରେ ଝଗଡ଼ା ହୋଇନାହିଁ । ଶାଶୁଘରେ ଝଗଡ଼ା ହେବାର କାରଣ ଭିନ୍ନ । ମୋର କିନ୍ତୁ ତା' ସହିତ ଆଫାୟାର ଅଛି, ମୁଁ ତାକୁ କହିଛି, ତା' ସ୍ୱାମୀଙ୍କୁ ସେ ଡିଭୋର୍ସ ଦେଇଦଉ, ମୁଁ ତାକୁ ବାହାହେବି ।

ସୁପ୍ରଭା ଆଶ୍ଚର୍ଯ୍ୟ ହେଲା । ସୁପ୍ରଭା ଜାଣେ ଗୌରାଙ୍ଗ ଚାହିଁଲେ କହିବ ନାହିଁ କହିବାକୁ ମନା କରିଦେବ କିମ୍ବା ନିରବ ରହିବ, କିନ୍ତୁ ଯଦି କହିବ ମିଛ କହିବ ନାହିଁ । ବିଶେଷତଃ ତା' ସାଙ୍ଗ ଓ ଆତ୍ମୀୟଙ୍କ ପାଖରେ । ସେ ହଜମ କରିପାରୁ ନଥିଲା, କିଛି ସମୟ ଗୌରାଙ୍ଗକୁ ଚାହିଁଲା । ଗ୍ଲାସରେ କିଛି ପାଣି ଥିଲା, ସେ ପିଇଲା । କହିଲା- ବିବାହିତ ସ୍ୱାମୀକୁ ଡିଭୋର୍ସ ଦେବା ଏତେ ସହଜ ନୁହେଁ, ବିଶେଷତଃ ଓଡ଼ିଶାରେ । ଅଗ୍ନିକୁ ସାକ୍ଷୀ ରଖି, ମନ୍ତ୍ର ପଢ଼ାଯାଇ ଯୋଉ ହାତଗଣ୍ଠି ପଡ଼ିଥାଏ, ସେହି ଗଣ୍ଠିଟା ସିନା ଖୋଲିଦିଆଯାଏ, କିନ୍ତୁ ଆମର ଚଳଣି, ପରମ୍ପରା ଯାହା, ଯୋଉ ସାମାଜିକ ଗଣ୍ଠିଟି ପଡ଼ିଯାଏ, ତାହା ଖୋଲିବା ଏତେ ସହଜ ନୁହେଁ ।

ଶ୍ମଶାନକୁ ଗଲେ ଯାଇ ସେଠି ଗଣ୍ଠିଟି ଫିଟେ । କିନ୍ତୁ ଦେଖ, ଶ୍ରାବଣୀ ଡିଭୋର୍ସ ଦେଇପାରୁଛି କି ନାହିଁ ।

ଗୌରାଙ୍ଗ କହିଲା, ଆଜି ମୁଁ ତାଙ୍କ ଗାଁକୁ ଯାଉଛି, ସେଠି ମଧ୍ୟାହ୍ନଭୋଜନ ପାଇଁ ମତେ ଆଜି ଡାକିଛି ।

ସେ ଉଠିଲା ଆସିବାକୁ । ସୁପ୍ରଭା ତାକୁ ବଳେଇଦେବାକୁ ଗେଟ ପର୍ଯ୍ୟନ୍ତ ଗଲା ଏବଂ କହିଲା, ମୁଁ କାହାକୁ କହିବି ନାହିଁ। ତୋର ଯଦି ବାହାଘର ହୁଏ, ତେବେ ମତେ କହିବୁ, ମୁଁ ନିଶ୍ଚିତ ଯିବି । ଯଦି କୋର୍ଟରେ ବାହାହଉ, ତେବେ ମୁଁ ସାକ୍ଷୀ ପଡ଼ିବି ।

ଗୌରାଙ୍ଗକୁ ଖୁସି ଲାଗିଲା, ତା'ର ସୁପ୍ରଭାକୁ ଚୁମା ଦେବାକୁ ଇଚ୍ଛା ହେଉଥିଲା ।

ଗୌରାଙ୍ଗର ଶ୍ରାବଣୀର ଗାଁରେ ପହଞ୍ଚିବାକୁ ଡେରି ହେଲା । ଶ୍ରାବଣୀ ରୋଷେଇ ଶେଷ କରି ତାକୁ ଅପେକ୍ଷା କରିଥିଲା । ତା'ର ବାପା-ମା' ଖାଇସାରିଥିଲେ । ଶ୍ରାବଣୀ ଉପର ମହଲାରେ ବୁଲୁଥିଲା ଏବଂ ରାସ୍ତାକୁ ଚାହିଁ ରହିଥିଲା । ଭାବୁଥିଲା, ଗୌରାଙ୍ଗ ବୋଧହୁଏ ଯିବନାହିଁ । ଗୌରାଙ୍ଗର ନିଜର ଫୋନ୍ ନାହିଁ, ଘର ମାଲିକର ଫୋନ୍ ନମ୍ବର ଦେଇଛି, ଜରୁରୀ ପଡ଼ିଲେ ବାର୍ତ୍ତା ଦେବାକୁ । କିନ୍ତୁ ଶ୍ରାବଣୀର ଗାଁରେ ତାଙ୍କର ଫୋନ୍ ନାହିଁ । ତେଣୁ ଯୋଗାଯୋଗ କରିହେଉନଥିଲା । ଦୁଇଟା ପଇଁଚାଳିଶ ମିନିଟ ବେଳକୁ ଗୌରାଙ୍ଗ ପହଞ୍ଚିଲା, ତାକୁ ଦେଖି ଶ୍ରାବଣୀ ତଳକୁ ଆସିଲା ଏବଂ ପଚାରିଲା, ଏତେ ଡେରି କାହିଁକି ହେଲା ?

ଗୌରାଙ୍ଗ କହିଲା- ଆସିବାକୁ କିଛି ମିଳୁନଥିଲା । ବାଦାମବାଡ଼ି ଆସିଲି, ସେଠୁ ଅଟୋରିକ୍ସା ଭଡ଼ାକରି ଆସିଲି । ମୋର ଟିକେ ବାହାରିବାକୁ ଡେରି ହେଲା ।

ତାଙ୍କ ଗାଁ ବାଟ ଦେଇ ବସ୍ ଯାଉଥିଲା, କିନ୍ତୁ ବସ୍ ସବୁ ସମୟରେ ନଥାଏ । ଗୋଟିଏ ବସ୍ ଧରିନପାରିଲେ ତିନି ଚାରିଘଣ୍ଟା ଅପେକ୍ଷା କରିବାକୁ ପଡୁଥିଲା ପର ବସ୍‌ରେ ଯିବାକୁ ।

ଗୌରାଙ୍ଗ ଓ ଶ୍ରାବଣୀ ଖାଇବସିଥିଲେ, ଶ୍ରାବଣୀର ମା' ପରଷିଦେଉଥିଲେ । ଭାତ ସହିତ ମାଛ ତରକାରି ଏବଂ ତା' ସାଙ୍ଗକୁ ଜହ୍ନିପୋସ୍ତ ଓ ଚେକାଚେକା କଟାଯାଇ ବାଇଗଣ ଭଜା । କଥାବାର୍ତ୍ତା ଭିତରେ କେବେ ଦିନେ ଗୌରାଙ୍ଗ କହିଥିଲା, ତା'ର ପ୍ରିୟ ଜହ୍ନିପୋସ୍ତ ତର୍କାରି ଓ ବାଇଗଣ ଭଜା । ଶ୍ରାବଣୀ ନିଜେ ରୋଷେଇ କରିଥିଲା ।

ଖାଇସାରିଲା ପରେ ଶ୍ରାବଣୀ ତାକୁ ଉପର ମହଲାକୁ ନେଇଗଲା ଏବଂ ଟିକେ ବିଶ୍ରାମ ନେବାକୁ କହିଲା । ତାଙ୍କର ଦୁଇମହଲା ଘର, ତଳେ ରୋଷେଇଘର ଏବଂ ଦୁଇ ବଖରା ଘର ଅଛି । ଉପର ମହଲାରେ ଦୁଇ ବଖରା । ଗୋଟିଏ ବଖରା ତା'

ସାନଭାଇର ଓ ଅନ୍ୟଟି ଶ୍ରାବଣୀର । ତଳେ ବାପା ମା' ଗୋଟିଏ ବଖରାରେ, ଅନ୍ୟ କୋଠରୀଟି ଖାଲି ପଡ଼ିଛି । ଅନ୍ୟ କୋଠରୀଟି ତା' ସାନଭଉଣୀ ପାଇଁ । ଶ୍ରାବଣୀର ସାନଭାଇ ଏବେ ହଷ୍ଟେଲରେ ରହୁଛି । ତେଣୁ ସମ୍ପୂର୍ଣ୍ଣ ଘରଟିରେ ତଳେ ତା ବାପା ମା' ରୁହନ୍ତି ଏବଂ ଉପର ଘରେ ଶ୍ରାବଣୀ । ପାଞ୍ଚଟାରେ ବସ୍ ଅଛି । ସେ ବିଶ୍ରାମ ନେବାକୁ ଚାହୁଁନଥିଲା, ଶ୍ରାବଣୀ ସହିତ ଗପିବାକୁ ଚାହୁଁଥିଲା । ଶ୍ରାବଣୀ ମଧ୍ୟ ସେୟା ଚାହୁଁଥିଲା, ଯଦିଓ କହୁଥିଲା ବିଶ୍ରାମ ନିଅ ।

ଗୌରାଙ୍ଗକୁ ଶ୍ରାବଣୀ ତା' ରୁମ୍‌କୁ ନେଇଗଲା । ରୁମ୍‌ରେ ଗୋଟିଏ ଖଟ, ଚେୟାର ଓ ଛୋଟ ଟେବୁଲଟିଏ ଥିଲା । ଗୋଟିଏ ଗଦରେଜ୍ ଆଲମିରା, ବୋଧହୁଏ ଆଲମିରାରେ ତା'ର ଡ୍ରେସ୍ ଓ ଶାଢ଼ି ଥିଲା । ଡ୍ରେସିଂ ଟେବୁଲ ଓ ମିରର । ଟେବୁଲ ଉପରେ କିଛି ବହି ଓ ପତ୍ରିକା । ଶ୍ରାବଣୀ କହିଲା, ମୁଁ ପଢ଼ାପଢ଼ି ସବୁ ଭୁଲି ଯାଇଥିଲି, ଏଇ ମାସେ ହେଲା, ବହି ଓ ପତ୍ରିକା କିଣି ପଢ଼ାପଢ଼ି କରୁଛି ।

ଶ୍ରାବଣୀ ତା' ସାନଭାଇର ରୁମ୍‌ରୁ ଚେୟାରଟିଏ ଆଣିଲା । ତା' ରୁମ୍‌ର ଚେୟାରରେ ବସିଥିଲା ଗୌରାଙ୍ଗ । ସେ ତା' ସାନଭାଇ ରୁମ୍‌ରୁ ଆଣିଥିବା ଚେୟାରରେ ବସିଥିଲା । ଶ୍ରାବଣୀ କହିଲା- ଆଜି ଶଶୁର ଆସିଥିଲେ, ସକାଳ ନ'ଟା ସାଢ଼େ ନ'ଟା ବେଳେ ।

କ'ଣ ପାଇଁ ? ଗୌରାଙ୍ଗ ପଚାରିଲା ।

ଗୌରାଙ୍ଗ ଭାବୁଥିଲା, ଶ୍ରାବଣୀର ଶାଶୁଘର ସହିତ ଆଉ କୌଣସି ସମ୍ପର୍କ ରଖିବା ଉଚିତ ନୁହେଁ, ସେ ଚାଲି ଆସିଛି, ଫେରିବା ଚିନ୍ତା କରିବା କଥା ନୁହେଁ । ଶ୍ରାବଣୀ କହିଲା- ଶଶୁର ବାପାଙ୍କୁ କହିଲେ, ଶ୍ରାବଣୀ ଦିଲ୍ଲୀରୁ ଫେରି ଆମଘରକୁ ନଯାଇ ସିଧା ଏଠିକୁ ଚାଲିଆସିଲା । ଆପଣ ତାକୁ ଆମ ଘରକୁ ପଠେଇଦେଲେନି ? ସେ ସିନା ଝିଅ, ତା'ର ବୁଦ୍ଧିସୁଦ୍ଧି ନାହିଁ, ଆପଣ ତ ବୟସ୍କ, ଆପଣ କ'ଣ ସାମାଜିକ ଚଳଣି ଜାଣିନାହାନ୍ତି ?

ବାପା ହଠାତ୍ ରାଗିଗଲେ । ସେ କେବେ ଏମିତି ରାଗନ୍ତି ନାହିଁ । ଆମେ ବାପାଙ୍କୁ ଏମିତି ରାଗିବା ଦେଖିନଥିଲୁ । ବାପା କହିଲେ- ଝିଅ ମୋର ସାନ ନୁହଁ । ସେ ଜଣେ ଅଫିସର, ତା'ର ଢ଼େର ଅଭିଜ୍ଞତା ଅଛି । ବହୁତ ଲୋକଙ୍କ ସହିତ ମିଶୁଛି, ତା'ର ଦାୟିତ୍ୱ ସେ ନିଭଉଛି । ତା'ର କାହିଁକି ବୁଦ୍ଧିସୁଦ୍ଧି ନାହିଁ ? ସେ ଶିକ୍ଷକତା କରୁଥିଲା, ଅଲଗା କଥା । ତାକୁ ସମୟ ମିଳୁଥିଲା । ଏବେ ଅଫିସ୍ କାମ କରିବ, ଅଫିସ୍ କାମ ସାରି ଘରକୁ ଯାଇ ରୋଷେଇ କରିବ । ଆପଣ କାମବାଲୀଟିଏ ବି ରଖିବେନି । ତା' ଶାଶୁ ବି କାମକୁ ଟିକେ ହାତ ବଢ଼େଇ ଦେବେନି । ପୁଣି ତା'

କାମରେ ଖୁଣ ବାହାର କରିବେ । ସେ ସବୁକାମ କରିବ, ପୁଣି ତାକୁ ନିର୍ଯାତନା ଦେବେ । କହିଲେ କ'ଣ ନା ମୁଁ ସାମାଜିକ ଚଳଣୀ ଜାଣିନାହିଁ । ତା' ଟଙ୍କାରେ ଜମି କିଣିବେ । ଏଥରକ ଟଙ୍କା ଦେଲାନି ବୋଲି ଏତେ ଝାମେଲା । ଆପଣ କେତେଟା ସାମାଜିକ ଏଥିରୁ ଜଣାପଡୁନି, ଓଲଟା ଆପଣ ଆମକୁ କହିଲେ ଆମେ ଚଳଣି ଜାଣିନାହୁଁ ?

ମା' ବାପାଙ୍କୁ ପାଟିକରି କହିଲା- କ'ଣ ଝଗଡ଼ା କରୁଛ ? ଭଲରେ କହୁନ, ପାଟି କାହିଁକି କରୁଛ ?

ମା' ମିଠା ଦୁଇଟା ପ୍ଲେଟ୍‌ରେ ନେଇ ଶଶୁରଙ୍କୁ ଦେଲା । ମା' କହିଲା- କ'ଣ କଥାବାର୍ତ୍ତା କରିବା କଥା ଭଲରେ କଥାବାର୍ତ୍ତା କରୁନ, ପରସ୍ପରକୁ ଦୋଷ ଦେଲେ କ'ଣ ହେବ ?

ଶଶୁର ମିଠା ଖାଉନଥିଲେ । ମା' ବାଧ କଲାରୁ ମିଠା ଖାଇଲେ, ପାଣି ପିଇଲେ । ମା' ଚା' କରିଦେଲା । ବାପା କହିଲେ- ଆପଣଙ୍କର ରାଗ ଏଇଥି ପାଇଁ ଯେ ମୋ ଝିଅ ମୋ ସାନଝିଅ ବାହାଘର ବେଳକୁ ଏବଂ ତା' ମା'ର ଅପରେସନ୍ ବେଳକୁ କିଛି ଟଙ୍କା ଖର୍ଚ୍ଚ କରିଛି । କେତେ ଟଙ୍କା ଖର୍ଚ୍ଚ କରିଛି ମୁଁ ଜାଣିନି । ସେମିତି କ'ଣ ଭଲମନ୍ଦରେ ଝିଅ ବାପାକୁ ସାହାଯ୍ୟ କରେନି ? ମୁଁ ଶ୍ରାବଣୀକୁ କହୁଥିଲି, ସେ କେତେ ଟଙ୍କା ଖର୍ଚ୍ଚ କରିଛି, ମୁଁ ଫେରେଇଦେବି ।

ଶଶୁର କିଛି କହୁନଥିଲେ । ସେ ବାପାଙ୍କ ରାଗ କେବେ ଦେଖିନଥିଲେ । ସେ ଆଶା କରୁନଥିଲେ ବାପା ଏମିତି ରାଗିଯିବେ । ମିଠା ଖାଇ, ପାଣି ପିଇସାରିଲା ପରେ ଟିକେ ଶାନ୍ତ ପଡ଼ିଯାଇଥିଲେ । ଚା' ପିଉପିଉ କହିଲେ- ନା, ନା ଟଙ୍କା କାହିଁକି ଫେରେଇବ ? ସେ ଆପଣଙ୍କର ଝିଅ, ଆପଣ ବଢ଼େଇଛନ୍ତି, ପଢ଼େଇଛନ୍ତି, ମଣିଷ କରିଛନ୍ତି । ତା'ର ତ ପୁଣି ତା' ବାପା ପ୍ରତି ଦାୟିତ୍ୱ ରହିଛି ? ଆପଣ ସେମିତି କାହିଁକି ଭାବୁଛନ୍ତି ?

ସେ ଚା' ପିଇସାରିଲେ । କହିଲେ- ହଉ, ମୁଁ ଯାଉଛି । ତାକୁ ବୁଝେଇସୁଝେଇ ଆମ ଘରକୁ ପଠେଇ ଦେବେ ।

ମୁଁ ଶଶୁର ଥିଲାବେଳେ ତଳକୁ ଆସିନଥିଲି । ସେ ଚାଲିଗଲା ପରେ ଆସିଲି । ବାପାଙ୍କ ଉପରେ ବିରକ୍ତ ହେଲି । କହିଲି- ମୁଁ କେତେଥର କହିବି ଟଙ୍କା ମୁଁ ଖର୍ଚ୍ଚ କରିଛି । ତୁମେ ଫେରେଇବ, ଏସବୁ କଥା କହିବ ନାହିଁ । ପୁଣି ଥରେ ଯଦି ଏମିତି କହିବ, ତେବେ ମୁଁ ଏ ଘର ଛାଡ଼ି ଚାଲିଯିବି, ଘରଭଡ଼ା ନେଇ ରହିବି, ଆଉ ଏ ଘରକୁ ଆସିବି ନାହିଁ ।

ମା' କହିଲା- ତୁ ଏମିତି କାହିଁକି ରାଗି ଯାଉଛୁ ? ତୋ ଶଶୁର ବଦଳିଗଲେଣି । ଦେଖୁନୁ, ସେ କହିଲେ- ଟଙ୍କା କାହିଁକି ଫେରେଇବ, ସେ ଆପଣଙ୍କ ଝିଅ...

ମତେ ଭୀଷଣ ରାଗ ଲାଗିଲା । ମୁଁ ମା'ଙ୍କୁ କହିଲି- ସେଭଳି ଲୋକ କେବେ ବଦଳିବେ ନାହିଁ । ବଦଳିବାର ଗୋଟିଏ ବୟସ ଥାଏ, ବୁଢ଼ା ବୟସରେ କେହି ବଦଳି ଯାଆନ୍ତି ନାହିଁ । ସେ ଦେଖୁଛନ୍ତି, ମୁଁ ଗୋଟିଏ ସୁନା ଅଣ୍ଡାଦିଆ କୁକୁଡ଼ା, ମତେ ମାରିଦେଲେ କିଛି ମିଳିବନି । କୁକୁଡ଼ାଟା ବଞ୍ଚି ରହିଲେ ଭବିଷ୍ୟତରେ ଅଣ୍ଡା ଦେବ । ମାରି ଦେଲେ ଅଣ୍ଡା ପାଇବା ଆଶାଟା ବି ଚାଲିଯିବ ।

ଶ୍ରାବଣୀର ମା' ଚାହିଁଛି ମିଳାମିଶା ହେଇଯାଉ, ଝିଅ ତା' ଶାଶୁଘରକୁ ଚାଲିଯାଉ । ଶ୍ରାବଣୀର ବାପା ରାଗିଗଲେ ଯେହେତୁ ତା' ଶଶୁର ତାଙ୍କୁ ଅପମାନିତ କଲେ । ବାପା ମା' ଝିଅ-ଜ୍ୱାଇଁ ମିଶିଯିବାକୁ ଚାହିଁବା ସ୍ୱାଭାବିକ । କିନ୍ତୁ ଶ୍ରାବଣୀ କ'ଣ ଚାହୁଁଛି ? ଗୌରାଙ୍ଗ ବୁଝିପାରୁନଥିଲା ।

ମେଘ ଘୋଟି ଆସିଲା, ପବନ ବହିଲା । କାଳବୈଶାଖୀ ବର୍ଷା ପବନ । ବିଜୁଳି ଚାଲିଗଲା । ଶ୍ରାବଣୀ ଉଠିଗଲା ତା' ସାନଭାଇର ରୁମ୍‌ର କବାଟ ଝରକା ବନ୍ଦ କରିଦେବାକୁ । ତଳକୁ ଗଲା ଅନ୍ୟ ରୁମ୍‌ର କବାଟ ଝରକା ବନ୍ଦ ହୋଇଛି ନା ନାହିଁ ଦେଖିବାକୁ । ବାପା ଗାଁ ଭିତରକୁ ଯାଇଥିଲେ । ମା' ତଳଘରେ ଥିଲେ । ମା' ତଳଘରର ସବୁ କବାଟ ଝରକା ବନ୍ଦ କରିଦେଲା । ପବନ ସହିତ ବର୍ଷା ହେଉଥିଲା । ଶ୍ରାବଣୀ ଫେରିଆସିଲା ଗୌରାଙ୍ଗ ପାଖକୁ ।

ଶ୍ରାବଣୀ କହିଲା- ଏତେଦିନ ପରେ ରମେଶ ଗୋଟିଏ ଚିଠି ଦେଇଛି, ଏହି ଠିକଣାରେ ପଠେଇଛି । ଶୁକ୍ରବାର ସଞ୍ଜବେଳେ ଆସି ମୁଁ ଚିଠିଟା ପଢ଼ିଲି । ଲେଖିଛି, ତୁମେ ଦିଲ୍ଲୀ ଟ୍ରେନିଂରୁ ଫେରି ନିଜ ଘରକୁ ଚାଲିଗଲ, କାହାକୁ ବି ଖବର ଦେଲନି । ସୌଜନ୍ୟ ଦୃଷ୍ଟିରୁ ମତେ ବି କହିଲ ନାହିଁ । ତୁମେ ଅଫିସର ହୋଇଗଲ, ସେଥିପାଇଁ ତୁମର ଅହଂକାର । ତୁମେ ନିଜେ ଯାଇଛ, ତୁମେ ନିଜେ ଫେରିବ । ନହେଲେ, ମତେ ଭୁଲିଯିବ ।

ପବନ ବୋହୁଥିଲା । ବର୍ଷା ହେଉଥିଲା । ବାଲ୍‌କୋନି ପଟ କବାଟ ଓ ଘରର ଅନ୍ୟ ସବୁ ଝରକା ବନ୍ଦ ଥିଲା, ପବନ ସେହିପଟୁ ବୋହୁଥିଲା । କରିଡର ପଟ ଦ୍ୱାରା ଖୋଲାଥିଲା । ଶ୍ରାବଣୀଙ୍କ ଘର ରାସ୍ତା ପାଖାପାଖି, ରାସ୍ତା ଦିଶୁଥିଲା ଏବଂ ରାସ୍ତାକଡ଼ରେ ଥିବା ବରଗଛ । ପବନରେ ପତ୍ର ଦୋହଲୁଥିଲା । ଘରେ ଆଲୁଅ ବେଶି ନଥିଲା, ଅନ୍ଧାରୁଆ । ଶ୍ରାବଣୀର ମୁହଁ ସ୍ପଷ୍ଟ ଦିଶୁନଥିଲା । ଶ୍ରାବଣୀ କହୁଥିଲା, ଅଫିସର ହେଲା ପରେ ମୋର ଅହଂକାର କୋଉଠି ହେଲା ମୁଁ ଜାଣିପାରୁନି । ସେମାନେ ତ

କାମବାଲୀଟିଏ ରଖିବେ ନାହିଁ, ମୁଁ ରୋଷେଇ କରି ଘରେ ରଖିଦେଇ ଆସିବି । ପୁଣି ଅଫିସ୍‌ରୁ ଫେରି ରୋଷେଇ କରିବି । ବାସନକୁସନ ସବୁ ମଜାମଜି କରିବି, ଘର ସଫା କରିବି । ମୁଁ ନିଜେ ପରିବା, ମାସିକିଆ ସଉଦା କରେ । ଶଶୁର କିଣନ୍ତି ନାହିଁ, ତାଙ୍କ ହାତରୁ ଟଙ୍କା ଖର୍ଚ୍ଚ ହୋଇଯିବ ବୋଲି । ମୋ ବାହାଘର ପୂର୍ବରୁ ତ ସେ କିଣୁଥିଲେ ? କେବଳ ମାଛ, ମାଂସ ଆଣିବାକୁ ଥିଲେ, ଆଣିବେ । କାରଣ ମତେ ମାଛ, ମାଂସ ଦୋକାନ ପାଖକୁ ଯିବାକୁ ଭଲ ଲାଗେନି, ଘୃଣା ଲାଗେ। ସବୁ କାମ କରିବି, ଅଫିସ୍ କାମ, କାମବାଲୀର କାମ । ତା'ର ସବୁବେଳେ ଗୋଟିଏ ଗୌଣ ଭାବ ରହୁଛି, ସେଥିପାଇଁ ସେ ଏମିତି ଭାବୁଛି ।

ବସ୍ ଆସିବାର ଶବ୍ଦ ଶୁଭିଲା, ଗୌରାଙ୍ଗ ଘଡ଼ି ଦେଖିଲା । ସମୟ ଚାରିଟା ପଇଁଚାଳିଶ । ଶ୍ରାବଣୀ କହୁଥିଲା ବସ୍ ପାଞ୍ଚଟା ବେଳକୁ ଅଛି, ବୋଧହୁଏ ଆଉ ଗୋଟିଏ ଥିବ । ବର୍ଷା ଛାଡ଼ି ନଥିଲା । ବସ୍ ନଅଟକି ଚାଲିଗଲା । ବସ୍‌ଷ୍ଟପ୍‌ରେ ସେହି ବରଗଛ ମୂଳେ କେହି ଯାତ୍ରୀ ନଥିଲେ । ଶ୍ରାବଣୀ କହିଲା, ଏଇଟା ଶେଷ ବସ୍ । ପାଞ୍ଚଟା ବେଳକୁ ଆସେ, ଆଜି ଟିକେ ଶୀଘ୍ର ଆସିଯାଇଛି, ଦଶ ପନ୍ଦର ମିନିଟ୍ ପୂର୍ବରୁ କଟକରୁ ଆସିବାକୁ ବସ୍ ଅଛି ଗୋଟିଏ । ସେଇଟା ସଞ୍ଜ ସାତଟା ବେଳକୁ ଆସେ । ରାତିରେ ଆଗରୁ ଗୋଟିଏ ଗାଁରେ ରୁହେ । ସକାଳ ଛଅଟା ବେଳକୁ ବାହାରେ । ଏବେ କଟକ ଆଡକୁ ଯିବାକୁ ବସ୍ ନାହିଁ । ଅବଶ୍ୟ ଟ୍ରେକର କିମ୍ୱା ଅଟୋରିକ୍ସା ମିଳିପାରେ । କିନ୍ତୁ ଆପଣ କାହିଁକି ଯିବେ ? ଆଜି ରହିଯାଆନ୍ତୁ, କାଲି ସକାଳେ ଜଳଖିଆ ଖାଇ ଆମେ ସାଙ୍ଗ ହୋଇ ଅଫିସ୍ ଚାଲିଯିବା ।

ଗୌରାଙ୍ଗ ମନର ଅସ୍ଥିରତା ଯାଉନଥିଲା । ସେ କ'ଣ କରିବ, କ'ଣ କରିବା ଉଚିତ୍ ହେବ ସେ ଜାଣିପାରୁନଥିଲା । ଅନ୍ୟ କାହା ଘରେ ସେ ରାତି କଟେଇପାରେନି । ତାକୁ ଅସହଜ ଲାଗେ । ଅବଶ୍ୟ ଶ୍ରାବଣୀର ଉପର ଘରେ ତା' ବାପା ମା'ଙ୍କର ଚଳପ୍ରଚଳ ନାହିଁ । ବାପା ମା' ବି ତଳଘରେ ରୁହନ୍ତି। ଉପର ଘରେ ବି ସଂଯୁକ୍ତ ପାଇଖାନା, ଗାଧୁଆ ଘର ଅଛି। ଉପରେ ସିଗାରେଟ ଟାଣିବାକୁ କିଛି ଅସୁବିଧା ନାହିଁ । ସେ ରହିଯିବାକୁ ରାଜିହେଲା। ଶ୍ରାବଣୀ ତଳକୁ ଗଲା, ତା' ବାପାଙ୍କର ଗୋଟିଏ ଲୁଙ୍ଗି ନେଇ ଆସିଲା । କହିଲା- ଆପଣ ଲୁଙ୍ଗିଟା ପିନ୍ଧି ଧୁଆଧୋଇ ହୋଇ ଆସନ୍ତୁ । କରେଣ୍ଟ ନାହିଁ । ଯଦି ଗଛବୃକ୍ଷ ଭାଙ୍ଗି ପଡ଼ିଥିବ, ତେବେ କେତେବେଳେ କରେଣ୍ଟ ଆସିବ କହିହେବନି । ମୁଁ ଚା' କରି ନେଇଆସୁଛି ।

ଶ୍ରାବଣୀ ରୋଷେଇ କରୁଥିଲା, ମା' ସାଙ୍ଗରେ ମିଶି । ଗୌରାଙ୍ଗ ଉପର ଘର ବାଲ୍‌କୋନିରେ ବସିଥିଲା, ଶ୍ରାବଣୀ ଯାହା କହୁଥିଲା ତା' ଶଶୁରଙ୍କ ଆସିବା ଏବଂ

ତା' ସ୍ୱାମୀଙ୍କର ଚିଠି ସମ୍ପର୍କରେ ସେ ଚିନ୍ତା କରୁଥିଲା । ତା' କଥାବାର୍ତ୍ତାରୁ ଜଣାପଡୁଥିଲା, ତା' ସ୍ୱାମୀ ଓ ଶଶୁରଙ୍କ ସହିତ ସମ୍ପର୍କ କାଟି ଦେବାକୁ ସେ ନିଷ୍ପତ୍ତି ନେଇପାରୁନାହିଁ । ସାହସ କରିପାରୁନି । ଅବଶ୍ୟ ସ୍ୱାଭାବିକ । ଜଣେ ବିବାହିତା ମହିଳା ନିଜ ସ୍ୱାମୀଙ୍କୁ ଛାଡ଼ି ଅନ୍ୟଜଣକୁ ବାହାହେବା ଓଡ଼ିଶା ପରି ରାଜ୍ୟରେ ଏତେ ସହଜ ନୁହେଁ । ଗୌରାଙ୍ଗର ମନର ଅସ୍ଥିରତା ବଢ଼ିଯାଇଥିଲା, ସେ ବାଲ୍‌କୋନିରେ ବସି ସିଗାରେଟ୍ ଟାଣୁଥିଲା ।

ସେ ରାତି ଆଠଟା ବେଳକୁ ଖାଇଦେଇ ଉପରକୁ ଆସିଲା । ଗାଁରେ ଏବେ ବି ବହୁତ ଜଣଙ୍କ ଘରେ ରାତିରେ ଶୀଘ୍ର ଖାଇଦିଅନ୍ତି। ତାଙ୍କ ନିଜ ଘରେ ଅବଶ୍ୟ ରାତି ନଅଟା ବେଳକୁ ରାତିଖିଆ ହୁଏ । ବିଜୁଳି ଆସିସାରିଥିଲା । କିନ୍ତୁ ସେ ଆଲୁଅ ଲିଭେଇଦେଲା ଏବଂ ବାଲକୋନିରେ ବସିଲା । ତା'ର ଶୀଘ୍ର ଶୋଇବାର ଅଭ୍ୟାସ ନାହିଁ । ତାକୁ ଲାଗୁଥିଲା, ଯେମିତି କି ସେ ଗୋଟେ ଅନ୍ଧାର ଘରକୁ ପଶିଯାଇଛି, ବାହାରି ପାରୁନି । ଆଲୋକର ରେଖାଟିଏ ଦିଶୁଛି, କିନ୍ତୁ ଆଲୋକ ରେଖାଟିର ବୃଦ୍ଧି ଘଟୁନି, ଆଲୋକ ଆସୁଥିବା ରାସ୍ତାଟିରେ ସେ ବାହାରିଯିବା ସମ୍ଭବ ଲାଗୁନି । ଶ୍ରାବଣୀ ଆସିଲା, ସେ ଅନ୍ଧାରରେ ବି ଜାଣିପାରୁଥିଲା, ବାଲକୋନିକୁ ସେ ଆସିଲା । ବାଲ୍‌କୋନିର ତାରାମାନଙ୍କର ଆଲୁଅ । ପଛପଟୁ ଗୌରାଙ୍ଗର ମୁହଁକୁ ଧରି, ତା' ଗାଲକୁ ଚୁମା ଦେଲା । ଗୌରାଙ୍ଗ ଛିଡ଼ାହୋଇ ପଡିଲା, ଶ୍ରାବଣୀ ତା' ଛାତିରେ ମୁଣ୍ଡ ରଖି କହିଲା ଏ ଦୁନିଆରେ ମୋ ପାଇଁ ଏହା ସବୁଠୁ ନିରାପଦ ସ୍ଥାନ ।

ଗୌରାଙ୍ଗ ଶ୍ରାବଣୀକୁ ଚୁମା ଦେଇ କହିଲା– ଅପେକ୍ଷା କରିବା ଅସହ୍ୟ ହେଉଛି, ତୁମେ ଶୀଘ୍ର ଡିଭୋର୍ସ କରିବାକୁ କେସ୍ ଫାଇଲ୍ କର । ତୁମକୁ ନିଷ୍ପତ୍ତି ନେବାକୁ ହେବ ।

■

ସତର

ଗୌରାଙ୍ଗ ଗାଁକୁ ଯାଇଥିଲା । ଭାଉଜ ପରଶି ଦେଇଥିଲେ, ସେ ବସି ଖାଉଥିଲା । ମା' ପାଖରେ ବସିଥିଲା । ମା' କହୁଥିଲା, ତୁ ବାହା ହୋଉନୁ କାହିଁକି ? ତୁ ଯୋଉଠି ବାହା ହ, ମୋର କିଛି ଆପତ୍ତି ନାହିଁ, ଯୋଉ ଜାତି, ଯୋଉ ଧର୍ମର ହେଉ ପଛକେ । ଆମେ ତ ଠିକ୍ କଲୁ, ତୁ ରାଜି ହେଲୁନି । ଏବେ ବଳବୟସ ଅଛି, ସବୁ ଚଳେଇନଉଛୁ । ବୟସ ହୋଇଗଲେ ତତେ ଦେଖିବ କିଏ ?

ବାପା ତା ବାହାଘର କଥା ଏବେ ଆଉ ଉଠଉ ନାହାନ୍ତି । ବାପାଙ୍କ ମନରେ ତା' ବାହାଘର ଚିନ୍ତା ଥିଲେ ବି ସେ ଏବେ କିଛି କହୁନାହାନ୍ତି । ସେ ଧରି ନେଇଛନ୍ତି, ତା'ର ଯାହା ଖୁସି ସେ କରୁ । କିନ୍ତୁ ଯେବେ ଗୌରାଙ୍ଗ ଘରକୁ ଯାଏ, ମା' ତା'ର ବାହାଘର ପ୍ରସଙ୍ଗ ଉଠାଏ । ଗୌରାଙ୍ଗ ମଜାକରି କହିଲା, ଆଜିକାଲି କୋଉ ସ୍ତ୍ରୀ ତା' ସ୍ୱାମୀକୁ ଦେଖୁଛି ? ସ୍ତ୍ରୀ ତ କହୁଛି ମତେ ସ୍ୱାମୀ ଦେଖୁ, ମୋ ଭଲମନ୍ଦ ବୁଝୁ ।

ମା' କହିଲା, କାହିଁକି ସେ ଅଭିଲା କଥା କହୁଛୁ ? ତୋର ଯୋଉଠି ଇଚ୍ଛା ବାହା ହ' ଆମେ ମନା କରିବୁ ନାହିଁ । ତୁ ଖୁସିରେ ରହ, ଭଲରେ ରହ ।

ଗୌରାଙ୍ଗ କହିଲା- ମା' ମୁଁ ଖୁସିରେ ଅଛି । ଆଜିକାଲି ଲୋକେ ବାହାହୋଇ ବହୁତ ଦୁଃଖ ପାଉଛନ୍ତି । ଯୁଗ ବଦଳିଗଲାଣି ।

ମା' ଚିଡ଼ିଗଲା । କହିଲା-ସବୁବେଳେ ହସମଜା, ସେ କଥା ଛାଡ଼ । ଟିକେ ଗୁରୁତର ସହିତ ଚିନ୍ତା କର ।

ଗୌରାଙ୍ଗ କହିଲା- ହଉ ଦେଖୁଛି, ଏହି ବର୍ଷ କୋଉଠି ବାହାହୋଇଯିବା ।

ଶ୍ରାବଣୀ କିଛି ନିଷ୍ପତ୍ତି ନେଇପାରୁନି, ସାହସ କରିପାରୁନି । ଶ୍ରାବଣୀର ବାପା ଶ୍ରାବଣୀକୁ କିଛି କହୁନାହାନ୍ତି । କିନ୍ତୁ ମା' କହୁଛି । ମା' କହୁଛି, ଭଲମନ୍ଦରେ ସ୍ୱାମୀ ସ୍ତ୍ରୀ ଭିତରେ ଝଗଡ଼ା ହୁଏ, ତା'ବୋଲି କ'ଣ ସ୍ୱାମୀକୁ ଛାଡ଼ିଦେବ । ସେମାନେ ତାଙ୍କର ଭୁଲ ବୁଝିଲେଣି, ଶଶୁର ଆସିଥିଲେ । ଶ୍ରାବଣୀ ଚିଡ଼ିଗଲା । କହିଲା- ଶଶୁର ଆସିଗଲେ ବୋଲି କ'ଣ ସବୁ ପବିତ୍ର ହୋଇଗଲା ? ତୁ ଏତେ ମୁଣ୍ଡ ପୂରାନା । ମା' କହିଲା, ଗାଁରେ ସବୁ କଥାବାର୍ତ୍ତା ହେଉଛନ୍ତି । ଆମେ କ'ଣ ଦିଲ୍ଲୀରେ ନା ବମ୍ବେରେ ରହୁଛନ୍ତି । ଏଠି ଗପୁଛନ୍ତି, କେତେ କ'ଣ କିଏ କହୁଛି । ଅବଶ୍ୟ ସେମାନଙ୍କ କଥାରେ କାନ ଦେବା କଥା ନୁହେଁ, କିନ୍ତୁ ସଂସାରରେ ଘର କରିଥାଇ, କାନ ତ ବୁଜିଦେଇ ରହିହେବନି ।

ଶ୍ରାବଣୀ କହିଲା- ତୁ ଯଦି କାନବୁଜି ରହିପାରିବୁ ନାହିଁ, ଆଉ ମୋ' ମୁଣ୍ଡ ଏମିତି ଖାଇବୁ, ତେବେ ମୁଁ ଘରଛାଡ଼ି ଚାଲିଯିବି । ମୁଁ କଟକରେ ଘରଭଡ଼ା ନେଇ ରହିବି । ଗାଁରେ ରହିଲେ ସିନା ଗାଁ ମାଇପେ ଗପିବେ, ନରହିଲେ ତୋ' କାନରେ ଆଉ କିଛି ବାଜିବନି ।

ମା' କହିଲା, ତୁ କାହିଁକି ଏମିତି ରାଗି ଯାଉଛୁ ? ଯେ କ'ଣ ତୋ' ଘର ନୁହେଁ ? ଆମର ଦି' ଝିଅ, ଗୋଟିଏ ପୁଅ ପାଇଁ ତ ବାପା ଅଲଗା ଅଲଗା ରୁମ୍ କରିଦେଇଛନ୍ତି ? ଯିଏ ଯୋଉଠି ଥାଉ ଘରକୁ ଆସିଲେ ନିଜନିଜ ରୁମ୍‌ରେ ରହିବ । ଗାଁରେ ଗପୁଛନ୍ତି ବୋଲି ମୁଁ କହୁଥିଲି ।

ମା' ଚୁପ୍ ରୁହେ । କିଛି କୁହେନି, କିନ୍ତୁ ଦୁଇତିନି ଦିନ ପରେ ପୁଣି ଆରମ୍ଭ କରେ, ବାପା ସିନା ନିରବ ରହୁଛନ୍ତି, କିଛି କହୁନାହାନ୍ତି, କିନ୍ତୁ ତୋରି ଚିନ୍ତା ତାଙ୍କରି ରହୁଛି । ମୁଁ ତ ଦେଖୁଛି, ସେ ରାତିରେ ଶୋଇପାରୁ ନାହାନ୍ତି ।

ଶ୍ରାବଣୀ କହିଲା- ବାପା କାହିଁକି ମୋ ବିଷୟରେ ଚିନ୍ତା କରୁଛନ୍ତି ? ମୁଁ କ'ଣ ନିଜେ ବଞ୍ଚିପାରିବି ନାହିଁ ଯେ ବାପା ମୋ ପାଇଁ ଚିନ୍ତା କରୁଛନ୍ତି । ମୁଁ କ'ଣ ଅସହାୟା, ନିରାଶ୍ରୟା, ନିଜେ ବଞ୍ଚି ପାରିବି ନାହିଁ ? ମତେ ପାଠ ପଢ଼େଇ ମଣିଷ କଲ, ମୁଁ ଚାକିରି କରିଛି । ମୋ କଥା ମୁଁ ବୁଝିପାରିବି ନାହିଁ ଯେ ବାପା ମୋ ପାଇଁ ଚିନ୍ତା କରୁଛନ୍ତି ? ତେବେ ମୋ ବାପାଙ୍କର ମତେ ପାଠ ପଢ଼େଇବାର ମୂଲ୍ୟ କ'ଣ ରହିଲା ? ମୁଁ ସେମାନଙ୍କ ଘରେ ଅପମାନ ସହିବି, ନିର୍ଯାତିତା ହେବି, ସେହିସବୁ ତତେ ଭଲ ଲାଗିବ ?

ମା' କହିଲା- ତୁ ବଞ୍ଚିବା ପାଇଁ କାହା ଉପରେ ନିର୍ଭର କରିବୁ ନାହିଁ ଯେ...

ଶ୍ରାବଣୀ ଚିଡ଼ିଲା, ପୁଣି ଯେ କ'ଣ ?

ଶ୍ରାବଣୀ ମା' ପାଖରୁ ଉଠି ଚାଲିଯାଏ । ସେ ମା'କୁ ବେଶି କିଛି କହିପାରେନି, ସେ ବେଶି ଚିଡିଲେ ମା' ମନଦୁଃଖ କରିବ । ମା' ଯେମିତି ବଢ଼ିଛି, ଯେମିତି ସେ ବଞ୍ଚିଆସିଛି, ସେମିତି ତା'ର ଚିନ୍ତାଧାରା। ତାହା କେବେ ବଦଳିପାରିବ ନାହିଁ । ଶ୍ରାବଣୀ ଅଫିସ୍‌କୁ ଶୀଘ୍ର ବାହାରିଆସେ, ଘରୁ ନ'ଟା ବେଳକୁ ଆସେ, ଅଫିସ୍‌ରେ ଠିକ୍ ଦଶଟାବେଳେ ପହଞ୍ଚେ । ଅଫିସ୍ କାମ ସାରି ଘରେ ପହଞ୍ଚିଲା ବେଳକୁ ସଞ୍ଜ ସାତଟା । ସେ ଖାଇପିଇ ନିଜ ରୁମ୍‌କୁ ଚାଲିଯାଏ । ପଢ଼ାପଢ଼ି କରେ, ବିଳମ୍ବରେ ଶୁଏ ଏବଂ ସକାଳେ ବିଳମ୍ବରେ ଉଠେ । ଯେମିତି କି ବାପା ମା'ଙ୍କ ସହିତ ବେଶି ସମୟ ପାଇଁ ଦେଖାହେବନି । ବାପା ଓ ମା'ଙ୍କର ଚିନ୍ତିତ ମୁହଁ ଦେଖିଲେ ତାକୁ ଦୁଃଖ ଲାଗେ । କିନ୍ତୁ ସେ ନିରୁପାୟ, ମା' ଯାହା ଚାହେଁ ସେ କରିବାକୁ ପ୍ରସ୍ତୁତ ନୁହେଁ । ସମସ୍ୟା ଛୁଟିଦିନ । ଛୁଟିଦିନରେ ସାରାଦିନ ତାକୁ ଘରେ ରହିବାକୁ ପଡ଼େ, ଦିନ ସାରା ସେ ବାପା ମା'ଙ୍କୁ ଏଡେଇ ରହିପାରିବ ନାହିଁ । ତା'ର ଭୟ ମା' ପୁଣି ସେହି କଥା ଉଠେଇବ ବାପାଙ୍କ ଉପସ୍ଥିତିରେ । ସେ କେତେଥର ମନା କରୁଥିବ, ବୁଝେଇବାକୁ ଚେଷ୍ଟା କରୁଥିବ, ଯଦିଓ ସେ ଜାଣିଛି ମା' ବୁଝିବାକୁ ପ୍ରସ୍ତୁତ ନୁହେଁ ।

ରବିବାର ଦିନ ଶ୍ରାବଣୀ ଅଫିସ୍ କାମ ଅଛି କହି ଘରୁ ଚାଲିଆସିଲା । ସେ ପୂର୍ବଦିନ ଗୌରାଙ୍ଗଙ୍କୁ ନନ୍ଦନକାନନ ବୁଲିଯିବାକୁ କହିଥିଲା । ଶ୍ରାବଣୀ ନନ୍ଦନକାନନରେ ପହଞ୍ଚିଲା ବେଳକୁ ଗୌରାଙ୍ଗ ଗେଟ୍ ପାଖରେ ଛିଡ଼ା ହୋଇଥିଲା । ଦୁଇଟି ଟିକେଟ କରି ଦୁହେଁ ପ୍ରାଣୀ ଉଦ୍ୟାନ ଭିତରକୁ ପଶିଲେ । ବୁଲାବୁଲି କରି ଗୋଟିଏ ନିଛାଟିଆ ଜାଗାରେ ଘାସ ଉପରେ ବସିଲେ । ଶ୍ରାବଣୀ ପଢ଼ିଲାବେଳେ କବିତା ଲେଖୁଥିଲା, ଡାଏରୀରେ ଥିଲା । କୌଣସି ପତ୍ରିକାକୁ ପଠେଇବାକୁ ସେ ସାହସ କରିନଥିଲା । ସେହି ପୁରୁଣା ଡାଏରୀ ସେ ନେଇଯାଇଥିଲା । ସେହି ଡାଏରୀ କବିତାକୁ ସେ ଗୌରାଙ୍ଗଙ୍କୁ ଦେଖେଇଲା । ଗୌରାଙ୍ଗ ଗୋଟିଏ କବିତା ପଢ଼ିଲା, ଦୁଇତିନୋଟି ଜାଗାରେ ଶବ୍ଦ ବଦଳେଇ ଦେଲା ଏବଂ କେତୋଟି ଧାଡ଼ିର ସ୍ଥାନ ଏପଟସେପଟ କରିଦେଲା । କବିତାଟି ପଢ଼ିଲାବେଳକୁ ଭଲ ଲାଗିଲା । ଶ୍ରାବଣୀ ଦେଖୁଥିଲା ସାମାନ୍ୟ ପରିବର୍ତ୍ତନରେ କବିତାଟି ସୁଖପାଠ୍ୟ ହେଉଥିଲା । ଗୌରାଙ୍ଗ କହିଲା- ତୁମର ଆବେଗ ଅଛି, ସୂକ୍ଷ୍ମାନୁଭବ ଅଛି । ତୁମେ କବିତା ଲେଖିଲେ ଉତୁରିବ, ଚାଲୁ ରଖିଲେ ଭଲ ହେବ । ଏହି କବିତାଟିକୁ କୌଣସି ଏକ ପତ୍ରିକାକୁ ପଠେଇଦିଅ ।

ଶ୍ରାବଣୀ କହିଲା-ମୁଁ ପଢ଼ିଲାବେଳେ ଟିକେ ଟିକେ ଲେଖାଲେଖି କରୁଥିଲି, କବିତା ପଢୁଥିଲି, କିନ୍ତୁ ବାହାହୋଇଗଲା ପରେ ମୋର ପଢ଼ାଲେଖା ଚୁଲିକୁ ଗଲା ।

କିଛି ମୁହୂର୍ତ୍ତ ନିରବ ରହି ଶ୍ରାବଣୀ କହିଲା- ଗୋଟିଏ ଝିଅର ବ୍ୟକ୍ତିତ୍ୱର ବିକାଶ କିମ୍ବା ବିଲୟ ନିର୍ଭର କରେ ତା'ର ସ୍ୱାମୀର ବ୍ୟକ୍ତିତ୍ୱ ଉପରେ ।

ଗୌରାଙ୍ଗ କହିଲା- ତାହା ମଧ୍ୟ ଜଣେ ପୁଅ ପାଇଁ ପ୍ରଯୁଜ୍ୟ, ତା'ର ସ୍ତ୍ରୀର ପ୍ରବୃତ୍ତି ସ୍ୱାମୀକୁ ମଧ୍ୟ ପ୍ରଭାବିତ କରେ ।

ସେଦିନ ଗୌରାଙ୍ଗ ଓ ଶ୍ରାବଣୀ ନନ୍ଦନକାନନ ଭିତରେ ବୁଲିଲେ, କ୍ୟାଣ୍ଟିନରେ ଖାଇଲେ ଏବଂ ଚାରିଟା ବେଳକୁ ନନ୍ଦନକାନନ ଭିତରୁ ବାହାରିଲେ । ଗୌରାଙ୍ଗ କହିଲା, ତୁମେ ଡିଭୋର୍ସ ଦେବା କଥା କେତେଦୂର ଆଗେଇଲ ? ଏମିତି ଲୁଚାଛପା ପ୍ରେମ ବହୁତ କଷ୍ଟଦାୟକ ।

ଶ୍ରାବଣୀ ନିଷ୍ପତ୍ତି ନେଇପାରୁ ନଥିଲା, ତା' ବାପା ମା'ଙ୍କ ପାଖରେ ଦୁର୍ବଳ ହୋଇପଡୁଥିଲା, କହିବାକୁ ସାହସ ପାଉନଥିଲା । ସେ କହିଲା- ଆଉ ଟିକେ ଅପେକ୍ଷା କରନ୍ତୁ ।

ଶ୍ରାବଣୀ ଶାଶୁଘର ଚାଲିଆସିଲା ପରେ ତା' ଶାଶୁଙ୍କୁ ଘରକାମ କରିବାକୁ ପଡୁଥିଲା । ଶଶୁର ଏବେ ଘର ସଉଦା, ପରିବା, ମାଛ କିମ୍ବା ମାଂସ ଆଣୁଥିଲେ, ଶାଶୁ ରୋଷେଇ କରୁଥିଲେ । ଶାଶୁ କେବେ ଭଲ ରୋଷେଇ କରନ୍ତି ନାହିଁ । ପୁଣି ଶ୍ରାବଣୀ ବୋହୂ ହୋଇ ଗଲାଦିନରୁ ରୋଷେଇ ଛାଡ଼ିଦେଇଥିଲେ । ଯାହା କେବଳ ଦିନଖିଆ ପାଇଁ କରୁଥିଲେ, ପୁଣି ଶ୍ରାବଣୀ ସକାଳେ ଜଳଖିଆ କରିବା ସହିତ, ଦିନଖିଆ ପାଇଁ ତର୍କାରୀ କରିଦେଉଥିଲା କିମ୍ବା ଜଳଖିଆ ବେଳେ ଯଦି ଡାଲମା ବା କିଛି ଭଜାଭଜି କରୁଥିଲା, ଟିକେ ବେଶି କରିଦେଉଥିଲା । ଦିନଖିଆ ପାଇଁ ସେଥିରୁ ରହିଯାଉଥିଲା । ଶାଶୁ-ଶଶୁର ବି ଭାତ ସହିତ ଗୋଟିଏ ତର୍କାରି କିମ୍ବା ଭଜାରେ ଚଳେଇ ଦିଅନ୍ତି । ଏକରୁ ଅଧିକ ତିଅଣ ହୁଏନାହିଁ । ଏବେ ଶାଶୁଙ୍କୁ ଦିନକୁ ତିନିଥର ରୋଷେଇ କରିବାକୁ ପଡୁଥିଲା । ଘରସଫା, ବାସନକୁସନ ମଜାମଜି କରିବାକୁ ମଧ୍ୟ ପଡୁଥିଲା । ସେ ଭାବୁଥିଲେ ବୋହୂ ଆଠଦଶ ଦିନରେ ଫେରିଆସିବ, କିନ୍ତୁ ଶ୍ରାବଣୀ ଫେରୁନଥିଲା । ଶାଶୁ ବିରକ୍ତ ହେଉଥିଲେ, ଶଶୁରଙ୍କ ଉପରେ ଚିଡୁଥିଲେ । ରମେଶ ଶନିବାର ଦିନ ଆସିଥିଲା । ସେ ଦେଖିଲା, ବାପା ଘରସଫା କରୁଛନ୍ତି ଏବଂ ହାଣ୍ଡିକୁଣ୍ଡେଇ ମଜାମଜି କରିବାରେ ବି ସାହାଯ୍ୟ କରୁଛନ୍ତି । ରମେଶ ଗୋଟିଏ କାମବାଲୀ ଯୋଗାଡ଼ କରିଦେଲା ।

କାମବାଲୀ ସବୁଦିନ ଘର ଝାଡୁ କରିବା ଏବଂ ହାଣ୍ଡିକୁଣ୍ଡେଇ ମଜାମଜି କରେ । ସକାଳେ ଓ ସଞ୍ଜ ଦୁଇବେଳା ଆସେ । ପରିବା ମଧ୍ୟ କଟାକଟି କରିଦିଏ । କିନ୍ତୁ ରମେଶର ମା' ତା' କାମରେ ଖୁଣ ବାହାର କରେ । କୋଉ ବାସନରେ ମଇଳା

ଛାଡ଼ିନି, ସୋଫା ସନ୍ଧିରେ ଧୂଳି ରହିଯାଇଛି, ପରିବା ଠିକ୍ କଟା ହୋଇନି । ରମେଶର ମା' ତାକୁ ଗାଳିଦିଏ, ମୁହଁ ଛିଞ୍ଚାଡି କଥା କୁହେ । ସାତଦିନ ପରେ ପର ଛୁଟିଦିନରେ ଆସି ଦେଖିଲା କାମବାଲୀ ଆସୁନି । ରମେଶ ପଚାରିଲା- କାମବାଲୀ କାହିଁକି ଆସୁନି ? ତା' ବାପା କହିଲେ- ଆସୁନି ତ, ତୋ ମା' ସହିତ ଝଗଡ଼ା କରି ଚାଲିଗଲା ।

ପରଦିନ ସକାଳେ ପାଖ ବଜାରରେ ରମେଶର ସେହି କାମବାଲୀ ସହିତ ଦେଖା ହୋଇଗଲା । ରମେଶ କହିଲା- ତୁ କାହିଁକି ଆମ ଘରକୁ ଆଉ କାମ କରିବାକୁ ଯାଉନୁ ?

କାମବାଲୀ କହିଲା- ବୁଝିଲେ ବାବୁ, ଆପଣଙ୍କ ମା'ଙ୍କ ପାଖରେ କେହି କାମ କରିପାରିବେ ନାହିଁ । ଆପଣଙ୍କ ସ୍ତ୍ରୀ ସେଇଥି ପାଇଁ ଘରଛାଡ଼ି ଚାଲିଗଲା । ଏମିତି ବୁଢ଼ୀ ପାଖରେ କିଏ ରହିବ ?

ରମେଶ ରାଗିଗଲା । କହିଲା- ଏମିତି ବାଜେ କଥାଗୁଡ଼ାକ କାହିଁକି କହୁଛୁ ?

କାମବାଲୀ କହିଲା- ଆଜ୍ଞା, ଆପଣଙ୍କ ପାଖଘର ରଥବାବୁଙ୍କ ଘରେ ମଧ୍ୟ ମୁଁ କାମ କରେ । ମୁଁ ଶୁଣୁଥିଲି, ନିଜେ ଦେଖିଲି ଆଜ୍ଞା, ଆପଣ ପଚାରିଦେଲେ ବୋଲି କହିଦେଲି । ମୋ ଉପରେ କାହିଁକି ତୋଡ ଖାଉଛନ୍ତି । ମୁଁ ସାତଦିନ ଆପଣଙ୍କ ଘରେ ମାଗଣାରେ କାମ କଲି, ଆପଣଙ୍କୁ ଟଙ୍କା ବି ମାଗୁନି ।

ସଞ୍ଜବେଳେ ବୁଲାବୁଲି ସାରି ରମେଶ ଆସି ଘରେ ବସିଥିଲା । ମା' ରୋଷେଇ ଘରେ ଥିଲା, ଗର ଗର ହେଉଥିଲା । କ'ଣ କହୁଥିଲା ରମେଶ ବୁଝିପାରୁ ନଥିଲା କିମ୍ବା ବୁଝିବାକୁ ଚେଷ୍ଟା କରୁନଥିଲା । କିନ୍ତୁ ଜାଣୁଥିଲା ମା' ତା'ର ଅସନ୍ତୋଷ ପ୍ରକାଶ କରୁଥିଲା । ବାପା ଆସି ତା' ପାଖରେ ବସିଥିଲେ । ମା' ରୋଷେଇ ସାରି ତାଙ୍କ ପାଖରେ ବସିଲା ଏବଂ କହିଲା- ବାପପୁଅ ବସିଗଲ କାହିଁକି, ମାସେରୁ ଅଧିକ ସେ ଗଲାଣି, କିଛି ଗୋଟେ କରୁନ କାହିଁକି ?

ରମେଶର ବାପା କହିଲେ, ମୁଁ ତ ତାଙ୍କ ଘରକୁ ଯାଇଥିଲି । ତା' ବାପାଙ୍କୁ କହିଦେଇ ଆସିଥିଲି ଝିଅକୁ ପଠେଇ ଦେବାକୁ । ସେ ତ କାହିଁ କିଛି ଖବର ବି ଦଉନାହାନ୍ତି ।

ରମେଶ ଜାଣି ନଥିଲା, ତା' ବାପା ଶ୍ରାବଣୀର ଘରକୁ ଯାଇଥିଲେ । ସେଠି କ'ଣ କଥାବାର୍ତ୍ତା ହେଲା ସେ ପଚାରୁନଥିଲା । ଶଶୁର କିଛି ଖବର ଦଉନାହାନ୍ତି, ଶ୍ରାବଣୀ ଫେରୁନି ମାନେ ବାପା ଯାହା କହିଥିବେ ସେମାନେ ଗ୍ରହଣ କରିନଥିବେ । ରମେଶର ମା' କହିଲେ- ସେ ଖବର ଦେଉନାହାନ୍ତି ବୋଲି କ'ଣ ବସି ରହିଥିବ ? ଛାଡ଼ପତ୍ର ଦେଇଦିଅ, ଆଉ ଗୋଟେ ବାହା ହୋଇଯାଅ । ସେହି କ'ଣ ଏକା ସୁନ୍ଦରୀ ଅଛି, ଆଉ କ'ଣ ଝିଅ ମିଳୁନାହାନ୍ତି ?

ରମେଶ ରାଗିଗଲା । କହିଲା- ମା' ବାପା ତତେ କ'ଣ ଛାଡ଼ପତ୍ର ଦେଇଥିଲେ ? ତୁ ତ ସବୁବେଳେ ବାପାଙ୍କ ଉପରେ ଚିଡିକରି କଥା କହୁଛୁ, ବାପାଙ୍କୁ ନିର୍ଯାତନା ଦେଇଆସିଛୁ। ବାପା ତତେ ଛାଡ଼ି ଦେଇଥିଲେ ?

ମା' ରାଗିଗଲା, କାନ୍ଦି କାନ୍ଦି କହିଲା- ତୁ କ'ଣ କହିଲୁ, ମୁଁ ଏ ଘରେ ଅତ୍ୟାଚାର କରୁଛି, ନିର୍ଯାତନା ଦେଉଛି ତୋ ବାପକୁ, ତୋ ସ୍ତ୍ରୀକୁ ? ମୁଁ ଏ ଘରେ ରହିବି ନାହିଁ । ତା' ବାପାଙ୍କୁ ଚାହିଁ କହିଲା, ମୁଁ ଏ ଘରେ ରହିବି ନାହିଁ । ମତେ ନେଇଚାଲ । ତୁମେ ଯଦି ମତେ ଏଠୁ ନ ନବ, ତେବେ ମୁଁ ନିଜେ ଚାଲିଯିବି...

ମା' ଉଠି ଶୋଇବା ଘରକୁ ଚାଲିଗଲା, ସୁଁ ସୁଁ ହୋଇ କାନ୍ଦିଲା। ବାପା କହିଲେ- ତୁ ବହୁତ ବଡ଼ ବଡ଼ କଥା କହୁଛୁ । ଆଜି ଅଫିସର ହୋଇଗଲୁ ବୋଲି ତୁ ବାପା ମା'ଙ୍କୁ ମାନିବୁ ନାହିଁ । ବାପା ମା'ଙ୍କ ଉପରେ କଥା କହିବୁ । ତତେ ଜନ୍ମ ଦେଇଥିଲା କିଏ, ପଢ଼େଇଲା କିଏ ? ଆଜି କାହା ପାଇଁ ତୁ ମଣିଷ ହୋଇଛୁ ? ମୁଁ ଚାହିଁଥିଲେ ତତେ ପଢ଼େଇ ନଥାନ୍ତି, ତୁ ପିଅନଟିଏ ହୋଇଥାନ୍ତୁ, କିମ୍ବା ଗାଁରେ ମୋ ଜମିରେ ଚାଷ କରିଥାନ୍ତୁ। ଆଜି ଅଫିସର ହୋଇଗଲୁ ବୋଲି ବାପା ମା'ଙ୍କୁ ଏମିତି କଥା କହିବୁ ?

ରମେଶ ବାପାଙ୍କ ସାମନାରୁ ଉଠି ଆସିଲା, ନିଜ ରୁମ୍ ଭିତରେ ଭିତରପଟୁ କବାଟ ବନ୍ଦ କରିଦେଇ ଖଟ ଉପରେ ଗଡ଼ିଲା । ଛାତକୁ ଫ୍ୟାନ୍‌କୁ ଚାହିଁ ରହି ଖଟ ଉପରେ ପଡ଼ିରହିଲା । ସେ ରାତିରେ ଖାଇନଥିଲା । ରାତି ଦଶଟା ପାଖାପାଖି ବାପା କବାଟ ଖଟଖଟ କଲେ, ଖାଇବାକୁ ଡାକୁଥିଲେ । ସେ ଉଠି ଲାଇଟ୍ ଲିଭେଇ ଦେଲା, କବାଟ ଖୋଲି ନଥିଲା ।

ପରଦିନ ସକାଳୁ ରମେଶ ଗାଧୁଆପାଧୁଆ ସାରି, ପେଣ୍ଟସାର୍ଟ ପିନ୍ଧି ଭଦ୍ରକ ଯିବାକୁ ବାହାରିଲା । ତା' ବାପା ଉଠି ସାରିଥିଲେ । ଦେଖିଲେ ରମେଶ ବାହାରୁଛି ଯିବାକୁ । କହିଲେ- କୁଆଡେ ବାହାରିଲୁ ? ରହ, ଚା' ପିଇ ଯିବୁ ।

ରମେଶ କହିଲା- ମୁଁ ବସ୍‌ଷ୍ଟାଣ୍ଡରେ ଚା' ପିଇଦେବି ।

ଅଫିସ୍‌ରେ ଗୌରାଙ୍ଗର ଏବେ ଖାତିର ବଢ଼ିଯାଇଥିଲା, କିନ୍ତୁ ସେ ଏକା ହୋଇଯାଇଥିଲା । ତା' ପାଖକୁ କେହି ଆସୁନଥିଲେ କିମ୍ବା ସେ କାହା ରୁମ୍‌କୁ ଯାଉନଥିଲା । ଅଫିସ୍ ସମ୍ପର୍କିତ କିଛି କାମ ଥିଲେ କଥାବାର୍ତ୍ତା କରୁଥିଲେ ଏବଂ ଯେତିକି ଦରକାର ସେତିକି । ଶୁଭେନ୍ଦୁ ଓ ସନ୍ୟାସୀ ବେଳେବେଳେ ଆସୁଥିଲେ, କିନ୍ତୁ ସେମାନେ ବେଶି ସମୟ ତା' ପାଖରେ ରହୁନଥିଲେ । କେବଳ ଶ୍ରାବଣୀ ଆସୁଥିଲା । ଗୌରାଙ୍ଗ ଓ ଶ୍ରାବଣୀର ସମ୍ପର୍କକୁ ନେଇ ଅଫିସ୍‌ରେ ଏବଂ ବାହାରେ ଚର୍ଚ୍ଚା ହେଉଥିବା ଶ୍ରାବଣୀ ଜାଣିଥିଲା । ତଥାପି ସେ ତା' ନିଜରୁମରେ ମଧ୍ୟାହ୍ନଭୋଜନ କରିଦେଇ ଗୌରାଙ୍ଗ

ରୁମ୍‌କୁ ଚା' ପିଇବାକୁ ଆସୁଥିଲା । ତାଙ୍କ ବିଷୟରେ ଚର୍ଚ୍ଚା ହେବା ପ୍ରତି ଗୌରାଙ୍ଗର ଖାତିର ନଥିଲା ।

ଶ୍ରାବଣୀ କହିଲା- ମୋ କବିତା ଉପରେ ତିନିଟା ଚିଠି ଆସିଛି ।

ଶ୍ରାବଣୀ ଖୁସି ଥିଲା । ନନ୍ଦନକାନନରେ ତାକୁ ଦେଖେଇଥିବା ଏବଂ ଗୌରାଙ୍ଗ ସଂଶୋଧନ କରିଥିବା କବିତାଟିକୁ ଶ୍ରାବଣୀ ଗୋଟିଏ ସାହିତ୍ୟ ପତ୍ରିକାକୁ ପଠେଇଥିଲା । ସେହି ପତ୍ରିକାରେ ତା'ର କବିତାଟି ପ୍ରକାଶିତ ହୋଇଥିଲା । ତାହା ଶ୍ରାବଣୀର ପ୍ରଥମ ପ୍ରକାଶିତ କବିତା । ଗୌରାଙ୍ଗ କହିଲା- କବିତାଟି ନିଶ୍ଚୟ ଭଲ ହୋଇଛି। ଅବଶ୍ୟ ମୁଁ କହୁଛି ବୋଲି ନୁହେଁ, ଭଲ ନହୋଇଥିଲେ ସମ୍ପାଦକ କେବେ ଛାପି ନଥାନ୍ତେ । ଏହି ପତ୍ରିକା ମଧ୍ୟ ଏକ ପ୍ରତିଷ୍ଠିତ ସାହିତ୍ୟ ପତ୍ରିକା । କିନ୍ତୁ ଯୋଉ ଚିଠି ଆସିଛି, ତୁମ ନାମ ପଢ଼ି, ଝିଅ ନାମ ଦେଖି ଲୋକେ ଚିଠି ଦଉଛନ୍ତି ।

ତିନୋଟି ଚିଠିରୁ ଗୋଟିଏ ଚିଠି ଝିଅଟିଏ ଦେଇଛି । ଶ୍ରାବଣୀ ଯୁକ୍ତି କଲା, ସେ ସାବ୍ୟସ୍ତ କରିବାକୁ ଚାହୁଁଥିଲା ତା' କବିତା ପାଇଁ ଚିଠି ଆସିଛି, ସେ ଝିଅଟିଏ ବୋଲି ସେଥିପାଇଁ ନୁହେଁ ।

ଗୌରାଙ୍ଗ କହିଲା, ସେହି ଚିଠି ଜଣେ ନାରୀକବି ଦେଇଥିବ ।

ଶ୍ରାବଣୀ କହିଲା- ହଁ, ତା'ର ଗୋଟିଏ କବିତା ବି ସେହି ପତ୍ରିକାରେ ପ୍ରକାଶ ପାଇଛି । ଆପଣ ଜାଣିଲେ କେମିତି ?

ଗୌରାଙ୍ଗ କହିଲା- ସାଧାରଣତ କବିମାନେ କବିତା ପଢ଼ି ଚିଠି ଲେଖନ୍ତି ଏବଂ ପୁରୁଷମାନେ ନାରୀକବି କିମ୍ବା ଲେଖିକାଙ୍କୁ ଚିଠି ଦିଅନ୍ତି । ଏହା ସାଧାରଣ କଥା ।

ଶ୍ରାବଣୀ ହସିଲା । କିଛି ମୁହୂର୍ତ୍ତ ନିରବରେ ଚା' ପିଉଥିଲା, ଗୌରାଙ୍ଗ ତାକୁ ଚାହିଁ ରହିଥିଲା । ଶ୍ରାବଣୀ କହିଲା- ସବୁବେଳେ ଚାକିରି, ବୃତ୍ତିଗତ ସମସ୍ୟା କିମ୍ବା ପାରିବାରିକ ଜଞ୍ଜାଳ ଉପରେ କଥାବାର୍ତ୍ତା, ଚିନ୍ତା । ଆପଣ ଏକମାତ୍ର ବ୍ୟକ୍ତି ଯାହା ସହିତ ମୁଁ ଏ ସବୁ ଭିନ୍ନ ଅନ୍ୟ ଚିନ୍ତା, ଭିନ୍ନ ବିଷୟରେ ଆଲୋଚନା କରିପାରୁଛି । ଆପଣ ମୋ ଜୀବନର ପ୍ରଥମ ବ୍ୟକ୍ତି, ମତେ ଲାଗେ ଯିଏ ମତେ ବୁଝିପାରିଛି ।

ଗୌରାଙ୍ଗ କହିଲା- ଆମେ ବାହା ହୋଇଗଲା ପରେ ବୋଧହୁଏ ପାରିବାରିକ ଜଞ୍ଜାଳ ଭିତରେ ପଶିଯିବା, ପାରିବାରିକ ସମସ୍ୟା ନେଇ ଆଲୋଚନା କରିବା ।

ଶ୍ରାବଣୀ ଗମ୍ଭୀର ହୋଇଗଲା ।

ଅଢ଼େଇ ମାସ ହେଲା ବୋହୂ ଚାଲିଯାଇଛି । ପୁଅ ଦେଢ଼ମାସ ହେଲା ରାଗି ଚାଲିଗଲା, ଫେରୁନି । ରମେଶର ବାପା ମା' ଦୁଇଜଣ । ମା' କହିଲା, ଏମିତି

ବସିଗଲ କ'ଣ ପାଇଁ ? କିଛି ଗୋଟେ କରୁନ, ଏମିତି କ'ଣ ସବୁ ସଂସାରରେ ହୁଏ ?

ରମେଶର ବାପା କହିଲେ- ମୁଁ ପନ୍ଦରଦିନ ତଳେ ରମେଶକୁ ଫୋନ୍ କରିଥିଲି । ମୁଁ ବିଡିଓଙ୍କୁ ଫୋନ୍ କରେ, ବିଡିଓ ଡାକିଦିଏ । ବିଡିଓ କହିଲେ, ସେ ଅଫିସ୍‌ରେ ନାହିଁ, କ'ଣ କୁହନ୍ତୁ କହିଦେବି । ମୁଁ କହିଥିଲି, ରମେଶକୁ କହିବେ ଶନିବାର ଦିନ ସେ ଘରକୁ ଆସିବ । ବିଡିଓ ନିଶ୍ଚିତ କହିଥିବେ, କିନ୍ତୁ ଦୁଇଟା ଶନିବାର ଗଲାଣି, ସେ ଘରକୁ ଆସୁନି ।

କିଛି ମୁହୂର୍ତ୍ତ ନିରବ ରହି କହିଲେ- ପୁଅ ଅଫିସର । ପୁଅ ବାପା ମା' ଉପରେ ନିର୍ଭର କରୁନାହିଁ କିମ୍ବା ବୋହୂ ପୁଅ ଉପରେ ନିର୍ଭର କରୁନାହିଁ । ସେମାନେ ଏକା ଏକା ବଞ୍ଚି ପାରିବେ । ଆମ ଯୁଗ ଥିଲା ଦୋସରା । ମୁଁ ଯଦି ତୁମକୁ ଛାଡପତ୍ର ଦେଇଥାନ୍ତି, ତୁମେ ଏହା ଚଳିପାରିନଥାନ୍ତ । ତୁମ ବାପଘରେ ତୁମକୁ ଗୋଟେ ବୋଝ ବୋଲି ମନେ କରିଥାନ୍ତେ । ମୁଁ ଗୋଟିଏ ଛୋଟ ଚାକିରି କରିଥିଲି । କିରାଣି ଚାକିରି, ମୋ ବାପାଙ୍କୁ ଭୟ ଥିଲା । ବାପା ରାଗିଗଲେ ତେଜ୍ୟପୁତ୍ର କରିଦେବେ । ମୋର ନିରାପତ୍ତା ଭୟ ଥିଲା । ସେମାନଙ୍କର ସେ ଭୟ କାହିଁକି ରହିବ ?

ରମେଶର ବାପା ସୁଷମାର ଶାଶୁଘରକୁ ଗଲେ । ସୁଷମାର ଶଶୁର ଅବସର ପରେ ରୁହନ୍ତି ଗାଁରେ । ତାଙ୍କ ସ୍ତ୍ରୀ ମଧ୍ୟ ଅବସର ନେଇସାରିଛନ୍ତି । ସୁଷମା ଓ ତା'ର ସ୍ୱାମୀ ରୁହନ୍ତି କଲେଜ ପାଖରେ, କ୍ୱାର୍ଟର୍ସରେ । ସୁଷମାର ସ୍ୱାମୀ ଅଧ୍ୟାପକ, ସୁଷମା ସ୍କୁଲର ଶିକ୍ଷୟିତ୍ରୀ । ସୁଷମା ଧରାଧରି କରି ପାଖକୁ ଚାଲିଆସିଛି । ଦୁହେଁ ଅଛନ୍ତି ଯାଜପୁରରେ । ସମୁଦିଙ୍କର ସମୁଦିଙ୍କୁ ଗାଁରେ ଦେଖି ସୁଷମାର ଶାଶୁ-ଶଶୁର ଆଶ୍ଚର୍ଯ୍ୟ ହେଲେ । ଅବଶ୍ୟ ସେ ଶୁଣିଥିଲେ, ଶ୍ରାବଣୀର ତା' ସ୍ୱାମୀ ସହିତ ମତାନ୍ତର ହୋଇଛି, ସେ ବାପାଙ୍କ ପାଖରେ ରହୁଛି । ସେ ଭାବନ୍ତି, ଏମିତି ଟିକେଟିକେ ସଂସାର କରିଥିଲେ କଳିଗୋଳ ହୁଏ, ପୁଣି ମିଳିମିଶି ଯିବେ ।

ଶ୍ରାବଣୀର ଶଶୁର ଓ ସୁଷମାର ଶଶୁର ଦୁହେଁ ଭଲମନ୍ଦ କଥାବାର୍ତ୍ତା ହେଲେ । ଶ୍ରାବଣୀର ଶଶୁର କହିଲେ- ବୁଝିଲେ ସମୁଦି, ଆମେ ଗୋଟେ ଭିନ୍ନ ପରିବେଶରେ ବଢ଼ିଥିଲେ, ଆମ ଚିନ୍ତାଧାରା ସେହିପରି । ପୁଅବୋହୂ ଦୁହେଁ ଅନ୍ୟ ପିଢ଼ିର, ଜେନେରେସନ୍ ଗ୍ୟାପ୍ । ଭାବୁଛି, ଆମର କୋଉଠି ଭୁଲ ରହିଯାଇଛି, ଆମେ ଆମ ଚିନ୍ତାଧାରା ଲଦି ଦେବା ଉଚିତ ହେବନି । ବୋହୂ ଅଢ଼େଇମାସ ହେଲାଣି ତା' ବାପଘରକୁ ଚାଲିଯାଇଛି, ଫେରୁନି । ପୁଅ ବି ଅଭିମାନ କରି ଚାଲିଯାଇଛି, ସେ ବି ଘରକୁ ଆସୁନି । ମୁଁ ସମୁଦିଙ୍କ ପାଖକୁ ଯାଇଥିଲି । ତାଙ୍କୁ କହିଲି, ବୁଝାବୁଝି କରି

ଝିଅକୁ ଫେରେଇ ଦେବାକୁ । ସେ କିଛି ଉତ୍ତର ଦେନାହାନ୍ତି । ଆପଣ ଟିକେ ସମୁଦିଙ୍କୁ କୁହନ୍ତୁ, କେମିତି ମିଳାମିଶା ହୋଇଯାଉ ।

ସୁଷମାର ଶଶୁର କହିଲେ, ଦେଖନ୍ତୁ ସମୁଦି, ମୁଁ ଜାଣିନି ଆପଣଙ୍କୁ ପୁଅ ବୋହୂକୁ ଦେଖାକଲାଣି କି ନାହିଁ । ସ୍ୱାମୀ ସ୍ତ୍ରୀଙ୍କ କଥା, ଦୁହେଁ ବୁଝାବୁଝି ହେବେ । ଦୁହେଁ ଉଚ୍ଚଶିକ୍ଷିତ, ପ୍ରତିଷ୍ଠିତ, ସେମାନେ ନିଜ ନିଜ ଭିତରେ ନିଷ୍ପତ୍ତି ନେବେ, କେମିତି ତାଙ୍କୁ ଚଳିବାକୁ ହେବ । ମୁଁ ଯେତିକି ଜାଣିଛି, ଶ୍ରାବଣୀ ଭଲ ଝିଅ । ତାଙ୍କ ବିଭାଗରେ ଆମ ଗାଁରୁ ଜଣେ ଚାକିରି କରିଛି । ସେହି ଅଫିସ୍‌ରେ କିରାଣି ଅଛି । ସେ ଶ୍ରାବଣୀକୁ ପ୍ରଶଂସା କରେ । ମାନ ଅଭିମାନରେ ପୁଅବୋହୂ ଅଲଗା ରହୁଛନ୍ତି । ପୁଅ ଭେଟିଲେ ମୁଁ ଭାବୁଛି ସବୁ ଠିକ୍ ହୋଇଯିବ । ଯଦି ତାଙ୍କ ଭିତରେ ନହୋଇପାରିଲା, ତେବେ ଆମେ ଦେଖିବା କ'ଣ କରିହେବ । ଆପଣ ଆଗ ପୁଅକୁ କୁହନ୍ତୁ, ସେ ଶ୍ରାବଣୀକୁ ଭେଟିବ ।

ମଧ୍ୟାହ୍ନଭୋଜନ ସାରି ଶ୍ରାବଣୀର ଶଶୁର ଫେରିଲେ । ଫୋନ୍ କଲେ ହୁଏତ ରମେଶ ପୁଣି ଫୋନ୍ ଧରିନପାରେ, ସେ ତାକୁ ଚିଠି ଖଣ୍ଡେ ଲେଖିଲେ ।

ସକାଳେ ଅଫିସ୍‌ରେ ପହଞ୍ଚିଲା ପରେପରେ ଶ୍ରାବଣୀ କହିଲା, ଆଜି କ୍ୟାଣ୍ଟିନରୁ ଖାଇବା ମଗେଇବା ନାହିଁ । ବାହାରେ ଲଞ୍ଚ କରିବା, 'ସିଲଭର ସ୍ପୁନ'ରେ ।

'ସିଲଭର ସ୍ପୁନ' ତାଙ୍କର ପ୍ରିୟ, ଯେତେବେଳେ ବାହାରେ ଖାଇବାକୁ ଇଚ୍ଛା କରନ୍ତି । ଏହି ରେସ୍ତୋରାଁକୁ ଆସନ୍ତି । ଦୁହେଁ ଗୋଟେ କଣ ଟେବୁଲରେ ବସିଲେ । ଶ୍ରାବଣୀ ଖାଇବା ବରାଦ କଲା । ଗୌରାଙ୍ଗ କ'ଣ ଖାଇବ ସେ ପଚାରିଲା ନାହିଁ । ସେ ଜାଣେ ଗୌରାଙ୍ଗର କ'ଣ ପସନ୍ଦ । ଶ୍ରାବଣୀ ବରାଦ କଲା ପରେ କହିଲା- ଗତକାଲି ରମେଶ ଆସିଥିଲା, ସୁଷମା ଓ ତା'ର ସ୍ୱାମୀକୁ ସଙ୍ଗରେ ନେଇ । ପହରଦିନ ସେ ଭଦ୍ରକରୁ ଆସି ସୁଷମାର କ୍ୱାର୍ଟର୍ସରେ ଥିଲା । ସାଙ୍ଗ ହୋଇ ସେମାନେ ଗତକାଲି ଆମ ଘରେ ପହଞ୍ଚିଲେ ।

ପୂର୍ବଦିନ ଛୁଟିଥିଲା । ଗୌରାଙ୍ଗ ଅନୁମାନ କରୁଥିଲା, ଏମିତି କିଛି କହିବ ଶ୍ରାବଣୀ ଯେତେବେଳେ ତାକୁ ବାହାରେ ଲଞ୍ଚ କରିବାକୁ ସକାଳେ କହିଲା- ତା' ମୁହଁ ଓ କହିବା ଭଙ୍ଗୀରୁ ସେ ଜାଣିପାରିଥିଲା । ସେ କିଛି ପଚାରିଲା ନାହିଁ । ଅପେକ୍ଷା କଲା । ଶ୍ରାବଣୀ କହିଲା, ରମେଶ ମତେ କହିଲା- ଯାହା ହେବାରେ ହୋଇଯାଇଛି, ଆଉ ହେବନି । ମୁଁ ଜାଣେ ମୋ ବାପା ମା'ଙ୍କୁ, ମୋର ଭୁଲ୍, ମୁଁ ବାପା ମା'ଙ୍କୁ କିଛି କହିପାରେ ନାହିଁ । କିନ୍ତୁ ଏବେ ସେମିତି ହେବନି । ଆମେ ନୂଆ ଜୀବନ ଆରମ୍ଭ କରିବା । ତୁମର କିଛି ଅଭିଯୋଗ ରହିବ ନାହିଁ। ଯଦି ମୋ ବାପା ମା' ତୁମକୁ ଆଘାତ

ଦେଲା ପରି କିଛି କୁହନ୍ତି ବା କରନ୍ତି ତେବେ ଆମେ ଘର ଛାଡିଦେବା, ଭଡ଼ାଘରେ ରହିବା । ଆଇ ପ୍ରେମିଜ୍ ।

ସୁଷମା ଓ ତା'ର ସ୍ୱାମୀ ତଳଘରେ ବସିଥିଲେ । ମୁଁ ମୋ ରୁମ୍‌ରେ ବସିଥିଲି ଉପର ମହଲାରେ । ମୋ ଟେବୁଲ ଉପରେ ଥିବା କୃଷ୍ଣଙ୍କ ଫଟୋକୁ ଧରି କହିଲା- ମୁଁ ଠାକୁରଙ୍କ ଫଟୋ ଛୁଇଁ କହୁଛି, ତୁମର କିଛି ଅଭିଯୋଗ ରହିବ ନାହିଁ । ମୁଁ ଦେଖିବି । ଯାହା ସବୁ ହୋଇଗଲା ଭୁଲି ଯାଅ । ରମେଶ କାନ୍ଦି ପକେଇଲା ।

ଗୌରାଙ୍ଗ ଚିନ୍ତା କରୁଥିଲା, ଠାକୁରଙ୍କ ଫଟୋ ଛୁଇଁ ଶପଥ ନେଲେ କ'ଣ ଲୋକଙ୍କର ପ୍ରକୃତି ବଦଳି ଯାଏ ? ରମେଶ କିମ୍ବା ତାଙ୍କ ବାପାମା' ଯୋଉ ପରିବେଶ ଓ ଚିନ୍ତାଧାରା ନେଇ ବଢ଼ି ଆସିଛନ୍ତି, ସେମାନଙ୍କର ପ୍ରକୃତିରେ ଠାକୁରଙ୍କ ଫଟୋ ଛୁଇଁଦେଇ କହିଦେଲେ କ'ଣ ପରିବର୍ତ୍ତନ ଆସିଯିବ ? ସେ ଜାଣିନଥିଲା । ଅବଶ୍ୟ ସେହିସବୁ ପ୍ରଶ୍ନ ଏବେ ଅପ୍ରାସଙ୍ଗିକ । ଗୌରାଙ୍ଗ ପଚାରିଲା- ତୁମେ ଆଜି ଗାଁର ଆସିଲ ନା ସିଡିଏରୁ, ଶାଶୁଘରୁ ?

ଗୋଟିଏ ସହଜ ସରଳ ପ୍ରଶ୍ନ, କିନ୍ତୁ ଗୋଟିଏ ଥାପଡ଼ଟିଏ ମାରିଦେଲା ଭଳି ଶ୍ରାବଣୀକୁ ଲାଗିଲା । ସେ ଚମକି ପଡ଼ିଲା । କହିଲା- ମତେ ଗତକାଲି ତା' ସହିତ ଯିବାକୁ କହୁଥିଲା । ମୁଁ ମନା କଲି । କହିଲି- ତୁମେ ଶନିବାର ଦିନ ଆମ ଘରକୁ ଆସ । ସେଦିନ ରାତିରେ ଆମଘରେ ରହିବ । ରବିବାର ଦିନ ଆମେ ସାଙ୍ଗହୋଇ ଯିବା ।

ଗୌରାଙ୍ଗ ଖାଇସାରିଲା । ରେଷ୍ଟୋରାଁ ପିଲାଙ୍କୁ ବିଲ୍ ଆଣିବାକୁ କହିଲା । ପିଲାଟି ବିଲ୍ ଆଣିଲା । ଗୌରାଙ୍ଗ ଟଙ୍କା ଦେଲା । ଶ୍ରାବଣୀ ଲଞ୍ଚ ପାଇଁ ଡାକିଥିଲା ସେ କହୁଥିଲା ବିଲ୍ ପୈଠ କରିବାକୁ । ଗୌରାଙ୍ଗ ଶୁଣୁନଥିଲା । କହିଲା- ଠିକ୍ ଅଛି, ଚଳିବ ।

ରେଷ୍ଟୋରାଁ ପିଲାଟି ବିଲ୍ ସହିତ ଟଙ୍କା ନେଇଗଲା । ଗୌରାଙ୍ଗ ଭାବୁଥିଲା, ଶ୍ରାବଣୀ ତା' ସ୍ୱାମୀ ଠାରୁ ତିନିମାସ ପାଖାପାଖି ଅଲଗା ଥିଲା । ରମେଶ ଆସୁନଥିଲା, ଥରେ ଧମକପୂର୍ଣ୍ଣ ଚିଠିଟିଏ ବି ଦେଇଥିଲା । ଥରେ ଆସି ପହଞ୍ଚିଗଲା, ଭୁଲ୍ ମାଗି କାନ୍ଦି ପକେଇଲା । ଶ୍ରାବଣୀ ତା' ସ୍ୱାମୀ ପାଖକୁ ଫେରିଯିବାକୁ ସ୍ଥିର କରିଦେଲା । ବାସ୍ତବରେ ସେ ତା' ସ୍ୱାମୀକୁ ଅପେକ୍ଷା କରୁଥିଲା, ଚାହୁଁଥିଲା ରମେଶ ଆସୁ ଏବଂ ଆସିଗଲେ ସେ ଚାଲିଯିବ ।

ରେଷ୍ଟୋରାଁ ପିଲାଟି ବିଲ୍‌ର ଟଙ୍କା ରଖି ଅବଶିଷ୍ଟ ଟଙ୍କା ନେଇ ଆସିଲା । ଶ୍ରାବଣୀର ଆଖିରେ ଲୁହ ଜକେଇ ଆସୁଥିଲା । ସେ ଟିସୁ ପେପରରେ ଆଖି ପୋଛିଲା

ଏବଂ କହିଲା, ଆପଣ ମୋ ହୃଦୟରେ ସବୁବେଳେ ରହିବେ । ମୁଁ ରମେଶକୁ ଛାଡ଼ି ପାରୁନଥିଲେ ବି ଆପଣଙ୍କୁ ସବୁଦିନ ଭଲ ପାଉଥିବି, ଆମେ ଆମ ସମ୍ପର୍କ ରଖିବା ।

ଗୌରାଙ୍ଗ କିଛି ଟଙ୍କା ଟିପ୍ସ ବାବଦକୁ ରଖି ଅବଶିଷ୍ଟ ନିଜ ପକେଟ୍‌ରେ ରଖିଲା ଏବଂ କହିଲା- ମୁଁ କିନ୍ତୁ ଲୁଚାଛପା ପ୍ରେମ ଖେଳ ଖେଳିପାରିବି ନାହିଁ । ତୁମର ନୂଆ ଜୀବନ ପାଇଁ ଅନେକ ଶୁଭେଚ୍ଛା ।

ଗୌରାଙ୍ଗ ରେଷ୍ଟୋରାଁରୁ ବାହାରି ଆସିଲା, ପଛେ ପଛେ ଶ୍ରାବଣୀ ।

■

ଅଠର

ଅଫିସ୍ କାମ ଠିକ୍ ଚାଲିଥିଲା, ଏବେ ଗୌରାଙ୍ଗଙ୍କୁ ଅନ୍ୟମାନେ ଗ୍ରହଣ କରିନେଇଥିଲେ । ନୀତି ନିର୍ଦ୍ଧାରଣ କମିଟିରେ ତା' ସହିତ ଏବେ କେହି ଯୁକ୍ତି କରୁନଥିଲେ, କିମ୍ବା ଧମକ ଦେଲା ପରି କଥା କହି ଦବେଇଦେବାକୁ ଚେଷ୍ଟା କରୁନଥିଲେ । ଏବେ ସେମାନେ ବୁଝିସାରିଥିଲେ ଧମକେଇବାରେ ଗୌରାଙ୍ଗ ଉପରେ କିଛି ପ୍ରଭାବ ପଡୁନଥିଲା କିମ୍ବା ତା' ସହିତ ଯୁକ୍ତି ନିରର୍ଥକ ଥିଲା । ଅବଶ୍ୟ ଯୋଉ ଫାଇଲରେ କିଛି ଅଡୁଆ ଥିଲା, କମିଶନର କିମ୍ବା ଆଡିସନାଲ କମିଶନର ଚାହୁଁଥିଲେ କରିବାକୁ ଏବଂ ସେମାନେ ଆଶଙ୍କା କରୁଥିଲେ ଗୌରାଙ୍ଗ ଏପଟସେପଟ ଲେଖିଦେବ, ସେ ଫାଇଲ୍ ତା' ବାଟ ଦେଇ ଆସୁନଥିଲା । ସେମାନେ ତାଙ୍କର ଗୋଟିଏ ବାଟ ବାହାର କରିଦେଇଥିଲେ, ତଥାପି ତାକୁ ରାସ୍ତାକଡ଼ର ଗୋଟେ କଣ୍ଟା ଗଛଟିଏ ଭାବୁଥିଲେ ଏବଂ ସତର୍କ ରହୁଥିଲେ ।

ବଦଳି ଆଦେଶ ଆସିଲା । ସେ ଏହି ସମୟରେ ବଦଳିହେବ ଆଶା କରୁନଥିଲା । ତା'ର ବଦଳି ହୋଇଥିଲା କୋରାପୁଟର ଜୟପୁରକୁ । ହେଡ ଅଫିସରେ ତା'ର ହୋଇଥିଲା ଏକବର୍ଷ ଆଠମାସ ଚଉଦ ଦିନ । ଅବେଳରେ ବଦଳି, ସିଙ୍ଗଲ ଅର୍ଡର । କେବଳ ତା'ର ବଦଳି, ଏପରିକି ତା'ର ଜାଗାକୁ କାହାକୁ ନିଯୁକ୍ତି ଦିଆଯାଇନଥିଲା । ସେ ଆଶ୍ଚର୍ଯ୍ୟ ହେଲାନି । ବରଂ ସେ ଚାହୁଁଥିଲା ବଦଳି ହୋଇଯିବାକୁ । ଏବେ ଶ୍ରାବଣୀର ଉପସ୍ଥିତି ତାକୁ ଅସହଜ ଲାଗୁଥିଲା । ଶ୍ରାବଣୀ ପୂର୍ବପରି ଆସୁଥିଲା, ତା' ରୁମ୍‌ରେ ଚା' ପିଉଥିଲା । କିନ୍ତୁ ସେ ଏକା ତା ସାମ୍ନାରେ ବସିଥିଲେ କ'ଣ

କଥାବାର୍ତ୍ତା ହେବ ଜାଣିପାରୁନଥିଲା । ସେ ଚା' ପିଇବାକୁ ସେହି ସମୟରେ ଶୁଭେନ୍ଦୁ ଓ ସନ୍ୟାସୀଙ୍କୁ ଡାକୁଥିଲା । ଚାରିଜଣ ବସୁଥିଲେ । ଚଳିଯାଉଥିଲା । ବଦଳି ଆଦେଶ ଦେଖି ବରଂ ସେ ମନେମନେ ଖୁସି ହେଉଥିଲା ।

ସୁରେନ୍ଦ୍ର ଜେନା ଆସି ପହଞ୍ଚିଲା । କହିଲା- ସାର୍, ଆପଣଙ୍କ ପରି ଅଫିସର କୋଉ ଜାଗାରେ ବେଶିଦିନ କୋଉଠି ରହିପାରିବେ ନାହିଁ । ଏଇଟା ବୋଧହୁଏ ଆପଣଙ୍କର ଅଷ୍ଟମ ବଦଳି, ବାର-ତେର ବର୍ଷ ଚାକିରି ଭିତରେ । କିନ୍ତୁ ସାର୍, ଯେ ଶଳେ ଛୋକାରଙ୍କୁ ଦେଖୁନାହାନ୍ତି, ଗତକାଲି ରାତିରେ ଅର୍ଡର ବାହାରିଛି । ଅର୍ଡର ଏ ପର୍ଯ୍ୟନ୍ତ ଡାକରେ ଆସିନି, କିନ୍ତୁ ଆଜି ସକାଳୁ ପରମାନନ୍ଦ ଫୋନ୍ କରି ଫାକ୍ସରେ ଅର୍ଡର ମଗେଇ କମିଶନରଙ୍କୁ ଦେଇସାରିଲାଣି । କମିଶନର ମଧ୍ୟ ଅର୍ଡର କରିଦେଇଛନ୍ତି, ଆପଣଙ୍କୁ ଆଜି ରିଲିଭ୍ କରିଦେବେ ।

ଠିକ୍ ଅଛି, ବଦଳି ତ ହୋଇଛି, ଏଠି ରହିବି କାହିଁକି ? ଗୋଟିଏ ଦୁଇଦିନ ଅଧିକ ରହିଗଲେ, କ'ଣ ବା ଲାଭ ମିଳିବ ? ଗୌରାଙ୍ଗ କହିଲା ।

ସେ'ଟା ବଡ଼କଥା ନୁହେଁ, ଆମେ ଚାକିରି କରିଛେ ବଦଳି ଚାକରି, ତେଣୁ ବଦଳି ହେଲେ ଯିବା । କିନ୍ତୁ ସେମାନେ ଅପମାନିତ କରିବାକୁ ଚାହୁଁଛନ୍ତି । ଜଣେଇବାକୁ ଚାହୁଁଛନ୍ତି, ଆପଣ ଏଠି ଅଲୋଡା, ଆମେ ଚାହିଁଲେ ତୁମକୁ କୋରାପୁଟକୁ ବଦଳି କରିଦେବୁ । ଅନ୍ୟମାନଙ୍କ ପାଇଁ ମଧ୍ୟ ଚେତାବନୀ । ସୁରେନ୍ଦ୍ର ଜେନା କହିଲା ।

ଗୌରାଙ୍ଗ କହିଲା, ମୁଁ ଏହାକୁ ଅପମାନ ମନେକରୁନି। ଆମେ ଚାକିରି କରିଛୁ, ଆମେ ସ୍ୱାଧୀନତା ସମର୍ପଣ କରିଦେଇଛୁ। ଆମେ ଯୋଉଠି ଚାହିଁବୁ ସେଠି ରହିବୁ, ଆମେ ଦାବି କରିପାରିବା ନାହିଁ । ଜୟପୁରରେ କିଛି ଅସୁବିଧା ନାହିଁ, ମୁଁ କୋରାପୁଟ ଜିଲ୍ଲା କେବେ ଯାଇନି । ଶୁଣିଛି, ସୁନ୍ଦର ଜାଗା, ଭଲ ବାୟୁମଣ୍ଡଳ, କାମକରିବା ବାତାବରଣ ମଧ୍ୟ ଭଲ। ନୂଆ କିଛି ଅଭିଜ୍ଞତା ହେବ।

ସାର୍, ଆମ ସେକ୍‌ସନରେ ଗୋଟିଏ ପରମ୍ପରା ଅଛି, ଆମ ସେକସନ ଦାୟିତ୍ୱରେ ଥିବା ଅଫିସରଙ୍କର ବଦଳି ହେଲେ କିମ୍ବା କେହି କର୍ମଚାରୀ ଅବସର ନେଲେ, ଆମେ ଗୋଟିଏ ଫେୟାରୱେଲ ଭୋଜି କରୁ । ଆଜି ତ ହଠାତ୍ ଭୋଜି ଆୟୋଜନ କରିହେବନି, ଆପଣ କାଲି ଆସିବେ ? ସୁରେନ୍ଦ୍ର ଜେନା ପଚାରିଲା ।

ଗୌରାଙ୍ଗ କହିଲା, ନା, ମୁଁ ଯଦି ଆଜି ରିଲିଭ ହେଉଛି, କାଲି ଆସିବି ନାହିଁ । ରିଲିଭ ହେଲା ପରେ ଅଫିସ୍‌କୁ ଆସିବାକୁ ମତେ ଭଲ ଲାଗିବ ନାହିଁ ।

ସୁରେନ୍ଦ୍ର ଜେନା କହିଲା, ଠିକ୍ ଅଛି । ତେବେ ଆଜି ଅପରାହ୍ଣରେ ଟିକେ ଆମ ସେକ୍‌ସନରେ ବସିବା, ଆମେ ଟିଫିନ୍ ପ୍ୟାକେଟ୍ ମଗେଇଦଉଛୁ ।

ପୂର୍ବଦିନ ରାତିରେ ବଦଳି ଅର୍ଡର ବାହାରିଥିଲା । ପାଞ୍ଚଟା ସାଢ଼େ ପାଞ୍ଚଟା ବେଳକୁ କେତେଜଣ ଅଫିସର ଜାଣିସାରିଥିଲେ । ତା' ବଦଳି ଫାଇଲ୍ ଉପରକୁ ଯାଇଛି । ମନ୍ତ୍ରୀ ଦସ୍ତଖତ କରିସାରିଲେଣି, ମୁଖ୍ୟମନ୍ତ୍ରୀଙ୍କ ପାଖରେ ଅଛି । ଆଜି ହୋଇଯିବ । ସେ ପୂର୍ବଦିନ ପାଞ୍ଚଟା ବେଳକୁ ଅଫିସ୍ ଛାଡ଼ିଦେଇଥିଲା, ବଦଳି ବିଷୟରେ କିଛି ଜାଣିନଥିଲା । ଅଫିସ୍‌ରେ ପହଞ୍ଚି ଜାଣିଲା ।

ଗୌରାଙ୍ଗ ଭାବୁଥିଲା, ତାକୁ ଅଫିସ୍‌ରେ ତିନିଚାରିଜଣଙ୍କ ବ୍ୟତୀତ କେହି ଭଲ ପାଆନ୍ତି ନାହିଁ । ବଦଳି ଆଦେଶ ଆସିଲା ପରେ ଅଫିସ୍‌ର କର୍ମଚାରୀ ଓ ଅଫିସରମାନେ ତାଙ୍କୁ ଦେଖା କରୁଥିଲେ । କହୁଥିଲେ, ସାର୍, ବଡ଼ ଅନ୍ୟାୟ ହୋଇଛି । ଏବେ ସେମାନଙ୍କର କଥାବାର୍ତ୍ତା ଶୁଣି ତାଙ୍କୁ ଲାଗୁଥିଲା, ପ୍ରକୃତରେ ସେମାନଙ୍କର ଆନ୍ତରିକ ଶ୍ରଦ୍ଧା ତା' ପ୍ରତି ରହିଛି । ସେମାନେ ତା' ନୀତିକୁ ପସନ୍ଦ କରନ୍ତି, ତା' କାର୍ଯ୍ୟକୁ ପ୍ରଶଂସା କରନ୍ତି । ସେମାନେ ମଧ୍ୟ ଖୋଲାଖୋଲି କହୁଥିଲେ । ବୋଧହୁଏ ସେମାନେ ବରିଷ୍ଠ ଅଫିସରଙ୍କର ରୋଷର ଶିକାର ହେବ । ଭୟରେ ତା' ପାଖକୁ ଆସୁନଥିଲେ କିମ୍ବା ସେତେବେଳେ ତା' ସହିତ ମିଶୁନଥିଲେ । ଏବେ ସେ ଚିନ୍ତା କରୁଥିଲା, କେବଳ ଚାରିଜଣ ତାକୁ ପସନ୍ଦ କରନ୍ତି ନାହିଁ, କମିଶନର ଏବଂ ତିନି ଆଡିସନାଲ କମିଶନର, ପାତ୍ର, ସାହୁ ଓ ଶପପଥୀ । ସେମାନେ ବରିଷ୍ଠ, ସେମାନେ ତା' ପାଖକୁ ଆସିବେ ନାହିଁ, ସେମାନଙ୍କର ତା'ର ବଦଳି କରେଇବାରେ ହାତ ଥିବ। ସେ ମଧ୍ୟ ସେମାନଙ୍କୁ ଦେଖା କରିବାକୁ ଚାହୁଁନଥିଲା।

ଶୁଭେନ୍ଦୁ ଓ ସନ୍ନ୍ୟାସୀ ଆସିଲେ। ସନ୍ନ୍ୟାସୀ କହିଲା, ସାର୍, ଆପଣଙ୍କ ପ୍ରତି ଆମର ସବୁବେଳେ ସମ୍ମାନ ରହିବ। ଭବିଷ୍ୟତରେ ଯଦି କେବେ ସୁଯୋଗ ମିଳେ ମୁଁ ଆପଣଙ୍କ ପାଖରେ କାମ କରିବାକୁ ମୋର ସୌଭାଗ୍ୟ ମନେକରିବି।

କାର୍ଯ୍ୟଭାର ହସ୍ତାନ୍ତର କରିବା ପରେ ଗୌରାଙ୍ଗ କମିଶନରଙ୍କୁ ସୌଜନ୍ୟମୂଳକ ସାକ୍ଷାତ କରିବାକୁ ଗଲା। କମିଶନର ନଥିଲେ, ସେ ମଧ୍ୟାହ୍ନଭୋଜନ ପରେ ପରେ ଅଫିସ୍ ଛାଡ଼ି ଚାଲିଯାଇଥିଲେ । ତାଙ୍କର ବ୍ୟକ୍ତିଗତ ସହାୟକ କହିଲା କମିଶନରଙ୍କର କିଛି ମିଟିଂ ତ ନଥିଲା, ସେ କାହିଁକି ଚାଲିଗଲେ ସେ ଜାଣିନାହିଁ। କମିଶନର ତାଙ୍କ ସଂସ୍ଥାର ମୁଖ୍ୟ, ସେ ଏକମାତ୍ର ଭାରତୀୟ ପ୍ରଶାସନିକ ସେବାର ଜଣେ ବରିଷ୍ଠ ଅଧିକାରୀ। କମିଶନରଙ୍କର ଅଧସ୍ତନ ଅଧିକାରୀଙ୍କ ପ୍ରତି କିଛି ଆନ୍ତରିକତା ନଥାଏ। ଅବଶ୍ୟ ଜଣେ ଜଣେ ବ୍ୟତିକ୍ରମ ଥାଆନ୍ତି, ସେମାନେ ଅନ୍ତରରେ ଯାହା ଭାବୁଥାନ୍ତୁ, ଭଦ୍ରତା ଖାତିରରେ ବଦଳି ହୋଇଯାଉଥିବା ଅଫିସରକୁ ରୁମ୍‌କୁ ଡାକି କଥାବାର୍ତ୍ତା ହୁଅନ୍ତି, ଭଲମନ୍ଦ ପଚାରନ୍ତି। କିମ୍ବା ଆଶା କରିଥାନ୍ତି ଏବଂ ଅପେକ୍ଷା କରିଥାନ୍ତି ବଦଳି ହୋଇ ଯାଉଥିବା

ଅଫିସର ତାଙ୍କୁ ସାକ୍ଷାତ କରିବାକୁ। ଅବଶ୍ୟ ଏହି କମିଶନରଙ୍କଠାରୁ ସେପରି ଭଦ୍ରତା ଆଶା କରିବା ବୃଥା।

ଗୌରାଙ୍ଗ ସେକ୍‌ସନରେ କିଛି ସମୟ ବସି ଟଫିନ୍ ଖାଇ ରୁମ୍‌କୁ ଫେରିଆସିଲା। ରୁମ୍‌ରେ ପହଞ୍ଚିବାକୁ ଟିକେ ବିଳମ୍ବ ହୋଇଥିଲା। ଅଫିସ୍‌ରେ ଗପସପ କରୁକରୁ ଡେରି ହୋଇଗଲା ଏବଂ ସେ ରୁମ୍‌ରେ ପହଞ୍ଚିଲା ବେଳକୁ ସନ୍ଧ୍ୟା ସାଢ଼େ ସାତଟା ହୋଇଥିଲା । ସେ ଦେଖିଲା, ତା' ରୁମ୍‌ର ତାଲାରେ ଗୋଟିଏ କାଗଜ ଗେଞ୍ଜାଯାଇଛି। ସନତ ଆସିଥିଲା । ସେ ଅଫିସ୍‌ରୁ ଫେରିନଥିବା ଦେଖି ଖଣ୍ଡେ କାଗଜରେ ଲେଖିଦେଇ ଫେରିଯାଇଥିଲା। ସେ ଲେଖିଥିଲା, ତୋ'ର ବଦଳି ଖବର ଶୁଣିଲି। କାଲି ଆମଘରକୁ ଆସିବୁ, ସାଙ୍ଗ ହୋଇ ଲଞ୍ଚ କରିବା । କଥାବାର୍ତ୍ତା ହେବା।

ଅବଶ୍ୟ ସନତ ନଆସିଥିଲେ କିମ୍ବା ଲେଖିଦେଇ ଯାଇନଥିଲେ ବି ସେ ପରଦିନ ସନତକୁ ଦେଖାକରିବାକୁ ଯାଇଥାନ୍ତା।

ସକାଳେ ଉଠି ସେ ଚା' ପିଇବା ସମୟରେ ତା' ବହି ଓ ପତ୍ରିକାକୁ ଦେଖୁଥିଲା। ତା'ର ଆଗରୁ ବହି ଥିଲା ଏବଂ ଏହି ବର୍ଷେ ଆଠମାସ ଭିତରେ କିଛି ବହି ଓ ପତ୍ରିକା କିଣିଥିଲା। ସବୁ ପତ୍ରିକା ରଖିବା ଦରକାର ନାହିଁ। କିଛି ସେ ପୁରୁଣା କାଗଜ ରଖୁଥିବା ଲୋକକୁ ବିକି ଦେବ। ଅବଶିଷ୍ଟ ପତ୍ରିକା ଓ ବହି ବିନ୍ଧାବନ୍ଧି କରିବାକୁ କେତେଟା ପେଟି ଦରକାର ସେ ଆକଳନ କରୁଥିଲା । ସେତିକି ପେଟି ସେପାଖ ତେଜରାତି ଦୋକାନରୁ ନେଇଆସିବ । ସେ ଚିନ୍ତା କରୁଥିଲା, ସେ ସନତର ଘରୁ ଫେରିଲା ପରେ ବଛାବଛି କରିବ ଏବଂ ଅଦରକାରୀ ପତ୍ରିକାକୁ ଅଲଗା କରିଦେବ। ଯମେଶ୍ୱର ପହଞ୍ଚିଲା ।

ଯମେଶ୍ୱର ରେଳଷ୍ଟେସନର ଖଟିକୁ ସକାଳେ ନଯାଇ ତା' ପାଖକୁ ଆସିଥିଲା। ଗୌରାଙ୍ଗ ଯମେଶ୍ୱର ପାଇଁ ଚା' ବସେଇଲା । ଯମେଶ୍ୱର କହିଲା, ତୁମକୁ ଗତକାଲି ରିଲିଭ୍ କରିଦେଲେ ?

ସବୁ ଖବର ଯମେଶ୍ୱର ପାଖରେ, ପରଚର୍ଚ୍ଚା କ୍ଲବ୍‌ର କରାମତି । ଗୌରାଙ୍ଗ କହିଲା, ହଁ, ଗତକାଲି ଅପରାହ୍ଣରେ।

ଯମେଶ୍ୱର କହିଲା, ଆମେ ଶୁଣୁଛୁ, କମିଶନର ତୁମର ବଦଳି ପାଇଁ ଜିଦିଧରିଲା। ସେ ଅର୍ଥସଚିବଙ୍କୁ ତୁମର ବଦଳି କରିବାକୁ କହିଥିଲା। ଅର୍ଥସଚିବ କିନ୍ତୁ ଚାହୁଁନଥିଲେ, କିନ୍ତୁ ମନ୍ତ୍ରୀ ତୁମର ଓ ପ୍ରମୋଦ ସାହୁର ବଦଳି ପାଇଁ ଅର୍ଥ ସଚିବଙ୍କୁ ଫୋନ୍ କରି କହିଥିଲେ । ପରମାନନ୍ଦ ଶତପଥୀର ଭୂମିକା ଅଛି । ଶତପଥୀ ମନ୍ତ୍ରୀଙ୍କ ଜ୍ୱାଇଁ ସହିତ ଯୋଗାଯୋଗ କରି ବୁଝେଇଦେଇଥିଲା କମ୍ପ୍ୟୁଟର କିଣା ପ୍ରସଙ୍ଗରେ ମନ୍ତ୍ରୀ ଯୋଉ

ଅପଦସ୍ଥ ହେଲେ ସେଥିପାଇଁ ତୁମେ ଏବଂ ପ୍ରମୋଦ ସାହୁ ଦାୟୀ, କିନ୍ତୁ ପ୍ରମୋଦ ସାହୁଙ୍କୁ ରଖିବାକୁ କମିଶନର ଚାହିଁଲେ। ହୁଏତ ତୁମର କମ୍ପ୍ୟୁଟର କିଣା ପ୍ରସଙ୍ଗ ପତ୍ରିକାରେ ବାହାରିବାରେ କିଛି ଭୂମିକା ନଥାଇପାରେ, କିନ୍ତୁ ବାରମ୍ବାର କମିଶନରଙ୍କୁ ବିରୋଧ କରିବା, କୌଣସି କମିଶନର ସହିବେ ନାହିଁ। ତେଣୁ ତୁମର କେବଳ ବଦଳି ହେଲା, ସିଙ୍ଗଲ ଅର୍ଡର। ତୁମ ଜାଗାକୁ ବି କାହାକୁ ନିଯୁକ୍ତି ଦେଇନାହାନ୍ତି।

ରାଉରକେଲାରୁ ଗୌରାଙ୍ଗଙ୍କୁ ଜଣେ ବ୍ୟବସାୟୀ ମନ୍ତ୍ରୀଙ୍କୁ ଧରି ବଦଳି କରିଥିଲେ, ତା'ର ବିଭାଗୀୟ ଅଫିସରମାନେ ତା'ର ବଦଳି ଚାହିଁଥିଲେ। ସେହି ମନ୍ତ୍ରୀ ଥିଲେ କଂଗ୍ରେସ ଦଳର, କଂଗ୍ରେସ ଦଳର ସରକାର ଥିଲା। କଟକରୁ କୋରାପୁଟର ଜୟପୁରକୁ ବଦଳି କରୁଛନ୍ତି କମିଶନର, ମନ୍ତ୍ରୀ ନିଜେ ତା'ର ବଦଳି ଚାହୁଁଛନ୍ତି। ଏହି ମନ୍ତ୍ରୀ ହେଉଛନ୍ତି ବିଜେଡିର। ବିଜେଡି-ବିଜେପି ମିଳିତ ମନ୍ତ୍ରିମଣ୍ଡଳର ମନ୍ତ୍ରୀ। ଶାସକ ଦଳ ହେଉ ବା ବିରୋଧୀ ଦଳ, ଯେଉଁ ଦଳ କ୍ଷମତାକୁ ଆସିଲା, ସେହି ଦଳର ମନ୍ତ୍ରୀ, ତାଙ୍କ ବିଭାଗର କମିଶନର, ତାଙ୍କ ବିଭାଗୀୟ ଅଧିକାରୀ, ବ୍ୟବସାୟୀ କେହି ତା'ର ଉପସ୍ଥିତିରେ ସହଜ ମନେକରୁନାହାନ୍ତି । ତା'ର ବଦଳି କରିବାରେ ସମସ୍ତଙ୍କର ଭୂମିକା ରହୁଛି । ଚାକିରି କରୁଛି ତା'ର ବଦଳି ହେବ, ସେଇଥିରେ ତା'ର ଦୁଃଖ ଆସେନି। ଦିନେ ସେ କଥାପ୍ରସଙ୍ଗରେ ବଡ଼ବାପାଙ୍କୁ କହୁଥିଲା, ତାକୁ ତାଙ୍କ ବିଭାଗରେ କେହି ଚାହୁଁନାହାନ୍ତି। ତା' ବଡ଼ବାପା କହିଥିଲେ, ତୁ ଭାବିବା କଥା ତୁ ଗୋଟେ ଶକ୍ତିଶାଳୀ ମଣିଷ, ସମସ୍ତେ ତୋର ଶତ୍ରୁ, ତୁ ସମସ୍ତଙ୍କ ସହିତ ସଂଗ୍ରାମ କରୁଛୁ। ତୁ ଭୀରୁ ନୁହଁ, ସମସ୍ତେ ତତେ ଡରୁଛନ୍ତି, ତୋ ଉପସ୍ଥିତି ସେମାନଙ୍କୁ ଭୟଭୀତ କରୁଛି ।

ଗୌରାଙ୍ଗ ଯମେଶ୍ୱରକୁ ଚା' କପ୍ ବଢ଼େଇଦେଲା, କହିଲା ଚଳିବ।

ଯମେଶ୍ୱର କହିଲା, ତୁମେ କେବଳ ବ୍ୟାଚର ନୁହଁ ସମ୍ପୂର୍ଣ୍ଣ କାଡରର ସବୁଠୁ ଡାଇନାମିକ ଏବଂ କଣ୍ଟ୍ରୋଭର୍ସିକାଲ ଅଫିସର ।

ଘରମାଲିକଙ୍କ ଝିଅ ଆସିଲା, ଗୋଟିଏ ଗୋଟିଏ ପ୍ଲେଟରେ କ'ଣ ରଖିଥିଲା ଖଣ୍ଡେ କଦଳୀପତ୍ରରେ ଘୋଡ଼େଇଥିଲା। କହିଲା, ମା' ପଠେଇଛି।

ଗୌରାଙ୍ଗ ପଚାରିଲା, କ'ଣ ?

ଝିଅ କହିଲା, କାଲି ଭାଉଜ ବାପଘରୁ ଆସିଲେ, ଭାର ଆସିଥିଲା।

ଗୌରାଙ୍ଗ କହିଲା, ଟେବୁଲ୍ ଉପରେ ରଖିଦେ'।

ସେ ଟେବୁଲ୍ ଉପରେ ରଖିଦେଇ ଚାଲିଗଲା। ମାଉସୀ ଶୀଘ୍ର ପଠେଇ ଦେଇଛନ୍ତି, କାଳେ ଗୌରାଙ୍ଗ ଜଳଖିଆ କରିବାକୁ କ'ଣ ରୋଷେଇ କରିବ। ପିଠା ଓ ମିଠା ଥିବ। ସନତ ଘରକୁ ଯିବ। ତା'ର ବଦଳି ହୋଇଛି ସେ ଏପର୍ଯ୍ୟନ୍ତ ମାଉସୀଙ୍କୁ କହିନାହିଁ ।

ଆଜି ଜଣେଇଦେବ। ଗୌରାଙ୍ଗ କହିଲା, ବଦଳିହେବା ପାଇଁ ମୋର ଦୁଃଖ ନାହିଁ। ଚାକିରି କରିଛି, ବଦଳି ହେବ। ଅଫିସର ପରିସ୍ଥିତି ମଧ୍ୟ ମତେ ଭଲ ଲାଗୁନଥିଲା। ବରଂ ସେଥିପାଇଁ ବଦଳି ହେବାରେ ମୋର ଆଦୌ ଦୁଃଖ ନାହିଁ। କିନ୍ତୁ କଟକ ମତେ ଭଲ ଲାଗୁଥିଲା । ଭାବୁଥିଲି କଟକରେ କିଛିଦିନ ରହିବି । ଦେଖ, ଏହି ଘରମାଲିକଙ୍କୁ, ତାଙ୍କ ବୋହୂର ବାପଘରୁ ଭାର ଆସିଲେ ଯାହା ଆସିଥିବ ମୋ ପାଇଁ ପଠେଇବେ । ତାଙ୍କ ପୁଅ ମାଛ କିଣିବାକୁ ଯାଇଥିଲେ, ଭଲ ମାଛ ଦେଖିଲେ ମୋ ପାଇଁ କିଛି ନେଇଆସିଥିବ। ମୁଁ ବହୁତ ସହର ବୁଲିଛି, କିନ୍ତୁ ଏପରି ଆନ୍ତରିକତା, ସହୃଦୟତା ମୁଁ କୋଉଠି ଦେଖିନି। ଏତେଶୀଘ୍ର କଟକ ଛାଡ଼ିବାକୁ ପଡ଼ିଲା, ସେଥିପାଇଁ ଟିକେ ଖରାପ ଲାଗୁଛି।

ଯମେଶ୍ୱର ପଚାରିଲା, ତୁମେ ଜୟପୁରରେ କେବେ ଯୋଗଦେବ ?

ଗୌରାଙ୍ଗ କହିଲା, ଆଜି ଜଣେ ସାଙ୍ଗ ମତେ ତା' ଘରକୁ ଖାଇବାକୁ ଡାକିଛି। କାଲି ଗାଁକୁ ଯିବି। ସାତ ଆଠଦିନ ଗାଁରେ ରହିବି ଏବଂ ତା'ପରେ ଜୟପୁର ଯିବି।

ଯମେଶ୍ୱର କହିଲା, ହଉ, ପୁଣି କେବେ ଦେଖାହେବ।

ଗୌରାଙ୍ଗ ସନତର ଘରେ ସକାଳ ସାଢ଼େ ଦଶଟା ବେଳକୁ ପହଞ୍ଚିଯାଇଥିଲା। ସନତ ମାଛ ଆଣିବାକୁ ଯାଇଥିଲା, ସେ ମଧ୍ୟ ସେହି ସମୟରେ ଫେରିଲା। ସ୍ନିଗ୍ଧା ଘରେ ଥିଲା। ଗୌରାଙ୍ଗ ପଚାରିଲା, ତୁମେ କ'ଣ ଆଜି କଲେଜ ଯାଇନ, ଛୁଟି ଅଛି ?

ସ୍ନିଗ୍ଧା କହିଲା, ଆଜି ଦିନକ ଛୁଟି ନେଇଗଲି। ତୁମ ସାଙ୍ଗ କହିଲେ, ସନତର ବଦଳି ହୋଇଯାଇଛି। ସେ କୋରାପୁଟର ଜୟପୁରକୁ ଚାଲିଯିବ । ଖାଇବାକୁ ଡାକିଛି। ରହିଯାଅ। ଆଉ ଗୋଟିଏ ଗୁରୁତ୍ୱପୂର୍ଣ୍ଣ କଥା ବି ଅଛି।

ଗୁରୁତ୍ୱପୂର୍ଣ୍ଣ କଥା କ'ଣ ? ପଚାରିଲା ଗୌରାଙ୍ଗ।

କୁହାଯିବ, ବ୍ୟସ୍ତ କାହିଁକି ? ଏବେ ତ ପହଞ୍ଚିଲ। ସ୍ନିଗ୍ଧା କହିଲା।

ସନତ, ଗୌରାଙ୍ଗ ସୋଫାରେ ବସିଲେ। ସ୍ନିଗ୍ଧା ଚା' କରି ନେଇଆସିଲା। ତିନିହେଁ ଚା' ପିଉଥିଲେ। ଗୌରାଙ୍ଗ କହିଲା, ଆଜି ମୁଁ ଶୀଘ୍ର ଆସିଛି, ମାଂସ ମୁଁ ରୋଷେଇ କରିବି, ଦେଖିବ ମୁଁ କେମିତି ରୋଷେଇ କରୁଛି।

ସ୍ନିଗ୍ଧା କହିଲା, ଭଲ ହେବ। ସବୁବେଳେତ ଦାବି କରୁଛ, ତୁମେ ଭଲ ରୋଷେଇ କର। ଦେଖିବା କେମିତି ରୋଷେଇ କରୁଛ।

ସନତ କହିଲା, ତୋ ପାଇଁ ଆମେ ଗୋଟିଏ ଝିଅ ଯୋଗାଡ଼ କରିଛୁ।

ଗୌରାଙ୍ଗ କହିଲା, ମତେ କୋଉ ଝିଅ ବାହାହେବ ? ମୋର ବାହାହେବା ଏକ୍ସପାଏରୀ ଡେଟ୍ ଗଡ଼ିଗଲାଣି

ସ୍ନିଗ୍ଧା କହିଲା, ବହୁତ ଭଲ ଝିଅ, ତୁମ ପାଇଁ ପୂରା ଫିଟ୍। ଭଲ ଛାତ୍ରୀ, ପୁସ୍ତକପ୍ରେମୀ, ଜ୍ଞାନୀ ଗୁଣୀ, ତୁମର ଆଉ କ'ଣ ଦରକାର? ଏବେ ସେ ଅଧ୍ୟାପିକା ଚାକରି ପାଇଛି, ସରକାରୀ କଲେଜରେ। ତୁମେ ମନା କରିପାରିବ ନାହିଁ ଏବଂ ତୁମେ ମଧ୍ୟ ତାକୁ ଜାଣିଛ ।

ଗୌରାଙ୍ଗ କହିଲା, ମୁଁ ଜାଣିଛି! କିଏ ସେହି ଝିଅ?

ସନତ କହିଲା, ସୁଜାତା ପରମାଣିକ।

ସୁଜାତା ତାଙ୍କ ଅଫିସ୍ ଛାଡ଼ିଲା ପରେ ପିଏଚ୍.ଡି କାମ ସାରିଥିଲା ଏବଂ ସନତର ଏନ୍‌ଜିଓରେ କାମ କରୁଥିଲା। 'ମୁଖ୍ୟସ୍ରୋତ' ପତ୍ରିକା ପାଇଁ ବି ଲେଖୁଥିଲା। ଯଦିଓ ସେ ସନତର ଘରକୁ ଆସିବା ସମୟରେ ଏଠି କେବେ ତାଙ୍କୁ ଭେଟିନଥିଲା, କିନ୍ତୁ ସେ ଜାଣେ, ସନତ ଘରକୁ ସୁଜାତା ଯିବାଆସିବା କରୁଥିଲା । ସନତ ହସିଲା। କହିଲା, କାହିଁକି ମଜା କରୁଛ? ତୁମେ ଜାଣିନ, ମୁଁ ତୁମକୁ କେବେ କହିନି। ମୁଁ ବିରୋଧ କରିବାରୁ ସୁଜାତାର ଆମ ଅଫିସର ପୁନଃନିଯୁକ୍ତି ହୋଇପାରିନଥିଲା। ସେ ହାଇକୋର୍ଟରୁ ଗୋଟେ ଅର୍ଡର ଆଣିଥିଲା ଏବଂ ମୋର ବିରୋଧ ଯୋଗୁଁ ସେ ମଧ୍ୟ ପାଞ୍ଚ ଛଅ ଲକ୍ଷ ଟଙ୍କା ହରାଇଲା। ମତେ ଯୋଉ କେତେଜଣ ସବୁଠୁ ବେଶି ଘୃଣା କରୁଥିବେ, ସେମାନଙ୍କ ଭିତରୁ ସୁଜାତା ବୋଧହୁଏ ପ୍ରଥମ ହେବ।

ସ୍ନିଗ୍ଧା କହିଲା, ଖାଲି ବହିଗୁଡ଼ିଏ ପଢ଼ିଲେ କ'ଣ ହେବ, ତୁମେ ଝିଅମାନଙ୍କୁ ବୁଝିବାକୁ ସଂପୂର୍ଣ୍ଣ ଅକ୍ଷମ। ଯଦି ସୁଜାତା ଚାହୁଥାଏ, ତୁମେ ବାହା ହେବାକୁ ରାଜିହେବ ତ?

ଗୌରାଙ୍ଗ ମନେପକାଉ ଥିଲା, ନୀତି ନିର୍ଦ୍ଧାରଣ କମିଟିରେ ତା'ର ପ୍ରଥମ ଦିନ। ସୁଜାତା ବସିଥିଲା, ସେ ବିରୋଧ କରିବାରୁ ଉଠି ଚାଲିଗଲା। ହାଇକୋର୍ଟରୁ ଅର୍ଡର ଆସିଥିଲା, ତା'ର କେସ୍ ସହାନୁଭୂତି ସହିତ ବିଚାର କରିବାକୁ ଅର୍ଥ ବିଭାଗରୁ ଚିଠି ଆସିଲା ଫଳରେ ତା'ର କେସ୍ ବିଚାରକୁ ନିଆଗଲା ନାହିଁ। ଅର୍ଥ ବିଭାଗକୁ ଚିଠି ଦେଇ ମତାମତ ଲୋଡ଼ିବାକୁ ଫାଇଲ୍‌ରେ ସେ ପରାମର୍ଶ ଦେଇଥିଲା। ସେ ତା' ରୁମ୍‌କୁ ବେଳେବେଳେ ଆସୁଥିଲା, ବହି ନଉଥିଲା କିନ୍ତୁ ସେହି ଦିନଠାରୁ ବହି ନେବାକୁ କିମ୍ବା କୌଣସି ଆଲୋଚନା କରିବା ପାଇଁ ସେ ଆସିନଥିଲା। ସେ ବିଶ୍ୱାସ କରିପାରୁନଥିଲା । କହିଲା, ଯଦି ସୁଜାତା ରାଜି ଅଛି, ତେବେ ମୁଁ ମଧ୍ୟ ରାଜି।

ସନତ ହସିଲା। କହିଲା, ତୁ ଏବେ ଫସିଲୁ। ସୁଜାତାକୁ ମୁଁ ପଚାରିଥିଲି, ସେ କହିଥିଲା, ଗୌରାଙ୍ଗ ସାର୍ କ'ଣ ରାଜିହେବେ?

ଗୌରାଙ୍ଗ ତଥାପି ବିଶ୍ୱାସ କରିପାରୁନଥିଲା। ସନତ କହିଲା, ତୁମେ ରୋଷେଇ କରୁଥାଅ, ମୁଁ ଆସୁଛି।

ସନତ ଚାଲିଗଲା । ଗୌରାଙ୍ଗ ଓ ସ୍ନିଗ୍ଧା ରୋଷେଇ ଘରକୁ ଗଲେ ।

ସ୍ନିଗ୍ଧା ସାହାଯ୍ୟ କରୁଥିଲା, ଗୌରାଙ୍ଗ ରୋଷେଇ କରୁଥିଲା । ଗୌରାଙ୍ଗ ସୁଜାତା କଥା ଭାବୁଥିଲା । ତା' ରୁମ୍‌କୁ ଯାଇ ତା' ବହିଥାକ ଦେଖିବା, ତାକୁ ଲେଖିବାକୁ ପରାମର୍ଶ ଦେବା, ତା' ପ୍ରବନ୍ଧରେ ଗୌରାଙ୍ଗର ନାମ ଉଲ୍ଲେଖ କରିବା । ଗୌରାଙ୍ଗ ଦେଖୁଥିଲା ଭାତ, ମାଂସ, ମାଛଭଜା, କଲରା ଭଜା ଓ ସାଲାଡ ହେଉଛି । ଗୌରାଙ୍ଗ ପଚାରିଲା, ସନତ କୁଆଡ଼େ ଚାଲିଗଲା ?

ସ୍ନିଗ୍‌ଧା କହିଲା, କଲେଜ ଛକ ଆଡେ ଯାଇଛନ୍ତି, କ'ଣ ଜରୁରୀ ଅଛି, ଜଣକୁ ଦେଖା କରିବେ । ଛେନାପୋଡ଼ ଆଣିବେ ।

ଗୌରାଙ୍ଗ କହିଲା, କେବଳ ଭାତ, ମାଂସ, ସାଲାଡ କରିଦେଇଥିଲେ ଚଳିଥାନ୍ତା । ନ'ଭଜା ଛଅ ତର୍କାରି, ଏତେ ଗୁଡ଼ିଏ ଆୟୋଜନ କ'ଣ ପାଇଁ ?

ସ୍ନିଗ୍‌ଧା ହସିହସି କହିଲା, ସୁଜାତା ବି ଆସିବ, ତାକୁ ମଧ୍ୟ ନିମନ୍ତ୍ରଣ କରାଯାଇଛି ।

ସନତ ଫେରିଲା । ଭାତ, ଡାଲି, ମାଂସ ତର୍କାରି ମାଛଭଜା ସରିଥିଲା । ସ୍ନିଗ୍‌ଧା କଲରା ଭଜା କରୁଥିଲା । ଗୌରାଙ୍ଗ ସାଲାଡ କାଟୁଥିଲା । ସନତ ପାଖରେ ବସି କହୁଥିଲା ବଡ଼ବାପା ବି ସୁଜାତାକୁ ପସନ୍ଦ କରିଛନ୍ତି । କୃଷିର ଉନ୍ନତି, ଧାନ, ବିରିମୁଗ ବଦଳରେ ବିକଳ୍ପ ଚାଷ, ଆଖୁ, ପନିପରିବା, ଫଳ ଆଦି ଅର୍ଥକରୀ ଫସଲ କରିବା ନେଇ କୃଷକଙ୍କର ମନୋଭାବ ଏବଂ ସରକାରଙ୍କର ଭୂମିକା ଉପରେ ସୁଜାତା ଗୋଟିଏ ପ୍ରବନ୍ଧ ପ୍ରସ୍ତୁତ କରୁଥିଲା । ଚାଷୀଙ୍କର ମତାମତ ପାଇଁ ମୋ ପରାମର୍ଶରେ ସେ ତୁମ ଗାଁକୁ ଯାଇ ବଡ଼ବାପାଙ୍କୁ ସାକ୍ଷାତ କରିଥିଲା । ତାଙ୍କର ମତାମତ ଆଣିଥିଲା । ମୁଁ ଯାଇଥିଲି । ମୋ ସାଙ୍ଗରେ ସେ ମଧ୍ୟ ତୁମ ଘରକୁ ଯାଇଛି, ମଉସାମାଉସୀକୁ ଭେଟିଛି ।

ସାତ ଆଠ ଦିନ ତଳେ ସନତ ଅନ୍ୟ ଏକ କାମରେ ଖୋର୍ଦ୍ଧା ଯାଇଥିଲା । ସେ ଗୌରାଙ୍ଗର ବାପା ମା' ଏବଂ ବଡ଼ବାପାଙ୍କୁ ଭେଟିଥିଲା । ସେ ଯେତେବେଳେ ଗୌରାଙ୍ଗ ପାଇଁ ସୁଜାତାର ପ୍ରସ୍ତାବ ପକେଇଲା, ବଡ଼ବାପା ଖୁସି ହେଲେ, କହିଲେ ଖୁବ୍ ଭଲ ହେବ । ତା' ବାପାଙ୍କର ଆପତ୍ତି ନାହିଁ । ତା' ମା' କହିଲେ ଯେଉଁଠି ତା'ର ମନ ହେଉଛି, ସେଠି ବାହା ହେଉ । ପୂର୍ବଦିନ ସେ ଗୌରାଙ୍ଗ ଘରକୁ ଯିବା ପୂର୍ବରୁ ସୁଜାତାର ବାପାମା'ଙ୍କ ସହିତ ବି କଥାବାର୍ତ୍ତା କରିଛି । ସେମାନେ ବି ରାଜି । ଗୌରାଙ୍ଗ ଏହି ତିନିଚାରି ସପ୍ତାହ ହେଲା ଗାଁକୁ ଯାଇନଥିଲା କିମ୍ବା ସନତର ଘରକୁ ଆସିନଥିଲା । ଏହା ଭିତରେ ଏହି ମାସେ ଦେଢ଼ମାସ ଭିତରେ, ଏତେଗୁଡ଼ିଏ ଘଟଣା ଘଟିସାରିଥିଲା ।

ସୁଜାତା ପହଞ୍ଚିଲା । ଗୋଟେ ଜିନ୍ ପେଣ୍ଟ ସାଙ୍ଗକୁ, ମାରୁନ ରଙ୍ଗର କୁର୍ତ୍ତି । ମୁଣ୍ଡ ଓ ମୁହଁକୁ ଗୋଟାଏ ଲାଲରଙ୍ଗର ଓଢ଼ଣିରେ ଆବୃତ କରିଥିଲା ଏବଂ ତା' ଉପରେ

ହେଲମେଟ ପିନ୍ଧିଥିଲା। ହେଲ୍‌ମେଟ୍ ଖୋଲି ସ୍କୁଟର ଡିକିରେ ରଖିଲା ଏବଂ ଲାଲ ଓଢ଼ଣିକୁ ତା' ଛାତିରେ ପକେଇଦେଲା । ରୁମ୍ ଭିତରକୁ ଆସି ମୁହଁରେ ହସ ଖେଳେଇ ଗୌରାଙ୍ଗଙ୍କୁ ନମସ୍କାର କଲା ଏବଂ ସିଧା ସ୍ନିଗ୍‌ଧା ପାଖକୁ ରୋଷେଇଘରକୁ ଚାଲିଗଲା।

ସେମାନେ ଖାଇବସିଲେ। ସ୍ନିଗ୍‌ଧା ଓ ସୁଜାତା ପରଷି ଦେଇ ତାଙ୍କ ପାଖରେ ବସିଲେ । ସ୍ନିଗ୍ଧା କହିଲା, ବୁଝିଲ ସୁଜାତା, ମାଛ, ମାଂସ, ସାଲାଡ କରିଛି ଗୌରାଙ୍ଗ। ଦେଖ, କେମିତି ରୋଷେଇ କରିଛି। ତେଣୁ ସବୁଥିରେ ଗୌରାଙ୍ଗ ସହଯୋଗ କରିପାରିବ।

ଖାଇବା ସୁସ୍ୱାଦୁ ହୋଇଥିଲା। ସନତ କହିଲା, ମତେ ଲାଗୁଛି, କେବଳ ସୁଜାତାକୁ ବାହାହେବାକୁ ଗୌରାଙ୍ଗ ବାହା ନହୋଇ ଏପର୍ଯ୍ୟନ୍ତ ଅପେକ୍ଷା କରିଥିଲା । ଦୁହିଁଙ୍କର ରୁଚି ସମାନ, ପୁସ୍ତକପ୍ରେମୀ, ବିଷୟାସକ୍ତ ନୁହଁନ୍ତି। ଦୈବୀ ଯୋଗ ଦେଖ, ସୁଜାତାର ନିଯୁକ୍ତି ମିଳିଛି ଜୟପୁର କଲେଜରେ ଏବଂ ଗୌରାଙ୍ଗର ମଧ୍ୟ ବଦଳି ହୋଇଛି ସେହି ଜୟପୁରକୁ। କୁହନ୍ତି, ମ୍ୟାରେଜସ୍ ଆର ମେଡ ଇନ୍ ହେବେନ୍। ମୋ'ପରି ନାସ୍ତିକ ଲୋକ ବି ଭାବୁଛି, କିଛି ଗୋଟେ ଶକ୍ତି ତୁମ ଦୁଇଜଣଙ୍କୁ ମିଶେଇ ଦଉଛି।

ସେମାନେ ଖାଇସାରିଥିଲେ, ଗୌରାଙ୍ଗ ଓ ସନତ ବସିଥିଲେ ସୋଫାରେ। ସ୍ନିଗ୍ଧା ଓ ସୁଜାତା ଟେବୁଲ୍ ସଫା କରୁଥିଲେ। ଟେବୁଲ୍ ସଫା କରିସାରିଲା ପରେ ସୋଫାର ଚେୟାରରେ ବସିଲା ସୁଜାତା। ସ୍ନିଗ୍‌ଧା ଘର ଭିତରୁ ଗୋଟିଏ ସୁନାମୁଦି ଆଣି ଗୌରାଙ୍ଗଙ୍କୁ ଦେଲା। କହିଲା, ସୁଜାତାଙ୍କୁ ପିନ୍ଧେଇଦିଅ।

ଗୌରାଙ୍ଗ କହିଲା, ୟେ' କ'ଣ ସ୍ନିଗ୍ଧା ? ଏହାର ଦରକାର କ'ଣ ?

ସ୍ନିଗ୍‌ଧା କହିଲା, ମୁଁ ଯାହା କହୁଛି କର, ପରେ ତୁମେ ଗୋଟିଏ ମୁଦି ଦେଇଦେବ, ଏହାଠାରୁ ବେଶି ଓଜନର। ତୁମ ଉପରେ ମୋର ବିଶ୍ୱାସ ନାହିଁ, ତୁମେ ପୁଣି କେତେବେଳେ ମନ ପରିବର୍ତ୍ତନ କରିଦେବ। ନିଅ।

ଗୌରାଙ୍ଗ ମୁଦିଟି ନେଇ ସ୍ନିଗ୍ଧା ଆଙ୍ଗୁଠିରେ ପିନ୍ଧେଇଦେଲା । ସନତନ ଓ ସ୍ନିଗ୍ଧା ତାଳିମାରିଲେ ।

ଚାରିଦିନ ପରେ, ପଞ୍ଚମ ଦିନ ବାହାରଘର ଲଗ୍ନ ଥିଲା। ଅପେକ୍ଷା ନକରି ସେହି ତିଥିରେ ବାହାଘର ହୋଇଗଲା, ଖୁବ ନିରାଡମ୍ବର ବାହାଘର। ଗାଁ ଲୋକଙ୍କୁ ଗୌରାଙ୍ଗ ଭୋଜିଟିଏ ଦେଇଥିଲା। ସୁଜାତାର ବାପା ମା' ଏବଂ ତା'ର ଦୁଇଜଣ ବାନ୍ଧବୀ ଆସିଥିଲେ । ଗୌରାଙ୍ଗର ସାଙ୍ଗ ଭିତରେ ସନତ ଓ ସ୍ନିଗ୍ଧା ଥିଲେ, ସୁରେଶ ଚୋପ୍ରା ଆସିଥିଲା । ବଡ଼ଭାଇ ଚଣ୍ଡିଗଡ଼ରୁ ଏହି ଅଳ୍ପ ସମୟ ଭିତରେ ଆସିପାରିଲା ନାହିଁ। ସେ କହିଲା, ପରେ ଆସିବ, ଗୌରାଙ୍ଗ ଘରେ ଦୁଇଦିନ ରହିବ। ସୁପ୍ରଭା

ଗାଁରେ ରହିଥିଲା, ବାହାଘରରେ ଯୋଗଦେଇଥିଲା, ଭୋଜି ପରେ ସେ କଟକ ଫେରିଥିଲା।

ଚତୁର୍ଥୀ ପରେପରେ ଗୌରାଙ୍ଗ ଓ ସୁଜାତା ଜୟପୁର ବାହାରିଗଲେ। ସୁଜାତାର ପ୍ରଥମ ନିଯୁକ୍ତି, ସେ କାମରେ ଯୋଗଦେବ । ଗୌରାଙ୍ଗ ତା' ନୂଆ ପଦବୀରେ ଯୋଗଦେବ । ସୁରେଶ ଚୋପ୍ରା ଜଙ୍ଗଲ ବିଭାଗର ସେକ୍ରେଟାରୀ ଥିଲା। ସେ ଫୋନ୍ କରି ଜୟପୁରରେ ସରକାରୀ ଗେଷ୍ଟହାଉସ୍ ରିଜର୍ଭ କରିଦେଇଥିଲା। ଦୁହେଁ ଘରଭଡ଼ା କିମ୍ବା କ୍ୱାର୍ଟର୍ସ ପାଇବା ପର୍ଯ୍ୟନ୍ତ ଗେଷ୍ଟ ହାଉସ୍‌ରେ ରହିବେ।

ରାତିରୁ ବର୍ଷା ଲାଗିରହିଥିଲା। ସକାଳେ ଝିପିଝିପି ବର୍ଷା। ଗେଷ୍ଟ ହାଉସ୍‌ର ଉପର ମହଲାରେ ଗୋଟିଏ ରୁମ୍‌ରେ ରହିଲେ । ରାତିର ରେଳଯାତ୍ରା, ନିଦ ଭଲ ହୋଇନଥିଲା । ଶୋଇବାକୁ ଇଚ୍ଛା ହେଉନଥିଲା। ଗେଷ୍ଟ ହାଉସ୍‌ର ବାଲ୍‌କୋନିରେ ଦୁଇଟି ଚେୟାର ପକେଇ ଗୌରାଙ୍ଗ ଓ ସୁଜାତା ବସିଥିଲେ। ଗେଷ୍ଟହାଉସ୍‌ର ଚୌକିଦାର ଚା' ଦେଇଗଲା । ଗୌରାଙ୍ଗ, ସୁଜାତା ଚା' ପିଉଥିଲେ ଏବଂ ବର୍ଷାଭିଜା ଜୟପୁରର ସକାଳକୁ ଦେଖୁଥିଲେ । ଝିପିଝିପି ବର୍ଷାର ଶବ୍ଦ, ଗରମ ଚା' ଏବଂ ପରସ୍ପରର ଉପସ୍ଥିତି ଅନିଦ୍ରା ଯାତ୍ରାଜନିତ କ୍ଳାନ୍ତିକୁ ଦୂର କରିଦେଇଥିଲା।

■

BLACK EAGLE BOOKS

www.blackeaglebooks.org
info@blackeaglebooks.org

Black Eagle Books, an independent publisher, was founded as
a nonprofit organization in April, 2019. It is our mission to
connect and engage the Indian diaspora and the world at large
with the best of works of world literature published on a
collaborative platform, with special emphasis on
foregrounding Contemporary Classics and New Writing.